SCIENCE-FICTION

Collection dirigée par Bénédicte Lombardo

MERCEDES LACKEY

LES HÉRAUTS DE VALDEMAR

AU CŒUR DES TEMPÊTES

Traduit de l'américain par
Anne-Virginie Tarall

POCKET

Titre original :
STORM BREAKING

Ouvrage publié sous la codirection de
Marc Duveau

ISBN 2-266-08873-4

MERCEDES LACKEY

Mercedes Lackey est née le 24 juin 1950 à Chicago. Sa première nouvelle, *A Different Kind of Courage*, fut publiée en 1985 dans l'anthologie de Marion Zimmer Bradley *Free Amazons of Darkover*, et son auteur s'est révélé ensuite très prolifique puisque, depuis 1987, elle a signé plus de soixante volumes, de la Fantasy au polar fantastique, de l'humour à l'horreur, de la science-fiction aux mythes de la terre américaine, seule ou en tant que coauteur, avec Anne McCaffrey, Piers Anthony, C.J. Cherryh et bien d'autres.

Dans le domaine du fantastique elle s'est illustrée avec les aventures de Diana Tregarde, sorcière et détective spécialisée dans les enquêtes occultes. Dans celui de l'humour et de la fantaisie légère, sa série la plus célèbre est celle du *Bedlam's Bard* commencée en 1990 avec Ellen Guon et poursuivie avec Rosemary Edghill. On y découvre un Los Angeles perméable à la magie et envahi par des Elfes malfaisants.

Le cycle des *Hérauts de Valdemar* (plus de vingt-cinq volumes parus depuis 1987) eut un succès immédiat et la rendit célèbre du jour au lendemain. Les aventures qui y sont décrites recouvrent près de deux mille cinq cents ans et sont réparties en romans isolés, recueils et trilogies, dont l'une, la Guerre des Mages, signée avec son mari Larry Dixon, qui se contente plus souvent officiellement d'illustrer l'intérieur de chaque livre.

La trilogie des Tempêtes qui débute avec *L'annonce des tempêtes*, fait suite à celle des *Vents*. On y retrouve les mêmes personnages et on y apprend beaucoup sur les Compagnons, ces chevaux blancs magiques qui servent de montures aux Hérauts.

DU MÊME AUTEUR
CHEZ POCKET

LES HÉRAUTS DE VALDEMAR

1. SŒURS DE SANG
2. LES PARJURES
3. LES FLÈCHES DE LA REINE
4. LE VOL DE LA FLÈCHE
5. LA CHUTE DE LA FLÈCHE
6. LA PROIE DE LA MAGIE
7. LES PROMESSES DE LA MAGIE
8. LE PRIX DE LA MAGIE
9. PAR LE FER
10. LES VENTS DU DESTIN
11. LES VENTS DU CHANGEMENT
12. LES VENTS FURIEUX
13. LE GRIFFON NOIR
14. LE GRIFFON BLANC
15. LE GRIFFON D'ARGENT
16. L'ANNONCE DES TEMPÊTES
17. L'ARRIVÉE DES TEMPÊTES
18. AU CŒUR DES TEMPÊTES

Dédié à la mémoire de
Elsie B. Wollheim

CHRONOLOGIE OFFICIELLE DE L

Par Mercedes Lackey

1000 AF — **0** — **750 PF** — **798 PF**

0

Fondation de Valdemar

1000 AF

Préhistoire
Les Guerres Magiques
Ère du Griffon Noir

LA GUERRE DES MAGES
Le griffon noir
Le griffon blanc
Le griffon d'argent

750 PF

Règne d'Elspeth la Pacifique

LA TRILOGIE DU DERNIER HÉRAUT-MAGE
La proie de la magie

798 PF

Règne de Randale

LA TRILOGIE DU DERNIER HÉRAUT-MAGE
Les promesses de la magie
Le prix de la magie

AF : Antérieur à la Fondation
PF : Postérieur à la Fondation

ÉRIE DES HÉRAUTS DE VALDEMAR

Le déroulement des événements selon la chronologie de Valdemar

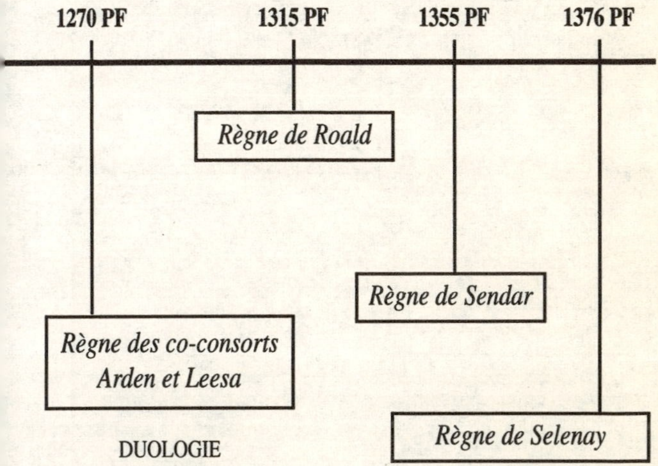

DUOLOGIE
DES SERMENTS
ET DE L'HONNEUR
Sœurs de Sang
Les parjures

LA TRILOGIE
DES HÉRAUTS DE VALDEMAR
Les flèches de la reine
L'envol de la flèche
La chute de la flèche

Par le Fer

LA TRILOGIE DES VENTS
Les vents du destin
Les vents du changement
Les vents furieux

LA TRILOGIE DES TEMPÊTES
L'annonce des tempêtes
L'arrivée des tempêtes
Au cœur des tempêtes

CHAPITRE PREMIER

Veillant à garder sa respiration régulière afin de ne pas bouger la tête, Karal restait allongé, aussi immobile que possible. Les yeux fermés pour les protéger de la lumière, il espérait que la compresse remplie de neige posée sur son front soulagerait sa migraine. Ayant du mal à penser, avec les élancements qui partaient de ses tempes et se concentraient au-dessus de son nez, il était vaguement conscient du reste de son corps, entouré de briques chaudes et enveloppé dans des couvertures. Les Shin'a'in qui le soignaient semblaient redouter qu'il attrape froid sur le dallage glacé et humide. S'il avait été à Karse ou à Valdemar, on lui aurait donné un médicament. Mais l'ancienne Tour à moitié détruite ne disposait pas de Guérisseur ni de vrais médicaments. Il devait donc se contenter de ce que les Shin'a'in avaient sous la main — autrement dit, de l'infusion d'écorce de saule et des compresses glacées.

Il lui restait également l'espoir.

Ça pourrait être pire.

Oui, mais à quel point ? Une question à laquelle il ne voulait pas s'intéresser pour le moment.

Karal avait une migraine astronomique, mais quoi d'étonnant ? Il avait été le réceptacle de l'énergie d'une arme si puissante et imprévisible que même Urtho, qui avait mis fin aux Guerres Magiques, n'avait pas osé l'utiliser. Parce qu'il fallait pour cela employer un Conduit *humain*. Alors, ou il n'y en avait pas eu parmi les mages d'Urtho, ou le Mage du Silence n'avait pas voulu exposer quelqu'un à un pareil danger. Quoi qu'il en soit, l'arme était restée intacte, et Urtho y avait ajouté une inscription déconseillant son utilisation.

À moins qu'il n'ait trouvé aucun volontaire.

Karal ne pouvait pas blâmer ces mages disparus depuis des siècles. Si sa première expérience de « Conduit Magique » avait été déplaisante, la seconde avait atteint une puissance dévastatrice. Pour être honnête, il ne se souvenait pas de ce qui lui était arrivé, dès l'instant où l'arme avait été activée. Le Frère du Faucon Flammechant et le Shin'a'in An'desha lui avaient assuré que c'était préférable, et il voulait bien les croire.

Quand An'desha et Flammechant sont d'accord sur un sujet...

Karal ne voulait pas savoir ce qui s'était passé. S'il le savait, il y penserait, et c'était une très mauvaise idée.

Il était bien plus facile de rester couché et d'affronter simplement la douleur.

De temps en temps, il entendait les autres, occupés à diverses tâches. Les sons étaient étrangement étouffés ou amplifiés par l'acoustique des lieux. An'desha et le chamane shin'a'in Lo'isha parlaient tout bas, leurs voix se mêlant dans un murmure aussi étrangement apaisant que le souffle du vent dans les feuilles ou celui de l'eau sur des cailloux. Quelqu'un — sans doute le *kestra'chern* kaled'a'in Renardargent — lavait la vaisselle, et des cliquetis métalliques ponctuaient la conversation. Plus près, Flammechant chantonnait. Il le faisait toujours quand il raccommodait — à l'en croire, ça l'empêchait de dire des choses qu'il regretterait ensuite. L'Adepte tayledras n'aimait pas les tâches ménagères car il avait été habitué à ne rien faire. Alors, dans l'ensemble, Karal estimait qu'il s'en tirait plutôt bien sous la pression et face à ses nouvelles responsabilités.

Quant aux non-humains… Eh bien, Karal savait où était Altra, le Chat de Feu. La couverture en fourrure, ronronnante et vibrante qui l'enveloppait du cou jusqu'aux genoux, c'était lui. Contrairement aux chats normaux, qui semblaient toujours plus lourds quand ils s'allongeaient sur leur maître, Altra savait se faire léger. Seuls sa chaleur et ses ronronnements apaisants trahissaient sa présence.

Quelque part à l'extérieur de la salle, une des créatures ressemblant à un cheval — les Valdemariens les appelaient des Compagnons — écoutait attentivement la conversation : Florian. Si Karal lui avait ouvert son esprit, il aurait pu entendre clairement les voix d'An'desha et de Lo'isha, qui étaient pour lui un bourdonnement confus. Les liens entre le Compagnon, le Chat de Feu et lui étaient plus puissants que quelques semaines auparavant. Il lui suffisait de penser à eux pour entendre le murmure de leurs esprits. Et il était conscient de leurs présences dans le sien, telle une source de chaleur constante. Quelque chose s'était passé au cours des heures dont il n'avait plus aucun souvenir, et cela les avait étroitement liés. Tout ce qu'ils voyaient, entendaient ou ressentaient, il pouvait en faire l'expérience, s'il le désirait.

Il ignorait si l'inverse était vrai, mais il en doutait. C'était lui qui avait changé, pas eux.

Encore un point sur lequel il ne voulait pas s'appesantir. Le Chat de Feu n'était pas tout à fait une créature mortelle. Et si le Compagnon l'était davantage, il restait un humain revenu au monde dans un corps de nature magique. Alors, si quelque chose l'avait lié, *lui*,

Karal, à *eux* — et si étroitement qu'il n'avait plus besoin de faire d'effort pour atteindre leurs esprits…

Il frissonna, et ce n'était pas dû à la neige entassée sur son front.

Oh, non, je ne peux pas avoir changé à ce point. Ce doit être un effet secondaire temporaire, qui s'atténuera à mesure que j'irai mieux.

Il s'avisa que ses pensées avaient recouvré leur cohérence.

Une nette amélioration.

Où étaient les autres ? Gardant les yeux clos, il tendit l'oreille, essayant de les localiser — il n'avait pas envie de réveiller la douleur en les ouvrant.

Les autres non-humains de leur groupe, les deux griffons, faisaient leurs bagages en parlant à voix basse. Il entendait leurs becs claquer et le crissement de leurs serres sur les sacs prêtés par les Shin'a'in pour leur voyage vers le nord.

Les deux griffons estimaient qu'il était temps de retourner auprès de leurs jumeaux. Les autres n'avaient pas eu le cœur de les retenir. L'excitation qu'ils éprouvaient à l'idée de marcher sur les traces du célèbre Griffon Noir avait peu à peu cédé la place au désir de revoir leurs chers petits. Le Portail ayant été refermé derrière eux, ça leur prendrait des jours, même en volant.

Après avoir frôlé la mort de si près, Treyvan et Hydona ont décidé qu'ils ne voulaient pas laisser deux orphelins. Et qui pourrait leur en vouloir ?

Oui, ses pensées étaient beaucoup plus cohérentes.

Assez pour constater que les muscles de mon cou sont noués. Ce qui n'est pas vraiment surprenant.

Karal soupira et appuya ses épaules contre le sac en daim qui lui servait d'oreiller.

Heureusement que je l'ai rempli de vêtements, et pas de livres.

La neige était efficace, finalement. Sa migraine

n'occultait plus tout le reste, s'il pouvait sentir que sa nuque était douloureuse.

Génial, maintenant, je sais que j'ai mal partout !

Mais à mesure que la douleur qui pulsait derrière ses yeux faiblissait, la tension de ses muscles — qui devait contribuer à l'intensité de sa migraine — se relâchait. Comme si cela ne suffisait pas, il fallait en plus qu'elles aient une interaction !

Je serais un mauvais Prêtre du Soleil si je ne parvenais pas à me détendre.

Les techniques de relaxation faisaient partie de l'enseignement des novices. On ne pouvait pas prier si on était incapable de se détendre — comment avoir l'esprit consacré à la gloire de Vkandis quand on souffrait d'une crampe ?

Karal persuada son corps rebelle de coopérer. Peu à peu, sa migraine reflua — lui donnant la preuve qu'elle était bel et bien due à la tension.

C'est mieux. Beaucoup mieux.

Si sa tête le laissait tranquille, il pourrait profiter — un peu — de sa condition de malade. Pour une fois, il avait une bonne excuse pour rester au lit et se faire dorloter. Et son épuisement l'avait convaincu qu'il avait *gagné* le droit de se reposer.

Après tout, ce n'était pas tous les jours qu'un Adepte Guérisseur tayledras se montrait prêt à répondre à ses moindres désirs. Dès qu'il l'entendait soupirer, Flammechant lui demandait aussitôt s'il avait besoin de quelque chose — une situation plutôt bizarre, puisque c'était d'ordinaire Flammechant qui attendait d'être servi comme un prince.

Karal ignorait pourquoi Flammechant se montrait si prévenant. D'autres auraient pu s'occuper de lui. Pourtant l'Adepte avait insisté pour remplir cette tâche. Et finalement, le Frère du Faucon faisait une excellente infirmière.

Je ne m'attendais pas à ça de lui. Ça ne lui ressemble pas.

À vrai dire, ça ne ressemblait pas au Flammechant qu'*il* connaissait. Mais ce genre de réflexion était aussi superficielle que la façade que montrait en général le Tayledras.

Karal se fit des remontrances.

Penser cela est indigne de toi... et pas très gentil. Tu ne connaîtras sans doute jamais la véritable valeur de Flammechant. Nous essayons tous d'affronter des situations extrêmes. Si c'est sa manière de le faire, c'est son droit.

Pour le moment, même si sa tête ne menaçait plus d'exploser, Karal devait se contenter de s'émerveiller et de profiter des attentions de l'Adepte. Il pouvait à peine soulever un doigt sans se fatiguer. Se lever pour aller aux toilettes l'épuisait, si bien qu'il dormait des heures après chaque aller-retour. Et cela finissait par l'inquiéter. À moins qu'il reprenne des forces, ses compagnons rentreraient sans lui à Valdemar. Les griffons allaient partir, mais les autres humains ne pourraient plus attendre très longtemps non plus. S'ils ne partaient pas très bientôt, ils seraient coincés ici par le mauvais temps.

Cela dit, il est peut-être déjà trop tard. Le Portail qui nous a amenés est fermé. Si j'étais à la place des mages, je ne prendrais pas le risque de le rouvrir. Dans ce cas, nous devrons rester ici jusqu'au printemps. Car même dans les meilleures conditions, il nous faudra beaucoup de temps pour rentrer.

Tellement, en réalité, que c'était peut-être la pire chose qu'ils pouvaient entreprendre à ce stade. Il s'était mis dans cet état pour apporter une solution *temporaire* au problème des tempêtes magiques. Et c'était peut-être ici qu'ils découvriraient une réponse *définitive*. La Tour mettait à leur disposition des ressources qu'ils ne trouveraient nulle part ailleurs.

Ils avaient utilisé une arme, mais il en restait beaucoup d'autres. Ils avaient choisi celle dont ils comprenaient le mieux le fonctionnement. Mais une des autres était peut-être la solution qu'ils cherchaient depuis des mois. Les Kaled'a'in — contrairement à leurs cousins, les Tayledras et les Shin'a'in, ils gardaient des traces de leur lointain passé — avaient promis de leur envoyer un de leurs historiens versé dans la langue parlée et écrite de leurs ancêtres. Cet érudit pourrait peut-être leur fournir de meilleures traductions que celles des griffons.

Nous n'avons même pas commencé à explorer cet endroit, et c'était le cœur de la forteresse d'Urtho. On parle de lui comme du plus grand mage de tous les temps, avec des ressources inimaginables. Alors, comment penser avoir tout vu ?

Il y avait peut-être d'autres pièces qu'ils n'avaient pas encore découvertes et qui contenaient ce qu'ils cherchaient. Était-il préférable qu'ils restent ici, afin d'étudier les armes ? Aucun d'eux n'avait encore suggéré ça tout haut, mais Karal aurait parié que tous y pensaient, même s'ils désiraient rentrer.

Le problème, c'est que notre groupe ne compte pas de mathématicien.

Cela l'inquiétait. Les deux dernières contre-mesures provisoires qu'ils avaient mises en œuvre avaient été imaginées par les mages et le groupe de maître Levy. Grâce à ces amoureux de la technique et de la logique, tous avaient pu aborder le problème sous un angle différent.

Nous avons besoin d'eux. Flammechant ne les aime pas, mais nous avons besoin d'eux.

Karal le sentait, comme si Vkandis avait mis cette certitude dans son cœur. S'il avait jamais été certain d'une chose, c'était bien de celle-là. Ils trouveraient une solution à leur problème uniquement si tous les esprits disponibles travaillaient à la découvrir.

Il soupira. Alors qu'il levait la main pour retirer la

compresse, il entendit Flammechant remuer. Le poids humide et froid quitta son front.

— Tu en veux une autre ?

Karal ouvrit les yeux et secoua la tête — pas trop fort, pour ne pas réveiller la douleur. Flammechant ne ressemblait pas à une infirmière. Le jeune mage avait réussi à faire tenir toutes sortes de tenues en soie — d'un style extravagant — dans l'unique sac qu'il avait été autorisé à prendre. Karal ignorait comment il avait fait. Pour l'heure, il était en bleu-gris relativement discret. Du coup, le prêtre pouvait le regarder sans avoir mal aux yeux. De la pointe de sa chevelure argentée à ses chaussettes, il était l'image même du mage exotique… et pas du tout du serviteur zélé. Son sourire amusé rassura Karal. S'il avait été gravement malade, Flammechant n'aurait pas souri, il en était certain.

— Pas pour le moment, merci, répondit-il. (Sa voix était aussi rauque que s'il avait braillé des heures à pleins poumons, ce qui le surprit.) Tu n'es vraiment pas obligé…

Flammechant rit tout bas.

— Oh, j'ai mes raisons… Tu es un patient incroyablement facile, et pendant que je m'occupe de toi, j'évite les corvées. Je préfère changer tes compresses que me charger de la vaisselle !

Karal fut obligé de rire — faiblement. Ça, c'était le Flammechant qu'il connaissait !

— Bien, répondit-il. Je craignais que tu sois en pleine crise d'autosacrifice, et j'avais peur de ne pas pouvoir le supporter très longtemps.

Flammechant éclata de rire et rejeta ses longs cheveux dans son dos.

— Garde tes tendres sentiments pour toi, Karsite, fit-il, moqueur. Dans mon propre intérêt, j'ai l'intention de te tenir au lit aussi longtemps que possible. Et si tu continues à dire des choses comme ça, je pourrai m'arranger pour que tu y restes définitivement.

— Toujours des promesses que tu ne tiens pas..., répliqua Karal, surpris de prendre un tel plaisir à ce dialogue. Je crois que je n'ai rien à craindre.

— Vraiment ? (Flammechant leva un sourcil, puis son regard se fit lointain — sans doute écoutait-il un commentaire de Florian. Ses paroles suivantes confirmèrent les soupçons de Karal.) Tu as peut-être raison. Une marque de sabot au milieu du visage n'améliorerait pas mon apparence... (Il regarda Altra)... et je n'aime pas du tout la manière dont ton chat sort et rétracte ses griffes.

Je ne te blesserai pas à un endroit visible, dit Altra dans leurs deux esprits. *Cela dit, Renardargent ne serait peut-être pas content du résultat. Mais tu ferais une jolie fille.*

Feignant d'être terrifié, l'Adepte écarquilla les yeux — où brillait une étincelle de respect.

— Rappelle-moi de ne jamais te mettre en colère, Altra. C'était méchant, même pour une plaisanterie.

Si je pensais un instant que tu es sérieux, ce ne serait pas une plaisanterie.

Pour souligner ses paroles, Altra leva une patte et se lécha les griffes. Comme il avait la taille d'un gros chien, elles étaient d'une longueur plus que respectable.

Ce n'est pas très subtil, pensa Karal, sachant qu'Altra l'entendait.

Je n'avais pas l'intention de l'être, répondit le Chat de Feu. *À une époque, il envisageait de te faire du mal. S'il y songeait à nouveau, je veux qu'il ait matière à réflexion.*

Karal ne trahit pas sa surprise. Pourtant jusqu'à cet instant, il ignorait ce détail.

Et maintenant, tout le monde semble déterminé à me protéger !

Flammechant le regardait. Il fallait agir avant qu'il ne lui demande pourquoi il avait cet air bizarre…

— Les chats, soupira Karal en se frottant les yeux. On ne peut pas vivre avec eux, et leur fourrure n'est pas assez épaisse pour faire un tapis.

Altra lâcha un reniflement indigné, et le Tayledras éclata de rire.

— Tu vas beaucoup mieux, constata-t-il, cette fois sans aucune trace d'ironie. Bien. Peut-être pourras-tu manger autre chose, ce soir, que le bouillon insipide que te prépare le chamane.

« Mais essaie de ne pas te remettre trop vite… je n'ai pas envie de laver mon assiette de si tôt !

Avant que Karal n'ait pu répondre, Flammechant se leva, emportant la compresse dégoulinante. Le jeune prêtre tourna lentement la tête pour regarder les autres et fut surpris de voir Florian jeter un coup d'œil par-dessus l'épaule d'An'desha, qui dessinait sur le sol. Il pouvait voir par les yeux du Compagnon, s'il se concentrait suffisamment — mais honnêtement, cela lui aurait demandé trop d'effort.

Je veux seulement que ma migraine cesse. Pour pouvoir me lever et faire des choses, comme les autres. Je ne veux plus être un fardeau. C'est au prêtre de Vkandis de donner du réconfort, pas l'inverse…

Il ferma les yeux et essaya de trouver une technique de méditation qui lui permette de dormir malgré la douleur. Endormi, il n'avait plus conscience d'être une véritable plaie pour les autres.

Quelqu'un lui toucha le bras… sans qu'aucun bruit de pas ne l'ait averti d'une présence. Karal rouvrit vivement les yeux — la seule réaction de surprise que lui permettait son état — et se retrouva face à deux yeux très bleus et à un visage triangulaire à la peau dorée. Ils surmontaient un corps entièrement vêtu de brun foncé, la couleur que portaient les Promis à l'Épée quand ils n'étaient pas engagés dans une de leurs vendettas.

Les Promis à l'Épée étaient également appelés *Kal'enedral* : *Les Promis au service de Kal'enel, la Guerrière*. Il en savait désormais plus long sur eux que n'importe quel Karsite au monde. Le Promis à l'Épée assis sur les talons près de lui était sans doute l'un de ceux qui les avaient conduits ici, et qui avaient creusé, avec l'aide des k'Leshya, un tunnel jusqu'à la Tour. Karal ne put déterminer s'il s'agissait d'un homme ou d'une femme. Les Promis à l'Épée étaient asexués. Ils avaient juré de rester chastes, et leur lien avec la Guerrière les rendait incapables de désir. Une particularité qui n'avait pas d'équivalent dans la hiérarchie des Prêtres du Soleil : s'ils n'étaient pas encouragés à se marier, cela ne leur était pas défendu.

— Eh bien, nous ne nous attendions pas à ça, quand nous avons partagé nos secrets avec vous, jeune hors-Clan, dit le Shin'a'in d'une voix de ténor un peu rauque qui aurait pu être mâle ou femelle. (Il parlait le valdemarien avec très peu d'accent. Karal lui en fut reconnaissant, car son shin'a'in était encore sommaire.) Nous pensions que vous seriez repartis…

Il marqua une pause, comme s'il avait pris conscience que son « repartis » sonnait comme « repartis pour toujours ».

Karal haussa les épaules.

— Nous ne nous attendions pas à ça non plus, Promis, répondit-il.

Le Shin'a'in sourit.

— C'est vrai, et je crois que même votre Dieu ne l'avait pas prévu. Notre Déesse non plus d'ailleurs — ou bien elle n'a pas cru bon de partager l'information avec nous !

« Maintenant… eh bien, le Portail qui vous a amenés

est fermé, et les tempêtes approchent. Nous avons donc décidé de vous offrir véritablement l'hospitalité.

À une époque, Karal aurait été choqué d'entendre mentionner un autre dieu que Vkandis, et bien plus encore d'entendre parler de la Déesse des Shin'a'in dans la même phrase. Un peu plus tard, il l'aurait accepté, mais serait resté muet de saisissement devant la manière familière dont le Shin'a'in évoquait Kal'enel.

Aujourd'hui, il *savait* que le Promis à l'Épée avait une relation très personnelle avec sa Déesse. Elle parlait régulièrement à ses fidèles, et intervenait parfois dans leurs vies. Ce qui n'était pas très différent de la relation entre Vkandis et le Fils du Soleil.

— Selon ce qu'on m'a dit, la situation est si délicate que toutes les fins sont envisageables, répondit prudemment Karal. Peut-être est-ce pour ça qu'elle ne vous a pas dit que vous vous retrouveriez avec des locataires, et non des invités.

— Bien dit ! fit le Shin'a'in d'un ton chaleureux. Vous êtes donc nos locataires. Vous vivrez parmi nous, et il devient donc impératif de vous fournir de meilleurs quartiers que ceux qui furent aménagés à la hâte avant votre arrivée.

« Je me présente : Chagren shena Liha'irden. Je serai votre Guérisseur. Lo'isha est un excellent chamane et un grand homme, mais ses capacités dans ce domaine sont limitées.

Karal ne put s'empêcher de montrer sa surprise : un Guérisseur parmi les Promis à l'Épée ?

— Nous sommes les Gardiens des Plaines… Il est logique que nous ayons besoin d'un Guérisseur de temps en temps, non ? J'étais Guérisseur avant de devenir Promis à l'Épée. J'ai participé à la guerre contre Ancar, et j'ai prêté serment après m'être juré de pouvoir aussi défendre un jour ceux que j'étais venu Guérir. Je me suis présenté devant la Déesse. Elle m'a accepté. Bien sûr, tous ceux qui la servent n'ont pas une histoire aussi tragique. (Son expression changea, devenant très sérieuse.) Mais il y en a beaucoup. Ceux qui ont vu trop de souffrance et sont encore sains d'esprit se présentent généralement devant elle et sont acceptés dans ses rangs.

Ceux qui ont vu trop de souffrance…

Involontairement, Karal jeta un coup d'œil à An'desha. Chagren suivit son regard.

— Intéressant. Que pensez-vous de lui ?

Karal cligna des yeux, surpris par les manières directes du Shin'a'in.

— Je me demande parfois s'il y a une place pour An'desha quelque part, après tout ce qu'il a subi.

Le sourire de Chagren disparut et ses paupières voilèrent presque entièrement ses yeux.

— Oui, affirma-t-il au bout de quelques instants. S'il choisit de la prendre. Il n'existe pas d'histoire étrange au point qu'un individu ne puisse pas trouver sa place parmi nous. Je ne parle pas des Promis à l'Épée, mais des Sages, ceux qui portent le bleu du ciel nocturne et de la fin du jour. Ils sont Promis à la Connaissance plutôt qu'à l'Épée. Je crois qu'il serait bien parmi eux. Mais c'est à lui de décider.

Il retrouva son sourire.

— En attendant, j'ai pour tâche de veiller à votre confort, pendant que mes camarades apportent tout ce qu'il faut pour rendre ce lieu plus habitable.

« Dites-moi, avez-vous déjà été Guéri ?

— Pas vraiment, reconnut Karal. La Guérisseuse valdemarienne que j'ai consultée a estimé que tout ce qu'il me fallait, c'était des herbes et des potions, pas une véritable Guérison.

— Un Guérisseur compétent sait quand Guérir et quand laisser le temps travailler à sa place, répondit Chagren, approbateur. Bien, cette fois, vous allez bénéficier d'une véritable Guérison — comme celles que pratiquent certains de vos Prêtres du Soleil, je crois. Je vous demanderai seulement de fermer les yeux, de vous détendre et, quand vous sentirez mon esprit, de le laisser toucher le vôtre. C'est assez simple, non ?

— Oui, répondit Karal, sa migraine revenant de plus belle.

S'il avait eu la moindre hésitation, elle aurait disparu devant ce nouvel assaut de douleur. Il ferma les yeux et attendit, s'efforçant de se détendre.

À l'instant où il sentit l'esprit de Chagren, il comprit ce que le Shin'a'in avait voulu dire. La sensation était la même que la première fois qu'il avait communiqué avec Florian. Comme ce jour-là, quand le Compagnon avait demandé la permission d'« entrer dans son esprit », il baissa les barrières mentales dont il ignorait l'existence quand il était simplement Karal le Karsite.

Mais cette fois, au lieu de pensées et de sensations, une grande chaleur envahit son esprit et son corps, leur apportant la paix et le réconfort.

Quand il rouvrit les yeux, il pensa les avoir fermés seulement quelques instants, mais Chagren était parti.

Il lui avait laissé une cruche et une tasse.

Karal regarda autour de lui.

Un petit poêle avait été installé à ses pieds. Dessus était posé un pot fumant. Des coussins plats avaient été arrangés de manière à faire un lit bien plus confortable que celui où il était allongé.

Au-delà de sa chambre, il aperçut d'autres lits douillets et au moins un autre poêle.

Flammechant apparut soudain. Quand il vit qu'il était réveillé, le mage entra et se laissa gracieusement tomber à côté de lui.

— Tu as manqué le meilleur, dit-il. Des Kal'enedral ont défilé ici avec des foules de choses destinées à rendre notre séjour plus confortable. (Il sourit, l'air ravi.) Ils ont promis que nous n'aurions plus à cuisiner, même si nous continuerons à faire le boulot des hertasis. Enfin, c'est mieux que rien... Je préférerais me laisser mourir de faim plutôt que de manger ma propre tambouille !

Karal rit... et fut surpris de n'avoir plus mal à la tête.

— Ma migraine a disparu !

Flammechant hocha la tête.

— C'est ce que pensait Chagren. La prochaine fois qu'il te Guérira, je l'assisterai. Il m'a parlé de ce qui a provoqué tes maux de tête, et j'ai aussitôt compris... (Il leva une main pour éluder les questions du jeune homme.) Je te donnerai les détails une autre fois, quand nous aurons assez de temps pour que je t'explique comment et pourquoi un Guérisseur ou un mage sont susceptibles de t'aider — indifféremment. Pour le moment, tout ce que je peux te dire, c'est que tu as malmené la partie de toi qui canalise la magie. Comme si tu avais martelé l'intérieur de ton crâne avec une grosse pierre. Il a pu Guérir tes contusions, pour ainsi dire...

Karal essaya de s'asseoir et découvrit qu'il était toujours aussi faible qu'un poulain nouveau-né.

— Dommage que je ne sois pas complètement remis. Mais je suppose que Chagren ne pouvait pas tout guérir en une fois, dit-il en soupirant, alors que le Tayledras le prenait par le coude pour l'aider.

— Apparemment, non, renchérit le mage. Le temps participe à la guérison de certaines choses, comme la force et l'endurance.

« Bien, nous allons t'installer dans ton nouveau lit. Ensuite, tu pourras boire ce que Chagren a laissé pour toi, puis tu mangeras et tu dormiras. Les deux jours à venir, aller aux toilettes et en revenir sera ton seul exercice physique.

Avec l'aide de Flammechant, Karal se hissa sur les coussins plats, qui se révélèrent encore plus confortables qu'ils le paraissaient. Le mage le couvrit ensuite de toutes ses fourrures, et lui tendit la tasse métallique. Elle contenait une infusion agréablement fruitée et sucrée, qui réussit à étancher sa soif comme aucune quantité d'eau n'y était parvenue. Encouragé par le mage, il but une deuxième tasse du breuvage.

An'desha apparut alors avec un bol et une cuillère.

— Chagren nous a promis que tu pourrais t'alimenter seul, ce soir, dit-il en tendant le tout au jeune prêtre.

Le bol contenait de la *vraie* soupe, alors que Lo'isha lui avait jusque-là permis uniquement du gruau. Karal réussit à la manger seul, malgré le léger tremblement de ses mains, et il n'en laissa pas une goutte. An'desha et Flammechant le regardèrent comme deux nourrices inquiètes, et eurent un sourire triomphant quand il leur rendit le bol vide.

— Très bientôt, tu feras le ménage et la vaisselle comme nous, déclara An'desha en se relevant.

Karal regarda Flammechant tandis que le jeune Shin'a'in quittait la pièce.

— Pour m'excuser de vous faire perdre votre temps, il sera juste que je fasse le ménage et la vaisselle pour vous deux, et pour Renardargent, dit-il.

Se sentant coupable, il ne pouvait pas le dissimuler entièrement.

— Ne raconte pas de bêtise, répondit sévèrement le mage. Tu as fait déjà beaucoup, et qui sait ce que l'avenir nous réserve ? Quant à nous faire perdre notre temps… tu dors sans cesse. Et c'est d'ailleurs ce que tu devrais faire, dès que tu auras pris encore un peu de cet excellent remède.

Obéissant, Karal bu une troisième tasse d'infusion et ferma les yeux, même s'il ne se sentait pas fatigué. Mais il y avait sûrement quelque chose dans le breuvage. Ou son corps avait tellement besoin de repos qu'il saisissait toutes les occasions. En tout cas, il ne put aller plus loin que le premier stade de son rituel de relaxation.

Flammechant attendit que Karal se soit endormi, puis il rassembla les ustensiles et les emporta. La pièce par où ils étaient entrés dans la Tour était désormais réservée au nettoyage — de la vaisselle, du linge et des gens. Flammechant avait judicieusement utilisé la magie pour faire monter jusqu'à la surface une conduite à laquelle était maintenant relié un bassin que les Shin'a'in remplissaient de neige. Celle-ci ne fondait pas grâce à la magie, mais au soleil, et à un feu alimenté par du crottin de cheval. Ils avaient fixé un robinet — récupéré sur un tonneau — au bout du tuyau, et bénéficiaient ainsi de l'eau courante.

Les eaux usées coulaient dans la terre par une autre canalisation.

Renardargent était debout devant le bassin. Flammechant se sentit coupable en voyant le *kestra'chern* gaspiller son talent à faire la vaisselle et la lessive. Cela lui sembla aussi déplacé que regarder un sculpteur pelleter de la neige. Et pourtant, le Kaled'a'in s'acquittait de ces tâches ingrates avec une grande sérénité.

Il leva la tête et sourit en entendant approcher Flammechant.

— Si seulement on pouvait se débarrasser des problèmes aussi facilement que du gras sur les assiettes ! dit-il. Je suis content de participer à cette aventure. J'ai presque l'impression d'être en vacances !

— Pourquoi ai-je soudain l'impression que tu es de ces individus qui confondent vacances et retour à la vie sauvage ?

— Quoi ? fit le beau *kestra'chern* d'un ton innocent. Pas toi ? (Le regard pétillant, il continua :) Songe à la solitude, aux paysages, à la joie de tout faire par toi-même, sachant que tu ne peux compter que sur toi... Et pense à la liberté !

— Songe au manque total de civilisation, de divertissement, de nourriture décente, de bain chaud et de lit raisonnablement confortable, répliqua Flammechant. Je préfère subir les bavardages d'un noble provincial pendant une heure plutôt qu'écouter un ruisseau glouglouter pendant que mon nez et mes pieds sont en train de geler. Et je n'aime pas particulièrement la vaisselle ou le raccommodage. Ce sont au mieux des tâches fastidieuses. Et au pire une perte de temps !

— Pour toi, peut-être, mais dans des circonstances normales, un *kestra'chern* doit toujours répondre aux besoins des autres. Alors, si pour toi cet endroit est pire que l'exil, pour moi, c'est un camp de vacances.

Pris d'un autre accès de culpabilité, le mage s'assit près du bassin.

— Et même ici, tu n'es pas libre des exigences d'autrui, dit-il, se faisant des reproches. Moi, par exemple...

Le Kaled'a'in éclata de rire.

— Il ne s'agit pas d'exigences, *ahela*, mais de désir mutuel. Je pourrais prétendre que mes exigences sont aussi grandes que les tiennes, mais c'est faux. Pourtant, pour une fois, je peux agir en fonction de mes propres désirs au lieu de devoir me concentrer exclusivement sur les besoins d'un autre.

Flammechant se sentit un peu moins coupable.

— Je... t'aide à te sentir plus libre seulement en étant comme je suis ? Dans ce cas, peut-être vais-je devenir plus exigeant !

Le *kestra'chern* rit aux éclats.

Les deux griffons, curieux de nature, passèrent la tête dans la salle d'eau.

— Pourquoi ces rires ? demanda Treyvan. Les casseroles sont si amusantes ?

— Ça dépend qui les nettoie, vieil oiseau, répondit Renardargent. Vous êtes prêts à partir ?

— Maintenant que d'autres sont arrivés pour vous aider, oui, dit Hydona. Si j'étais jeune et sans attaches, je resterais, mais…

— Mais rien, coupa Flammechant, conscient que son amie avait peur qu'il lui demande de rester. Vos petits ont bien plus besoin de vous que nous. Nous vous sommes déjà très reconnaissants d'être venus.

— Quand le gardien de l'histoire sera là, nous ne vous servirons plus à rien, admit Treyvan. Il saura lire les inscriptions bien mieux que nous.

Flammechant comprit que les griffons se désolaient de n'avoir pas pu déchiffrer les textes anciens découverts dans la Tour. Pour eux, c'était un échec personnel. Ils avaient pensé que le clan k'Leshya, dont les individus revendiquaient le nom de Kaled'a'in, avait gardé une forme plus pure de leur langue d'origine que leurs cousins tayledras ou shin'a'in. D'autant plus que les k'Leshya, depuis la fin des Guerres Magiques, avaient vécu parmi les Haighlei, un peuple qui refusait tout changement.

Mais ils avaient eu tort.

Si les Haighlei détestaient les changements, ce n'était pas le cas des Kaled'a'in, et ils avaient fait évoluer leur langue au même titre que les Tayledras et les Shin'a'in. Peut-être pas aussi radicalement, mais assez pour que le langage utilisé dans la Tour soit aussi opaque pour les griffons que pour Flammechant et Lo'isha.

Néanmoins, il existait parmi les pionniers kaled'a'in un individu qui notait tout ce qui advenait dans la colonie, et dont le passe-temps était l'étude des anciens registres. Alors, même si cet historien n'était pas aussi doué que ses prédécesseurs — ceux des débuts de Griffon Blanc — il s'était porté volontaire pour venir les aider, et il devrait pouvoir faire du meilleur travail que les griffons.

En théorie. Or, la théorie, dans cette situation, s'était souvent révélée fausse.

— Je suis désolé de vous voir partir, continua Flammechant. Mais vous avez été très patients. Je sais que les griffons ne sont pas à l'aise sous terre.

Hydona ne dit rien, mais Treyvan frissonna.

— Ça n'a pas été facile, avoua-t-il. Je n'aurais jamais pu tenir tout ce temps si je n'avais pas su que le grand Skandranon avait posé les pattes ici.

Flammechant hocha la tête. Il n'y avait pas si longtemps, il aurait employé le même ton respectueux pour parler de visiter la Salle de la Pierre-Cœur du palais de Haven, où avait travaillé son ancêtre Vanyel. C'était avant que ce même ancêtre l'ait kidnappé et propulsé au cœur des problèmes du royaume de Valdemar. Aujourd'hui, il avait sans doute une vision un peu plus amère des « ancêtres honorés ».

Oh, qu'ils gardent leurs illusions. Il est peu probable que Skandranon vienne fourrer son nez dans nos affaires ! S'il devait se montrer, comme Vanyel, il serait déjà là. Si ça les a aidés à supporter la sensation d'être enterrés vivants, pourquoi pas ?

De plus, Skandranon était mort paisiblement, à un âge très avancé, entouré de ses petits-enfants et arrière-petits-enfants. Il n'était fait mention nulle part, dans sa légende, d'une forêt hantée où il se passait de drôles de choses. Et plusieurs de ses descendants étaient devenus eux-mêmes des légendes.

Flammechant ne pouvait s'empêcher de se demander ce que son ancêtre Vanyel mijotait. Ils n'avaient plus entendu parler de lui depuis qu'ils avaient mis un terme à la double menace représentée par Fléaufaucon et Ancar. Pourtant, Vanyel devait avoir récupéré de l'effort qu'il avait fourni pour défaire le Réseau. Et ce même Vanyel, en possession de toute sa puissance, avait réussi à arracher le contrôle d'un Portail qu'*il* n'avait pas ouvert pour transporter cinq humains, quatre griffons, un dyheli, deux Compagnons et deux oiseaux liges. Et sur une distance incroyable : d'un point situé à la lisière des Plaines de Dhorisha au cœur de la Forêt des Soupirs, au nord de Valdemar. Alors, qui pouvait dire de quoi il était capable ?

Je crois savoir pourquoi il n'a pas affronté Fléaufaucon lui-même... Je n'aurais pourtant pas donné cher de Fléaufaucon si Vanyel — sans parler de Yfandes et de Stefen — s'était occupé de lui.

— Devons-nous comprendre que vous restez ? demanda Treyvan.

Flammechant et Renardargent acquiescèrent en chœur, mais ce fut ce dernier qui répondit.

— C'est pour ça qu'une légion de Promis à l'Épée a défilé avec toutes sortes de choses. Nous venons de prévenir Karal, qui n'était jamais réveillé assez longtemps pour participer aux conversations. Les Kal'enedral ont dit que nous avions eu de la chance de ne pas rencontrer de tempête en venant, et que nous ne pouvons pas espérer en avoir autant en repartant maintenant. Or, si nous étions coincés, il nous faudrait faire comme les Shin'a'in : creuser un trou pour ne pas mourir gelés et y passer l'hiver. Et une fois que la piste a été effacée par les intempéries, pas moyen de la retrouver.

« Tout bien considéré, si je dois être piégé quelque part, autant que ce soit ici, où nous pouvons continuer de nous rendre utiles. Je vais chercher des portes dérobées et des passages secrets pendant que les autres essaieront de définir les effets de la vague d'annulation que nous avons provoquée, et combien de temps ils dureront.

— Je crois que vous agissez sagement, répondit

Treyvan. Karal ne survivrait pas au voyage de retour, et encore moins à une tempête.

— C'est aussi mon avis, et c'est pour ça que j'ai décidé de rester, soupira Flammechant. Même si cela signifie que je vais devoir vivre comme un bandit jusqu'au printemps !

Treyvan fit mine de lui flanquer une tape.

— Petit coq ! glousssa-t-il. Tu n'es pas content parce que, ici, à part Renardargent, il n'y a personne pour t'admirer !

— Non, je ne suis pas content parce que je déteste recoudre les coutures qui lâchent et récurer les casseroles, riposta le mage en leur faisant signe de filer. Allez, partez. Je suis sûr que vous êtes impatients d'entendre à nouveau des trucs comme : « Mais *papa* a dit que je pouvais ! », « Mais la maman d'Andra la laisse faire, *elle* ! » ou « Je dois *vraiment* manger ça ? ».

Quand il le voulait, Flammechant avait un véritable don d'imitation. Il réussit si bien à prendre le ton d'un petit griffon que les deux adultes aplatirent les oreilles, alarmés.

— Hydona pourrait peut-être partir en éclaireur, suggéra Treyvan, qui rentra la tête sous le regard assassin de sa compagne. Et peut-être pas… Après tout, nous avons affronté Ancar, Fléaufaucon, l'armée impériale et les tempêtes magiques. Que sont deux enfants comparés à ça ?

— Plus redoutables que tous ceux-là réunis, parce qu'ils obtiennent toujours ce qu'ils veulent ? suggéra Flammechant. (Hydona lui jeta un regard noir.) Bien sûr, mon opinion ne compte pas, ajouta-t-il. Après tout, je n'ai pas d'enfant.

La femelle griffon grogna, mais se radoucit. Le mage décida — sagement — de garder pour lui la suite de ses opinions.

— Vous nous manquerez beaucoup, dit-il. Vous

avez fait bien plus que votre devoir, et les petits enfants ont besoin de leurs parents. Je vous souhaite un bon vol, mes amis.

— Merci, répondit Treyvan.

Même si les Shin'a'in avaient travaillé à élargir l'ouverture du tunnel, elle était toujours un peu étroite pour les griffons, surtout quand ils portaient leurs sacs. Par courtoisie, Flammechant invoqua une lumière magique qui leur ouvrit le chemin, même si Treyvan aurait pu le faire seul. Bien sûr, ils ne se perdraient pas dans le tunnel — rigoureusement rectiligne — mais peut-être leur paraîtrait-il moins clos.

Renardargent continua de regarder l'ouverture longtemps après que les griffons furent partis.

— Tu sais, dit-il enfin, c'étaient les seules créatures que j'enviais, étant enfant.

— Les griffons en général ? demanda Flammechant. Ou ces deux-là en particulier ?

— Les griffons en général, répondit Renardargent en se retournant vers le bassin. Surtout parce qu'ils volent, mais aussi parce que ce sont des créatures extraordinaires. Ils ont leur propre costume de plumes, ils sont mieux armés que le meilleur des guerriers, et ils peuvent tout faire, à part les choses qui exigent une grande dextérité. Même devenir *kestra'chern* ! Alors, je les enviais.

— Et maintenant ?

— Maintenant, je suis assez vieux et expérimenté pour avoir vu le prix qu'ils payent pour tout ça. Tu serais surpris de savoir à quel point leur système digestif est délicat. Ils sont victimes de maladies qui passent presque inaperçues chez les humains. Et leurs articulations se raidissent douloureusement avec l'âge. Alors, je me demande si ça vaut le coup d'être un griffon... Une chose est sûre, je ne les envie plus.

— Je ne les ai jamais enviés, fit Flammechant. Je n'envie qu'une seule créature : moi-même.

— ... et le Mage du Silence rassembla toutes les armées autour de sa place forte, à Ka'venusho, dit Chagren, montrant avec son charbon un des schémas qu'il avait dessinés sur le sol.

Karal hocha la tête, et se concentra pour écouter la suite du récit. Il l'avait déjà entendue de la bouche de Lo'isha, bien sûr, mais Chagren avait fait l'*expérience* d'une version condensée de l'histoire des Guerres Magiques. Ça s'était passé pendant son apprentissage. Il était entré dans un lieu saint, à Kata'shin'a'in, où étaient abrités les Réseaux du Temps. Karal ne comprenait pas assez bien le Shin'a'in pour avoir une idée précise de leur aspect. Selon Chagren, ils conservaient les souvenirs de ceux qui les avaient faits. Dans certaines conditions, ces souvenirs pouvaient être réveillés et revécus. Karal était disposé à le croire — après tout ce qu'il avait vu, il n'était pas à une merveille surnaturelle près.

Les griffons lui avaient déjà donné leur version de l'histoire — qui soulignait l'héroïsme du Griffon Noir. Renardargent en avait une légèrement différente, provenant d'Ambredragon et de Tadrith Tueur de Wyrsa, et transmise de génération en génération de *kestra'chern*.

— ... Voilà pourquoi cet endroit était saint pour nous, même avant que nous sachions qu'on y trouvait des armes encore utilisables, continua Chagren. J'ai dit « saint », et non « sacré », car les gens des Plaines ne considèrent aucun humain comme sacré, pas même ses Avatars. Le Mage du Silence était un homme bon, et il avait des défauts comme tout le monde. Ce qui le rendait meilleur qu'un autre ? Il voyait ses faiblesses et passait sa vie à essayer de les contrôler, afin de ne faire de mal à personne. Il a également voué une grande partie de son existence au bien-être des autres. Ce qui le rendait dangereux ? Les choses qu'il ne contrôlait pas : sa curiosité et son désir de toucher à tout, de tout *changer*, parce qu'il en avait envie.

Karal enregistra tout ça. Il était intéressant d'entendre les diverses versions. Pas seulement l'histoire du Cataclysme, mais aussi comment les trois cultures voyaient l'Adepte Urtho. Pour les griffons, il incarnait le Père — ce qui n'avait rien de surprenant, puisqu'il les avait créés. Pour Renardargent, il était à la fois un personnage historique et l'objet d'une semi-vénération, moins qu'un dieu, mais plus qu'un simple humain. Pour les Tayledras, il était une figure floue dans un passé brumeux, car ils avaient gardé peu de souvenirs de lui. La plupart ne se rappelaient pas son nom, et l'appelaient simplement le Mage du Silence. Pour beaucoup de Shin'a'in, il n'était même pas cela…

Sauf pour les Kal'enedral. À leurs yeux, Urtho était un homme puissant, à l'âme et au cœur fondamentalement bons, mais qui ne pouvait pas résister à la tentation de modifier des choses auxquelles il n'aurait jamais dû toucher. Sans nul doute, c'était dû à leur préjugé contre la magie. Chagren n'en était pas dépourvu, même s'il était moins radical que la plupart des ses compatriotes.

Leur Déesse avait donné pour mission aux Shin'a'in de garder les Plaines. Et c'était ce qu'ils faisaient, même si la plupart ignoraient qu'il y avait effectivement quelque chose à garder sur leurs terres. Étant une Déesse, la Dame Aux Yeux Étoilés aurait pu faire disparaître les armes, si elle l'avait voulu, mais les voies des divinités étaient impénétrables. Pour que ses serviteurs, les Kal'enedral, rompent leur silence et acceptent d'ouvrir les Plaines et la Tour à des étrangers, elle avait dû le leur demander en personne. Karal n'osait imaginer leur réaction quand ils avaient su qu'ils allaient accueillir des *mages*.

Leur foi doit être immense, se dit-il, avec un certain émerveillement. *Quand je pense au temps qu'il m'a fallu pour accepter que les Compagnons et les Hérauts ne sont pas démoniaques... Ils ont surmonté leur crainte bien plus rapidement.*

Ou ils avaient réussi à la laisser de côté... Il n'avait rencontré aucune hostilité, seulement de la méfiance, la même que celle qu'il éprouvait face à des étrangers.

Mais les Kal'enedral choisissaient peut-être avec soin leurs représentants.

— Je m'accommoderais de moins de changements, dit Karal avec un petit rire. Mais les tempêtes magiques ne nous laissent pas le choix.

— Encore une calamité dont certains tiennent Urtho pour responsable. D'après ces gens, s'il n'avait pas fait des choix douteux, rien de tout ça ne se produirait aujourd'hui.

Intéressant. Se pourrait-il que Chagren adopte un point de vue plus ouvert ?

— Vous ne pensez pas ça ? demanda Karal.

Le Shin'a'in parut sur le point de ne pas répondre, puis il haussa les épaules.

— Non... À mon avis, s'il en avait eu le temps, l'ennemi d'Urtho, Ma'ar, aurait pu faire bien pire. Après tout, il suffit de voir les dégâts provoqués par Fléaufaucon et Ancar, des mages bien moins doués que lui. Bien sûr, mes professeurs *leshy'a* ont... l'habitude des mages.

Leshy'a était un mot nouveau. Karal pensa reconnaître sa racine. Quelque chose en rapport avec un esprit...

— Quel genre de professeur ? demanda-t-il, voulant savoir s'il avait vu juste.

— Je suppose que vous les appelleriez des « esprits », bien qu'ils puissent être parfaitement solides si la Déesse le souhaite, répondit Chagren, comme s'il conversait quotidiennement avec des fantômes.

Et c'était peut-être le cas.

— À un certain moment de leur vie, les Promis à l'Épée rencontrent un ou plusieurs *leshy'a Kal'enedral*… (Sa voix mourut, son regard rivé sur quelque chose, derrière Karal.) Je crois, jeune étranger, ajouta-t-il d'un ton respectueux, que vous allez découvrir ça par vous-même.

Karal se retourna, et vit qu'un second Promis à l'Épée se tenait sur le seuil de la chambre. C'était indéniablement une femme… et une guerrière. Vêtue de noir de la tête aux pieds, le bas de son visage était dissimulé par un voile. Une épée et un long couteau pendaient à sa ceinture, mais elle ne semblait pas consciente de leur poids. Elle traversa la pièce en deux longues enjambées et s'arrêta près de Karal.

Elle aurait pu lui sembler intimidante, voire effrayante. Pourtant il n'y avait chez elle rien de menaçant. De compétent, oui. Et d'imposant. Mais Karal n'aurait pas hésité une seconde à lui faire confiance. Ses yeux bleus, au-dessus du voile étaient à la fois amusés et doux, et il sentit qu'elle souriait.

— Pardonnez-moi de ne pouvoir me lever pour vous saluer, ma dame, dit-il avec un profond respect.

— Ne vous excusez pas, répondit-elle d'une voix étrange, qui sonnait comme si elle lui avait parlé du fond d'un puits. Si je comprends bien, vous n'êtes pas au mieux de votre forme.

Il plissa les yeux, commençant à voir, ou à sentir, qu'il y avait quelque chose d'inhabituel chez cette femme. Quelque chose de familier… comme… comme…

Dieu du Soleil ! Elle est… non…

— Je présume, dit-il après avoir pris une profonde inspiration, que les Promis à l'Épée qui, comme vous, choisissent de former les générations suivantes, ne prennent pas la peine de s'incarner dans un « réceptacle » tel que les Chats de Feu ou les Compagnons.

Cette femme est un esprit ! Comme les Avatars d'An'desha, mais plus présente. Et plus réelle.

Sa propre audace donna le vertige à Karal : regarder un esprit dans les yeux et lui parler comme à un égal !

— Dites plutôt *sont choisis*, plutôt que *choisissent*, et vous aurez raison, jeune prêtre, répondit l'esprit. Mais je dois admettre que la Déesse a songé une fois ou deux à des Compagnons Noirs. Ou peut-être à des Cavaliers Noirs.

Karal imaginait sans peine la réponse indignée de Florian à cette idée, et réprima un rire.

Des Compagnons noirs ? Les Hérauts s'en étrangleraient !

— Je crois que vous avez rencontré une parente à moi, continua l'esprit. Elle a laissé sa marque sur vous, et ça me pousse à penser que vous lui avez fait bonne impression. Elle est difficile à contenter.

Karal réfléchit pour déterminer de qui elle parlait.

— Euh… vous… Querna ? hasarda-t-il, se demandant quel genre de marque elle avait pu laisser sur lui.

L'esprit éclata de rire.

— Non, jeune hors-Clan. Kerowyn. Je constate que vous avez aligné tout ce qui pourrait vous servir d'arme, histoire de pouvoir les saisir en cas de besoin. Elle vous a si bien entraîné que c'est devenu une habitude…

Surpris, il baissa les yeux et constata qu'elle avait dit vrai : il avait aligné toutes ses armes, gardant sa dague près de son coude et disposant les objets à lancer à portée de sa main. Il rougit. Que devait penser Chagren ? Qu'il ne leur faisait pas confiance ? Qu'ils avaient un assassin parmi eux ?

— Ne soyez pas gêné, mon garçon, fit gentiment l'esprit. C'est une saine habitude. Qu'arriverait-il si une personne se glissait ici avec de mauvaises intentions ? Si un de nos frères fanatiques décidait que vous avez trompé la Déesse et que vous devez périr ? Savez-vous ce que nous disons ? *Repère toujours où sont les issues. Ne t'assois jamais le dos à la porte. Surveille les reflets. Attention aux ombres. Garde les mains libres et ton arme prête.*

Dieu du Soleil ! pensa Karal. *Me voilà bombardé de proverbes shin'a'in ! Quelle terrible façon de mourir !*

Il plaisantait intérieurement, mais il semblait que la Kal'enedral avait l'intention de réciter tous les proverbes shin'a'in sur l'autodéfense.

— *Ne t'assois jamais pour manger avec l'épée au côté, attache-la dans ton dos pour pouvoir la tirer. Mieux vaut un ennemi honnête qu'un faux ami. Quand…*

— Celui qui est sage en dit le moins possible, coupa le Karsite, espérant mettre un terme à ce déluge.

Tous les Shin'a'in étaient-ils comme cela ? Kerowyn avait toujours un proverbe aux lèvres. Et un *leshy'a Kal'enedral* devait les connaître tous !

L'esprit rit de nouveau.

— Bien dit ! Gardez ce sens de l'humour, et vous survivrez sans doute à cette aventure.

« Chagren, prends bien soin de lui. Il est plus profond qu'il n'en a l'air.

Chagren s'inclina.

— À tes ordres, professeur.

Karal ne s'attendait pas au départ de l'esprit. Le temps qu'il cligne des yeux, il eut pourtant disparu. Un frisson remonta le long de sa colonne vertébrale, mais il était décidé à n'en rien laisser paraître.

— Si vous voyez un Promis à l'Épée voilé, expliqua Chagren, c'est un *leshya*. Il y en a quelques-uns ici, parmi nous. Nous pensons qu'ils sont venus pour assurer votre sécurité… ou la nôtre. Nous en débattons toujours.

— Sans doute les deux, répondit Karal, dont la tête tournait encore. Kerowyn lui est apparentée ?

Chagren haussa les épaules.

— C'est ce qu'elle a dit. La première fois que j'entends ça, mais les *leshya* parlent peu de leur passé... Bien souvent, nous ne connaissons même pas leurs noms. C'est mon premier professeur d'escrime. Elle est venue la nuit où j'ai juré de... (Il se tut et secoua la tête.) Je parle pour ne rien dire. Quant à vous, jeune prêtre, vous venez de passer une sorte d'épreuve. Désormais, plus aucun Promis ne contestera votre droit d'être sur ces terres.

Sur ces paroles surprenantes, Chagren tourna les talons et sortit de la chambre, laissant Karal seul avec ses réflexions.

Et celles-ci étaient compliquées.

J'ai donc le droit de rester sur ces terres. Mais les autres ?

Flammechant regarda sa chemise toute froissée en soupirant. Sa garde-robe n'était pas faite pour ce genre d'existence.

— Lui jeter un regard noir ne recoudra pas l'ourlet, dit Renardargent, des aiguilles dans la bouche. Je te conseille de laisser tomber et d'employer la bonne vieille méthode.

Flammechant grogna tout bas, mais s'arma de fil et d'une aiguille — à contrecœur.

— Tu peux parler, gémit-il, tu as fait la vaisselle d'An'desha. En échange, il a nettoyé la chambre. Lo'isha a lavé tes draps et aéré ton lit contre des massages. Moi, je n'ai rien à offrir à personne ! Aussi barbare que soit Valdemar, c'est un paradis comparé à cet endroit !

— Ça pourrait être pire si nous étions toujours obligés de manger ta cuisine. Nos cousins sont très généreux de se charger de cette corvée.

Le mage grogna de nouveau.

— Tu dis ça parce que tu sais faire des choses dont

les Kal'enedral ont besoin. Moi, je suis un *mage*, donc ils n'acceptent rien de moi.

Le *kestra'chern* posa ses aiguilles pour lancer un regard compatissant à son ami.

— Tu n'es pas uniquement un mage, mais aussi un amoureux. Et tu es si exotique, à leurs yeux, qu'ils fantasmeraient plus volontiers sur des nuages que sur toi. S'il y a vraiment quelque chose que tu détestes, dis-moi ce que c'est et je le ferai à ta place, ou je l'échangerai à un Promis, contre un massage. Tu es un mage, *ashaka*, et je sens dans mes os que tu auras très bientôt d'autres soucis que les ourlets défaits et les coutures qui lâchent.

Flammechant allait répondre, mais il se contenta de secouer la tête et de rire de lui-même.

— Comment se fait-il, quand tu dis des choses comme ça, que mon orgueil se ratatine au lieu de se gonfler ? Sans compter que tu me flanques la frousse.

— Vraiment ? fit Renardargent en inclinant la tête sur le côté.

Changeons de sujet. Je peux me passer de trop d'introspection.

— La magie est plus fiable, à présent que les vagues sont aplanies. Ce n'est toujours pas comme avant, mais je crois que je pourrai bientôt ouvrir un Portail vers la lisière des Plaines. Crois-tu que les k'Leshya nous fourniraient des objets de première nécessité, histoire de nous rendre la vie ici plus tolérable ? Aucun de nous n'a pris de bain depuis des semaines. Une baignoire serait la bienvenue, même s'il s'agissait d'un abreuvoir. Et un chauffe-eau.

Le *kestra'chern* eut l'air songeur.

— Ils devraient pouvoir nous envoyer les équipements que les Tayledras ont laissés derrière eux, et d'autres que nous-mêmes avons abandonnés. Et si tu arrivais à ouvrir un Portail, peut-être y aurait-il des volontaires hertasis. Ils ne peuvent pas traverser les Plaines en hiver, à cause du froid, et je ne le leur demanderai pas. Mais certains viendraient, s'ils avaient l'assurance que nous les garderons au chaud.

Flammechant ferma les yeux un instant. Comme sa petite armée de serviteurs lui manquait ! S'il en récupérait un ou deux, il n'aurait plus à s'occuper des corvées. Les hertasis adoraient faire les choses qui le rebutaient, et ils pourraient sans doute prodiguer des cours d'organisation aux autochtones.

— Avant de faire quoi que ce soit, il faut savoir ce que Sejanes et les autres, à Haven, ont découvert au sujet des Portails. J'adorerais avoir des hertasis ici, mais je refuse de les mettre en danger. C'est une chose de jeter un sac de grain à travers un Portail. C'en est une autre d'y faire passer une créature vivante.

Renardargent acquiesça puis coupa son fil avec les dents.

— Si nous parvenons à ouvrir un Portail sûr, tu crois que nous devrions renvoyer Karal ? Il serait sans doute mieux avec les k'Leshya.

Une fois de plus, Flammechant hésita.

Une bonne question. Karal serait effectivement mieux avec les k'Leshya, mais… combien d'armes cachées ici fonctionnent avec un Conduit ? Qu'allons-nous devoir faire pour lutter contre la dernière tempête, la réplique du Cataclysme d'origine ?

— Demande à An'desha et à Lo'isha, mais je pressens que nous aurons encore besoin de lui. S'il veut rester, ne nous opposons pas à sa décision. (Il fit encore quelques points et noua son fil.) Je crois qu'il va insister pour rester. Je suis assis là, à me plaindre de devoir nettoyer derrière moi, et il s'agite parce qu'il ne peut nous être d'aucune utilité.

— C'est sans doute pour ça qu'il est prêtre, et pas toi, fit Renardargent. Il aspire à tout donner, même quand il ne lui reste rien. Ça lui fait du mal, mais ça lui permet également de se sentir utile. Nous ne pouvons pas tous être portés au sacrifice. La Dame sait que je ne le suis pas…

Il fut interrompu par un bruit de course.

— Salut, vous deux ! dit An'desha en passant la tête dans la pièce. Venez dans la chambre de Karal. Altra a « sauté » jusqu'à Haven et il a rapporté un message de Sejanes.

Ils laissèrent tomber leur raccommodage et se levèrent d'un bond pour courir dans la chambre de Karal — qui avait abrité l'arme dont il était devenu le Conduit.

Flammechant n'avait pas encore eu le cœur de l'apprendre au jeune Karsite. Quand ils avaient décidé de ne pas le déplacer, il s'était dit, toutes les pièces se ressemblant, que Karal ne remarquerait pas ce détail.

J'ignore comment il réagirait. S'en ficherait-il, ou serait-il malheureux d'être dans la pièce où il a failli mourir ?

Dans la chambre, ils trouvèrent Lo'isha, quelques Kal'enedral, Florian, An'desha, et Altra blotti dans le giron de Karal. Un message attendait sur le lit, toujours dans son tube.

Flammechant cligna des yeux. Après tout le temps passé à Haven à travailler avec les mages et les ingénieurs, il s'était attendu à voir plus de monde.

Mais, aujourd'hui, il n'y a plus que nous. Est-ce un bien ? Je répugne à l'admettre, mais ces ingénieurs avaient quelques bonnes idées.

— J'espère que le message est écrit en valdemarien, mais ça n'est sans doute pas le cas, dit Karal. Je connais un peu la langue impériale, alors je devrais pouvoir le traduire, si vous le désirez.

— Vas-y, répondit Flammechant en lui faisant signe de ramasser le tube. Je ne lis déjà pas couramment le valdemarien, alors tu es sans doute le seul à pouvoir le faire… à part Florian.

— Et j'imagine Florian essayant de dérouler le message ! lança le jeune prêtre.

Malgré cette pique, le mage vit le Compagnon se glisser derrière Karal, sans doute pour l'aider à traduire.

Si Aya savait lire les langues étrangères ! pensa-t-il. *Nous pourrions en apprendre chacun quelques-unes. Comme ce serait pratique !*

Karal ouvrit le tube et en sortit un parchemin.

Apparemment, il était en valdemarien, car il lut et traduisit sans attendre — avec le concours de Florian.

— La lettre commence par ces mots : « *Salutations. N'essayez pas d'ouvrir un Portail. Nous l'avons fait, avec des résultats Désastreux* ». Avec un D majuscule à désastreux.

Flammechant tressaillit.

C'est ce que je craignais.

— Les choses doivent être encore plus instables que nous le pensions, dit An'desha. Mes petites tentatives magiques ont été un tel succès que j'avais cru que les plus grosses réussiraient.

— C'est à cause de l'endroit où nous sommes, rappela le Tayledras. Pour autant que nous le sachions, cette Tour possède de puissants boucliers. Du coup, nous sommes protégés des perturbations extérieures.

Karal s'éclaircit la gorge pour attirer leur attention. Flammechant se tourna vers lui et lui fit signe de continuer.

— « *Je crains, chers collègues, que ça signifie que vous êtes exilés jusqu'à la conclusion. Nous avons ouvert un Portail local aussitôt après la mise en application de la contre-mesure, et nous avons essayé d'y faire passer des objets. Je suis content de cette précaution car le résultat n'était pas beau à voir. Certaines choses étaient encore reconnaissables. Mais la plupart avaient souffert de dessiccation, de pourrissement ou de compression. Les sauts d'Altra ne semblent pas poser de problème pour le moment, même quand il "porte" une autre personne. Mais de son propre aveu, cela lui demande de plus en plus d'efforts. »*

Altra releva la tête et précisa :

La distance que je peux parcourir en un seul saut diminue peu à peu. Très bientôt, je le crains, je n'irai pas plus vite qu'un Compagnon.

Je me demande si je ne ferais pas mieux d'essayer de rejoindre les k'Leshya, pensa Flammechant. *Je ne suis pas sûr de pouvoir continuer à vivre comme ça sans perdre mon sang-froid, voire devenir fou.*

— Bien, dit-il, ce n'est pas une bonne nouvelle. Autre chose ?

Karal finit de parcourir la lettre.

— Dès qu'il en a terminé avec les mauvaises nouvelles, il devient plus formel et plus technique. En résumé, Altra pourrait sans doute amener une ou deux personnes ici avant de ne plus pouvoir sauter. Oh, et il nous conseille de trouver un moyen de communiquer avec Haven… Peut-être à l'aide de la vision à distance. La magie qui ne transfère rien de physique semble mieux fonctionner que l'autre. J'espère seulement que les boucliers de cet endroit ne perturbent pas la vision à distance.

Il tendit la lettre à Flammechant.

— Tiens, tu déchiffreras les détails plus tard. La plupart n'ont aucun sens pour moi.

L'Adepte tayledras prit le parchemin.

— Je l'étudierai, promit-il. Bien, qu'allons-nous faire ? Si Altra doit nous amener des renforts, il faut qu'il fasse vite.

— Oui, tant que ça reste possible, ajouta lentement An'desha. Je suggère Sejanes et maître Levy.

Flammechant leva les yeux au ciel, mais acquiesça à contrecœur.

— S'ils acceptent l'inconfort des sauts, ils sont le meilleur choix possible, soupira-t-il. Sejanes maîtrise une discipline magique qui nous est étrangère, quant à maître Levy… (Il marqua une pause pour s'exhorter à être charitable, et choisit soigneusement ses mots :) Il a une manière bien à lui d'étudier nos problèmes. S'il refuse de venir, il nous faudra un autre maître ingénieur. Même moi, je suis forcé d'admettre que nous n'aurions rien accompli sans leur aide.

An'desha et Karal hochèrent vigoureusement la tête, une réaction qui déplut souverainement à Flammechant. Mais privés des ingénieurs, ils travailleraient sans une ressource aussi importante que la présence d'un Adepte.

Nous avons besoin de leur point de vue, si différent du nôtre. Et maître Levy est peut-être bien aussi intelligent qu'il croit l'être.

Maître Levy et Sejanes se sont déjà portés volontaires, dit Altra. *J'attendais pour connaître vos sentiments. Je peux partir les chercher, mais il me faudra plusieurs jours pour retourner à Haven et en revenir.*

Flammechant fut étonné. Plusieurs jours ? La distance de saut d'Altra s'était effectivement réduite !

— Dans ce cas, je crois qu'il vaut mieux que tu files dès maintenant, dit-il au Chat de Feu. Je préfère ne pas penser à la vitesse à laquelle la situation se détériore.

Altra acquiesça, puis il disparut.

Remarquant l'expression troublée de Lo'isha, l'Adepte lança poliment :

— Qu'y a-t-il, chamane ?

Le Shin'a'in haussa les épaules.

— Je me demande s'il n'aurait pas fallu obtenir la permission de nos hôtes, avant de faire venir d'autres personnes ici. Espérons qu'ils ne s'en offenseront pas.

Curieusement, cette infime opposition renforça la détermination de Flammechant.

— Si ces hommes avaient été avec nous dès le début, nous aurions peut-être définitivement réglé le problème des tempêtes magiques. Moi, je veux qu'ils viennent. Vent et tempête, Lo'isha, si tu as peur qu'ils s'enfuient avec les secrets de la Tour d'Urtho, sache que maître Levy n'entend rien à la magie et que Sejanes est si vieux qu'un souffle de vent pourrait lui briser les os ! Ils ne représentent pas une menace !

— Je suis d'accord, mais il ne s'agit pas de moi, dit le chamane avant de hausser de nouveau les épaules. Enfin, si. J'ai sans doute autant d'autorité en la matière que les Kal'enedral. Je déteste ça, mais je suppose qu'il est temps que j'en fasse la démonstration.

Puisque c'était l'opinion de l'Adepte, il tint sa langue.

Karal ayant l'air fatigué, Flammechant se leva d'un bond.

— Je vais à la recherche d'une autre chambre secrète. Selon moi, cet endroit ne nous a pas encore livré tous ses secrets. Quelqu'un veut se joindre à moi ?

Urtho avait été un des esprits les plus brillants de l'histoire et ses architectes s'étaient montrés à la hauteur. L'Adepte avait déjà découvert une petite salle secrète. En observant le sol de la « laverie », il avait remarqué que l'eau s'infiltrait par des fentes presque invisibles. La salle ne contenait rien — en fait, il devait s'agir d'une réserve —, mais désormais, il savait que de telles surprises les attendaient, à condition de les trouver.

— Moi, dit An'desha.

— Alors viens. J'ai envie d'étudier la salle du crâne.

La « salle du crâne » contenait des vestiges qui semblaient avoir été laissés par une douzaine de chamanes et d'ingénieurs — avec quelques ossements. Le composant central en était un crâne de vache. Nul ne savait à quoi servait cette structure. Ils auraient craint de la démonter, si elle n'avait pas commencé à s'effriter en plusieurs endroits sous les effets de l'onde de choc.

Au lieu d'utiliser la magie — car la salle en regorgeait littéralement — Flammechant recourut à ses sens ordinaires. Ayant retenu la leçon de la « laverie », il se servit une gourde pleine d'eau.

Comme c'était un travail fastidieux, il s'attendait à ce qu'An'desha lance la conversation... Mais pas sur le sujet qu'il aborda.

— Tu songes à rentrer, n'est-ce pas ? À aller chez les k'Leshya, sinon dans ta Vallée.

Flammechant ne répondit pas immédiatement, feignant d'être absorbé par sa tâche.

— Je ne suis pas habitué à ces conditions de vie. Elles sont plus difficiles pour moi que pour toi.

— Je ne te contredirai pas. Et ne pense surtout pas que j'essaie de te culpabiliser. Après tout, les griffons sont partis.

— Mais ils ont deux petits ! cracha le Tayledras. Pas moi. Je n'ai aucune excuse, sinon celle de retrouver mon confort !

Absurdement, il en voulait à An'desha. Il avait l'impression d'être si transparent que le Shin'a'in pouvait prévoir ses désirs et ses raisonnements.

Le problème ? Chaque fois qu'il regardait Karal, il avait honte de lui-même.

— Tu en as déjà fait beaucoup plus que la plupart des gens, dit gentiment An'desha. Pour commencer, tu as combattu Fléaufaucon...

— Mornelithe Fléaufaucon était un défi, mais rien de plus. Et je n'étais pas seul pour l'affronter.

— Et pourquoi l'aurais-tu affronté seul ? Valdemar n'est pas ta patrie. Fléaufaucon ne menaçait pas les Vallées. Tu avais fait ton devoir en apprenant aux

Hérauts-Mages à utiliser la magie. Après, tu aurais pu rentrer chez toi…

— Et qui d'autre aurait lutté contre Fléaufaucon ? demanda Flammechant. Un de ces Hérauts à moitié formés ? Elspeth ? Ventnoir, peut-être ? Aucun d'eux n'aurait pu te libérer. Je ne suis même pas sûr que Besoin aurait pu te sauver *et* s'occuper de Fléaufaucon.

An'desha se contenta de hocher calmement la tête.

— Mais après, tu aurais pu rentrer chez toi et m'emmener avec toi. Tout aurait été différent. Tu as fait ton devoir, et bien plus encore, Flammechant. Personne ne pourrait t'en vouloir d'être fatigué de tout ça.

— Et comment me comparer à quelqu'un comme Karal si je fuyais ? Fatigué ? De quoi aurais-je l'air à côté de quelqu'un qui a mis sa vie en danger pour notre bien à tous ?

— À t'entendre, on croirait qu'il désire devenir un martyr, grogna An'desha. Karal est entêté, parfois sectaire, et par moments incroyablement naïf, mais il n'est pas un martyr. Ni toi non plus. Aucun d'entre nous n'en est un.

— Et alors ?

Aya avait dû sentir la détresse de son maître, car il arriva à tire-d'aile et vint se percher sur son épaule. Flammechant le caressa, cherchant un peu de réconfort.

— S'il n'est pas un martyr, alors…

Il se tut, conscient de la tension, dans sa voix. Ayant pris une profonde inspiration, il continua :

— An'desha, j'ignore pourquoi tu fais ça.

Soudain, l'Adepte comprit.

Il me force à aller au bout de mes réflexions, afin que je puisse prendre une décision, au lieu de laisser mes émotions me ballotter.

An'desha hocha la tête, comme s'il voyait tout cela écrit sur le visage de son ancien amant.

Je ne peux pas prendre de décision, parce que je

m'efforce de prouver que je vaux mieux que Karal. Et je ne parviens pas à me défaire de ma culpabilité.

Alors, pourquoi est-ce que je reste ?

— Les décisions de Karal lui appartiennent, mais… eh bien, je ne suis pas vieux au point de ne pas pouvoir prendre exemple sur un jeune homme comme lui. Vous avez besoin de moi, tout autant que de Sejanes, de maître Levy et d'Altra. Je reste, même si je suis fatigué et que je déteste vivre ici, parce qu'il serait mal de ma part de partir et de vous priver de mes talents. Je ne veux pas mourir dans le froid et la crasse, mais s'il le faut, j'y suis prêt. Il serait indigne d'abandonner tous les gens convaincus que nous allons trouver une solution aux tempêtes magiques. Pas question de décevoir ceux que j'ai promis d'aider…

« Ces raisons te suffisent ?

An'desha éclata de rire.

— Tu ne m'auras pas, Flammechant. J'ai bénéficié des leçons d'un expert capable d'exposer au grand jour les pensées et les motivations d'autrui.

Le Tayledras se rembrunit.

— Tu es content du résultat ?

— Là n'est pas la question. C'est *toi* qui dois en être content. Si tu l'es, qui suis-je pour soulever une objection ? Si ta décision pose problème, nous aviserons le moment venu.

An'desha se leva et tourna les talons. Flammechant sentit monter en lui un de ses accès de perversité et décida qu'il devait avoir le dernier mot.

— Je n'ai pas mentionné la principale raison.

Surpris, l'autre Adepte le regarda.

— Laquelle ? demanda-t-il, visiblement à contrecœur.

Flammechant sourit.

— Renardargent veut que je reste. En vois-tu une meilleure ?

CHAPITRE II

Elspeth soupira, son souffle formant un nuage de cristaux de glace, et resserra son écharpe autour de son cou. Une fois de plus elle adressa une pensée reconnaissante aux hertasis k'Leshya qui l'avaient rhabillée de pied en cap.

Les petits lézards kaled'a'in avaient jeté un coup d'œil à sa garde-robe d'hiver et pris sur eux de la modifier, comme s'ils n'avaient pas déjà assez à faire. Les hertasis du Clan k'Sheyna avaient donné un style tayledras à ses uniformes d'été de Héraut. Ceux-là lui avaient confectionné des tenues en laine, fourrure et cuir blancs, doublées de soie, selon des modèles imaginés pour elle par Ventnoir, qui les lui avait offertes au solstice d'hiver. Un cadeau utile, car elle allait en avoir besoin. Les uniformes de terrain des Hérauts étaient résistants et chauds, mais pas assez pour voyager en Hardorn.

Or, c'était là qu'elle allait en compagnie de Ventnoir et d'une escorte composée de gardes valdemariens et de mercenaires des Éclairs.

Ils n'avaient pas eu le choix. Valdemar devait envoyer un ambassadeur auprès du grand duc Tremane puisqu'il était désormais impossible de communiquer par Portails. Elspeth était présente au moment où les mages avaient ouvert le dernier. Les caisses arrivées de l'autre côté semblaient avoir été retournées comme des gants et ne contenaient plus rien d'identifiable. Par bonheur, le chargement était uniquement composé de fournitures pour Sejanes. Aucune vie n'avait donc été perdue…

Mais traverser Hardorn n'était pas facile, même pour quelqu'un qui avait chevauché de Valdemar jusqu'aux Plaines de Dhorisha et patrouillé dans les bois protégés par les Frères du Faucon. Elspeth n'avait jamais vu une telle couche de neige. La route qu'ils suivaient avait été dégagée pour permettre la circulation, mais sur la largeur d'une seule carriole tirée par deux chevaux — et encore, les roues devaient frotter par endroits. Toutes les demi-lieues, des espaces étaient aménagés pour permettre à deux véhicules de se croiser. Sur le reste du parcours, la neige des bas-côtés arrivait à hauteur d'épaule de la jeune femme — quand elle était en selle.

Sans parler du froid et du *vent*… Elspeth n'était pas mécontente de la protection des immenses congères qui leur évitaient d'être lacérés par des bourrasques glacées. Heureusement, les manteaux en peau et les tuniques doublées de laine confectionnés par les hertasis rendaient ce voyage supportable.

Elspeth était reconnaissante aux petits lézards d'en avoir fourni à toute la compagnie.

— Pourquoi ce soupir ? demanda Ventnoir, les mots jaillissant dans des nuages glacés.

Son oiseau-lige, Vree, perché sur sa selle, ne montrait aucun signe d'inconfort, même s'il avait ébouriffé son plumage et rentrait la tête dans les épaules. On aurait dit une pelote de laine dotée d'un bec. Mais Vree était un faucon. Selon Ventnoir, ses ancêtres avaient l'habitude de climats encore moins cléments.

Le Tayledras lui-même était impressionnant à voir,

et pas seulement à cause de son costume et de son rapace. Sa monture, ni un cheval ni un Compagnon, était une créature aussi intelligente et étrange, aux yeux des Valdemariens, que les griffons : un dyheli.

Celui-là était blanc et se nommait Brytha. Il avait amené Flammechant k'Treva jusqu'à la Vallée k'Sheyna, puis il avait suivi l'Adepte Guérisseur à Haven. Aujourd'hui, il consentait à servir de monture à Ventnoir. Pourquoi ? Elspeth l'ignorait, tout comme son compagnon, et Brytha ne leur avait fourni aucune explication. Ils lui étaient quand même reconnaissants de s'être porté volontaire. Même si un dyheli ne pouvait pas rivaliser avec un Compagnon, son pas était plus sûr et il était plus intelligent qu'un cheval. Les autres membres de la colonne montaient des bêtes shin'a'in sélectionnées pour leur endurance.

— Je soupire parce qu'il y a une chose que je ne ferai plus jamais, c'est dire « plus jamais », répondit Elspeth avec un sourire acide.

Ventnoir eut un petit sourire triste. Il n'avait pas besoin d'explications. Ni l'un ni l'autre n'auraient pensé retourner un jour en Hardorn. Bien que mémorable, leur précédente visite avait été rien moins que plaisante pour eux et pour les Hardorniens. Le roi fou Ancar et sa conseillère Hulda étaient morts de leurs mains, des tempêtes causées par la magie ravageaient le pays, et l'Empire en profitait pour attaquer par l'est. Peu d'Hardorniens le savaient, mais Elspeth et Ventnoir étaient directement ou indirectement responsables du chaos et des dégâts qu'ils avaient laissés derrière eux.

Pas de la présence de l'armée impériale... Mais c'est bien la seule chose.

Après l'invasion, les vraies tempêtes magiques avaient commencé, détraquant le temps et créant des horreurs sans nom. Aucun être vivant n'en était à blâmer, mais elles rendaient difficile la vie en Hardorn. En conséquence, y aller aurait été une véritable folie.

C'était *avant* que le duc Tremane ne leur propose une alliance. Avant que tous comprennent que les tempêtes magiques étaient bien pires que ce que les humains s'expédiaient les uns sur les autres. Aujourd'hui, des scénarios qui n'auraient traversé l'esprit de personne devenaient peu à peu une réalité.

— Tu as remarqué ? Le temps est mauvais, mais la terre ne souffre plus, observa Ventnoir. Elle n'est plus épuisée ou malade. Elle dort en attendant le printemps. C'était surtout à cause de ça que je redoutais de remettre les pieds en Hardorn.

Elspeth acquiesça, imitée par son Compagnon, Gwena, un mouvement qui fit tinter les clochettes accrochées à ses rênes.

Ancar ne drainant plus la terre de son pouvoir, les choses reviennent à la normale, dit Gwena. *La terre et les gens ne sont plus malades. Je déteste devoir dire ça, mais je pense que le sang et l'énergie vitale des pauvres bougres morts pendant l'invasion ont précipité ce phénomène.*

— Une pensée horrible, souffla Ventnoir en frissonnant, car elle l'avait inclus dans la conversation.

Elspeth frémit. Intellectuellement, elle savait que ce devait être vrai, mais ça n'en restait pas moins affreux.

— On dirait une des idées tordues de Fléaufaucon, avança-t-elle avec une certaine hésitation. Mais il est vrai qu'il pervertissait tout ce qui était normal et bon. Et je suppose que ce serait pire si tous ces gens étaient morts pour rien, ou si leur énergie avait servi à un mage noir.

Les mages et ceux qui sentent la terre savent depuis toujours que c'est à cause de ça que la nature explose après une guerre, dit Gwena. *Pas parce que les choses paraissent meilleures, ni parce que les gens accueillent tout signe positif avec enthousiasme. C'est à cause des vies perdues qui retournent à la terre. Quand la guerre est finie, elle s'en sert pour se régénérer.*

— Estimons-nous heureux que le grand duc Tremane laisse *apparemment* ce processus se développer, au lieu de détourner l'énergie à ses propres fins, répondit Ventnoir en se tournant un instant vers l'est.

Il n'ajouta rien et Elspeth devina pourquoi.

Pouvaient-ils se fier à Tremane ? Ils avaient seulement la parole de trois adolescents et des envoyés du grand duc. « Apparemment » était bien le terme qui convenait pour définir le chef des forces impériales stationnées en Hardorn. Ce qu'ils savaient de lui ne leur était pas d'un grand réconfort.

Le maître de Tremane, l'empereur Charliss, l'avait envoyé conquérir Hardorn, profitant de la faiblesse d'un royaume livré au chaos. Cette mission devait prouver qu'il était digne de lui succéder. L'Armée Impériale s'était emparée de la moitié d'Hardorn avant d'être ralentie par des résistants plus ou moins organisés. Ces combattants n'avaient qu'un seul point commun : leur détermination à chasser les intrus. Ils avaient également un seul avantage sur leurs ennemis : bien connaître le terrain. Malgré cela, si rien n'avait changé, Tremane aurait été capable de regrouper ses troupes et de conquérir Hardorn pour l'Empire de l'Est — et peut-être bien Valdemar dans la foulée.

Mais les choses avaient changé, d'une manière que personne n'aurait pu prévoir. Et ce bouleversement était venu d'une direction inattendue : le passé.

Nous ne lui accordons jamais assez d'attention. Pourtant, nous le devrions. Fléaufaucon n'en revenait-il pas ? Sa présence n'aurait-elle pas dû nous pousser à tourner nos regards et nos pensées dans cette direction ? Mais il est impossible de tout prévoir. Même si nous avions connu les menaces qui approchaient, la moitié des défenses mises en place aurait annulé les préparations de l'autre moitié. Mieux vaut être plein de ressources qu'omniscient.

Bien avant la fondation de Valdemar, à une époque si reculée qu'on trouvait seulement de vagues références dans la grande bibliothèque des Hérauts, une guerre s'était terminée par un événement terrible : le Cataclysme. C'étaient toutes les informations que possédaient les Valdemariens, jusqu'à ce qu'Elspeth rencontre les légendaires Tayledras, les Shin'a'in des Plaines de Dhorisha et le dernier clan subsistant des Kaled'a'in — le nom que se donnaient les ancêtres communs des Tayledras et des Shin'a'in. Aujourd'hui, en partie grâce à la magie, ils avaient pu reconstituer l'histoire.

Elspeth y repensa, comme chaque fois qu'elle en avait le loisir, espérant découvrir un détail important. Malgré la puissance des pouvoirs en présence, à la base, on trouvait des motivations et des actions humaines. Même les fous tenaient compte de leurs besoins. Ainsi, plus on étudiait les événements, plus on était capable de les deviner. Et une fois qu'on avait compris les motivations des personnes impliquées, on pouvait déduire ce qui aurait pu se passer, ou s'aviser qu'un obscur détail était significatif dans ce contexte.

Il avait existé jadis deux Adeptes, peut-être les plus grands de tous les temps : Urtho et Ma'ar. Né parmi les barbares nomades, Ma'ar fit montre d'un goût prononcé pour les conquêtes, au début pour une noble raison, unir les clans afin de les empêcher de s'entre-tuer. Parangon de civilisation et de savoir, Urtho lui résista. Mais en dépit de ses efforts, Ma'ar triompha…

Un bref instant. Car Urtho, agonisant, vainquit son ennemi grâce à deux armes qui libérèrent toute la magie présente dans leur rayon d'action. Il en actionna une dans sa Tour et envoya l'autre à Ma'ar. Explosant en même temps, elles eurent des répercussions aussi dévastatrices qu'imprévisibles.

Finalement, il resta deux cratères pour marquer l'emplacement de la Tour d'Urtho et du palais de Ma'ar. Le premier devint les Plaines de Dhorisha, le second, le lac Evendim. Et les deux ondes de chocs, en se rencontrant, provoquèrent des tempêtes magiques qui firent rage durant plus d'une décennie. Elles soulevèrent des montagnes et en aplanirent d'autres, perturbèrent la magie, transformèrent certaines créatures vivantes, parfois radicalement, et transplantèrent des zones entières de terre d'un bout à l'autre du monde.

Puis les tempêtes s'étaient espacées et calmées jusqu'à disparaître tout à fait. Les siècles passant, leur souvenir s'était effacé des mémoires. Mais les forces qu'elles avaient libérées se révélèrent plus étranges et plus fortes qu'on l'avait cru. Aujourd'hui, leur écho revenait par-delà l'espace et le temps, suivant une chronologie inverse par rapport au premier Cataclysme.

Voilà ce qui avait tout changé pour Tremane. À Valdemar, la situation était mauvaise, mais pas désastreuse. Les Valdemariens venaient à peine de redécouvrir la vraie magie et elle n'influait pas sur leur vie quotidienne. Quant aux autres effets des tempêtes magiques — bouleversements météorologiques, transformations de créatures vivantes… —, ils s'en accommodaient bon gré mal gré. Mais pour les forces de Tremane, entièrement dépendantes de la magie — de la communication au ravitaillement en passant par les moyens d'espionner leurs ennemis et de cuisiner — c'était un désastre. Elles étaient coupées de l'Empire, aveugles et affamées. Quant à ce qui se passait dans l'Empire lui-même, libre à chacun de l'imaginer. Au début, Tremane avait cru que les tempêtes étaient une arme nouvelle lâchée sur les siens par l'Alliance de Valdemar, Karse, Rethwellan et des Clans tayledras et shin'a'in. Réagissant en fils de l'Empire, où la tricherie et l'assassinat étaient si courants qu'on offrait des gardes du corps aux bébés le jour de leur naissance, il avait envoyé un assassin pour saboter l'Alliance.

C'était ça qu'Elspeth et la plupart des Alliés avaient tant de mal à digérer. Valdemar n'avait pas attaqué les forces impériales. Les Alliés s'étaient contentés de renforcer la protection de leurs frontières et d'aider discrètement les loyalistes hardorniens.

Bien que Valdemar fût moins touché par les tempêtes qu'Hardorn, Tremane n'avait aucune raison de croire qu'il s'agissait d'une attaque de la reine Selenay et de ses alliés. Il avait pourtant envoyé un agent muni d'armes magiques.

L'homme avait réussi à assassiner les ambassadeurs de Karse et des Shin'a'in, et à en blesser plusieurs autres. Des pertes terribles. En même temps, ils avaient eu beaucoup de chance car ça aurait pu être pire. Si l'agent avait attendu que ses cibles dorment pour passer à l'action, il aurait pu tuer tout le monde, de la reine jusqu'aux griffons.

Tel était le cœur du problème d'Elspeth et de Ventnoir, censés se fier à un homme qui avait lancé un assassin sur des innocents à partir de simples présomptions.

Elspeth ne parvenait pas à oublier cette infamie, même si Tremane avait gagné la confiance de la personne la moins susceptible de lui pardonner son geste : Karal, le secrétaire et le protégé de l'ambassadeur de Karse assassiné, le Prêtre-Mage du Soleil Ulrich. Tremane avait également réussi à convaincre Solaris, le Fils du Soleil — et non la Fille — de sa sincérité et de son désir de se faire pardonner — les dieux seuls savaient comment il s'y était pris !

Eh bien, il ne m'a pas convaincue, et il n'a pas non plus convaincu Ventnoir, pensa Elspeth, têtue. *Quel que soit le sort qu'il a utilisé sur eux, je doute que sa « magie » fonctionne sur nous. Je connais la magie de l'esprit, et Ventnoir et Tremane viennent de deux civilisations si différentes qu'ils pourraient ne pas appartenir à la même espèce. De plus, je ne serais pas surprise que Kerowyn ait infiltré une demi-douzaine d'agents dans notre escorte. On peut être deux à jouer au jeu de l'assassinat, s'il faut en arriver là.*

Elspeth espérait que non, mais l'expérience lui avait appris à fonder ses plans sur le pessimisme plutôt que sur l'espoir. Elle ignorait si Kerowyn avait des agents dans sa compagnie, mais elle savait que les Éclairs étaient tout saufs de banals mercenaires, même s'ils s'étaient souvent battus comme tel.

Cela dit, Solaris a Hansa, l'autre Chat de Feu. Si elle voulait tuer Tremane, il serait incapable de l'arrêter. Peut-être cela le fera-t-il réfléchir.

Un point à prendre en considération… Les Chats de Feu avaient la faculté de « sauter » d'un endroit à l'autre, seuls ou avec les personnes en contact physique avec eux. Elspeth ignorait quelle distance ils pouvaient couvrir. Hansa et Altra servaient de messagers entre Selenay et Solaris, ainsi qu'entre les mages restés à Haven et le groupe de la Tour d'Urtho. Solaris était parfaitement capable d'infiltrer un assassin parmi les proches de Tremane, et pourquoi Hansa n'aurait-il pas pu tuer un homme ? Même si les Chats de Feu pouvaient adopter l'apparence d'un banal matou, ils avaient la taille d'un chien énorme, leurs griffes et leurs dents étant en proportion.

Elspeth cligna des yeux, étonnée par l'image qui s'imposait à elle.

Mes pensées sont plutôt sombres, aujourd'hui. Me concentrer sur le sang versé m'aide peut-être à oublier toute cette blancheur. Dieux, il fait froid… et nous n'avons pas vu âme qui vive depuis le départ de nos guides.

Au moment d'atteindre la frontière, ils avaient eu de la chance. Deux exilés hardorniens — dont les Éclairs s'étaient portés garants — avaient décidé de rentrer au pays et accepté de leur servir de guide en échange de deux sacs de pièces et de nourriture. Depuis ce matin, cependant, ils devaient continuer seuls, le couple étant arrivé à destination.

Le voyage était éprouvant. Dans ce paysage nu, ils ne croisaient personne. Elspeth se demandait ce qui s'était passé.

Si la terre est en voie de guérison, où sont les gens ?

Ancar avait durement frappé la population, mais pourquoi n'avaient-ils rencontré personne sur la route ? Pourquoi tous les villages qu'ils avaient traversés étaient-ils déserts ?

Ces hameaux soulevaient plus de questions qu'ils ne leur apportaient de réponses. Tout y avait été emporté, à part le gros mobilier, et il n'y avait nulle part de trace de violence. Était-ce le résultat de désertions systématiques ou de pillages ? Qui dégageait la route ? Les Hardorniens se cachaient-ils pour éviter une colonne d'étrangers armés et potentiellement dangereux ? C'était une possibilité. Mais *pourquoi, cette réaction* alors qu'un Héraut de Valdemar chevauchait en tête de ce groupe ?

À distance ils ne peuvent peut-être pas déterminer si je suis un vrai Héraut. N'importe qui peut s'habiller de blanc et enfourcher un cheval blanc.

— Quels sont nos projets pour la nuit… si nous en avons ? demanda-t-elle au chef de la colonne.

S'ils n'étaient pas équipés pour camper, ils avaient emporté de la nourriture, supposant qu'ils ne trouveraient rien à manger à cause du mauvais temps magique qui dévastait Hardorn. Une bonne chose.

Dans le cas contraire, ils auraient dû choisir entre mourir de faim et dévorer des corbeaux.

— En théorie, il y a une ville devant nous, avec un marché hebdomadaire et cinq grosses auberges, répondit l'homme d'une voix étouffée par son écharpe. Bien sûr, je ne sais pas si elle est toujours habitée… (Il haussa les épaules.) Mais quelqu'un dégage la route pour les marchands, et j'espère que ce sont les citadins.

Elspeth l'espéra aussi — avec ferveur. Elle n'avait pas envie de passer une autre nuit dans un bâtiment abandonné. Les abris ne manquaient pas, ni le bois de chauffage d'ailleurs, mais elle aimait se sentir entourée, ayant du mal à trouver le sommeil quand ses omoplates la picotaient, comme si des dizaines d'yeux la surveillaient. Aucun d'entre eux n'avait vu ou entendu quelque chose, mais ces maisons semblaient *hantées*.

Elle ignorait comment Rusi et Severn pouvaient supporter l'idée de se réinstaller dans ce qui restait de leur village. Ils avaient tout le matériel nécessaire pour reconstruire une des maisons et ils ne manquaient pas de courage. Mais ce vide douloureux aurait rendu Elspeth folle. Au bout d'une semaine, elle serait retournée à Valdemar en hurlant.

Elle préférait ne pas y penser pour le moment.

J'ai fait beaucoup de choses que les gens qualifient de courageuses, mais je ne suis pas si *brave que ça.*

En supposant que les terres, autour du village, soient aussi désertes qu'il semblait… Quand les tempêtes magiques avaient créé des monstres et de mauvaises conditions climatiques, les gens avaient dû faire un choix difficile : fortifier les fermes pour rester près de la nourriture, ou se replier dans le village et risquer d'en manquer. Elspeth n'avait jamais eu à prendre ce genre de décision et elle espérait qu'aucun Valdemarien ne le devrait un jour.

Voilà pourquoi tous leurs espoirs reposaient sur le

petit groupe cantonné au cœur des Plaines de Dhorisha, dans la Tour d'Urtho. Si quelqu'un pouvait trouver une réponse, c'était leurs amis. Même si Elspeth et Ventnoir étaient des Adeptes, la jeune femme restait une novice en la matière et le Tayledras avait tourné le dos à la magie pendant si longtemps qu'il estimait être à court de pratique. Dans ce domaine, ils n'étaient d'aucun secours. En revanche, ils seraient sans doute utiles en se tenant aux côtés des Impériaux.

Elspeth savait que Selenay avait beaucoup hésité avant de se décider à les nommer ambassadeurs de l'Alliance auprès de Tremane. La reine ne voulait pas envoyer Elspeth. Pourtant, elle était le seul choix logique. La jeune femme savait prendre des décisions importantes, comme il convenait pour un Héraut et une Héritière de la Couronne. De plus, elle était également capable de penser *pour* Valdemar.

Elspeth avait déjà prouvé que son jugement était fiable. Ayant renoncé au trône en faveur de son frère et de sa sœur, elle n'avait plus grande valeur en tant qu'otage politique. Enfin, Kerowyn l'avait formée à se défendre contre d'éventuels assassins. Capable de prendre soin d'elle-même au cours d'une embuscade ou d'un combat, elle était au moins aussi soupçonneuse que son mentor.

Il y avait surtout la magie : Elspeth était une Adepte, et Tremane un simple Maître, dans une discipline très différente. Peu de Hérauts de Valdemar étaient des mages… et encore moins des Adeptes. Même si leurs Compagnons pouvaient les aider, cela ne leur conférait pas de pouvoirs surnaturels.

Tout cela n'aurait peut-être pas été suffisant sans Ventnoir. Lui aussi était un Adepte, et il avait pratiqué bien plus longtemps qu'elle. En outre, c'était un éclaireur tayledras, donc un combattant. Mais il aurait refusé d'accompagner toute autre personne — n'étant pas un

Héraut, sa loyauté allait à Elspeth, pas à Valdemar. Quant à la jeune femme, elle ne serait partie nulle part sans lui. Ensemble, ils formaient un duo formidable.

Entre ses propres qualifications et celles de Ventnoir, ils étaient tout désignés pour remplir cette mission. Bref, si Espeth n'avait pas été sa fille, Selenay n'aurait pas tergiversé.

J'admets que maman n'a pas hésité longtemps…

Elspeth en était heureuse. Selenay la traitait de plus en plus comme une adulte. La jeune femme avait l'impression que la reine, quand elle oubliait qui elle était, se montrait beaucoup plus naturelle. En un sens, attendu son comportement depuis quelque temps, Elspeth avait été surprise que sa mère réfléchisse aussi longtemps à la mission.

Je me demande si ses hésitations passées n'étaient pas dues à un sentiment de culpabilité…

Était-ce possible ? Elspeth et sa mère n'avaient jamais été très à l'aise ensemble.

Malgré tous ses efforts, quand elle me regardait elle voyait mon père. Par bien des côtés, j'étais davantage la fille de Talia que la sienne.

Aujourd'hui, Selenay avait les jumeaux, des enfants à qui elle pouvait donner tout son amour. Se sentait-elle coupable de n'avoir pas pu forger un lien comparable avec son aînée ? Était-ce pour ça qu'elle réagissait toujours si mal chaque fois qu'Elspeth se mettait en danger ? Parce qu'elle aurait dû être plus inquiète — plus impliquée émotionnellement ?

Une théorie intéressante… Je ne saurai sans doute jamais la vérité. Et je ne pourrai pas la lui demander. La seule personne qui la connaisse, en dehors de ma mère, ne me la révélera jamais. Talia ne trahirait pas un secret confié par sa reine, et c'est très bien ainsi.

Elspeth se secoua mentalement. Était-ce si important ? Non, pas vraiment. Sauf que…

Si elle ne se trompait pas, elle aurait aimé pouvoir dire à sa mère que ça n'avait pas d'importance. Éprouver de la culpabilité pour si peu était la dernière chose dont avait besoin la reine de Valdemar.

Je préfère être l'amie et le Héraut de Selenay que sa fille…

Oui, décidément, tout ça pouvait expliquer le comportement contradictoire de la souveraine. Elspeth allait garder cette hypothèse à l'esprit et chercher des preuves. Il serait intéressant d'agir en fonction de cette théorie, puis de regarder ce qui se passait.

En attendant, elle avait une mission délicate à accomplir, et ils risquaient de geler sur leurs selles s'ils ne rencontraient pas très vite un Hardornien.

— À quelle distance est cette ville ? demanda-t-elle.

Comment s'appelait ce garde, déjà ? Ah, oui, Vallen… Elspeth le vit hausser les épaules.

— Plus très loin, mais ce n'est qu'une supposition…

Malgré l'écharpe, les mots parvenaient à leurs oreilles par-dessus les bruits étouffés des sabots de leurs montures et les craquements de la neige tassée. L'homme talonna son cheval. Ventnoir et sa compagne s'écartèrent pour le laisser prendre la tête.

Elspeth se dressa dans ses étriers pour sonder la route. S'il y avait un moindre signe de vie, comme de la fumée s'élevant des cheminées, il n'était pas visible sur le gris du ciel. Le soleil n'était rien de plus qu'une tache floue et pâle à mi-chemin de l'horizon.

La jeune femme se rassit sur sa selle. La route n'étant pas droite, il était impossible de voir très loin. Ils apercevaient le paysage par les rares trouées dans les murs de glace.

Nous pourrions être au cœur de cette ville sans nous en douter.

Quelques minutes plus tard, la route tourna une nouvelle fois et commença à descendre. Bientôt, les congères n'arrivèrent plus qu'à hauteur de leur taille. Et soudain, comme sortie d'une boule de cristal, la ville tant attendue apparut dans la vallée, les maisons dépassant de la neige comme des souches dans une forêt en hiver.

Ce n'était pas la première fois qu'une ville se matérialisait devant eux comme par enchantement, mais, cette fois, il y avait des signes d'habitation. Si certaines maisons n'étaient que de vagues formes couvertes de neige, d'autres avaient été débarrassées de leur manteau blanc. De la fumée montait des cheminées pour être aussitôt dispersée par le vent. Des silhouettes se déplaçaient sur la route. À les voir, il était clair que leur colonne avait été repérée.

La petite ville avait un meilleur aspect que les villages déserts qu'ils avaient traversés. Cela dit, la moitié des habitations était en mauvais état. Deux toits s'étaient effondrés, et on avait du mal à déterminer si les autres avaient souffert. Elspeth supposa que seules les maisons dont les cheminées fumaient étaient habitées. Elle eut le souffle coupé à l'idée qu'Ancar et le chaos avaient eu raison de la moitié de la population hardornienne.

Peut-être même davantage, se rappela-t-elle. *Combien de villages déserts avons-nous traversés ?*

Les conditions étaient-elles partout les mêmes ? Dans ce cas… eh bien, elle n'enviait pas l'homme qui essaierait de relever ce pays.

Si Tremane parvient à se faire accepter par les Hardorniens, il aura plus de pain sur la planche que je ne voudrais en avoir.

Une dizaine de personnes s'étaient campées en travers de la route, les empêchant pour l'instant d'entrer. Les Hardorniens étant aussi chaudement vêtus qu'eux, il était impossible de déterminer leur âge ou leur sexe.

Mais leur attitude trahissait un mélange de peur et d'agressivité.

De peur ? Personne n'avait encore jamais eu peur d'elle. Depuis quand les habitants d'Hardorn ignoraient-ils ce que représentait un Héraut ? Un effet de la propagande d'Ancar ?

Dans son dos, elle sentit les Éclairs dégager discrètement leurs armes. Ce n'était donc pas son imagination : eux aussi sentaient de l'hostilité.

Vallen retint sa monture pour laisser passer Elspeth. Ventnoir signala au dyheli de rester un pas derrière, la tête au niveau des flancs de Gwena.

Elspeth s'arrêta et leva une main pour saluer le comité d'accueil.

— Nous sommes de paisibles voyageurs venant de Valdemar, dit-elle dans sa propre langue en baissant son écharpe pour qu'ils voient son visage. (*« Paisibles », avec toutes ces armes* ? pensa-t-elle.) Qui est le responsable ?

Deux citadins se regardèrent. Puis l'un d'eux s'avança, mais sans découvrir son visage. Les voyant de plus près, Elspeth s'aperçut que leurs vêtements étaient usés. Leurs manteaux étaient soigneusement rapiécés, mais avec du tissu différent de l'original.

— Je suppose que je suis le responsable, dit l'homme d'une voix bourrue en croisant les bras.

Il ne semblait pas armé, mais Elspeth, si elle avait été à la tête de cette ville, aurait placé des archers à toutes les fenêtres.

Elle ne leva pas la tête pour confirmer ses soupçons.

— Que voulez-vous ? continua l'homme. Si les Valdemariens imaginent pouvoir nous prendre nos terres et…

— *Non*, coupa la jeune femme, d'un ton qu'elle jugea trop agressif. (La nervosité de l'homme l'ayant affectée, elle prit une profonde inspiration.) Non, répéta-t-elle d'une voix plus posée. Nous… Valdemar n'a pas l'intention de toucher aux terres hardorniennes. Jusqu'à ce qu'Ancar nous attaque, nous étions alliés, et nous voudrions le redevenir, maintenant qu'il est mort.

L'homme eut un rire sans joie.

— C'est ce que vous dites, mais pourquoi nous croirions-vous ?

— Je le jure sur mon honneur de Héraut ! riposta Elspeth. Vous ne pouvez pas avoir déjà oublié ce que ça signifie !

Tout ça ressemblait à une épreuve, comme si ce qu'elle disait allait faire toute la différence.

Ont-ils un moyen de communiquer avec les autres communautés ?

Elle ne pouvait pas imaginer de manière plus rapide de traverser ce paysage enseveli sous la neige. Mais les autochtones connaissaient peut-être des raccourcis. À moins que les tours de signalisation soient de nouveau opérationnelles.

Ce doit être la réponse. C'est sans doute pour ça qu'ils savaient que nous arrivions.

— Je vous donne ma parole de Héraut, répéta Elspeth. Et d'ambassadrice de la reine. Valdemar n'a aucun « projet » concernant Hardorn. Et c'est pareil pour ses Alliés.

… Même si Solaris a dû retenir quelques têtes brûlées. Ou plutôt, Vkandis…

— Nous sommes de simples voyageurs et nous vous demandons l'hospitalité pour la nuit. Nous avons apporté nos provisions. Les temps sont durs pour vous et nous ne voulons pas abuser de votre générosité.

Il y eut un long silence. Puis l'homme hocha la tête, comme s'il était satisfait de ce qu'il avait vu.

— Votre uniforme est étrange, mais vous avez un cheval blanc aux yeux bleus. Ça, il est impossible de le contrefaire. (L'homme haussa les épaules et fit un geste

— sans doute pour signaler aux archers de baisser leurs armes.) Je suppose que nous croyons toujours aux Hérauts… Surtout depuis qu'Ancar a essayé de nous faire gober que vous étiez une bande de sorciers en cheville avec les démons.

« J'accepte votre parole, mais sachez que vous serez responsable de vos hommes.

Elspeth acquiesça, essayant de ne pas lui montrer à quel point ces propos la bouleversaient. La première fois qu'elle rencontrait quelqu'un qui ne prenait pas la parole d'un Héraut pour argent comptant… Qu'avait-il bien pu arriver à ces gens pour qu'ils deviennent comme ça ?

Ancar, voilà ce qui leur est arrivé, fit Gwena. *Il leur faudra du temps pour réapprendre à faire confiance à quelqu'un. Et cette génération n'y parviendra peut-être jamais.*

— Où allez-vous ? demanda l'homme, toujours méfiant.

— Dis-lui la vérité, *ke'chara*, souffla Ventnoir en tayledras. Ainsi, nous verrons ce qu'ils en pensent — nous ne sommes pas loin de la frontière au point de ne pas pouvoir faire demi-tour. Et nous ne pouvons pas nous permettre de rejoindre Tremane à la pointe de nos épées.

Elspeth hocha la tête pour montrer qu'elle avait entendu. Il avait raison, bien sûr. S'ils ne pouvaient pas rejoindre Tremane sans se battre, il était inutile de continuer.

— Nous sommes en route pour une ville appelée Shonar, dit-elle, se demandant ce que l'homme savait.

Apparemment, assez pour reculer d'un pas…

— Vous voulez voir Tremane, le duc impie ?

Elspeth n'aurait su dire si ce type était en colère ou non. Elle s'en tint donc à la vérité.

— Nous sommes les ambassadeurs valdemariens

envoyés auprès de Tremane. Il désire se joindre à l'Alliance. Certains points nous poussent à croire que nous pouvons nous fier à lui.

Du moins, nous l'espérons.

Des murmures montèrent du groupe d'autochtones, et Elspeth fut rassurée d'entendre que leur ton était pensif… L'homme les étudia un moment, puis fit signe à ses compagnons de s'écarter.

— Nous avons à parler, Héraut de Valdemar, déclara-t-il. Mais pas ici, dans le froid. Venez. L'auberge est toujours en bon état et bien chauffée, même si le patron est parti. Si vous avez des couvertures, nous vous donnerons des lits où les étaler. Et si vous avez de quoi vous nourrir, nous pouvons vous offrir un toit pour la nuit.

La meilleure proposition qu'Elspeth ait entendue durant ce voyage. Elle laissa Gwena emboîter le pas à l'homme, qui les guida jusqu'à l'auberge. Elle était encore en bon état, comme l'écurie attenante. Ils mirent pied à terre dans la cour et rentrèrent leurs montures et les bêtes de somme. Le nombre d'animaux, dans le solide bâtiment, les surprit.

Ils doivent garder ici tous leurs chevaux et leurs poneys, comprit Elspeth en regardant autour d'elle. *C'est plus logique que de les avoir dispersés aux quatre vents.*

Les Hardorniens s'empressèrent de jeter de la paille dans les stalles vides. Ils avaient du foin, mais pas de grain. Ça n'avait pas d'importance, car les Valdemariens avaient amené plusieurs chirras pour porter leur matériel et leur ravitaillement. Ceux-ci se contentant de foin, ils avaient amplement assez de grain dans leurs fontes pour Gwena, Brytha et les chevaux.

Les visiteurs s'affairèrent dans l'écurie. C'était la première règle pour Elspeth, apprise de Kerowyn : toujours s'occuper de sa monture avant de penser à son confort personnel. Et tous étaient d'accord avec elle.

Quand les chevaux, les chirras, le Compagnon et le dyheli furent chaudement installés et bien nourris, ils entrèrent dans l'auberge avec leurs sacs.

La salle commune, une grande pièce avec une cheminée à un bout, un sol et des murs de bois solide, et un toit soutenu par des poutres noircies de fumée, n'était pas sale et ne sentait pas le renfermé.

Elspeth supposa que les Hardorniens en avaient fait leur lieu de réunion, car l'endroit était beaucoup trop propre pour avoir été nettoyé à leur seul bénéfice. La porte donnant sur la rue ne cessait de s'ouvrir pour livrer passage aux autochtones, chacun apportant un peu de bois. Cela rassura la jeune femme, qui s'était demandée comment ils allaient se chauffer.

Le responsable n'avait toujours pas retiré son manteau. Son visage étant découvert, Elspeth fut surprise par la douceur de ses traits marqués par le temps. Il avança et tendit une main couverte d'une mitaine en direction de l'escalier.

— Les chambres sont à l'étage. Choisissez. Quand vous serez installés, redescendez pour que nous puissions parler.

Plusieurs Hardorniens les suivirent pour poser du bois à côté de leurs cheminées. Aucun ne dit un mot, mais Elspeth crut comprendre que c'était par timidité, plutôt que pour leur manifester de l'hostilité. Dès qu'ils eurent allumé un feu dans les chambres pourvues d'un âtre et déposé une brique chaude entre les draps de celles qui n'en avaient pas, les Valdemariens regagnèrent la salle commune.

Elspeth prit la tête et les autres la suivirent. Les autochtones la regardèrent avec une curiosité à peine déguisée. Mais quand Ventnoir apparut, ils en restèrent bouche bée, oubliant la politesse. Si les coins de la bouche de la jeune femme frémirent, elle se retint de rire.

Je doute qu'ils aient jamais rien vu qui ressemble à

mon Ventnoir. Pour eux, il doit avoir l'air d'une créature sortie d'une ballade.

Ventnoir était terriblement exotique, avec ses longs cheveux argentés, son costume tayledras et l'oiseau-lige perché sur son épaule — qu'il souleva d'une main pour l'envoyer prendre place sur une poutre. Plusieurs Hardorniens rentrèrent la tête dans les épaules quand il passa au-dessus d'eux.

Le faucon se percha poliment à un endroit où il n'y avait personne en contrebas. S'il s'endormait, son instinct risquait de prendre le dessus sur son dressage et il y avait des chances qu'il s'oublie. Or, un rapace de la taille de Vree produisait une quantité étonnante de fientes.

Elspeth attendit que Ventnoir l'ait rejointe, puis elle lui prit la main.

— Voici Ventnoir k'Sheyna, un Frère du Faucon membres d'un des Clans Tayledras de l'Alliance, fit-elle d'un ton neutre, comme si elle avait dit : « Je vous présente Thom, un fermier de la vallée voisine. »

Leurs hôtes ouvrirent des yeux comme des soucoupes, et elle ne leur en voulut pas. Jusqu'à récemment, les Frères du Faucon étaient une légende pour les Valdemariens. Que devaient penser les Hardorniens ?

— Il est ambassadeur, comme moi. C'est également mon partenaire et mon compagnon. Il représente les intérêts tayledras shin'a'in et… quelques autres.

« Comme je l'ai déjà dit, nous sommes envoyés par l'Alliance auprès du grand duc Tremane.

L'homme hocha la tête. Il s'était débarrassé de son manteau, révélant une tenue d'artisan — un forgeron, si Elspeth était bon juge. Ses vêtements n'étaient pas seulement rapiécés, mais brûlés par endroits. Ce type avait l'air plutôt miteux pour un forgeron — à Valdemar, c'étaient souvent les commerçants les plus prospères.

Peut-être est-il quand même l'homme le plus prospère de cette ville… Fichtre ! S'il paraît aussi minable qu'un mendiant, de quoi les autres doivent-ils avoir l'air ?

Il devait bien être forgeron, sinon Ancar l'aurait « recruté », car il n'était pas handicapé, et ni trop jeune ni trop vieux pour se battre. Une ville de cette taille avait besoin d'un forgeron, un vrai, pas d'un simple apprenti.

— Je m'appelle Hob, dit l'homme en désignant une des tables.

S'il avait été bien nourri, il aurait eu un visage rond comme une balle usée par le temps. Il n'avait pas l'air famélique, mais ses os saillaient légèrement — une preuve que ces gens avaient connu des temps difficiles.

— Si certains de vos hommes veulent préparer votre repas, nous pourrons parler pendant ce temps.

— Nous serions heureux de partager avec vous, répondit Elspeth, se sentant rosir de culpabilité.

— Nous avons ce qu'il nous faut, à condition que le printemps n'attende pas le solstice d'été pour se montrer. Et vous aurez besoin de vos provisions, si vous voulez atteindre Shonar. Jusque-là, je doute que vous trouviez quelqu'un ayant quelque chose à vendre.

Elspeth se tourna vers Vallen. Le garde hocha la tête, et envoya quatre de ses camarades aux cuisines. Les autres membres de la délégation prirent place autour de la table, encadrant Elspeth. Ventnoir s'assit à sa droite. La jeune femme ne fut pas dupe un instant de son air détendu. Que quelqu'un hausse le ton, et il se retrouverait face à une dague — ou victime d'un sort.

Si je ne réagis pas la première à la menace.

Hob s'installa en face d'Elspeth et se frotta le nez, se demandant par quoi commencer. Enfin, il redressa les épaules et dit :

— Vous prétendez vouloir aller à Shonar. Que savez-vous de Tremane ?

Eh bien, il n'a pas beaucoup de tact... Mais il n'a

sûrement pas eu souvent l'occasion d'en faire montre, car il ne doit pas être responsable de ses concitoyens depuis longtemps.

— Nous savons qu'il a rassemblé ses forces à Shonar et qu'il a renoncé à toute action offensive contre les loyalistes hardorniens. Il évite même tout conflit avec eux. Avec ce temps, c'est une sage décision.

— Il a exprimé son intention de se joindre à l'Alliance, et il nous a aussi prêté des mages pour nous aider à… (Elspeth hésita. Hob comprendrait-il, si elle lui parlait des tempêtes magiques ?) … résoudre le problème responsable des étranges événements qui se produisent.

— Les monstres ? Le temps ? Les *cercles* ? (Hob écarquillait les yeux à mesure que montait son excitation.) Tremane vous a aidés ?

— Oui, et il le fait toujours, répondit Elspeth. C'est un problème plus épineux que vous le pensez. Il n'affecte pas seulement Hardorn, mais Valdemar, les Pelagirs, Karse, Rethwellan et les Plaines de Dhorisha. Nous supposons que c'est partout pareil, y compris au sein de l'Empire. L'Alliance, aidée par Tremane, a réussi à trouver une solution temporaire à l'intérieur de ses frontières.

Elle décida de ne pas parler de l'entretien entre Solaris et le grand duc. Après tout, elle savait qu'il avait eu lieu, mais pas ce qui s'était dit.

— Pour terminer, nous avons entendu dire que les citoyens de Shonar et des alentours en sont venus à le considérer comme leur protecteur. Car il fait de bonnes choses pour eux.

— Oui, fit Hob. Nous avons entendu la même chose. Ceux qui le combattaient se sont rangés derrière lui et il agit comme si nous étions son peuple. Et aujourd'hui, il aide Valdemar ?

Elspeth acquiesça. Hob pinça les lèvres et échangea

un regard appuyé avec certains de ses concitoyens. Ces gens n'étaient pas doués pour dissimuler ce qu'ils pensaient. Ce qu'elle leur avait dit corroborait ce qu'ils avaient entendu. Ils étaient à l'évidence surpris qu'une étrangère leur confirme ce qu'ils avaient pris pour des rumeurs.

— Il paraît que les gens de Shonar s'en sortent bien, continua Hob. Grâce à Tremane. Il aurait ordonné à ses hommes d'aider à rentrer les récoltes, de construire des fortifications autour de la ville, et de faire tout ce qu'il fallait pour abattre les monstres.

Elspeth écarta les mains, un geste qu'Hob pouvait interpréter comme il l'entendait.

— Nous avons les mêmes informations. J'ignore encore si elles sont vraies, mais je suis certaine que vos sources sont différentes des nôtres. Je peux vous garantir une chose : toutes les nôtres ne proviennent pas des hommes du grand duc.

— Et quand deux personnes disent la même chose… (Des murmures coururent derrière Hob qui se mordilla la lèvre.) Quand même…

— Il est possible qu'il fasse bonne figure pour nous pousser à l'accepter, dit Elspeth sans ménagements, à la manière de son interlocuteur. Mais nous le saurons seulement en arrivant là-bas.

De l'index, Hob suivit le contour d'un nœud, dans le bois de la table, évitant ainsi de la regarder en face.

— Quand même, ma dame… nous avons besoin d'un chef. Il ne reste personne de l'ancienne lignée — ce maudit Ancar y a veillé.

— Les gens envisagent d'accepter le duc ? (Elspeth ne s'attendait pas à entendre ça, surtout pas de *ce* côté de la frontière.) Un étranger ? Un Impérial ?

— Le duc, pas son foutu Empire ! dit une voix dans le fond. On dit que son empereur l'a abandonné dès que les problèmes ont commencé, et qu'il n'est plus le chien de Charliss.

— Il ne peut plus l'être, s'il est venu vers vous pour entrer dans votre Alliance, intervint Hob, plein d'espoir. Tremane s'est montré à la hauteur avec Shonar, alors pourquoi pas avec Hardorn ?

— Et s'il ne voulait pas seulement être votre chef, mais votre roi ? demanda Elspeth.

Hob hésita un instant, puis haussa les épaules.

— Où est la réelle différence ? répondit-il, philosophe. Nous devons d'abord survivre à l'hiver. (Il fit un sourire timide à la jeune femme.) Je vais vous avouer une chose : nous l'accepterions, à une condition.

— Même comme roi ? demanda Ventnoir.

L'Hardornien acquiesça.

— Même comme roi… Il faudrait simplement qu'il jure ne plus être le pantin de Charliss. Puis qu'il *prête serment à Hardorn*. Autrement dit, qu'il fasse ce que ni Ancar, ni son père, ni son grand-père n'ont fait. (Hob marqua une pause pour ménager son effet.) Il faudrait qu'il accepte la terre, à la manière des anciens.

— Je ne comprends pas…, souffla Elspeth.

Hob sourit de nouveau.

— L'acceptation de la terre est une antique coutume antérieure à la fondation de Valdemar. Au moins, c'est ce qu'on dit. Ceux qui prennent la terre ne peuvent pas la trahir. Il reste encore un prêtre ou deux au courant des anciens rites. Si Tremane prend la terre et qu'elle l'accepte… Eh bien, il ne pourra pas faire marche arrière. Il sera plus sûrement lié au destin de ce pays que si nous lui avions mis des chaînes.

Elspeth garda son scepticisme pour elle. Elle avait vu tant de choses. Hob avait peut-être raison.

— Valdemar n'a pas l'intention de priver le peuple hardornien du droit de se choisir un chef. Tout ce qui nous intéresse, c'est de savoir si ce qu'on nous a dit est vrai, et de prévenir l'Alliance au cas où ce serait faux.

Hob ne posa pas la question évidente : comment comptait-elle s'en sortir si Tremane leur avait tendu un piège ? Ce n'était pas son problème, et elle ne lui en voulut pas de ne pas proposer de les aider en cas de difficulté. Les Hardorniens survivaient comme ils pouvaient, sans devoir en plus s'occuper de quelques Valdemariens.

Des odeurs réconfortantes montèrent de la cuisine. Hob en profita pour mettre un terme à la conversation.

— On dirait que vos hommes ont fini de préparer le dîner. Vous pouvez partir quand bon vous semblera demain matin et… euh… (Il rougit d'embarras) … à l'avenir, vous recevrez un meilleur accueil. Les tours de signalisation sont opérationnelles. Nous préviendrons les autres. Personne ne vous empêchera de passer. Et vous trouverez toujours un abri pour la nuit.

Alors qu'il se levait, Elspeth demanda :

— Le duc sait-il que les tours fonctionnent ?

Pour toute réponse, Hob sourit. Ainsi, Tremane ignorait que les Hardorniens pouvaient communiquer entre eux. Ça pouvait s'avérer utile…

Hob et ses concitoyens sortirent, laissant seuls les Valdemariens. Elspeth se tourna vers Vallen pendant que les quatre cuisiniers apportaient des bols de ragoût — à base de viande séchée — des fruits au sirop et du pain.

— Eh bien ? demanda-t-elle. Qu'en pensez-vous ?

Le capitaine annexa la place abandonnée par Hob et prit du pain et un bol avant de lui répondre.

— Ça confirme ce que nous avons entendu dire et pas vraiment cru. Tremane semble trop beau pour être vrai. Un chef admirable et généreux.

— C'est l'image que donne Selenay, en toute objectivité, rappela Ventnoir. (Avant d'ajouter vivement :) Oui, je sais, Tremane n'a pas de Compagnon pour le garder sur le droit chemin, mais je ne suis pas sûr qu'il en ait besoin. Pour le moment, il est dans une situation précaire. Il court les mêmes dangers que n'importe quel artisan de Shonar. Et il a besoin des Hardorniens. S'ils tombent, il tombera à son tour. S'ils se soulèvent, il n'aura plus personne pour soutenir ses troupes. Cet été, ils le combattaient, et il suffirait de peu pour qu'ils se retournent contre lui.

Elspeth acquiesça, d'accord avec cette analyse, même si Vallen ne paraissait pas convaincu.

— Il a des troupes qui lui sont loyales, rappela-t-il.

— Il aurait du mal à les nourrir sans le concours des fermiers, dit Elspeth. Il peut avoir tout l'argent qu'il veut pour leur solde, s'ils n'ont nulle part où le dépenser, leur loyauté s'érodera très vite. On ne peut pas contrôler une armée assiégée, affamée et loin de chez elle.

Vallen piqua un morceau de viande au bout son couteau et souffla dessus pour le refroidir.

— Il n'est pas très difficile, pour un chef charismatique, d'embobiner ses proches avec des mots plutôt qu'avec des actes dit-il après avoir avalé sa bouchée. C'est plus difficile avec un peuple qu'on vient de conquérir.

— Ce qu'a dit Hob vous a surpris, constata Elspeth.

— Beaucoup. Il y a quelques mois, ces gens auraient combattu Tremane de toutes les manières possibles. Et aujourd'hui, ils envisagent d'en faire leur chef. Les rumeurs ont vraiment dû les impressionner. Moi, j'aimerais quelque chose de plus substantiel que des histoires invérifiables.

Elspeth soupira et ils mangèrent en silence. C'était leur premier repas chaud de la journée, et le souper de la veille avait été préparé en hâte sur un feu, dans les ruines d'une maison. Alors que la faim qui lui rongeait l'estomac s'estompait, la jeune femme mesura sa fatigue. Un coup d'œil autour de la table lui apprit que seul Ventnoir ne semblait pas épuisé. Si elle se sentait aussi lasse que les autres, lui semblait dans son élément. Pour un peu, elle lui aurait confié les rênes de l'expédition.

Certains de leurs compagnons paraissaient sur le point de piquer du nez dans leur assiette.

— Le froid..., souffla Ventnoir. Ne t'inquiète pas, c'est normal. Geler de l'aube au crépuscule, sans pouvoir se réchauffer, puis se coucher dans des couvertures glacées... Après ce repas et une nuit au chaud, il n'y paraîtra plus. Demain, aucun de nous ne sera dans cet état à la fin de la journée. Et si nous trouvons des abris jusqu'à la fin du voyage, nos compagnons reviendront à la vie en un clin d'œil.

Elspeth aurait dû se rappeler qu'il avait une grande expérience — mais personne ne pouvait lui en vouloir d'avoir oublié. Quand elle patrouillait dans k'Sheyna avec lui, ils rentraient chaque soir dans la Vallée, rejoignant leur *ekele* au cœur d'un jardin où régnait un été perpétuel. Avant, refusant de vivre dans la Vallée, il avait souvent dû rentrer dans un *ekele* glacial ou camper dans les bois. Si Elspeth n'avait jamais manqué à ce point de confort, c'était différent pour lui.

— Allons nous coucher, dit Vallen. Je n'arrive plus à garder les yeux ouverts.

— Je rangerai, proposa Elspeth.

Elle sourit de la surprise du capitaine. Croyait-il qu'elle se pensait au-dessus de ce genre de corvées ? Avait-il oublié qu'elle avait déjà aidé à rassembler du fourrage et à ramasser de la neige ?

— J'ai été apprentie Héraut, à une époque, vous savez. Et j'ai récuré ma part de casseroles... Alors je crois pouvoir m'en tirer sans rien casser.

Sans autre commentaire qu'un clin d'œil, Ventnoir commença à ramasser les bols vides, les couteaux et les cuillers. Parfois, ils oubliaient de quelle façon les autres les voyaient. Elle surprit le regard de Vallen, qui fixait le Tayledras avec plus d'étonnement encore que lorsqu'elle avait proposé de nettoyer.

Croit-il que les Frères du Faucon lavent leurs assiettes grâce à la magie ? Sans doute… Il ignore que récurer une casserole ainsi est plus difficile que le faire à la main.

Elspeth ramassa ce que Ventnoir n'avait pas pu emporter et ils gagnèrent la cuisine. L'auberge avait dû être magnifique, à une époque. Il y avait une pompe et les « cuisiniers » avaient laissé de l'eau à chauffer dans l'âtre. Les gardes et les Éclairs étaient habitués à tous les aspects de ce genre de mission. Il ne leur fallut donc pas longtemps pour laver les bols, les couverts et les deux marmites.

— J'ai sans cesse des doutes sur cette mission, dit Elspeth.

— Je comprends ce que tu ressens, mais il y a plusieurs bonnes routes à prendre, et je crois que c'est l'une d'elles, répondit Ventnoir en essuyant une marmite. (Une réponse typiquement tayledras.) Nous devons rester en contact avec Tremane — j'en suis certain. *Comment ?* Eh bien, c'est une façon de le faire. Il y en a d'autres, mais c'est celle que nous avons choisie, et je ne crois pas que nous ayons eu tort.

— Au moins, nous aurons nos yeux et nos oreilles à Shonar…

— Et nos langues ! Nous pourrons donner des conseils, si Tremane accepte de nous écouter.

Elspeth rangea tous les ustensiles dans les sacs.

— Avec la manière dont les choses ont évolué, il faut nous attendre à trouver l'impensable. Et, dans ce cas, il vaut mieux que l'Alliance ait des agents sur place, pour observer et rassurer…

Ventnoir passa un bras autour des épaules de sa compagne. Il la serra contre lui, puis la fit se tourner vers la porte.

— Et pour réparer, transformer, influencer et arranger les choses. D'après Kerowyn, Tremane vient d'une culture où la trahison est monnaie courante. Si un imprévu devait arriver, ce serait peut-être la première solution qui lui viendrait à l'esprit.

Elspeth secoua la tête et se laissa entraîner vers la sortie. Si elle n'avait pas été trop fatiguée pour penser clairement, elle aurait sans doute pu débattre de cette question. Mais…

— Tu sais, je suis presque désolée pour Tremane, admit-elle à contrecœur alors qu'ils montaient l'escalier.

Le rang ayant ses privilèges, la jeune femme s'était réservé une des meilleures chambres de l'ancienne auberge. Dormir dans un vrai lit, chauffé par une brique, lui semblait le comble du raffinement.

Enfin, peut-être pas dormir. *Au moins, pas tout de suite. Ventnoir m'accompagne, après tout…*

— Je suis désolé pour lui, dit Ventnoir. Et je crois savoir pourquoi le jeune Karal lui a pardonné ses actes. Ce n'est pas parce qu'un homme a dû faire face chaque jour à la trahison qu'il est un traître. Nous ignorons qui il est vraiment, à part ce que nous pouvons déduire de ses actes.

Ils étaient arrivés devant la porte de leur chambre. Elspeth l'ouvrit, tira Ventnoir à l'intérieur et l'embrassa pour le faire taire.

— J'ai assez entendu parler de Tremane pour aujourd'hui, souffla-t-elle, alors qu'il répondait de la manière qu'elle espérait, l'attirant contre lui en fermant la porte. Je crois que nous pouvons nous permettre de l'oublier un instant.

— Oh, oui, au moins !

Leurs dernières paroles avant longtemps.

Hob ne leur avait pas menti. Ils commencèrent à rencontrer des Hardorniens, qui leur offrirent toute l'hospitalité possible sur ces terres désolées. Elspeth continua d'être surprise par leur méfiance vis-à-vis des Valdemariens. Comment les Hardorniens pouvaient-ils continuer de les tenir pour la première ligne d'une nouvelle invasion ? Dans ce cas, ils seraient venus avec une petite armée. Et s'ils en avaient été les éclaireurs, ils ne se seraient pas déplacés à la vue de tous.

Peu à peu, elle décida qu'il ne fallait pas chercher de logique là-dedans. Ancar avait empoisonné l'esprit de ses sujets et le venin agissait encore. Au début de son règne, quand le peuple ignorait quel genre d'homme il était, Ancar avait prétendu que sa guerre contre Valdemar était justifiée. Il accusait les Valdemariens d'avoir assassiné son père et ses conseillers, prétendant que la reine Selenay voulait annexer Hardorn. Plus tard, le plus naïf de ses sujets avait compris qu'il ne fallait pas se fier à lui, mais ses mensonges étaient restés au fond des mémoires. Les Hardorniens ne se souvenaient peut-être pas que c'était lui qui les y avait implantés.

Pour des gens qui n'étaient pas belliqueux, et qui souffraient de privations pires que sous le règne d'Ancar, la délégation — bien entraînée, bien nourrie et bien équipée — devait avoir l'air d'une armée.

Ils n'avaient jamais vu l'armée impériale mais ils avaient entendu les rumeurs sur sa taille et son efficacité. Loin des conflits, ils n'avaient jamais rien aperçu de plus important qu'une garnison, quand Ancar en envoyait une dans leur village pour s'assurer de leur coopération ou collecter les impôts. La colonne de Valdemariens pouvait légitimement les terroriser.

Généralement, ils finissaient par se radoucir après un entretien du type de celui qu'ils avaient eu avec Hob. Alors, les Valdemariens étaient considérés comme de simples voyageurs, plus comme des conquérants. Les villageois se souvenaient des ancestrales coutumes d'hospitalité et leur ouvraient une auberge, un temple ou le siège d'une Guilde. Ils leur fournissaient des lits chauds, parfois même un peu de viande fraîche pour améliorer leur quotidien. Le bois de chauffage ne posait pas de problème, puisque la moitié des bâtiments était en ruine. Logiquement, les survivants avaient emménagé dans les maisons en bon état et utilisaient les autres pour y stocker du matériel. Ils devaient se serrer un peu la ceinture, mais ils étaient au chaud.

Et cela les sauverait, se dit Elspeth alors que ses hommes et elle continuaient de braver le froid qui traversait leurs vêtements les plus épais. Ces gens pouvaient survivre en mangeant peu, tant qu'ils avaient chaud. Ils sortiraient peut-être de l'hiver en ayant fondu comme des ours, mais ils seraient en vie, car le froid tuait plus sûrement que les rations réduites.

Plus ils approchaient de Shonar, plus les Hardorniens étaient impressionnés — avec cependant une certaine réserve — par Tremane ou par les histoires qu'ils avaient entendues sur lui. Quand les blizzards s'étaient calmés, le duc avait fait quelques ouvertures aux habitants de la zone proche de Shonar. Ordonnant que ses hommes déblaient les routes, il avait encouragé les quelques commerces qui continuaient au cœur de l'hiver. Et si la rumeur était vraie, il avait également envoyé ses hommes à la chasse aux monstres.

Apparemment, Tremane était disposé à aider toute personne proche de Shonar à se débarrasser d'un monstre, à condition de savoir où le trouver et quel était son rayon d'action. Car le grand duc n'envoyait jamais ses hommes à l'aveuglette dans la neige pour servir de cible à une créature sauvage. Si les conditions requises étaient remplies, vingt soldats entraînés allaient sur place, guidés par un ou plusieurs autochtones. C'était la seule contribution exigée de la population locale. Les Impériaux se chargeaient de tuer le monstre. Ensuite, les autochtones faisaient ce qu'ils voulaient de la carcasse. Souvent, ils demandaient au Guérisseur qui les accompagnait de déterminer si elle était comestible.

Après la chasse au monstre, les Impériaux se livraient à celle du bétail redevenu sauvage. La moitié des bêtes leur revenait, l'autre étant laissée aux autochtones. Puisque c'était bien plus que ce qu'ils avaient avant, personne ne protestait contre ce que Tremane appelait le « partage impérial ». Et pendant ce temps, le Guérisseur en profitait pour soigner les Hardorniens.

Quand les Impériaux repartaient, ils laissaient derrière eux un stock de viande fraîche, des gens ayant reçu des soins d'une qualité inconnue sous Ancar et une terre plus sûre. Si un autre monstre apparaissait, il leur suffisait de demander de l'aide au grand duc et le processus recommençait.

Tremane refusait d'aider les Hardorniens à se débarrasser des loups, des ours et des bandits. Il estimait que les autochtones pouvaient se charger des deux premiers. Quant aux derniers, il prétendait ne pas faire la différence entre les bandits et les « patriotes ». Les Hardorniens victimes de déprédations commises par leurs compatriotes trouvaient cela un peu dur. Mais c'était sûrement un moyen de les pousser à se rappeler qu'il existait des lois — même si elles avaient été longtemps oubliées en Hardorn.

Tout ça semblait parfait — d'autant plus que les histoires étaient remarquablement consistantes — mais Elspeth attendait de voir ce qui se disait à Shonar.

Pénétrant dans la sphère d'influence « sensible » de Tremane, ils constatèrent que les histoires sur sa « philanthropie » étaient vraies.

Soudain, ils passèrent d'une route dégagée pour une largeur de carriole à une autre, complètement ouverte et maintenue dans cet état. Ils virent les trophées — des têtes ou d'autres parties du corps — rapportés de la chasse aux monstres par les soldats impériaux. Et ils entendirent de la bouche des autochtones, nourris et soignés grâce à la générosité de Tremane, qu'il était un chef juste et bon.

Personne n'avait employé le mot « roi », mais Elspeth sentit que tous l'avaient à l'esprit. Comment expliquer, alors qu'Hardorn traversait la pire période de son histoire, que cet homme parvienne à imposer l'ordre ? Et il ne s'agissait pas de l'ordre d'un tyran. Les Hardorniens ayant connu cela sous Ancar, ils savaient faire la différence. C'étaient une loi et un ordre équitables et bénéfiques.

Elspeth compara l'existence de ces gens à celle de leurs compatriotes qui vivaient à plus de trois jours de Shonar. À contrecœur, elle dut admettre qu'elle aurait pensé comme eux, si elle avait été à leur place.

Elle découvrit vite qu'elle était d'accord avec la majorité des choses que Tremane avait faites. N'étaient certaines lois et coutumes impériales qu'elle n'aurait pas imposées aux Hardorniens… Mais l'ensemble indiquait que le grand duc avait à cœur le bien des siens et qu'il savait tirer le meilleur parti de ressources limitées.

La veille de leur rencontre avec le grand duc, Elspeth et Ventnoir reçurent une délégation après le dîner. L'aubergiste tenait toujours son établissement avec amour, même si ça faisait longtemps qu'il n'avait pas eu de client. Il avait proposé au couple de manger en tête-à-tête — une offre acceptée avec enthousiasme.

L'homme les avait installés dans une petite pièce, le reste de l'expédition prenant place dans la salle.

Elspeth n'avait pas mesuré à quel point pouvoir converser librement avec Ventnoir lui avait manqué. La plupart du temps, elle devait attendre qu'ils aient regagné leur chambre pour lui parler loin des oreilles indiscrètes — quand ils ne partageaient pas leurs quartiers avec leur escorte.

Ils sirotaient un dernier verre en prenant leur temps quand l'aubergiste vint les interrompre.

— Le conseil de la ville voudrait s'entretenir avec vous, messire et ma dame, dit-il d'un ton respectueux. Ici, si cela vous convient.

Elspeth soupira. Ça ne lui convenait pas, mais à quoi bon le dire ?

— Si c'est nécessaire, répondit-elle, s'efforçant de ne pas trop trahir son mécontentement.

L'aubergiste sortit et revint aussitôt avec la délégation, qui devait attendre juste derrière la porte.

— Nous ne serons pas longs, ambassadeurs, dit un homme vêtu de velours et de fourrure. Nous aimerions que vous transmettiez un message au duc Tremane.

— Il ne s'agit pas d'une plainte ! s'empressa d'ajouter un autre homme, beaucoup moins élégant. Je pense qu'il sera même content…

— Il y a des rumeurs, coupa le premier, avec un regard sombre pour son concitoyen. Nous les avons toutes entendues. Au fait, j'étais jadis maître de la Guilde des Tisserands et de la Laine de cette région…

Voilà qui explique sa prospérité, pensa Elspeth.

— … et Keplan était le maître de la Guilde des Fourreurs et du Cuir. Comme je viens de le dire, des rumeurs circulent, et des gens sont venus nous les rapporter. Le duc Tremane s'est montré très bon avec nous, et certains voudraient qu'il devienne notre chef. (Le maître de Guilde agita nerveusement les mains.) On parle même d'en faire notre… roi.

— Nous avons envoyé des messages pour retrouver d'éventuels survivants de l'ancienne lignée royale, dit l'autre homme. Mais il ne reste personne…

— Ça ne me surprend pas, fit Elspeth. Ancar n'était pas du genre à tolérer un rival. Le sexe ou l'âge n'ont pas dû l'arrêter quand il a décidé d'éliminer tous ceux qui pourraient lui barrer la route.

Le maître tisserand toussota.

— En effet. Malheur à qui se dressait contre lui, à l'époque.

Il leva la tête, espérant qu'Elspeth comprendrait pourquoi il n'avait pas essayé. Elle pensa qu'il avait dû en avoir l'occasion et qu'il s'était dérobé.

Mais qui suis-je pour le juger ? J'ignore ce qui s'est passé. S'il a été lâche, sa conscience le tourmente sûrement assez...

— Vous disiez qu'il ne reste personne de la lignée royale. Et alors ?

— Alors... Nous pensons qu'il serait bon d'offrir la couronne au duc Tremane. À certaines conditions.

Il retint son souffle, attendant la réaction de ses interlocuteurs.

— Une proposition intéressante..., dit Ventnoir. Je présume que ces conditions ne sont pas banales ?

— Il s'agit... eh bien, d'une chose que nos rois n'ont pas faite depuis plusieurs générations. C'est...

— Il devra accepter de se lier à la terre, coupa le maître fourreur. Nous avons un prêtre qui est resté fidèle aux anciennes croyances. Il connaît la cérémonie. Le duc devra se lier à la terre, en Hardorn, afin que tout ce qui la blesse le blesse aussi !

Le maître tisserand jeta un regard surpris à son compagnon, mais Elspeth haussa les épaules.

— Sage précaution, dit-elle. Si l'occasion se présente, nous lui transmettrons votre message. Mais nous ne vous promettons rien. Il est possible qu'il refuse.

— Nous n'en demandons pas plus, ambassadrice ! assura le tisserand. Merci !

L'homme fit sortir ses concitoyens et ferma la porte derrière lui.

Ventnoir regarda Elspeth.

— Eh bien, fit-elle. C'était… intéressant.

— Mais ça nous laisse une question sur les bras : comment présenter ce genre de proposition à Tremane ?

— Attendons d'être à Shonar et de voir à quoi ressemble l'Empire — remodelé par le grand duc. Ça devrait nous donner une bonne indication.

Malgré le vent glacé qui s'infiltrait sous son manteau, Elspeth se tenait droite sur sa selle, les yeux écarquillés au risque d'être aveuglée par le soleil qui se réfléchissait sur la neige.

— Je ne peux pas croire qu'ils aient fait tout ça en une seule saison, marmonna-t-elle.

Et sans magie, lui rappela Gwena. *Bien sûr, les motivations ne manquaient pas : des bandes d'Hardorniens hostiles et des monstres… Comment les appelle ce charmant jeune homme, déjà ?*

— Des boggus, répondit distraitement Elspeth.

Elle n'en revenait pas. Le mur faisait vingt pieds de haut, et il ne s'agissait pas d'une palissade en bois mais d'une muraille en briques. De plus, elle n'entourait pas seulement Shonar, mais la garnison impériale et le pré communal. Une tâche monumentale ? Sans nul doute.

Si on y ajoutait la construction des casernes pour les Impériaux, cela donnait le tournis. Comment avait-il pu bâtir tout ça ? Où avait-il trouvé la main-d'œuvre ?

— Nous sommes très fiers de notre travail, *siara*, dit le « charmant jeune homme ».

Il était venu à leur rencontre à une demi-journée de Shonar, pour les guider. Apparemment, *siara* était le titre de respect générique applicable aux deux sexes quand on ignorait le rang de son interlocuteur. Sans doute l'équivalent du « messire » qu'employaient les mercenaires pour s'adresser à leurs supérieurs.

— Nous avons tous travaillé à la muraille et aux casernes, continua le jeune homme, les joues rougies par le froid. Sauf ceux qui rentraient les récoltes. Mais nous avons troqué leur travail contre celui des autochtones. Une paire de bras pour une paire de bras ! L'accord passé par le duc Tremane pour que les casernes et le mur soient terminés à temps.

As-tu remarqué ? Le garçon a dit que Tremane a « troqué » un travail contre un autre, pas qu'il a enrôlé de force des ouvriers, souligna Gwena, la tête levée pour mieux étudier la muraille. *Il n'aurait pas été très intelligent d'enrôler des gens pour construire un mur censé le protéger, mais ça n'a pas empêché beaucoup de dirigeants de faire ce genre de stupidité.*

Elspeth se contenta de hocher la tête. Inutile de perturber le pauvre garçon en répondant au Compagnon qu'il ne pouvait pas entendre. Les Impériaux étaient déjà assez surpris parce qu'elle avait réclamé des logements spéciaux pour Gwena et Brytha. Même s'ils y avaient consenti…

Ventnoir s'éclaircit la gorge.

— Ces murs sont très impressionnants, mais mes compagnons et moi ne nous réchauffons pas vraiment, dit-il, très courtois.

Le soldat impérial bredouilla des excuses.

— Bien sûr, *siara*, pardonnez-moi !

Il talonna maladroitement son cheval, qui bondit vers le portail. Elspeth devina qu'il ne devait pas avoir l'habitude de monter. Avec ses pattes épaisses, sa bête n'était pas faite pour les champs de bataille. Elle appartenait sans doute à un fermier qui n'en avait pas besoin en cette saison. Le jeune homme devait leur être reconnaissant de n'avoir pas eu à chevaucher des lieues avant de les trouver. Il tenait les rênes comme s'il craignait que le vieux hongre rue. Bien sûr, l'animal n'en avait pas l'intention — il était trop content de filer se mettre au chaud. Elspeth se retint de rire pour ne pas froisser leur guide. Mais elle fut contente qu'une écharpe lui dissimule la bouche.

Les gardes qui patrouillaient autour de la muraille les regardèrent avec intérêt. Certains se flanquèrent des coups de coude en voyant le dyheli de Ventnoir.

De son côté, Elspeth ne remarqua rien d'alarmant. À part leur uniforme, ces hommes auraient pu appartenir à n'importe quelle armée de l'Alliance. Ils ne leur montraient aucune hostilité, et elle ne se sentait pas en danger.

Ils passèrent la porte sans encombre et suivirent leur guide le long de la rue principale. Étrange, après des semaines sans entendre le bruit des pas de leurs montures, d'avancer de nouveau sur les pavés au son des sabots argentés de Gwena, ponctué par le staccato de ceux, fendus, de Brytha. À l'évidence, avertis de leur arrivée, les citoyens s'étaient rassemblés sur leur passage pour les acclamer. Cela rappela à Elspeth leur précédent voyage en Hardorn, parmi des saltimbanques. À l'époque, entourés d'autres étrangers aux costumes plus voyants les uns que les autres, ils étaient presque passés inaperçus. Les Hardorniens avaient dû prendre Brytha pour un cheval déguisé. Aujourd'hui, tous les regards se rivaient sur Ventnoir, qui montait sur le dyheli. Le jeune homme se laissait étudier avec une parfaite nonchalance.

Ils dépassèrent plusieurs auberges de taille respectable qui auraient pu les accueillir, avant de gagner l'autre côté de la ville. Leur guide ne les conduisait pas vers les casernes, mais en direction d'un édifice en pierre, dont le corps faisait quatre étages de haut et les tours cinq ou six. Apparemment, ils devraient résider dans le manoir fortifié que Tremane s'était approprié. Elspeth se demanda combien de clercs, d'officiers et d'autres subordonnés avaient dû être relogés pour leur faire de la place. Elle ne se laisserait pas séparer de son escorte, et elle doutait que Tremane soit assez stupide pour le suggérer.

— L'ancien propriétaire a fait construire une petite écurie dans l'enceinte du manoir, dit le soldat, alors qu'ils en approchaient. On y entre par la cour, et elle est située près des cuisines. Le maître d'écurie du duc dit qu'elle devait servir aux juments de prix prêtes à pouliner. Elle contient quatre stalles et il y fait assez chaud pour dormir. Cela conviendra-t-il à vos… euh… montures ?

Il regarda Gwena et Brytha, ne comprenant visiblement pas tout le tapage qui les entourait.

Elspeth fut reconnaissante aux Impériaux d'avoir trouvé des quartiers décents pour les non humains. En plus, ils étaient dans le bâtiment où eux-mêmes seraient logés.

— Ça devrait convenir, répondit-elle. (À son tour, elle hésita.) Nous allons devoir nous occuper d'elles avant toute autre chose. J'espère que le grand duc Tremane comprendra.

Le hochement de tête du soldat fut sans équivoque : il ne pensait pas que Tremane comprendrait, mais son chef était prêt à donner satisfaction aux Valdemariens.

Le rire de Gwena résonna dans l'esprit d'Elspeth.

Ne t'inquiète pas ! La seule personne que nous devons convaincre de mon intelligence, c'est Tremane, et ça ne sera pas long. Mais ça attendra demain. Il encaissera déjà bien assez de chocs aujourd'hui. Quant à moi, je suis plus intéressée par un bon repas et une stalle tiède que par notre hôte.

Gwena était bien plus facile à vivre, depuis quelque temps.

À *moins que je sois enfin devenue adulte !* se dit Elspeth.

Elle se détendit un peu. S'il y avait eu quoi que ce soit d'alarmant, Gwena l'aurait senti.

Le mur d'enceinte du manoir était beaucoup plus sombre que celui de la ville, car il avait été construit avec la même pierre gris foncé que le bâtiment. Ici aussi il y avait des gardes, mais eux semblaient très détendus. Ces hommes étaient des professionnels capables de réagir en un éclair. Leur comportement indiquait qu'ils ne se sentaient pas menacés.

Ils franchirent une porte avec une herse en fer, puis s'engagèrent dans un tunnel. Des torches dissipaient en partie l'obscurité. Elspeth remarqua les meurtrières qui se découpaient dans le plafond. Elles étaient très rapprochées. Si on fermait les portes aux deux extrémités de la galerie, il leur serait impossible d'échapper à l'huile bouillante déversée par ces ouvertures. Cela aurait rendu la jeune femme terriblement nerveuse, si le manoir n'avait pas été construit longtemps avant l'arrivée de Tremane.

Évidemment, il pouvait utiliser ces installations, mais il ne les avait pas imaginées. L'esprit tordu qui en avait eu l'idée était hardornien.

Peut-être un ancêtre d'Ancar...

La délégation se sépara en deux dès l'arrivée dans la cour. La moitié des hommes de Vallen emportèrent les bagages dans leurs quartiers, les autres restant avec Elspeth et Ventnoir. La jeune femme fut un peu agacée par ces gardes trop visibles, mais elle était assez expérimentée pour reconnaître qu'il s'agissait d'une nécessité. Jusqu'à ce qu'ils soient fixés sur la situation, il valait mieux qu'ils se montrent prudents. De plus, il était bon de rappeler aux Impériaux que Ventnoir et elle étaient des ambassadeurs...

Son agacement fut de courte durée, car Vallen et ses hommes se rendirent utiles. Bientôt, leurs montures, plus Gwena et Brytha, furent installées à la satisfaction de tous. Un Impérial était resté pour les conduire à leurs quartiers. Leur escorte sur les talons, Elspeth et Ventnoir le suivirent.

— Nous vous avons alloué cette tour, dit-il dans un hardornien correct mais laborieux. Le duc Tremane espère qu'elle suffira à vos besoins.

— J'en suis certaine, répondit Elspeth alors qu'ils arrivaient au premier étage.

La moitié des gardes qui les avaient précédés s'installait déjà. C'était une salle spacieuse, avec des lits et des coffres — bref, pas très différente des casernes de Valdemar. Le deuxième étage était rigoureusement identique, à cela près qu'il était encore inoccupé.

Ils continuèrent de monter les marches en spirale.

— Voilà vos quartiers, ma dame et messire, dit leur guide quand ils furent au troisième étage.

Ils étaient dans une salle de réception meublée d'une table, de chaises, de petits bureaux, et de trois fauteuils devant la cheminée.

— Vos chambres et votre bureau sont au quatrième étage. Le cinquième n'est pas habitable. Je suis un des assistants du duc Tremane, qui m'a mis à votre disposition.

Ventnoir et Elspeth explorèrent leurs quartiers. La jeune femme monta au cinquième. Exposé aux quatre vents, il n'avait pas de cheminée. Ayant constaté la présence d'une couche de givre sur les dalles, elle redescendit promptement.

Tremane leur laissa le temps de s'installer et de se changer. Le confort du palais de Haven manquait à Elspeth. Ici, si on voulait prendre un bain, il fallait demander aux serviteurs de monter une baignoire et des seaux d'eau. Elle fronça également le nez en découvrant le pot de chambre. Mais ç'aurait pu être pire… Et ce ne serait pas la première fois qu'elle et Ventnoir se débrouilleraient.

Enfin, quand ils furent présentables, Tremane leur envoya une invitation à dîner.

Une occasion comme une autre pour lancer la conversation.

Voyant Ventnoir lui faire signe d'accepter, Elspeth s'exécuta, et ils suivirent leur guide. Après avoir longé un couloir glacial et faiblement éclairé par des lanternes, ils entrèrent dans une autre tour. Si elle était agencée comme l'autre, ils verraient la chambre de Tremane de la fenêtre de la leur.

Cela montrait une certaine confiance de la part du duc. Car dès qu'on pouvait voir, on pouvait aussi tirer à l'arc…

Alors que leur guide les invitait à entrer dans le salon, ils comprirent que cette première rencontre serait informelle. La table était mise pour trois, et un seul assistant se tenait à côté des plats.

Tremane les attendait. Elspeth l'étudia soigneusement… pendant qu'il leur rendait la pareille.

Elle ne l'aurait jamais pris pour un brillant stratège. Cet homme n'avait pas l'air d'un soldat — mais c'était également le cas de la moitié des Éclairs de Kerowyn. Il perdait ses cheveux, et ce qui lui en restait était strié de gris. Son visage intelligent était tendu par le stress.

Tremane avait tout d'une contradiction vivante. Si ses épaules étaient plus larges que celles d'un secrétaire, il avait de l'encre sur les doigts. Il portait une épée avec l'aisance née de l'habitude, mais de petites rides aux coins de ses yeux indiquaient qu'il lisait souvent à la lumière d'une bougie.

Moitié érudit, moitié guerrier…

Il se leva enfin, comme s'ils l'avaient surpris en arrivant plus tôt que prévu. Elspeth découvrit qu'elle ne pouvait pas lire son expression — fermée, mais pas secrète. Le visage d'un joueur. Celui d'un homme qui ne voulait rien montrer.

Mais d'autres indices le trahissaient. Sa tenue était une variante de l'uniforme impérial, sans les décorations associées à une personne de haut rang. Il portait seulement deux insignes : l'un avec une couronne, l'autre avec son blason. Rien qui rappelât l'Empire…

Maintenant que j'y pense, je n'ai vu personne arborer le blason de l'Empire.

Plus que tout le reste, cela convainquit Elspeth que le duc n'était plus au service de Charliss. Les soldats attachaient beaucoup d'importance à la bannière sous laquelle ils se battaient. Avoir décousu l'insigne de l'Empire de leurs uniformes était un geste très significatif.

Mais l'absence de décoration… Les militaires en raffolaient. Que devait-on en déduire au sujet de Tremane ? Qu'il était modeste ? Ou qu'il voulait le paraître ?

Le duc lui tendit la main et elle la serra. Il n'en fit pas une épreuve de force, mais sa poignée de main était ferme et la jeune femme lui rendit la pareille.

— Je suis enchanté de vous rencontrer enfin, princesse, commença-t-il.

Elle secoua la tête. Tremane se tut, la tête inclinée sur le côté — sans doute en attendant qu'elle s'explique.

— Ne m'appelez pas « princesse », s'il vous plaît, corrigea-t-elle. J'ai renoncé à ce titre en faveur d'autres responsabilités. « Ambassadrice » fera l'affaire, voire « ma dame ». Je possède toujours des terres et un titre équivalents aux vôtres, grand duc, mais chacun sait à Valdemar que je ne suis plus sur les rangs pour le trône.

Ainsi, il ne pourra pas s'offenser qu'on lui ait envoyé quelqu'un d'un rang inférieur au sien.

— Voilà mon partenaire et époux, Ventnoir k'Sheyna. C'est un Adepte. Chez son peuple, les titres de noblesse n'existent pas, mais nous avons jugé que son statut de mage était suffisant.

Tremane lâcha la main d'Elspeth et prit celle de Ventnoir. Les deux hommes se mesurèrent du regard.

— Je suis enchanté de faire votre connaissance à tous les deux, et je vous saurais gré de vous dispenser de titre et de m'appeler « Tremane », comme les gens de mon duché. Asseyez-vous, je vous en prie. J'ai peur que vous ne trouviez le menu quelconque, mais les temps sont durs.

Ventnoir lui répondit pendant qu'il avançait la chaise d'Elspeth.

— Je suis d'accord avec vous, Tremane. Pourtant, il semble que les gens placés sous vos ordres s'en tirent mieux que le reste des Hardorniens.

Tremane attendit qu'ils soient assis pour prendre place.

— C'est en partie grâce à la chance… Nous avons ce qui manque ailleurs en Hardorn : la main-d'œuvre. Il y a beaucoup de choses à récupérer ici et là, si on a assez de bras.

L'assistant proposa un plat de légumes au fromage à Elspeth, qui lui indiqua qu'il pouvait la servir.

— Vous avez beaucoup impressionné les autochtones qui vivent à l'intérieur de votre sphère d'influence, dit-elle.

Tremane but une gorgée de vin.

— Voilà au moins une des vertus de l'Empire : ses chefs sont bien entraînés. Ses vices sont nombreux, mais il est excellemment gouverné. Dans le meilleur des cas, les citoyens n'ont pas à se plaindre.

— Et dans le pire ? demanda Ventnoir.

Tremane baissa la tête un instant.

— On abuse facilement de tant de pouvoir, fit-il, avant de s'attaquer à son assiette.

Quand la conversation reprit, ils parlèrent de tout et de rien. Tremane n'était pas un courtisan professionnel. Mais il était trop prudent pour être abrupt, et trop expérimenté pour dire quelque chose qui pourrait porter préjudice à ses hommes ou à lui. Il avait survécu dans une cour dangereuse, et bien appris sa leçon.

Quand ils souhaitèrent bonne nuit à leur hôte, d'une manière cordiale mais réservée, Elspeth était sûre d'une seule chose. Tremane gardait ses intentions pour lui, et il serait difficile de pénétrer les murs qu'il avait érigés autour de lui. Il protégerait son honneur en gardant le silence à certains moments, et resterait autant que possible dans le vague. Quiconque essayait de deviner ses motivations profondes s'attelait à une tâche quasi impossible.

Pourtant, c'était ce que devaient faire Elspeth et Ventnoir.

CHAPITRE III

Assis sur le Trône de Fer, l'empereur Charliss, dans sa tenue d'apparat en velours, supportait le poids de la Couronne du Loup et ignorait les bavardages des courtisans, préférant observer leurs vaines tentatives pour cacher leur nervosité.

Extérieurement, cette cour ressemblait à n'importe quelle autre. Commérages, libertinages, négociations, trahisons, confidences — les nobles fortunés exécutaient leurs « danses », comme leurs pères et leurs grands-pères avant eux.

Aujourd'hui, ils essayaient de s'accrocher à leurs beaux habits et à leurs accessoires coûteux. Mais les coups d'œil inquiets qu'ils jetaient vers le trône, leurs gestes empruntés et l'hystérie audible dans leurs murmures trahissaient leur véritable état d'esprit. La cour avait toujours été célèbre pour la richesse de ses costumes, mais les courtisans étaient de moins en moins nombreux à se soucier d'afficher leur opulence… Un signe qui ne trompait pas : leur esprit et leur énergie étaient ailleurs. Ils avaient peur, si bien qu'ils ne prenaient plus le temps d'inventer de nouvelles modes ou d'impressionner l'ennemi avec leur fortune.

En contrebas de l'estrade où se trouvait le trône, les

gens exécutaient les figures de style exigées par le rang et la coutume. Mais Charliss était conscient de chacun de leurs faux pas. Ils étaient deux fois moins nombreux que d'ordinaire. Comment aurait-il pu en être autrement ? Ceux qui avaient pu se réfugier dans leurs domaines étaient partis, même si la Saison ne faisait que commencer.

C'était contraire à la coutume. Les nobles qui prétendaient à la fortune et au pouvoir ne quittaient *jamais* la cour en hiver. L'été, ils rentraient chez eux. L'hiver, quand la neige coupait les routes, ils prenaient leurs places à la cour et s'engageaient dans des intrigues à n'en plus finir, pendant que leurs subordonnés s'occupaient de leurs affaires. Ceux qui avaient des enfants à marier les amenaient pour les montrer. Et ceux qui étaient en quête de plaisirs trouvaient leur bonheur au palais. Seuls les solitaires ou les rabat-joie restaient cloîtrés pendant la Saison.

Mais pas cet hiver.

Quand la première tempête avait balayé l'Empire, anéantissant presque toute la magie sur son passage, l'Empereur avait été furieux, mais pas vraiment alarmé. Pareille prouesse avait dû exiger une puissance considérable, et il ne s'attendait pas à ce que son auteur puisse recommencer de si tôt. Évidemment, elle avait détruit tous les Portails, leur moyen fondamental de transport, mais ils avaient été aussitôt reconstruits. La tempête avait eu des *inconvénients*, rien de plus.

Charliss n'avait pas douté un instant que les mages de l'Empire répareraient les dégâts et se vengeraient des inconscients qui avaient osé s'attaquer à eux. La punition qu'il leur réservait servirait de leçon à tous ceux qui avaient été impliqués de près ou de loin dans cette affaire.

Sans avertissement, la seconde tempête avait frappé. Cela avait semblé en contradiction avec toutes les lois de la magie que Charliss connaissait. Puis il y en avait eu une troisième. Et d'autres encore, les intervalles se réduisant en même temps que la puissance des tempêtes augmentait.

Les courtisans n'étaient peut-être pas au courant des dégâts subis par l'Empire, mais ils avaient mesuré l'impact des tempêtes sur leurs vies. Les feux magiques qui chauffaient leurs maisons et leur eau ne fonctionnaient plus. Les lumières, également magiques, avaient dû être remplacées par des bougies et des lanternes. Même au Château À-Pic, les repas étaient servis en retard, et souvent froids. Il était désormais impossible de se faire ouvrir un Portail pour rentrer chez soi. Heureusement, il y avait assez de serviteurs pour compenser un peu l'inconfort, mais tout juste. Ceux qui n'avaient pas un besoin pressant de rester à la cour, et qui avaient eu l'intelligence de comprendre ce qui se passerait si les conditions se détérioraient encore, avaient trouvé un moyen de la quitter.

Désormais, pas question d'invoquer la magie sans s'épuiser à ériger des boucliers — et chaque fois qu'une nouvelle tempête passait, ils étaient si abîmés qu'ils requéraient des réparations intensives. Les transports étaient au point mort et les communications sporadiques — au mieux. Certaines constructions utilisant la magie statique s'étaient effondrées. Chaque désastre engendrait plus de peur et de panique, et provoquait parfois des morts.

Ce n'était pas les seuls effets physiques des tempêtes magiques. Des zones entières avaient été transformées au point de ne plus être reconnaissables. Les oiseaux migrateurs étaient perdus. Dans la capitale et les provinces alentour, des plantes urticantes aussi hautes que des hommes poussaient dans le sol ou la pierre, et des lianes étranglaient les chevaux pendant la nuit. Des carcasses de créatures qui ne ressemblaient à rien de connu prouvaient que les tempêtes transformaient leur monde en un lieu chaque jour plus terrifiant.

Tous ceux qui avaient pu regagner leurs terres avaient filé. Chez lui, un courtisan était sûr de ne pas manquer de nourriture. Et beaucoup de domaines n'employaient pas encore la magie pour se chauffer ou s'éclairer. Étrangement, ceux qui n'avaient pas eu les moyens ou le temps de moderniser leurs installations étaient aujourd'hui privilégiés. À la campagne, il y avait des monstres en liberté, mais les plus prévoyants avaient compris que la vie dans la capitale pouvait devenir encore plus dangereuse. Combien de temps avant que n'éclatent les premières émeutes ?

Charliss regarda ses courtisans et son visage, d'ordinaire indéchiffrable, trahit son agacement. Il se demanda s'ils mesuraient à quel point leur existence pouvait devenir périlleuse. Sans doute pas, car beaucoup étaient des imbéciles. Il avait entendu une femme dire : « Je suis ici pour oublier le monde extérieur. Je me fiche de ce qui se passe dehors. J'ai des choses plus importantes à penser… Il y a les bals, et j'ai cinq filles à marier ! »

Pendant que cette femme exhibait ses filles, le monde extérieur disparaissait. Elle avait beau se voiler la face, cela n'y changeait rien. Déjà, les provinces extérieures avaient proclamé leur indépendance. Charliss ignorait ce qu'étaient devenues les forces basées sur place. Certains soldats avaient réussi à regagner l'Empire. Les autres s'étaient peut-être ralliés aux indépendantistes… Mais il était plus probable qu'ils se soient fait massacrer. Récemment, il avait dû admettre que son vaste et puissant empire avait un défaut fatal. Il contrôlait toutes les menaces venant de l'intérieur, mais il n'était pas préparé à lutter contre des perturbations extérieures comme ces tempêtes magiques.

Au sein de l'Empire, les transports et les communications étant revenus à un niveau primitif, les institutions tombaient en ruines plus vite qu'il ne pouvait les restaurer. La nourriture était un problème majeur. Il en arrivait encore dans la capitale, livrée par des fermiers et des charretiers, mais les distances et le mauvais temps compliquaient de plus en plus le ravitaillement. Les prix des denrées périssables montaient en flèche, suivis par ceux des articles de première nécessité — mais plus lentement, car Charliss avait ordonné de mettre les stocks impériaux sur le marché pour limiter l'inflation. Dans certaines villes, des émeutes avaient déjà éclaté à cause de la nourriture… et il avait dû envoyer ses troupes les écraser.

La plupart des domaines se suffisant à eux-mêmes, l'approvisionnement n'y était pas un problème. Et la plupart des nobles avaient leur milice privée. Si un seigneur était un bon administrateur, il obtenait plus de coopération que de compétition entre ses gens. Dans le cas contraire, eh bien, tant pis pour lui.

Il y avait également eu des émeutes dans les villes dont les aqueducs, maintenus par la magie, s'étaient effondrés, les privant d'eau. Charliss avait pu empêcher la divulgation de cette nouvelle, mais il ignorait combien de temps il serait capable de cacher les émeutes provoquées par le manque de nourriture. Quelles que soient les circonstances, les mauvaises nouvelles se répandaient plus vite que les bonnes.

Ce n'était pas le poids de la Couronne du Loup qui lui donnait la migraine, mais celui de l'infortune.

Pourquoi suis-je l'empereur à qui tout ça arrive ? Pourquoi ce désastre n'a-t-il pas attendu que je sois mort ?

Les événements avaient un effet bizarre — comme s'il n'y en avait pas déjà assez — sur les citoyens de l'Empire : des cultes aberrants apparaissaient un peu partout. Chaque village semblait avoir son prophète, et tous prédisaient la fin du monde tel que les Impériaux le connaissaient. Les cultes avaient chacun leurs rites et proposaient tous les comportements humains possibles et imaginables comme l'« unique » moyen d'être sauvé. Certains prêchaient l'ascétisme, d'autres la débauche. Certains priaient un Dieu unique, d'autres voyaient une divinité dans chaque phénomène naturel, voire chaque chose — animée ou inanimée.

Les plus malsains expédiaient leurs fidèles se faire dévorer par les monstres dans l'espoir d'apaiser le « dieu » qui les avait envoyés. Naturellement, ça n'avait aucun effet, sinon calmer — temporairement — la faim d'un monstre particulier. Inutile de dire que ces cultes-là ne duraient jamais très longtemps. Les fidèles finissaient par abandonner leurs chefs… ou par les livrer aux monstres.

Ces cultes n'inquiétaient pas Charliss, même si certains, ayant recruté des mages non formés, ou mal formés, gagnaient très vite en puissance. Ses mages s'en chargeaient. Ses subordonnés — des militaires, généralement — s'occupaient des autres urgences quotidiennes. Ces derniers temps, sa seule préoccupation était son bien-être et sa propre survie. Depuis plus d'un siècle et demi, il dépendait de la magie pour maintenir les sorts qui le gardaient en vie. Or, elle n'était plus fiable.

Il se pouvait qu'il meure plus tôt que prévu — il avait déjà eu plusieurs alertes sérieuses. Si une chose ne devait pas se savoir, c'était bien celle-là.

Beaucoup de ses courtisans étaient des mages, et il se demandait à quel point il serait tentant pour l'un d'eux de profiter de sa faiblesse. Il ne se faisait aucune illusion sur leur loyauté. Deux sortes de personnes évoluaient dans le Grand Hall : celles qui restaient par stupidité, et celles qui flairaient une bonne occasion. Ces dernières étaient infiniment plus dangereuses que les autres, et il ne l'oubliait jamais.

Charliss avait pu préserver son existence en gardant des boucliers autour de lui, mais pour y parvenir, il avait besoin de plus en plus de mages plus ou moins médiocres. Et il perdait un peu plus de terrain à chaque tempête. Même ses mages ignoraient son état.

Jusque-là, il avait réussi à cacher son secret à tout le monde. Ses courtisans semblaient ne s'être aperçus de rien. Mais bientôt, un individu plus observateur que les autres découvrirait la vérité. Alors, la panique qui régnait en ville soufflerait sur la cour — à moins que Charliss ne contrôle tout le monde. Mais comment le pourrait-il quand le peu d'énergie qui lui restait devait servir à renforcer ses réserves déclinantes ? Il sentait les événements lui glisser entre les doigts, et ça le mettait dans une rage aussi noire que futile.

Mon empire se désintègre. Bientôt, je n'en aurai plus. Je devrai m'estimer heureux s'il me reste un royaume... une cité... ou un souffle de vie.

Mais il ne se désespérait pas — c'était bon pour les faibles, pas pour le porteur de la Couronne du Loup. Il était tellement en colère qu'il devait trouver un exutoire... ou se consumer.

Cette idée le frappa comme un éclair. Il savait *qui* blâmer de cette situation, et sa rage se braquait dessus à la manière d'une flèche empoisonnée :

Valdemar.

Ses problèmes ne pouvaient avoir qu'une seule source. Rien de comparable n'était jamais arrivé avant qu'il envoie Tremane finir de conquérir Hardorn et envisager d'envahir Valdemar.

Les Valdemariens n'avaient pas de magie au sens où l'Empire l'entendait. pourtant ils s'étaient défendus avec succès contre Ancar. Les dirigeants de Valdemar avaient refoulé ses agents des décennies durant, même si quelques-uns avaient pu obtenir des informations inutiles. Trois avaient atteint la cour, deux d'entre eux n'étant pas des mages. Le troisième, une femme, avait dû renoncer à ses pouvoirs pendant son séjour, ce qui était revenu au même.

Valdemar s'était allié à des êtres aussi étranges que les monstres qui semblaient jaillir de la terre : les Shin'a'in, les Frères du Faucon et les fanatiques monothéistes de Karse. Les Valdemariens seuls avaient pu inventer une arme si imprévisible. Que l'Alliance ne souffre pas des effets des tempêtes le confirmait : seuls les inventeurs d'une telle arme avaient les moyens de s'en protéger.

De plus, Valdemar avait assassiné son agent et son ambassadeur. Il en avait la preuve : leurs corps étaient tombés dans le Portail d'Hardorn, et chacun avait dans la poitrine une dague portant le sceau valdemarien. Certains de ses conseillers tenaient cela pour un acte de guerre, d'autres pour un défi. Charliss était certain d'une chose : l'assassin appartenait à la maison royale valdemarienne. Le duc Tremane lui avait donné raison. Mais les mesures qu'il avait prises avaient mal tourné.

À moins qu'il n'ait rien fait, son histoire d'assassin étant de la poudre aux yeux. Avait-il prévu de passer à l'Alliance, avec l'espoir de recevoir un royaume, dès qu'il avait compris qu'il ne gagnerait pas contre les rebelles hardorniens ?

C'était logique, sachant que Charliss lui avait promis la position d'Héritier à condition qu'il conquière Hardorn… pour l'Empire.

Entre revenir déshonoré et être roi, le choix était facile…

Tout ça n'était que des spéculations, bien sûr, mais Charliss avait aussi des *faits*. Tremane s'était rebellé. Il avait pillé un entrepôt impérial, annoncé à ses hommes que l'Empire les avait abandonnés, et fait cause commune avec les Hardorniens qu'il était censé vaincre. Il semblait probable que les Valdemariens l'aient poussé à la révolte. Tremane était loin d'être un imbécile, mais il n'avait pas beaucoup d'imagination.

Cette trahison était dure à avaler pour Charliss, qui comptait se venger. Dommage que Tremane ne lui ait laissé aucun otage, puisqu'il était célibataire et sans enfant. Il y avait peut-être quelqu'un dans son duché, mais y aller était aussi impossible qu'atteindre le duc. Charliss confierait bientôt cette mission à quelqu'un, mais ce serait une initiative vide de sens. Personne ne pourrait gagner Hardorn avant la fin du printemps, et si l'Empire continuait de tomber en pièces, mieux valait ne pas essayer.

Cependant, il devait faire un geste, même symbolique. Il fallait montrer à ses courtisans — des imbéciles ! — qu'il était toujours l'empereur.

Charliss fit signe à son majordome, qui frappa trois fois le sol avec son bâton pour attirer l'attention de la cour. Rien ne troublait jamais cet homme. Des prisonniers avaient été dépecés vivants à ses pieds sans qu'il pâlisse. Vêtu de velours pourpre brodé d'or, il était plus anonyme qu'un homoncule ou qu'un automate. Au point que Charliss ignorait son nom.

Le silence se fit dès le premier coup et le deuxième résonna dans le hall aussi fort que si la mort frappait à une porte. Tous les regards se tournèrent vers le Trône de Fer. Charliss se leva et s'appuya discrètement à son siège.

Il aurait pu demander au majordome de faire les annonces, mais ça aurait pu être interprété comme un signe de faiblesse. Ce n'était pas admissible, surtout maintenant. Il devait paraître aussi puissant que le jour où il était monté sur le Trône.

Amplifiée par l'acoustique de la salle, sa voix résonna au-dessus des têtes des courtisans.

— Des informations sont venues à nos oreilles et nous font une grande peine, dit-il d'un ton sévère.

Nous tenons d'une source fiable que Tremane, grand duc de Lynnai, a trahi l'Empire, ses serments… et nous-même.

Les petits cris qui échappèrent aux courtisans étaient sincères, une réaction qui confirma l'impression de Charliss : ces gens ne comptaient pas parmi les plus intelligents de l'Empire. Il chercha dans la foule les visages de ses conseillers et vit qu'ils ne montraient pas la moindre surprise.

Content de savoir que je n'ai pas choisi de parfaits imbéciles.

— Ses intentions sont claires, continua-t-il quand le silence revint. Tremane a orchestré le pillage d'un entrepôt impérial, emportant jusqu'à la dernière pièce du coffre-fort — de l'argent destiné à payer les loyaux soldats de l'Empire.

Charliss jeta un coup d'œil vers ses gardes du corps.

Mes propres hommes se sentent concernés. Parfait. La nouvelle se répandra comme une traînée de poudre dans l'armée. Alors, que les Cent petits Dieux viennent en aide à ce chien s'il ose se montrer à un soldat impérial.

Parmi toutes les lois qui garantissaient la prospérité de l'Empire, trois étaient sacrées : *Payer l'armée. La payer bien et la payer à temps.*

Charliss se permit de montrer un peu sa colère.

— Le duc a juré allégeance à l'Empire, puis il a corrompu les troupes qui lui ont été confiées, les poussant à se parjurer. Il a cessé les hostilités contre les rebelles d'Hardorn. Enfin, il s'est allié à eux et a même tenté de devenir leur roi.

Des hochements de tête et des regards cupides lui apprirent que les ambitieux comptaient profiter de la chute de Tremane. Eh bien, dans le vide laissé par un grand arbre abattu, de plus petits pouvaient pousser pour atteindre le soleil. Même maintenant.

Mais il était temps d'alerter ces idiots du danger.

— Le pire, c'est qu'il s'est allié au monarque de Valdemar, dont la nation a lancé des attaques magiques contre notre Empire.

Charliss se tut pour reprendre son souffle, s'appuyant un peu plus au Trône. Bien sûr, cette dernière affirmation était une simple hypothèse. Mais même ceux qui avaient un meilleur service de renseignement que le sien ne prendraient pas la peine de vérifier. Tremane n'avait pas l'ombre d'un ami à la cour. Ses anciens alliés allaient s'attacher à d'autres prétendants, afin de sauver leur tête et leur fortune. Et désigner un coupable pouvait transformer ce ramassis d'imbéciles en un groupe uni. Rien de tel qu'un ennemi commun pour fédérer les gens…

Maintenant, Charliss devait leur montrer que le vieux loup avait encore des dents. Il prit son air le plus menaçant, celui qui faisait trembler les guerriers aguerris, et cria comme un dieu barbare :

— Nous déclarons que Tremane de Lynnai est un traître et nous lui confisquons ses terres et son titre. Nous le condamnons à mort, de la main de quiconque aura l'occasion d'exécuter la sentence. Qu'aucun citoyen loyal de l'Empire ne l'aide, sous peine de subir le même sort ! Que son nom soit effacé de l'arbre généalogique de sa famille, afin que la lignée des Lynnai meure avec son père ! Qu'il soit aussi effacé des monuments consacrés aux batailles et rayé des registres de l'Empire, comme s'il n'avait jamais existé !

La pire humiliation au sein de l'Empire. Beaucoup de visages pâlirent. Pour ces gens, effacer toute trace de l'existence de Tremane était pire que le condamner à mort, car cela étendait sa punition à l'au-delà. Quand il quitterait ce monde, il n'aurait pas droit à l'immortalité, puisqu'il ne laisserait rien derrière lui pour témoigner de qui il avait été. Son âme disparaîtrait au moment du trépas, ou errerait dans les limbes entre la vie et la mort, privée de mémoire…

C'était en tout cas la doctrine en vigueur. Si un citoyen de l'Empire croyait en quelque chose, c'était bien en l'immortalité des registres. Quand il priait, il incluait toujours ses ancêtres. Retirer quelqu'un de sa place parmi eux équivalait à décrocher une étoile du cosmos.

Charliss sourit tristement.

Ils savent désormais que je ne suis pas devenu faible sous prétexte que j'avais nommé un héritier.

Son expression se radoucit.

— Nous savons que cette nouvelle vous trouble, car le Sans Nom devait nous succéder. Sa trahison vous touche donc autant que nous, et il nous peine de voir nos enfants dans la détresse. Nous allons donc nommer notre Héritier et lui attribuer le titre, les terres et la fortune du Sans Nom.

Les regards cupides réapparurent — un court moment, car seul Charliss savait *qui* il s'apprêtait à nommer. Après avoir désigné Tremane, il avait ignoré les autres candidats. *Primo*, pour lui laisser les coudées franches — autant que possible dans une cour fourmillante d'intrigues. *Secundo*, pour ouvrir la voie à ses rivaux — au cas où Tremane n'annexerait pas Hardorn. Les voir se chamailler pour attirer son attention avait été amusant. Tous ses conseillers et ses mages étaient des héritiers potentiels. Ceux qui s'estimaient dans la course avancèrent sans s'en rendre compte, essayant de se faire remarquer.

Mais les pensées de l'empereur vagabondaient. S'il ne mettait pas très vite un terme à ce suspens, il y aurait une ou deux attaques d'apoplexie.

Les courtisans seraient choqués, voire insultés, par sa décision. Néanmoins, Melles avait toujours été son second choix, et il l'était resté.

— Nous nommons comme Héritier et successeur, le plus méritant de nos conseillers et le plus loyal des serviteurs de l'Empire, le baron de cour Melles.

Melles était l'ennemi le plus fervent et le plus implacable de Tremane. Si quelqu'un devait tout faire pour exécuter la sentence impériale, ce serait lui. Les deux hommes se détestaient. Charliss n'avait plus vu une telle haine depuis longtemps. Il n'y avait pas de place, à la cour, pour un sentiment aussi puissant, car l'ennemi d'aujourd'hui pouvait devenir l'allié de demain.

Melles se tenait d'un côté du Trône, bien en vue, mais sans se faire remarquer, selon son habitude. Il ressemblait à Tremane — en mieux. Plus mince et moins musclé, il n'avait aucun attribut physique d'un combattant. Ses cheveux étaient plus foncés et il ne les perdait pas. Il avait trois ans de moins que Tremane. À part ça, ils auraient pu avoir été taillés dans la même étoffe et cousus par le même tailleur. L'un et l'autre avaient cultivé l'art d'être ignorés. Charliss connaissait les motivations de Melles. Et il imaginait celles de Tremane.

Contrairement à Tremane, Melles n'était pas un noble par héritage, mais un baron de cour, sans titre ni terre, comme son père avant lui. Sa fortune, il l'avait bâtie dans le commerce, comme beaucoup de ses pairs. Mais si le père de Melles était négociant en bétail, son fils achetait et vendait bien d'autres choses. Ce n'était pas un secret : un commerçant ambitieux pouvait s'offrir un titre à la cour et même payer pour que son fils en hérite. Il n'y avait pas de honte à cela — même si les nobles de cour étaient très susceptibles à ce sujet. Quant aux nobles de sang, ils les considéraient comme des parvenus. Il y avait toujours des frictions entre les deux clans. Elles disparaissaient aussitôt que le rejeton d'une famille désargentée de l'ancienne noblesse épousait l'héritière d'une belle fortune.

Était-ce ainsi qu'avait commencé l'inimitié entre

Melles et Tremane ? Tremane ou son père avaient-ils insulté Melles ou son géniteur ? Non, leur haine ne pouvait pas avoir une cause si banale. Et bizarrement, Charliss n'imaginait pas Tremane se montrant grossier envers quiconque, même une personne qu'il méprisait. Il était trop rusé pour se faire des ennemis si facilement.

Aucune importance ! Quelle que soit la raison de cette haine, elle servait les fins de Charliss.

Le baron — non, le grand duc — Melles avança jusqu'à l'estrade. Il monta les trois marches, comme le lui permettait son nouveau titre, pour s'agenouiller devant l'empereur. Celui-ci fit signe à un garde d'apporter la couronne de l'Héritier, rangée dans une niche depuis que Charliss avait ceint la Couronne du Loup.

Même si cette cérémonie semblait spontanée, il n'en était rien. C'était une autre danse, dont la chorégraphie avait plusieurs siècles… Seuls les participants changeaient, jamais les pas.

Le garde avait répété ces gestes un millier de fois. Pourtant, il n'était pas certain que cet honneur lui échoirait un jour. Cela faisait partie de ses devoirs.

Il tint d'ailleurs son rôle à la perfection, tendant la couronne à Melles qui, selon la tradition, la posa sur sa tête, comme il le ferait avec la Couronne du Loup quand Charliss mourrait. Dans l'Empire, le pouvoir et l'autorité n'étaient pas conférés par les prêtres. En conséquence, l'empereur et l'Héritier se les attribuaient eux-mêmes.

Une fois couronné — la tiare de l'Héritier, peu imposante, n'était qu'une simple bande de fer en forme d'épée à la garde ornée d'une topaze — Melles se releva et s'inclina devant l'Empereur. Charliss le regarda avec satisfaction, songeant qu'il aurait dû le choisir dès le début. Contrairement à Tremane, Melles était un Adepte puissant. Dans quelques décennies, il serait sans doute l'égal de Charliss. Malgré les conditions actuelles, il se pouvait qu'il lui apporte la tête de Tremane.

Charliss se promit d'abdiquer si Melles réussissait cette prouesse. Il doutait que ce soit possible, mais un tel exploit mériterait une récompense, et que pouvait-il lui offrir d'autre ?

S'il peut faire ça, il sera assez fort pour me prendre la Couronne du Loup. Il vaudra mieux que j'abdique avec grâce, pour me concentrer ensuite sur ma survie.

Même si les ennemis de Melles l'auraient volontiers poignardé sur-le-champ, aucun ne se trahirait en cet instant.

— Allez recevoir les félicitations de la cour, dit Charliss. Nous parlerons plus tard de vos nouveaux devoirs et privilèges.

Melles s'inclina, puis redescendit à reculons. L'Héritier n'avait pas de trône, ni de place spéciale dans les cérémonies de la cour. Les empereurs n'avaient jamais jugé nécessaire de donner trop d'importance à leurs successeurs, de peur qu'ils n'en demandent toujours plus.

Charliss les imiterait, car Melles était du genre à en vouloir toujours plus.

Il décida de le contrôler de près.

Un Tremane suffisait, après tout…

Ces derniers temps, Melles avait connu tant de bouleversements que plus rien ne pouvait le surprendre. Son réseau d'information était extraordinaire — un de ses agents lui avait même rapporté la trahison de Tremane —, pourtant il ne s'attendait pas à être nommé Héritier.

D'après ses calculs, il n'était pas le candidat logique, même s'il fallait tenir compte de certaines considérations personnelles. Depuis le début des tempêtes magiques, il pensait que l'empereur nommerait un homme qui n'avait pas d'ennemi à la cour. Car le successeur de Charliss serait à la tête d'un Empire réduit… et peut-être d'une armée hostile. Il devrait convaincre des adversaires de toujours de s'allier jusqu'à ce que l'équilibre soit restauré. Melles avait de nombreux ennemis, dont certains préféreraient mourir que travailler avec lui. Tremane n'avait pas été le seul, et moins encore le plus terrible. Melles se faisait plus facilement des ennemis que des alliés. Dans l'ensemble, il préférait les ennemis, bien plus faciles à manipuler — sans compter qu'ils n'étaient pas déçus quand ils s'en apercevaient.

Des amis ? Hors de question ! En avoir aurait été un trou dans son armure. Il ne s'était pas permis une telle faiblesse depuis qu'il était devenu un homme. Et il y avait la question de sa position et de ses devoirs à la cour, qui ne le rendait cher à personne. Les courtisans le craignaient, l'admiraient à contrecœur ou le toléraient comme un mal nécessaire, mais aucun ne l'*aimait*.

Pourtant, aujourd'hui, ils se précipitaient vers lui comme s'ils avaient hâte de devenir ses amis. Certains devaient déjà tirer des plans dans ce sens, même si c'était stupide. Après tout, il était entouré d'idiots… sinon, qu'auraient-ils encore fichu ici ?

Il sourit et accepta de bon cœur les félicitations, comme s'il était impatient de devenir leur meilleur ami. Pourquoi pas ? Même les imbéciles avaient leur utilité. Suivant l'exemple de l'empereur, il n'écartait jamais un outil potentiel.

Les hommes furent les premiers à l'entourer, se bousculant dans la hâte de lui glisser quelques mots dont il se souviendrait peut-être plus tard, ou pour lui rappeler les faveurs qu'ils lui avaient faites. Certains avaient une bien étrange définition du mot « faveur ». Comme si être invité à une soirée ennuyeuse en était une !

Et les *femmes* ! Elles se révélaient pires que les hommes. Les célibataires l'invitaient du regard à faire d'elles ce qu'il voulait. Les femmes mariées et malheureuses en ménage — les autres n'étaient pas nombreuses à la cour — agissaient de même. Quant à celles qui avaient une fille à caser, elles l'assommaient de compliments mielleux.

Comme si elles savaient qui je suis, ou à quoi je ressemble…

Non, il exagérait ! Tous ces gens n'étaient pas des imbéciles qui refusaient que leur Saison soit gâchée par des inconvénients mineurs. Certains n'avaient pas été en mesure de rentrer chez eux. D'autres avaient dû rester parce qu'ils étaient des conseillers. D'autres encore n'avaient pas de domaine. Beaucoup de jeunes filles — et de plus si jeunes — savaient qui il était et de quoi il avait l'air, comme elles connaissaient le nom, le titre et fortune de tous les célibataires en vue. Un bagage indispensable quand on se lançait dans la chasse au mari. Melles ne figurait peut-être pas en tête de leurs listes jusqu'à présent, mais elles savaient qui il était.

Et s'il faisait une apparition à une soirée ou à un concert, chacune essaierait de le convaincre qu'il serait heureux de la prendre pour femme… et future impératrice. Une heure plus tôt, toutes ces jeunes filles auraient joyeusement admis que l'idée de l'épouser les rendait malade.

C'était désormais sans importance.

Il suffit de voir ces femmes se jeter au cou de Charliss, la vieille momie ! Ce n'est sûrement pas son beau visage qui les fait agir comme des chiennes en chaleur !

S'il avait montré une préférence pour les hommes, Melles aurait quand même été assailli par ces filles et leurs parents. On attendait de lui qu'il produise un héritier. Peu importait que la plupart des empereurs de l'histoire n'aient eu aucun lien de parenté avec leurs prédécesseurs.

Si ce que j'ai lu dans les Archives est vrai, certains sont arrivés à de fascinantes extrémités…

Tout ça n'avait aucune importance. Il n'aimait ni les hommes, ni les petits garçons, ni les fillettes. Mais il attendrait de porter la Couronne avant de se marier. Et il choisirait une orpheline, par pure méchanceté !

— Oui, bien sûr, répondit-il à une femme — après s'être assuré de ne lui avoir fait aucune promesse.

Ces gens s'étrangleraient de le voir prendre son épouse parmi le petit peuple ! Il y avait bien une orpheline attirante dans la Capitale…

Melles murmura quelque chose à l'un des conseillers, un homme qui s'était montré un allié désintéressé par le passé.

Tout ça me monte à la tête. J'aurai tout le temps de penser aux femmes plus tard. Pour l'instant, je dois consolider les bases de mon pouvoir, et déterminer ce qu'il faut faire pour sortir l'Empire de la crise actuelle.

Les plaisirs de toutes sortes attendraient que l'Empire soit de nouveau stable. Alors, il aurait peut-être même l'occasion d'exécuter la sentence de mort prononcée par l'empereur contre Tremane… Mais ce temps n'était pas encore venu. La haine lui procurait beaucoup d'énergie et d'amusement. Donc, il l'entretiendrait soigneusement.

Ce n'était pas pour rien que ses ennemis le comparaient à une araignée au milieu de sa toile. S'il avait une vertu, c'était la patience — la seule qui finissait par être récompensée.

Quand les affaires de l'Empire eurent été traitées, les courtisans partis, Melles eut son audience privée avec l'empereur. Privée ? Pas précisément. Charliss n'était jamais seul. Mais un homme prétendant à un rang élevé ne faisait pas attention aux serviteurs et aux gardes…

À moins que cet homme ne fût Melles. Pour l'empereur, nul doute que ces gens étaient invisibles. Pour lui, il s'agissait d'espions potentiels.

Naturellement, ils parlèrent de l'état de l'Empire. Melles ne fut pas surpris de découvrir que Charliss était moins bien informé que lui. L'empereur ne s'était pas inquiété du fonctionnement quotidien de son domaine depuis des décennies, laissant ça à ses subalternes.

Aujourd'hui, il ne pouvait plus se payer ce luxe.

— Seigneur, dit Melles, il semble que vous ne connaissiez pas assez les besoins de vos sujets.

Ils me comparent à une araignée dans sa toile, pensa-t-il en voyant le vieillard le foudroyer du regard par-dessus la table de marbre noir. *Ils devraient le voir quand il ne joue pas son rôle. Une vieille tortue qui n'arrive pas à décider si elle veut sortir la tête de sa carapace ou non…*

Dans son fauteuil, c'était exactement à ça que Charliss ressemblait. Et Melles le soupçonnait de vouloir rentrer dans sa carapace. Il ne semblait pas souhaiter connaître — ou affronter — les changements survenus dans l'Empire, ce qui convenait parfaitement à l'Héritier.

Il me reste à le persuader que c'est une bonne idée, et qu'il peut me faire confiance.

Melles avait déjà un grand pouvoir : être l'exécuteur de l'empereur. Pas le bourreau, car il avait un statut bien plus élevé que ça. Mais quand quelque chose arrivait à un membre de la cour, et que l'empereur s'y était intéressé, tout le monde devinait qui était derrière ce « coup du sort ». Melles avait tant de valeur parce qu'il ne laissait jamais aucun indice derrière lui.

Ces « accidents » n'étaient pas toujours fatals. Parfois, la ruine ou la perte de la réputation du sujet servaient mieux l'empereur que sa mort. Melles aimait particulièrement « inventer » des liaisons désastreuses.

Étonnant ce que les gens pouvaient faire pour éviter

que leurs folies érotiques ne soient dévoilées au public…

— Que voulez-vous dire ? demanda l'empereur, mécontent.

Melles écarta les mains.

— Je veux dire, seigneur, que le sujet moyen est une créature extrêmement simple. Vous pensez à lui comme à une foule possédant une multitude de bras et de jambes, mais pas de tête, et qui agit en conséquence. Je le vois tel qu'il est avant de devenir cette créature intraitable et privée de cervelle.

Il inclina la tête. C'était son plus long discours devant l'empereur. Il l'avait ponctué de silence, afin de lui laisser le loisir de faire des commentaires.

— Dites-moi donc qui est le sujet moyen, quand il n'appartient pas à une foule, grogna l'empereur, méprisant.

Melles refusa de laisser tomber son masque de sérénité. L'attitude de Charliss était un test, comme la mission confiée à Tremane.

Je ne suis sans doute pas le seul exécuteur de l'empereur. S'il ne me juge pas à la hauteur, je ne vivrai pas assez longtemps pour me rebeller.

Il inclina la tête — juste assez pour montrer sa servilité tandis qu'il « corrigeait » son maître.

— Comme je vous l'ai dit, Sérénité, il est simple. Et ses besoins aussi. Il veut avant tout que son toit soit sûr et que la nourriture abonde dans son assiette. Il entend manger tous les jours à sa faim et désire qu'on le laisse travailler puis profiter des plaisirs de son lit et de sa table. Donnez-lui tout ça, et il se fichera du *comment*. S'il est spolié de ces joies, il accueillera bien toute mesure prise pour les lui restituer. La plupart, sinon tous vos sujets, souffrent de privations, mais si des mesures étaient prises pour leur redonner certaines de ces choses essentielles…

— Je vois, répondit l'empereur sans une trace de moquerie dans la voix.

Il resta assis en silence, seuls les mouvements de ses yeux trahissant qu'il était lucide. Sans eux, il aurait été une statue grotesque. Charliss ne s'agitait pas sur son siège, comme les êtres inférieurs le faisaient inconsciemment. Une question d'entraînement, car une telle immobilité suggérait un pouvoir surnaturel. C'était aussi, comme le soupçonnait Melles, un moyen de conserver ses ressources déclinantes.

Finalement l'empereur parla d'une voix grinçante.

— Vous voulez que je vous donne l'autorité nécessaire pour restaurer l'ordre dans les rues.

Melles acquiesça, les yeux de l'empereur, telles des dagues, le clouant à son siège. Il ne pouvait pas et n'osait pas retourner ce regard. Il n'était pas là pour défier l'empereur, mais pour l'inciter à partager son pouvoir. Mais il n'arriverait à rien s'il ne formulait pas ce qu'il voulait. Un de ses précepteurs lui avait révélé un jour que trois catégories de personnes pouvaient dire la vérité : les miséreux, les chefs et les enfants. Les miséreux parce qu'ils n'avaient rien à perdre, les chefs parce que personne ne leur demanderait des comptes, et les enfants parce qu'ils n'avaient aucun pouvoir et ne représentaient donc pas de menace. Melles n'avait jamais oublié cette observation, ni ce que cela impliquait. L'empereur pouvait parler sans frein. Lui, non. Quand Charliss lui posait une question, il devait prendre garde au pourcentage de vérité contenu dans sa réponse.

Mais il y avait un autre facteur. Même dans sa prime jeunesse, l'empereur n'avait pas eu le temps de tout faire. Aucun dirigeant n'y parvenait. Voilà pourquoi il avait des subalternes, à qui il déléguait un peu de son autorité. Aujourd'hui, l'empereur était vieux, son pouvoir déclinait, et il devait s'occuper à préserver le peu de vie qui lui restait.

Était-il proche de la fin ? C'était la vraie question. Charliss voudrait-il garder son pouvoir et ses possessions ou les céderait-il à son Héritier pour s'accrocher à la vie elle-même ?

Les yeux perçants et glacés le mesuraient, sans rien manquer.

— Très bien. Faites rédiger les ordres vous donnant autorité sur la milice et la garde et vous permettant d'utiliser l'armée. Je les signerai et y apposerai mon sceau. Cela devrait suffire à nous montrer si vous connaissez aussi bien le sujet moyen que vous le prétendez. (Un sourire sans joie flotta sur les lèvres de l'empereur.) Si vous réussissez, peut-être vous accorderai-je plus de pouvoir.

— Ce sera suffisant, seigneur. Je désire une seule chose : rétablir l'ordre. Sinon, les graines du chaos grossiront et nous étoufferont.

Charliss lâcha un grognement amusé et cynique.

— Je doute que vous vous contentiez de ça. Mais c'est tout ce que vous aurez pour l'instant. Allez voir les clercs et faites-leur rédiger mes ordres.

L'Héritier était proprement congédié.

Melles se leva, s'inclina et recula vers la sortie. Le regard de l'empereur ne le quitta pas un instant, et son sourire aurait glacé le sang d'un homme plus faible.

Melles tendit la main derrière lui, ouvrit la porte, sortit et referma, sans jamais perdre l'empereur de vue. Le regard du souverain cherchait à repérer le moindre indice d'insubordination.

Quand la porte se referma avec un *clic*, Melles expira lentement.

Ça s'est mieux passé que je n'étais en droit de l'espérer. Il a toujours ses esprits, ce qui le rend plus facile à manipuler.

Il longea en silence le couloir haut de plafond et décoré d'armes anciennes. Comme dans la pièce qu'il venait de quitter, il y faisait suffisamment froid pour qu'il regrette de ne pas porter des vêtements plus chauds. Prétendument, cela venait d'un mauvais fonctionnement des sorts. En réalité, c'était délibéré, afin de décourager les traînards. Le couloir visait à rappeler leur insignifiance à ceux qui l'empruntaient.

C'était ici, au milieu des sièges du gouvernement impérial, de la Salle d'Audience, de la Chambre du Conseil et du Grand Hall, que les clercs étaient les plus utiles. Rien ne pouvait se faire sans un ordre écrit. Les articles, les lois et les décrets, même les plus insignifiants, devenaient officiels après avoir été couchés sur du papier. Ces documents étaient vitaux pour le fonctionnement de l'Empire. Comme l'air, la nourriture et l'eau pour un soldat. Un document officiel avait davantage de pouvoir qu'un noble, malgré ses poses et son verbiage.

Une petite armée de clercs travaillait dans la seule salle confortable de l'étage, entre le Grand Hall et la Chambre du Conseil.

Sans être dirigé par eux, l'Empire en dépendait, même s'ils l'ignoraient. Leurs maîtres le savaient et les faisaient bénéficier d'un confort rare dans la ruche impériale. La Chambre des Clercs avait de grandes fenêtres, pourvues de moustiquaires, qui laissaient entrer l'air en été. Et si les sorts n'étaient plus actifs dans le reste du Château À-Pic, il y faisait toujours chaud en hiver, car elle partageait trois grandes cheminées avec la Chambre du Conseil, et deux avec le Grand Hall. De plus, des braseros étaient disposés sous les tables et des chauffe-mains au-dessus. Chaque clerc avait sa propre lampe, et des pages restaient à disposition pour apporter des boissons ou de la nourriture.

Certains, parmi les « nouveaux » nobles, protestaient contre le traitement de faveur réservé à de simples clercs. Uniquement parce qu'ils ignoraient qu'ils n'étaient pas *simples* du tout.

D'ailleurs, la plupart étaient d'un rang plus élevé que celui des protestataires. Car les enfants des familles nobles servaient parmi les clercs. S'ils étaient accoutumés au confort, ils le méritaient à cause de leur ardeur au travail. On trouvait toujours au moins six clercs de service dans la Chambre, et pas moins de vingt s'y relayaient entre l'aube et le crépuscule. Seuls les plus doués travaillaient ici, et leur discrétion était légendaire.

Entré dans ce havre, Melles sentit ses muscles se détendre sous l'effet de la chaleur. Il balaya du regard les rangées de bureaux, et se dirigea vers le premier clerc disponible qu'il avisa.

Le jeune homme était assis à un grand bureau en bois muni de tout ce dont il pouvait avoir besoin : une pile de feuilles vierges, une autre de vélins impériaux, deux encriers, l'un contenant de l'encre rouge, l'autre de la noire, des buvards, du sable et des plumes en verre. Ce clerc-là les avait disposés de manière « efficace ». Le seul signe d'individualité, une sculpture ovoïde en jade blanc, représentait des poissons entrecroisés.

Le clerc lui-même n'avait rien de mémorable, comme tous ses collègues. On leur apprenait à se faire oublier. Ici, il n'était qu'une paire de mains et un cerveau.

Melles était le seul, parmi ses relations, à n'avoir jamais servi en ce lieu. Mais uniquement parce qu'il avait appris, à l'époque, une autre manière de servir l'Empire.

Le clerc prit des notes pendant qu'il lui dictait les ordres de l'empereur. Ensuite, le jeune homme fit un brouillon, qu'ils vérifièrent ensemble. Enfin, il copia le texte corrigé sur du Vélin Impérial. Melles avait soigneusement formulé les ordres, se donnant l'autorité que lui avait consentie Charliss, ni plus ni moins. Quatre autres clercs furent appelés pour faire des copies.

Pour le moment, les ordres étaient encore virtuels. Quand le premier clerc eut terminé, il appela un des pages et l'envoya chez l'empereur avec les documents définitifs.

Le page n'emprunterait pas le même couloir que Melles, mais un passage secret, afin que nul ne puisse l'interroger ou le retarder.

Melles ne l'accompagna pas. Il lui était interdit de le faire, et les gardes de l'empereur ne l'auraient jamais laissé passer avec des documents. Ainsi, Charliss ne pouvait pas être forcé de signer et d'apposer son sceau sur n'importe quoi.

Chaque coutume avait sa raison d'être.

Quand le page revint, voyant le sceau impérial sur le document du dessus, Melles comprit que tout s'était bien passé. Les ordres avaient été approuvés. Si l'empereur y avait apporté des corrections, le page serait revenu avec une copie, pas les cinq, et celle-ci aurait été griffonnée de la main de Charliss. Quant aux autres, il les aurait fait brûler immédiatement par un de ses gardes, pour que personne ne puisse y apposer un sceau contrefait.

Melles accepta ses copies avec un hochement de tête, puis il sortit. Même s'il s'y était préparé, la fraîcheur du couloir lui fit un choc. Il n'hésita pourtant pas un instant, car il avait des choses importantes à faire.

Avant tout, remettre une copie des ordres au commandant de l'Armée Impériale. Car il lui fallait sa coopération avant de mettre à exécution ses plans ambitieux.

Il avait pris soin de formuler ses ordres de manière à ne pas empiéter sur l'autorité du commandant. S'aliéner le général Thayer aurait été stupide. Cet homme était du genre qui n'oubliait et ne pardonnait jamais. Donc, Melles s'était donné le droit de requérir l'aide d'un régiment, à condition qu'il n'ait pas déjà une affectation.

Si je ne peux pas écraser une émeute avec un régiment, je n'y arriverai pas avec davantage d'hommes.

Et je ne suis pas une menace pour Thayer, puisque je n'ai pas le pouvoir de commander l'armée.

Avec un peu de chance, il n'aurait pas à utiliser très souvent les soldats impériaux. Mais la chance les fuyait, ces derniers temps. Il devrait faire disperser au moins une émeute dans chaque ville — les soldats ayant l'ordre de tuer — ce qui bouleverserait la population civile. Il espérait que le choc serait suffisant pour n'avoir pas à répéter la leçon. Les civils morts faisaient autant de travailleurs imposables en moins. À ce stade, l'Empire ne pouvait pas se le permettre.

Thayer était logé au château — tous les empereurs, depuis le troisième, avaient préféré avoir le commandant de l'armée sous les yeux. Le troisième empereur avait été le commandant en chef du deuxième, et il n'avait pas approuvé le choix du successeur de celui-ci. À sa mort, il avait pris les choses en main, puis décidé de ne pas offrir à *son* commandant en chef les moyens d'accéder au trône qu'il avait utilisés. Les suivants avaient imité son exemple.

Melles passa de petites zones tièdes à d'autres, plus étendues, qui se révélèrent froides, voire glaciales. Le chauffage étant aléatoire et imprévisible, les habitants du château avaient recours à des moyens primitifs tels que des cheminées ou des poêles. Avant le retour du printemps, des maladies généralement associées aux pauvres feraient leur apparition.

Cette époque est... intéressante. Et elle le deviendra encore plus d'ici peu...

Les couloirs, tous semblables, variaient uniquement en largeur et en hauteur de plafond. Sinon, c'était marbre anthracite pour le sol et armes anciennes aux murs... Quand Melles quitta la zone proche des appartements impériaux, ils devinrent plus étroits et moins hauts, mais le décor resta le même.

Le commandant impérial étant un des plus importants

conseillers, ses quartiers ne se trouvaient pas loin de ceux de l'empereur. Les seuls qui en soient plus proches étaient ceux de l'Héritier — que les serviteurs de Melles décoraient en ce moment même selon son goût. Les gardes du corps du commandant encadraient la porte, prouvant qu'il était chez lui. Maintenant qu'il était désigné, Melles aurait ses propres gardes. En réalité, leur rôle était de protéger l'*empereur*, pas l'homme qu'ils entouraient, et des sorts assuraient qu'il en soit ainsi.

Les Gardes Impériaux étaient un corps d'élite. Aucune force ne pouvait les retourner contre Charliss, et si le commandant — ou l'Héritier — devenait gênant, seuls les détails de l'enterrement resteraient un problème, une fois que ces hommes se seraient occupés de lui. Il était possible de lever les sorts de loyauté à l'empereur, et les tempêtes l'avaient peut-être déjà fait. Le seul moyen de le savoir était de proposer aux gardes d'éliminer Charliss. Une option beaucoup trop dangereuse…

Tremane avait laissé ses gardes ici en partant conquérir Hardorn — sans doute parce que l'empereur n'avait pas pensé qu'il serait un danger loin du Château À-Pic. Si Charliss avait insisté pour qu'il les emmène, les choses auraient-elles été différentes ?

Peut-être pas, mais ces hommes auraient résolu le problème en se débarrassant de Tremane pour nous.

À part ça, il y aurait toujours eu des tempêtes magiques, et l'Empire aurait continué à tomber en ruines. Bref, ça n'aurait fait qu'une différence : un souci de moins ! Melles savait qu'il n'était pas sûr que Tremane se soit allié à Valdemar. Et il espérait le contraire. Ces tempêtes magiques étaient déjà bien assez terribles en frappant au hasard. Si les Valdemariens bénéficiaient de l'aide d'un homme qui connaissait l'Empire, qu'arriverait-il ?

Était-il possible de les diriger ?

Si Tremane s'alliait à Valdemar, c'était ce qui les menaçait.

Quant à ce que cette révélation ferait à Charliss…

Avant, il aurait été en colère, et il le serait resté jusqu'à ce qu'on lui apporte la tête de Tremane. Aujourd'hui, je ne suis sûr de rien. Il est possible qu'il se désintègre, comme l'Empire, et que son esprit se décompose en même temps que son corps.

Melles salua les deux gardes. Ils lui répondirent, s'écartant pour le laisser passer quand il leur montra le sceau impérial, sur ses documents.

L'Héritier frappa un coup à la porte, puis l'ouvrit et entra.

L'antichambre était décorée de tapis et de bannières. Elle contenait un immense bureau, trois fauteuils… et un seul serviteur vêtu d'un mélange d'uniforme militaire et de livrée.

— J'ai des ordres impériaux pour le commandant, dit Melles. Et s'il en a le temps, j'aimerais en parler avec lui.

Conciliant, poli et humble. Ça ne coûte rien, et ça peut rapporter gros.

Le secrétaire bondit sur ses pieds.

— Je vais les lui porter immédiatement, seigneur Héritier. Asseyez-vous, je vous en prie. Je crois pouvoir vous assurer que le commandant vous recevra sans délai, car il m'a ordonné de vous faire entrer quelles que soient les circonstances.

Alors que Melles s'efforçait de ne pas montrer sa surprise, le jeune homme franchit une porte, derrière son bureau. Melles s'assit et feignit de contempler les ongles de sa main droite pour dissimuler ses pensées. Depuis qu'il était devenu membre du Conseil, il savait que Thayer était un habile politicien, mais il découvrait seulement à quel point. Alors que la plupart des autres conseillers se demandaient encore comment le traiter,

Thayer ordonnait à ses subalternes de le faire entrer à tout moment. Très intéressant… Melles se demanda si le commandant était prêt à coopérer avec le nouvel Héritier. Si oui, cela allait lui faciliter la tâche.

Avoir le commandant de l'Armée Impériale dans ma poche. À nous deux, nous détiendrons la moitié du pouvoir. Le reste attendra…

Le jeune homme revint avant qu'il ne doive s'intéresser aux ongles de sa main gauche.

— Suivez-moi, seigneur, dit-il en s'inclinant. Le commandant est impatient de s'entretenir avec vous.

Melles se leva et passa dans la pièce voisine, décorée de la même manière que l'antichambre. Le commandant avait bon goût. Le sol était couvert d'un tapis tissé par les tribus biijal des Îles Orientales, et les murs, de bannières prises au cours de batailles célèbres. Un bon feu crépitait dans la cheminée. Un bureau, plusieurs fauteuils et deux petites tables tenaient lieu de mobilier. Des lampes à huile remplaçaient les lumières magiques défaillantes.

Le général Thayer attendait debout près de son bureau. Selon le protocole silencieux de l'Empire, il recevait Melles comme un égal. Encore un bon signe. Thayer n'allait pas défier son autorité.

Le général aurait encore tenu sa place parmi ses hommes. Si ses cheveux avaient la couleur du granit, son corps était aussi ferme que la pierre. Les quelques imbéciles qui l'avaient défié en duel n'étaient plus là pour en parler. Ses ennemis et ses amis le comparaient à un loup — ses ennemis à un chasseur insatiable, ses amis à un puissant chef de meute. De fait, il était gris comme un loup, ses dents et son intelligence se révélant tout aussi tranchantes.

Le militaire affichait un sourire amical. S'il était un habile politicien, il avait beaucoup de mal à cacher ses sentiments. Histoire de compenser ce handicap, il agissait souvent par écrit et apparaissait physiquement quand la vérité était de mise.

Le général tendit sa main libre à Melles pendant que le secrétaire sortait à reculons. L'Héritier la serra en répondant à son sourire.

— Par les Cent Petits Dieux, j'espérais bien que vous viendriez me voir avant les autres ! croassa Thayer, une blessure à la gorge lui ayant définitivement cassé la voix depuis sa jeunesse. Félicitations, Melles. L'empereur a enfin choisi judicieusement. À mon goût, Tremane était un peu trop populaire parmi ses hommes.

— Je suis impopulaire au point que vous me trouviez acceptable ?

Thayer sourit.

— Quand le commandant découvre qu'un de ses généraux est populaire, il se demande toujours pourquoi il s'efforce de l'être. Parfois, il s'agit d'un accident, mais souvent, ça n'est pas le cas. Vous, en revanche…

— On m'appelle l'« Exécuteur de Charliss », alors la popularité est le cadet de mes soucis. Je préfère être respecté.

Thayer leva un sourcil.

— En cela comme en d'autres choses, nous nous ressemblons. L'empereur n'est pas le seul à se soucier de la loyauté de ses subalternes. Je ne suis pas mécontent que Tremane soit hors course. Bien, à propos de ces ordres… Que comptez vous faire ?

Melles évalua la réaction de Thayer avant de répondre. Mais le général semblait aussi content de ces ordres que s'il les avait dictés lui-même.

— Asseyez-vous. (Thayer désigna un fauteuil, et, au lieu de s'installer à son bureau, rapprocha son siège de celui de l'Héritier.) C'est une sacrée bonne idée ! Instaurer la loi martiale provoquerait une révolte. Mais faire intervenir l'armée sans appeler ça « loi martiale »… Les citoyens de la capitale rentreront dans le rang si vous rétablissez l'ordre. Et si vous leur rendez leur ancien confort, ils feront de vous un dieu sans se soucier de vos méthodes.

— Je compte employer le plus petit nombre de soldats possible pour mater les troubles, répondit prudemment Melles. Pas question que les gens se plaignent parce que nous utilisons l'armée contre eux. Les citoyens de l'Empire ne le toléreraient pas. Ces ordres me donnent le commandement de la milice et de la garde de la cité. Je les mettrai en premières lignes et j'utiliserai les soldats comme renforts. Ainsi, j'obtiendrai l'effet escompté sans donner l'impression que l'armée est contre la population.

— Excellente stratégie, confirma Thayer. En province, les gens s'attendent à ce que l'armée déboule pour mettre fin aux troubles, mais les habitants de la capitale se croient au-dessus de ça. Ecrasez les premières émeutes, tuez quelques fauteurs de troubles, et vous n'aurez pas de problème pour rétablir l'ordre. J'espérais que quelqu'un s'apercevrait que nous courons à la catastrophe et ferait quelque chose.

Bien sûr, il n'a pas osé le suggérer lui-même. Charliss se serait senti menacé, et il m'aurait demandé de trouver une... retraite... pour le général Thayer. Ce diable d'homme s'en doutait.

Melles hocha la tête, plus détendu maintenant qu'il savait que le général était son allié.

— Ce n'est pas de notoriété publique, mais il y a déjà eu des troubles, et je m'attends à bien pire quand la nourriture manquera. Si nous sommes prêts — et si nous nous montrons implacables —, les citoyens accepteront nos mesures comme un mal nécessaire.

— Oui, comme nous l'avons déjà dit, donnez-leur à manger et rétablissez l'ordre et ils accepteront tout, lâcha Thayer, méprisant. En quoi puis-je vous aider ? Voulez-vous un régiment spécial prêt à intervenir quand et où ce sera nécessaire, ou… (Thayer marqua une pause, hésitant à s'engager.) Je suis un militaire, donc sans expérience des émeutes, mais…

— Vous avez une idée, l'encouragea Melles, se penchant en avant. S'il vous plaît, j'aimerais l'entendre.

— Nous conservons toujours une communication limitée entre les mages des différentes bases, et vous devez savoir qu'il y en a une près de chaque cité. Je cantonnerai donc une compagnie dans chaque ville. Vous, vous organiserez les miliciens et les gardes à votre convenance. Naturellement, en cas d'émeute, la milice et la garde interviendront, et le capitaine de la compagnie leur offrira son aide. Une assistance que s'empresseront d'accepter les capitaines de la milice et de la garde — entre frères d'armes, c'est naturel. Avec le soutien de l'armée, nous devrions pouvoir écraser n'importe quelle émeute. Puisque je doute que toutes les têtes brûlées de l'Empire se donnent le mot pour fomenter des troubles le même jour, le nombre d'hommes requis n'excéderait pas celui que vous me demandez. Ils seraient sous vos ordres le temps de l'émeute, puis reviendraient sous mon autorité.

Melles se permit un rire sec. Le général Thayer était apparemment un maître dans l'art de tirer parti des failles législatives. Sa stratégie impliquait une interprétation des ordres à laquelle il n'avait pas pensé.

Mais comment aurais-je pu me douter qu'il serait un allié si empressé ?

— Un plan brillant, général…

Thayer eut un sourire qui exprimait autant de détermination que de chaleur.

— Nous sommes donc d'accord… En retour, j'apprécierais que vous fassiez quelque chose pour moi… Il ne s'agit pas de réquisition, plutôt d'une affectation. Et cela reste dans le domaine du rétablissement de l'ordre public.

— Je verrai ce que je peux faire, répondit Melles.

Il s'attendait à ça. Échanger des faveurs était de bonne guerre dans la classe dirigeante de l'Empire. Bien sûr, il ne promettrait rien sans avoir tous les détails, et Thayer le savait.

— Chargez l'armée du transport des marchandises. (Le général regarda Melles dans les yeux.) Actuellement, ça se fait dans l'anarchie, au seul profit des charretiers. L'armée en souffre, comme les citoyens. Réquisitionnez les charretiers, enrôlez-les de force, soumettez-les à l'autorité de l'armée, et nous éliminerons la cause de beaucoup d'émeutes. Tout le monde sait ce qui se passe, et chacun sera heureux de voir la Guilde des Charretiers recevoir la monnaie de sa pièce. Les citoyens en ont assez des profiteurs, et moi aussi.

Et ce sera à votre tour et à celui de vos officiers de faire du profit.

Melles n'était pas dupe, mais Thayer avait raison sur certains points. Aujourd'hui, les transports étaient risqués, et les bénéfices des charretiers frisaient l'obscénité. L'armée serait plus efficace et elle se servirait moins au passage. Une émeute avait déjà éclaté à cause du comportement des charretiers, et une maison de leur Guilde avait été incendiée.

Personne ne pleurera si j'enrôle ces gens avec leurs bêtes et leurs véhicules.

Mais cette affectation cadrait-elle avec les ordres que lui avait donnés Charliss ?

Il déroula une de ses copies et la parcourut rapidement sous le regard de Thayer.

— Je crois que ces ordres me confèrent l'autorité requise, dit-il enfin, sachant que l'empereur s'en ficherait aussi longtemps que personne ne se plaindrait. (Et comme Thayer aurait toutes les raisons d'étouffer les plaintes…) Quand je ferai distribuer des copies des ordres originaux, je veillerai à y ajouter cet amendement.

Le général sourit, satisfait.

— Je vais mettre mes mages au travail, promit-il. Dès demain soir, les compagnies auront été choisies. Le lendemain, je les ferai emménager dans des casernes, à l'intérieur des villes. Ne vous inquiétez pas. J'ordonnerai de choisir des hommes équilibrés, qui ne paniqueront pas et ne tueront pas sans en avoir reçu l'ordre. J'enverrai des capitaines qui ont toutes les raisons de maintenir la paix, pas des sadiques avides de fendre des crânes.

L'efficacité militaire, pensa Melles avec une pointe d'envie. *C'est si beau à voir...*

— Mes ordres transiteront par signaux, parfois par courriers, mais ils atteindront les confins de l'Empire au plus tard dans deux semaines. Ce sera un plaisir de travailler avec vous, commandant...

Melles se leva et tendit la main.

Thayer la serra fermement.

— Un plaisir partagé. Ah, je préfère un homme comme vous à ces nobliaux effarouchés !

Le général raccompagna son visiteur à la porte. Melles comprenait ce qu'il voulait dire. Plusieurs candidats possibles à la couronne d'Héritier étaient totalement dépourvus d'imagination. Peu d'entre eux auraient vu venir les émeutes qui ne manqueraient pas d'éclater.

— Rappelez-vous : nos actions doivent rester discrètes, afin que les sujets de l'Empire soient toujours heureux de voir les soldats.

Thayer acquiesça puis ouvrit la porte de l'antichambre.

— Parfaitement. Je vais rédiger mes ordres spéciaux. Vous me ferez connaître votre opinion. Grevas, dit-il à son secrétaire, raccompagnez l'Héritier.

« Seigneur Melles, merci d'être venu en personne.

— Ce n'est rien... Je suis content que nous ayons pu nous entendre si rapidement.

Le secrétaire s'inclina profondément et s'empressa d'ouvrir la porte au visiteur. Melles le remercia, puis retourna dans le couloir glacial en songeant qu'il n'avait pas perdu sa journée.

Et maintenant ? Donner l'ordre de réquisitionner la nourriture, si nécessaire — et ça le deviendra. Puis celui de réquisitionner les bêtes et véhicules des domaines, et de les remettre à l'armée. Comme prendre à un fermier son unique cheval ne serait pas productif, il faudra fixer des règles. Je mettrai un de mes secrétaires sur la question... Mertun — il était fils de fermier.

C'était assez pour le moment. Trop d'ordres d'un coup risquaient de perturber les esprits.

Et je dois consolider ma position personnelle.

Pour cela, il lui suffirait de donner les bons ordres à ses agents. Ils agiraient promptement et lui rapporteraient les informations dont il avait besoin. La danse du pouvoir, au sein du Conseil et à la cour, exigeait que toutes les bouches lui sourient et lui débitent des compliments. Seuls les actes ne mentiraient pas, et ses espions découvriraient ce que les bouches disaient en privé.

De plus, Thayer lui avait livré une information capitale. Si l'armée pouvait communiquer grâce à ses mages, ça signifiait que la magie fonctionnait jusqu'à un certain point.

Il s'agit sans doute de sorts à durée limitée... Oui, ce doit être le secret. Enfin, à condition d'avoir les pouvoirs nécessaires. J'ai des pouvoirs... et plus d'un mage à mon service. Mais je n'avais pas pensé à utiliser beaucoup de puissance pour atteindre de petits objectifs. Au fond, ils ne sont peut-être plus si petits...

Il se hâta de gagner ses nouveaux appartements, devant lesquels se tenaient ses propres Gardes Impériaux. Ils ouvrirent la porte, et Melles fut accueilli par ses serviteurs, qui l'entourèrent aussitôt, excités et un peu craintifs.

Il les renvoya presque tous. Ses nouveaux appartements étaient semblables aux anciens. Mais les pièces étaient plus grandes, le mobilier plus luxueux, et la suite mieux située. Pendant qu'il s'entretenait avec l'empereur et le général, ses serviteurs avaient fait disparaître toute trace de l'ancien occupant et réussi à donner l'impression que leur maître avait toujours vécu ici. *Ses* tapis couvraient le sol, *ses* tapisseries et *ses* cartes étaient accrochées aux murs, *ses* livres reposaient sur les étagères et sur les tables.

Il se dirigea vers son bureau pour ébaucher les articles qui devaient être ajoutés aux Ordres Impériaux. Quand il eut fini, il tendit ses brouillons et les quatre Vélins Impériaux à son secrétaire.

— Occupez-vous de ça… et demandez à Mertun de préciser les conditions requises pour exempter un homme de céder sa charrette et son attelage.

Son secrétaire s'inclina et sortit.

Alors, Melles se détendit. Le jeune homme veillerait à ce que trois copies arrivent entre les mains des clercs, qui se chargeraient de faire circuler les informations. Il garderait la dernière, qui servirait de référence.

Melles gagna sa chambre. Comme elle était meublée et disposée à l'identique de l'ancienne, il put presque se convaincre que rien n'avait changé.

Presque.

C'est parti. J'ai déclenché l'avalanche, et plus rien ne pourra l'arrêter.

Il permit à un valet de lui retirer son manteau de satin brodé et de lui enfiler une robe plus confortable. Peu après, il s'installa près du feu, avec de la boisson, de la nourriture et un livre posés sur la table, près de lui.

Le regard perdu dans les flammes, il se découvrit à la fois amusé et étonné par ce qui lui était arrivé. Une journée pleine d'imprévus dont il se souviendrait longtemps.

Mais elle n'était pas encore terminée. Melles sonna son valet. Quand l'homme apparut, il lui murmura la phrase qui lui signalait de contacter ses agents et de les faire venir un par un.

Il faudra que je voie aussi mes mages… Si l'armée peut utiliser la magie de communication, nous le pouvons sans doute aussi.

Une idée lui vint à l'esprit. Bien qu'il fût hors de question de se venger de Tremane maintenant, il pouvait quand même essayer de savoir ce qu'il mijotait. La vision à distance comptant parmi les formes de magie à durée et à portée limitées, il réussirait peut-être à en apprendre suffisamment pour être averti d'un éventuel danger pour l'Empire.

Il sirota son vin épicé en attendant le premier agent. Non, même s'il le souhaitait ardemment, il ne pouvait pas disposer de Tremane. Mais il ne devait pas l'ignorer pour autant. Et dans le genre de guerre qu'il livrait, l'arme la plus puissante était l'information.

Pour lui, l'heure avait sonné de l'utiliser — avec plus d'adresse et de finesse encore que par le passé.

CHAPITRE IV

La Tour d'Urtho était remarquablement silencieuse depuis le départ des griffons. Jusque-là, An'desha n'avait pas mesuré à quel point ils étaient bruyants : cliquetis de leurs serres sur la pierre, bruits de soufflet de forge de leurs respirations, froissements de plumes… Il s'était habitué à ces sons. Sans eux, sa propre voix lui paraissait anormalement forte.

— Regarde, dit An'desha, suivant les caractères de l'index — les mêmes mots, en trois langues.

Karal les étudia en plissant le front.

— Là, c'est en tayledras, là en shin'a'in, et tu peux voir à quel point les lettres sont similaires…

Un bruit sourd l'interrompit, suivi par des voix étouffées et plaintives. Surpris, il leva la tête.

An'desha connaissait ces voix, bien qu'il ne se fût pas attendu à les entendre aujourd'hui. Il se leva et gagna le seuil… Non, il ne se trompait pas.

Avec ses robes de coupe militaire, le vieux mage impérial Sejanes offrait un saisissant contraste avec maître Levy, vêtu d'une tenue pratique en soie et cuir noirs. Tous les deux avaient l'air un peu malade…

Altra était avec eux.

— Par les Cent Petits Dieux ! s'exclama Sejanes,

ses cheveux gris hérissés sur sa tête. Si je dois voyager de nouveau ainsi, ce sera toujours trop tôt !

Maître Levy déglutit, regardant An'desha comme s'il luttait pour ne pas régurgiter le contenu de son estomac. Son visage légèrement verdâtre, les articulations de ses poings serrés étaient blanches.

— Je… suis d'accord avec vous, Sejanes, dit-il d'une voix étranglée. Si j'ai le choix, je rentrerai à pied.

Altra leur jeta un regard méprisant, puis il gagna la chambre de Karal et bondit gracieusement sur le lit. An'desha le suivit.

Karal poussa vers Altra son bol de ragoût. Le Chat de Feu se jeta dessus comme s'il n'avait rien mangé depuis des semaines.

Flammechant, Lo'isha, Renardargent et deux Shin'a'in vinrent accueillir le vieux mage et le maître ingénieur. Le *kestra'chern* leur apporta des tabourets et ils s'y laissèrent tomber avec gratitude. An'desha n'en voulait pas aux deux nouveaux venus, sachant par expérience qu'ils ne feignaient pas d'être malades.

An'desha avait sauté une fois avec Altra. Il ne lui tardait pas de renouveler l'expérience. Les Chats de Feu pouvaient franchir de grandes distances en un clin d'œil et emmener des passagers avec eux, à condition d'être en contact physique avec eux. Mais voyager ainsi donnait l'impression d'être retourné comme un gant — un peu comme lorsqu'on franchissait un Portail, sinon que l'effet se répétait à chaque saut. Plus ils étaient rapprochés, plus c'était terrible. Évidemment, chaque personne y réagissait à sa façon. À voir ces deux-là, le voyage avait été mouvementé.

An'desha surveilla un instant, mais Flammechant, Renardargent et les autres avaient la situation bien en main. Sejanes avait besoin de s'allonger un moment, et maître Levy de quelque chose pour caler son estomac.

Au bout de quelques minutes, ils furent conduits dans une pièce libre — celle où avaient logé les griffons. Pendant ce temps, Karal s'occupa d'Altra qui, pour la première fois, avait l'air défait. Apparemment, le voyage avait été dur pour lui aussi.

An'desha se souvint alors de ce que le Chat avait dit au sujet des « difficultés de sauter ».

— Tu vas bien ? demanda-t-il.

Ça pourrait aller mieux, répondit Altra. *Mais je crois qu'un peu de repos et de nourriture me remettront d'aplomb. Les courants d'énergie sont terribles. Il est devenu dangereux de sauter sur un dixième de la distance habituelle. À partir de maintenant, je crois que je marcherai, comme certains…*

Un bruit de sabots annonça l'arrivée de Florian.

Ne sois pas ridicule, Altra, dit le Compagnon, moqueur. *Tu ne seras pas obligé de marcher… Tel que je te connais, tu convaincras bien l'un de nous de te porter !*

Altra l'ignora, feignant de se concentrer sur le bol, où il restait de la sauce. Dès qu'il eut terminé, il se roula en boule histoire de ne pas gêner Karal s'il avait besoin de repos.

Je vais dormir, maintenant, dit-il avec une grande dignité.

Florian émit un hennissement tellement semblable à un gloussement qu'An'desha devina ce qu'il pensait.

— Oh, fiche-lui la paix, Florian, dit-il. Au moins pour le moment. Tu ne peux pas nier qu'il a fait plus que sa part. Si les Portails sont dangereux, sauter ne doit pas l'être beaucoup moins.

Tu as raison, An'desha, admit le Compagnon. *Altra a été héroïque, et je ne devrais pas le taquiner, surtout s'il est aussi fatigué que ses passagers. Je te demande pardon, chat.*

Et je te l'accorde, cheval, répondit Altra, qui ne dormait pas encore.

Florian avança pour toucher du bout des naseaux la fourrure d'Altra, puis recula et sortit.

— Eh bien, tout le monde est là, dit An'desha au prêtre. Excepté l'historien kaled'a'in. En attendant, si nous reprenions nos investigations ?

— Je suis sûr que nous n'avons pas encore découvert toutes les pièces secrètes, répondit Karal en s'allongeant sur son lit sans déranger Altra.

— Sans doute. Nous avons déniché au moins quatre réserves, mais nous ignorons comment les ouvrir. Sejanes ou maître Levy pourront peut-être nous aider. (Il sourit à son ami.) Pour te dire la vérité, je parie sur maître Levy. Mon intuition me souffle que ces serrures sont mécaniques.

Le Karsite lui rendit son sourire.

— Tu as sans doute raison. D'après ce que m'a dit Treyvan, ce serait typique du Mage du Silence : avoir utilisé de banals mécanismes dans une forteresse magique, sachant qu'une personne mal intentionnée ne s'y attendrait pas.

An'desha sourit.

— Flammechant sera dans tous ses états. Le pauvre ! Où qu'il se tourne, il semble que ses pouvoirs soient inutiles.

Karal acquiesça et se massa la nuque, pensif.

— Chaque jour doit être pour lui une nouvelle épreuve. Il était l'étoile la plus brillante du firmament… Aujourd'hui, ses pouvoirs ne sont plus fiables, et nous trouvons des solutions de remplacement. Dont certaines mettent à mal ses croyances les plus profondes…

Le jeune mage se rembrunit.

— Il m'arrive de penser que je lui ai volé sa gloire, mais je sais que nul ne pouvait prévoir ce qui arrive. Je lui dois la vie, par la grâce de la Déesse. Donc, je voudrais qu'il retrouve le bonheur qui était le sien dans les Vallées. Quant au bouleversement de ses croyances, tu en as fait l'expérience. Nous l'avons tous faite.

Il se tut un instant, cherchant ses mots.

— Maître Levy dit que toutes les choses, même illogiques en apparence, obéissent à des lois. Les esprits auxquels j'ai parlé sur les Sentiers de Lune m'ont suggéré que la magie, sous toutes ses formes, obéissait à des lois aussi sûrement que la pluie, le vent et les animaux. Flammechant, et nous tous, apprenons peut-être d'autres aspects des lois par lesquelles nous avons toujours été régis.

— Avec maître Levy pour nous embrouiller avec ses lois universelles, vous allez avoir besoin d'un secrétaire, dit Karal. Je serai bien content d'être de nouveau utile.

An'desha hocha la tête, compatissant. Il savait que son oisiveté forcée minait le Karsite, qui s'inquiétait de ne pas faire sa part. Les tâches exigeant de la force physique n'étaient pas pour lui, mais jouer au secrétaire serait parfait.

Il s'avisa que Karal était fatigué. Logique ! Depuis le petit déjeuner, ils tentaient de déchiffrer les notices découvertes dans la Tour. Le travail mental était aussi épuisant que le labeur physique, même pour ceux qui, comme le Karsite, semblaient avoir un don pour ça.

— Veille sur Altra un moment, dit-il, utilisant le Chat de Feu comme excuse. Je vais voir si nos hôtes ont des questions au sujet de Sejanes et de maître Levy.

Il laissa Karal et Altra somnoler sous la surveillance de Florian. Ayant déjà récupéré, maître Levy inspectait le sol de la salle centrale à quatre pattes.

— L'un de vous a-t-il examiné ces dalles ?

— Oui, mais sans résultat, répondit le Shin'a'in. Pourquoi ? Vous avez trouvé quelque chose ?

— Peut-être. (Maître Levy se releva.) Quand j'étais étudiant, je gagnais de l'argent en aidant à dessiner et construire des portes cachées et des salles secrètes pour de riches clients excentriques. Je pense qu'il y a quelque chose ici.

— Hum… (An'desha étudia le sol, puis secoua la tête.) Je vous crois sur parole. Pensez-vous pouvoir l'ouvrir… s'il y a une trappe ?

— Peut-être… Je verrai plus tard, quand je serai reposé. Tout ce qui me tient encore éveillé, c'est de la nervosité — et le désir de paraître en meilleure forme que le vieux Sejanes.

« Je vais me chercher un peu du délicieux ragoût qui chatouille mes narines, puis je dormirai un jour entier.

Maître Levy haussa tristement les épaules, faisant sourire An'desha. Puis il se dirigea vers le fourneau où mijotait le ragoût. Le mage tourna les talons pour retrouver Karal. Mais une voix douce l'arrêta.

C'était un des rares Kal'enedral vêtus de noir, accompagné par un autre, en bleu nuit. An'desha connaissait le premier homme. Nommé Ter'hala, ce vieillard était engagé dans une vendetta qu'il ne pourrait jamais mener à son terme, car l'ami qu'il voulait venger, son Frère de Sang, avait été tué par Fléaufaucon. Une situation doublement ironique, car An'desha et Ter'hala étaient devenus amis. Bien entendu, le Kal'enedral savait tout sur le passé d'An'desha. Au début, nerveux, le jeune homme lui avait demandé pourquoi il portait toujours du noir, et Ter'hala avait répondu qu'il s'était habitué à cette couleur…

— Ter'hala ! le salua An'desha. Qui est ton ami ?

Le Kal'enedral le salua de la main.

— Je te présente Che'sera. Il désire te parler.

An'desha s'inclina légèrement.

— Je suis toujours honoré de rencontrer un serviteur de la Dame, dit-il poliment. (Sa vie en eût-elle dépendu, il n'aurait su dire ce qui avait fait sortir un des Promis aux Rouleaux — il les appelait ainsi pour les distinguer des Promis à l'Épée — du sanctuaire de Kata'shin'a'in.) Nous vous sommes reconnaissants de votre hospitalité et de votre tolérance.

*Sont-ils inquiets parce que nous avons fait venir deux personnes, l'une d'elles étant un mage originaire d'un pays inconnu ? Je ne peux pas leur en vouloir. Nous sommes les intrus, ici. La Déesse a fait d'*eux *les gardiens de cette Tour et de ses secrets.*

Che'sera s'inclina à son tour.

— Je suis heureux de vous rencontrer, An'desha, répondit-il d'une voix si neutre que le jeune homme ne trouva aucun sens caché à ses paroles. Il n'est pas fréquent qu'un enfant des Plaines, parti au loin pour devenir un mage, y revienne un jour.

— Les chamanes m'ont permis de revenir. Je reconnais que c'est exceptionnel, dit An'desha, sans pouvoir imiter le ton dépourvu d'inflexion de son interlocuteur. Jusqu'à très récemment, aucun mage ne pouvait traverser les Plaines, même ceux du Peuple.

— Et vous comprenez sans doute pourquoi, fit aussitôt Che'sera. Si vous aviez été un mage tale'edras, n'auriez-vous pas été tenté d'utiliser une de ces armes pour vous débarrasser de celui qui se faisait appeler Fléaufaucon ?

An'desha frissonna. Il lui restait les souvenirs de Fléaufaucon — et ceux de ses autres incarnations. Une succession d'atrocités remontant jusqu'à l'âge d'or de cette Tour.

— Sans doute, admit-il. J'aurais fait n'importe quoi pour épargner aux autres les horreurs dont était capable ce monstre.

Che'sera haussa les épaules.

— Et pourtant, il a fallu plusieurs d'entre vous pour utiliser l'énergie d'une de ces armes — et pas l'arme elle-même.

— *Et pourtant*, vous nous avez permis de le faire, dit An'desha, levant un sourcil.

— C'est vrai, et c'est en partie pour ça que je désire vous parler. Pouvons-nous nous entretenir en privé, vous et moi, de Shin'a'in à Shin'a'in ?

Perplexe, An'desha se demanda ce que l'homme avait en tête. C'était la première fois qu'un des Shin'a'in s'adressait à lui ainsi. La plupart ne paraissaient pas à l'aise avec l'idée qu'un des leurs soit un mage.

— Certainement, répondit-il. (Il désigna la chambre.) Mon ami Karal dort. Si nous parlons bas, il ne nous entendra pas. Je ne suis malheureusement pas en mesure de vous offrir plus d'intimité, même si cette Tour est vaste.

— Ça ira.

Che'sera fit signe à An'desha de le précéder.

Il s'exécuta, passant en silence près de Karal et d'Altra. Ni l'un ni l'autre ne bougèrent.

Le jeune mage était curieux d'entendre ce qu'avait à raconter le Kal'enedral — mais terrifié, aussi.

Il désigna son lit et attendit que Che'sera se soit assis pour y prendre place.

— Alors ? dit-il, se demandant dans quoi il s'embarquait. Qu'avez-vous à me dire, Promis ?

An'desha s'adossa au mur de pierre, la tête vide. Il avait l'impression que Che'sera avait retourné son esprit comme un gant. Qu'il l'avait secoué, examiné, sondé et soupesé, avant de le remettre à l'endroit.

Ce devait être le manipulateur le plus habile qu'An'desha — et toutes les incarnations de Fléaufaucon — avait rencontré.

Je crois qu'il pourrait prédire mes réactions à n'importe quelle situation avec plus de précision que moi.

Bien que ces questions aient couvert tous les sujets, Che'sera semblait surtout intéressé par les Avatars. Ce n'était pas une surprise : tous les Promis l'avaient interrogé au sujet d'Aubefeu et de Tre'valen. Certains des occupants de la Tour étaient présents quand Aubefeu, prisonnière du corps de son oiseau-lige, avait été transformée par la Déesse. Aux yeux d'An'desha, il aurait mieux valu qu'elle lui rende son corps, mais sans doute cela n'avait-il pas été possible. Pourtant, la Déesse avait pu effacer presque toutes les modifications que Fléaufaucon avait fait subir à An'desha. Mais il s'agissait d'inverser un processus, pas de transformer une chose en une autre.

Peut-être aurait-elle pu la métamorphoser en tervardi, mais ç'aurait été cruel, car ils sont frêles et pas vraiment humanoïdes. Au moins, de cette manière, elle est restée elle-même… Et elle est tout sauf frêle.

Il sentait qu'il y avait eu d'autres complications, dont personne ne lui avait jamais rien dit. Quand le lien avec Fléaufaucon avait été rompu, le cadavre d'Aubefeu était déjà enterré. Il n'était pas forcément bon pour une divinité de ressusciter les morts, car cela soulevait l'inévitable question : « Pourquoi elle et pas mon père, ma mère, mon frère ou ma sœur… ? » Non, mieux valait éviter ce genre de chose. Il suffisait de voir les efforts des Compagnons pour protéger leur secret. Et ils ne revenaient même pas sous une forme humaine !

Ces questions philosophiques avaient été soulevées au cours de l'interrogatoire — par An'desha —, et Che'sera les avait écartées. Peut-être parce que le Promis voulait qu'il trouve les réponses tout seul. Le jeune mage avait en tout cas eu cette impression.

Et je n'ai pas appris une seule chose concernant Che'sera.

Un résultat inhabituel. Fléaufaucon avait été très bon à ce jeu, et son expérience profitait à An'desha, qui n'avait aucun scrupule à s'en servir quand l'occasion s'y prêtait. Mais il n'avait pas réussi à placer une seule question. Oui, Che'sera était un homme étrange, même pour un Promis.

An'desha se massa les tempes, surpris de n'avoir pas mal à la tête après ce qu'il venait de subir.

Il avait besoin de s'occuper. Par bonheur, la vaisselle à laver et le linge à raccommoder ne manquaient pas... À moins qu'il n'y ait des ingrédients, parmi les provisions apportées par les Shin'a'in, pour préparer autre chose qu'une soupe, ou toujours le même ragoût. Le jeune homme n'était pas un grand cuisinier, mais il avait quand même plus d'expérience en la matière que ses compagnons.

Il se mit aussitôt en quête d'un travail utile. Quelqu'un s'était chargé du linge et de la vaisselle. Après vérification, il s'avéra qu'il y avait effectivement ce qu'il fallait pour améliorer un peu leur ordinaire. De la viande fraîche, des haricots secs et quelques légumes d'hiver, comme des oignons et des poivrons séchés... Cela lui remémora une recette de Karal, un soir qu'ils étaient rentrés trop tard pour dîner avec la cour ou les aspirants Hérauts.

Il éminça de la viande et des poivrons et les fit revenir ensemble. Puis il y ajouta des oignons, des haricots secs et des épices et mit le tout à mijoter lentement. Ils avaient déjà utilisé ces ingrédients, mais jamais selon cette combinaison. Ce serait différent de ce que leur concoctaient les Shin'a'in.

Il lui avait fallu du temps pour émincer la viande, comme l'exigeait la recette. Avoir les mains occupées permit à son esprit de se reposer. Si Karal dormait toujours, d'autres s'étaient remis à l'ouvrage. Maître Levy était de retour dans la salle. À quatre pattes, il étudiait le sol, essayant d'insérer un instrument très fin dans une fente à peine visible.

An'desha lava les ustensiles qu'il avait utilisés, se sécha les mains et alla le rejoindre.

— Je peux vous aider ? demanda-t-il, s'asseyant sur les talons près du maître ingénieur.

Personne d'autre ne semblait s'intéresser aux activités de Levy.

— J'ai trouvé quelque chose..., répondit-il. Il s'agit d'une dalle mobile. Je suppose qu'elle tombe et s'insère dans une encoche taillée dans la pierre. J'ignore comment l'actionner. Il va me falloir du temps.

« Savez-vous comment l'esprit de ce mage fonctionnait ? Je veux parler de *nombres*. Par exemple, les Karsites pensent par série d'un, sept et huit. S'ils aménagent une porte dérobée, elle aura un point d'ouverture ou sept. Ils n'ont qu'un dieu, mais Vkandis est représenté comme un soleil levant à sept rayons, alors que le soleil dans toute sa gloire en a huit. Les Rethwellans pensent en terme de trois — pour les trois visages de la Déesse. Les Valdemariens, en terme de trois ou de deux. Le trois pour la même raison que les Rethwellans, le deux pour le dieu et la déesse. Ce n'est pas conscient, plutôt le genre de réflexe que les gens acquièrent dans leur enfance.

— Essayez le quatre, répondit An'desha après réflexion. Urtho partageait la croyance des Kaled'a'in, et ils ont la même déesse que les Shin'a'in. De plus, la décoration compte beaucoup de carrés et de losanges.

Maître Levy grogna des remerciements et recommença à examiner le sol. Enfin, il s'assit sur les talons, fit craquer ses doigts et secoua la tête.

— Allons-nous vérifier si nous sommes incroyablement chanceux ? demanda-t-il à An'desha, l'air plus malicieux qu'An'desha ne l'avait jamais vu. Si vous avez raison, je crois avoir trouvé les quatre points. Si c'est moi qui ai vu juste, si loin au cœur de sa Tour, Urtho n'aura pas employé un mécanisme trop compliqué. À votre avis, dans quel ordre doivent-ils être actionnés ?

— S'ils ne sont pas censés l'être en même temps, vous voulez dire ? Est, sud, ouest et nord… C'est l'ordre de tous nos rituels, la Vierge étant à l'est et la Vieille Femme au nord.

— Cette suggestion en vaut une autre. Voyons ça.

Maître Levy s'apprêtait à utiliser un de ses outils quand An'desha l'arrêta.

— Attendez ! Si je me trompe, croyez-vous que ça pourrait… hum… mal se passer ? Le plafond va-t-il nous tomber sur la tête ? Un poison nous fera-t-il nous écrouler raides morts ?

Maître Levy réfléchit.

— Peut-être…, répondit-il enfin. Mais pour l'amour du Ciel, pourquoi Urtho aurait-il placé ce genre de chose dans le sol, où n'importe qui aurait pu le déclencher par accident ?

An'desha rougit d'embarras.

— Je suppose que vous avez raison, dit-il, lâchant le poignet de l'ingénieur.

Maître Levy enfonça un petit cercle dans le sol. Fasciné, An'desha nota qu'il ne remontait pas. L'ingénieur toucha un autre point, puis un troisième, qui restèrent enfoncés aussi. Si An'desha n'aurait su dire où était le deuxième cercle, il déduisit facilement l'emplacement du troisième et du quatrième avant que l'ingénieur ne se penche dessus.

Le mage retint son souffle quand maître Levy enfonça le dernier…

Rien. An'desha eut un soupir déçu.

Mais Levy se releva, le regard rivé sur un octogone dessiné à même le sol, et en frappa un coin du talon.

La pierre descendit de l'épaisseur d'un pouce.

Maître Levy lui flanqua un autre coup de talon, et elle s'enfonça un peu plus.

— C'est coincé… Trop vieux, vous savez…

Il continua d'aider la pierre à descendre à coups de

talon bien placés, jusqu'à ce qu'elle se soit enfoncée de la hauteur d'une main d'homme.

Soudain, une fente apparut. Levy s'agenouilla pour regarder.

Attirés par le bruit, les autres résidents de la Tour accoururent.

— Voyez-vous ça ! s'écria Renardargent, tandis que tous se rassemblaient autour de la trouvaille. Qui aurait cru que c'était là ?

— Je vais avoir besoin de quelque chose pour déloger la pierre, dit maître Levy. Les mécanismes sont coincés. Je crains, une fois ouverte, que nous ne puissions pas refermer cette trappe.

— Aucun problème, répondit Flammechant en s'accroupissant pour étudier la pierre pendant que le *kestra'chern* allait chercher un levier. S'il y a quelque chose là-dessous, nous n'aurons pas envie de refermer. Et s'il n'y a rien, nous nettoierons pour en faire une chambre.

Maître Levy grogna en tâtant prudemment la fente. Puis il renifla son doigt.

— Je ne sens rien de spécial, dit-il au bout d'un moment, concentré sur l'odeur, les yeux fermés. Et j'étais le meilleur nez de ma classe. Quand les étudiants faisaient des expériences, le maître d'alchimie comptait sur moi pour donner l'ordre d'évacuer la salle.

— Réconfortant, vu qu'il y a peut-être un mécanisme pour libérer du poison dans la pièce de dessous, voire dans celle où nous sommes, dit Sejanes en arrivant, tout ébouriffé.

Revenant avec un levier, Renardargent secoua la tête à l'attention de l'Impérial.

— Non, Urtho n'aurait jamais fait ça, surtout pas dans sa propre Tour. C'était un homme compatissant, attentionné, raisonnable et plein de ressource, pas un être vindicatif. Ses gardes magiques servaient à protéger, pas à punir. Il n'aurait pas pris le risque qu'un hertasi curieux les déclenche par erreur.

Sejanes eut l'air sceptique, mais il ne dit rien.

Renardargent surprit son expression.

— Il ne s'agit pas de l'Empire. Ni de gens qui cherchent à obtenir quelque chose par tous les moyens. Les serviteurs d'Urtho et ses amis lui étaient tellement loyaux qu'ils auraient consenti à mourir pour lui… Et beaucoup d'entre eux l'ont fait, à son grand chagrin. Au cœur de sa forteresse, il n'aurait pas employé de protections risquant de blesser les siens.

Maître Levy inséra le levier dans la fente et tira.

La pierre grinça, bougea un peu, et descendit encore quand l'ingénieur cessa de tirer. Bientôt, l'ouverture fit environ la largeur d'une main d'homme.

— Devrions-nous y regarder de plus près avant de continuer ? demanda Levy à Renardargent. Je m'en remets à votre jugement, puisque vous en savez plus que quiconque sur le maître des lieux.

Renardargent se tourna vers An'desha, qui secoua la tête en réponse à sa question muette.

— Mes connaissances viennent de son ennemi. Il est plus que probable que Ma'ar a sous-estimé Urtho, le jugeant sentimental et faible.

— Je pense que nous pourrions faire descendre une lanterne au bout d'une corde, proposa le *kestra'chern*. Ça pourrait bien être un simple puits.

— Une source d'eau — autre que la neige — serait la bienvenue, dit Lo'isha.

Maître Levy acquiesça.

Ce fut au tour d'An'desha d'aller chercher le matériel requis. S'ils n'avaient pas eu besoin de lanternes depuis leur arrivée, les Shin'a'in en avaient apporté, au cas où les lumières magiques s'éteindraient. Mais elles ne faiblissaient pas, résistant aux tempêtes qui affectaient tout ce qui se trouvait hors de la Tour.

An'desha dénicha une lanterne au milieu d'objets inutiles et gagna la cuisine pour y prendre une corde. Il remplit la lampe d'huile, tailla la mèche avec les ciseaux qu'il trouva dans un nécessaire de couture, et l'alluma avant de la rapporter aux autres.

Maître Levy attacha la corde à la poignée et fit descendre la lanterne dans la cavité.

— Alors ? demanda Che'sera. Qu'y a-t-il ?

— Des marches, répondit maître Levy. Ce n'est donc pas un puits. Je crois distinguer des meubles, mais la lumière ne descend pas assez bas.

— La flamme ne faiblit pas à cause de la mauvaise qualité de l'air ? demanda An'desha, anxieux à cause de lointains souvenirs des vies passées de Fléaufaucon, qui avait souvent ouvert d'antiques tombes. Même sans poison, l'air peut avoir été vicié par le temps.

— Non, elle brûle bien. La corde n'est pas assez longue, c'est tout. Une question de contrastes et d'acuité visuelle. Bon, revenons-en à l'ouverture de la trappe.

Maître Levy recommença à faire levier pour écarter la pierre du passage, tandis que les autres se regardaient, se demandant pourquoi il employait un langage si fleuri pour dire qu'il ne voyait pas bien. Soudain, le mécanisme grippé céda et la dalle glissa sous le sol.

Pris par surprise, maître Levy tomba à la renverse et lâcha le levier, qui dégringola l'escalier.

An'desha resta pour l'aider à se relever. Flammechant en tête, les autres se précipitèrent en bas. Bientôt, ils eurent disparu. La voix de l'Adepte Guérisseur leur parvint, prononçant un seul mot : lumière.

Des exclamations étouffées suivirent.

— Vous pourriez au moins me remercier, grommela maître Levy. Allons voir ce qu'ils ont trouvé. J'espère que ce n'est pas le trésor d'Urtho. De l'or et des pierres précieuses ne nous seraient d'aucune utilité.

— Le trésor d'Urtho serait composé de *livres*,

assura le mage. Mais allons les rejoindre, avant qu'ils ne se laissent submerger par l'enthousiasme.

An'desha sur les talons, maître Levy descendit une marche à la fois, car elles étaient raides. Ils s'enfoncèrent bien plus bas qu'il ne s'y attendait. Le sol de la salle centrale était très épais, et ça expliquait pourquoi il ne sonnait pas creux. Il semblait que la pièce cachée avait été creusée dans le sous-sol rocheux, après la construction de la Tour.

Elle était mal aérée et poussiéreuse et l'air avait un étrange arrière-goût métallique. Mais l'atmosphère n'était pas humide. Ni sombre, contrairement à ce qu'il avait imaginé. Ici aussi, on trouvait des lampes magiques partout. Un coup d'œil suffit à An'desha pour comprendre à quoi avait servi cette pièce : il s'agissait d'un atelier, avec tout ce qu'il fallait à ce touche-à-tout d'Urtho.

La salle était terriblement encombrée. Pourtant, elle était à peine plus petite que celle du dessus. Il ne s'agissait pas de l'étude classique d'un mage, où on ne trouvait aucun composant physique, mais d'un endroit où on pouvait travailler ou… jouer. Bref, toucher à tout. Dans un coin se dressait un établi couvert de pots et de flacons qui avaient contenu des produits chimiques dont il ne restait que de la poussière ou un film gras, sur les parois. Sur un autre reposaient un tour, un étau et des outils pour travailler le bois et l'ivoire. Un troisième était couvert d'instruments servant à couper et polir le verre et le cristal. Vision incongrue, juste à côté, trônaient un tour de potier et des instruments de souffleur de verre. Le long du mur du fond s'alignaient une forge et trois fours : un de potier, un de métallurgiste et un de souffleur. Les quatre installations avaient dû partager une cheminée que la destruction de la Tour avait bouchée. De l'escalier, An'desha ne put pas tout voir clairement. Une seule chose était certaine : tout ça avait été utilisé jusqu'au jour du Cataclysme.

Le jeune mage regarda autour de lui, immobile, tandis que les autres exploraient les lieux sans rien toucher.

Maître Levy semblait très satisfait par ce qu'il voyait.

— Je crois que je me serais bien entendu avec Urtho, dit-il.

Sur tous les établis reposaient des projets plus ou moins achevés. Difficile de dire à quoi ils étaient censés servir… Des pages de notes les accompagnaient — ici, Urtho s'était au moins montré ordonné.

Flammechant regarda une pile de documents comme si s'en saisir le démangeait.

— C'est terriblement frustrant, dit-il. J'ai peur de respirer de crainte de réduire ces pages en poussière… Mais je crèverai de curiosité si je ne peux pas lire ce qui est écrit dessus !

Un détail concernant l'aspect du « papier » remua quelque chose au fond de la mémoire d'An'desha. Il descendit les dernières marches et s'approcha d'une table de bijoutier. Une broche à moitié terminée trônait dessus — apparemment, ce n'était qu'un bijou en forme d'oiseau-mouche.

— Attendez, murmura-t-il.

Le modèle original était posé à côté. Après avoir examiné la feuille, An'desha la ramassa.

Renardargent sursauta et Flammechant ravala une protestation. An'desha agita le croquis pour leur prouver qu'il ne l'avait pas abîmé.

— Vous pouvez les toucher. Ce n'est pas du papier. Du moins, pas celui que nous connaissons. Il s'agit de tissu enduit de résine, afin qu'il ne se désintègre pas. On peut écrire dessus avec une pointe d'argent, un crayon ou une mine graphite, mais l'encre n'y pénètre pas.

— Vraiment ? (Maître Levy gagna l'établi le plus

proche et s'empara d'une feuille.) Très utile en présence de produits chimiques…

— Très utile en présence de tout ce qui peut détruire vos notes, fit Flammechant, en ramassant les documents qu'il convoitait. Oh ! Oh…

Il tint les feuilles de manière à ce que Renardargent puisse déchiffrer en même temps que lui les phrases en ancien kaled'a'in. L'un utilisait le tayledras comme référence, l'autre le kaled'a'in moderne.

Che'sera les observa, l'air curieux, mais Lo'isha éclata de rire.

— Nous les avons perdus pour un moment, dit-il. Je connais ce regard. Le tisserand ne fait plus qu'un avec son métier !

— Pas tout à fait, souffla Flammechant d'un ton absent. Mais je serai content quand l'historien kaled'a'in sera là. Si je lis bien ces notes, ce dispositif pourrait mettre un terme à notre isolement. (Il désigna les deux boîtes posées sur l'établi, chacune avec un miroir en guise de couvercle.) À part son ornementation, cet objet est terminé. Il est censé fonctionner comme un double sort de vision à distance, n'était qu'il n'utilise pas la magie, mais la magie de l'esprit — avec des portées incroyables, semble-t-il. Urtho a fait en sorte qu'il soit opérationnel même si un des deux interlocuteurs n'est pas doué de magie de l'esprit.

Toutes les têtes se tournèrent vers l'Adepte, qui leva le nez des notes qu'il étudiait avec Renardargent.

— On dirait que j'ai retenu votre attention, hein ?

Si cet artefact utilise la magie de l'esprit, les tempêtes n'auront aucune influence sur lui, dit la voix mentale d'Altra, qui descendait l'escalier. (Il s'arrêta et s'assit à peu près au niveau de leurs têtes.) *Si nous réussissons à les activer, j'en emporterai un à Haven. Et si nous pouvons en fabriquer un autre, je le ferai parvenir à Solaris. J'ai assez de magie de l'esprit pour le faire fonctionner, quelle que soit la personne qui désire l'utiliser.*

— Je croyais que tu ne voulais plus jamais sauter, dit Flammechant sardonique.

An'desha gloussa.

Il n'est pas question de « vouloir ». Ces artefacts pourraient m'éviter de jouer les messagers, et nous fournir les ressources des collègues de maître Levy, répondit le Chat de Feu. *Et si nous réussissions à en fabriquer un, je n'aurai pas à l'emmener à Solaris. Hansa s'en chargera.*

An'desha dissimula un sourire derrière sa main. Ainsi, Altra estimait que son collègue s'en tirait un peu trop bien dans le domaine des transports...

Notre faculté de sauter est en partie de la magie et en partie de la magie de l'esprit, expliqua Altra, très sérieux. *Il devient dangereux pour des passagers de nous accompagner, comme maître Levy et Sejanes ont pu s'en apercevoir. Et il n'est plus très confortable pour nous non plus de se déplacer ainsi. Je n'ai pas exagéré : j'étais épuisé et vidé, et ça ne m'était jamais arrivé. Très bientôt, je crains de ne plus pouvoir sauter du tout. Mais si nous avions un moyen de communiquer avec Haven et Karse, il vaudrait son pesant d'or.*

— Ça, je m'en doutais, merci, fit Flammechant, acide. Si tu pouvais invoquer par magie cet historien kaled'a'in, nous aurions une chance d'apprendre à utiliser cet engin avant que tu ne puisses plus sauter.

— Il sera là très bientôt, annonça Che'sera. Le problème, c'est que son assistant est... comment appelez-vous le peuple-lézard ?

— Les hertasis, répondit Renardargent. (Le visage du beau *kestra'chern* s'éclaira.) Il s'agit donc de Tarrn ! Parfait. Il est peut-être frêle, mais c'est le plus versé de tous dans la langue de nos ancêtres.

Il semblait si content qu'An'desha eut le sentiment qu'ils progressaient enfin.

— Ils ont eu des difficultés à trouver un moyen de les amener tous les deux à dos de griffons tout en gardant le hertasi au chaud. (Che'sera gagna l'escalier.) Quand je suis parti, c'était réglé, et ils comptaient arriver ici deux ou trois jours après moi. Il leur restait encore à fabriquer l'équipement dont ils avaient besoin, quoi que ça puisse être. Je vous l'aurais dit, si vous n'aviez pas été si occupés, et si je n'avais pas eu une affaire urgente à régler avec An'desha.

— Encore une bonne nouvelle ! (Flammechant semblait si content qu'il ne releva pas la dernière remarque du Shin'a'in.) Je propose, si nous n'avons rien de mieux à faire, que nous examinions ces artefacts, en nous concentrant sur ceux qui nous aideront à atteindre notre objectif. Si nous pouvions communiquer avec les mages et les ingénieurs de Haven, ce serait comme si nous étions là-bas, en plus d'avoir les ressources de la Tour.

Il regarda les autres, qui haussèrent les épaules, indifférents ou perplexes.

— C'est à vous et à Sejanes de décider, répondit maître Levy. Sans traducteur, je ne suis d'aucune utilité. Il faudra développer un ensemble de théories pour nous adapter aux nouvelles conditions. Selon moi, elles devront découler de ce que nous pourrons apprendre du Cataclysme et de la méthodologie d'Urtho.

— *D'aucune utilité !* renifla Flammechant. C'est vous qui dites ça, après avoir découvert cette salle ? Pas de fausse modestie, maître Levy, par pitié !

— Peut-être pourrais-je vous être de quelque assistance, avança Che'sera. J'examinerai les objets qui semblent du domaine d'un chamane, pour voir à quoi ils servent. Les Shin'a'in ont perdu beaucoup de choses quand le Cataclysme a détruit nos terres et séparé nos

Clans. Peut-être pourrai-je en redécouvrir certaines, et vous aider.

Ah ! pensa An'desha triomphant, *je sais maintenant ce que vous êtes. Un Promis à la Vieille Femme et un chamane ! Voulez-vous garder un œil sur tous ces mages étrangers, ou y a-t-il des secrets, ici, que vous ne souhaitez pas nous voir découvrir ? Les Shin'a'in s'intéressent-ils à ce que vous pourriez dénicher dans cette Tour ou à autre chose ? Moi, peut-être ?*

C'était une possibilité, mais il n'était pas orgueilleux au point de le croire. Les Kal'enedral pouvaient désirer la présence d'un chamane dans la Tour pour de nombreuses raisons. La plupart des Promis n'étaient pas des *leshy'a* dotés d'un lien direct avec la déesse, même s'ils pouvaient arpenter les Sentiers de Lune. Bien qu'An'desha ait vu un ou deux Voilés, ils ne restaient jamais longtemps. Il avait l'impression qu'ils n'avaient pas le droit de prendre une forme physique sur une longue période — sans doute le temps de leur mission, et pas plus.

Les Sentiers de Lune... peut-être devrais-je aller y faire un tour moi-même. Je n'ai pas vu Aubefeu et Tre'valen depuis que nous avons utilisé l'arme d'Urtho.

Flammechant leva les yeux et riva un regard spéculateur sur An'desha.

— Tu sais, il me semble que nous avons trouvé ces choses un peu trop *accidentellement*.

An'desha sourit, notant que Che'sera le regardait de la même manière.

— La Déesse offre des occasions à ceux qui s'aident eux-mêmes. Si j'étais toi, je serais prudent, car elle ne donne jamais facilement les réponses. L'esprit qui contrôle la main doit manier l'outil sagement, parce que tout instrument peut blesser son utilisateur.

Flammechant grogna. Un moment, il sembla qu'il allait réfléchir à ces paroles comme un Shin'a'in médite sur le conseil mystérieux d'un chamane. Puis il haussa les épaules et recommença à lire les notes.

An'desha balaya l'atelier du regard. Un sourire sur les lèvres, Che'sera rejoignit Lo'isha, penché sur les trésors d'un établi.

Sejanes examinait un équipement étrange.

Flammechant et Renardargent remontèrent, leurs notes à la main, oublieux de tout le reste. Maître Levy était déjà en haut. Quant à Karal, il devait encore dormir. Peut-être y avait-il dans le coin d'autres Kal'enedral que Che'sera, mais ils préféraient rester dans le camp, à la surface. Le moment idéal pour gagner les Sentiers de Lune.

An'desha remonta aussi silencieusement que possible, saluant Altra au passage. Le Chat de Feu lui répondit avec une grande dignité, puis suivit Flammechant et Renardargent. Apparemment, il avait envie de découvrir ce qu'ils mijotaient — sans doute parce qu'ils étaient les plus intéressantes créatures présentes en ce moment dans la Tour.

An'desha passa près de Karal, marchant sur la pointe des pieds pour gagner son lit.

Si j'ai l'air de faire la sieste, personne ne me dérangera.

Il retira ses bottes et s'allongea, prenant ce qu'il estimait être une position naturelle.

Alors qu'il fermait les yeux, il lui vint à l'esprit qu'il se montrait très secret, alors qu'il n'avait pas de raison de l'être.

Je ne veux pas que Che'sera sache tout ce que je fais avant d'en connaître un peu plus sur lui.

Si le Promis s'avérait aussi inflexible et rigide que Jarim, ou aussi obtus que le chamane de son Clan, il valait mieux qu'il ne sache pas de quoi An'desha était capable.

Tout ce que je lui ai dit, c'est que des Avatars

m'étaient apparus, pas que je pouvais aller à leur recherche. Et je crois que j'en resterai là pour l'instant.

Il s'installa confortablement, puis ralentit sa respiration et se lança dans la série de relâchements et de raidissements qui marquaient le début d'une transe des Sentiers de Lune. Pour ceux qui n'étaient pas entraînés à cette technique, c'était beaucoup plus compliqué qu'il n'y paraissait. Un peu trop de raidissement, et il n'atteindrait jamais le stade voulu. Un peu trop de relâchement, et… il s'endormirait. Alors qu'il allait entrer en transe, rien ne venant le perturber de l'extérieur, il projeta son esprit comme le lui avait appris Tre'valen.

Il se retrouva sur un sentier de sable argenté et luisant, au cœur d'une brume opalescente. Ou plutôt il lui *sembla* y être. Son corps était une illusion — il aurait pu changer de forme, s'il l'avait voulu. Mais la sienne était confortable, car il n'avait pas à y penser. Une autre lui aurait demandé une dépense d'énergie inutile. Il ignorait encore si les Sentiers étaient réels, car il n'avait jamais pris la peine de tester son environnement pour le découvrir. La brume n'avait pas d'odeur et n'était ni froide ni tiède.

Le sable n'était ni trop mou ni trop dur.

— Tre'valen ? appela-t-il, sa voix franchissant les distances comme nulle part ailleurs dans la réalité. Aubefeu ?

La brume fut parcourue de frémissements colorés qui disparurent aussitôt. Comme il s'y attendait, il n'eut pas de réponse immédiate. Les Avatars n'existaient pas pour *le* servir.

Il se mit donc à marcher en les appelant. S'ils n'étaient pas trop occupés, ils viendraient à lui…

Ils arrivèrent sous la forme de faucons vorcels, des rapaces de taille humaine au plumage multicolore qui jetait des étincelles comme celui des oiseaux de feu.

Illuminant la brume tels des éclairs au cœur d'un nuage d'orage, ils volaient en spirale.

Ils ralentirent et planèrent au-dessus des Sentiers, où ils prirent une forme mi-humaine mi-avienne. Tre'valen portait le costume d'un chamane du Peuple, ce qu'il était avant que la Déesse fasse de lui son Avatar. Bien que clairement tayledras, Aubefeu était vêtue d'une tunique qui aurait pu appartenir à n'importe quelle culture. Ses longs cheveux blancs ondulaient, comme la brume qui s'enroulait autour d'elle. Tous les deux auraient pu paraître humains, s'il n'y avait pas eu leurs yeux.

Ce ne sont pas des yeux, mais de fenêtres ouvertes sur un ciel nocturne... La nuit éclairée par les étoiles les plus brillantes. C'est si beau...

On disait que Kal'enel elle-même avait de tels yeux. Voilà pourquoi elle marquait ainsi ses Avatars, afin que tout le monde sache ce qu'ils étaient.

— Petit frère ! salua chaleureusement Tre'valen. Voilà longtemps que nous ne t'avions pas vu, mais nous avons été si occupés !

— Pas si longtemps, pour un simple mortel, dit An'desha. D'autant plus que nous avons découvert et appris tant de choses. Je voulais m'assurer que vous alliez bien, après la contretempête.

Aubefeu haussa gracieusement les épaules.

— C'est le pauvre Karal qui a souffert, dit-elle en tendant la main au jeune mage. La Mission nous a un peu vidés, c'est tout. Il semble que vous avez été également très occupés, dans la Tour.

Cela confirmait ce qu'il supposait : les Avatars n'étaient ni omniscients ni omnipotents. Ils devaient obéir au moins à quelques règles physiques. Était-ce parce qu'ils n'étaient pas vraiment « morts », comme les Kal'enedral fantômes ? Ou parce que la Déesse leur avait accordé de plus vastes pouvoirs ?

— Voulez-vous me dire ce que vous savez, ou préférez-vous que je vous donne des nouvelles ?

— Toi d'abord. Ce que nous avons à dire confirmera beaucoup de choses que tu sais déjà, répondit Tre'valen. Nous avons parcouru le monde et le Vide, pour mesurer les changements apportés par la Mission sur les énergies des tempêtes. Les nouvelles ne sont pas bonnes.

An'desha leur raconta ce qui s'était passé depuis la « Mission », du choc encaissé par le prêtre karsite jusqu'à l'arrivée de maître Levy et de Sejanes, en passant par le départ des griffons et les allées et venues des Kal'enedral. Il leur parla aussi de l'intérêt que lui portait Che'sera et de la découverte de l'après-midi.

Ils l'écoutèrent attentivement, avec un intérêt évident, et manifestèrent de la surprise quand il leur décrivit l'atelier.

La Dame Aux Yeux Étoilés ne leur en a donc pas parlé, alors que ses agents étaient dans les environs. Intéressant.

— Peut-être y trouverez-vous des réponses, dit Tre'valen. (Soudain, son visage afficha l'expression d'intense concentration qu'avait Karal quand Florian ou Altra lui parlaient. An'desha se demanda si la Déesse s'adressait à lui. Les paroles suivantes de l'Avatar sonnèrent comme une confirmation :) Il faut que Flammechant continue l'étude des miroirs de l'esprit. Ils ne devraient pas être trop difficiles à faire fonctionner, ni à dupliquer, et ils vous serviront beaucoup dans les jours à venir.

De plus en plus intéressant... Mon intuition, concernant l'intervention providentielle de la Déesse était peut-être juste.

Aubefeu posa une main sur l'épaule de Tre'valen et souffla :

— C'est le seul conseil que nous puissions te donner pour le moment. J'aurais aimé qu'il n'en soit pas ainsi, mais l'avenir est toujours incertain. Notre Déesse elle-même est retenue par des liens qu'elle ne peut pas briser. Alors, nous construirons le futur en gardant notre libre-arbitre.

An'desha soupira.

— Ainsi, nous nous frayons toujours un chemin vers un point d'où partent plusieurs avenirs possibles ? J'avais espéré, après la Mission, que nous serions revenus sur une route solide.

Tre'valen eut l'air gêné.

— Les dangers ont été retardés, pas évités, mais heureusement les choses n'ont pas empiré. Vous saviez que la Mission n'était pas la solution aux tempêtes magiques, mais un moyen de gagner du temps, et ça n'a pas changé.

— Nous avons vérifié les résultats de la Mission, depuis la libération de l'énergie contenue dans l'arme d'Urtho, continua Aubefeu. Les effets produits sur Valdemar, les Pelagirs, Karse, Rethwellan et Hardorn sont ceux que nous souhaitions. Les vagues que nous avons produites annulent celles des tempêtes... jusqu'à un point.

— Quel point ? demanda aussitôt An'desha, certain que c'était important.

— Eh bien, elles continuent de se faire sentir au sud, autour de Griffon Blanc et à la frontière de l'empire haighlei — mais ils savent comment gérer leurs effets. Au nord se dressent les montagnes du Mur de Glace. Et à l'ouest, les terres sauvages des Pelagirs, que les tempêtes peuvent difficilement rendre pires. C'est à l'est, que leurs effets nous inquiètent. L'Empire subit le plus fort des perturbations, et sa population dépend presque entièrement de la magie.

An'desha réfléchit.

— Ça pourrait être bon ou mauvais pour nous, dit-il enfin. Après ce que l'empereur nous a fait, je me fiche qu'ils aient des ennuis. Si l'Empire est occupé à rassembler ses morceaux, il ne s'occupera pas de nous. Mais les Impériaux pourraient commettre la même erreur que Tremane et se venger sur nous.

— En effet. Préviens tes amis, An'desha, et dès que les miroirs seront installés, avertissez Valdemar. Cela pourrait arriver.

« Pourrait arriver »... Si je ne m'abuse, un Avatar ne dit jamais rien au hasard. Alors, sait-il une chose sans pouvoir nous prévenir ?

Malgré cette mauvaise nouvelle, An'desha éprouva une vague satisfaction. Les Avatars évitaient généralement de donner des conseils directs, mais il les interprétait de plus en plus vite.

— Et les tempêtes ? demanda-t-il. Nous avons toujours su que notre solution était temporaire... (Il regarda Tre'valen, cherchant des indices dans ses rares changements d'expression.) Mais, ensuite ? Nous subissons un écho inversé du Cataclysme d'origine, n'est-ce pas ? C'est pour ça que nous avons choisi cet endroit, parce que les vagues y convergent. Mais les tempêtes finiront par détruire notre contretempête, non ? (Il déglutit péniblement, voyant Tre'valen acquiescer.) Alors, quoi ? Les tempêtes ne retourneront pas à l'intérieur des armes qui en sont à l'origine, c'est évident. Allons-nous revivre le Cataclysme ?

Tre'valen secoua la tête, mais pas pour contester ce dernier commentaire, et Aubefeu écarta les mains.

— Nous l'ignorons, avoua-t-elle. Et je vais te confier un secret : la Déesse aussi. Les possibilités sont trop nombreuses, et certaines dépendent de facteurs très subtils. Nous ne savons pas ce que les mages de l'Empire tenteront, et ce ne sera pas sans effet. Vous pouvez faire beaucoup de choses, ici, toutes efficaces, mais chacune à sa manière, et avec des résultats différents. Il y aura probablement un second Cataclysme —

moins puissant que le premier — sauf si vous réussissez à le neutraliser.

« Vous pouvez tenter ou ne pas tenter beaucoup de choses. Et chaque action peut impliquer la ruine ou le salut. Impossible de vous en dire plus.

— Ce n'est pas très réconfortant ! Mais je suppose que je ne rentre pas bredouille…

Tre'valen eut un pâle sourire.

— Nous n'avons jamais promis de te réconforter, petit frère, mais de t'apporter l'aide nécessaire pour que tu n'aies pas à prendre tes décisions à l'aveuglette.

— Dans ce cas, j'ai une question. Che'sera. Qu'est-il pour moi, ou que suis-je pour lui ? Tôt ou tard, il comprendra d'où je tiens mes informations.

L'expression de Tre'valen s'adoucit.

— Ce qu'il est pour toi ? C'est simple : un professeur, si tu veux apprendre ce qu'il a à t'enseigner. Ce que tu es pour Che'sera ? En gros, une chance… Il cherche une personne à qui transmettre ses connaissances et tu es un candidat possible. Mais la décision t'appartient. Il ne te forcera pas la main. C'est un homme de bien dont la philosophie n'est pas éloignée de celle de maître Ulrich. Un jour, Karal sera comme lui.

C'était dit : An'desha était invité à devenir un chamane. Et pas n'importe lequel, mais un Promis à la Déesse sous son aspect de Gardienne de la Sagesse. Il soupira, souhaitant être aussi sûr de ce qu'il voulait que Karal. Au moins, il savait désormais que Che'sera n'était ni fanatique ni inflexible. Un souci en moins !

— Tu nous verras souvent dans les jours à venir, dit Aubefeu. Je te promets, An'desha, que nous vous aiderons autant que nous le pourrons. Nous ne voyons aucune raison de vous laisser sans guide ni…

Tre'valen tourna vivement la tête.

— … mais pour l'heure, nous devons partir, coupa-t-il. Il nous reste des choses à vérifier pour vous.

Travaille bien, petit frère ! Le temps passe, et pas à notre avantage.

An'desha se retrouva seul, comme si les Avatars n'avaient jamais été là.

Il regagna son corps.

Alors qu'il revenait à lui, il entendit Karal remuer. Son estomac gargouilla quand il sentit l'odeur du plat qu'il avait mis à mijoter plus tôt.

— Je t'ai apporté ton dîner, dit le Karsite. Tu étais avec *eux*, n'est-ce pas ?

Écartant les doigts, Karal imita des ailes déployées.

Ne voyant aucune raison de lui mentir, An'desha acquiesça en s'asseyant. Il accepta le bol et la cuiller que lui tendait son ami.

— Ils ne m'ont pas dit grand-chose que nous ne sachions déjà. Le reste, j'en parlerai à Flammechant et à Sejanes après avoir mangé.

Karal paraissait aller beaucoup mieux. Grâce aux soins du Guérisseur ou à l'intervention des Avatars ? An'desha se demanda à nouveau quel était le lien entre la Déesse des Shin'a'in et Vkandis. Les Avatars semblaient attirés par Karal, et inversement.

Mais ce sont des êtres compatissants, et Karal mérite leur sympathie.

— Florian et moi avons prévu d'aller faire une balade. Tu veux nous accompagner ? demanda Karal. J'en ai assez d'être sous terre comme un ours qui hiberne. Il faut que je voie le soleil ! (Il secoua la tête.) Je me demande comment ce mage pouvait rester enfermé ici.

— Tu verras le soleil, mais tu ne le sentiras pàs, prévint An'desha. Il fait très froid. Si tu renversais une tasse, l'eau gèlerait avant de toucher le sol.

— Eh bien, je m'emmitouflerai. Tu sais, les hivers sont rudes, à Karse. Et dans les collines, il y a de la neige la moitié de l'année. Je commence à comprendre les griffons : si je ne vois pas le ciel très vite, je vais devenir fou !

— Alors, je t'accompagne.

Il ne fallut pas longtemps à An'desha pour enfiler une tunique chaude, une deuxième et son manteau shin'a'in par-dessus. Mais Karal eut besoin de son aide pour s'habiller, même s'il ne chancelait plus — ce que le mage considéra comme un bon signe.

Maître Levy continuait de sonder le sol en dessinant des diagrammes dans son carnet. Renardargent et Flammechant, assis sur les talons, les notes de l'atelier posées devant eux, les regardaient, dubitatifs.

— Où allez-vous ? demanda le *kestra'chern* en les voyant passer.

— Respirer un peu d'air frais, répondit Karal. Venez avec nous. Nous pourrions faire croire aux Shin'a'in que notre récente découverte nous a transformés en monstres.

Il fit une horrible grimace.

— De l'air frais ? Ce n'est pas une mauvaise idée, dit Flammechant. Nous ne progressons pas du tout. Un peu de soleil ranimera mon cerveau. Allez-y, nous vous rejoignons.

An'desha constata que leurs hôtes avaient continué de travailler à l'aménagement du tunnel qui menait à la surface. L'ouverture, dans le mur de la Tour, était désormais régulière, sans aucun débris sur le sol. La galerie elle-même était plus large, la voûte et les parois semblant mieux étayées. Bien sûr, ça le rendait toujours claustrophobe, mais il n'avait plus l'impression que le tunnel allait se refermer sur lui.

Il invoqua une lumière magique qui précéda Karal. Lui-même n'en avait pas besoin, car la croupe de Florian l'empêchait de toute façon de voir devant lui. Altra avait refusé de les accompagner. Il affirmait avoir vu assez de neige et préférer faire la sieste.

An'desha *sentit* l'extérieur avant d'avoir la première indication qu'ils approchaient de l'entrée. Même si l'air, en bas, restait pur grâce à sa magie et à celle de Flammechant, il lui manquait une fraîcheur impossible à reproduire. C'était en partie dû au froid — en partie.

Ils ne pouvaient pas non plus reproduire la lumière. Alors qu'il sortait en trébuchant sous le soleil de fin d'après-midi, An'desha dut s'appuyer d'une main au flanc de Florian. Il n'y avait pas un nuage. La voûte du ciel et la neige, aveuglantes, donnaient l'impression que la lumière venait de toutes parts.

Karal inspira profondément, son visage reprenant des couleurs à chaque nouvelle bouffée. Florian s'éloigna au trot, impatient de se dégourdir les pattes.

Vue de l'extérieur, la Tour était un moignon de roc gelé qui dépassait de la colline couverte de neige. La seule « hauteur » au milieu des Plaines… Les Shin'a'in ayant creusé en pente pour l'atteindre, la gueule du tunnel était à une certaine distance de la Tour. Ils avaient dressé leurs tentes rondes, brunes, blanches et noires, à son pied, au-dessus de l'entrée qu'ils avaient aménagée. Elles étaient si bien alignées qu'on eût dit une maquette, pas un vrai camp.

— Ho là ! s'écria Flammechant, alors que Florian gambadait pour éviter les boules de neige que lui lançait Karal. La lumière est vive. Attention au coup de soleil !

Renardargent se baissa pour esquiver un projectile lancé par le Karsite, puis s'élança, jurant de se venger, sous le regard indulgent de l'Adepte.

— Alors ? dit Flammechant tandis que Karal et le *kestra'chern* s'abritaient derrière des congères et se bombardaient. Que t'ont dit les Avatars ?

An'desha écarquilla les yeux et le Tayledras gloussa.

— Après les avoir vus, tu as toujours cette sorte

d'aura tranquille. Elle n'est pas très visible, sauf si on sait la reconnaître. Alors ? Raconte.

— Eh bien, rien n'a vraiment changé. Nous avons réussi à gagner un peu de temps, mais en dehors de la zone que nous protégeons, les tempêtes continuent à faire rage. Un jour ou l'autre, nous serons au pied du mur.

Flammechant hocha la tête, pas vraiment surpris.

— Et alors… quoi ? Un second Cataclysme ? Après tout, c'est dans l'ordre des choses.

— Peut-être. Même les Avatars ne sont sûrs de rien. (An'desha soupira.) Si la Déesse a la moindre idée, elle ne dit rien. Si tu veux mon avis, les dieux font ce qu'ils font toujours : jusqu'à ce que toute vie soit menacée, ils feront en sorte que nous ayons les outils et les informations nécessaires pour trouver nos propres solutions.

« Les Avatars pensent que les choses que nous trouvons dans la Tour nous aideront, mais…

— Mais il n'y a pas d'« avenir » clair, résuma Flammechant, étonnamment philosophe. Je suis déterminé à tenir ça pour une chance. Une fois n'est pas coutume, personne n'exige que je suive une empreinte préétablie sur la piste du temps. Nous allons créer notre propre futur, An'desha, et rien ne pourra lui faire suivre une route prédéfinie par les dieux. Il y a de quoi en tirer une certaine satisfaction, tu sais.

— Je suppose, répondit le Shin'a'in.

Il en aurait volontiers dit plus, mais Renardargent désigna soudain le nord.

— Regardez ! s'exclama-t-il, joyeux. Des griffons ! Oui ! Ils portent une nacelle ! Ce doit être Tarrn !

An'desha mit une main en visière et dut plisser les yeux avant de voir quelque chose : quatre paires d'ailes, autour d'une forme ronde. Renardargent devait avoir raison !

— Venez ! dit le *kestra'chern*. Allons à leur rencontre !

Il partit en courant. Florian bondit et atterrit, les pattes déjà pliées, à côté de Karal, qui monta sur son dos. Ils dépassèrent très vite Renardargent, au grand amusement d'An'desha et de Flammechant.

— Nous les suivons ? demanda ce dernier.

— C'est la moindre des politesses. Les Shin'a'in ont dégagé la route entre ici et leur camp. Ne pas en profiter serait une honte.

Ils suivirent donc Renardargent, mais à une allure plus modérée. Quand ils arrivèrent, les griffons et leurs passagers avaient déjà été conduits à l'intérieur d'une tente — la seule qui fût assez grande pour les accueillir. Des Kal'enedral vêtus de noir hochèrent la tête quand Flammechant les salua de la main, puis ils retournèrent à leurs occupations. An'desha écarta le rabat de la tente. Le mage et lui entrèrent, veillant à ne pas faire pénétrer trop d'air froid.

Il fallut un certain temps au jeune mage pour s'accoutumer à la pénombre. Immobile, il attendit, écoutant les voix d'une demi-douzaine de créatures qui parlaient toutes à la fois.

Enfin, il regarda autour de lui. Comme il s'y attendait, il ne reconnut aucun des griffons. Ils étaient installés d'un côté de la tente, et il ne fut pas surpris de les voir manger — ou plutôt dévorer. Ils devaient récupérer du stress d'avoir dû porter des passagers, mais aussi du froid.

Karal conversait avec eux, les aidant à l'occasion, car l'espace était un peu restreint. Renardargent était engagé dans un vif dialogue avec un kyree.

L'étrange créature, dont la tête et la fourrure rappelaient un loup et le corps un félin, avait la taille d'un veau. L'expérience d'An'desha, au sujet des kyrees, lui appartenait, pas à Fléaufaucon ou à une autre incarnation de Ma'ar. Il s'était souvent entretenu avec Rris, le représentant des kyrees à la cour de Valdemar. Dans quelques années, celui-là ressemblerait sans doute au vieux sage au museau blanc et à la tête hérissée de poils gris. Il semblait fatigué, mais d'excellente humeur et bavardait avec le *kestra'chern* comme s'ils étaient de vieux amis — ce qui était sans doute le cas.

Pour être plus précis, *Renardargent* bavardait. Le kyree, qui pouvait seulement parler par l'esprit, communiquait à sa manière.

Jusqu'à ce que Tarrn décide de « communiquer » sur un mode « public », nul ne l'entendrait, à part son interlocuteur.

Un hertasi était arrivé avec lui, si bien enroulé dans des couvertures kaled'a'in aux couleurs vives qu'il ressemblait à un patchwork. Le pauvre était pratiquement assis sur un brasero. Les hertasis souffraient du froid. Bien qu'étant des créatures au sang chaud, ils étaient incapables de contrôler efficacement leur température. Les avis divergeaient : certains pensaient qu'ils avaient été créés par Urtho, d'autres qu'ils étaient le produit accidentel d'une expérience magique. Quoi qu'il en fût, leur physiologie avait certains défauts. Les hertasis gelaient rapidement ou hibernaient. Aucune épaisseur de tissu ne pouvait empêcher cela, d'où le brasero et les mesures prises par les Kaled'a'in — quelles qu'elles soient. Du petit lézard, on apercevait uniquement le bout du museau et les yeux joyeux qui brillaient sous son capuchon.

An'desha voyait très bien Tarrn, moins emmitouflé que son ami, et il connaissait la morphologie des kyrees grâce à Rris. En revanche, il n'avait jamais pu observer un hertasi, même si quelques-uns avaient accompagné la délégation kaled'a'in à Valdemar. Logiquement, les deux races avaient évité comme la peste les incarnations de Ma'ar.

À cet instant le hertasi parla. Ceux qui étaient associés aux Kaled'a'in s'exprimaient plus souvent à voix haute, contrairement à leurs cousins des Vallées tayledras.

— Je crois avoir suffisamment dégelé pour courir jusqu'à la Tour, dit-il de sa voix haut perchée et légèrement sifflante.

Excellent, Lyam, répondit le kyree. Nos bagages y sont déjà. *Si nous courons, tu ne devrais pas avoir le temps de te refroidir.*

— Florian dit qu'il serait ravi de transporter Lyam, s'il croit pouvoir tenir sur son dos, proposa Karal. Il l'amènera à l'entrée du tunnel plus vite qu'il n'y serait à pied. (Il se tourna vers le hertasi, hésitant un peu à s'adresser à une créature si étrange.) Le pas d'un Compagnon est très sûr et aucun n'a jamais fait tomber son cavalier.

— Je n'ai jamais monté un Compagnon, mais si j'ai pu voyager de Griffon Blanc jusqu'ici sans perdre un membre, je devrais y arriver, répondit Lyam. Je ferais n'importe quoi pour ne pas devoir patauger dans la neige !

— Nous allons passer la nuit ici, dit un des griffons. C'est très confortable, et nous n'avons pas envie d'aller sous terre, même pour voir la Tour !

Les autres acquiescèrent vigoureusement.

— Il est merveilleux de découvrir le théâtre des prouesses du grand Skandranon, mais ramper sous terre… non, merci, renchérit un griffon. J'ignore comment Treyvan et Hydona ont pu le supporter !

Le kyree ne haussa pas les épaules — mais il en donna clairement l'impression.

À *votre aise. Vous devrez vous contenter de ma description.*

— Ce sera comme si nous y avions été, trancha le premier griffon. Je volerai dans le ciel que Skandranon a sillonné, et ça me suffit.

Tarrn se leva et se secoua.

Un sprint, donc, et nous irons où nul kyree ou hertasi n'a mis les pieds depuis des milliers d'années !

Cette perspective semblait le rajeunir de plusieurs décennies.

Eh bien, mes amis, allons-y, au galop !

Flammechant avait connu beaucoup de kyrees et de hertasis. Il fut donc instantanément à l'aise avec les deux nouveaux venus. Tarrn faisait montre de toute la chaleur et la sagesse d'Irrl, un de ses professeurs, et Lyam avait plus de présence que ses timides cousins des Vallées. Même si Flammechant adorait être dorloté par ses petits serviteurs, leur timidité l'avait bien souvent irrité. Quelqu'un avait suggéré un jour que leur comportement venait du traumatisme qu'ils avaient subi au cours du Cataclysme. Cela l'inquiétait beaucoup. Si c'était vrai, comment réagiraient-ils à un second ?

Ils s'en sortiront. C'est ce qu'ils font le mieux, même si j'ignore comment ils s'y prennent.

Les kyrees et les hertasis vivaient respectivement dans des grottes et des terriers. Logiquement, Tarrn et Lyam se sentirent aussitôt chez eux dans la Tour.

Ils s'installèrent dans la chambre que partageaient déjà Karal et An'desha. S'ils n'avaient pas encore défait leurs bagages, les Shin'a'in leur avaient apporté des lits. L'un et l'autre voyageaient beaucoup plus léger que l'Adepte ne s'y attendait. Leurs bagages se composaient surtout de matériel d'écriture — des livres à la couverture imperméable et aux pages résistantes, enfermés dans des boîtes protectrices, et une encre qui ne se dissolvait plus une fois sèche, même si on l'aspergeait de liquide. Tarrn était historien. Pas un historien de la tradition de son peuple, comme Rris, mais quelqu'un dans le genre des Chroniqueurs de Valdemar, qui notait les événements marquants de son temps. Il les racontait, puis il les interprétait sous forme de commentaires séparés. Le kyree était très pointilleux dans son travail. Il aurait préféré qu'on lui rase la queue jusqu'à ce qu'elle ressemble à celle d'un rat, plutôt que de se permettre d'ajouter *une* interprétation personnelle dans ses Chroniques.

En réalité, Tarrn dictait. N'ayant pas de main, il ne pouvait pas écrire, et Lyam lui prêtait les siennes. Le hertasi était le troisième secrétaire du kyree, et leur relation semblait fondée sur une affection et un respect mutuels. Normalement, c'était Lyam qui s'occupait de Tarrn. Le hertasi ayant mal supporté le voyage, le kyree veillait sur lui.

Lyam avait besoin de chaleur et Karal proposa de prendre soin de lui. Flammechant devina pourquoi : au fond de lui, le Karsite était toujours un simple secrétaire. Il avait donc de la sympathie pour le hertasi.

Bien. Ils sont tous les deux étrangers. Chacun devrait se réjouir d'avoir un ami qui partage ses intérêts…

En revanche, Tarrn, prêt à se mettre au travail, s'était entretenu avec Renardargent tout au long du trajet jusqu'à la Tour. Flammechant ignorait d'où il tirait son énergie.

Il s'avança vers l'Adepte, le *kestra'chern* sur les talons, dès que Karal eut emmené Lyam pour l'envelopper d'une couverture et lui donner quelque chose de chaud à boire.

— Flammechant, Tarrn voudrait te parler en privé avant que nous nous mettions à l'ouvrage, fit Renardargent, perplexe. Il a quelque chose pour toi, et il ne veut pas me dire quoi.

Tarrn acquiesça quand l'Adepte se tourna vers lui.

Effectivement, Flammechant k'Treva, dit-il, courtois. *Voudriez-vous me suivre jusqu'à l'endroit où sont entreposés nos bagages ?*

— Certainement, répondit Flammechant avec la

même courtoisie. Préféreriez-vous que je vous parle par l'esprit ?

Ce ne sera pas nécessaire, mais merci de l'avoir proposé. S'il ne s'agit pas d'un secret, j'ai promis de ne rien dire à quiconque avant d'avoir rempli ma mission.

— Oh ?

De plus en plus étrange. Pourquoi un des Kaled'a'in de la Vallée *k'leshya* lui aurait-il envoyé quelque chose ?

Tarrn s'arrêta près des bagages.

Si vous voulez bien retirer les trois sacs de vêtements de Lyam… (Il les désigna d'une patte griffue.) *… vous trouverez ce que je vous ai apporté. C'est un objet long, fin et enveloppé de lainage bleu.*

Flammechant s'exécuta et trouva le paquet…

… Qui lui parla par l'esprit !

Salut, mon garçon !

Cette voix féminine grinçante lui était *très* familière, même s'il ne s'attendait pas à l'entendre.

— Besoin ? haleta l'Adepte en déballant l'épée.

Lyam avait dû l'envelopper. Seuls un hertasi ou un *kestra'chern* faisaient des nœuds aussi compliqués. Il réussit enfin à les défaire, et l'antique épée magique apparut, exactement telle qu'il l'avait vue pour la dernière fois. Elle était alors accrochée au ceinturon de Nyara, la « fille » de Fléaufaucon. Le Héraut Skif et elle partaient pour la Vallée k'Leshya, afin de représenter Valdemar auprès des Kaled'a'in et des Tayledras.

— Besoin, que fais-tu ici ? demanda Flammechant, aussi surpris que lorsqu'il avait été enlevé par Vanyel.

Nyara n'a plus besoin de moi, répondit l'épée. *Il n'y a rien, à k'Leshya, dont Skif, elle et les Kaled'a'in ne puissent s'occuper. Toi, tu affrontes une magie très ancienne. Je suis une relique de cette époque et je me rappelle encore beaucoup de choses. Je t'ai déjà aidé, et j'espère pouvoir recommencer.*

Flammechant tint Besoin à deux mains et la regarda fixement. Il était déconcertant de parler par l'esprit avec ce qui aurait dû être un objet inanimé. Une épée n'avait pas de visage et il était difficile de dire si *elle* voyait ses expressions.

Il y a là-dedans quelque chose que je ne comprends pas encore tout à fait, pensa l'Adepte.

— Je me demande si tu n'as pas une idée derrière la tête, dit-il enfin. Pourquoi tiens-tu tellement à nous aider ? Tu ne t'es jamais mise entre les mains d'un homme.

Disons que je ne l'ai jamais fait délibérément, mais c'est déjà arrivé, et il s'agissait généralement de jeunes garçons qui aimaient autant les hommes que mes « filles », gloussa Besoin.

Ça n'était pas toute la vérité, Flammechant le sentait.

Essaie encore, dit-il d'un ton sévère. *Tu éludes ma question…*

Si une épée avait pu soupirer, Besoin ne s'en serait pas privée.

Très bien. Je pourrais te laisser le deviner, mais gagnons du temps. Les tempêtes perturbent la magie, et même si vous avez réussi à contenir leurs effets, ça ne durera pas. Je suis une créature magique. Jusque-là, j'ai réussi à m'accrocher, mais à la prochaine tempête, je pourrais perdre… et alors, j'ignore ce qui arrivera. (Elle marqua une pause.) *Dans le pire des cas, je fondrai comme un vulgaire morceau de métal. Dans le meilleur, la magie disparaîtra et il ne restera plus qu'une banale épée.*

Il n'avait jamais pensé que Besoin pouvait être affectée par les tempêtes. Elle lui avait toujours semblé si intouchable. Oui, il n'avait pas imaginé une seconde qu'elle pouvait être en danger.

Ce qui l'ennuya beaucoup.

Je ne te promets rien, dit Flammechant. *J'ignore si nous survivrons pour voir ce qui arrivera…*

Il fut surpris d'entendre l'épée éclater de rire.

Tu crois que je ne le sais pas ? Si je dois disparaître, je ne veux pas que la petite Nyara voie ça. Elle a eu assez de malheurs, alors, pas question qu'elle perde un professeur et une vieille amie de cette manière. Et si je dois partir, autant que ce soit en accomplissant quelque chose. Comment pourrais-je ne pas vouloir participer à ce que vous faites ? C'est compliqué, dangereux… Bref, totalement irrésistible !

— Si tu le dis, fit Flammechant à voix haute.

Il accrocha l'épée dans son dos, car elle devait être en contact physique avec lui pour voir et entendre. Sans cela, elle devait fournir de gros efforts pour percevoir les choses — et encore, faiblement. N'ayant pas l'habitude de porter une arme, il se sentit bizarre avec la lame entre ses omoplates, à la manière tayledras.

— An'desha sera sans doute heureux de te voir, mais il faudra expliquer ta présence aux autres. Ils ignorent ton existence.

Et les dieux seuls savent ce qu'en penseront les Shin'a'in…

Oui, Kethry avait porté cette arme, et Kerowyn après elle… Mais cela ferait une créature magique de plus au cœur des Plaines. Combien en accepteraient-ils encore ?

Je meurs d'impatience, répondit Besoin avec moins d'ironie qu'il ne s'y attendait. *C'est amusant, la réaction des gens, la première fois que je leur parle.*

Amusant ? Oh, dieux !

Flammechant contint son irritation. La situation était déjà si compliquée… Mais Besoin n'exagérait pas au sujet de ses compétences. Elle connaissait l'ancienne magie mieux que quiconque, y compris An'desha.

Cela pouvait se révéler décisif. Car c'était peut-être une connaissance oubliée depuis longtemps qui leur fournirait la solution du problème. Besoin était un mage puissant — l'équivalent d'une Adepte, sinon elle n'aurait jamais pu lier son âme humaine à une lame d'acier. Flammechant, An'desha et Sejanes étaient les seuls véritables mages. Avec elle, ils seraient désormais quatre…

Et si les tempêtes la submergent et qu'elle se dissout dans les flammes, étant entourés d'armes toutes plus puissantes les unes que les autres, nous ne sentirons pas la différence.

Cela dit, supporter le caractère irascible de Besoin n'allait pas être facile. Il se massa les tempes, sentant monter une migraine.

Elle parle par l'esprit, alors Tarrn devrait s'entendre avec elle. Quand il ne traduira pas pour nous, son statut d'historien devrait la fasciner.

Il l'espérait, car sinon il deviendrait le porteur permanent de Besoin, qui ne lui laisserait pas le choix. Dans cette enclave masculine, il était sans doute le candidat le plus acceptable, puisque les Compagnons femelles qui les avaient amenés étaient reparties.

— Bien, finissons-en aussitôt, dit-il, voyant que Tarrn le regardait. Je présume, messire, que vous avez fait la connaissance de mon amie de métal ?

Oui, et j'espère qu'elle continuera à partager ses souvenirs avec moi, quand nos emplois du temps nous le permettront, répondit le kyree, rassurant Flammechant.

Au moins, il n'aurait pas à supporter la présence de Besoin en permanence.

— La plupart de mes compagnons ignorent son existence. Allons la leur présenter avant qu'elle ne surprenne l'un d'eux et lui fasse faire des bêtises.

Besoin n'émit aucun commentaire. Était-elle d'accord

avec lui, ou se sentait-elle insultée et planifiait-elle sa vengeance ?

Excellente idée, répondit Tarrn.

Flammechant entra dans la salle centrale, s'éclaircit la gorge et annonça :

— Excusez-moi, mes amis, mais quelque chose… d'inattendu… est arrivé, et il est normal que vous soyez au courant.

Il obtint instantanément l'attention de tous ceux qui parlaient valdemarien. Quant aux Shin'a'in, ils suivirent le mouvement par pure curiosité.

Renardargent fut le premier à arriver et le regarda comme s'il lui était poussé une queue.

— Que fiches-tu avec une épée ? demanda-t-il, incrédule.

Flammechant tira Besoin de son fourreau, au cas où le cuir l'empêcherait de parler par l'esprit, et la tint devant lui, posée sur ses paumes.

— C'est de ça que je veux vous parler, dit-il en rougissant un peu. Notre groupe ne s'est pas enrichi de deux, mais de *trois* personnes. Je vous présente Besoin.

— Besoin ! (An'desha parut heureux de revoir l'épée.) Que fais-tu ici ?

L'expression de Flammechant devait être un peu amère, car An'desha éclata de rire.

— Comme ça, elle t'a choisi ? (Il baissa les yeux sur la lame.) Flammechant est bien trop sûr de son savoir, Besoin. Je suppose que tu sauras lui apprendre qu'il y a d'autres personnes, ici, aussi calées dans leurs domaines que lui dans le sien. Mais je t'avertis : les robes ne lui vont pas.

Ne sois pas si dur avec lui, mon garçon, répondit l'arme, amusée. *Laisse ça à une experte. J'ai beaucoup d'expérience dans ce domaine*.

Tous les autres s'étaient rassemblés autour de

Flammechant et regardaient l'épée avec une fascination mêlée d'étonnement.

— Qu'est-ce que c'est ? demanda Sejanes.

— Est-il possible que ce soit la célèbre épée appelée Besoin, celle que portait l'ancêtre du Clan Tale'sedrin ? demanda Lo'isha. (Les autres Shin'a'in se regroupèrent derrière lui.) Celle que maniait notre sœur de Clan Kerowyn ?

— La seule et l'unique, grogna Flammechant. Pour vous répondre, Sejanes, Besoin est une épée magique qui contient l'âme de la femme qui l'a forgée. Elle est incroyablement ancienne. Tarrn ou elle pourraient sans doute vous dire pourquoi elle a fait une chose si stupide…

Pas stupide. Imprudente, sans doute, et manquant considérablement de sagesse, mais, à l'époque, je n'avais pas d'autre choix. Bien sûr, j'aurais pu croiser les bras et ne rien faire, mais ça n'est pas dans ma nature.

Ceux qui ne connaissaient pas l'arme écarquillèrent les yeux en l'entendant parler.

— Elle est antérieure aux Guerres Magiques et au Cataclysme, pour autant qu'on le sache. Ça fait d'elle une experte en ancienne magie… (Flammechant nota que le regard d'An'desha était voilé. Sans doute s'entretenait-il en privé avec Besoin.) Elle s'est portée volontaire pour nous aider, puisque sa dernière « élève » n'a plus besoin d'elle.

Maître Levy se frotta le menton d'une main et posa un regard spéculateur sur l'épée.

— Qu'arrivera-t-il quand les tempêtes nous submergeront ? Si cette arme est magique…

Eh bien, ou je réussirai à me protéger derrière des boucliers, ce dont je doute, ou je partirai en douceur — voire d'une manière dramatique, répondit Besoin. *Ces tempêtes perturbent tant la magie que j'ignore si elles se contentent de la défaire. Mais ça arriverait, que je sois ici ou ailleurs, et je préfère partir en combattant. Comme je l'ai déjà dit, il n'est pas dans ma nature de rester les bras croisés.*

— Attendez ! protesta Sejanes, parlant directement à l'épée. Si vous êtes antérieure aux Guerres Magiques, comment y avez-vous survécu ?

Dans un coffre protégé par un bouclier, au fond d'un sanctuaire également défendu par un bouclier, et au cœur du Temple de Bestet, la Déesse de la Bataille, lui-même protégé par trois boucliers. Après le Cataclysme, les boucliers avaient disparu, et j'étais complètement vidée. Il m'a fallu des années pour me remettre. J'avais été reléguée à l'armurerie, car nul ne savait ce que je fichais au milieu des reliques de la Déesse. J'aurais peut-être dû être indignée...

Sejanes hocha la tête.

— Ces conditions seraient difficiles à reconstituer, de nos jours, observa-t-il. Il est surprenant que vous ayez été dans une telle situation, à l'époque.

La raison de ces boucliers était la guerre contre Ma'ar. Je ne connais aucun temple qui se protège encore ainsi. Pour être honnête, je n'en connais surtout aucun qui m'offrirait l'asile. Alors, je veux être utile. Peut-être survivrai-je...

— Craignez-vous beaucoup la mort ? demanda Karal.

De la lumière courut sur la lame.

Flammechant s'attendait à une réponse ironique. Il fut surpris par la sobriété du ton.

Non, petit. C'est plus compliqué que ça... Je ne veux pas disparaître sans me battre. Pas question d'attendre passivement la mort. Il est possible qu'elle soit violente, et si c'est le cas...

— ... Il vaut mieux qu'elle survienne ici, acheva Sejanes, faisant frissonner Flammechant. S'il y a un second Cataclysme, et que ses effets s'infiltrent dans cette Tour, votre départ ne sera rien comparé à la violence ainsi libérée.

De nouveau, de la lumière passa sur la lame.

Bien. Vous y avez déjà songé. (L'arme semblait soulagée.) *J'espérais ne pas devoir jouer les oiseaux de mauvais augure…*

Et moi, j'espérais que nous ne serions pas obligés d'y penser avant le moment fatal, grogna mentalement Flammechant.

— Non, tu es simplement celle qui nous y a fait penser un peu plus tôt que prévu, soupira-t-il.

C'était ma manière de te motiver, ricana l'arme.

Ceux qui n'avaient jamais rencontré Besoin voulant lui parler, Flammechant la laissa entre les mains d'An'desha, même s'il y avait peu de chances qu'elle change d'avis.

Surpris, il vit Karal se détacher du groupe et approcher de lui.

— Je sais qu'il ne va pas être facile pour toi d'avoir Besoin *sur le* dos en permanence, dit-il. J'ai eu des professeurs dans son genre. Excellents, mais pas faciles à vivre… Pour ce que ça vaut, tu as ma sympathie.

— Merci, Karal…

La dernière chose à laquelle s'attendait l'Adepte !

— J'essaie juste d'être… je ne sais pas. (Le Karsite eut un sourire en coin.) Crois-le ou non, je t'aime bien et je t'admire, Flammechant. Nous nous tapons parfois sur les nerfs, mais à qui ça n'arrive pas ?

« Je crois ne t'avoir jamais vraiment remercié de ce que tu as fait pour moi.

Flammechant rougit comme ça ne lui était pas arrivé depuis l'enfance.

— Oh, pitié ! répondit-il, à court de mots. Ne me remercie pas, nous…

Karal secoua la tête.

— Je sais ce que chacun d'entre vous a fait, et je ne

le mentionnerai plus, car ça te met mal à l'aise. Mais je veux que tu saches que j'ai apprécié — et que *tu es* apprécié. Et… eh bien, j'en ai assez dit.

Flammechant ne pouvant pas rougir davantage, Karal avait sans doute raison. Il fut soulagé de voir le Karsite rejoindre les autres.

Hum…

C'était Tarrn. Flammechant fut très heureux de l'entendre.

— Puis-je vous aider ? demanda-t-il au kyree, dont les yeux dorés brillaient d'amusement.

Ses poils blancs contrastaient avec la vivacité de son regard.

Puisque les autres sont occupés avec notre amie métallique, vous pourriez peut-être me montrer les notes que Renardargent et vous avez trouvées ? Si l'objet est bien ce que je crois, leur traduction ne posera pas de problème, et vous l'aurez en moins d'une demi-journée.

— Vraiment ?

Ce sera sans doute la seule traduction facile, précisa Tarrn. *Car nos griffons utilisent une version simplifiée de cet engin. Je suppose que celui-là permet de voir, en plus d'échanger des pensées.* (Il s'arrêta et secoua la tête.) *Mais je ferais mieux de l'examiner avant de passer pour un menteur.*

Flammechant alla chercher les documents et les disposa dans un coin de la salle. Le kyree et lui se penchèrent dessus pendant que Lyam prenait des notes. Il ne fallut pas longtemps à Tarrn pour confirmer son intuition. C'était effectivement une version améliorée de ce qu'il appelait un « téléson ».

Renardargent se joignit à eux. Peu après le dîner, ils comprirent comment faire fonctionner l'artefact *et* comment en fabriquer d'autres.

À condition d'avoir les pièces adéquates. Certains composants « ésotériques » devaient être préparés à l'avance, et Flammechant n'était pas sûr de les avoir vus au sous-sol. Le *kestra'chern* et l'historien pensaient que les Kaled'a'in pouvaient éventuellement les remplacer. Mais ça leur prendrait trop de temps pour être vraiment utile.

— Bien, contentons-nous d'activer les deux que nous avons, dit Flammechant. (Il s'assit sur les talons et s'assouplit le cou.) S'ils fonctionnent, nous pourrons communiquer avec Haven. Ensuite, nous essaierons d'en monter un troisième, pour bénéficier des ressources de Sunhame. Nous verrons alors s'il nous reste de quoi en fabriquer d'autres.

— Tu as raison, reconnut Renardargent. Je vais aller chercher un des appareils et l'installer ici. (Il regarda autour de lui.) Nous avons besoin d'une personne douée de parole par la pensée. Tarrn ?

Je suis partant, répondit le kyree. *Il nous faut aussi un mage pour l'activer. Sejanes ?*

— Je m'occupe de celui de l'atelier, déclara Flammechant en se levant.

Renardargent et lui descendirent, puis le *kestra'chern* remonta avec un des appareils. Les instructions étaient claires et relativement simples. Un enfant capable de magie et de magie de l'esprit aurait pu les suivre. Si Urtho n'avait jamais utilisé son invention, c'était parce que n'importe qui pouvait « écouter ». Ce défaut rendait ces artefacts inutiles en temps de guerre. Les notes d'Urtho étaient claires : Ma'ar avait à son service de nombreuses personnes douées de parole par la pensée.

Flammechant espérait que les conversations qui transitaient par le téléson ne s'infiltraient pas dans l'esprit de tous ceux qui possédaient ce don. Si c'était le cas, leur utilisation devrait être limitée. Maintenir des boucliers ordinaires était une chose, devoir en ériger de plus puissants pour bloquer des attaques verbales en était une autre. D'autant plus que ça ne serait pas à la portée des gens dont le don était « sauvage ».

Je ne veux pas rendre fous des malheureux en les forçant à écouter parler des étrangers.

Bien, il n'y avait qu'un moyen de le savoir.

S'il fallait de la magie pour activer l'artefact, son fonctionnement n'en nécessitait pas — et c'était aussi bien, avec les tempêtes. Le système amplifiait les émissions de parole par la pensée grâce aux résonances d'un ensemble de cristaux. Les deux interlocuteurs n'avaient pas besoin d'avoir le don. Un seul suffisait. Ainsi, maître Levy pourrait communiquer avec un de ses collègues par l'intermédiaire d'un Héraut, et un mage « doué » parler avec Sejanes, qui ne l'était pas.

Hum... Et si personne n'a besoin du téléson, le jeune Karal aura l'occasion de converser avec Natoli.

Cette idée lui plut. De temps en temps, il était pris du besoin irrépressible de jouer les marieurs. Ce serait la cour la plus étrange de l'histoire, mais si ça marchait...

Tu t'en soucieras quand tu auras réussi à faire fonctionner cet engin !

Un instant plus tard... l'artefact sembla fonctionner.

Il l'avait activé. Mais...

FLAMMECHANT ?

Si la voix avait été physique, elle l'aurait rendu sourd. Mentale, elle lui causa une terrible douleur.

— Aïe ! cria-t-il, les mains plaquées sur les oreilles, même si ça ne servait à rien.

Désolé.

Le volume était « normal », bien qu'il n'y ait pas vraiment de son.

C'est mieux ?

Il ne reconnut pas la voix mentale. De plus, elle était étrange, même s'il ignorait pourquoi.

Qui est-ce ? demanda-t-il sans « élever la voix ».

Sejanes. Une façon intéressante de parler...

Flammechant cligna des yeux pour s'éclaircir les idées et tenter de comprendre pourquoi la voix lui semblait étrange.

Les images mentales…

C'est ça ! se dit-il. *Il n'y a pas d'images mentales ! Pas d'émotion colorant les pensées ! Ce n'est pas comme la parole par l'esprit, mais très près d'un dialogue normal.*

Pour ceux qui n'étaient pas doués, et qui n'avaient pas l'habitude d'écarter les informations superflues, ce serait une bonne chose.

Je crois que nous avons deux prototypes en état de marche ! dit-il, joyeux.

Les autres partagèrent son allégresse.

Après s'être assurés que les deux appareils fonctionnaient conformément aux notes et que leurs composants étaient bien en place, ils décidèrent qu'ils avaient mérité un peu de répit.

Mais leurs compagnons, doués ou non, voulaient tous essayer les télésons. Les notes ne mentaient pas. Si un seul des deux opérateurs savait parler par l'esprit, le dialogue était dépourvu de toute fioriture émotionnelle. En revanche, si les deux l'étaient, les émotions entraient en scène, comme dans tout échange mental.

Au grand soulagement de Flammechant, tous les « doués » n'étaient pas contraints d'écouter les conversations — mais ils le pouvaient, s'ils le voulaient.

Parfait. Il serait sans doute bon d'avoir toujours au moins deux personnes de chaque côté, pour éviter les malentendus.

Suffisamment remis de ses derniers sauts, Altra insista pour emmener immédiatement le téléson à Haven.

Il m'est de plus en plus difficile de sauter, dit-il. *Pourquoi attendre ? Il sera plus facile de voyager avec un objet inanimé, mais « plus facile » ne signifie pas « simple ». Je veux en finir au plus vite !*

Personne n'ayant émis d'objection, Altra emporta le téléson, enveloppé dans des couvertures.

— Nous saurons bientôt si l'artefact fonctionne vraiment sur de longues distances, dit Sejanes, alors qu'ils se couchaient. Dans deux jours, il sera à Haven, et un Héraut essaiera de nous contacter.

Il se glissa dans son lit — le seul *vrai* lit, car il était trop vieux pour se relever d'une couche posée sur le sol.

— Ou l'un de nous pourra les contacter, renchérit Karal, avant de bâiller. (Florian s'était couché contre son dos, remplaçant Altra.) Vous savez, j'étais si excité, il y a deux heures, que je pensais être incapable de dormir, mais maintenant... (Il bâilla de nouveau, l'air perplexe.) ... je suis presque déçu.

Flammechant devina pourquoi.

— Eh bien, nous sommes tous fatigués — la journée a été longue — mais ce n'est pas tout...

L'Adepte attacha ses longs cheveux pour éviter qu'ils s'emmêlent pendant la nuit.

Permets à une vieille pessimiste de lui expliquer, intervint Besoin. *Ce n'est pas décevant, petit, mais ça ne correspond pas à ce que tu attendais. Nous avons un nouvel outil, rien de plus. S'il n'avait pas fonctionné, nous nous en serions passés. C'est ici que nous trouverons les réponses, si elles existent, mais le téléson n'est pas du nombre. Alors, tu as l'impression que sa contribution à notre mission restera mineure*.

— Ah, fit Karal. Je comprends. Nous ne sommes pas au bout de nos peines, mais au début. Bref, même pas au point de pouvoir nous féliciter... C'est un peu décevant, mais au moins nous n'avons pas dû rebrousser chemin.

— Exactement, dit Flammechant. Voilà pourquoi tu dois t'offrir une bonne nuit de sommeil. Nous aurons besoin de tout le monde, demain matin. (Il regarda Karal.) Surtout de toi. Lyam et toi, vous aurez tant de travail que vous souhaiterez être deux fois plus nombreux.

— Je serai content de me remettre à l'ouvrage, répondit le jeune Karsite avec un petit sourire.

Flammechant éteignit la lumière d'un mot de pouvoir, et il s'endormit très vite.

CHAPITRE V

Que disent les Shin'a'in ? se demanda Ventnoir en regardant le grand duc Tremane échafauder des plans en prévision de l'échec de toutes les contre-mesures prises jusqu'ici.

Ah, oui : « Le meilleur plan ne résiste jamais au premier engagement contre l'ennemi ». Comment l'Empire peut-il être aussi puissant, alors que ces gens planifient tout et n'importe quoi ?

Ils étaient assis dans les quartiers privés du grand duc, autour d'une table couverte de cartes et de documents.

— Qu'en pensez-vous ? demanda Tremane. Mes érudits n'ont pas pu découvrir plus d'informations au sujet du Cataclysme, et mes mages n'ont pas été capables de prédire les dégâts causés par les tempêtes.

Elspeth fit la grimace.

— Je crains de ne pas en savoir plus que vous.

Elle regarda Ventnoir, qui haussa les épaules.

— Je connais seulement la tradition orale de mon peuple. Les effets du Cataclysme avaient de quoi impressionner. Toute magie était impossible, du Mur de Glace, au nord, jusqu'à la frontière de l'Empire Haighlei, au sud, et à une distance égale, à l'est et à l'ouest, des deux forteresses — aujourd'hui le lac Evendim et les Plaines de Dhorisha. J'ignore si des boucliers résistèrent au Cataclysme, mais je dois admettre qu'il n'y avait aucun grand mage parmi le groupe de Kaled'a'in dont descendent les miens.

— Donc, pas un bouclier ne subsistera ? insista Tremane en jouant nerveusement avec un crayon.

Cet homme payerait n'importe quel prix pour retrouver le contrôle de sa variante de magie !

Maintenant que cette région d'Hardorn était plus ou moins protégée des tempêtes, Tremane avait ordonné qu'on utilise judicieusement la magie pour suppléer à l'absence de certaines ressources. Le manoir et les casernes étaient chauffés et éclairés grâce à la magie. La moitié du temps, leurs repas étaient cuits sur des fourneaux magiques. Cela améliorait les conditions de vie, surtout dans les casernes, jusque-là très sombres. Mais Ventnoir et Elspeth devinaient que Tremane aurait voulu pouvoir utiliser son pouvoir comme il l'avait toujours fait. Hélas, c'était impossible. D'une part, l'énergie était à un très bas niveau, puisque Ancar l'avait drainée partout dans son royaume. Il en restait assez pour les feux et les lampes… Mais pas pour des choses compliquées, comme la vision à distance ou la création d'un mur magique pour repousser les monstres. D'autre part, si les effets des tempêtes étaient amortis, Hardorn les subissait toujours, et même un peu plus violemment à chaque nouvel assaut.

— Je l'ignore, répondit enfin Ventnoir. Il faudrait poser la question aux k'Leshya, et il est difficile de les contacter en ce moment.

Il remarqua l'air absent d'Elspeth — elle communiquait avec son Compagnon — et attendit qu'elle prenne la parole. Tremane oubliait sans cesse que Gwena assistait aux conversations en pensée, même si elle n'était pas présente à leur table. Elle n'allait pas laisser passer une chance de le lui rappeler !

— Gwena dit qu'elle peut relayer la question par le biais de Cymry, le Compagnon de Skif, qui est dans la Vallée k'leshya, et avoir une réponse dans deux jours, annonça Elspeth.

Voyant des petites rides aux coins de ses yeux, Ventnoir sut qu'elle se retenait de rire. Gwena avait dû se plaindre de la mémoire défaillante de Tremane, mais ils étaient en mission diplomatique, et ce n'était pas le genre de reproches à faire à leur hôte.

— Un de leurs mages devrait la connaître. Et si ce n'est pas le cas, elle se propose de questionner An'desha, à la Tour, par le biais de Florian.

Tous les Compagnons n'avaient pas la faculté de communiquer sur de si longues distances. Ventnoir estimait qu'il y en avait seulement deux : Gwena et Rolan, le Compagnon du Héraut de la Reine. Ils étaient spéciaux — « nés du Bosquet » — et avaient des pouvoirs particuliers. Dans l'histoire de Valdemar, il y avait toujours eu, pour une époque donnée, un seul Compagnon né dans ces conditions. Mais s'il existait un moment où un second se révélait nécessaire, c'était bien celui qu'ils vivaient.

Tremane se mordilla les lèvres et se passa une main dans les cheveux.

— Si les armes de la Tour sont toujours intactes, ça signifie que des boucliers ont tenu, non ? Elle devait en avoir de très puissants.

— À moins que les choses placées au cœur du Cataclysme ne bénéficient d'une protection naturelle, comme dans l'œil d'un cyclone, rappela Elspeth en enroulant autour de son index une mèche de cheveux châtains striée de gris. Je ne compterais pas là-dessus. Ni sur notre capacité, seuls ou ensemble, à dupliquer les boucliers créés par les mages de cette époque. Ils étaient capables de créer des êtres *vivants* — griffons, basilics, wyrsas… J'ignore si un mage d'aujourd'hui le pourrait.

Ventnoir s'éclaircit la gorge.

— Pour en revenir à votre question… Après le Cataclysme, les flux magiques ont complètement changé. Nous devons supposer qu'il se passera bientôt la même chose. Quant au monde physique… Eh bien, les Frères du Faucon continuent à réparer les dégâts provoqués par les tempêtes d'origine. Si vous trouvez terribles les monstres que vous avez vus, attendez qu'ils soient des centaines, voire des milliers, ou que leur nombre excède celui des créatures normales.

Ventnoir pianota un moment sur la table, le temps de faire quelques calculs.

— Pour vous donner une idée, il nous a fallu deux mille ans pour purifier un territoire qui fait à peu près la moitié de la superficie de votre Empire.

— Alors, que suggérez-vous ? demanda Tremane.

Elspeth et Ventnoir échangèrent un autre regard.

— Si nos amis de la Tour, échouent, répondit Ventnoir, prévenez autant de monde que vous le pourrez, érigez tous les boucliers et les abris possibles — en sachant qu'ils ne tiendront pas — et serrez les dents. Puis échafaudez vos plans *après* avoir vu les dégâts.

Le grand duc fit la grimace, mais n'émit pas de commentaires.

— Duc Tremane, dit Elspeth, compatissante, je sais que c'est difficile pour vous. Au moins, vous êtes à la tête d'un pays pauvre en énergie magique, et qui n'en a jamais dépendu. La plupart des constructions tiendront. Les poêles continueront de chauffer vos habitations et les bougies de les éclairer. Vous cuisinerez dans des fours normaux, comme cela s'est toujours fait. Hardorn est prêt à tout, sauf aux effets que l'Ultime Tempête aura sur le monde physique. Mais vous pouvez vous y préparer en connaissant ceux du Cataclysme d'origine.

— Je sais… Je sais aussi que l'Empire n'aura pas autant de chance. Il s'écroulait déjà au moment où j'ai proprement vidé un entrepôt. Les hommes n'avaient pas entendu parler de leurs supérieurs depuis des semaines, et maintenant… Je ne peux pas imaginer le chaos qui règne là-bas. Les choses étaient déjà difficiles pour nous avant. Mon seul réconfort était de croire qu'elles ne pouvaient pas s'aggraver. J'avais tort. Et aujourd'hui je dois tirer des plans en conséquence.

Elspeth secoua la tête.

— Non, Tremane. Vous pouvez avertir les gens de ce qui les attend. Et mettre en place des systèmes de communication pour vous informer une fois que le pire sera là. Les tours de signalisation, par exemple. Elles sont presque aussi efficaces que des Compagnons. Une de vos priorités devrait être de vous assurer qu'elles sont tenues par des personnes compétentes. Une autre, d'en faire construire davantage. Si chaque village avait sa tour, comme chaque hameau valdemarien a accès à un Héraut, vous pourriez aider les gens avant que leur messager ait pu se présenter devant vous.

Ventnoir acquiesça.

— N'organisez rien en fonction d'événements spécifiques. Ce serait une perte de temps.

— Vous me conseillez donc une grande souplesse d'esprit ? (Tremane réfléchit, puis hocha la tête.) Je vois… (Il soupira.) Prévoir des moyens de communication et véhiculer l'information tant qu'il en est encore temps. C'est bien, tant que les points sensibles sont dans des zones habitées. Dans le cas contraire, nous risquons de découvrir soudain un nid de créatures qui massacreraient une ville entière avant que nous nous en rendions compte…

Il se massa le front. Ventnoir vit de la douleur passer dans son regard.

— S'il y avait un moyen de surveiller la terre ! Avant, j'en chargeais mes mages. Je donnerais n'importe quoi pour que ce soit encore possible.

Ventnoir et Elspeth se regardèrent.

Qu'en penses-tu ? Si ça n'est pas une ouverture...

Si nous parvenons à lui faire croire au sens de la terre, répondit la jeune femme avec un certain pessimisme. *Mais tu as raison. C'est une ouverture idéale.*

Toi, ou moi ? demanda Ventnoir.

Moi d'abord. Je suis la fille d'une reine, un Héraut et l'experte locale en magie de l'esprit. On s'attend à ce que je sache de quoi je parle. Si tu as quelque chose à ajouter, interromps-moi quand tu voudras.

Ventnoir croisa les mains sur la table pendant qu'elle s'éclaircissait la gorge.

— Tremane, j'ai peut-être la solution à ce problème. Bizarrement, ça fait partie de la proposition que les Hardorniens extérieurs à votre domaine m'ont demandé de vous faire. (Elle eut un sourire d'excuse.) Vous deviez vous attendre à ce que les loyalistes nous prient de les représenter, au même titre que l'Alliance. Nous leur avons promis de transmettre leur offre dès la première occasion, et rien de plus. Cela nous a semblé sans conséquence.

Le grand duc releva la tête, soupçonneux.

— Une proposition ? Quel genre de proposition ?

Elspeth se mordilla les lèvres et baissa les yeux sur ses mains. Pas des mains de princesse élevée dans du coton. Ventnoir pensait que Tremane l'avait remarqué.

— Une offre intéressante. Il semble qu'ils vous aient observé, et que vous les ayez impressionnés. Dans certaines circonstances, ils ne seraient pas mécontents de faire la paix avec vous. Et ils vous proposeraient la couronne d'Hardorn.

On eût dit qu'Elspeth avait flanqué un coup derrière la tête du duc. La première fois qu'il manifestait de la surprise.

— La *couronne* ? Ils veulent faire de moi leur *roi* ? Et les héritiers de leur lignée royale ?

— Il n'y en a plus, répondit Ventnoir. Ancar y a veillé. Il a éliminé les hommes, les femmes, les enfants et même les bébés. Aujourd'hui, vous avez autant droit au trône que n'importe quel Hardornien...

Nous avons appris tout ça lors de notre dernière visite, mais mieux vaut ne pas le mentionner.

Tremane ne pâlit pas, mais il paraissait bouleversé.

— Moi qui croyais que l'Empire n'avait pas d'égal en matière d'intrigues et de tueries, murmura-t-il. (Puis il cligna des yeux et se reprit.) Quelles sont les « circonstances » dont vous avez parlé ? Et comment devenir roi pourrait-il m'*informer* ?

— Je vais vous demander de faire preuve d'imagination, répondit Elspeth. Vous savez que la magie de l'esprit existe, car nous l'utilisons devant vous depuis notre arrivée.

Tremane acquiesça avec une certaine hésitation.

— Vos Guérisseurs utilisent une magie qui lui ressemble, mais qui n'est *pas* de la magie de l'esprit. Et vous savez que ni l'une ni l'autre ne sont affectées par les tempêtes, contrairement à ce que nous, à Valdemar, appelons la vraie magie.

— Jusqu'ici, je vous suis, fit Tremane.

— Eh bien, pour autant qu'on le sache, il existe une autre forme de magie. Elle ressemble aux deux autres, pourtant, elle est différente, car consacrée à préserver la santé de la nature. Celle qu'utilisent les sorciers de la terre. Ces gens, m'a-t-on dit, font référence à leurs pouvoirs en l'appelant magie de la terre. Pour eux, ce que vous, Ventnoir et moi utilisons est de la « haute magie ».

Bien. À présent, parle-lui des Adeptes Guérisseurs

tayledras pendant que je réfléchis à un moyen d'introduire dans la conversation le rituel de connexion avec la terre.

Ventnoir hocha imperceptiblement la tête.

— Les Tayledras ont des Adeptes spécialisés, appelés des Adeptes Guérisseurs. Ils ont la faculté de sentir les zones empoisonnées par une magie néfaste et de les « soigner ». Si vous avez besoin de preuves, demandez-vous comment nous avons pu guérir un si vaste territoire, après le Cataclysme. La faculté spéciale qui a rendu ça possible — Elspeth appellerait ça un don — est ce que nous appelons le « sens de la terre ».

— Les Adeptes Guérisseurs tayledras et les sorciers de la terre ne sont pas les seuls à l'utiliser, dit Elspeth. Le roi du Rethwellan et mon beau-père le prince Daren ont tous deux le sens de la terre. Apparemment, ce don est héréditaire dans la lignée royale rethwellane. Les souverains n'en ont pas eu besoin depuis des générations, mais il reste utile. Daren n'avait pas été rituellement connecté à la terre hardornienne. Pourtant, il a senti qu'Ancar l'avait malmenée, quand il est venu en aide à Valdemar pour le combattre. Un atout tactique, car, grâce à ce don, nous avons su d'où Ancar tirait ses pouvoirs.

Tremane acquiesça.

Comme Ventnoir l'avait espéré, il avait retenu la phrase clé :

— Que signifie « rituellement connecté à la terre » ?

— Les monarques du Rethwellan — et, je présume, d'Hardorn — participent à un rituel très ancien connu sous le nom de *connexion à la terre*, répondit Elspeth. Comme ce genre de rituel n'existe pas à Valdemar, je ne peux pas vous dire en quoi il consiste. Mais une fois qu'il est accompli, le roi sent les changements et les blessures de sa terre. Évidemment, Ancar n'a pas consenti à ce rituel, sinon il n'aurait jamais pu ravager ainsi son propre royaume. Comme c'est le cas au

Rethwellan, ce rituel, en Hardorn, fait sûrement partie des cérémonies secrètes qui ont lieu *avant* le couronnement public. Ancar s'est couronné lui-même, sans s'embarrasser des traditions, alors… (Elle haussa les épaules.) Selon mon beau-père, ce rituel éveille le don chez ceux qui possèdent le sens de la terre à l'état latent.

— Les Hardorniens ont retrouvé des prêtres des anciennes traditions qui maîtrisent ce rituel, précisa Ventnoir quand, du regard, Elspeth le pria de prendre le relais. Ils peuvent vous tester. Si vous avez le sens de la terre, même latent, vous monterez sur le trône. À condition de participer au rituel, qui ferait de vous un monarque *sûr*, car vous seriez incapable de blesser, d'abuser ou de maltraiter la terre comme l'a fait Ancar.

— Parce que je sentirais dans ma chair les souffrances que je lui infligerais ?

Tremane leva un sourcil, sceptique.

Va-t-il éclater de rire ? demanda Elspeth, dubitative.

Ventnoir ne lui en voulut pas de sa réaction. Ce concept devait sembler primitif et barbare à un homme de l'Empire de l'Est qui utilisait la magie pour pratiquement tout.

Mais Tremane ne s'esclaffa pas. Au contraire, il réfléchit avec un grand sérieux.

— Pouvez-vous m'en dire plus sur le sens de la terre ? Qu'implique-t-il ? Comment apprend-on à l'utiliser ?

— Parmi les miens, ce n'est pas très compliqué, répondit Ventnoir. On n'apprend pas à l'utiliser, mais à éviter qu'il vous utilise. En un sens, ça ressemble à l'Empathie, ou à un don très puissant de parole par l'esprit. Il faut apprendre à le bloquer, afin qu'il ne vous ennuie pas sans cesse.

— Intéressant… Il serait très ennuyeux d'être incommodé par le don censé vous servir. À l'inverse, l'état de santé du roi peut-il affecter la terre ?

— Dieux, non ! s'écria Elspeth. Le roi n'est pas

aussi… *monumental* que son pays ! Ce serait comme une puce sur un cheval. Et puis, ce n'est qu'un sens, comme l'odorat, le goût…

Elle se tut en voyant Ventnoir secouer la tête.

— Je déteste contredire Elspeth, mais ce n'est pas entièrement vrai. Dans certaines circonstances spécifiques, la santé du roi affecte la terre. Et le roi peut même se sacrifier pour redonner la santé à sa terre. Les Shin'a'in le savent et ils y ont eu recours — rarement — par le passé.

« Mais je doute que les Hardorniens pratiquent cet aspect du rituel. Comme pour toute chose, il existe des dizaines de façons de s'y prendre, et rien de ce qu'ils nous ont dit ne suggère qu'ils connaissent cette pratique. J'ajoute que pour être valable, ce sacrifice doit être *librement consenti* par la victime. (Il eut un pâle sourire.) Traîner son roi jusqu'à un autel et l'égorger sert seulement à engraisser l'herbe qui pousse alentour. Cela ne change rien, sans la *volonté* de se sacrifier.

Tremane fronça les sourcils en réponse à cette dernière remarque, mais il ne fit aucun commentaire.

Au bout d'un moment, il se leva.

— J'aimerais réfléchir à tout ça, dit-il. Vous savez comment contacter les Hardorniens qui ont fait cette proposition, quand j'aurai pris ma décision ?

Je peux trouver un contact, dit Gwena dans leurs deux esprits.

— Oui, assura Elspeth.

— Bien, alors donnez-moi… une heure. Je vous enverrai chercher, si vous n'y voyez pas d'objection.

Le petit déjeuner étant déjà loin, ce fut l'occasion d'envoyer un assistant impérial leur chercher à manger. Ventnoir et Elspeth ne virent donc aucune objection. Après les politesses d'usage, ils se retirèrent, laissant Tremane assis dans son fauteuil, le regard rivé sur son anneau ducal.

Les deux émissaires se régalaient d'un solide déjeuner composé de viande froide, de pain et de fromage quand Gwena leur annonça qu'elle avait un contact.

Va à la Taverne de l'Oie Qui Pend *après la tombée de la nuit*, dit-elle à Ventnoir. *Il faut que ce soit toi, parce que Elspeth ne serait pas très bien accueillie dans ce genre d'établissement. Et si vous êtes deux, notre homme se méfiera.*

Elspeth échangea un regard plein d'ironie avec Ventnoir. Puis elle haussa les épaules et se concentra sur son repas.

Tu iras voir l'homme qui sert la bière, pas celui qui s'occupe des alcools forts. Tu lui diras : « Je bois ma bière très froide. » Il est censé te répondre : « Une drôle d'habitude. » Alors, tu préciseras : « Je l'ai prise dans l'ouest. » Le type acquiescera et tu lui donneras ton message. Il a une excellente mémoire, donc il le répétera mot pour mot à qui de droit. Si Tremane décide d'accepter la proposition, la délégation arrivera dans quelques jours. Peut-être même plus tôt. Les loyalistes ont sûrement placé quelqu'un dans un village voisin, espérant que vous transmettiez rapidement leur offre.

— Je les soupçonnais d'avoir des agents en ville, fit Elspeth. Je doute qu'ils puissent en savoir autant sur Tremane par ouï-dire. Et leur réseau semble en place depuis quelque temps. Je me demande si cette taverne n'était pas un lieu de rendez-vous… pour d'autres choses.

Elspeth fit un sourire suggestif à Ventnoir.

— Je ne suis qu'un pauvre éclaireur tayledras ignorant des mœurs citadines. Quelles autres choses ?

— Contrebande, peut-être… Ou des complots pour renverser Ancar. Je crois savoir pourquoi Gwena ne veut pas que j'y aille, seule ou avec toi. (Elle sourit d'une remarque de son Compagnon.) C'est bien ce que je pensais. (Elle tapota la main de Ventnoir.) Les dames qui travaillent dans cette taverne ne vendent pas seulement à boire et à manger, mon pauvre Tayledras. Je te suggère de leur faire comprendre que tu n'es pas intéressé, si tu ne veux pas ramener une maladie dont seul un Guérisseur pourra te débarrasser.

Ventnoir lui rendit son sourire. Il essayait de trouver une réplique quand l'assistant de Tremane vint les chercher.

Le grand duc ne semblait pas différent de l'homme qu'ils avaient quitté. Ils s'assirent et attendirent qu'il prenne la parole.

— Pour être franc, je ne suis pas convaincu que le sens de la terre existe. Et s'il existe, je ne pense pas le posséder. Parmi toutes les personnes qui auraient pu être envoyées ici, ce serait une étrange coïncidence que je sois celle qui ait le don requis. Le genre de chose qu'inventent les conteurs…

— Possible, répondit Ventnoir. Mais réfléchissez avant de refuser la proposition. Si le sens de la terre existe, et que sa forme extrême puisse être… déclenchée, dirons-nous… par ce rituel, alors sa forme latente serait une chose très utile à un seigneur terrien. Sa possession expliquerait pourquoi certains semblent toujours savoir ce qui se passe sur leurs terres et avec leurs gens. Cela expliquerait aussi leurs remarquables intuitions.

— Effectivement, reconnut Tremane.

— Donc, on peut présumer que les lignées de seigneurs doués sont plus prospères que les autres, ce qui leur permet d'accéder aux plus hautes fonctions, insista Ventnoir. En résumé, il est logique de penser qu'un seigneur prospère a hérité le don, parce que sans lui, ses prédécesseurs n'auraient jamais pu réussir aussi bien.

Tremane rit — pour la première fois en leur présence. Ventnoir aima le son de son rire. Il jugeait souvent le caractère des gens sur ce critère.

Le rire de Tremane était ouvert, généreux... et pas le moins du monde emprunté.

— Si vous n'étiez pas né parmi les Frères du Faucon, vous auriez été diplomate, courtisan ou prêtre, maître Ventnoir. Vous savez tourner un argument. Bien, maintenant, écoutez-moi.

Ventnoir et Elspeth hochèrent la tête. Alors, Tremane se lança dans son propre raisonnement.

— Vous devez le savoir, et *ils* doivent le savoir aussi : avec ou sans le *sens de la terre*, si je réussis à rétablir l'ordre — ce que j'ai déjà fait — les gens se rallieront à ma bannière, que je porte ou non la couronne. C'est le secret du succès impérial : nous attendons qu'un pays soit désorganisé et démoralisé, puis nous l'envahissons et nous lui apportons la paix et la prospérité. Généralement, les gens nous accueillent à bras ouverts. Constatant qu'il y a des avantages à faire partie de l'Empire, ils passent le mot, et sont à moitié conquis avant même de voir le premier soldat impérial.

— Une logique implacable, admit Elspeth.

Tremane continua, frappant du bout de l'index sur la table pour souligner ses paroles.

— Faites-leur savoir cela : quoi qu'il arrive, je compte garder cette partie de leur pays, mes hommes et les Hardorniens qui ont accepté mes lois *avant* cette histoire de connexion.

— Je crois qu'ils en sont conscients, Tremane, répondit Elspeth avec une égale franchise. Mais je m'assurerai que cet arrangement soit reconnu par les deux parties. Pour être honnête avec vous, les Hardorniens n'auraient pas les moyens de vous déloger. Pour ça, il faudrait une armée. Or, les seules qui soient assez puissantes sont celles des Alliés. Comme nous sommes ici en gage de paix et de bonne volonté, inutile de vous inquiéter.

— Parfait. Je voulais que tout soit clair. Je ne peux pas dire que je brûle de me soumettre à ce rituel, qui me paraît primitif. Mais même si je n'ai pas le sens de la terre, il est possible que les prêtres le croient. Ce serait le moyen le plus rapide de prendre l'ensemble d'Hardorn sous mon aile. Sans bain de sang.

Il eut un sourire timide. Ventnoir devina que c'était un instant très rare, car Tremane semblait encore moins enclin à sourire qu'à rire.

— Comment pourrais-je décliner une telle offre ?

— À votre place, je ne le ferais pas, dit Ventnoir. Bien, est-ce votre message ?

— Oui. Maintenant, veuillez m'excuser, mais j'ai des affaires urgentes à régler. Mon assistant se fera un plaisir de vous raccompagner. Si vous voulez aller en ville, il sera ravi de vous guider.

Ce ne sera pas nécessaire, répondit Gwena.

— Merci, dit simplement Ventnoir.

Une fois de plus, ils se séparèrent après les politesses d'usage. Ventnoir remarqua l'air pensif d'Elspeth.

Celle-ci attendit, pour parler, d'être de retour dans leur suite.

Elle se réchauffa, le dos contre le poêle qui contenait le feu magique. De vraies flammes brûlaient dans la cheminée. Ces deux sources de chaleur réussissaient à rendre leurs appartements agréables. Mais il faisait toujours froid dans les couloirs du manoir.

À l'évidence, c'était un des hivers les plus rudes qu'Hardorn eût connu, même sans les effets des tempêtes magiques. Depuis que ces dernières leur étaient épargnées, environ toutes les deux semaines, ils subissaient des tempêtes de neige mais sans les blizzards meurtriers. La couche de poudreuse était si épaisse que le soleil ne parvenait pas à l'entamer entre deux chutes.

Les uniformes blancs que les hertasis avaient confectionnés pour Elspeth étaient assortis au paysage glacé. Ventnoir se demanda ce que les soldats impériaux pensaient en la voyant. Croyaient-ils qu'elle changeait de couleur au fil des saisons, comme les éclaireurs tayledras ?

— Tu sais, dit Elspeth en tayledras, cette situation me rappelle l'histoire de Valdemar. Sa Fondation, pour être plus précise.

— Oh, fit Ventnoir en venant rejoindre sa compagne près du poêle. (Ah, s'il avait eu une source chaude à sa disposition… Il lui semblait ne jamais pouvoir se réchauffer, sauf quand il était au lit.) Je l'ignorais…

— Eh bien, Valdemar avait fui l'Empire, car il refusait de le servir. Quand ses gens et lui arrivèrent là où se dresse aujourd'hui Haven, ils s'installèrent à côté d'un village. Les autochtones ne furent pas enchantés de voir débouler une puissance étrangère, mais ils ne s'y opposèrent pas. Et quand ils virent les avantages de se placer sous sa protection — et la manière dont le baron traitait ses gens —, ils agirent comme les Hardorniens se comportent aujourd'hui avec Tremane. Finalement, ils le prièrent de prendre le titre de roi. C'est plutôt drôle : tous les tyrans locaux se faisaient donner du « roi », et les fidèles de Valdemar étaient gênés d'être gouvernés par un simple baron. Ils fabriquèrent une couronne, s'adressèrent à un prêtre pour qu'il imagine une cérémonie, et le couronnèrent avant qu'il n'ait pu protester. Je suppose qu'il était très étonné de ce qui lui arrivait.

Ventnoir éclata de rire.

— C'est la première fois que j'entends parler d'un homme forcé de devenir roi. Mais tu as raison, je vois la similitude.

Elspeth se rembrunit.

— Il est prudent de présumer que Tremane se verra offrir la couronne quoi qu'il arrive.

— Oui, la décision est déjà prise, renchérit Ventnoir. Même s'il n'a pas le sens de la terre, le prêtre peut choisir de mener le rituel à son terme. Je crois qu'il a raison sur ce point.

— Le problème, c'est comment avoir le même contrôle sur le roi d'Hardorn que sur le Fils du Soleil, le roi du Rethwellan et la reine de Valdemar ? Solaris obéit à Vkandis, Faram a le sens de la terre — et son épée de famille à contenter — et Selenay a son Compagnon. Mais il y a peut-être déjà un certain contrôle en place. Après tout, Solaris a maudit Tremane, l'obligeant à dire la vérité.

— Oui, mais pas l'entière vérité. On peut mentir en ne disant pas *tout*.

Elspeth tourna le dos à la chaleur pour arpenter la pièce, ce qu'elle faisait toujours quand elle réfléchissait.

— Tu vas peut-être penser que je deviens folle, mais je commence à être d'accord avec Karal. Je crois que cet Impérial a un bon fond. Cet entretien au sujet des tueurs, quand nous sommes arrivés…

Ventnoir acquiesça. Tremane était le genre d'homme assez honnête pour porter le fardeau d'avoir fait assassiner des innocents… et pour se sentir coupable pour le reste de sa vie. *Vraiment* coupable. Et peu importait qu'il ait eu de bonnes raisons d'agir ainsi. L'essentiel, c'était qu'il avait changé au cours des derniers mois. Ce qui lui semblait autrefois acceptable ne l'était plus.

Mais Ventnoir avait également conscience que Tremane était un excellent acteur — comme la plupart des chefs.

— J'ai encore quelques réserves, dit-il au bout d'un moment. Le passé est immuable. Le grand duc a fait des choses terribles sans que nous l'ayons provoqué. Il le regrette peut-être aujourd'hui, mais qui sait s'il ne recommencera pas sous la pression ?

Elspeth soupira.

Je crois préférable de continuer cette conversation sans risquer d'être entendus.

Bonne idée. Sejanes a appris le valdemarien par

magie. D'autres ont peut-être suivi son exemple. (Il n'y avait sûrement pas assez d'énergie pour ça, mais pourquoi courir le risque ?) *Les Tayledras sont soupçonneux de nature. J'aimerais savoir si l'Empire a étouffé le bon cœur de Tremane, ou s'il a décidé de se « déguiser » pour tromper les Hardorniens.*

Il est en position de faire plus de bien que de mal, dit Gwena, se joignant à la conversation.

Gwena a raison. Et c'est exactement ce qu'il a fait, renchérit Elspeth. *Certes, il s'est approprié ce manoir, mais il mène une vie simple, pour le « roi sans couronne » de la région. Il mange la même nourriture que ses hommes et ne gaspille pas des ressources précieuses en divertissements extravagants. Au contraire, il s'en sert pour la communauté. Il ne demande pas à ses hommes de se lancer dans des missions qu'il refuserait. D'ailleurs il prend souvent leur tête.*

Il pense à ses soldats, aux autochtones, puis à leurs bêtes et à leurs terres, avant de se soucier de lui, continua Gwena. *C'est ce que j'ai constaté, et si certaines de ses actions peuvent paraître opportunistes, toutes ne le sont pas.*

Ventnoir sourit.

S'il était beau, je serais jaloux. Cet homme a réussi à séduire les deux dames de ma vie.

Elspeth prit un encrier et fit mine de le lui lancer à la tête.

Il se baissa.

Considère que je t'ai flanqué un coup de sabot, dit Gwena.

Honnêtement, ke'chara, j'aimerais lui donner une chance de faire ses preuves. La manière dont il affrontera la prochaine crise — qui devrait être terrible — nous dira de quel bois il est fait, conclut Elspeth.

Ventnoir se demanda s'ils ne commettaient pas une terrible erreur. Ils *voulaient* croire que cet homme se permettait enfin d'agir selon son éthique. Que ressentait-on, quand on passait toute sa vie à comploter sans se demander si c'était bien ou mal ? S'il avait été dans cette position, Ventnoir serait devenu fou.

Très bien, dit-il enfin. *Mais j'ai une condition. S'il se révèle une menace pour l'Alliance — s'il doit nous coûter d'autres vies — nous nous chargerons de lui.*

Tu veux dire que nous le tuerons, traduisit Elspeth. *Je n'aime pas ça... mais je ne veux pas d'un autre Ancar, et encore moins d'un nouveau Fléaufaucon. Il est habitué à avoir des pouvoirs, alors il pourrait être tenté par la magie noire pour les récupérer*. (Elle frissonna.) *Je préfère avoir son sang sur les mains plutôt que de le laisser massacrer des innocents*.

Un dilemme moral... Quand le meurtre devenait-il acceptable ? Mais les Tayledras étaient confrontés depuis toujours à cette question. Et Ventnoir ne faisait pas exception. Les intrus étaient avertis trois fois. S'ils choisissaient d'ignorer ces avertissements, leurs intentions étaient forcément mauvaises. Combien de chasseurs de tervardis et de hertasis, combien de mages désirant acquérir des pouvoirs douteux, combien de tueurs de Tayledras avait-il éliminés au fil des ans ? Il ne les comptait plus.

Avec un peu de chance, notre pessimisme n'est pas fondé, dit Gwena. *En attendant, pendant que vous contacterez les loyalistes, je vais sonder Tremane pour voir s'il a le sens de la terre. Ventnoir, mon cher, nous allons devoir fouiller dans ta garde-robe pour trouver quelque chose de moins exotique*.

Comment ça, « nous », cheval ?

Ventnoir contacta le messager. En revanche, le coup de sonde de Gwena ne leur apporta qu'un « peut-être ». Quatre jours plus tard, leur assistant frappa timidement à leur porte juste après le petit déjeuner.

— Excusez-moi, ambassadeurs, dit-il quand Ventnoir alla ouvrir. Je ne voulais pas vous déranger, mais il y a en bas un religieux qui prétend que vous l'avez convoqué.

Elspeth sursauta, surprise. Malgré l'assurance de Gwena, elle n'attendait pas si tôt une réponse à leur message. L'homme avait dû être très près de Shonar. Ainsi, les Hardorniens estimaient que leur offre était irrésistible…

— Oui, c'est la vérité, Jem, répondit Ventnoir. Nous ignorions simplement quand il arriverait. Si ça ne pose pas de problème de sécurité, faites-le monter. Dans le cas contraire, nous le rencontrerons en ville.

Jem rougit.

— Ce n'est qu'un vieil homme… aucun problème. J'ignorais que vous l'attendiez, et je craignais qu'il s'agisse d'une sorte de charlatan, ou…

L'assistant devint cramoisi, conscient qu'il les avait peut-être insultés.

— Ne vous inquiétez pas, Jem. Faites-le monter, et trouvez-nous quelque chose de chaud à boire, et de la nourriture…

Jem s'inclina, toujours rouge d'embarras, et s'éclipsa promptement. Les assistants de Tremane, des soldats, ne connaissaient rien à la diplomatie. Elspeth trouvait ça charmant : les militaires étaient beaucoup plus faciles à vivre que les civils.

Le vieil homme et le second petit déjeuner arrivèrent en même temps. Elspeth ne fut pas surprise que Jem ait pris le religieux pour un charlatan. Ses cheveux gris et broussailleux n'ayant pas été coupés depuis un certain temps, il avait la carrure d'un clerc dont les parents devaient être de modestes marchands. Son visage carré, entouré d'une courte barbe, était ridé aux coins des yeux et de la bouche. Ses robes et son manteau propres mais simples, il ne portait aucun bijou. Quant à ses manières, elles étaient discrètes et joyeuses.

D'après l'expérience de Ventnoir, cet homme devait être un *bon* prêtre. Les bons prêtres, comme les bons professeurs et les bons chefs, donnaient plus à leurs fidèles qu'ils me prenaient pour eux, et n'étaient pas conscients de leur apparence.

Ils se présentèrent et offrirent à manger au vieil homme — le père Janas. Comme Elspeth le pensait, il n'avait pas pris de petit déjeuner.

Ils parlèrent de tout et de rien pendant qu'il se restaurait. Janas avait enlevé son manteau, montrant qu'il souffrait de privations comme la plupart de ses compatriotes. Sans être émacié, il était assez maigre.

— C'était parfait, dit-il enfin, se calant dans son siège, une tasse de thé à la main. Mon principal défaut est de ne pas résister à la nourriture. Puisque nous sommes censés nous concentrer sur le monde spirituel, pas sur le séculier, je devrai en répondre un jour ou l'autre…

Ventnoir sourit.

— Je dirais plutôt que vous témoignez un respect approprié aux bienfaits de la terre.

Le vieux prêtre gloussa, une lueur amusée dans le regard.

— Bien, venons-en à la raison de ma présence. Comme vous vous en doutez, je suis ici pour tester le duc Tremane. Ça signifie que j'éveillerai son sens de la terre, s'il existe, puis que je le connecterai à Hardorn. Rien n'indique qu'il ait le don, et je suis presque certain qu'il ignore ce qui se passera. L'un de vous le sait-il ?

Elspeth secoua la tête.

— Nous n'utilisons pas ce don à Valdemar. En tout cas, les Hérauts, les Bardes ou les Guérisseurs n'y ont pas recours, et ce sont les seuls dont je connaisse les différents types d'apprentissage. Mon beau-père le possède, mais nous n'en avons jamais parlé, et il n'est pas connecté à Valdemar. J'ai entendu dire qu'il était possible d'éveiller les dons latents, mais ça n'a pas été fait depuis ma naissance.

Ventnoir haussa les épaules quand le prêtre se tourna vers lui.

— Les Adeptes Guérisseurs tayledras développent le sens de la terre en même temps que d'autres aptitudes. Il ne leur tombe pas dessus d'un coup, et si l'un de nous l'a sous sa forme latente, nous ne prenons pas la peine de l'éveiller. J'ignore donc comment une personne réagit à votre rituel.

Le père Janas leva un sourcil.

— De manière dramatique, parfois, si le don est latent, mais pas faible. Nous pratiquons ce rituel plusieurs jours avant le couronnement, pour laisser à nos rois le temps de s'adapter à leurs nouvelles facultés, qui peuvent être puissantes, une fois éveillées.

Elspeth hocha la tête.

— Comme être soudain capable de voir, je suppose, dit-elle. En théorie, c'est bien beau… L'ennui c'est que vous êtes là pour la mettre en pratique. Quand voulez-vous voir le duc Tremane ? Devez-vous faire certains préparatifs ? Ou vous changer ?

Le père Janas lissa le devant de ses robes.

— Je souhaiterais être plus présentable, mais je crains de porter mes plus beaux atours — en fait, les seuls. Ancar ne persécutait pas directement les prêtres, mais il avait imaginé une foule de moyens indirects. Je doute que vous trouviez une organisation religieuse, en Hardorn, qui fasse plus que subsister. Certaines ont même totalement disparu. (Il secoua tristement la tête.) Mais c'est hors de propos. Bref, je n'ai pas de préparatif à faire, et j'aimerais voir le duc aussi vite que possible.

Ventnoir se leva pour demander à leur assistant de porter un message à Tremane. Mais Elspeth avait une autre idée derrière la tête.

Elle griffonna quelques mots pendant que Ventnoir parlait avec Jem, et lui demanda de délivrer la note au sergent intendant en sortant de chez le duc. Si Jem eut l'air surpris, il accepta, peu désireux de s'opposer à la volonté d'un ambassadeur.

— Que mijotes-tu ? demanda Ventnoir en refermant la porte.

Elspeth s'assit avant de répondre.

— Tremane a dit que ses hommes et lui avaient vidé un entrepôt impérial. Sachant que l'Empire aime tout contrôler, et bien qu'il n'y ait pas de religion impériale officielle, je parie qu'il y a, parmi les uniformes, des robes de chapelain de l'Armée Impériale. Et je jurerais qu'elles ressemblent à n'importe quelles tenues religieuses, car le chapelain doit conduire *tous* les rites.

— Je comprends, dit Ventnoir. Mais pourquoi le sergent te donnerait-il ce que tu demandes ?

Elle sourit.

— J'ai parlé avec les citoyens de Shonar. Tremane vend tout ce qu'il a en stock et qui n'est pas utile à ses soldats. Beaucoup d'Hardorniens sont vêtus d'uniformes recyclés. J'ai demandé à pouvoir acheter des robes de chapelain, s'il y en a. (Elle se tourna vers le prêtre.) Nous aurons amplement le temps de les améliorer avant que Tremane puisse vous recevoir.

Le père Janas sembla très embarrassé.

— Vraiment, c'est très gentil…

Elspeth leva une main.

— Vous êtes trop généreux… Je sais que j'aurais dû vous consulter, mais nous sommes aussi soucieux de régler ce problème que vous, et je ne veux rien laisser au hasard. Le duc ignore s'il croit au sens de la terre. Je suppose qu'il accepte tout ça pour nous faire plaisir. Nous désirons qu'il participe à une cérémonie qu'il considère comme un enfantillage, et qu'il le fasse *maintenant*. Alors, vous devez l'impressionner, sinon il risque de se rétracter.

Ventnoir acquiesça, pensif.

— En fait, ajouta-t-il, utiliser un uniforme impérial devrait jouer en notre faveur. Il a vécu avec les chapelains. Il respectera d'instinct la tenue et ce qu'elle représente.

Le père Janas eut un petit rire.

— Il est vrai que beaucoup de gens se fient à l'apparence pour se faire une première opinion, et je crains que la mienne n'inspire pas confiance.

Cet aveu parut l'embarrasser encore plus.

Ventnoir changea de sujet et s'enquit de la situation dans le reste d'Hardorn. Le prêtre leur parla des souffrances de ses compatriotes, et souligna leur courage.

— Ce que vous avez vu en venant est représentatif des conditions générales, dit-il avec une profonde tristesse. Les gens ne meurent pas de faim, mais ils ont le ventre creux. Ils ne gèlent pas, mais ils ont froid. Il n'y a pas une seule personne, dans le pays, qui n'ait pas perdu un parent — de mort non naturelle — au cours des cinq dernières années. Et comme vous avez dû le voir, des villages entiers sont abandonnés. Les temples sont déserts, ou entretenus par des vieillards comme moi. Le pire, c'est que nous avons perdu toute une génération de jeunes hommes. Même si les choses s'arrangent, comment pourrons-nous les remplacer ? Qui seront les pères de notre prochaine génération ?

Il y a ici des milliers de jeunes hommes et aucun ne pourra jamais retourner dans l'Empire, pensa Elspeth. *La plupart seraient heureux de devenir les pères de la prochaine génération d'Hardorniens. Je me demande si Janas y a songé. Mais je sais que Tremane l'a fait*.

Jem revint enfin avec la réponse de Tremane. Il serait disponible aussitôt après déjeuner. Si nécessaire, il pouvait se libérer une partie de l'après-midi.

— Ce serait sage, en effet, répondit le père Janas quand Ventnoir lui posa la question.

Jem repartit avec ce second message. Peu après, un des autochtones employés comme coursiers déboula avec un paquet et une facture. Elspeth fit la moue en découvrant la somme exorbitante, mais elle sortit de sa bourse le nombre de pièces voulu. Elles étaient valdemariennes et pas hardorniennes, mais dans ces circonstances, tout le monde se fichait de l'effigie frappée sur les pièces, pourvu qu'il y ait le bon poids d'argent.

Elle tendit la somme au coursier pendant que Ventnoir donnait le paquet au père Janas.

Comme Elspeth l'avait espéré, l'uniforme officiel d'un chapelain impérial était plus ou moins identique — une fois débarrassé de ses décorations — à la robe élimée du prêtre hardornien. Même la couleur convenait.

Le père Janas se retira dans la chambre pour se changer.

Quand il sortit, Ventnoir l'examina d'un œil critique.

— Quelle forme votre dieu — ou votre déesse ? — prend-il ? Pardonnez-moi, mais je crois que vous devriez avoir l'air plus impressionnant.

Le prêtre parut surpris, mais il répondit quand même :

— Le Père-terre et la Mère-ciel sont généralement représentés par le vert et le bleu, et par un cercle, ou une sphère, moitié blanc et moitié noir.

Ventnoir s'était déjà tourné vers une pile d'accessoires multicolores dont il tira deux écharpes, une bleue et une verte, qu'il coupa en deux. Il tendit deux moitiés à Elspeth. Comprenant ce qu'il voulait, elle fila dans la chambre pour prendre son kit de couture. Quelques instants plus tard, elle passa une étole bicolore autour du cou du père Janas, verte à droite, et bleue à gauche.

C'était encore trop simple… Elle découpa des demi-cercles blancs et noirs dans deux morceaux de tissu et les appliqua sur l'étole. Pendant ce temps, Ventnoir avait disparu dans leur chambre. Il en revint avec quelques bijoux.

— Ce n'est sans doute pas le genre d'ornements que vous portez d'ordinaire... Mais ils feront l'affaire, et Tremane ne verra pas la différence entre un bijou hardornien ou shin'a'in.

Il tendit au prêtre un médaillon en cuivre passé dans une lanière en cuir. Elspeth reconnut les disques que les Shin'a'in ou leurs Alliés portaient pour s'identifier auprès des Frères du Faucon. Elle en avait reçu un, qui faisait d'elle un membre du Clan de Kerowyn et de ceux des Tayledras qu'elle était susceptible de rencontrer. Il portait un motif abstrait sur une face, et un daim sur l'autre.

La lanière en cuir ne faisant pas l'affaire, ce fut le tour de la jeune femme de gagner la chambre à coucher en courant pour fouiller dans ses affaires.

Du cuivre. Qu'ai-je donc dans ce matériau ?

Quand ils étaient partis, elle avait simplement fourré tout ce qu'elle possédait dans un sac, y compris les bijoux que Ventnoir lui avait offerts avec ses nouveaux costumes. L'éclat du cuivre attira son regard — tout au fond. Une ceinture faite d'une chaîne épaisse enroulée autour d'une autre, beaucoup plus fine.

Elle prit celle-ci, puis, après réflexion, suggéra au prêtre de se nouer l'autre autour de la taille. La robe étant un peu longue, il eut aussitôt meilleure allure.

Mission accomplie : Janas était désormais un homme différent !

Il sembla le sentir. Soudain il eut l'air moins las, et une nouvelle confiance s'ajouta à sa gaieté naturelle. Elspeth pensa qu'ils n'avaient pas perdu leur matinée.

— Ce n'est pas très canonique, dit Janas. Mais comme vous l'avez souligné, personne ici ne le saura, et c'est… hum… plus respectable, dans le sens de *digne de respect*. Je ne sais comment vous remercier.

— Vous nous remercierez quand nous aurons réussi, répondit Elspeth. Ah, voilà notre déjeuner.

Comme toujours, il était simple, mais copieux. Jem sembla stupéfait par la transformation du père Janas et le traita avec plus de déférence, prouvant à Elspeth qu'elle ne s'était pas trompée.

L'assistant resta avec eux, un indice que Tremane était impatient de rencontrer le prêtre.

Je crois qu'il vaut mieux laisser faire Janas, à partir de maintenant, dit Elspeth à Ventnoir.

Je suis d'accord. Il doit établir son autorité. Et après tout, nous ne sommes pas réellement impliqués dans cette affaire. Des intermédiaires, voilà ce que nous avons été…

Elspeth posa sa tasse et fit un signe discret au prêtre, qui l'interpréta correctement.

— Je crois que nous sommes prêts à rencontrer le duc Tremane, s'il peut nous recevoir, dit-il à Jem.

— Il vous attend, messire, répondit l'assistant. Si vous voulez bien me suivre ?

Il eut l'air surpris de voir les deux ambassadeurs se lever pour les accompagner, comme s'il les avait oubliés. Apparemment, il n'était pas sûr qu'ils aient été invités.

Le père Janas résolut le problème pour lui.

— J'ai demandé aux émissaires de l'Alliance de m'accompagner, si le duc y consent.

Le visage de Jem s'éclaira.

— Certainement ! Suivez-moi, je vous prie.

Pendant le court trajet jusqu'aux appartements du duc, Elspeth fut surprise de se sentir de plus en plus excitée. *Quelque chose* allait se produire. Elle ignorait quoi, mais cette visite ne serait pas banale.

Si seulement ma famille avait un don de prémonition

plus puissant, au lieu de ces intuitions désordonnées ! Il serait agréable d'être averti avant de finir ensevelis sous une montagne.

Enfin, ils furent assis en face de Tremane, dans son bureau. Une des rencontres les plus officielles — Tremane n'était jamais vraiment *non-officiel* — qu'elle et Ventnoir avaient eu avec lui. Il s'était vêtu de manière à incarner le grand duc, le commandant de l'armée et le pouvoir local et portait ses diverses décorations, à l'exception de celles de l'Empire.

Il avait fait allumer un feu dans l'âtre, en plus des flammes magiques qui chauffaient la pièce, et une plaisante odeur de résine flottait dans l'air. Le soleil entrait par la fenêtre. Tremane avait soigneusement choisi son fauteuil, aussi imposant qu'un trône. Son bureau le séparait de ses invités comme le mur d'une forteresse.

Elspeth était contente d'avoir osé habiller le père Janas. Se présenter dans sa robe élimée aurait nui à sa cause. Comme l'avait prédit Ventnoir, Tremane réagit à l'autorité symbolisée par un « uniforme » qu'il connaissait, et Janas partit sur un pied d'égalité avec lui.

Elspeth était consciente de tout ce qui se passait autour d'elle, ses sens aiguisés par l'attente. Ce sentiment était si fort qu'elle fut surprise de voir le duc dissimuler son ennui sous un vernis de politesses.

Si Janas fut pris de court par l'attitude de Tremane, il n'en laissa rien paraître.

— Duc Tremane, dit-il, vous savez pourquoi je suis ici. Ceux qui ont lutté contre l'Empire ont eu vent de votre défection, et ils ont vu comment vous gouvernez et protégez les gens de cette région. En conséquence, ils ont décidé que vous n'étiez pas nécessairement un ennemi d'Hardorn.

Tremane acquiesça et attendit qu'il continue. Dans son dos, le feu crépita. Personne ne sursauta.

Janas avait dû répéter son discours jusqu'à le connaître par cœur.

— Ce groupe de loyaux combattants est arrivé à une conclusion : puisque nul homme n'a pu prendre le pouvoir, ou ne dispose de vos ressources, *vous* êtes la personne la plus indiquée pour protéger ce pays. (Il eut un petit sourire.) Je ne vais pas y aller par quatre chemins, duc Tremane. Ces hommes sont prêts, à certaines conditions, à vous laisser acheter le trône d'Hardorn avec les soldats et les moyens que vous possédez.

Tremane sembla surpris par tant de brusquerie.

— Ça semble raisonnable, répondit-il prudemment. Et je suis d'accord pour placer ces ressources au service d'Hardorn.

Le religieux hocha la tête.

— J'ai été envoyé pour découvrir si vous avez le don requis pour régner sur cette nation et l'aider à se défendre contre ceux qui voudraient la soumettre — *dont* l'Empire.

Janas inclina la tête, interrogateur. Le feu crépita de nouveau pendant qu'il attendait une réponse.

Elle fut concise, mais courtoise.

— Je serais heureux d'avoir l'occasion de prouver ma valeur, mais je dois d'abord souligner que je n'ai jamais été, et ne serai jamais, un traître. L'empereur et l'Empire nous ont abandonnés ici. Nous n'avons pas violé nos serments. Mais on les a reniés pour nous, et il nous reste seulement ceux qui nous lient, mes hommes et moi. En y étant fidèles, si nous pouvons aider la population hardornienne, tout sera pour le mieux. Les temps sont périlleux et la loyauté doit être récompensée par la loyauté. Mais je ne prendrai aucune nouvelle responsabilité qui trahirait le serment que j'ai fait à mes hommes.

— Il n'y aura pas de conflit d'intérêt. Selon nos traditions, le dirigeant d'Hardorn doit posséder un don que nous appelons le *sens de la terre*. Avant que vous ne consentiez à être testé, je vais vous révéler ce que ça implique.

Janas se lança dans une explication très détaillée. Selon Elspeth, Tremane se montrait beaucoup trop cavalier. Elle ignorait, jusqu'à présent, que le test provoquerait l'éveil du sens, s'il existait à l'état latent. Mais Tremane était apparemment préoccupé par autre chose quand le prêtre lui expliqua qu'il devrait être immédiatement connecté à la terre s'il avait le don.

Son petit discours lui avait peut-être rappelé quelque affaire pressante. Ou n'avait-il pas envie de perdre son temps avec des histoires de religion ? Elspeth aurait juré que Tremane était le genre d'homme à ânonner les rituels sans y penser.

Il est persuadé qu'il ne se passera rien, dit Ventnoir en regardant Tremane. *Il connaît assez bien les gens pour avoir compris l'essentiel, pour lui : Janas pense qu'il ferait un bon dirigeant pour Hardorn. À ses yeux, c'est ça le « test », et il vient de le passer. Il a décidé que le prêtre allait faire quelques gestes cabalistiques, déclarer qu'il a le sens de la terre, prononcer quelques phrases, puis affirmer qu'il est connecté à Hardorn. Tout ça sans qu'il sente la moindre différence.*

Je crois qu'il se trompe, répondit Elspeth. *Il devrait écouter le père Janas, car il n'est pas du tout préparé à ce qui l'attend.*

Mais il était trop tard, puisque Tremane s'engagea dès la fin de l'explication de l'Hardornien.

— Je suis prêt, dit-il.

Janas ne lui laissa pas une chance de se rétracter.

— Puis-je venir à côté de vous, messire ? demanda-t-il en se levant.

Tremane acquiesça. Janas fit le tour du bureau et plaça le bout de ses doigts sur les tempes du duc avant qu'il n'ait pu protester.

Puis le prêtre ferma les yeux. Elspeth sursauta

quand, au lieu d'un chant, une note très pure sortit de sa bouche.

Le son résonna, envahit ses oreilles et son esprit, chassa ses pensées et la cloua à son fauteuil. Elle n'aurait pas pu bouger, même si la pièce avait pris feu. Elle ne pouvait même pas avoir peur — le ton excluait toute émotion.

Il avait le même effet sur Ventnoir, qui regardait fixement Janas, les yeux ronds et vaguement surpris.

Mais il n'eut pas le même sur le duc…

Tremane se raidit sous les mains de Janas, les siennes venant les couvrir. Pas pour les écarter, mais pour les maintenir en place. Ses yeux se fermèrent, et une seconde note, en harmonie avec la première, jaillit de sa gorge.

L'effet de ces deux sons était indescriptible. Alors même qu'elle en faisait l'expérience, Elspeth aurait été incapable de le définir. Suspendue dans le temps et l'espace, il n'existait rien d'autre pour elle que les notes qui résonnaient dans toutes les fibres de son être et dans son âme. Tous ses sens étaient affectés. Les couleurs s'intensifièrent et devinrent plus riches. Une odeur de plante et de fleurs printanières envahit la pièce.

Combien de temps cela dura-t-il ? Elspeth aurait été incapable de le dire. Une fraction de seconde ou une éternité…

L'instant où ça s'arrêta fut aussi dramatique que celui où tout avait commencé : les yeux de Tremane s'ouvrirent, puis roulèrent dans leurs orbites. Sa bouche se ferma. Ses bras retombèrent et il s'écroula sur son bureau comme si son cœur avait lâché.

Elspeth était toujours pétrifiée. Janas cessa de chanter à l'instant où Tremane s'effondra. Il regarda fixement le duc, sonné, en agitant les mains comme s'il s'était brûlé.

— Eh bien, dit-il, c'est sûr, il a le sens de la terre.

Avant qu'Elspeth ou Ventnoir aient pu faire un geste, le prêtre releva Tremane et le secoua un peu.

— Est-ce qu'il..., commença Ventnoir en se levant à demi.

Janas lui fit signe de se rasseoir.

— Le duc souffre de la désorientation consécutive à l'éveil de sa nouvelle et puissante faculté, dit-il. Mais il va bien, je vous le promets. En réalité, il se porte sans doute mieux que jamais.

Tremane était toujours hébété. Il ne réagit pas quand Janas saisit un coupe-papier, lui prit la main et lui piqua le bout de l'index.

Puis le prêtre tira une pincée de terre de sa ceinture. Il retourna le doigt de Tremane et le pressa pour en faire couler une goutte de sang, qui tomba et se mélangea à la terre.

— Au nom des pouvoirs qui existent au-dessus de nos têtes et sous nos pieds, je te connecte au sol d'Hardorn. (Il lâcha la main du duc pour saisir son menton.) Au nom des Hauts Gardiens du peuple, je te connecte au cœur d'Hardorn. (Il prit une pincée de terre et de sang mêlés.) Au nom de la Vie et de la Lumière, je te connecte à l'âme d'Hardorn. Par ce gage, toi et la terre ne faites qu'un.

Il tendit la pincée de terre au duc, qui ouvrit la bouche et — heureusement — l'avala. Car il aurait été de mauvais augure qu'il la recrache.

Janas recula et observa attentivement le duc.

Tremane cligna des paupières un moment. Soudain, il émit une sorte de piaulement et se couvrit les yeux.

Elspeth voulut se lever, mais le prêtre l'arrêta.

— Tout va bien, dit-il avec une immense satisfaction. Je ne peux pas vous faire mesurer à quel point tout est parfait. Il a le sens de la terre le plus puissant qu'il m'ait été donné de voir chez une personne qui le possédait à l'état latent. Voilà pourquoi il est un peu désorienté.

— Désorienté ? fit Tremane. Par les Cent Petits Dieux, c'est au-dessous de la vérité ! (Il haletait, comme s'il avait couru.) Je me sens… comme si j'avais été aveugle et sourd. Soudain, je vois et j'entends ! Et je n'ai pas la moindre idée de ce que signifient les choses que j'éprouve, ni ce que je dois en faire !

Il écarta les mains de son visage, mais son expression étonnée et son regard hébété indiquaient qu'il expérimentait de nouvelles sensations.

— Je crois que je vais être malade, souffla-t-il.

— Non, assura Janas. Ce n'est pas votre corps que vous sentez, mais Hardorn. La terre est malade, pas vous. Malade et fatiguée. Séparez-vous-en. Rappelez-vous comment vous étiez ce matin. *Ça*, c'est vous, le reste, ce sont les maux de la terre.

— Facile à dire, prêtre, grommela Tremane. Vous n'êtes pas dans ma tête !

Il était pâle et transpirait à grosses gouttes, les pupilles si dilatées qu'on ne voyait presque plus ses iris.

Janas gagna la porte et appela des assistants.

— Le duc ne se sent pas bien, dit-il. Mettez-le au lit. Il doit dormir. Je crois qu'il vaut mieux annuler ses rendez-vous de la journée.

Les deux hommes parurent alarmés par l'état de leur chef. L'un d'eux porta la main à son épée et regarda Janas comme s'il le soupçonnait de l'avoir empoisonné.

— Tout va bien, dit le duc. Je suis un peu surmené. Rien de sérieux…

Comme s'il s'agissait d'un code, les deux soldats se détendirent et vinrent aider leur chef à se lever.

— Vous savez bien que les Guérisseurs vous ont recommandé de ne pas vous surmener, murmura l'un d'eux, un homme de l'âge du duc. (Les visiteurs n'étaient sûrement pas censés entendre cette remarque.)

Regardez le résultat ! Vous ne pouvez pas vous tuer au travail et ne pas le payer un jour !

— Tout va bien, j'ai simplement besoin de repos, dit Tremane, qui semblait avoir du mal à se concentrer sur ce qui l'entourait.

Au moins, il n'avait plus l'air si désorienté. Elspeth et Ventnoir se levèrent et sortirent en même temps que le prêtre.

— Ne devriez-vous pas rester avec lui pour lui donner des instructions ? demanda le Tayledras, alors qu'ils regagnaient leurs quartiers.

Le vieil homme secoua la tête. Il paraissait toujours suprêmement satisfait.

— Non, il les a déjà toutes. Je m'en suis assuré. Il lui faut simplement les démêler un peu, et il le fera en dormant. Ne vous inquiétez pas, nous pratiquons ce rituel depuis des siècles, et pas seulement sur nos monarques, mais sur des prêtres dont le sens de la terre est latent. Je dois avouer que c'est le plus réussi que j'aie jamais vu !

Janas se frotta les mains, tout content.

— Maintenant, il faudra faire circuler la nouvelle, organiser un couronnement, trouver quelque chose qui ressemble à une couronne… Oh, il doit bien y avoir une centaine de choses à faire !

« Sans vouloir être impoli, il faut que je parte immédiatement. Nous enverrons des agents de liaison, qui s'occuperont de notre nouveau roi. En attendant, puis-je compter sur vous pour l'aider un jour ou deux ?

— Je parviendrai sans doute à lui expliquer ce qu'il ressent, répondit Elspeth, non sans quelques doutes. Je suppose que ce doit être comme la première fois que j'ai été… euh… gratifiée de parole par la pensée.

— Exactement, exactement ! s'écria Janas en ramassant sa vieille robe. (Puis il baissa les yeux sur celle qu'il portait.) Euh… je…

— Considérez que c'est un cadeau de l'Alliance, dit Ventnoir, devinant sa question avant qu'il ne la pose. Et si vos agents de liaison ont besoin d'être mieux habillés, qu'ils s'adressent à nous.

Janas lui prit la main et la serra avec gratitude.

— Merci, merci pour tout ! (Son visage exprimait tant de plaisir qu'Elspeth ne put s'empêcher de lui sourire.) Je dois y aller, maintenant, il n'y a pas un instant à perdre !

Le père ouvrit la porte et sortit. Heureusement, un des gardes le retint pour lui proposer un guide, qu'il accepta d'un air absent. Alors qu'elle refermait la porte, Elspeth l'entendit expliquer à l'homme une partie des choses qu'il devait organiser pour le couronnement du duc.

Elspeth rejoignit Ventnoir, affalé sur le canapé. Soudain, elle aussi se sentait vidée. Elle se laissa tomber à côté de lui.

— Eh bien, fit-il, j'avoue ne pas savoir quoi dire.

Elspeth posa la tête sur l'épaule de son compagnon.

— Moi, je peux te dire que je suis soulagée…

Elle tourna la tête pour voir le visage de Ventnoir, qui sourit.

— N'oublie pas ce dicton shin'a'in : « Méfie-toi de tes souhaits, car ils pourraient se réaliser. » Tu as bien souhaité qu'il y ait un moyen de contrôler Tremane ?

— Oui. Je ne peux pas dire que je sois mécontente de ce qui s'est passé. Les conflits entre Hardorniens vont probablement cesser. Ils auront un dirigeant compétent et incapable de maltraiter son peuple ou sa terre… Et j'ai l'étrange impression qu'il ne pensera pas à faire la guerre à ses voisins, à moins qu'Hardorn ne soit menacé.

Ventnoir embrassa Elspeth sur le front, puis appuya sa tête contre le dossier et contempla le plafond.

— Pour le moment, il m'inspire de la sympathie. Ce n'est peut-être pas une punition à la hauteur de ses crimes, mais il souffrira d'un sérieux inconfort, et pendant un certain temps…

— À cause de l'état de ce pays, tu veux dire ?

— Tu as entendu Janas. Hardorn est malade et commence à peine à guérir. Il le sentira jusqu'à ce que la terre soit remise. Et quand les tempêtes magiques recommenceront, il éprouvera dans sa chair tout ce qu'elles lui feront subir.

Elspeth gloussa — pas très charitablement.

— Je me demande quel effet ça fait d'avoir des morceaux de soi arrachés et remplacés par d'autres ?

— Je préfère ne pas y penser ! avoua Ventnoir.

Cette idée ne semblait pas déplaire à l'ancienne princesse. Et elle connaissait quelqu'un qui s'en réjouirait encore plus.

— Je me demande combien de temps il faudra pour que la nouvelle parvienne à Solaris.

Pas longtemps, crois-moi, répondit Gwena. *Ah, si je pouvais être une petite souris pour voir sa tête…*

Bombardés agents de liaison provisoires entre Tremane et le peuple, Elspeth et Ventnoir durent affronter une dizaine de requêtes dès le lendemain matin.

— Tu sais, il est heureux que nous soyons au milieu de l'hiver, dit Elspeth. Si le temps le permettait, la moitié d'Hardorn voudrait assister au couronnement.

Ventnoir lui avait abandonné la correspondance. Les Frères du Faucon n'ayant pas d'aristocratie, il ignorait la pompe qui allait avec.

— Je me sens aussi perdu qu'une grenouille au milieu du lac Evendim, répondit-il en secouant la tête. Ou qu'un lièvre des forêts au cœur des Plaines. Maintenant, je sais ce que veulent dire tes compatriotes quand ils affirment se sentir comme « le cousin de province ». Je ne sais pas ce que la moitié de ces gens attendent de Tremane !

— Moi non plus, avoua Elspeth. Le monarque est une sorte de pierre de touche pour ceux qui sont habitués aux rois et aux reines. Ils jugent leur propre valeur par rapport à celle qu'ils ont pour leur roi, qu'il soit ou non une personne estimable. Tous ces gens veulent se rassembler autour de Tremane avec l'espoir qu'il déteigne un peu sur eux.

Elle aurait continué, mais on frappa à leur porte. Quand Ventnoir alla ouvrir, à sa grande surprise, Tremane en personne se tenait sur le seuil, en compagnie de son assistant d'âge mûr.

— Puis-je entrer ? demanda-t-il. Quelque chose dans mes souvenirs me dit que vous pouvez peut-être m'aider. À tout démêler, je veux dire.

Ventnoir s'effaça pour le laisser entrer. L'assistant resta dehors, mais il ne quitterait pas le couloir avant que Tremane ne soit ressorti.

Le duc s'assit sur le canapé. Elspeth l'observa attentivement. Pour une fois, il ne cachait rien. Elle le soupçonna d'en être incapable, pour le moment, car il était toujours un peu désorienté, comme le montraient ses yeux hagards. Elle lui tendit une tasse de *kav* parfumé, une boisson qu'appréciaient les Impériaux, et qu'elle avait adoptée, autant pour son goût que pour ses effets stimulants.

— Vous savez, commença-t-il d'un ton plaintif, à votre arrivée, j'ai dit que j'acceptais votre magie de l'esprit, mais pour tout vous avouer, je n'y croyais pas vraiment. Vous auriez pu faire illusion avec deux bêtes bien dressées et des signaux discrets. Projeter sa pensée dans la tête d'une autre personne… ça n'avait pas de sens. Je pensais qu'il fallait être vraiment crédule pour y ajouter foi.

Elspeth hocha la tête.

— Et aujourd'hui enfin, vous êtes confronté à une chose que vous ne pouvez pas expliquer…

— La magie est censée être logique ! protesta

Tremane. Elle est régie par des lois, toutes parfaitement compréhensibles, et qui donnent des résultats prévisibles ! Tout ça est si… si… intuitif, si désordonné…

Ventnoir éclatant de rire, le duc lui jeta un regard soupçonneux.

— Je ne vois pas ce que ça a d'amusant.

— Pardonnez-moi, messire… Très récemment, un de nos amis, convaincu que la magie était purement intuitive — un art sans aucun rapport avec les lois de la logique — a été obligé de la voir telle que vous et vos mages la voyez. Et il a réagi exactement comme vous… le contraste est…

Ventnoir faillit s'étouffer en tentant de ravaler son hilarité. Se souvenant des protestations de Flammechant, Elspeth fit de gros efforts pour ne pas se joindre à lui.

Ça n'aurait pas remonté le moral du duc…

— Quand vous vous y serez habitué, je crois que vous découvrirez que ce don a ses propres règles, et qu'il n'est pas si imprévisible que ça, dit Elspeth. C'est comme si on vous avait déversé dans le cerveau toutes les règles mathématiques et géométriques, puis qu'on vous laisse vous débrouiller avec. Vous êtes submergé d'informations, mais je vous promets que ça changera.

Ventnoir se reprit et s'assit près de Tremane.

— Je vous aiderai autant que possible, promit-il. Je suis sans doute ce qui se rapproche le plus d'un expert, au moins jusqu'à ce que Janas ou un autre arrive.

Le duc soupira, et commença à poser des questions dont le vocabulaire était pour lui aussi nouveau que le concept qu'il exprimait. Elspeth écouta attentivement, l'aidant quand elle le pouvait et relayant les informations que donnait son Compagnon.

Pauvre homme, dit Elspeth, non sans une trace d'ironie. *La seule chose qui pourrait encore le déstabiliser, ce serait l'apparition des fantômes de ses ancêtres, ou son élection par un Compagnon.*

Ça, c'est une idée, répondit Gwena — qui gloussa devant la réaction horrifiée d'Elspeth : *Ne t'inquiète pas. Pour qu'il soit élu, il faudrait que la moitié de la population d'Hardorn et de Valdemar ait été engloutie par la terre. Et encore.*

Au moins, maintenant il nous croira, quand nous l'informons que tu *as dit quelque chose.*

Une constatation satisfaisante. Et il lui vint une autre idée.

Ventnoir, je crois qu'il faut traiter le problème comme s'il était un Empathe. Janas lui a peut-être laissé les moyens de contrôler son don, mais s'il est puissant, son cerveau doit être trop submergé pour les trouver. Essaie de lui enseigner à se centrer et à ériger un bouclier, comme à une personne douée d'Empathie.

Ventnoir changea aussitôt son angle d'attaque. D'après Elspeth, cela serait plus facile pour Tremane que pour un Empathe, qui devait lutter contre les changements d'humeur de son entourage. Hardorn était malade, certes, mais ses projections restaient stables, sans pic d'intensité. Donc, quand il aurait appris à ériger un bouclier, il pourrait le renforcer ou l'affaiblir selon ses besoins.

Peut-être ne voudrait-il pas le faire. Il devait savoir quand la terre était blessée, et ça serait impossible si ses boucliers étaient trop forts.

Elspeth regarda Ventnoir guider les premiers exercices de Tremane. Voyant le duc progresser très vite, elle en arriva à une conclusion : Janas lui avait fourni bien plus que des instructions. Pour lui en donner la preuve, dès que le duc eut compris la technique que lui enseignait le Tayledras, il l'appliqua sans faire d'erreur.

Dommage que nous ne puissions pas former les jeunes Hérauts aussi rapidement.

Ça demanderait une capacité que la plupart des Hérauts — et des Compagnons — n'ont pas, répondit

Gwena. *Je n'avais pas mesuré, jusqu'à maintenant, combien le vieux Janas est remarquable.*

Oh, vraiment ?

Elspeth vit soudain le prêtre sous un jour différent. Elle se demanda quel rang il occupait dans la hiérarchie de son ordre. Egal à celui du Fils du Soleil ? Seule Solaris aurait pu le dire.

Une chose était sûre : les Hardorniens n'avaient rien laissé au hasard et ils avaient joué gros.

Mais la jeune femme garda tout ça pour elle. Tremane en avait déjà assez sur les bras, entre son nouveau pouvoir et ses responsabilités de futur roi.

Devenir roi. Quelle étrange idée. Je ne connais aucun monarque qui ait été choisi par son peuple depuis… Valdemar.

Encore lui.

Tremane absorba l'enseignement de Ventnoir comme la terre sèche boit la pluie. Peu à peu, ses rides d'anxiété s'adoucirent et les signes de désorientation disparurent. Enfin, il soupira et ferma les yeux, soulagé.

— Je me sens… normal, dit-il, comme s'il avait désespéré de le redevenir un jour.

Il rouvrit les yeux.

Ventnoir sourit, satisfait.

— C'est parfait, répondit-il. Vous ne devriez pas avoir à penser à ces boucliers, puisque vous savez ériger des boucliers magiques classiques. Ils resteront en place jusqu'à ce que vous les baissiez ou que vous les affiniez. Désormais, vous sentirez seulement ce qui arrive de bon ou de mauvais à Hardorn.

Tremane rougit un peu et toussota.

— Je crois me rappeler avoir désiré un pouvoir de ce genre…

Le sourire de Ventnoir devint ironique, mais il ne dit rien.

Toute culture doit avoir sa version du proverbe

shin'a'in : « Méfie-toi de tes souhaits, car ils pourraient se réaliser. »

— Parfois, les Cent Petits Dieux font preuve d'un sens de l'humour intéressant, soupira Tremane.

— Bien plus encore que vous ne pourriez le croire, renchérit Ventnoir. Grâce au « cadeau » que vous a fait Janas, savez-vous que vous êtes littéralement lié à Hardorn ? Vous ne pourrez jamais quitter votre royaume très longtemps.

Tremane eut un regard sceptique.

— Vous exagérez...

— Non. Janas ne parlait pas abstraitement quand il vous a donné des explications. Je connais assez la magie de connexion pour savoir que vous la subissez, et je doute que quiconque puisse briser le sort. Il s'agit des sortilèges d'une religion primitive, imaginée pour empêcher le roi de partir en exploration au lieu de gouverner.

Elspeth sonda le visage de Tremane, bien moins opaque que d'ordinaire — même s'il l'était encore plus que celui du commun des mortels.

— Donc, cette connexion ne me permettra pas de retourner dans l'Empire.

— Les magies les plus primitives sont les plus puissantes et les plus difficiles à briser. Peut-être devrais-je même dire *primales*... Je pense que celle-ci remonte aux tribus qui vivaient ici avant le Cataclysme. Ce fut réellement fascinant à regarder : pas de psalmodie, pas de vrai rituel, rien qu'un son pour guider l'invocation, et, bien sûr, un composant mental. Simple, mais efficace, la preuve d'une grande ancienneté...

Tremane semblait sonné.

— C'est parfaitement logique, continua Ventnoir. Prenons une tribu récemment installée ayant abandonné la chasse et la vie errante pour se lancer dans l'agriculture et l'élevage. Malheureusement, les individus les plus capables de la défendre sont aussi ceux qui veulent retourner à leur ancien mode de vie. Pour leur faire assumer leurs responsabilités, une seule solution : les connecter à la terre.

— Oh, je comprends, coupa Tremane, pince-sans-rire. Après tout, c'est moi qui suis le récipiendaire de cette magie « primitive ». Et qui suis prisonnier. Sans vouloir vous manquer de respect, Ventnoir k'Sheyna, spéculer sur les origines de ce rituel ne sert à rien. Ça pourra donc attendre que tout soit rentré dans l'ordre. Alors, Janas et vous parlerez d'histoire jusqu'à plus soif.

Ventnoir ne sembla pas du tout gêné. Il jeta même au duc le regard d'un professeur conscient que son élève passe à côté de l'essentiel.

— Duc Tremane, si vous voulez savoir pourquoi une magie fonctionne, il faut vous intéresser à ses origines et à son objet. Dans les sorts compliqués, les causes, les déclencheurs, les voies et les effets ne sont pas toujours évidents, et souvent fragiles. Dans les sorts primaux, les variables sont moins nombreuses, mais pas nécessairement plus évidentes. Vous ne pouvez pas défaire un charme — à supposer que vous le vouliez — sans savoir comment il a été fait.

— À supposer que je le veuille…, répéta Tremane. (Il se leva pour regarder par la fenêtre.) Par nature, je ne suis pas porté sur la religion.

— Nous le savions déjà, répondit Elspeth, d'un ton si ironique que le duc se retourna.

— Il n'y a pas grand-chose dans l'Empire qui pousse un homme à croire aux dieux. L'Empire se concentre surtout sur les effets tangibles. Les tâches quotidiennes priment sur l'idée qu'il existe une influence divine ou un monde spirituel. Chez nous, ce qui se rapproche le plus d'une religion d'État, c'est le culte des ancêtres. Sous sa plus haute forme, il consiste à vénérer les empereurs défunts et leurs consorts. On les appelle les Cent

Petits Dieux. Il n'y en a pas vraiment une centaine, mais un chiffre rond sonne mieux.

— Je m'étais posé la question…, admit Ventnoir.

— Je ne croyais pas non plus au destin, continua Tremane. Néanmoins, depuis mon arrivée, j'ai été confronté à des situations qui m'ont forcé à m'engager sur une voie très particulière. Alors, je me demande si je n'avais pas tort. Après tout, le destin existe peut-être.

Elspeth ne put laisser passer cette occasion.

— Si vous voulez la preuve de l'existence du divin, je suis sûre que Solaris pourra vous organiser une manifestation de Vkandis.

C'était très méchant de sa part. Mais après les crimes dont Tremane s'était rendu coupable, elle ne put s'empêcher de se réjouir en le voyant pâlir.

— Ce ne sera pas nécessaire, dit-il.

— Comme il vous plaira, murmura la jeune femme, échangeant un regard amusé avec Ventnoir.

Eh bien, dit Gwena, *voilà qui s'appelle être pris entre l'incendie et le torrent : il porte la malédiction de Solaris et il est connecté à la terre d'Hardorn. Je crois que le grand duc Tremane sera très coopératif avec l'Alliance… parce que s'il ne l'est pas, il ne pourra pas s'enfuir.*

Je viens de penser à une autre bonne raison de connecter un roi à son royaume, dit Ventnoir, alors que Tremane se tournait vers la fenêtre. *Si on le lie à un endroit, et qu'il ne peut pas en partir, il doit bien le gouverner, sinon il sentira que ça ne va pas.*

Espérons qu'il y pense déjà, répondit Elspeth. *C'est un bon chef, intelligent et pragmatique. Il devrait comprendre qu'il lui faudra régner sagement et honnêtement. Pour Hardorn et pour l'Alliance, nous ne pouvons pas tolérer moins que ça.*

CHAPITRE VI

Les seuls sons audibles dans la pièce étaient les froissements de papier.

Avec un sourire satisfait, Melles lisait la dernière page du rapport du commandant Sterm. L'ordre était rétabli à Jacona, la capitale. Elle n'était pas sous le coup de la loi martiale, mais les soldats et les miliciens patrouillaient dans les rues ensemble, à la satisfaction des deux corps. Il avait testé son plan ici, où il pouvait tout superviser, et ses idées avaient fonctionné. Pas à la perfection, mais il ne s'attendait pas à ça. Dans l'ensemble, Thayer et lui étaient satisfaits.

Comme il l'avait prédit, les prix des denrées de base avaient augmenté quand elles s'étaient raréfiées. Le citoyen moyen ne pouvait plus se permettre que deux repas sur trois. Des privations suffisantes pour provoquer des émeutes. Melles avait donc donné l'ordre de tuer, et lancé le second tiers de son plan. Jacona était divisée en quartiers, avec un élu à la tête de chacun, le capitaine de district, responsable des affaires locales. Cela simplifiait l'organisation. Désormais, les citoyens de Jacona étaient soumis à un rationnement strict, avec un nombre précis de tickets par semaine, selon la décision des capitaines. Le contrôle des prix était entré en vigueur en même temps que le rationnement. Personne ne mourrait de faim, et si les prix restaient élevés, ils n'étaient plus exorbitants. Les arrivages de nourriture avaient repris et les tickets assuraient à chacun sa subsistance. Mais ils concernaient seulement les produits de base.

Certains citoyens choisissaient de troquer leurs tickets ou ceux de leur famille contre — par exemple — de l'alcool. L'Empire fermait les yeux, du moment que les personnes impliquées étaient adultes.

Les capitaines avaient ordre de s'intéresser aux enfants qui mendiaient de la nourriture. Si leurs parents ne pouvaient pas se procurer de quoi nourrir leurs familles, ils étaient placés dans un orphelinat impérial.

Là, les parents ne pouvaient plus les récupérer, car ils étaient sous la protection de l'État. À quatorze ans, les garçons entreraient dans l'armée. Les filles — ou les garçons chétifs — rallieraient un corps auxiliaire de l'armée ou deviendraient des servantes. À moins de montrer des capacités hors du commun.

Mais cela n'avait rien à voir avec le rationnement…

Il y avait bien sûr des produits de luxe disponibles au marché noir. Là encore, l'Empire fermait les yeux — à condition qu'ils ne proviennent pas d'un entrepôt impérial. La ronde des repas continuait comme avant dans les manoirs des riches, mais le budget avait doublé. D'après les agents de Melles, les prix s'étaient stabilisés également sur le marché noir. Les riches allaient devoir travailler un peu plus dur pour maintenir leur train de vie. Beaucoup avaient déjà investi dans le charbon, le bois et d'autres combustibles. Il y avait aussi quelques nouveaux nantis, qui avaient vu venir les choses, et placé leur argent en conséquence. Et des anciens riches ruinés, parce qu'ils faisaient le commerce d'objets magiques ou de costumes de festival dont personne ne voulait dans les conditions actuelles.

Mais jusque-là, à part pour ces quelques malchanceux, rien n'avait changé.

Il n'y avait pas eu d'autre émeute après la première, qui avait permis à Melles d'ordonner que les archers tirent sur la foule. Douze tués, tous des meneurs… Des manifestations se succédaient, et des discours retentissaient à tous les coins de rue, mais on les ignorait. Plus aucun bâtiment ne s'était écroulé — sans doute parce qu'il n'en restait plus parmi ceux qui tenaient debout grâce à la magie.

Il y avait tellement de travail que le chômage n'existait plus. Ceux qui manifestaient le faisaient pendant leur temps libre — à part les quelques riches excentriques qui n'avaient pas besoin de gagner leur vie.

Aux endroits où les aqueducs magiques n'amenaient plus l'eau, et où il n'y avait pas de puits, des citoyens apportaient des seaux pour remplir les toutes nouvelles citernes. D'autres ramassaient les ordures, les cendres et les déjections animales dans les cours et les rues. Heureusement, les égouts n'étaient pas magiques et fonctionnaient sans problème.

La vie dans la capitale n'était pas redevenue normale — ça n'arriverait pas avant l'arrêt des tempêtes magiques — mais le citoyen moyen travaillait, touchait une paye, mangeait régulièrement et dormait sur ses deux oreilles. S'il avait plus froid cet hiver que le précédent, ou un peu plus faim, ses voisins aussi. Mais il n'y avait plus d'émeute dans les rues, et plus de mendiants, car ils finissaient vite manutentionnaire dans un entrepôt impérial ou affectés à une brigade de porteurs d'eau ou d'éboueurs.

Cette justice sociale comblait le citoyen moyen. Et il se réjouissait de voir les employés impériaux travailler jour et nuit pour lui rendre son confort.

Des poêles aptes à brûler n'importe quel combustible — charbon ou bouse — étaient désormais disponibles pour une somme raisonnable dans les entrepôts impériaux. Des blanchisseries et des bains publics avaient été ouverts. Ainsi, le citoyen qui ne pouvait pas se permettre de chauffer de l'eau pouvait se laver et faire sa lessive pour quelques pièces de cuivre.

Tout ça visait à lui permettre de penser au jour où il retrouverait son confort.

Et s'il avait renoncé à un peu de sa liberté, à part quelques mécontents, tout le monde pensait que c'était un sacrifice acceptable. Certaines personnes jubilaient même de voir des soldats se charger, dans les rues, de les débarrasser des fauteurs de troubles. De fait, il n'y avait quasiment plus de vols, d'attaques ou de viols.

Enfin, le vol, l'attaque ou le viol d'un citoyen par un autre n'existent pratiquement plus... Aucune personne saine d'esprit n'accuserait un soldat ou un milicien d'un de ces crimes. Et sans accusation, pas de délit, donc pas de problème officiel.

Jusque-là, tout ce que Melles avait lancé fonctionnait, ou finirait par marcher avec quelques ajustements mineurs. Il était temps d'organiser la prochaine étape.

Pensif, il posa les coudes sur son bureau, et plaqua le bout de ses doigts sur ses lèvres.

Melles fixait la flamme de la lampe à huile — qui avait remplacé la lumière magique — posée sur le bureau placé près de l'antique cheminée, où trônait une version améliorée du poêle officiel : un engin en acier et en céramique qui brûlait du charbon. Encore l'ingéniosité impériale : le charbon fournissait plus de chaleur et brûlait plus longtemps que le bois, même s'il produisait une fumée très polluante qui pourrait devenir un problème. Mais cette nouvelle invention leur permettrait de passer l'hiver. Toutes les cheminées du palais, et pratiquement toutes celles des manoirs de la noblesse, en abritaient une, et les mines de charbon, qui jusque-là produisaient seulement pour la métallurgie, livraient par fourgons entiers aux citoyens. Une variante de ce poêle chauffait l'eau des salles de bains du palais et des établissements publics impériaux. Bizarrement, tout ça était très profitable pour le Trésor. Car l'Empire collectait les impôts sur les bénéfices, *et* il vendait des poêles et des services.

Comme tous les vols, celui de charbon était puni de travaux d'intérêt généraux. Ceux qui se rendaient coupables d'incitation à l'émeute, de participation à des troubles, de pillage, d'ivresse sur la voie publique, de vandalisme, de vagabondage ou de délinquance étaient également affectés à une brigade d'éboueurs ou de porteurs d'eau. Une solution plus productive que de les flanquer en prison ou de les enrôler dans l'armée. Grâce à cette nouvelle loi, les rues étaient plus tranquilles.

Tremane n'aurait jamais ordonné tout ça. Il n'avait ni l'audace ni l'ouverture d'esprit — et peut-être pas les capacités intellectuelles — pour imaginer des plans aussi ambitieux en si peu de temps.

Melles continua de regarder la flamme, mais l'inspiration continua de le fuir. Il prit un autre rapport et le feuilleta. Avant de planifier la suite, il devait commencer par s'occuper de ses opérations secrètes.

Une fois les émeutes écrasées, il y avait eu moins de plaintes qu'il ne s'y attendait. C'était surprenant. Il s'attendait à rencontrer plus de résistance.

Autrement dit, les citoyens de Jacona se laissaient mener comme de gentils moutons.

Oh, il y avait bien quelques trublions — et l'inévitable mouvement pour la « liberté ». Comment aurait-il pu en être autrement ? On trouvait toujours des individus qui refusaient que leur liberté subisse des restrictions, même savamment déguisées.

Le mouvement des Droits des Citoyens vous a identifié comme la source des nouveaux édits et des punitions, disait le rapport écrit par le chef de ses agents de bas niveau de la cité. *Ils pensent que l'empereur n'est pas au courant, et qu'en s'y prenant bien, ils réussiront à attirer son attention sur vos abus, entraînant votre révocation. En cas d'échec — parce que vous manipulez l'empereur — ils prévoient un soulèvement général pour renverser le gouvernement.*

Ça aussi, Melles l'avait anticipé. Alors, il n'était pas alarmé, mais plutôt content d'avoir su si bien prédire l'avenir. Son agent n'était pas inquiet non plus. Il voulait seulement plus d'instructions, maintenant qu'il avait identifié le mouvement, ses objectifs et ses membres.

Melles prit une plume, une feuille et commença à écrire sans même réfléchir à la traduction. Il avait tellement l'habitude de correspondre avec ses agents qu'il connaissait tous les codes par cœur. Il ne s'agissait pas réellement d'une lettre chiffrée. Aux yeux d'un étranger, elle ressemblerait à une banale missive envoyée par un serviteur du palais à un de ses parents.

En réalité, elle disait :

Ne faites rien ouvertement contre ceux qui me critiquent. Quant aux citoyens moyens, continuez de leur mentir sur mon impuissance face à la tyrannie de l'empereur. Faites-leur croire que j'essaie de juguler les excès de Charliss, qui est personnellement responsable de leur malheur. Je veux que les membres des Droits des Citoyens eux-mêmes me surnomment l'« Ami du Peuple ». Continuez de les identifier, et si des meneurs sortent des rangs, trouvez leurs faiblesses et un moyen de les handicaper sans les éliminer. Tenez-moi informé à tout moment.

Melles allait sceller l'enveloppe quand il pensa à autre chose, et ajouta une deuxième feuille.

Il y a sans cesse des erreurs bureaucratiques — des hommes arrêtés alors qu'ils rentrent de leur travail, victimes de la hargne des soldats… Envoyez-moi quelques dossiers afin que je puisse enquêter et faire libé-

rer ces innocents. Signalez-moi surtout ceux qui ont des enfants qui souffrent de leur absence.

Il scella l'enveloppe, y écrivit l'adresse et la posa dans le panier, afin que son messager la porte à l'endroit convenu.

Cet ajout était une inspiration géniale. Melles demanderait à un clerc de s'occuper de la paperasse nécessaire pour libérer l'homme. Puis il lui enverrait un peu d'argent, quelques produits de luxe et des friandises pour les enfants. Alors, l'Héritier deviendrait un héros dans la rue.

Maintenant qu'il était au sommet de l'État, les strates de bureaucratie, entre le citoyen moyen et lui, étaient si épaisses que ses admirateurs risquaient de mourir de vieillesse avant d'avoir pu obtenir une audience avec lui.

Tout ça allait générer un peu plus de travail, mais il y avait suffisamment d'employés pour s'en occuper.

Un autre que Melles aurait fait arrêter les contestataires. Et montré ainsi son inexpérience. Aussi longtemps qu'on connaissait les meneurs et les membres de ces mouvements, et leurs faiblesses, il était préférable de les laisser faire. En des temps si troublés, les mouvements insurrectionnels étaient comme les cafards : on en écrasait un et cent autres naissaient. Les rebelles avaient tendance à s'épanouir face à un certain volume de persécutions, puisque cela justifiait leur cause aux yeux des autres. En fait, beaucoup avaient besoin de se sentir persécutés pour justifier leur pathétique existence.

Melles jouait le même jeu que ces idiots, mais à un niveau plus élevé. Quand on leur donnait des bribes d'informations sur la complexité d'une situation, les gens devenaient vite manichéens. Si un individu n'était pas avec vous, il était contre vous. Si ce n'était pas blanc, c'était noir… Alors que les « oppressés » utilisaient ce phénomène pour s'attirer de la sympathie,

Melles visait à attiser à leur sujet l'indignation du peuple. Ses plans étaient si complexes que le profane ne pouvait pas les comprendre, et il utilisait la police et les brigades de travail comme une façade. Il créait des concepts simples pour que le citoyen de base les absorbe et réagisse, tout en ne lui expliquant pas ce qui se passait vraiment. Du coup, même les meneurs devaient fonder leurs actions sur des informations incomplètes… Ou pire encore, sur de pures inventions. « Pire » pour eux. Pour Melles, c'était pain béni.

Il les observerait et les aiderait à l'occasion. Il les frustrerait, les combattrait et les utiliserait. Mais surtout, il les laisserait tenir leurs « assemblées » et s'enflammer les uns les autres. Ainsi, ils se tiendraient tranquilles et seraient presque inoffensifs.

Plus ils se plaindraient, alors que les conditions s'amélioraient, moins les gens les écouteraient.

Il valait mieux éliminer les rares individus compétents qui émergeaient parfois que s'attaquer à toute une organisation. Par exemple, un meneur trouverait la mort en se battant contre un voleur. Avant qu'il ne devienne un martyr, les preuves découvertes au cours de l'enquête démontreraient qu'il était un violeur d'enfants. Ainsi, le peuple le désavouerait et se détournerait de ses camarades. Il suffirait de dix ou vingt cas de ce genre pour que tout le monde soit soulagé par la disparition des fauteurs de troubles.

Les « combattants de la liberté » amateurs amusaient Melles. Si aucun groupe ne s'était formé, il aurait dû en fabriquer un pour attirer les vrais trublions. Les plus dangereux ? Ceux qui savaient que les organisations étaient des cibles évidentes et décidaient de lutter seul contre le pouvoir. Là, s'il réussissait à en attraper un, ce serait par hasard.

Mais les mouvements contestataires avaient leurs utilités, la principale étant de donner l'occasion aux têtes brûlées d'exprimer leur malaise. Quand ils faisaient des discours, ils ne mettaient pas le feu aux archives impériales, ne contrefaisaient pas les tickets de rationnement et ne pénétraient pas dans les camps de travail pour libérer les prisonniers.

Mieux valait une centaine de harangues idiotes qu'une émeute pour de la nourriture…

Melles posa le rapport sur la pile « lu », et s'intéressa au suivant. Si la situation n'avait pas été si difficile, il aurait été aux anges : il n'avait jamais eu autant de pouvoir et c'était enivrant !

Les rapports des responsables de ses opérations secrètes dans la cité indiquaient que tout se passait aussi bien que possible. La dernière inconnue ? Les effets des tempêtes magiques…

Melles espérait en avoir tenu assez compte pour éviter le chaos. Les capitaines de district étaient des politiciens. Mais même élus, ils ne devenaient pas irremplaçables. Au besoin, ils mentiraient pour sauver leur place. Le Commandant Impérial ne tricherait sans doute pas, mais il pouvait lui cacher des choses. En revanche, Melles avait choisi et entraîné ses agents, et ils lui rapportaient exclusivement des faits, même pénibles à entendre. C'était leur travail. Il récompensait ceux qui lui étaient fidèles et se débarrassait des autres — *littéralement*, quand il le fallait.

Leurs rapports confirmaient que la cité lui appartenait : pacifiée, elle se tenait tranquille au creux de sa main.

Parfait. Il n'avait pas l'intention de quitter la capitale, et désirait qu'elle soit sûre, afin de pouvoir s'occuper du reste de l'Empire sans craindre pour sa sécurité. Le pouvoir qui lui conférait son autorité était *ici*, et même s'il aurait pu agir sans être l'Héritier, cela lui aurait été beaucoup plus difficile. Il avait le soutien de l'armée, mais qu'adviendrait-il si l'empereur nommait un autre successeur ? Il avait besoin des soldats pour soumettre tout l'Empire.

Sachant que ça fonctionnait avec Jacona, il allait appliquer ses méthodes dans les autres villes…

Il reprit le rapport qu'il avait mis de côté — un résumé de l'état actuel de l'Empire.

La campagne alentour « pacifiée », les perturbations restaient dues au temps et aux monstres, pas à des émeutiers. À l'intérieur des villages et des petites villes, les gens ne risquaient pas de mourir de faim, mais ils avaient peur. Des tempêtes naturelles risquaient de tout balayer en quelques instants, car elles charriaient assez de neige pour ensevelir les maisons et soufflaient assez fort pour les emporter. Quant aux blizzards, ils duraient parfois plusieurs jours. Comme si cela ne suffisait pas, des créatures hideuses arpentaient les rues — des monstres que nul ne savait comment tuer. Dans les domaines seigneuriaux, les choses étaient parfois pires, car la plupart des nobles n'entretenaient pas de guerriers — si près de la capitale, avoir une armée était mal vu.

Deux manoirs avaient été recouverts par la neige. Avant que les serviteurs aient pu les dégager, des monstres avaient attaqué et tué tout le monde.

Un ennuyeux petit noble de moins à supporter.

L'armée gérait la situation avec toute l'efficacité voulue. Melles fut à la fois surpris et content d'apprendre que le général Thayer avait déployé des escouades de chasseurs de monstres *avant* de mettre les ordres de réquisition en application. Voyant des horreurs se balancer au bout de crochets sur la place publique, les gens avaient été heureux de *donner* les biens réquisitionnés par l'armée. Ils avaient même été plus loin, faisant preuve d'extrême imagination… Dans un village, un forgeron avait eu l'idée de bloquer les roues des chariots et d'y attacher des patins, pour qu'ils glissent sur la neige. Grâce à lui, les caravanes de ravitaillement pouvaient désormais emprunter des routes à peine dégagées sur la largeur d'un cheval.

Dommage que les chevaux ne puissent pas marcher avec des raquettes, nous n'aurions plus à déblayer les routes. Quelle ironie ! Les pauvres sauvent les riches, car ils sont les seuls à savoir comment vivre sans magie !

À part ça, la vie était plus facile à la campagne. Le bois de chauffage ne manquait pas, ni la nourriture, bien plus variée que dans les villes. Et c'était sans doute encore plus vrai dans les domaines. Melles aurait parié que les nobles assez malins pour avoir fui la capitale à temps se frottaient les mains.

Ça, c'était pour la situation aux alentours de Jacona. Les autres villes, à présent…

Apparemment, ce qui fonctionnait dans la capitale aurait le même résultat partout. Il faudrait seulement tenir compte des pouvoirs religieux, comme à Deban, par exemple, soumise à un culte nouveau.

Melles écrivit à Thayer et à ses agents. Quand il eut enfin fini, ses doigts étaient raides et douloureux. Un serviteur était venu deux fois ajouter du charbon dans le feu. Malgré le poêle, l'Héritier était gelé.

Peut-être aurait-il plus chaud s'il couvrait son fauteuil d'une peau de mouton et glissait un brasero sous son bureau ? Non, mieux encore : il exigerait d'avoir l'équipement des clercs impériaux. Remuant ses doigts gourds, il se leva, le froid torturant chacune de ses articulations. Il savait que sa bataille contre le vieillissement était perdue d'avance. Avant les tempêtes, il avait commencé à recourir à la magie de rajeunissement. Aujourd'hui, il sentait le manque. Au moment où il en avait le plus besoin !

Un futur empereur ne pouvait pas se permettre d'être distrait par des douleurs articulaires.

Un rappel de ma mortalité ?

Il gagna l'armoire où étaient rangés les alcools forts. Un bon verre l'aiderait à se réchauffer. Une chaleur aussi fugitive qu'illusoire, mais il lui fallait ça pour assourdir la douleur.

Son valet entra, impeccable dans sa livrée noire et violette, tandis qu'il se servait du cognac et admirait sa couleur.

L'homme attendit que Melles le remarque pour parler.

— Son Altesse Impériale a réuni la cour, seigneur Héritier, dit-il, un costume de parade plié sur le bras. Voulez-vous vous changer ici ou dans vos quartiers privés ?

Melles soupira. Il était fatigué, transi, et il avait besoin de répit avant d'affronter la prochaine crise. Mais Bors Porthas ne l'aurait pas dérangé s'il s'était agi d'un caprice de Charliss. Ce devait être sérieux.

— Ici, c'est parfait, répondit-il.

Personne n'entrait dans son bureau sans être annoncé, et Porthas devait avoir pris tout ce dont il avait besoin. Le petit homme dégarni, au visage fin et inexpressif, était d'une efficacité remarquable. Cela n'avait rien d'étonnant. Il avait été au service de maîtres très exigeants, avant que Melles ne le récompense en le prenant au sien. Beaucoup de nobles auraient reconnu en Porthas leur fidèle valet forcé de prendre sa retraite par une maladie soudaine… La plupart auraient été bouche bée de le voir et les autres auraient pâli, car ils avaient envoyé des fleurs à ses funérailles.

Porthas semblait en bonne santé pour un homme mort trois ou quatre fois et incapable de quitter le lit à cinq autres occasions. Il paraissait sans âge, et Melles savait qu'il n'était pas seulement un valet compétent. Ce diable d'homme pouvait vaincre à l'épée un gaillard beaucoup plus jeune que lui. Quant à ses autres talents… C'était la seule personne à qui Melles confiait certaines missions, quand il ne pouvait pas les remplir lui-même. Son corps était aussi bien entretenu que l'esprit qu'il abritait.

Après toutes ces années d'espionnage, Melles se demandait si la vie d'un « simple » valet n'était pas ennuyeuse pour Porthas. Mais il n'était pas plus un *simple* valet que lui un *simple* courtisan. Porthas coordonnait tous les agents de l'Héritier hors et dans la capitale, et surtout au Château À-Pic. L'Héritier et lui étaient les deux seuls membres de l'organisation à connaître toutes les identités des espions. Dans les rares occasions où Melles ne pouvait pas s'occuper d'une « mise à la retraite », Porthas s'en chargeait avec une efficacité égale à celle de son maître.

Pourtant, il semblait aimer jouer les valets. Après toutes ces autres activités, c'était peut-être reposant et amusant ?

Il fit preuve d'une réelle habileté pour assister Melles à entrer dans ses encombrantes robes de cour. En ce qui concernait les vêtements, Porthas n'était pas l'égal mais le maître de Melles, qui s'en remettait à lui. Quand le dernier pli fut arrangé à la convenance de Porthas, Melles le remercia — pas trop, mais assez pour s'assurer que l'homme sache que ses services étaient appréciés. Avec un sourire satisfait, Porthas rassembla les vêtements éparpillés et disparut dans la chambre.

Le trajet permit à l'Héritier de se débarrasser d'un peu de sa mauvaise humeur. Dès qu'il entra dans la Salle du Trône, il sut que quelque chose se préparait. Pour une fois, les murmures nerveux ne cessèrent pas quand il apparut et le trône était vide.

Melles gagna le pied de l'estrade, prenant sa place de Premier de la Cour. Le général Thayer était déjà là. Son air sinistre lui apprit qu'il ne savait pas plus que lui ce qui se passait.

Le militaire était en grande tenue : son plastron de cérémonie brillait au-dessus de son uniforme sombre, et il tenait sous son bras un heaume surmonté de crins de cheval pourpre. Ainsi, il pouvait repousser un éventuel assaillant, pendant qu'il tirait son épée de sa main libre.

Il l'avait déjà fait quelques fois…

— Savez-vous ce qui se passe ? souffla-t-il à Melles. (Quand celui-ci secoua la tête, le général jura.) Charliss ne rassemble jamais la cour sans préavis. Là, il s'enferme avec un messager ou un informateur… et il nous convoque ! Il n'est plus rationnel, et les Cent Petits Dieux seuls savent ce qu'il peut faire d'une simple rumeur…

— Celle d'aujourd'hui ne peut pas nous concerner, assura Melles. Nous sommes efficaces, et les citoyens de l'Empire se disent très contents de nous et de l'empereur. Lisez les rapports et regardez les rues ! Et il a signé de sa main chaque loi, édit et changement de procédure que nous avons proposés. Quoi qu'il ait pu entendre, cela ne nous menace pas.

À cet instant, l'empereur Charliss apparut, drapé dans ses robes de cérémonie et avança vers le trône, flanqué de deux gardes et suivi par quatre autres.

Melles fut surpris en mesurant le niveau de détérioration des protections magiques de l'empereur, mais il fut sans doute le seul à s'en rendre compte. À l'évidence, Charliss perdait sa bataille contre le temps et les tempêtes. Et comme Thayer l'avait dit, les Cent Petits Dieux seuls savaient dans quel état psychique il était.

Normalement, l'esprit d'un Empereur-Adepte restait clair jusqu'au dernier instant. Mais c'était à l'époque où la magie fonctionnait. Aujourd'hui… Et si le cerveau de Charliss se détériorait plus vite que son corps ? Et si le poison de l'âge agissait sur lui comme une drogue, brouillant ses pensées ?

L'empereur balaya la cour du regard, puis s'abandonna à l'étreinte glacée du Trône de Fer et sonda encore l'assistance, comme s'il cherchait des signes d'insurrection. Enfin, il fit un signe de la main, et un homme en uniforme sortit de derrière le rang de gardes pour venir se tenir devant lui.

— Un de nos agents est revenu de l'ouest, croassa l'empereur. Des pétitions et des questions ont été portées à notre attention. Certains parmi vous doutent de notre sagesse d'avoir nommé un second Héritier, arguant que les rumeurs au sujet du Sans Nom ne sont pas fondées. Selon eux, nous devrions attendre la preuve de sa trahison. Nous vous avons fait venir pour entendre ce rapport. Ainsi, vous saurez que l'empereur règne parce qu'il est plus sage que vous.

L'homme s'agenouilla devant le trône et commença à réciter son compte rendu d'un ton sans passion. Melles l'écouta d'une oreille, sachant déjà tout ce qu'il dirait.

Il avait appris très tard que l'entrepôt de Fortallan avait été pillé de fond en combles par Tremane — s'il avait pu, il aurait emporté les murs. Mais ça n'était pas une nouvelle. Charliss le savait quand il l'avait nommé Héritier, alors pourquoi rassembler la cour pour entendre ça ?

Il était étrange que Charliss daigne répondre aux pétitions des rares amis de Tremane, car il avait toujours ignoré ce genre de choses, dans le passé. Ça ne lui ressemblait pas, pas plus que de s'asseoir pour écouter un rapport qu'il avait entendu plusieurs fois.

Pourtant, Charliss s'agitait de plus en plus.

Enfin, l'homme en arriva à une information nouvelle. Il s'agissait d'un discours fait par Tremane devant ses troupes. Melles comprit que l'agent le leur rapportait mot pour mot, car il avait souvent recours à ses notes.

Il devint tout particulièrement attentif quand il s'avisa que ce discours était la cause de l'agitation de Charliss. L'empereur serrait les accoudoirs de son trône et ses yeux lançaient des éclairs.

S'il perdait contenance en public, son aptitude à régner serait mise en doute. Dans ce cas, le choix de son Héritier le serait aussi.

Tremane avait accusé l'empereur d'avoir manqué aux serments prêtés à l'armée et d'être l'auteur des tempêtes magiques. Il avait déclaré à ses troupes que Charliss les avait délibérément envoyés en Hardorn pour tester une nouvelle arme de destruction massive — simplement pour voir ce qui leur arriverait.

Selon le Sans Nom, l'empereur les avait abandonnés face aux tempêtes et à une population hostile, sans nourriture, sans équipement, sans paye et sans renfort. Enfin, il avait déclaré qu'ils devraient se débrouiller seuls, car l'Empire ne se souciait plus d'eux.

Tremane avait pu croire ce qu'il disait. Il semblait plus logique d'imputer les tempêtes magiques à l'Empire qu'à un pays insignifiant comme Valdemar. L'Empire utilisait la magie à une grande échelle depuis des siècles alors que Valdemar l'avait redécouverte récemment. À vrai dire, si Charliss avait possédé une telle arme, il aurait pu la tester exactement de cette manière.

L'empereur enrageait parce que, *pour une fois*, il était innocent d'un mauvais coup.

L'agent, en travaillant avec un groupe de mages, avait réussi à maintenir un sort de vision à distance jusqu'au passage de la dernière tempête. Il avait les preuves, en plus du discours, de la perfidie de Tremane, désormais allié avec Valdemar. Il s'était joint à l'Alliance et serait bientôt couronné roi d'Hardorn, le pays qu'il était censé conquérir pour Charliss. Et il avait accepté la condition des Hardorniens : ses hommes et lui défendraient le royaume contre toute tentative d'invasion de l'Empire.

À cet instant, Charliss explosa, coupant l'homme au milieu d'une phrase.

Melles et Thayer échangèrent un regard. Ils n'avaient jamais vu l'empereur perdre son sang-froid. À l'instant où il s'arrêta pour reprendre son souffle — après une dizaine de mots rageurs, bénie soit sa mauvaise condition physique — ils montèrent sur l'estrade et entourèrent Charliss.

— *Je* me charge de Tremane, seigneur, dit Melles. C'est pour ça que vous m'avez choisi… Croyez-moi, il vivra juste assez longtemps pour regretter ses actions.

— Et *je* me charge des traîtres qui ont décidé de le suivre, ajouta Thayer. Ce sont des soldats impériaux. Ils seront donc exécutés par des mains impériales.

Charliss les regarda, le visage toujours déformé par la rage, puis il voulut se lever.

Melles regarda Thayer et montra discrètement la porte.

Ils prirent chacun le vieil homme par un bras pour l'aider à se lever.

— L'empereur désire s'entretenir en privé avec nous, déclara Melles.

C'était mieux que ne rien dire du tout et laisser les courtisans imaginer le pire.

Ils emmenèrent Charliss, qui les suivit sans protester jusqu'à son austère suite de marbre gris. Les gardes les laissèrent faire. Si l'empereur bavait de rage en public, ce ne serait bon pour personne…

Dès que Melles et Thayer l'eurent assis, Charliss explosa de nouveau.

Il siffla, cracha et martela de coups de poing les accoudoirs de son fauteuil. Des postillons maculaient ses lèvres sèches et ses pupilles étaient dilatées.

Les soldats regardèrent droit devant eux, feignant d'être sourds.

Charliss avait perdu son sang-froid et sa faculté de raisonner. S'il n'avait pas été furieux, donc incapable de jouer avec sa voix, ses hurlements auraient résonné dans tout le Château À-Pic…

Et tout le monde aurait su ce qui se passait.

Mais entre sa rage et sa décrépitude, ses cris ne montaient pas plus haut qu'un grognement rauque.

Melles fut soulagé qu'il ne puisse pas se lever pour marcher de long en large — ou ravager sa chambre, comme il l'avait fait une fois ou deux au cours des décennies précédentes.

Ce soir, Charliss en était réduit à marteler les accoudoirs de son fauteuil tout en maudissant Tremane et ses ancêtres jusqu'au Premier Empereur.

Thayer et Melles se relayèrent pour essayer de le calmer en multipliant les promesses de vengeance personnelle et de Justice Impériale — des propos vides de sens, étant donné les circonstances. Selon l'agent, il n'y avait plus un seul soldat loyal dans les troupes de Tremane. Pour une raison inconnue, tous étaient du côté de leur chef félon. La seule manière d'atteindre le duc était de lui envoyer un assassin magique — et cela demanderait l'intervention de plusieurs mages. Or, il y avait des choses plus urgentes. Créer un assassin magique serait une perte de temps et d'énergie.

Pendant que c'était au tour de Thayer de distraire Charliss, Melles envoya un de ses gardes chercher ses médecins. Puis il regarda autour de lui, en quête d'un moyen d'apaiser la colère de l'empereur — ou au moins de l'anesthésier.

La chambre, relativement publique, était pleine de chaises en cuir, blanches ou grises, disposées par petits groupes. Dans un coin, se dressait un bureau en bois clair, trop bien rangé pour être utilisé souvent. Des peaux de moutons couvraient le sol de marbre blanc. À droite de Melles, un buffet impressionnant en marbre gris était rempli de carafons d'alcools dont il ne connaissait pas la moitié. Par les Cent Petits Dieux, quel goût pouvait avoir une boisson jaune comme un bouton-d'or ? Ou une liqueur bleue comme une baie ? Ou encore verte comme de l'herbe nouvelle ?

Mais voulait-il vraiment le savoir ?

Sans doute pas. Si Charliss recevait ici les dirigeants de ses provinces les plus éloignées, il devait garder en réserve toutes les immondes décoctions jamais distillées par des barbares vêtus de peaux de bête. Au fil des ans, Melles en avait goûté quelques-unes, et il n'était pas pressé de recommencer. Il existait des choses qu'un homme ne devait pas ingurgiter.

Il renifla le contenu de plusieurs bouteilles, et découvrit celle du cognac dont il avait bu un verre un peu plus tôt. Il en versa dans une coupe et la porta à Charliss.

L'empereur la prit d'une main et avala l'alcool sans même cligner des yeux. Puis il jeta la coupe, qui se brisa contre le mur. Des éclats de verre et quelques gouttes tombèrent sur le marbre blanc.

Melles interrogea Thayer du regard.

Le général secoua la tête. Apparemment, il imaginait avoir la situation en main. Melles hocha la tête puis alla servir deux verres du précieux breuvage et en apporta un à Thayer.

N'ayant rien de mieux à faire, il repensa au rapport de l'agent. Tremane avait fait preuve de plus d'intelligence et d'initiative qu'il ne l'en aurait cru capable. Impressionnant. Il n'aurait jamais pu persuader les soldats de se ranger de son côté s'il n'avait pas prétendu que l'*empereur* les avait abandonnés. Une excellente manipulation. Et réussir à convaincre le peuple qu'il était venu conquérir de faire de lui son nouveau roi...

Un vrai miracle ! Melles aurait donné cher pour savoir comment son vieux rival avait fait.

Il détestait le duc et l'aurait joyeusement regardé être écartelé en place publique. Cela dit, s'il avait été à sa place, Melles aurait agi de la même façon. Tremane avait beaucoup de défauts, mais n'était pas stupide — même s'il n'était pas aussi brillant que le nouvel Héritier.

Melles ayant accès aux archives, il savait que Charliss n'avait pas apporté de soutien ni donné d'ordre à Tremane depuis des mois. Quand la magie lui avait fait défaut, le duc, au milieu d'une guerre, s'était retrouvé ignoré par son empereur et entouré de populations hostiles.

Sans magie, il n'avait aucun avantage sur l'ennemi. L'hiver commençant, il était devenu impossible de faire demi-tour. Alors, selon Charliss, qu'aurait dû faire Tremane ? Mourir sur place, comme un de ces héros imbéciles des Chroniques ? Cette race d'hommes s'était éteinte pendant le règne du Premier Empereur, sans doute parce que leur loyauté leur avait valu de mourir jeune.

Et en toute honnêteté, Charliss n'aurait pas pu imaginer un meilleur stratagème pour se débarrasser du grand duc Tremane — à moins de demander à Melles de le faire pour lui…

Si Tremane avait été un crétin idéaliste, il n'aurait rien compris à ce qui lui arrivait. Mais il était simplement comme beaucoup d'hommes : loyal jusqu'à un certain point. Passée cette limite, il ne récompensait plus la trahison par la fidélité. Et il devait être sacrément chanceux, parce qu'il avait réussi à transformer une amère défaite en grande victoire.

Tremane était *incroyablement* chanceux. La fortune lui avait toujours souri, décuplant ses compétences. Une raison de plus, pour Melles, de le détester.

L'alcool calma un peu Charliss. Il cessa de brailler,

mais continua de frapper les accoudoirs en énumérant les supplices qu'il voulait infliger à Tremane et à ses hommes avant leur exécution. Thayer ne se donna pas la peine de lui rappeler qu'ils étaient hors de leur portée. Il se contenta de feindre d'écouter en attendant les médecins.

Ils arrivèrent enfin et s'affairèrent autour de l'empereur, le priant de prendre un remède et de se calmer. Charliss écouta leurs conseils et permit à ses serviteurs de le raccompagner à sa chambre.

Melles et Thayer en profitèrent pour s'éclipser.

Le général n'était pas d'humeur à bavarder.

— J'étais en train de rédiger mes ordres, pour les mouvements de troupes dans les provinces, quand j'ai été interrompu, grogna-t-il. Il faut que je finisse, que l'empereur ait ou non d'autres missions à me confier.

Melles comprit ce que le général n'avait pas dit. Il valait mieux donner autant d'ordres que possible pendant que Charliss était occupé ailleurs, puisqu'il n'avait plus toute sa tête. Le problème n'était pas qu'il se dégradait — lui mort, Melles et Thayer auraient pu prendre la relève — mais qu'il ne le faisait pas assez vite.

Jusqu'à ce qu'il abdique ou qu'il quitte ce monde, les Gardes Impériaux veilleraient à ce qu'il reste sur son trône. C'était leur devoir, et ils y étaient formés et forcés par la magie. Charliss ne serait pas le premier empereur à devenir fou au cours des derniers mois de sa vie. L'Empire avait toujours survécu. Aujourd'hui, le délire de son dirigeant était le cadet de ses soucis. Pour l'instant, les obsessions de Charliss restaient inoffensives. Aussi longtemps qu'il insisterait pour que Tremane et Valdemar soient détruits, tout irait bien, même s'il fallait prévoir d'autres séances lamentables comme celle d'aujourd'hui.

Melles estimait que c'était un faible prix à payer pour ne pas avoir l'empereur sur le dos.

Charliss étant un Adepte, il avait un corps entier de mages à ses ordres. Il se pouvait, s'il était prêt à renoncer à ses sorts thérapeutiques, qu'il trouve un moyen de détruire Tremane. Évidemment, une magie d'une telle puissance le tuerait, ainsi qu'une partie de ses mages. Mais Melles s'en fichait. *Il* n'avait pas l'intention de prendre des mesures insensées pour abattre Tremane, et encore moins pour atteindre Valdemar.

Le seul danger ? Que Charliss recouvre suffisamment ses esprits pour fourrer son nez dans ce qu'il faisait. Un véritable désastre en perspective, car l'empereur avait son réseau d'espions, et il saurait très vite ce que manigançait son Héritier. Or, si la plupart de ses actions procédaient d'une excellente stratégie, certaines rumeurs faisaient de Charliss un méchant et de Melles un héros... À n'en pas douter, voilà qui ne plairait pas beaucoup au vieil homme.

Charliss devait également avoir ses plans... Une excellente chose, s'il avait toujours été sain d'esprit. Mais il ne l'était plus, et ça s'aggraverait avec le temps. Par conséquent, s'il se mêlait de leurs affaires, il risquait de détruire tout ce que Melles et Thayer avaient accompli.

Il fallait agir pour empêcher cette catastrophe.

Tout ça traversa l'esprit de Melles alors qu'il se tenait dans le couloir glacial en compagnie du général.

— Nous avons tous les deux des choses à faire. En priorité, renforcer notre position...

Une remarque banale. Mais Thayer en comprit le véritable sens.

— Jacona est sous contrôle, dit-il. Nous devons désormais penser au reste de l'Empire. Avec votre permission, je vais m'en occuper immédiatement.

Melles lui flanqua une claque sur l'épaule.

— Et moi aussi ! Après tout, qu'est-ce que l'Empire,

sinon un ensemble de soldats et d'employés impériaux de rangs divers ?

Ils partirent chacun de son côté. Melles s'empressa de rentrer dans ses quartiers afin de s'assurer, par ses contremesures, que les plans de Charliss n'auraient aucun effet.

Porthas l'attendait, prêt à lui retirer sa tenue de cour inconfortable, puis à la remplacer par une robe d'intérieur bordée de fourrure et des pantoufles en peau de mouton. Quand Melles parut étonné, il souffla :

— J'ai pensé que vous travailleriez tard et ne voudriez pas être dérangé. J'ai fait monter à dîner ici, décliné une invitation pour une soirée musicale et une autre pour une partie de cartes.

Tout en parlant, il aida Melles à se déshabiller.

À l'instant où Porthas mentionna la soirée musicale, Melles frissonna. La femme d'un crétin, ses sœurs célibataires et ses filles à marier avaient répété des ballades qu'elles interpréteraient avec plus ou moins de succès. Quant à la partie de cartes, ça n'aurait pas été mieux. Il jouait toujours sérieusement. Et il était prêt à parier qu'on lui aurait donné une partenaire trop audacieuse ou trop timide pour enchérir correctement.

— Vous avez bien fait, Porthas, répondit-il, pendant que le valet l'aidait à passer la robe qu'il avait fait chauffer devant la cheminée. J'ai effectivement beaucoup de travail.

Le comportement de Charliss l'avait décidé à oser davantage. Le long rapport sur l'état de l'Empire lui avait laissé quelques incertitudes. Maintenant, il savait devoir agir au plus vite.

Pour commencer, l'Empire. Puis la cour. Thayer n'aurait aucun rôle à jouer dans cette deuxième partie, visant à consolider les bases de son pouvoir.

Melles s'assit à son bureau et prit du papier et une plume. Comme il s'y attendait, la plupart des nobles locaux avaient sécurisé leurs terres. Il s'occupa de donner des ordres concernant celles qui ne l'étaient pas encore. Ensuite, il enverrait les brouillons à Thayer, afin d'être certain qu'ils ne se marcheraient pas sur les pieds. Mais il n'y avait pas de véritable risque : c'était une simple extension de ce qu'ils avaient mis en œuvre à Jacona.

Porthas posa une tasse de vin chaud près du coude de son maître. L'odeur des épices lui chatouillant les narines, il la prit sans regarder. Il but une gorgée, puis tenant la boisson d'une main, il continua à écrire de l'autre.

Le vrai défi était d'affronter les nobles locaux. Ces hommes étaient des chefs de meutes sur leurs territoires et ne supporteraient pas qu'un loup plus puissant les supplante. Il allait devoir les persuader qu'il avait le pouvoir et l'autorité nécessaires, et qu'il était dans leur intérêt d'obéir à ses ordres.

S'il ne pouvait pas atteindre cet objectif, il faudrait les éliminer et les remplacer par des seigneurs plus coopératifs.

Melles posa la tasse et étudia ses options.

D'abord, il devrait s'assurer de se débarrasser des gêneurs sans qu'on puisse remonter jusqu'à lui. Eliminer quelqu'un était facile. Le génie consistait à procéder sans laisser d'indice. Peu de gens étaient assez intelligents et observateurs pour remonter une piste. Mais il devait tout organiser comme si un de ces fouineurs aller mener l'enquête.

Comme avec les cartes, les duels et les jeux mortels, il faut évaluer les chances… et estimer les enjeux.

Il prit le rapport, le feuilleta et relut la liste de nobles locaux. Ses agents étant bons, il serait simple de savoir, à partir des portraits qu'ils traçaient, qui coopérerait et qui refuserait.

Melles possédait une courte liste d'assassins, des

« agents spéciaux » doués pour faire passer un meurtre pour un accident ou une maladie. Il n'allait pas être facile de les mettre à pied d'œuvre dans les conditions actuelles, mais pas impossible. Avec l'aide de l'armée, il infiltrerait ses pions au bon endroit en quelques semaines.

Le mieux serait de lancer tout de suite ses meilleurs agents sur les cibles les plus probables, plutôt que de perdre du temps à essayer de convaincre un abruti provincial à l'ego démesuré. Si le coup venait avant que l'Héritier ne contacte l'abruti en question, personne ne le soupçonnerait.

Melles prit l'encre et le papier aux couleurs spéciales qui signaleraient à ses agents qu'une mission les attendait. Le message n'était pas important — aucun agent ne se fiait uniquement aux instructions écrites.

C'était un pari dangereux, car beaucoup de ces individus vendaient leur service au plus offrant. Quand ils auraient entendu ce qu'il avait à dire, ils pouvaient décider de le trahir. Mais ils toucheraient bien plus pour ce travail que d'habitude, car il ne leur serait pas facile d'approcher de leurs victimes.

De plus, quand on engageait les meilleurs, dans quelques professions que ce fût, il fallait être prêt à y mettre le prix… À l'occasion, si un tueur moins doué pouvait convenir, Melles ne se priverait pas de faire des économies. Il espérait pourtant que les agents spéciaux accepteraient de travailler pour lui. C'étaient des as, il le savait mieux que personne, car il avait été l'un d'eux, comme Porthas, et il les avait pour la plupart entraînés.

Rien ne valait les liens forgés sur les bancs de l'école…

Alors qu'il rédigeait sa liste d'« invitations », il lui vint à l'esprit qu'il avait les moyens de combler l'empereur, à condition que son besoin de justice se satisfasse d'une exécution rapide. Trois — quatre, en comptant

Porthas, mais il n'avait pas l'intention de s'en séparer — de ces assassins pouvaient aller en Hardorn pour éliminer Tremane. Puisque envoyer un assassin magique était exclu, un tueur en chair et en os ferait l'affaire. La mission durerait sans doute un an, mais elle était réalisable.

Il s'arrêta pour y réfléchir, même si ça ne semblait pas une bonne idée. Savoir qu'il pouvait tuer Tremane lui procurait une immense satisfaction. *Comment* ce type avait-il réussi à se faire aimer des Hardorniens ?

Il paraissait injuste que son vieil ennemi se tire d'une situation qui aurait dû provoquer sa perte et devienne roi. Cela dit, Tremane ne rentrerait jamais au pays et Melles serait empereur — pas roitelet. Mais cette idée l'irritait quand même. Oh, comme il serait heureux de tuer ce chien…

Porthas prit la tasse vide, la remplaça par une autre, et ajouta une assiette de tranches de fruits, de fromage et de pain. Un rappel subtil : Melles devait manger.

Il s'exécuta, mais sans rien apprécier, trop concentré pour ça.

L'agent choisi serait brillant, débrouillard et il aurait de vastes ressources à sa disposition. Mais la probabilité, pour un citoyen de l'Empire, de gagner le centre d'Hardorn serait faible. Celle d'un succès l'était encore plus. Car sans l'aide de la magie, le tueur ne pourrait pas étudier le territoire ennemi, et il serait obligé de travailler à l'aveuglette. Bref, il deviendrait aussi visible qu'un poisson rouge au milieu d'un banc de poissons verts.

En un sens, il était possible de partager l'obsession de l'empereur. Tremane aurait déjà dû être mort. En général, Melles ne s'abandonnait pas à ses émotions, mais il avait un nœud de colère au creux de l'estomac — comme s'il avait avalé une vipère — et il ne le laisserait pas en paix. Il voulait que Tremane meure et il entendait faire tout ce qu'il fallait pour ça.

Ayant été un assassin de terrain, il savait d'expérience que laisser filer sa cible était parfois préférable, quoi que le commanditaire vous offre. Et c'était une de ces occasions.

Il se leva et se versa un autre verre, ignorant pour le moment la tasse de vin chaud. Cette fois, ce n'était pas du cognac, mais un cordial à base d'herbes pour apaiser les maux d'estomac.

Il retourna s'asseoir et se laissa aller dans son fauteuil, tentant de convaincre son cœur de ce que sa tête savait déjà.

Quand l'ennemi est « mort » pour le monde où il vit, il est vraiment mort.

Un de ses professeurs lui avait dit ça un jour, et c'était aussi vrai aujourd'hui qu'à l'époque. Tremane était aussi mort qu'on pouvait l'être. Il n'avait plus ni terre ni possession, son nom avait été effacé des registres, et il ne pourrait jamais revenir. Il devrait se contenter de son minable petit royaume peuplé de barbares.

Le poursuivre aurait été un gaspillage de ressources. Les bons agents étaient rares, et Melles saurait les employer ailleurs. Il était temps d'enterrer les vieilles rancunes.

Inutile de suivre l'empereur dans la folie.

Chaque fois qu'une tempête passait, toutes les personnes douées de magie la sentaient. Certains voleurs en avaient déjà profité, sachant que les propriétaires de certaines résidences seraient incapables de se défendre. Les tempêtes diurnes étaient déjà terribles. La nuit, elles se révélaient pires, car elles transformaient les rêves en cauchemars.

Melles s'éveilla en sueur, les couvertures serrées dans ses poings. Il avait rêvé qu'il tombait dans le vide. Mais la réalité n'était pas beaucoup mieux. Il s'accrocha à la literie, désorienté, nauséeux et sur le point de s'évanouir — mais sans pouvoir se réfugier dans l'inconscience. Voilà les effets que les tempêtes lui faisaient. Heureusement Porthas et ses gardes n'avaient aucun pouvoir.

Et encore, il supportait mieux les tempêtes que la plupart des autres mages. Il n'avait pas osé demander à l'empereur ce qu'il ressentait, mais il avait une théorie : plus on avait utilisé la magie entre deux tempêtes, plus on souffrait. Si la magie était reliée au jeteur de sort, et que les tempêtes la perturbaient, il était raisonnable de penser, lorsqu'elles frappaient, qu'elles s'en prenaient autant à l'homme qu'à ses sortilèges. Par conséquent, Melles évitait d'en lancer. Il avait même abandonné ses charmes de rajeunissement. De toute manière, ils ne résistaient pas aux tempêtes.

Quand celle-là cessa, ses vertiges et sa nausée disparaissant, il lâcha les couvertures et essaya de se détendre sur son matelas en plumes d'oie. Avec de la chance, l'empereur serait « indisposé » le lendemain. Avec plus de chance encore, cette tempête aurait accéléré sa déchéance physique et mentale. Il valait mieux ne pas espérer qu'elle l'avait tué… Mais cette fois, il devrait peut-être rester alité.

Une excellente chose, puisque Melles serait son fondé de pouvoir et parlerait en son nom. Il serait peut-être même possible de l'effrayer et de l'obliger à abdiquer. Il ne le presserait pas de le faire, bien sûr, car Charliss risquerait de très mal le prendre.

C'était un beau rêve, et il fallait s'y accrocher…

Melles ferma les yeux et essaya de se détendre avec l'espoir de succomber au sommeil. Mais il ne réussit pas à se rendormir. Il rouvrit les yeux et fixa l'obscurité. Aucune lumière ne perçait les lourds rideaux de velours qui entouraient son lit. Il en serait ainsi jusqu'à ce que ses serviteurs viennent les ouvrir, au matin, en même temps que ceux des fenêtres. Maintenant qu'il n'y avait plus de feu magique au Château À-Pic, ces tentures étaient devenues aussi nécessaires, pour éviter les courants d'air, que les édredons en plumes. Malgré cela, il se réveillait souvent avec le nez froid.

Melles n'avait pas le sommeil lourd. Certains auraient dit que sa conscience coupable le tenait éveillé, mais la vérité était beaucoup plus simple. Dans sa profession, se reposer était une dangereuse action. Quand il dormait, il devenait vulnérable et devait confier sa sécurité à d'autres. Il s'était entraîné à se réveiller au moindre bruit. À ces moments-là, son cerveau entrait en activité, que ce soit nécessaire ou non. Voilà pourquoi il avait tant de mal à se rendormir.

Il se demanda quelle heure il était. Si l'aube approchait, inutile de chercher le sommeil pour être réveillé peu après.

Melles changea de position. Une odeur âcre d'herbes lui envahit les narines. Porthas avait ordonné aux serviteurs de les ajouter aux plumes du matelas, en prévision du jour où les sorts qui repoussaient la vermine n'agiraient plus. Un autre exemple de l'efficacité de son valet. Melles avait vu des nobles se gratter au cours des dernières réunions du Grand Conseil. Il les soupçonnait d'avoir des puces, puisque la plupart possédaient des animaux domestiques. Mais la vermine se répandait, avec ou sans animaux, si on n'y prenait pas garde.

Des puces à la cour ! Elles n'y étaient pas les seules suceuses de sang. Melles aurait préféré avoir affaire à elles plutôt qu'à d'autres parasites qu'il devait affronter quotidiennement.

Ce qui l'amena à son problème immédiat : la cour. Il avait toujours su qu'il rencontrerait une certaine opposition en devenant Héritier. Mais il n'avait pas prévu que ses ennemis oublieraient leurs différends pour se liguer contre lui.

Son seul allié était Thayer. Grâce à lui, il tenait

l'armée… mais pas les Gardes Impériaux. Ceux-là vénéraient l'empereur, et ils étaient sous les ordres du commandant Peleun, qui n'aimait pas Melles. Comment Peleun avait-il pu atteindre cette position en gardant ses illusions sur l'honneur et la loyauté ? Cela dépassait Melles. Mais ce type y croyait, et il lui posait déjà des problèmes. Il n'aimait pas l'idée qu'un ancien assassin devienne empereur, même si Melles ne dérogeait pas à une longue tradition officieuse. Peleun préférait Tremane, qui prétendait être honnête et avait fait une belle carrière dans le civil et dans l'armée.

En plus de Peleun, il fallait compter avec le baron Dirak, responsable des Fonctionnaires Impériaux. Un des plus fidèles alliés de Tremane, il continuait de le défendre ouvertement. Cet homme espérait marier une de ses sœurs au duc. L'effondrement de ses ambitions l'avait rendu amer.

L'un et l'autre auraient déjà pu lui poser des problèmes. S'ils s'unissaient, les choses risquaient de devenir graves. D'autant plus qu'ils essayaient de rallier à leur cause le conseiller Serais, responsable des collecteurs d'impôts.

Melles devait consolider son pouvoir à la cour. Il n'était pas le seul candidat à la succession et il restait possible qu'un de ses rivaux lui envoie un assassin. Peleun aurait été horrifié par cette idée, mais Dirak devait y songer. Melles n'était pas le seul à connaître la liste d'« agents spéciaux ». Certains n'ayant pas répondu à son message, ils étaient sans doute déjà en mission. Peleun pouvait utiliser sa position pour contacter l'empereur. Si les circonstances s'y prêtaient, une de leurs rencontres risquait de se terminer par l'arrestation de Melles. L'esprit de Charliss étant instable, il ne serait pas difficile de le persuader que son Héritier ne poursuivait pas Tremane avec l'enthousiasme voulu.

Ce serait suffisant pour qu'il soit emprisonné et remplacé.

Alors, ses ennemis fabriqueraient toutes les preuves qu'ils voudraient, et il ne pourrait pas les en empêcher. Bien sûr, Porthas prendrait peut-être les rênes en son absence, mais il ne voulait pas trop y compter. Il était beaucoup plus probable que son valet et ses employés essaient de se faire embaucher par le nouveau détenteur du pouvoir.

Melles était en sécurité dans la capitale. Il avait donné des ordres et envoyé ses assassins et ses négociateurs avec les troupes de Thayer. Dans quelques semaines, il saurait s'il avait réussi à imposer sa loi au reste de l'Empire. Il fallait mettre ce délai à profit pour consolider sa position à la cour. Une chose à laquelle ses ennemis n'avaient pas pensé : il était capable de continuer à travailler sur une autre phase de son projet tout en attendant les résultats de la précédente. Eux commençaient par une opération, et attendaient de voir pour passer à la suivante. Une manière peu économique de travailler.

Il n'ordonnerait aucun assassinat à la cour, à moins d'y être forcé. Si quelqu'un mourait au cours des semaines à venir, même s'il s'agissait d'un accident, il serait le premier suspect. Mais il avait toujours utilisé le couteau comme un outil, pas comme une fin.

Il avait été le meilleur agent de l'empereur parce qu'il maniait comme personne le chantage, le vol d'informations et — bien sûr — la création de rumeurs. Pas besoin de tuer pour être efficace. Implanter une peur omniprésente de la mort dans l'esprit des gens s'avérait bien plus efficace.

Peleun, Dirak et Serais. Il allait se concentrer sur ces trois-là, ses ennemis déclarés. Les petits poissons devaient attendre de voir qui sortirait vainqueur. Quant aux autres requins, ils n'avaient pas encore choisi leur camp.

La faiblesse de Peleun était sa fortune — ou plutôt son absence de fortune. N'ayant pas une situation financière solide, il spéculait beaucoup, ces derniers temps. Ça marchait plutôt bien, car il savait quel genre d'articles manquerait grâce à ses contacts dans l'armée. Comme prévu, celle-ci avait repris en main le marché des transports, et elle tenait des registres des biens auxquels Peleun pouvait avoir accès avant leur mise en vente. Tout devait passer par l'inspection, la pesée et la taxation avant qu'un grain de blé ne soit vendu. L'opération prenant plusieurs jours, Peleun avait le temps d'acheter des stocks de produits rares avant que quiconque ne s'avise de leur valeur. Une des faiblesses du commerce en ce moment : nul ne savait ce que contiendrait le prochain arrivage. Il n'y avait aucun moyen de communiquer avec les fermes. Du coup, à certains moments, les pommes étaient introuvables. À d'autres, elles envahissaient les étals. Il suffisait que Melles s'arrange pour que Peleun voie les mauvais registres — ou des registres falsifiés — et dans quelques semaines, il serait ruiné.

Dirak était un homme nerveux, timide et effrayé par son ombre — une bonne raison d'être devenu fonctionnaire. La situation actuelle le poussait à avaler des calmants par poignées. Melles trouverait bien quelque chose pour le mettre davantage sur les nerfs.

Quant à Serais… C'était sans doute le plus vulnérable des trois. Il suffirait de quelques retouches dans les registres impériaux, et des milliers de pièces d'or qui n'avaient jamais existé « disparaîtraient ». L'erreur serait corrigée, mais cela demanderait beaucoup de temps et de travail, car il faudrait reprendre toute la comptabilité. Entre-temps, Serais verrait sa réputation ruinée. Avec de la chance, il se servait effectivement un peu, et l'action de Melles mettrait ses détournements de fonds en évidence.

Ça ne suffirait pas pour avoir la cour à sa botte. Il devait offrir une autre cible que lui aux mécontents — ce qu'il avait réussi à faire dans la cité. Évidemment, à la cour, il serait dangereux de rejeter le blâme sur l'empereur. Et il était inutile de répandre des rumeurs accusant quiconque de méfaits imaginaires, car cela pouvait lui retomber dessus. Non, avec le malaise actuel, offrir aux courtisans l'espoir et des perspectives de profit serait plus efficace.

Qu'arriverait-il quand les tempêtes magiques cesseraient ? De quoi aurait besoin l'Empire ? Comment les nobles pourraient-ils profiter de l'arrêt des tempêtes ? S'il leur proposait un but — même factice —, ils seraient trop occupés pour s'attaquer à lui.

Enfin, Thayer et lui travailleraient ensemble pour donner l'*illusion* que sa position était inébranlable. Peut-être en poussant une de ses trois cibles à essayer de persuader l'empereur d'agir d'une manière qu'il avait déjà rejetée. Pour forcer sa proie à l'erreur, il suffirait de lui faire croire que Charliss avait besoin d'encouragement pour se décider. La victime de cette illumination se ferait ainsi la réputation d'être un fauteur de trouble ou un traître potentiel.

Melles sourit. Conseiller à l'empereur de se montrer clément envers Tremane suffirait à hâter la disgrâce d'une foule de crétins naïfs…

Il sentit ses paupières devenir lourdes et son corps se relâcher. Il avait un plan. Au matin, il le mettrait à exécution.

Maintenant, il pouvait dormir.

Melles hocha gracieusement la tête à l'intention d'une des six filles à marier du vicomte Aderin. La pucelle, rougissante, venait de lui dédier son morceau de harpe. Il la regarda attentivement — ce qui eut pour effet de lui faire perdre le fil de la mélodie — pendant qu'elle jouait laborieusement *Les Yeux De Ma Dame*.

Les soirées musicales étaient assommantes, mais il fallait qu'il assiste à celle-là. Ce genre de réunion était idéal pour répandre des informations. La salle débordait de petits nobles avides de ramasser quelques miettes sur la table des puissants, et donc prêts à croire n'importe quoi. Et ils ne divulgueraient pas leur source, préférant laisser croire à leurs interlocuteurs qu'ils étaient assez intelligents pour avoir trouvé ça tout seuls.

Aucun d'eux ne pouvait être relié à lui. Il ne se mêlait pas à eux, excepté au cours des fêtes et des banquets auxquels il était prié d'assister par le Ministre du Protocole. Personne n'avait la moindre raison de penser qu'il pouvait *donner* des informations à ces idiots. Officiellement, il était là pour voir les filles d'Aderin, pas pour bavarder avec ses amis.

Les filles n'étaient pas si mal. Sur les six, trois semblaient assez discrètes, soumises et attirantes pour le satisfaire, et suffisamment accommodantes pour sourire et ignorer ses excès. Il pouvait tomber sur bien pire, et il le savait. C'était sans doute pour ça que le Ministre du Protocole lui avait suggéré d'assister à cette soirée. Les ministres étaient nerveux à l'idée qu'il ne soit pas encore marié. Jadis, il y avait eu un empereur célibataire qui ne s'intéressait pas au sexe opposé. Son règne avait été émaillé de problèmes qu'il aurait pu résoudre par un mariage d'État. Cela avait conduit à une « petite guerre » coûteuse… Dans les conditions actuelles, l'Empire ne pouvait même pas se permettre une guerre *bon marché*.

Melles pouvait satisfaire les ministres en imitant le sixième empereur. Son règne ayant commencé sur une fausse note, il n'avait pas voulu se faire d'ennemis en choisissant parmi des filles de nobles. Il avait donc épousé celle d'un écuyer, et l'avait éduquée pour en faire une impératrice parfaite. Elle n'avait jamais offensé personne à la cour, s'en remettant toujours à la décision des autres. De plus, elle paraissait assez quelconque pour qu'il soit clair qu'elle était l'hôtesse de l'empereur, rien de plus. Ce petit malin avait pu avoir une douzaine de maîtresses au cours de son règne, toutes de haut rang, et sans jamais s'attirer d'ennuis.

C'était peut-être la meilleure solution. Forcé de contracter un mariage d'État, l'empereur pouvait divorcer et se remarier au bout d'un jour et une nuit. Une fille insignifiante serait sans doute contente de se retirer à la campagne avec une rente confortable.

Melles revint au présent, se rappelant la raison de sa présence : il était là pour semer des rumeurs, et il devait s'y mettre avant que les invités n'aient trop bu.

Avant la fin de la soirée, il eut lancé une rumeur concernant Serais et l'argent « manquant », suggéré que certains investissements seraient très juteux dès l'arrêt des tempêtes, et sous-entendu qu'il ferait passer, après son couronnement, les innovateurs avant les conservateurs. Ces gens appartenant à la petite noblesse, ils n'avaient pas facilement accès à la magie régénératrice. L'âge moyen, ici, était bien plus bas qu'à la cour dans son ensemble. Pour s'attirer le soutien de ces petits poissons, Melles devait se montrer plus réceptif aux idées nouvelles que ses prédécesseurs. Cela laisserait penser qu'il y avait de la place au sommet — certains vieux conseillers risquant d'être remplacés par ceux qui s'étaient languis dans leur ombre.

Une soirée profitable… Il avait même prétendu ne pas se réjouir de la chute de Tremane, son « vieil ami d'enfance ». Désormais, certaines personnes auraient l'impression que le duc et lui avaient été alliés presque toute leur vie. Ainsi, quand la rumeur prétendrait que l'empereur envisageait de gracier Tremane, il y aurait des gens pour y croire.

Pendant qu'il assistait à la soirée musicale, un brillant jeune homme remarqué par Porthas pour la qualité de ses faux s'était introduit au Ministère des Finances. Certain que le prochain arrivage serait du poisson, Peleun avait investi toute la fortune qu'il n'avait pas dans du jambon, du lard et des saucisses. Dès le lendemain, quand ces produits envahiraient les étals, ce serait un miracle s'il réussissait à conserver sa demeure en ville.

Quant à Dirak, Melles lui réservait un traitement spécial. En plus d'être nerveux, ce type était pieux — enfin, plutôt superstitieux. Il allait donc être frappé de malchance et subir une série d'accidents. S'il ne craquait pas en deux semaines, Melles serait vraiment surpris.

L'Héritier était si content de lui et du cours des choses qu'il envoya Porthas se coucher dès qu'il rentra chez lui. Le valet avait mis à exécution pratiquement tout ce que son maître avait imaginé pour ses ennemis, et il semblait un peu las.

— Je peux m'occuper de moi-même, pour une fois, dit Melles. Je vais encore travailler quelques heures, puis j'irai me coucher.

— Je vous contredirais sur ce point si je n'étais pas si fatigué, répondit Porthas. Je connais mes limites, et je viens de les atteindre.

— Bien ! Je commençais à croire que vous n'en aviez pas, et je me demandais quand vous deviendriez mon rival.

Il plaisantait à moitié — un homme dans sa position devait toujours penser à cette éventualité.

— N'ayez pas d'inquiétude, mon seigneur. Vous êtes une cible, pas moi. Ma position est donc meilleure.

« Dormez bien et mettez un garde de plus devant votre porte. Demain, n'essayez pas de vous habiller seul avant que je sois venu choisir votre tenue. Pas question que l'affaire de la tunique saphir avec des hauts-de-chausses émeraude se répète. Je ne survivrais pas à une telle honte.

Melles accepta les conseils d'un vague geste de la main et Porthas sortit en s'inclinant.

Puisqu'il devrait se passer de l'aide de son valet, Melles plaça tout ce dont il pourrait avoir besoin à portée de sa main avant de s'asseoir au bureau. Un serviteur viendrait s'occuper du feu. Le reste du temps, il serait seul.

Il travailla à rédiger ses ordres pour ses agents en poste à Jacona et ailleurs dans l'Empire. Le temps passa et la pièce se refroidit.

Alors qu'il pensait à sonner pour faire venir un serviteur, un jeune homme entra avec un seau de charbon. Melles allait se remettre au travail quand quelque chose, dans l'attitude du serviteur, déclencha une alarme dans sa tête.

Il se leva, se débarrassa de son encombrante robe d'intérieur et plongea sur le sol avant que le premier couteau s'enfonce dans le dossier de son fauteuil. Roulant sur lui-même, il se releva près de la cheminée et s'empara d'un tisonnier. Le jeune homme lança un deuxième couteau, qu'il avait sorti de sa manche. Melles esquiva sans peine. Des lames cachées dans les manches… Un truc de novice ! Et contre *lui* ! Quel genre d'imbécile envoyait-on pour le tuer ?

— Tiens-toi tranquille, vieil homme, murmura l'assassin en tirant un troisième couteau de ses vêtements. (Il s'accroupit.) Tu vas mourir, alors rends-nous service à tous les deux.

Vieil homme ! À qui croyait s'adresser ce jeune imbécile ? Mais ce discours — une ridicule perte de souffle — appris à Melles à quel genre d'assassin il avait affaire. Il devait affronter ce type d'importun au moins une fois par an. L'Empire ne manquait pas d'inconscients qui croyaient être meilleurs et plus rapides que leurs aînés et sautaient sur le premier prétexte pour tenter de les abattre. Il allait devoir tuer ce crétin — il n'avait pas le choix. S'il ne faisait pas un exemple, d'autres abrutis penseraient qu'il s'était ramolli et l'attaqueraient.

S'il tuait celui-là, on le laisserait tranquille pendant au moins un an.

Mais la colère bouillait au fond de ses entrailles, et pas seulement parce qu'un jeune assassin mal entraîné et sans discipline avait décidé de prouver que le maître avait perdu ses moyens.

Ce gamin n'aurait pas été ici s'il n'avait pas été introduit dans le palais par une personne qui y vivait ! Autrement dit, il avait été engagé.

Et *ça*, c'était une insulte que Melles ne laisserait pas passer ! Comment quelqu'un avait-il osé envoyer un amateur pour *le* tuer ? Ses ennemis croyaient-ils que sa réputation était surfaite ? Qu'il ne pouvait pas avoir le dessus sur un gamin ?

Se moquaient-ils de lui ?

Ils allaient découvrir qu'il n'était pas sage de taquiner un vieux basilic. Ils apprendraient qu'il feignait seulement d'être endormi.

Il se rua sur le jeune homme, qui recula en trébuchant. Melles avait l'habitude de la lumière des flammes — mais pas son adversaire. Alors qu'il passait devant son bureau, il feinta avec le tisonnier et attrapa au vol le petit plateau de sable qu'il utilisait pour sécher ses documents. L'attention du gamin était rivée sur le tisonnier, pas sur la main libre de Melles. Avant qu'il ait pu se mettre hors de portée, l'Héritier lui envoya le sable dans les yeux, puis le plateau lui-même. Son adversaire l'écarta maladroitement, mais il ne réussit pas à esquiver les minuscules grains.

Jusque-là, ni l'un ni l'autre n'avaient fait assez de bruit pour attirer l'attention des gardes postés devant la porte. Melles n'avait pas l'intention d'appeler à l'aide. Si les gardes entraient, ils tueraient le jeune imbécile avant qu'il ait parlé.

Bien qu'aveuglé, le gamin avait encore un ou deux tours dans sa manche. Tout en se frottant le visage, il lança sa dague à l'endroit où il avait vu Melles pour la dernière fois. L'Héritier n'était déjà plus là. Il s'était baissé. Avant que son adversaire ne sache où il était, il plongea et lui flanqua un coup de tisonnier à hauteur des genoux.

Rotule brisée, le gamin s'écroula.

— Qui t'a envoyé ? souffla Melles.

Une partie de son cerveau fut ravie de constater qu'il n'était pas du tout essoufflé. Ses entraînements quotidiens avec Porthas portaient leurs fruits.

Le gamin répondit par un juron au sujet des préférences sexuelles de Melles, roula pour esquiver un second coup et sortit une quatrième lame.

— Peu importe ce que tu as pu entendre dire. Je n'aime pas particulièrement ce genre de passe-temps, fit froidement Melles.

Les yeux du gosse avaient tellement pleuré qu'ils étaient rouges et gonflés. N'étant pas d'humeur à prendre des risques, même s'il affrontait un adversaire diminué, Melles ne le lâchait pas du regard.

Le gamin le fixait aussi. Pourtant la douleur devait être insoutenable.

— Je te suggère de me le dire tout de suite, pour t'épargner davantage de souffrance.

Le gamin rampa sur le sol quand Melles avança prudemment vers lui. Cette fois, le juron fut un peu plus coloré. Melles soupira et secoua la tête quand son adversaire se releva en s'appuyant à un fauteuil. Qu'espérait-il accomplir ? Il ne pouvait pas marcher — sa jambe ne supporterait pas son poids. Ne savait-il pas ça ? Était-il désespéré au point d'être prêt à tout essayer, ou croyait-il vraiment avoir une chance de s'enfuir ?

Melles recula, sans jamais quitter son adversaire des yeux, et gagna son bureau. Sans regarder, il prit le premier couteau, le soupesa, et le lança.

Avec un bruit mou, il s'enfonça dans les tripes du gamin, qui s'effondra de nouveau et lâcha sa lame. Cet imbécile avait-il cru qu'il visait sa main ? C'était stupide : une blessure au ventre était plus douloureuse, tout en ne risquant pas de le tuer immédiatement.

Melles revint se camper au-dessus de sa victime, tenant toujours le tisonnier. Le crétin serrait le manche de la dague à deux mains et essayait de la retirer.

— Qui t'a envoyé ? redemanda Melles.

Le gosse leva les yeux vers lui et cracha.

Melles soupira. Il allait devoir consacrer plus de temps que prévu à cette histoire. Mais il n'avait pas le choix.

— Tu me le diras tôt ou tard… (Plutôt tard, hélas, car cet imbécile n'avait pas assez de cervelle pour comprendre qu'il était déjà mort.) Mieux vaut tôt, crois-moi.

Cette fois, le gamin lui suggéra d'aller manger un étron. Melles abattit le tisonnier sur son autre genou, s'appliquant à le faire souffrir suffisamment pour qu'il crache le morceau.

Finalement, il réussit à avoir ce qu'il voulait. La réponse le rendit plus malade qu'il ne l'était avant de commencer cet exercice futile.

Le duc Jehan. Cet abruti avait à peu près autant de cervelle que son assassin.

Il n'avait pas engagé le tueur pour venger Tremane, ou pour qu'un autre Héritier prenne la place de Melles. Non, il s'était fourré dans le crâne qu'il hériterait du trône s'il réussissait à éliminer les autres candidats. Tout ça parce qu'il était le cousin de Charliss !

Apparemment, il avait pensé que personne ne pourrait remonter jusqu'à lui. Mais qui aurait-on accusé une fois Melles mort ? Jehan y avait-il réfléchi ? Ce sombre crétin avait dû commencer par le dernier nom sur sa liste, au lieu du premier…

Melles acheva le gamin d'un seul coup de couteau, laissa tomber l'arme à côté du cadavre et s'essuya les mains dans une serviette.

Puis il réfléchit.

Faire de cet idiot un exemple ne serait pas suffisant. Jehan croirait s'en être tiré, et il essaierait encore de se débarrasser de lui. Même si Melles était immunisé contre la plupart des poisons, une bonne dose risquait de le rendre malade. Alors, il perdrait un temps précieux, et un de ses ennemis en profiterait pour approcher l'empereur. Non, il allait devoir flanquer une belle frousse à Jehan, et faire de *lui* un exemple pour les courtisans qui rêvaient de l'imiter.

Il lui fallut mobiliser tous ses talents pour réussir son coup — pas pour pénétrer dans les appartements de Jehan, mais pour ne pas alerter ses propres gardes. Il se débarrassa de la nourrice qui veillait sur le fils du duc — un bambin d'un an — avec une aiguille trempée dans un puissant somnifère. Le bébé s'assit dans son berceau et regarda l'intrus avec de grands yeux ronds. Melles le souleva et le posa par terre. Puis il lui donna des jouets pour qu'il se tienne tranquille.

Il plaça ensuite le corps de l'assassin dans le berceau, enveloppé dans un drap. Et il laissa le bébé par terre… avec les poignées des quatre dagues.

Une mise en scène théâtrale… Mais Melles avait le sentiment qu'il n'en faudrait pas moins pour attirer l'attention de Jehan.

Il avait pensé à laisser les dagues entières. Hélas, si le bambin était aussi bête que son géniteur, il risquait de se tuer. Ça n'aurait pas été une grande perte, mais

Jehan, trop malheureux, n'aurait pas compris la leçon. Et massacrer les bébés n'était pas bon pour une image de marque.

Melles regagna ses appartements, se sentant vidé et dégoûté. Il avait perdu une bonne partie de la nuit — et à cette heure, l'eau chaude qu'il avait utilisée pour nettoyer le sang n'aurait pas été remplacée.

Il allait devoir se laver à l'eau froide. Encore un point en moins pour Jehan.

Il se mit au lit, frigorifié et en colère, mais assez fatigué pour dormir.

Avec un peu de chance, son petit cadeau empêcherait Jehan et d'autres comploteurs de dormir les nuits à venir. Ce n'était pas une vengeance digne de lui. Mais pour le moment, il s'en contenterait.

CHAPITRE VII

— Extraordinaire ! (Renardargent secoua la tête et s'éloigna du téléson.) Si je ne l'avais pas vu, je n'y aurais pas cru.

— Je suis d'accord avec toi, dit Karal.

Il avait regardé par-dessus l'épaule du *kestra'chern* pendant qu'il parlait avec Treyvan. La lentille de cristal du téléson avait montré une image nette de la tête et des épaules du griffon, et un écho de sa voix était sorti de la boîte en métal gris mat.

Le Karsite était encore plus impressionné que le jour où An'desha avait espionné à distance le grand duc Tremane.

Quelques tâtonnements et l'ajout d'une lentille de cristal — une simple lentille polie, comme pouvait en produire tout bon verrier — sur chacun des appareils, et le tour avait été joué. Désormais, il était possible d'avoir l'image et d'entendre les voix des deux utilisateurs. Tout ça figurait dans les notes traduites par Lyam et Flammechant, mais Urtho n'avait jamais eu le temps d'installer les cristaux. C'était sans doute pour ça que les appareils se trouvaient encore sur un établi.

Karal jeta un regard mélancolique au téléson,

actuellement utilisé par Sejanes pour parler à un Héraut-Mage de Haven.

— Oui, c'est extraordinaire. Si seulement on n'avait pas besoin de posséder le don de parole par la pensée pour s'en servir.

— Mais tu… commença Renardargent. C'est vrai, un des utilisateurs au moins doit le posséder.

Karal soupira. Renardargent le regarda, perplexe. Sejanes fut plus rapide à comprendre.

— Vous voudriez pouvoir l'utiliser pour parler à votre jeune amie, n'est-ce pas, mon garçon ?

Karal rougit et essaya de trouver une réponse qui ne soit pas un trop gros mensonge.

— Vous en avez besoin pour communiquer avec Haven, dit-il, montrant de la tête Sejanes, Flammechant, et maître Levy. C'est important.

— Et vous ne l'êtes pas, c'est bien ça ? demanda Sejanes.

— Ce dont vous parlez est important, se rattrapa Karal. (S'il prétendait ne pas compter, les autres le contrediraient.) Bavarder avec Natoli ne l'est pas. Peu importe, pour notre mission, que je sache lequel de nos amis a été invité dans la salle de derrière de *La Rose des Vents*.

Sejanes ne le contredit pas directement.

— Nous n'utiliserons pas le téléson en permanence. Personnellement, s'il y avait un moyen, je ne verrais pas d'inconvénient à ce que vous vous en serviez.

Il interrogea du regard Flammechant, An'desha et maître Levy, qui acquiescèrent.

— Nous savons tous que tu céderais ta place au premier d'entre nous qui *ferait mine* de la vouloir, ajouta An'desha. Si tu parviens à trouver un moyen d'utiliser l'artefact sans tierce personne, il n'y a pas de raison de te l'interdire. Après tout, tu ne l'useras pas.

Je suis doué de parole par la pensée. Florian et

Besoin aussi, fit Altra en s'enroulant gracieusement autour des jambes de Karal. *Et tu sais que tu peux compter sur nous pour ne pas t'embarrasser, n'est-ce pas ?*

— Le Chat de Feu dit que Besoin, Florian et lui sont volontaires pour aider Karal, annonça Flammechant.

Karal voulut protester, mais il referma la bouche, conscient qu'il valait mieux qu'il se taise. Les autres n'auraient effectivement pas besoin du téléson en permanence. Altra et Florian partageaient déjà la plupart de ses secrets… Alors, quel mal y aurait-il s'il parlait de temps en temps avec Natoli ?

Il sentit ses joues s'empourprer.

— Si vous n'y voyez pas d'inconvénients…

Pour seule réponse, il eut droit à un reniflement dédaigneux de Flammechant.

Le Héraut de Haven avait suivi la conversation avec un intérêt poli.

— *Dois-je essayer de trouver Natoli ?* demanda-t-il. *Si personne n'a besoin d'utiliser le téléson, quelqu'un de chez nous pourra émettre jusqu'à ce que Besoin, le Chat de Feu ou Florian prenne le relais.*

Oui, ce serait parfait, déclara Florian à Karal. *Dis-le-lui, pour qu'il puisse faire venir Natoli dès que les mages en auront terminé.*

— Florian pense que c'est une bonne idée, fit Karal, essayant de contrôler son excitation. Merci.

Il s'empressa de s'éloigner avant de mourir d'embarras, et se chercha une occupation. Sa spécialité était de prendre des notes, et pour le moment, seul Tarrn avait besoin d'un secrétaire. Le kyree était dans l'atelier et décrivait soigneusement chaque objet, avant qu'An'desha et Flammechant ne les démontent. Lyam avait déjà fait des croquis à l'échelle de chaque établi. Il céda sa place à Karal avec soulagement, même si celui-ci prenait les notes en valdemarien et pas en kaled'a'in.

Tarrn passa de l'esprit de l'un à l'autre sans perdre une seconde. Karal se frotta le nez pour ne pas éternuer. Ils avaient soulevé une quantité incroyable de poussière, à force d'aller et venir dans la pièce.

— Pourquoi faites-vous ça ? demanda Karal quand ils eurent terminé un établi.

Pour un certain nombre de raisons, répondit le kyree. *Plus tard, si nous voulons construire ces objets, nous saurons quelles pièces étaient posées sur un établi donné, et dans quel ordre. Et nous aurons un rapport sur l'agencement de l'atelier, s'il nous prenait l'envie de le remettre en état. Enfin, au cas où le contenu des établis soit mélangé, nous saurions quel outil va avec quel projet. Ce n'est pas toujours évident.*

Karal hocha la tête. Tout ça était parfaitement logique, mais il ne lui serait jamais venu à l'esprit de faire des croquis si précis, ou de mesurer à quelle distance du bord de l'établi un objet était posé.

Dans un cas comme celui-là, jeune scribe, plus on consigne de détails, mieux c'est, expliqua Tarrn. *Une fois qu'une chose est déplacée, rien n'est plus pareil. Ça n'a peut-être aucune importance mais, pour l'instant, qui peut le dire ? Donc, nous faisons des croquis précis et nous prenons autant de notes que nécessaire.*

Karal sourit, ce qui sembla surprendre le kyree.

— Une bonne chose qu'Urtho ait été si méticuleux. Sinon, vous devriez ajouter des taches de nourriture au milieu des diagrammes.

Ce ne serait pas la première fois. Je ne suis qu'un simple historien. Qui suis-je pour faire la différence entre un diagramme et une tache de vin ? Un demi-cercle brun peut ne pas être la trace laissée par le cul d'une tasse, mais l'emplacement où doit être placée la lentille d'un téléson…

Ayant désormais tout loisir d'aller faire des copies de ses croquis et de ses notes, Lyam avait quitté l'atelier.

Karal avait été étonné de se découvrir beaucoup de choses en commun avec le hertasi. Lyam était patient, facile à vivre et il ne se plaignait jamais. Il avait à peu près le même âge que Karal, qui en débarquant à Valdemar, ne pensait pas jouer un autre rôle que celui de secrétaire. Mais si quelque chose arrivait à Tarrn, il devrait le remplacer.

Il s'avérait plus facile de travailler avec Tarrn qu'avec Ulrich, principalement parce que ses exigences étaient simples. Karal parvenait sans mal à anticiper ce que le kyree allait dire — même s'il avait une manière très succincte de décrire les objets. Et si Tarrn avait une aura d'autorité tranquille, il n'était pas aussi intimidant qu'Ulrich. Car, malgré son immense savoir, il était plus petit que le Karsite, et il avait l'air d'un bon gros chien de berger.

Tarrn était toujours un peu sur ses gardes en présence de Karal. Rien de surprenant à cela. Les Karsites avaient la réputation d'être des gens à l'esprit étroit. Il semblait logique de craindre que le jeune prêtre ait certains préjugés contre les personnes à « quatre pattes ». Tarrn ne pouvait pas connaître l'existence des Chats de Feu, car c'était un secret bien gardé, même parmi les Karsites.

Ils travaillèrent lentement et méticuleusement. Tarrn avait refusé que quiconque intervienne après que Flammechant eut emporté les télésons et les notes qui les accompagnaient. Les autres avaient accepté. Depuis, le kyree faisait l'inventaire détaillé de l'atelier. Il permettait qu'on touche aux objets seulement après les avoir répertoriés, dessinés et décrits. Mais puisque personne ne savait quand il en avait terminé avec un établi, les trésors restaient où ils étaient.

Ils s'occupaient du dernier lot, et Tarrn semblait satisfait. Sur cette table, il y avait seulement quelques pots de peintures et d'encres sèches, des pinceaux et des plumes.

Un bureau de scribe, je suppose, présuma Tarrn. *Regardez la hauteur du tabouret... et combien les flacons sont posés près du bord de la table. Je parie qu'Urtho ne s'est jamais assis là.*

— Je doute qu'un humain s'y soit jamais assis, répondit Karal. C'est un tabouret sans dossier, alors que tous les autres sièges sont des chaises. À mon avis, celui qui l'utilisait avait une queue. L'assise est légèrement inclinée vers l'arrière, et découpée en demi-cercle. Je pense qu'il était fait pour un hertasi. Sans doute le secrétaire d'Urtho.

Impressionnante déduction. Je crois que vous avez raison. Parfait ! Lyam pourra utiliser ce bureau, au lieu de rester assis inconfortablement sur le sol. Courez annoncer aux autres qu'ils peuvent venir piller cet atelier ! Auriez-vous également l'amabilité de prévenir Lyam de notre découverte et de l'aider à descendre ses affaires ?

Tarrn avait tourné ses ordres comme des requêtes, afin de ne pas insulter son assistant. Karal lui aurait obéi, même s'il avait eu une attitude très différente, mais le kyree évitait de heurter les sentiments de ses colocataires, puisqu'ils devaient vivre dans un tout petit espace.

Lyam fut content de transférer ses affaires au sous-sol, et Karal l'aida à les porter. Comme il l'avait pensé, le tabouret était parfait pour un hertasi.

— Ah, c'est beaucoup mieux, soupira Lyam. Ce tabouret est très bien.

Le hertasi examina les pinceaux et déclara qu'ils n'avaient pas résisté au passage du temps. Il souligna ensuite que leur fabrication n'avait pas changé au cours des millénaires. Karal en prit un et fut submergé par une sorte d'émerveillement respectueux. Mais Lyam avait raison : si leurs poils ne s'étaient pas effrités, les pinceaux auraient pu avoir été fabriqués la semaine précédente.

— J'admets avoir un respect spécial pour les instruments de mon métier, avoua Lyam.

Les peintures et les encres étant également inutilisables, Karal et Lyam débarrassèrent le bureau et l'arrangèrent à la convenance du hertasi. Le Karsite remarqua que les pinceaux, les crayons, les plumes et les encriers occupaient au millimètre près la place de ceux qui avaient servi au scribe du passé. Ensemble, ils nettoyèrent autour, afin qu'aucun grain de poussière ne vienne souiller le travail de Lyam.

— Parfait ! dit le hertasi en étirant sa queue et en faisant craquer ses doigts griffus. Tout est parfait : la lumière est bonne, et la position aussi. Je crois que je vais me plaire, ici ! Merci, *gesten*.

— Il n'y a pas de quoi.

Karal se tut, momentanément frappé de mutisme à l'idée de deviser agréablement avec un « gros chien intelligent » et son « secrétaire lézard », au milieu des ruines d'une tour ayant appartenu à un mage de légende.

Ses réflexions furent interrompues par ledit lézard, qui avait pris un ancien pinceau et le tenait à la lumière.

— Tu sais, parce qu'il a été trouvé ici, cet objet vaut son pesant d'or. Si je le vendais, je pourrais nourrir ma famille pendant toute une saison. Mais sa véritable valeur, c'est ce que nous pensons en le voyant.

Le kyree jeta un regard ravi au hertasi, mais il ne dit rien. Tenant toujours le pinceau avec une grande révérence, Lyam continua :

— C'est un artefact de l'atelier d'Urtho. Il *est* l'histoire, Karal, au même titre qu'un monument ou un temple. L'histoire est contenue par les petits objets comme par les grands. Quand nous regardons un édifice, nous voyons ce que les anciens *voulaient* nous montrer, et c'est important. Mais nous apprenons bien plus sur eux grâce à leurs objets familiers. Un jour, les historiens examineront nos vêtements, nos pinceaux et nos menus objets et apprendront qui nous étions !

Vous savez désormais pourquoi j'apprécie tant la compagnie de Lyam, Karal. C'est mon âme sœur ! lança Tarrn.

— Oh… eh bien, il est facile de se laisser emporter. Après tout, nous sommes au pays des merveilles, marmonna Lyam, gêné, en reposant le pinceau.

Karal et Tarrn se regardèrent. Les sentiments éveillés par les merveilles de l'histoire défiaient le temps, et dépassaient les races et les cultures.

Karal abandonna Lyam, penché au-dessus d'une copie d'anciennes notes. Il l'aurait volontiers aidé, mais s'il pouvait dessiner des établis et ce qui était posé dessus, il n'était pas assez doué pour reproduire les motifs compliqués des bijoux.

Tarrn remonta avec lui, pour s'entretenir avec An'desha et Flammechant. Une étrange conversation, car elle fut ponctuée de silences correspondant aux réponses du kyree. Maître Levy avait remplacé Sejanes devant le téléson et parlait avec une personne vêtue de l'uniforme gris d'un aspirant Héraut. Le mage impérial, qui se tenait derrière l'ingénieur, entendit venir Karal et lui fit signe d'approcher.

— J'ai cru comprendre que vous aviez été le Conduit Magique de la dernière mission, dit Sejanes quand Karal fut à portée de voix.

Posant sur lui un regard intéressé, le vieux mage s'éloigna du téléson et l'invita à le suivre.

Karal obéit, se demandant ce qu'il voulait.

— Même si j'ignore ce qu'est un Conduit, et ce qu'il est censé faire… Je crains d'avoir cru en ce qu'on m'avait dit, à savoir que canaliser est instinctif.

Embarrassé d'avouer à un mage si expérimenté qu'il

n'avait pas la moindre idée de ce qu'il faisait, il espéra que Sejanes ne serait pas fâché qu'il ait joué avec des choses auxquelles il ne comprenait rien.

— En un sens, c'est vrai... Vous pourriez d'ailleurs continuer comme ça. Beaucoup de Conduits préfèrent ne rien savoir. Mais vous pourriez aussi apprendre des choses qui vous faciliteraient ce genre d'expériences et les rendraient peut-être moins effrayantes. Je vous les enseignerai, si ça vous intéresse. C'est pour ça que j'ai abordé le sujet.

Karal déglutit, un frisson de terreur le parcourant de la tête aux pieds. Comment pouvait-il admettre devant ce vieux mage qu'il voulait rester aussi loin que possible de son Art ? Cela dit, Sejanes semblait comprendre combien ça avait été horrible pour lui, et s'il devait y avoir « une autre fois », ne serait-il pas préférable qu'il y soit préparé ?

— Eh bien, si j'avais le choix... je l'ai déjà fait à deux occasions, et je préférerais ne plus jamais recommencer. Mais si ça devait encore arriver, j'apprécierais que l'expérience soit moins pénible. J'accepte donc votre offre.

Le vieillard gloussa du manque d'enthousiasme de Karal et lui tapota l'épaule.

— N'ayez pas honte de votre réaction, dit-il. Je n'ai jamais fait ça moi-même, mais j'ai parlé avec des Conduits et ils seraient d'accord avec vous.

« Bien, je pense qu'il vaut mieux commencer tout de suite, avant que vous ne reveniez sur cette décision.

Karal haussa les épaules, affectant une nonchalance qu'il était loin d'éprouver.

— Je ne le ferai pas, n'ayez crainte. Avec ma chance, si je me dérobe, je risque d'avoir besoin dans deux heures de ce que vous *auriez pu* m'enseigner. Imaginez que je doive rejouer les Conduits aujourd'hui.

Il se tut avant d'admettre combien cette perspective

l'effrayait. Mais Sejanes le lut sur son visage et lui laissa la main sur l'épaule un instant de plus.

— Je vous l'ai dit, il n'y a pas de honte à avoir peur, jeune homme. Les Conduits affrontent des pouvoirs aussi grands que n'importe quel Adepte, et parfois plus grands encore. La seule différence, c'est que les Conduits n'utilisent pas ce qu'ils canalisent. Et c'est d'autant plus difficile pour eux. Ils sont manipulés par le pouvoir. Quelle créature saine d'esprit abandonnerait de gaîté de cœur le contrôle de sa personne ?

Karal frémit. Il n'avait aucune envie d'utiliser tout ce pouvoir. Ce serait une responsabilité bien trop grande, quelles que soient les circonstances.

— Les Prêtres du Soleil laissent le contrôle à Vkandis. C'est une question de foi. Mais ça ne nous empêche pas d'avoir peur, parfois, et le dieu aide seulement ceux qui essaient vraiment de se tirer de leurs ennuis. Et j'avoue ne pas savoir grand-chose au sujet de la magie…

— Bien. Vous n'avez donc rien à désapprendre…

Sejanes l'emmena dans la pièce qui leur servait de débarras. Il récupéra deux seaux et autant de couverture et conduisit le jeune homme dans un coin tranquille de la grande salle. Quand ils se furent assis sur leurs tabourets de fortune, il commença la leçon.

Karal éprouva un mélange de déjà-vu et d'irréalité. Sejanes parlait comme un de ses anciens professeurs, mais la « salle de classe » était très différente de celles de son enfance.

Ce n'était pas tout : s'il fermait les yeux et faisait abstraction de l'accent, il aurait pu se croire de retour sous la tutelle d'Ulrich.

— L'énergie magique telle que nous la connaissons et la comprenons, dit le mage, est fournie par les êtres vivants, comme le feu produit de la chaleur et de la lumière, pas des pouvoirs capables de détruire des royaumes. Elle a tendance à se rassembler, et à suivre toujours les mêmes routes. En cela, elle ressemble plus à la pluie qu'au feu.

— Et les mages peuvent voir cette énergie ? demanda Karal.

— Oui, c'est la définition même du mage, répondit Sejanes. Je peux la voir chaque fois que j'en fais l'effort... et quelqu'un comme Flammechant doit en faire un pour *ne pas* la voir.

Karal regarda Flammechant, qui n'avait pas l'air différent de tout autre Frère du Faucon beau à damner un saint, et il secoua la tête. Voir cette énergie tout le temps... Avait-on l'impression d'être entouré de particules tourbillonnantes, comme lorsqu'on nageait sous l'eau ? Et si l'énergie était pervertie, vous aveuglerait-elle, comme un soleil ?

— L'énergie obéit à des règles, continua Sejanes. Quand ces routes, ou ces ruisseaux, se rassemblent, ils forment ce que nous appelons une ligne de puissance. Elles ont tendance à couler en ligne droite. En plus de la force, c'est ce qui distingue les lignes de puissance des ruisseaux qui l'alimentent.

— C'est à cause de cette force qu'elles coulent en lignes droites ? demanda Karal.

Sejanes eut l'air content de son élève.

— Nous n'en sommes pas sûrs, mais c'est la théorie en vigueur. Un filet d'eau fait plus de tours et de détours qu'une rivière. Selon nous, passé un certain point, l'énergie magique peut couper à travers le monde pour emprunter le chemin le plus court, autrement dit, comme te le confirmerait maître Levy, la ligne droite.

Karal acquiesça. Il n'était pas étonnant que Sejanes et maître Levy s'entendent si bien !

— Mais tôt ou tard, l'énergie étant attirée par l'énergie, ces lignes se rencontrent. L'endroit où deux ou plusieurs lignes de puissance se croisent s'appelle un node — c'est là que le pouvoir se rassemble.

Karal s'enhardit à poser une autre question.

— Mais l'énergie ne peut pas se rassembler à l'infini, n'est-ce pas ?

Sejanes eut l'air *très* content de son élève.

— Non, et si elle n'est pas utilisée, elle est évacuée dans le Vide. Honnêtement, nous ignorons ce qu'elle devient ensuite.

Karal crut se rappeler qu'An'desha lui avait parlé d'une troisième option, un artefact que les Frères du Faucon appelaient une Pierre-Cœur, mais il n'avait pas besoin de complications supplémentaires.

Commence par apprendre les règles, tu t'inquiéteras des exceptions plus tard.

— Concernant l'utilisation de l'énergie, continua Sejanes, les mages peuvent se servir de celle qu'ils produisent ou de celle que fournissent les êtres vivants qui les entourent. Les mages ont le pouvoir de stocker l'énergie dans des réservoirs pour l'utiliser plus tard. Ces réservoirs sont parfois le résultat des efforts de tout un groupe.

— *Tous* les mages ? demanda Karal, alarmé par l'idée qu'un apprenti ait accès à tant de puissance.

— Oh, non ! Heureusement, le manque d'entraînement et de pratique rend l'opération impossible. Les différents titres font référence à la puissance à laquelle un mage peut faire appel. Comme dans tous les domaines, certains sont plus doués que d'autres. Mais je m'égare…

« Les apprentis peuvent uniquement utiliser leur énergie personnelle. Les Compagnons puisent dans les lignes de puissance. Et les Maîtres savent se servir des réservoirs. Quand un mage appartient à une école, la clé du réservoir qu'elle alimente lui est remise lorsqu'il devient un Maître. Alors, un de ses devoirs est de lui apporter chaque jour autant d'énergie qu'il a pu réunir. Au fil des ans, ces réservoirs étant plus souvent remplis que vidés, ils sont prêts à toute utilisation que pourraient désirer les Maîtres. Et l'énergie qu'ils contiennent, domptée, est aussi calme que l'eau d'une mare.

— Parce qu'elle ne coule pas ? demanda Karal. (Sejanes acquiesça.) Et les nodes ?

— Eux, seul un Adepte peut les maîtriser. Ils n'ont pas besoin de s'embêter avec les réservoirs, même s'ils en utilisent parfois pour des tâches délicates, par exemple Guérir. Les Adeptes peuvent puiser l'énergie brute des nodes. Plus un Adepte est doué, plus il contrôle de gros nodes. L'énergie des lignes de puissance est plus difficile à utiliser que celle des réservoirs, parce qu'elle est « mouvante », pour ainsi dire. Mais l'énergie des nodes *combat* celui qui veut l'utiliser. Elle bouge sans cesse, parfois dans plus d'une direction. Bref, elle est sauvage et confinée.

« Avez-vous tout compris, jusque-là ?

Karal acquiesça. Altra pourrait peut-être l'aider aussi. Après tout, le Chat de Feu était un mage.

— L'ultime utilisateur de la magie est le Conduit. Comme je l'ai dit au début, la seule chose que tous les mages ont en commun, c'est ce que les Valdemariens appellent le Don. Il leur permet de voir l'énergie. Les Conduits n'ont généralement pas ce don. Ou s'ils l'ont, il est très faible.

— Pourquoi ?

— J'ignore s'il y a une raison. Certains pensent que c'est une protection *pour* eux et *contre* eux. La faculté de voir l'énergie doit être « aveuglée » la première fois qu'un Conduit est utilisé par une magie puissante. Quand on sent quelque chose, on peut s'en servir. Alors il est préférable pour tout le monde qu'un individu capable de canaliser plus d'énergie que ne peut en maîtriser un Adepte ne sache pas la manipuler.

Karal acquiesça de nouveau. Comme tous les Karsites, il avait été élevé dans l'idée que Vkandis accordait ce genre de pouvoir. Du coup, un tel système d'équilibre lui semblait logique. Sans garde-fous, Vkandis n'aurait pas placé cette puissance entre les mains de simples mortels.

Il y avait peut-être une autre explication : tenter d'utiliser une telle quantité d'énergie entraînait la mort. Si les mages qui étaient également des Conduits décédaient avant d'avoir pu se marier et avoir des enfants, cette combinaison de dons n'avait pas dû apparaître pendant longtemps. Il suffisait de voir ce qui arrivait à Karse aux enfants doués de magie de l'esprit. On les avait livrés au feu pendant des générations. Ces prétendus « démons » étaient devenus très rares. Avant l'arrivé au pouvoir de Solaris, il n'y avait plus que quatre ou cinq Feux par an.

— Pensez à un entonnoir, dit Sejanes. Le bout évasé canalise les gouttes d'eau ou les grains et les transforme en un flot étroit et dirigé. C'est ce que fait un Conduit. Et parce qu'il force l'énergie à passer à travers lui, donc à travers un espace restreint, il accroît sa force et sa rapidité. Afin de travailler correctement, un Conduit a besoin d'un mage pour guider l'énergie vers lui, même si elle est brute, et d'un autre pour la canaliser à sa sortie, même si elle est concentrée et plus rapide. Rappelez-vous qu'orienter un phénomène — comme dériver un cours d'eau — est plus facile que de l'utiliser.

Karal hocha la tête et Sejanes continua.

— La magie est un peu comme l'eau, mais elle a des usages plus variés. La volonté, l'aptitude naturelle, certains artefacts et bien d'autres choses sont à même de la manipuler. L'eau peut uniquement mouiller les objets, alors que la magie les enflamme, les transforme en pierre, leur donne la vie, les déplace… Mais sous sa forme brute, elle agit de manière graduelle et subtile.

Quand on y touche, elle « accélère » ses effets. Sans les mages, elle suit son cours naturel.

— Comme une rivière, proposa Karal. Sur laquelle les mages construisent des barrages, des moulins à eau et des ponts.

Sejanes eut l'air *sacrément* impressionné.

— C'est ça. Oui. C'est ce que nous faisons.

— Donc, ce qui s'est passé ici, c'est une sorte d'explosion, qui… a formé un cratère. Et l'eau… la magie… s'y infiltre pour le remplir.

— C'est presque ça. Vous êtes un brillant jeune homme, Karal. Mais revenons à ce que vous êtes. Pour une raison inconnue, un Conduit collecte l'énergie qui lui est apportée, et la transforme en un flux plus discipliné.

— Autrement dit, je suis un entonnoir ? s'écria Karal.

Sejanes sourit.

— C'est la théorie… Je vais vous apprendre à empêcher certaines parties de vous-même de gêner le flot d'énergie, voire de le combattre. Ce sera d'autant plus difficile que vous affronterez une réalité dont vous avez à peine conscience. C'est comme jouer à colin-maillard avec un étalon sauvage. Je ne vais pas vous enseigner à attraper et à monter cette « bête », parce qu'elle vous tuerait si vous essayiez. Il est préférable que je vous dise comment rester hors de son chemin.

À la fin de la leçon, Karal était convaincu de la justesse de la métaphore employée par Sejanes. L'intérieur de son crâne lui semblait ravagé, mais pas autant que la dernière fois qu'il avait été un Conduit. Sejanes lui flanqua une claque dans le dos, et le félicita, assurant que ce n'était pas mal, pour une première leçon.

— Vous n'êtes pas le pire Conduit que j'aie rencontré, et nous les utilisons plus souvent que les gens de l'ouest. J'ignore si c'est parce que ce don est plus répandu dans l'Empire ou parce que nos mages sont trop paresseux… Bref, vous n'êtes pas mauvais, loin s'en faut, et vous avez commencé à apprendre tard, ce qui est encourageant.

Ça vaut mieux que pas de félicitations du tout, je suppose, dit Altra en s'enroulant autour des jambes de Karal. *Natoli veut te parler*.

— Je présume, puisque messire Altra est ici, que votre jeune amie attend ! lança Sejanes. Allez-y ! Ouste ! La pratique vous endurcira. Cette séance d'entraînement était la pire, et elle est passée.

*Tu as dû remarquer qu'il disait séance d'*entraînement, fit Altra, alors que Karal se levait pour le suivre. *C'est au-dessous de la vérité*.

Cela n'avait pas échappé à Karal, mais il préférait ne pas y penser pour le moment.

Natoli l'attendait. Il allait enfin la voir et lui parler.

Il s'assit devant le téléson, Altra couché sur ses pieds. Le Héraut de Haven lui fit un clin d'œil et disparut. Une seconde plus tard, Natoli prit sa place. Elle semblait s'être remise de l'explosion de la chaudière géante et ses cheveux étaient un peu plus longs que dans son souvenir.

Elle le regarda comme si elle avait oublié la raison de sa présence dans la Tour.

— Salut, Natoli, dit-il, soudain intimidé. Tu as l'air en forme.

Il tressaillit. Était-ce une façon de parler à la fille qu'il rêvait d'embrasser ?

— Pas toi, répondit-elle en l'étudiant. Tu es pâlichon et bien trop maigre.

Elle était si fidèle à elle-même que Karal éclata de rire et se détendit.

— Eh bien, nous vivons sous terre, alors nous ne voyons pas beaucoup le soleil, ce qui explique ma pâleur. Pour le reste… as-tu déjà goûté la cuisine de

Flammechant ? (Il frissonna théâtralement et elle rit à son tour.) Sérieusement, nous mangeons comme les Shin'a'in. Ce n'est pas mauvais, mais un peu étrange.

— Et personne n'a jamais vu un Shin'a'in gras ! Les choses étaient plutôt calmes jusqu'à ce qu'Altra arrive avec cet engin. Nous avons voulu le démonter, mais on nous a dit que la première personne qui oserait y toucher serait écorchée vive. Nous devrons nous contenter d'essayer de dupliquer l'instrument à partir des manuscrits. Si nous y arrivons, nous en enverrons un à Solaris. Comme ça, tu pourras lui parler régulièrement.

— Vraiment ?

Karal n'était pas encore prêt à affronter Solaris. Et il ne le serait pas avant longtemps. Pour commencer, elle n'était pas le genre de personne avec qui communiquer par lettre était facile. Les siennes semblaient toujours s'adresser à un amphithéâtre bondé, pas à un être humain.

— D'abord, il faut que nous arrivions à reproduire le téléson. Tu sais, je suis très contente de te revoir. Parfois, au milieu de la nuit, je me réveille et je me demande si je ne t'ai pas rêvé…

— Il est difficile d'imaginer qu'une personne est réelle quand elle est si loin. On dirait qu'elle n'a jamais existé, sauf dans ta tête…

Natoli rougit un peu et détourna les yeux un instant.

— Bref, nous sommes très occupés, même si ça n'est pas très important. Nous ne pouvons rien faire pour vous aider, alors nous sommes revenus à nos projets de tuyauterie et de ponts.

— Il n'y a rien de mal à ça, assura Karal. Ces choses doivent être faites, même si un désastre nous pend au nez. Si tout le reste tombe en ruines, vos ponts seront là pour aider les gens à franchir les rivières qui ne peuvent être traversées par bac ou passées à gué. Je crois que c'est important.

Natoli haussa les épaules, mais elle semblait contente.

— Au moins, ce que nous faisons est utile, admit-elle. Tu sais, les gens se comportent bizarrement. On a beau leur dire que la protection contre les tempêtes Magiques est temporaire, ils agissent comme si elle était définitive. Ils ne font rien pour se préparer au pire, et ils n'y pensent même pas ! Quand on leur demande pourquoi, ils haussent les épaules et n'ont pas de réponse. Ou ils disent quelque chose de stupide ou de fanatique, voire les deux.

— Je crois, dit Karal, que les gens ordinaires ne peuvent pas imaginer qu'une chose terrible peut *leur* arriver. Si elle doit frapper, c'est toujours quelqu'un d'autre.

— Eh bien, on pourrait penser, après des années de guerre et de rapines, qu'ils seraient moins aveugles. Maintenant que les choses se sont calmées, ils ne nous demandent plus comment agir quand les tempêtes reviendront. Ils veulent simplement savoir combien de temps il nous faudra pour construire un pont. Ou si la chaudière risque encore d'exploser.

— J'espère que *tu* travailles sur les ponts, dit Karal, essayant de ne pas montrer son inquiétude.

— Je m'occupe du métal, répondit Natoli. Nous essayons de créer des alliages plus solides, mais je ne veux pas t'ennuyer avec ça. Je passe beaucoup de temps à la forge. Pour le moment, nous n'avons pas de nouveaux plans pour développer le projet de chaudière.

Karal soupira.

— Ton travail ne m'ennuierait pas, mais je serais sans doute perdu, admit-il. Sejanes essaie de m'apprendre des exercices pour maîtriser la magie. Mais si je te racontais, *tu* serais perdue.

— Probablement. (La conversation mourut un moment.) Quand même j'espère que tu n'es pas… je veux dire, je ne veux pas que tu croies que… (Natoli grimaça de frustration.) Si tu dois faire un truc dangereux, ne prends pas plus sur toi que nécessaire, d'accord ?

— Si tu me fais la même promesse !

Natoli éclata de rire.

— Ce qui est bon pour le jars l'est aussi pour l'oie, c'est ça ? Bien, je m'engage à essayer, mais mon jugement n'est pas toujours très bon.

— Le mien non plus, alors ne m'en veux pas. Nous ne sommes pas tous d'infaillibles Fils du Soleil.

— Même Solaris admet être faillible. Crois-le ou non.

— Solaris ? Ce serait une première dans les annales, surtout si elle a admis ça devant des barbares polythéistes.

— Elle l'a pourtant fait ! affirma Natoli. Oh, je parie que personne ne te l'a dit ! Tu ne vas pas croire ce qui est arrivé au grand duc Tremane !

Natoli lui raconta les événements qui se déroulaient en Hardorn depuis l'arrivée d'Elspeth et de Ventnoir. Personne n'avait trouvé ces informations suffisamment importantes pour en faire part à un membre de l'expédition.

Sans doute parce que chacun a de nombreuses préoccupations… et considère que rien n'est important en dehors d'elles. Mais pourquoi personne n'a-t-il prévenu Sejanes ?

— Nous avons un Héraut et un Compagnon à Sunhame, à la — je suppose que ce mot convient — cour de Solaris.

— Conclave, corrigea Karal.

— Conclave, si tu préfères. Nous l'avons envoyé là-bas pour faire passer des informations par le biais de son Compagnon et de Rolan, le Compagnon du Héraut de la Reine. En fait, ce n'est pas seulement un Héraut, puisqu'il s'agit de mon père, et il semble beaucoup s'amuser.

« Bref, nous avons appris la nouvelle à Solaris, et elle a répondu : “Puisque Tremane s’est volontairement placé entre les mains d’un meilleur juge des caractères que moi, je suis contrainte d’admettre que Natoli, An’desha et Karal avaient raison, et que je me suis laissée aveugler par mes émotions.”

« Qu’en penses-tu ?

Natoli sourit comme si elle avait gagné un prix. À vrai dire, obtenir une telle concession de Solaris était une victoire. Et c’était Rubrik qui avait transmis le message à Haven.

Ce n’est pas grand-chose, mais elle a prouvé à son père qu’elle a accompli une action importante, pensa Karal. *Et peut-être se l’est-elle prouvé à elle-même*.

— Elle n’a pas utilisé le pluriel ecclésiastique, donc elle parlait au nom de Solaris, pas du Fils du Soleil, dit-il, conscient que c’était un grand pas pour son peuple.

Comme l’histoire le montrait, il était tentant, pour les Fils du Soleil, de penser qu’ils parlaient *toujours* au nom de Vkandis. Solaris semblait s’être détournée de cette tentation.

— C’est une bonne chose.

— En effet… (Natoli sembla soudain à court de sujets de conversation.) Je suppose que tu brûles d’impatience de rapporter cette nouvelle à Sejanes.

C’était bien vu, mais Karal n’avait pas envie de la quitter, même s’il n’avait plus rien à lui dire. Le silence dura et devint un peu tendu. La jeune femme tourna la tête. Son visage s’éclaira de soulagement puis s’assombrit de déception.

— Quelqu’un désire parler à maître Levy. Si Altra veut bien garder la connexion pendant que tu vas le chercher…

— Bien sûr ! Prends soin de toi, Natoli ! Et… vous me manquez tous.

Dommage qu’il n’ait pas osé dire qu’elle était la

seule à lui manquer vraiment. Mais il espéra qu'elle l'avait compris…

— Tu me… nous manques aussi, répondit Natoli avec un sourire plus timide que d'ordinaire.

Son image disparut.

Karal courut chercher maître Levy, qui s'empressa de se camper devant le téléson, armé d'une pile de notes, comme s'il attendait cet appel.

Regardant autour de lui, le Karsite ne vit Sejanes nulle part. Pourtant, il lui semblait entendre la voix du vieux mage. Oui, elle résonnait dans l'atelier. Il s'empressa de descendre, et le trouva en train de bavarder avec Lyam.

— Messire ! appela-t-il. J'ai des nouvelles incroyables du duc Tremane !

— Eh bien, fit Sejanes. Eh bien, eh bien, eh bien…

Il semblait content. Karal ne put pas s'empêcher de se demander pourquoi.

Il a une drôle de réaction, puisque Tremane n'a pas agi comme un bon officier impérial.

— Je craignais que vous soyez bouleversé, dit-il. Vous ne l'êtes pas ?

— Bouleversé ? Non, c'est une excellente nouvelle, répondit Sejanes. Il semble que mon élève ait enfin compris que certaines choses n'obéissent pas à la logique. Je suis très content de l'entendre, pour tout vous dire. Ce sera un bonus pour tout le monde.

Karal prit un air interrogateur, espérant que le vieux mage continuerait.

— Je suis heureux pour Hardorn, un pauvre pays triste et maltraité, car il n'aurait pas pu trouver un meilleur maître. (Il cligna des yeux, et ils semblèrent se river sur une chose qu'il était le seul à voir.) Je suis ravi pour Tremane, qui n'aurait pas pu avoir un meilleur royaume qu'Hardorn. Dans l'Empire, il se galvaudait.

Il avait l'infortune d'être un homme de la haute noblesse à qui il restait un peu d'intégrité et de compassion. Ça ne veut pas dire que l'armée soit composée de brutes sans cervelle — loin de là, en réalité. Il s'en serait bien tiré, s'il y était resté. Mais en devenant empereur, il aurait été victime d'un des trois destins les plus déplaisants qui soient : être dévoré vivant par les conspirateurs, mourir assassiné, ou devenir corrompu.

— C'est assez logique, répondit Karal. Mais…

Il se tut, pas très sûr de devoir poser la question qui lui brûlait les lèvres. Les Impériaux n'étaient pas complètement athées, mais beaucoup moins portés sur la religion que les Valdemariens. Et comparés aux Karsites, ils étaient franchement agnostiques.

Sejanes sembla deviner ses pensées.

— Tous les citoyens de l'Empire n'ont pas un esprit uniquement pratique. (Son regard s'adoucit un instant.) Les cyniques qui ne croient en rien sont surtout les courtisans de métier. À l'opposé, il y a les gens qui vivent près de la terre. Mon protégé aurait pu choisir l'une ou l'autre route — celle du cynique ou celle du croyant. Il est peut-être devenu ce qu'il y a de plus rare : un homme capable de voir la vérité dans les deux.

Karal aurait voulu savoir si Sejanes croyait en quelque chose, mais il s'abstint courtoisement de lui poser la question. Le vieux mage ne lui aurait sans doute pas répondu. Et c'était son droit. S'il voulait se confier un jour, il le ferait…

— Quoiqu'il ait pu se passer d'autre, je crois que Tremane a découvert qu'il existe plusieurs routes. Peut-être cela ouvrira-t-il son esprit à des multitudes de possibilités. (Le mage se frotta les yeux, comme s'il était fatigué.) Et je suis heureux que cette connexion à la terre l'empêche de… succomber à certaines tentations.

— Est-il donc si faible ? demanda Lyam d'un ton neutre.

Pour lui, semblait-il, Tremane et ses hommes étaient encore moins réels que les personnages des Chroniques. *Les Kaled'a'in sont fondamentalement différents des Impériaux, qui doivent leur sembler surréalistes.*

— Pas faible, répondit Sejanes.

Son front ridé se fripa pendant qu'il cherchait ses mots.

Il essaie d'expliquer qui est Tremane à deux jeunes gens qui n'imaginent pas à quel genre d'intrigues un homme comme lui doit faire face quotidiennement. Il ne peut pas savoir que le Temple de Vkandis est — ou était — un nid de conspirateurs, au même titre que n'importe quelle cour. Je doute que Lyam puisse comprendre la pression que supportait Tremane. Moi, je me demande s'il en a eu assez et souhaite désormais que sa vie soit plus simple…

— Il n'est pas faible, répéta Sejanes. Le problème, c'est que certaines habitudes et réactions deviennent automatiques. Il serait si aisé pour lui de revenir à la façon dont les choses sont gérées dans l'Empire, sans penser à ce qui est bon pour Hardorn. Prendre la route la plus facile, pas celle qui est bonne pour la terre et les gens… C'est tentant. Et deux fois plus encore quand les ressources sont maigres.

Lyam eut l'air déconcerté, mais il haussa les épaules, acceptant ce que disait le mage.

— Essayer de faire les choses en Hardorn comme il en avait l'habitude risquerait de lui créer des problèmes, n'est-ce pas ? demanda Karal. Voire de briser la trêve. Mais il n'a plus le choix. Il *sentira* ce qui est le mieux pour la terre et les gens, et il devra le faire… Sinon il en souffrira aussi.

« Et puisque les gens savent qu'il ne peut rien permettre d'égoïste ou de malveillant, ils excuseront volontiers ses erreurs, si vous voyez ce que je veux dire. Ils seront plus enclins à lui pardonner et à le conseiller.

Sejanes jeta au Karsite un regard un peu surpris et appréciateur.

— Exactement. J'ai de l'affection pour Tremane. J'aimerais le voir aussi heureux qu'il est possible quand on porte sur les épaules le fardeau d'une nation. Il a un grand sens des responsabilités, et c'est sans doute sa seule chance de l'exercer pour des gens capables d'apprécier. (De nouveau, le regard de Sejanes se fit lointain.) Il avait son domaine, mais ses gens avaient l'habitude d'être bien traités. Le peuple d'Hardorn a été soumis à de rudes épreuves. Il sera sans doute reconnaissant d'être guidé par une main plus douce.

Lyam lâcha l'équivalent d'un rire qui découvrit ses dents pointues.

— Il devra porter plus que le fardeau du pouvoir. Le sens de la terre est un maître jaloux.

— Mais le sens de la terre et son… sens… des responsabilités travailleront de concert, au lieu de l'écarteler, précisa Sejanes. S'il avait accédé au pouvoir dans l'Empire, il aurait été déchiré entre la peur, le devoir, les responsabilités, les tentations et ce qui est juste. Je crois que ça l'aurait rendu fou. En tout cas, il serait devenu méconnaissable.

Le hertasi haussa de nouveau les épaules.

— Alors, c'est parfait. Une victoire est une victoire, même petite. J'espère que tout ça l'aidera à protéger son peuple si nous échouons.

— Oh, oui, ça devrait l'aider.

Karal en savait plus sur le sens de la terre que la plupart des Prêtres du Soleil, car il s'agissait d'un don précieux dans les collines karsites, où le sol était pauvre et le temps peu clément. Quand on savait peu judicieux de planter du maïs une année dans un champ, parce qu'il valait mieux y semer du trêfle, on pouvait prospérer. Et si on partageait ses informations avec ses voisins, toute la communauté payerait la dîme avec des produits, au lieu de le faire avec sa chair et son sang. Ce n'était pas *exactement* un don magique, donc les individus qui le possédaient n'étaient pas livrés aux Feux… Mais ça n'était pas non plus le genre de choses dont on se vantait devant les Prêtres du Soleil. En retour, ils évitaient de questionner les gens sur ce point, et tout était pour le mieux.

— Une autre petite victoire, donc, fit Lyam, pensant apparemment qu'il valait mieux changer de sujet. Cette Natoli… c'est une parente à toi ? Ou quelque chose d'autre ?

Ce n'était pas le thème qu'aurait choisi le jeune Karsite. Il se sentit rougir.

— Oh… fit le hertasi, non sans sympathie. Elle est pour toi ce que Jylen est pour moi. (Il soupira.) Sa compagnie me manque, mais je ne voudrais pas qu'elle soit ici. Elle n'aurait pas supporté le voyage. Et je crois qu'elle se serait sentie inutile, ce qui n'aurait été bon pour personne.

— Natoli aussi se serait sentie inutile ici, admit Karal. J'éprouve ce sentiment la moitié du temps. Dans ces moments-là, je pourrais mordre. Alors, je préfère ne pas savoir quelle aurait été sa réaction.

— Comme j'aime mieux ignorer celle de Jylen. (Lyam sourit.) Il n'y a jamais eu de queue plus jolie, ni de museau plus gracieux, mais ils n'appartiennent pas à une jeune beauté connue pour sa patience.

Il échangea un regard avec Karal, qui sentit un net réchauffement de leur relation.

— Bien, je vais vous laisser, mes amis, annonça Lyam. Mon estomac me torture, je vais donc m'aventurer à goûter à la cuisine de Flammechant. Il a bien dû apprendre *quelque chose* de ses hertasis !

— Ce soir, le cuistot n'est pas Flammechant, mais

An'desha, le rassura Karal. Les Shin'a'in et lui se sont entendus pour partager cette corvée.

— Loués soient les Cent Petits Dieux ! s'exclama Sejanes, soulagé. Je préfère encore le thé-beurre des Shin'a'in à la cuisine de Flammechant.

— Dans ce cas, il faut que je me hâte ! s'écria le hertasi. Sinon, il ne me restera que des miettes !

Il descendit de son tabouret et s'éclipsa.

Sejanes regarda Karal en inclinant la tête.

— Et vous ? demanda-t-il. Je croyais que les jeunes gens avaient toujours faim.

Le Karsite haussa les épaules, mal à l'aise. Son estomac était noué et il se demandait si Natoli lui ferait toujours cet effet. Si oui, il était destiné à beaucoup maigrir.

— Heureux en amour ? demanda gentiment le vieil homme. Ou malheureux ? L'un et l'autre peuvent couper l'appétit.

— Je… je ne suis pas sûr, répondit Karal, sentant ses joues devenir brûlantes. Nous ne nous connaissons pas très bien…

Sejanes tapota le genou du jeune homme.

— L'incertitude aussi empêche de manger. Mais je crois avoir compris qu'elle était votre amie ?

— Oh, oui, absolument ! répondit Karal. J'ai confiance en elle plus qu'en personne d'autre !

Hum…

Karal baissa les yeux. Altra était couché aux pieds de sa chaise. Comment diable était-il arrivé là sans qu'il le voie ?

— Il n'y a pas d'humain en qui j'aie davantage confiance. Autant qu'en Altra et Florian. Et presque pour les mêmes raisons.

Mieux. Pas parfait, mais mieux.

— Un excellent début, affirma Sejanes, d'un ton aussi sérieux que s'il parlait des tempêtes magiques. Une relation devrait toujours commencer par l'amitié, plutôt que par une émotion plus… ardente. La première durera toujours, alors que l'autre peut passer avec le temps. Un jeune homme devrait toujours avoir assez de choses en commun avec une jeune fille pour être son ami. À moins, bien sûr, qu'il ne s'agisse d'une union arrangée. Dans ce cas, il lui faut espérer que ses parents ou ses tuteurs sauront ce qu'il attend d'une compagne.

Karal sourit de la délicatesse de Sejanes. Le vieux mage essayait de savoir si Natoli et lui avaient été promis par leurs parents ou s'ils violaient un contrat de ce genre en se fréquentant.

— Ce n'est pas arrangé, et je doute que son père, Rubrik, s'inquiéterait que nous soyons… euh, amis… puisque c'est lui-même qui nous a présentés. C'est le Héraut que la reine Selenay a envoyé à Karse, pour servir d'agent de liaison avec Solaris. Je crois que Natoli ne se fait pas facilement des amis.

Sejanes s'éclaira.

— De plus en plus prometteur, mon garçon ! déclara-t-il avec un réel enthousiasme. Et votre sentiment, en ce moment ? Attiré, mais un peu perdu ?

— Oui !

Karal était aussi amusé que gêné. Sejanes semblait s'intéresser activement à la situation ! Si le Karsite ne l'avait pas mieux connu, il aurait été tenté de le tenir pour un vieux garçon fouineur qui adorait se mêler de la vie des autres.

Pour autant qu'il sache, Sejanes n'avait pas pour habitude de s'immiscer dans la vie privée d'autrui. De plus, il n'était pas un vieux garçon, et encore moins un fouineur. Non, il semblait sincèrement s'intéresser à lui, comme un maître avec son protégé.

À l'instar d'Ulrich.

— Vous me rappelez certains de mes élèves, fit Sejanes. Vous pouvez me dire de me mêler de ce qui me regarde, si vous estimez que je vais trop loin. Mais peut-être pourrais-je vous donner quelques conseils utiles ? (Il eut un sourire conspirateur.) J'ai eu ma part d'amies au fil des ans, et la plupart étaient aussi intelligentes que paraît l'être la vôtre. Je crois pouvoir me rappeler ce que c'est d'être jeune !

Karal le regarda, partagé entre la surprise et la gratitude, car il n'avait personne à qui demander ce genre de conseils. Quand il avait un moment libre, An'desha était toujours avec Lo'isha et les autres Shin'a'in. Florian et Altra n'étaient pas humains, et même si Lyam semblait vivre la même relation que lui, il ne l'était pas non plus. Flammechant… Eh bien, ses conseils seraient difficilement applicables à la situation de Karal — et encore aurait-il fallu qu'il ose lui confier une chose si personnelle. Il ne connaissait pas assez bien Renardargent, et il ne pouvait pas demander des conseils à maître Levy, le professeur de Natoli. Quant aux Shin'a'in, ils n'étaient pas abordables. L'idée de s'adresser à Sejanes ne lui serait jamais venue.

Mais Ulrich m'aurait aidé…

Ulrich l'aurait conseillé comme un père. Vkandis n'exigeait pas que ses prêtres restent célibataires, seulement qu'ils soient chastes hors du mariage. Ulrich avait été amoureux deux fois. Des circonstances extérieures l'avaient empêché d'épouser une de ces jeunes filles.

Karal connaissait certains détails. Ulrich avait été séparé de la deuxième femme de sa vie par une divergence d'opinion sur la politique de l'Ordre. Ils ne s'étaient jamais plus parlé, même après que Solaris fut devenu Fils du Soleil. La première lui avait été arrachée par une maladie foudroyante, lui laissant le cœur brisé pendant des années.

Ulrich ne lui avait jamais parlé de tout ça. Il l'avait entendu de la bouche de certains Robes Rouges, des amis de longue date de son maître, soucieux que Karal ne rouvre pas par inadvertance des blessures à peine cicatrisées.

Mais cela n'avait pas empêché Ulrich de lui donner quelques conseils de base au sujet des filles — même si à l'époque, Karal ne s'y intéressait pas encore. Ulrich avait-il su que son protégé en aurait besoin un jour ?

Il aurait sans doute agi de même avec n'importe quel jeune garçon confié à ses soins. En suggérant qu'il avait assez d'expérience pour le guider, il lui évitait de s'adresser à ses condisciples, dont les avis auraient sans doute été mal avisés.

Aujourd'hui, Sejanes lui offrait la même chose.

Karal fut heureux d'accepter.

— Merci, messire, dit-il simplement. Savez-vous ce que je pourrais lui dire ? (Il eut un sourire penaud.) Tout ce que je peux faire avec elle, pour le moment, c'est parler…

— C'est sans doute très bien, répondit le mage, avec une lueur dans le regard. Oui, j'ai quelques suggestions.

Exactement ce que le Karsite voulait entendre.

Côte à côte, Karal et Lyam prenaient des notes. Le groupe était assis sur des paillasses disposées en demi-cercle devant le téléson qui faisait face à Flammechant. Une nouvelle version des séances du Conseil qu'ils tenaient autrefois au palais de Haven…

Le Karsite se demanda combien de conseillers étudiaient l'appareil sans cacher leur étonnement. Il leur paraissait sans doute aussi étrange que les créatures transformées par les tempêtes magiques. Dans la lentille de cristal, la reine Selenay les regardait solennellement.

Elle venait de demander s'ils savaient quand les tempêtes recommenceraient.

— Je ne peux pas parler au nom de la magie, mais les probabilités mathématiques sont claires, répondit maître Levy. L'effet neutralisant de la décharge d'énergie s'érode graduellement. Nous recommencerons à subir les effets de mini-tempêtes dans quatre jours, mais je doute que les mages, même les plus sensibles, les détectent, à moins d'y être attentifs. Nous ne savons rien de plus pour le moment.

« Treyvan et un groupe de mages vont essayer de mesurer ces tempêtes. Quand elles recommenceront à affecter le monde physique, nous connaîtrons l'augmentation de leur puissance et leur fréquence. Alors, nous calculerons combien de temps il nous reste avant qu'elles ne provoquent de nouveau des dégâts physiques majeurs, et qu'elles ne deviennent vraiment dangereuses. Une fois ce niveau atteint, leur puissance augmentera jusqu'à la répétition du Cataclysme original. Je n'ai aucun doute là-dessus.

Dans le cristal, Selenay acquiesça. Bien qu'elle seule fût visible, le téléson de Haven était placé dans la Salle du Conseil, et tous avaient entendu maître Levy, même s'ils voyaient le seul Flammechant.

— Nous en arrivons aux effets de la dernière tempête, déclara l'Adepte, ici, où toute sa force sera concentrée. Autrement dit, à l'endroit où Besoin, An'desha, Sejanes et moi avons fait nos calculs. Nous ne sommes pas optimistes, Majesté. Les boucliers de la Tour ont survécu à la première libération d'énergie, *vers l'extérieur*, mais nous doutons qu'ils résisteront à l'impact de l'énergie qui convergera vers elle. Ils seront détruits, toutes les armes que nous n'aurons pas pu neutraliser « partiront », et ce sera terrible.

— Qu'entendez-vous par « partir » ? demanda un des conseillers. Et par « terrible » ?

Karal réprima un rire nerveux. Comment définir le concept de « terrible » face à une personne qui tenait un feu de forêt ou un glissement de terrain pour une catastrophe majeure ? Comment la convaincre qu'il existait des forces capables de faire fondre les pierres d'une tour et de creuser des cratères de la taille de petits pays ?

— Si seulement je le savais, admit Flammechant. Nous savons que ces armes étaient trop « dangereuses pour être utilisées », mais nous ignorons ce qu'elles sont censées faire. Quelle ironie, si nous découvrions qu'elles s'annulent les unes les autres — mais je n'y compte pas. La zone de destruction couvrira au moins les Plaines. Puisque nous connaissons le danger, les Shin'a'in sont en train de les évacuer.

Les Shin'a'in sont en train de les évacuer.

Les Shin'a'in ne quittaient jamais les Plaines. Cela aurait dû faire comprendre la gravité de la situation au conseiller sceptique.

— J'ignore si les effets se feront sentir jusqu'à Valdemar, mais, à votre place, je parierais que oui. (Flammechant leva une main en signe d'avertissement.) Et ne me demandez pas : « Quels effets », parce que je n'ai pas la réponse. Nous essayons de le découvrir, mais nous sommes confrontés à des armes fabriquées par le plus secret des mages, et ses notes sont rédigées dans une langue morte depuis deux mille ans. Nous faisons de notre mieux. Avoir plus de personnes ici nous ralentirait, mais nos efforts pourraient ne pas être suffisants.

Karal entendit les grommellements qui leur arrivèrent de Valdemar, mais personne ne dit rien de précis.

Probablement, comme le pense Natoli, parce qu'ils ne croient pas que ça puisse se passer. C'est stupide, mais c'est ainsi.

En un sens, il ne pouvait pas leur en vouloir. La magie était une chose nouvelle pour eux. Si la plupart avaient entendu parler des horreurs commises par Ancar et ses mages, ils ne les avaient pas *vues*. Et leur « expérience » de la magie datait de la première tempête. Alors, comment imaginer une force capable de transformer une terre verdoyante en un cratère fumant de roche noire vitrifiée ? Il nota cette réflexion dans la marge. Tarrn lui avait dit que ces observations pouvaient être importantes, aussi longtemps qu'elles n'étaient pas de nature personnelle.

On a beau le leur répéter, la plupart des gens ne croient pas à l'imminence d'un désastre.

Karal était content de ne plus représenter Karse au Conseil. Un des Prêtres du Soleil qui avaient combattu Ancar avec les Valdemariens était parti pour Haven au moment où le père de Natoli se mettait en chemin pour Sunhame. Malgré ce que pensait Solaris, Karal ne s'était jamais senti à la hauteur de la tâche. Et la moitié des conseillers doutaient de ses compétences, quand ce n'était pas de son intégrité. Mais son remplaçant avait vu la magie à l'œuvre et il y croyait de tout son cœur. Peut-être réussirait-il à convaincre les réticents.

— Et les armes ? demanda un conseiller. Si nous pouvions nous en débarrasser, ce serait un danger en moins. Y a-t-il un moyen de les démonter ?

— Alors qu'Urtho lui-même s'en disait incapable ? (C'était la voix indignée de Treyvan.) Alors qu'il a laissé un avertissement déconseillant de le faire ? Vous êtes *malade* ?

Ah, les choses que peut se permettre de lâcher un griffon, simplement parce qu'il est plus gros qu'un homme !

Karal était heureux que Treyvan et Hydona soient là pour lancer ce que personne d'autre ne pouvait dire.

— Nous apprenons peu à peu à connaître les armes qui nous entourent, répondit Flammechant. S'il y a un moyen de les démonter, nous le ferons. Peut-être aurons-nous de la chance. Le temps a eu raison de l'une d'elles. Qui sait s'il n'a pas réussi ce qu'aucune main mortelle n'aurait pu faire.

Karal trouvait intéressant que Flammechant soit le

porte-parole du groupe. Personne d'autre ne s'était porté volontaire, mais l'Adepte, par nature un peu paresseux, n'aimait pas prendre plus de responsabilités que nécessaire.

Florian ou Altra auraient pu ouvrir la liaison, mais le Conseil aurait seulement vu Karal, le Compagnon ou le Chat de Feu, et aucun n'inspirait suffisamment le respect. Sejanes n'avait pas le don de parole par la pensée, comme maître Levy. An'desha le possédait, mais il n'était pas un meilleur choix que Karal, même si la magie commençait à lui blanchir les cheveux. Besoin aurait pu s'occuper de la liaison. Dans ce cas, Flammechant aurait quand même été à l'image. Au moins, les gens le respectaient — et certains le craignaient. Une bonne chose. Et son sens de la repartie était une arme redoutable contre les conseillers intransigeants ou querelleurs.

Pour Flammechant, se montrer est une joie, parce qu'on ne peut pas dire qu'il ait une cour d'admirateurs, ici.

— Avant tout, nous devons découvrir *ce* que ses armes font. Puis *comment* elles le font. Alors, nous saurons s'il est possible de les démonter, expliqua patiemment Flammechant. Si vous pensez à ça comme à un piège extrêmement compliqué, avec une arme au centre, vous comprendrez mieux.

— Mais… coupa une voix, avant de se taire.

— Heureusement, dit Sejanes, cette étude ne trouble pas celle des tempêtes, puisqu'elle est faite à Haven. Ici, nous continuons d'agir comme si une de ces armes était la solution contre l'Ultime Tempête. Nous savons déjà lesquelles sont les meilleurs choix, et nous les étudions pour déterminer si l'une d'elles nous sauvera.

— Et si vous n'en trouvez aucune ?

La voix était tendue, au bord de la panique. Au moins, un conseiller était conscient du danger. Karal espérait que ça n'était pas un type qui s'affolait pour un rien. Sinon comment pourrait-il convaincre les gens de se préparer ?

— Vous devez agir comme si nous allions échouer, tout ce que nous avons réussi à faire étant de gagner un peu de temps pour vous permettre d'être prêts, dit maître Levy. (Il manquait de patience avec les conseillers et ne s'en cachait pas.) Nous vous l'avons annoncé dès le début. Quand j'ai quitté Haven, les ingénieurs cherchaient une formule pour prédire l'emplacement des cercles.

— Nous y travaillons toujours ! lança une autre voix. La maquette n'est pas parfaite, mais nous espérons avoir la réponse avant le début des mini-tempêtes. Nous vérifierons sa fiabilité quand leur puissance augmentera. Lorsque les vraies perturbations arriveront, elle aura été testée et sera prête à l'emploi.

— Vous avez donc votre réponse. Si nous ne réussissons pas à trouver une solution, il suffira d'interdire l'accès des zones dangereuses aux humains et au bétail, de drainer autant que possible la Pierre qui repose sous le palais, de la protéger derrière des boucliers… et d'attendre que ça se passe.

Le ton de maître Levy sous-entendait que n'importe quel idiot aurait dû trouver ça tout seul.

— Pendant que vous restez en sécurité dans votre Tour ? accusa un conseiller.

L'erreur à ne pas commettre. Karal se prépara à la riposte. Flammechant n'était pas de bonne humeur, et il allait bientôt y avoir du sang sur la table du Conseil — métaphorique, évidemment.

— En *sécurité* ? rugit Flammechant. Où avez-vous été pêcher cette idée stupide ? Que quelqu'un sorte cet incompétent et l'affecte aux cuisines ! Il est bon d'encourager les faibles d'esprit, mais nommer un idiot congénital au Conseil paraît excessif !

Il y eut des crachotements indignés. Selenay conservait son expression sereine, mais son attention n'était plus rivée sur le téléson.

Il était si frustrant de ne pas voir ce qui se passait !

— Eh bien ? demanda Flammechant quand le silence fut revenu.

— Nous étudierons sérieusement votre suggestion, répondit la reine, s'adressant autant à ses conseillers qu'au groupe de la Tour. Vous avez raison, même si vous manquez de tact. Ce Conseil ne peut plus se permettre de garder des membres qui n'accordent aucune attention au danger qui nous menace tous.

— Bravo ! cria une autre voix.

Karal reconnut Kerowyn.

Ça, c'était inattendu ! Karal pensa aux trois ou quatre conseillers qui correspondaient parfaitement à cette description. Après les trahisons, les invasions, les guerres et les tempêtes magiques, la patience de Selenay semblait avoir atteint ses limites.

Il était temps !

Bien sûr, ces gens étaient restés loyaux pendant les troubles qu'avait connus le royaume, et la loyauté devait être payée en retour. Mais il ne fallait pas garder à des postes de responsabilité des personnes qui ne voyaient pas plus loin que le bout de leur nez. Mieux valait leur trouver une sinécure — sans aucune autorité — si Selenay tenait vraiment à les récompenser.

Peut-être n'y tenait-elle pas — ce qui n'était pas plus mal. Parfois, il fallait utiliser son droit de veto histoire de rappeler aux gens qu'il existait, même pour des personnes qui s'estimaient *au-dessus* des lois. Comme disaient les Shin'a'in : « Utilise le fouet pour faire sortir les chevaux de l'écurie en flammes. »

Karal fut tenté d'ajouter ce proverbe à ses notes. Comme c'était une observation purement personnelle, il la garda pour lui.

Deux conseillers devraient être renvoyés sur-le-champ, dit Altra d'un ton agacé. *Le premier ne croit pas à l'intelligence des Compagnons, alors comment le convaincre de se préparer à un désastre magique ? Le deuxième est persuadé que son district a besoin de plus de protection que les autres. Il va perdre un temps précieux à essayer d'en convaincre ses collègues, tentant de détourner des ressources à son profit.*

Le Chat de Feu n'eut pas besoin de citer des noms. Karal savait de qui il parlait.

C'est le royaume de Selenay, et son Conseil, rappela-t-il à Altra. *Si tu veux lui donner ton avis, fais-le en privé. Je suis sûre qu'elle acceptera de te recevoir.*

Je ne suis pas assez fou pour parler en public ! riposta Altra. *Mais je suis content que tu ne sois plus obligé d'affronter ces idiots — qui auraient sûrement fini par te rendre responsable du Cataclysme ! Et si tu n'es plus là-bas, je n'ai pas besoin d'y être non plus… Je pourrais être tenté de me faufiler dans leurs jambes pendant qu'ils descendent un escalier… Puis de m'assurer que leurs remplaçants auront plus de cervelle qu'un morceau de fromage.*

Il projeta une image où il s'enroulait autour des jambes du plus stupide des deux conseillers…

Tu sembles d'humeur assassine, aujourd'hui, dit Karal.

Que Vkandis vienne en aide à tous les rongeurs à une lieue à la ronde ! répondit le Chat de Feu. *Quand cette séance sera terminée, et que j'aurai parlé à Selenay, je partirai chasser.*

Pas la peine d'aller loin. Les Shin'a'in se plaignent de la présence de souris dans le grain de leurs chevaux. Tu crois que tu peux t'abaisser à ça ?

Pour toute réponse, Altra grogna dédaigneusement.

Après cet incident, l'ordre du jour fut traité à un bon rythme. Karal s'avoua qu'il se comportait un peu comme les conseillers qui ne pouvaient ou ne voulaient pas croire à la menace qui se profilait à l'horizon. Il continuait à vivre une partie de son existence — celle qui concernait Natoli — comme si de rien n'était. Et il ne se mettait pas dans tous ses états. Mais ce que Natoli et lui faisaient n'influait pas sur les tempêtes, ni sur la solution au problème, s'il en existait *une*. Quant à la peur, elle ne résoudrait rien. Ça n'était pas une émotion qu'on pouvait entretenir pendant des semaines. Alors pourquoi essayer ?

Karal travaillait de son mieux, et une de ses observations serait peut-être utile. Il avait remarqué que l'atelier était resté en excellent état — meilleur même que les salles des armes. Autrement dit, soit il bénéficiait de puissants boucliers, soit la pierre avait des propriétés isolantes. Puisqu'ils laissaient la trappe ouverte en permanence, c'était difficile à dire, et personne n'avait voulu se laisser enfermer pour vérifier.

Naturellement ou non, il était logique de protéger l'atelier des effets possibles des armes — d'autant plus qu'il pouvait servir d'abri. Inversement, si quelque chose tournait mal dans l'atelier, les armes ne seraient pas affectées.

L'atelier serait le refuge idéal pour ceux qui ne participeraient pas à la Mission Finale — et peut-être pour eux tous, s'ils ne trouvaient aucune solution. Il y avait assez de place pour tout le monde, y compris les Shin'a'in du camp.

Pour Florian et les chevaux, il serait difficile de descendre, mais pas impossible. Le seul ennui ? L'atelier se trouvait au-dessous du tunnel. Si les armes détonnaient, ils risquaient d'être prisonniers sous la pierre fondue, la terre et les gravats.

Mais s'ils attendaient que l'Ultime Tempête passe dans le tunnel ou dans les Plaines, ils n'auraient pas la moindre chance. Karal avait déjà évoqué avec les

Shin'a'in l'idée d'utiliser l'atelier comme abri. Ils y avaient aussitôt transporté la moitié des vivres et organisé l'évacuation du camp.

Quant à ceux qui restaient dans les Plaines… Pour la première fois depuis la Séparation des Clans, les Shin'a'in et les Tayledras étaient réunis. Les trois quarts des Clans avaient quitté les Plaines et résidaient dans les Vallées les plus proches. D'autres avaient décidé de se réfugier dans les cités où ils avaient de la famille.

Enfin, ceux qui restaient emmenaient les chevaux vers le sud, car les Vallées tayledras n'étaient pas assez grandes pour les accueillir. Ils étaient sous la protection de l'ancienne compagnie de mercenaires de Kerowyn, les Éclairs — en tout cas, de ses membres qui avaient choisi de ne pas la suivre à Valdemar. Retournés à Bolthaven, où ils avaient formé une compagnie plus petite, ils se contentaient désormais de protéger l'école de magie de Quenten, la cité et la Foire aux Chevaux annuelle. Les précieux troupeaux seraient en sécurité dans la vallée rethwellane, en contrebas de l'école fortifiée, entre les mains de ceux qui avaient bénéficié de la générosité des parents shin'a'in de Kerowyn.

Dans quelques jours, les Plaines seraient désertes. Il ne resterait plus qu'eux. Pour la première fois, un étranger pourrait les traverser sans que nul ne l'arrête.

Mais personne ne serait assez stupide pour essayer. Le temps l'interdisait. Seuls les Shin'a'in savaient où se cachait le gibier pendant l'hiver. Ou comment se procurer des combustibles et des tentes capables de résister aux blizzards. Oui, il serait suicidaire de vouloir traverser les Plaines sans aucun repère.

De plus, les Kal'enedral qui restaient n'étaient pas de simples garde-frontières. Impossible que quoi que ce fût bouge sans qu'ils le remarquent. Et dans ces circonstances, il valait mieux ne pas oublier que la Déesse devait protéger ses terres. S'il s'agissait d'un intrus, elle n'aurait pas à agir directement. Un pan de neige dévalant la paroi empêcherait quiconque de descendre dans les Plaines.

Dieu, je suis aussi assoiffé de sang qu'Altra ! s'avisa Karal, qui envisageait sereinement que des intrus soient transformés en statues de glace.

Mais ils ne pouvaient pas se permettre d'être gentils. Leurs gardes kal'enedral avaient remis leurs vies entre les mains de leur Déesse. Et s'il y avait toutes les chances que la Tour ne résiste pas à l'Ultime Tempête, ils défendaient en plus une position intenable. Les Kal'enedral avaient toujours empêché les étrangers d'approcher de la Tour. S'il existait un « point géographique bas » dans le cratère qu'étaient les Plaines de Dhorisha, la Tour s'y nichait tout au fond…

La plupart des Promis à l'Épée étaient restés avec les Clans, pour les protéger pendant l'évacuation. Mais si une personne malintentionnée en profitait pour chercher la Tour et les armes qu'elle abritait ?

Si elle arrivait avec une petite armée personne ne pourrait l'arrêter. Bien sûr, il aurait fallu être fou, mais l'existence d'Ancar et de Fléaufaucon avait prouvé que certaines personnes étaient assez avides de pouvoir pour prendre ce genre de risque.

Sachant ce que représentait leur groupe, la Déesse s'occuperait sans doute elle-même d'une intrusion de ce genre — et si elle n'en faisait rien, Vkandis s'en chargerait peut-être à sa place.

Il y eut un blanc dans la conversation, et Karal en profita pour faire davantage qu'ajouter une observation dans la marge.

— Je viens de penser, dit-il, qu'il existe une source de protection pour ceux qui ne sont pas dans la Tour.

— Laquelle ? demanda une voix.

— Euh… la prière, répondit-il. L'intervention divine.

Je veux dire, avez-vous demandé à vos prêtres de se *concentrer* pour implorer l'aide de leurs dieux ?

— Si vos dieux sont comme la Dame Aux Yeux Étoilés, c'est une excellente idée, dit Lo'isha. Voyez-vous, elle répond uniquement en cas de péril contre lequel les mortels ne peuvent rien, et seulement *s'ils le lui demandent*. Sinon, Elle les laisse se débrouiller. Vos dieux attendent peut-être vos prières…

— Vkandis agit de la même manière. J'ignore ce que font les dieux à Valdemar, mais quel mal y aurait-il à essayer ?

— Aucun, dit Selenay. Dans notre trop grande fierté, nous oublions trop souvent cette option. Nous ne demandons pas d'aide contre d'autres peuples, mais au nom de tous, et contre une force implacable.

« Merci Karal de n'avoir pas craint de nous rappeler ce qui aurait dû être évident pour tout le monde. Je vais demander aux conseillers de transmettre cette requête à leurs temples.

Karal rougit de nouveau — de plaisir cette fois — et les ronronnements d'Altra, couché à ses pieds, lui donnèrent la mesure de l'approbation du Chat de Feu. Il tourna la tête et vit que le Shin'a'in l'observait avec un sourire qui s'élargit quand leurs regards se croisèrent.

Voyons s'ils seront toujours si contents de moi après ça…

— S'il vous plaît, Majesté, ajouta-t-il, n'excluez pas l'Empire de vos prières. Les Impériaux n'ont rien fait contre nous, et, ils doivent beaucoup souffrir. Les tempêtes ne leur ont pas laissé de répit. D'après ce que nous a dit Sejanes, ils ont sans cesse besoin de magie. Pour nous, ce serait comme si le feu cessait de fournir de la chaleur.

Selenay hocha la tête, non sans une certaine hésitation.

— Je n'oublierai pas l'Empire, promit-elle. Il est exact que nous n'avons aucune querelle avec les peuples de l'Empire, mais seulement avec les hommes qui nous ont blessés.

Karal jeta un coup d'œil à Lo'isha, puis à Sejanes. Le Shin'a'in semblait toujours content et le vieux mage souriait.

Qu'en pensait Altra, le représentant de Vkandis ?

Moi ? Je t'approuve ! Tu as réussi à garder à l'esprit qu'une nation est composée de gens qui n'ont aucun contrôle sur les actes de leurs chefs. Cela fait deux fois, maintenant, et c'est excellent.

Même pour Vkandis, connu pour être un dieu vengeur ?

Surtout pour Vkandis. N'oublie pas que les religions sont composées d'individus qui n'ont aucun contrôle sur ce que prêchent leurs prêtres. N'oublie pas non plus que les prêtres et les fidèles bénéficient du libre arbitre, si bien que les dieux ne peuvent rien contrôler. Alors, ce que disent les prêtres, et ce que les fidèles croient, n'est pas toujours la vérité.

Karal cligna des yeux. Altra semblait avoir décidé qu'il était prêt pour un petit « cassage » de doctrine.

À présent, une parabole : prends un homme taciturne et riche, à la réputation terrifiante — un ancien mercenaire, par exemple. Il vit dans une ville et ne quitte pratiquement jamais sa maison. Pourtant, il envoie régulièrement ses serviteurs — la nuit, pour que ça ne se sache pas —, aider les pauvres et les malades. Un jour, alors qu'il est devant sa porte, une femme et son bébé sont attaqués par des bandits. N'écoutant que son instinct, il tire son épée et les taille en pièces. L'enquête démontre que ces hommes étaient de vieux ennemis à lui. À ton avis, que diront ses concitoyens ?

Karal le savait parfaitement. Ignorant les bonnes actions de l'homme, ils retiendraient seulement l'instant où il avait versé le sang. Au mieux, ils le prendraient pour une brute assoiffée de vengeance, le craindraient et éviteraient sa compagnie. Les jaloux décideraient peut-être qu'il avait organisé l'agression de la femme, histoire d'avoir une excuse pour tuer la bande. Mais s'il y avait une part de vérité dans l'histoire de vengeance, ce n'était pas l'*entière* vérité.

Vkandis — comme n'importe quel dieu — est bien plus que ce que ses fidèles font de lui, continua Altra. *Les prêtres ont le devoir de les amener à comprendre ça, afin qu'ils ne le limitent pas à ce qu'ils savent.*

Voilà ce que Karal cherchait à saisir depuis des semaines ! Il avait toutes les pièces pour comprendre, mais il n'était pas parvenu à en faire un tout aussi simple et élégant…

N'oublie pas de prendre des notes, lui rappela Altra. *La vie, c'est prêter attention à tout. Prie le soleil, mais regarde où tu mets les pieds, si tu ne veux pas tomber et te casser le nez.*

Karal se pencha vivement sur sa feuille.

La réunion dura longtemps. Par bonheur, Flammechant réussit à agacer suffisamment de conseillers inutiles pour garantir que la prochaine serait plus courte.

Il le fallait. L'Adepte avait coupé court aux tentatives des conseillers de transformer la réunion en séance d'accusations et de blâmes — presque tous dirigés contre leur groupe. Le premier jour, Karal trouva cela difficile à croire. Les conseillers semblaient avoir toutes sortes d'idées bizarres au sujet de ce qui se passait ici. Par exemple, ils croyaient qu'eux seuls seraient en sécurité quand l'Ultime Tempête frapperait…

— Qu'est-ce qui ne va pas, chez eux ? demanda-t-il à Lyam, tandis que tous se levaient pour reprendre leurs activités. Où ont-ils été chercher des idées pareilles ?

Le jeune hertasi haussa les épaules, sa queue battant rythmiquement le sol.

— Ils imaginent que nous vivons dans le luxe et passons notre temps à des spéculations sans rapport avec notre mission et la réalité. La moitié de ces gens ne croient pas aux tempêtes. Ils pensent que nous menons une existence dorée et que nous avons prolongé notre séjour pour continuer de fuir nos responsabilités.

Karal balaya du regard leur « cadre luxueux ». De fait, les sols en mosaïque étaient magnifiques, et il n'existait aucun plafond comparable à Karse ou à Valdemar.

Cela dit, les paillasses shin'a'in, bien que colorées et confortables, ne pouvaient pas rivaliser avec les lits des appartements du palais, à Haven. Quant au reste, il doutait qu'un seul de ces conseillers ait jamais mangé, dormi ou vécu comme ça ou accepterait de le faire.

Leurs conditions de vie étaient meilleures que celles d'un serviteur d'auberge karsite ou d'un novice de Vkandis, mais ces nobles idiots penseraient avoir été exilés au bout du monde sans le moindre confort moderne.

Je me demande ce qu'ils diraient du thé-beurre shin'a'in…

— Je ne sais pas, Lyam… On croirait qu'ils souffrent d'une forme de paranoïa.

Le lézard n'avait pas beaucoup d'expressions faciales, mais il pouvait froncer les sourcils.

— C'est une question de distance… Beaucoup de k'Leshya pensent, parce que nous vivons dans l'ancienne Vallée des k'Sheyna et que nous menons une existence luxueuse. Tout ce qui est loin doit être mieux que ce qu'on a chez soi, tu vois. (Il renifla avec dédain.) Si tu veux vivre dans le luxe, je te recommande la cour des Rois Noirs. J'y suis allé une fois. Draps de soie, jardins privés, mets exquis — ça, c'est que j'appelle l'opulence !

Karal secoua la tête en soupirant et Lyam lui tapota le genou.

— Console-toi ! Tous ceux qui croient que nous perdons notre temps sont des idiots, et Flammechant s'arrangera pour qu'ils s'en aillent — si leur reine ne leur trouve pas une occupation inoffensive. Je connais ce genre d'homme : il les aura à l'usure.

Karal gloussa, car le hertasi avait vu juste.

— Oh, il peut se montrer diplomate, quand il veut, dit-il, se sentant obligé de défendre l'Adepte.

— Bien sûr, mais la diplomatie, c'est bon quand on a le temps, et il nous est compté. Karal, il faut que tu me dises quelque chose… Tu as travaillé avec ces gens — Flammechant, An'desha, Sejanes, et les autres. Réussiront-ils à trouver la solution à l'Ultime Tempête ? Ou dois-je essayer de me dénicher un terrier et prier pour qu'il ne s'écroule pas sur moi ?

Karal ferma les yeux un instant, pris de court par cette question. Mais c'était peut-être l'intention de Lyam : le surprendre, afin qu'il n'ait pas le temps de se dérober.

— Si quelqu'un le peut, c'est bien eux, répondit-il. An'desha possède tous les souvenirs de Ma'ar, l'ennemi d'Urtho, et le second mage le plus puissant de l'époque du Cataclysme. Mais j'ignore si des créatures mortelles peuvent sauver la situation.

— Je craignais que tu dises ça… (Lyam se tassa un peu et regarda le jeune prêtre avec une expression indéchiffrable.) Parlons de nos petites amies, suggéra-t-il. Nous ne pouvons rien faire pour les aider, alors parlons d'elles, d'accord ? (Il sourit, changeant d'humeur en un clin d'œil.) Rien de mieux que les filles pour oublier ses soucis.

— Ou s'en découvrir de nouveaux ! lança Karal, trop heureux de passer à autre chose.

Tarrn les trouva en train d'évoquer la manière dont les femmes abordaient toujours les difficultés de biais, comme des crabes, au lieu de les affronter de face — un trait de caractère que semblaient partager les femelles humaines et hertasis. Il resta à portée de voix un moment, attendant une pause dans la conversation.

Lyam, sais-tu où les Shin'a'in ont mis le sac de livres gris que nous avons apporté ? demanda-t-il. *Je dois trouver une référence...*

— Je la dénicherai plus facilement que toi, répondit Lyam en bondissant sur ses pieds. Reste ici.

Il descendit dans l'atelier et Tarrn se tourna vers Karal.

Mon apprenti et toi semblez bien vous entendre...

— Vous avez dû remarquer que nous avons beaucoup en commun...

Les jeunes filles, entre autres choses... Hélas, je n'aurais jamais pu te donner de conseil sur le sujet. Ma race est souvent sexuellement neutre, vois-tu — de naissance, plutôt que par vœu, comme nos amis shin'a'in.

— Tous les kyrees sont neutres ? Comment les Kal'enedral le deviennent-ils ?

Il fallut un moment à Tarrn pour expliquer que tous les kyrees n'étaient pas neutres. Mais ceux qui l'étaient choisissaient souvent les professions d'historien, de conteur, de poète ou de lettré. Puis il lui parla des serments des Promis. La Déesse les rendait asexués, un point qui expliquait pourquoi il était si difficile d'être accepté à son service.

Karal ne fut pas épouvanté..., mais déconcerté.

— Je n'imagine pas comment quelqu'un peut *vouloir* devenir un Promis ! dit-il au kyree. Je veux dire, je vous demande pardon, mais...

Ne t'excuse pas. Je ne regrette pas d'être neutre. Au fil des ans, il m'a souvent semblé que j'avais de la chance de n'avoir pas à supporter ce que tu subis. Quant aux Promis, à l'Épée ou à la Déesse, j'imagine beaucoup de circonstances où la sexualité peut devenir un fardeau intolérable. Leur histoire est toujours triste, parfois horrible. Mais au moins, parmi les Shin'a'in, ils ont un refuge. Et pour certains… Eh bien, si leur vie est consacrée aux recherches intellectuelles, il ne s'agit pas vraiment d'un sacrifice.

Karal chercha An'desha des yeux et le trouva en train de parler avec Lo'isha et un Shin'a'in vêtu de noir.

— Je connais au moins un cas où les souvenirs peuvent être intolérables, dit-il.

Tarrn suivit son regard.

J'y ai pensé, moi aussi. Si nous survivons…

« Si ». Encore ce mot… Karal y songeait sans cesse, mais évitait de le prononcer.

— Vous croyez que nous ne survivrons pas ?

Comme s'il l'avait appelé, An'desha approcha et entendit la réponse de Tarrn.

Je l'ignore. Je suis venu ici conscient que j'y laisserais la vie, et Lyam aussi. Nos recherches aideront peut-être ceux qui devront faire face au prochain Cataclysme, dans un ou deux millénaires. Ou ceux qui survivront à celui-là. Il semble que notre seule chance soit celle que tu as suggérée.

— L'intervention divine ? Hélas, il y a un piège. Nous ne pouvons pas compter dessus — si nous le faisions, nous ne l'obtiendrions pas.

An'desha acquiesça en s'asseyant près de Karal.

— C'est ainsi que la Déesse fait les choses, et nous sommes au cœur de *son* territoire. Si nous devons appeler un dieu à l'aide, ce doit être Kal'enel. Mais Lo'isha dit qu'elle garde le silence depuis quelque temps, comme si elle ne savait pas plus que nous ce qui va se passer.

Alors que faire ? demanda Tarrn. *Quand les dieux eux-mêmes sont silencieux, que peuvent de simples mortels ?*

— Je l'ignore, admit le jeune mage.

— *Tu pourrais commencer par appeler de vieux*

amis, proposa une voix au-dessus de leurs têtes, alors qu'une lumière dorée se répandait sur eux.

Tarrn bondit, les yeux ronds comme des soucoupes et les poils hérissés. Lyam, qui remontait de l'atelier, dut s'accrocher à la trappe pour ne pas tomber. Même Karal, qui avait déjà assisté au phénomène, et An'desha, qui y était habitué, se relevèrent, bouche bée.

Deux faucons de taille humaine descendaient en spirale du plafond, leurs plumages jetant des étincelles comme celui d'Aya. Ils atterrirent avec la grâce de danseurs. Dès qu'ils touchèrent le sol, ils se transformèrent en un homme vêtu à la manière des Shin'a'in et en une femme tayledras.

Tous les Shin'a'in réagirent de la même manière. Ils ne mirent pas un genou à terre, ne rampèrent pas sur le sol, mais se pétrifièrent, pleins de respect.

Qu'est-ce... que... c'est ? réussit à penser Tarrn.

— *Je m'appelle Aubefeu et voilà Tre'valen*, dit la femme. (Elle sourit à Tarrn. Ses yeux immenses évoquaient deux fenêtres ouvertes sur un ciel nocturne.) *Nous sommes de vieux amis d'An'desha.*

Altra et Florian apparurent. À l'évidence, ils étaient les seuls à pouvoir encore bouger. Ils traversèrent la pièce, s'arrêtèrent à quelques pas des créatures de lumière et les saluèrent.

— Tre'valen et Aubefeu sont des Avatars de Kal'enel, Tarrn, expliqua An'desha. Et bien que je n'aurais pas osé les appeler mes amis, ils m'ont énormément aidé.

Tre'valen éclata de rire.

— *Tu peux oser, car nous sommes tes amis, petit frère. Et nous venons vous aider encore.*

L'étonnement brisa le charme qui semblait les avoir tous pétrifiés.

Ils avancèrent vers les Avatars — sauf Karal, qui se laissa tomber sur le sol.

Nous avons Altra pour Vkandis, Florian pour les dieux de Valdemar… et maintenant ça. Que dit ce proverbe shin'a'in ? « Méfie-toi de tes souhaits ? »

Eh bien, il avait demandé l'aide divine.

Mais serait-elle suffisante ?

CHAPITRE VIII

— Je peux vous dire une seule chose, déclara le roi Tremane en se massant la tempe, un geste qui trahissait sa nervosité. Je n'ai même pas allumé une bougie avec ma magie depuis des semaines, et pourtant mon énergie va *quelque part*. Je me sentirais mieux si vous pouviez me dire où.

Ventnoir plissa un peu les yeux pour les protéger du soleil qui inondait la Tour du Roi. C'était désormais ainsi que tout le monde l'appelait. Par défaut, Shonar était devenue la nouvelle capitale. Une résidence plutôt délabrée pour un monarque, mais Hardorn avait connu des jours meilleurs. Placer le bien de son royaume avant le sien ne ferait pas de mal à l'image de Tremane.

Après des préparations frénétiques, le duc était devenu roi au cours d'une modeste cérémonie. On lui avait donné la couronne. Comme le pays, elle avait beaucoup souffert, mais elle semblait avoir été habilement restaurée.

Tremane l'avait gracieusement acceptée et portée pendant la cérémonie. Puis il avait fait fondre quelques-uns de ses bijoux pour qu'on lui forge une fine bande d'or, avec un minimum d'ornements, qui ressemblait beaucoup à sa couronne ducale.

Et à celle que portait Selenay, mais Ventnoir ne vit aucune raison de le mentionner. Pour être franc, la tiare conférait une certaine dignité au crâne dégarni de Tremane, au contraire de la couronne.

Cette conversation ne porte pas sur les couronnes…

Il se concentra sur Tremane.

— Je crois, dit-il, que votre énergie est absorbée par la terre, afin de vous montrer *où* il y a des problèmes et en quoi ils consistent. Les zones les plus problématiques sont celles où des monstres ont été produits. Voilà pourquoi vous avez pu désigner leurs tanières. Vous pourriez sans doute mettre un terme à cette déperdition d'énergie.

Tremane étudia la question, puis il secoua la tête.

— C'est inutile. Elle ne m'affaiblit pas. Et, le sens de la terre me donne déjà toutes les réponses que j'aurais pu trouver grâce à la magie. Je voulais simplement *savoir* où allait mon énergie, au cas où ç'aurait été une attaque subtile.

Ça prouvait à quel point il avait changé : avant, il aurait supposé que c'*était* une attaque subtile… et cherché son ennemi.

— Les Adeptes Guérisseurs tayledras savent projeter leur énergie pour guérir la terre, dit Ventnoir. Ils peuvent également rediriger une source d'énergie vers elle, en la canalisant à travers eux. Le sens de la terre semble vous avoir donné des facultés similaires.

— Intéressant, répondit Tremane. Vous savez, il y a autre chose. J'avais cru avoir le sens de la terre pour l'ensemble d'Hardorn, mais chaque fois qu'une nouvelle délégation vient me jurer… allégeance… je sens un nouveau morceau de territoire. C'est difficile à expliquer. Ce morceau était déjà là, mais tout ce que j'en percevais, c'était une silhouette, comme s'il était dans l'ombre. Puis quelque chose semble l'éclairer…

— C'est exactement ce qui se passe, dit Ventnoir.

Quand une personne a une affinité avec un territoire — généralement une propriété ou un village — un lien magique se forme entre les deux. Par exemple, les sorts de situation et de divination fonctionnent mieux quand un mage cible sa terre natale. Lorsque ces gens s'ouvrent à vos lois, ils vous transmettent leurs liens avec leurs territoires.

« À moins que la terre que vous absorbez pendant la cérémonie du seisin ne vous lie à elle. Il est évident qu'il s'agit d'une contamination magique primitive. Mais j'ignore comment vous pouvez tirer parti de cette situation. Il faudrait poser la question à une personne qui possède le sens de la terre.

L'hésitation de Tremane avant de prononcer le mot « allégeance » n'avait pas échappé à Ventnoir. Le pauvre supportait une sacrée dose d'embarras pour le bien de son peuple. Les Hardorniens arrivaient par petites délégations afin de prêter serment à leur roi, pratiquant un rituel qu'ils appelaient seisin. Ventnoir pensait qu'il devait être aussi archaïque que celui de la connexion à la terre.

Son côté primitif gênait terriblement Tremane, civilisé à l'extrême.

Néanmoins, il était efficace. Il ne sembla pas utile à Ventnoir de souligner un point évident : chaque fois que de nouveaux sujets juraient allégeance au roi, leurs terres s'ajoutaient à celles qu'il avait déjà « prises ». Selon toute vraisemblance, la pincée de terre qu'il avait ingérée au cours du rituel de connexion était composée de « prélèvements » venus du plus grand nombre de provinces possible.

— En parlant de vos nouveaux sujets, Tremane, en voilà une autre délégation, dit Elspeth, debout à la fenêtre. Ils sont armés et je vois un drapeau. (Elle mit une main en visière.) Est-ce bien… Oui, quatre séries de feuilles de fraisier. Et le tout est surmonté d'une couronne de baron. Félicitations ! Vous avez ferré un des rares gros poissons qu'il reste en Hardorn.

Ventnoir se retint de rire.

Pour la première fois, depuis que je suis avec toi, ke'chara, *je viens de voir un Héraut... agir comme un Héraut.*

Elspeth faillit s'étrangler et Gwena ricana.

Tremane soupira... de soulagement.

— Je dois descendre l'accueillir, dit-il. Ça ne vous ennuie pas de remettre notre conversation, à plus tard ?

— Non, pas du tout, répondit Elspeth. Nous vous retrouvons en bas, avec Gwena. Si nous recevons un baron, nous avons intérêt à confirmer votre appartenance à l'Alliance.

Ventnoir sourit. Ce n'était pas la première fois qu'Elspeth, Gwena et lui s'habillaient pour impressionner un nouveau vassal. Voir un « cheval » à l'intérieur en avait surpris plus d'un. Puis ils avaient remarqué l'uniforme blanc d'Elspeth et compris qu'il s'agissait d'un Compagnon.

Tremane s'esclaffa. Ventnoir avait remarqué que le nouveau roi riait plus souvent, sans doute parce qu'il n'avait pas peur de se moquer de lui-même.

— Mes serviteurs se lamentent au sujet des marques de sabots, sur les parquets. Avez-vous le même problème à Valdemar ?

— Oui, depuis toujours, répondit Elspeth. Et nous n'avons jamais réussi à le résoudre. Pourtant, nous avons tout essayé. (Elle s'écarta de la fenêtre, les bras croisés, une lueur amusée dans le regard.) Je vous parie une pièce d'argent que ce baron sera plus intéressé par Ventnoir et Vree que par Gwena et moi.

— Je tiens le pari, répondit Tremane.

Ventnoir se leva. Le roi était beaucoup plus à l'aise en leur présence depuis qu'il avait le sens de la terre. Il les traitait plus souvent comme des égaux que comme des ambassadeurs. Ventnoir croyait savoir pourquoi.

La terre « connaît » Elspeth et Gwena. Les Valdemariens l'ont toujours bien traitée et ils sont des amis d'Hardorn depuis l'époque de Vanyel. Elle me « connaît » aussi, car les Tayledras naissent et vivent pour la servir et la guérir. Parce que la terre nous connaît et nous fait confiance, Tremane est à l'aise en notre présence et se fie à nous.

Le nouveau lien de Tremane avec Hardorn l'affecterait de plusieurs manières et il n'en serait pas toujours conscient. Mais Ventnoir ne voyait rien d'inquiétant à ça. De temps en temps, le roi était un peu désorienté par une information que lui communiquait son nouveau sens. Dans l'ensemble, il s'y faisait bien. Peu à peu, quand Hardorn aurait guéri, ce serait la terre qui le soutiendrait en période de stress, plus l'inverse.

On frappa à la porte, et l'assistant de Tremane — son « sénéchal », désormais — entra.

— Messire… je veux dire, Votre Majesté… des visiteurs…

— J'ai vu, coupa Tremane. Vous savez ce qu'il faut faire. Je descends dès que possible.

« Maudite couronne, grommela-t-il alors que son sénéchal saluait, puis se rappelait qu'il était le roi et sortait à reculons, plié en deux. Où l'ai-je mise, cette fois ?

— Où vous la rangez toujours, Tremane, fit Elspeth. Dans le coffre, au pied de votre lit.

— Oui, c'est vrai, avec les robes trop lourdes pour être agréables à porter et pas assez chaudes pour faire la différence dans le Grand Hall.

Tremane jura entre ses dents.

Ventnoir se demanda comment il avait pu vouloir devenir empereur, s'il détestait tellement la panoplie qui allait avec le rang.

— Vivement la fin de l'hiver… Merci. Je vous

retrouve dans le Hall, et nous en finirons vite avec cette idiotie.

— Je crois que cette fois, nos efforts seront récompensés, assura Elspeth en précédant Ventnoir dans le couloir.

— Vraiment ? demanda son compagnon alors qu'ils se dirigeaient vers leurs appartements.

— Tremane sera agréablement surpris. Je ne connais pas grand-chose aux blasons hardorniens, mais ce baron pourrait bien être le noble de plus haut rang qui ait survécu à Ancar. Il apporte avec lui une grande zone de terre. Sans parler de son escorte, qui représente une belle force armée.

— Et quel âge a ce baron ? demanda Ventnoir.

Il avait de bonnes raisons de poser cette question. À Hardorn, les nobles survivants étaient très vieux ou très jeunes. Les premiers s'en étaient sortis parce qu'ils ne représentaient pas une menace pour Ancar. Les derniers avaient été cachés par leurs parents, généralement chez des fermiers loyaux.

— Quatorze ou quinze ans, répondit Elspeth.

— Voilà pourquoi il sera plus impressionné par un Frère du Faucon que par un Héraut. Il ne sait sans doute pas encore ce qu'est un Héraut. (Il agita un doigt accusateur sous le nez d'Elspeth.) Tricheuse, tu voles l'argent de Tremane.

— Il ne devrait jamais parier contre moi. Depuis le temps, il devrait avoir compris que je joue seulement quand je suis sûre de gagner.

Elle salua les soldats postés devant leur porte et l'ouvrit elle-même. Leurs propres gardes tirèrent leurs armes, puis les rangèrent, penauds, quand ils les reconnurent.

— Est-ce une façon de traiter un roi ? demanda Ventnoir. (Il commença à monter vers leur suite.) Oublie ça. Je suppose que ça ne lui fait pas de mal.

— Je ne traite jamais Tremane de cette manière en

public, lui rappela Elspeth. Ce comportement calculé lui prouve que je le considère comme mon égal. Mère me le répète sans cesse : ce n'est pas parce que j'ai renoncé à la couronne en faveur des jumeaux que je ne suis plus une princesse. Et avoir un ambassadeur de sang royal n'est pas une mauvaise chose.

— Tu as raison.

Le deuxième étage aussi était occupé par leurs gardes. Elspeth et Ventnoir saluèrent leur escorte, puis continuèrent leur ascension.

— Tu estimes sûrement que cette délégation mérite que nous revêtions nos costumes officiels ? continua Ventnoir.

— Jusqu'à la dernière plume ! répondit Elspeth. Autrement dit, uniforme blanc pour moi, orné des médailles et des blasons. Et ne prétends pas ne pas aimer t'habiller, mon amour.

— Loin de moi cette idée ! (L'odeur de l'encens utilisé pour parfumer leur suite et éloigner les insectes les accueillit.) Contrairement à vous, les peuples prétendument « civilisés », les Tayledras savent créer des vêtements impressionnants, fonctionnels et confortables.

— Ne me fourre pas dans cette catégorie ! Les Valdemariens voient les choses de la même manière ! Ou au moins, les Hérauts, ce qui inclut la famille régnante.

— Impressionnants ? (Ventnoir souleva le couvercle de son coffre.) Je t'accorde que vos vêtements sont fonctionnels et confortables, mais les Valdemariens n'ont aucun style — surtout les Hérauts. Tes uniformes ont horrifié mes hertasis. Ils croyaient que tu mettais les sacs dans lesquels tu étais censée transporter ta garde-robe.

Ils se « disputèrent » joyeusement en se changeant. Elspeth mit l'uniforme de Héraut qu'il avait créé pour elle, et y épingla ses divers emblèmes. Ventnoir enfila le costume le plus élaboré de sa collection — d'une sobriété surprenante à côté de ceux de Flammechant —, dans les tons de rouge, d'or et de brun. Par-dessus, il mit une tunique en cuir avec une épaule rembourrée où Vree vint se poser plus doucement qu'il ne l'aurait fait sur un perchoir. Porter Vree sur l'épaule plutôt que sur l'avant-bras avait deux avantages. *Primo*, aucun fauconnier ne laissait jamais son oiseau se percher là, car ç'aurait été l'inviter à lui entailler le visage ou à lui arracher un œil. Ce comportement signalait un Frère du Faucon, car seuls les oiseaux-liges étaient assez intelligents pour être portés ainsi, sans capuchon ni aucun moyen de « contrôle ». *Secundo*, si son costume ne distinguait pas Ventnoir des autres, Vree, plus gros que n'importe quel faucon, le ferait.

Étant habituée à se changer rapidement, Elspeth attendit qu'il ait fini en feignant de s'ennuyer.

— Amène ta tête ici, fit-elle, montrant les ornements composés de perles et de plumes qu'elle tenait.

Elle portait déjà la rémige emperlée dont il lui avait fait cadeau — une contribution de Vree.

— Et le reste de ma personne aussi ? demanda-t-il.

Elspeth répondit d'un soupir exaspéré et le força à s'asseoir devant elle. Vree écarta les ailes pour ne pas perdre l'équilibre.

La jeune femme natta les cordelettes ornées de plumes dans les cheveux de son compagnon, aussi adroitement que si elle était née dans un *ekele* et pas dans un palais.

— Voilà, dit-elle, se penchant pour embrasser Ventnoir sur le front, puis lui flanquant une petite tape sur la tête. Maintenant, tu es présentable.

— Oui. Et toi aussi.

Il se leva et gagna la porte, la précédant. Tout ça leur avait pris une infime fraction du temps qu'il faudrait à

Tremane pour se préparer — mais ils n'avaient pas eu à revêtir une armure de cérémonie.

Leur escorte était désormais tellement rompue à ce genre d'exercice qu'Elspeth n'avait pas eu besoin d'envoyer un de leurs hommes préparer Gwena. Le Compagnon les attendait près de la porte du Grand Hall, où ils prendraient place avant que le roi et la délégation n'arrivent. Les serviteurs de Tremane, habitués à voir un « cheval » se balader dans les couloirs, n'essayaient plus de l'attraper. Tous les dignitaires qui avaient pu enfiler leurs tenues d'apparat étaient présents.

Un jour, la plupart des notables étant absents, Ventnoir se souvint qu'on avait habillé le cuisinier d'un uniforme impérial avant de le forcer à assister à une de ces cérémonies. Quelle importance, puisque les gens qui voulaient prêter serment à Tremane ne reviendraient jamais à Shonar ? Le principal était de leur donner l'impression que le plus petit vassal était reçu avec les mêmes honneurs que les grands seigneurs.

Cette fois, tous les officiels étaient présents et il y avait aussi le maire de Shonar, Sandar Giles. En route pour rencontrer un des subordonnés de Tremane quand il avait vu la procession approcher du manoir, il avait aussitôt envoyé un messager — maintenant hors d'haleine — chercher sa tenue officielle, et il attendait avec les autres, tandis que les serviteurs préparaient le Grand Hall.

— Un mage est à l'intérieur et chauffe la salle pour nous, dit-il à l'assistant de Tremane, qui semblait très mal à l'aise dans son tabard brodé.

On eût dit — et c'était sans doute le cas — un costume retrouvé dans un grenier et recyclé en « tenue officielle du Sénéchal de sa Majesté ». Il en allait ainsi pour beaucoup d'uniformes royaux. Même celui de Sandar Giles, un peu mangé par les mites près du col en fourrure d'écureuil, datait de l'époque où son grand-père était maire.

Pas étonnant que Tremane ait du mal à prendre tout ça au sérieux. La « cour » n'a même pas l'éclat de sa maison ducale. Elspeth et moi sommes les deux seuls dignitaires qui ne portent pas des vêtements rapiécés et usés jusqu'à la trame.

Mais aucune des délégations venues au manoir n'avait meilleure allure — en vérité, la plupart étaient dans un bien pire état. Selon les critères hardorniens actuels, la cour de Tremane semblait remarquablement prospère.

Avant que tout ça ne soit fini, nous nous souviendrons peut-être avec nostalgie de ces instants où tout était parfait.

Une pensée sinistre, mais Ventnoir et Elspeth en parlaient souvent. Si les tempêtes magiques n'étaient pas endiguées…

Inutile de réfléchir à ça pour le moment. Sous la direction de Tremane, le peuple se préparait au pire, et, contrairement aux Valdemariens, les Hardorniens pouvaient l'imaginer. Quand la cérémonie serait terminée, juste avant que la délégation ne reparte, Tremane lui donnerait ses directives pour survivre à l'Ultime Tempête. Bien sûr, ce seraient des suppositions, mais ça n'avait pas d'importance. Ces gens seraient convaincus qu'il avait la situation en main.

La porte s'ouvrit, et un homme mince et maladroit, aux rares cheveux couleur de paille, les regarda à travers ses épais lorgnons.

— Il fait bien chaud à l'intérieur, et ça devrait durer jusqu'à la fin de la cérémonie, annonça le mage, les invitant à entrer comme s'ils étaient un troupeau d'oies. Allez ! Plus vite vous commencerez, plus vous aurez de chance de finir avant que le sort ne cesse d'agir.

Personne n'eut besoin d'une seconde invitation, car

le couloir était glacial. Elspeth et Gwena attendirent que tous les autres soient entrés, et Ventnoir resta avec elles. Gwena faisait attention chaque fois qu'elle mettait une patte dans le manoir. Malgré les plaintes des serviteurs, elle ne laissait pratiquement jamais de marques sur les parquets. Certains guerriers hardorniens, avec leurs éperons ou leurs souliers ferrés, faisaient plus de dégâts.

Gwena portait la version « sans cavalier » de la tenue de parade des Compagnons. Sur le dos, elle n'avait pas de selle, mais une couverture bleue et argentée assortie aux brides ornées de clochettes en argent. Si le temps n'avait pas pressé à ce point, on lui aurait également tressé la crinière et la queue avec des rubans bleus et argentés.

— Tu es ravissante, comme toujours, dit Ventnoir.

Merci, répondit-elle, secouant la tête pour faire tinter les clochettes. *J'ai peur que nous ne présentions beaucoup mieux que la cour de Tremane, mais qu'y pouvons-nous ?*

— Au moins, notre présence confirme le soutien de l'Alliance…

Il y eut quelques bousculades quand les dignitaires prirent place. Puis le jeune sénéchal hocha la tête, et les portes principales s'ouvrirent sur la dernière délégation.

À sa tête, avançait un adolescent — plus un petit garçon, mais encore trop jeune pour se raser — d'environ quatorze ans. Sous son manteau et son tabard écarlates, il avait revêtu une armure fatiguée et son regard était bien trop vieux pour son visage juvénile. La couronne ternie qui lui ceignait le front ne diminuait en rien la dignité douloureuse de son maintien, et son corps musclé prouvait qu'il avait souvent combattu. Derrière lui venaient d'autres guerriers, par deux, des plus âgés aux plus jeunes — à peine plus vieux que leur baron. Le duo qui le suivait portait un petit coffre en bois.

Ventnoir réprima un sourire quand les yeux de l'adolescent se posèrent sur sa compagne et lui, s'écarquillèrent et passèrent de l'un à l'autre pour se river finalement sur lui.

J'ai gagné, dit Elspeth.

La délégation s'arrêta devant l'estrade. Plusieurs artisans de Shonar travaillaient à fabriquer un trône pour Tremane — celui d'Hardorn avait disparu — mais il ne serait pas terminé avant une semaine ou deux. Pour le moment, le roi s'asseyait sur un trône de théâtre, trouvé parmi d'autres accessoires et modifié par les mêmes artisans. Ils avaient décapé la peinture dorée — qui faisait de l'effet à distance, mais pas de près — et retiré tous les « joyaux » en verre coloré. Les loups sculptés dans le dossier avaient été transformés en chiens, symboles de la fidélité à Hardorn. Les pattes des animaux et les accoudoirs étaient à l'origine en forme d'épée. Les artisans en avaient fait des branches d'arbre. Enfin, ils avaient ciré le bois jusqu'à ce qu'il brille. Les coussins miteux avaient été remplacés par des nouveaux, coupés dans des tentures en velours brun dénichées au manoir.

Tout cela ayant un peu trop rogné le bois, les artisans avaient recommandé à Tremane de s'asseoir doucement. Tout le monde respirerait mieux quand le nouveau trône serait terminé. Si le siège du roi s'effondrait au milieu d'une cérémonie, ça la ficherait rudement mal !

Plein d'humour, Tremane avait déclaré que transformer un faux trône impérial en un fragile trône hardornien était approprié.

Il fit attendre un peu la délégation pour que le baron et son escorte aient le temps de bien observer sa cour et les bannières de ses vassaux. La plupart avaient apporté celle de la Maison noble de leur région, même si elle n'avait plus d'héritier. Le roi avait rapidement réglé le problème : les délégués venus lui prêter serment repartaient anoblis.

Hélas, de nombreux domaines étaient laissés à l'abandon. Mais Tremane avait tout prévu. L'été revenu, il anoblirait les officiers impériaux décidés à prendre leur retraite et leur donnerait des terres. Ils pourraient emmener avec eux des soldats reconvertis mariés à des Hardorniennes. Ces couples s'occuperaient des fermes. Ainsi, les nouveaux nobles auraient une armée et des travailleurs, et les jeunes gens prendraient un bon départ dans la vie. Cette annonce avait stimulé les mariages. Au début, certains pères hésitaient à accorder la main de leurs filles à des hommes de l'Empire. Aujourd'hui, ils en étaient ravis, grâce à la sagesse de leur nouveau roi.

Ventnoir se retint de sourire. Le regard du jeune baron n'arrêtait pas de revenir se poser sur lui, comme s'il n'avait jamais rien vu de plus exotique. Le Tayledras savait que des rumeurs sur sa présence et ses pouvoirs s'étaient répandues dans le pays, devenant plus fantastiques au fil du temps. Il se demanda ce que l'adolescent avait pu entendre dire, pour le regarder avec des yeux comme des soucoupes.

Derrière l'estrade, une porte s'ouvrit et le majordome de Tremane entra.

L'homme frappa trois fois le sol avec son bâton.

— Sa majesté le roi Tremane d'Hardorn ! annonça-t-il d'une voix claire et sonore, qui lui avait valu d'être choisi pour cet office. Et les conseillers en chef de Sa Majesté.

Tremane et ses quatre principaux conseillers entrèrent. Les « conseillers » étaient également des membres de sa garde personnelle. Leurs armes bien dissimulées, rien dans leur apparence ne le laissait deviner. Tremane portait son armure de cérémonie, la couronne hardornienne et un tabard orné de ses propres armoiries réquisitionné auprès de son ancien écuyer. Il était drapé dans un manteau en soie, bordé du matériau qui avait servi à confectionner les coussins de son trône. Le vêtement aussi était un accessoire de théâtre. Ridiculement long, il fallait deux jeunes garçons pour porter la traîne.

Nommés Tobe et Racky, ils avaient appartenu au groupe de cinq enfants sauvés par Tremane et ses hommes au cours du premier blizzard, et ils prenaient leur rôle très au sérieux. Fières que leurs fils servent le nouveau roi, leurs mères leur avaient taillé une livrée de page dans des uniformes d'officiers impériaux.

Tremane s'assit avec une précaution qui passa pour de la dignité. Les pages arrangèrent le manteau royal à ses pieds, comme une queue de paon, puis se retirèrent derrière le trône.

Le jeune baron se raidit quand le roi lui fit signe de la tête.

— Baron Peregryn, je crois savoir que vous venez d'Adair. Soyez le bienvenu à cette cour.

Ventnoir observa l'adolescent et son escorte, pour voir s'ils avaient remarqué le manque relatif de pompe du discours de Tremane. Après réflexion, il avait décidé de ne pas employer le pluriel royal, dont Ancar avait trop souvent abusé.

Ventnoir vit les hommes les plus âgés échanger des hochements de tête et il crut comprendre qu'ils étaient satisfaits.

Le jeune baron fit deux pas vers le trône et mit un genou à terre, aussitôt imité par ses hommes.

— Je suis venu vous jurer allégeance, roi Tremane, dit-il d'une voix de ténor qui tremblait à peine. En conséquence, je vous apporte le seisin de mes terres et de celles des hommes qui m'ont prêté serment.

Le jeune Peregryn tendit la main derrière lui. Un homme y posa le coffret en bois. Ventnoir observa et analysa leurs gestes, essayant de deviner quelle relation existait entre le baron et ses hommes.

C'est leur chef incontesté, malgré sa jeunesse, et il est clair que les guerriers les plus âgés et lui ont travaillé et combattu côte à côte. Ils lui font confiance — et c'est réciproque. Il est jeune, enthousiaste et charismatique. Eux ont l'expérience. Ils ont préparé tout ça ensemble. Ce jeune homme deviendra sans doute le héros de beaucoup de récits et de chansons.

Le baron ouvrit le coffret et le présenta à Tremane, qui y prit deux poignées de terre.

— Ainsi moi, Tremane, roi d'Hardorn, je prends seisin des terres de Peregryn, baron d'Adair, et de ceux qui lui ont prêté serment, proclama-t-il.

Il laissa retomber la terre et tendit la main droite à Tobe, le plus vieux de ses pages. Le garçon y posa une petite dague. Tremane s'entailla la paume sans tressaillir et fit couler son sang sur la terre du coffret.

— Ainsi moi, Tremane, roi d'Hardorn par reconnaissance de la terre d'Hardorn, j'offre mon corps aux terres de Peregryn, baron d'Adair, et à celles des hommes qui lui ont prêté serment.

L'autre page, Racky, lui apporta un linge propre, qu'il noua autour de sa paume. Pendant ce temps, Tobe prit le coffret à Peregryn, mêla le sang à la terre avec une pelle miniature, puis transvasa une partie du mélange dans une petite boîte. Le page rendit ensuite le coffret à Peregryn, qui le reçut comme s'il s'agissait d'une relique, Tobe remit ensuite la petite boîte au sénéchal, chargé de l'emporter à la cave pour ajouter son contenu à l'urne de terre qui y était entreposée.

Ce rituel donna le temps au roi de se remettre du choc d'avoir reçu et de sentir une nouvelle parcelle de terre. Lorsque Tremane rejoindrait ses quartiers, la coupure serait déjà guérie…

Mais pour l'heure, il était temps pour lui de confirmer

à Peregryn son droit de régner en lui révélant ce qui n'allait pas sur ses terres.

Je parie que les problèmes sont nombreux. L'Adair est dans le nord et a dû souffrir des perturbations de la frontière d'Iftel avant que Flammechant et les autres n'érigent la contretempête.

Le regard de Tremane se fit lointain, comme chaque fois qu'il sentait quelque chose d'anormal.

— Il y a sur vos terres, baron, une petite vallée traversée par une rivière. Elle est bordée par un lac, une colline en forme de chat couché et une forêt de pins…

Peregryn et ses hommes écarquillèrent les yeux.

— Sous cette colline se trouve une grotte où stagne une réserve de magie. Une bête modifiée y habite. Vous ne pouvez pas l'abattre directement — ça vous coûterait trop de vies. Pour la tuer, il vous faudra nourrir une vache de fleurs de datura pendant trois jours et la lui envoyer. Elle s'en gorgera et s'endormira. Alors, vous pourrez faire écrouler la grotte sur sa tête ou la murer dedans.

Tremane continua, désignant les endroits où il y avait des problèmes et donnant les solutions pour les résoudre. Peregryn ne pourrait rien faire jusqu'au printemps, mais ses hommes et lui savaient maintenant où étaient les menaces et comment s'en débarrasser. Tandis que Tremane parlait, ils murmuraient entre eux, l'air sonné, mais pas dubitatif. Car plusieurs déclarations du roi correspondaient à des situations qu'ils connaissaient et dont Tremane n'avait pas pu entendre parler par des moyens ordinaires. Finalement, le roi se tut, cligna des paupières, puis secoua la tête. Ses yeux s'éclaircirent.

— Vous ai-je un peu aidé ? demanda-t-il.

Il se rappelait tout ce qu'il avait dit. Ce n'était pas une vraie transe, mais une intense concentration. Derrière lui, plusieurs clercs avaient pris des notes, dont ils feraient une copie pour Peregryn. Si le baron ne parvenait pas à régler tous les problèmes, il en resterait une trace, et les hommes de Tremane s'en chargeraient.

— Vous avez fait bien plus que m'aider, Majesté, répondit le jeune baron d'une voix tremblante.

Il aurait sûrement ajouté quelque chose, si l'un de ses hommes n'avait pas bondi sur ses pieds et crié, en brandissant son épée :

— Longue vie au roi Tremane ! (Sa voix vibrait de ferveur et d'excitation.) Les dieux bénissent le roi Tremane !

Tous les autres l'imitèrent, y compris le baron Peregryn. Tremane resta assis — essentiellement parce qu'il ne pouvait pas se lever — et, baissant la tête, accepta gracieusement leur hommage. Certains des hommes les plus âgés se jetèrent à ses pieds et lui embrassèrent la main en pleurant à chaudes larmes.

Un moment d'émotion intense auquel le roi ne resta pas insensible. Il prit un soin particulier à serrer la main de ses sujets et à les écouter. Ventnoir comprit que Tremane connaissait ce type de vieux guerriers et savait combien il était difficile de leur arracher ce genre de démonstration.

Ils avaient survécu aux purges et pensé mourir avant de revoir la paix et la prospérité en Hardorn.

Ventnoir comprenait pourquoi ils pleuraient.

Tremane aussi…

— Je leur ai rendu leurs rêves et leurs espoirs, avait-il dit, lui-même un peu surpris, quand c'était arrivé pour la première fois. Ils voient désormais un avenir où leurs petits-enfants pourront grandir et vivre sans craindre d'être tués par la folie d'un roi.

Il avait raison. C'était exactement ce que voyaient ces hommes : un futur paisible.

Il fallut un certain temps au jeune baron et à ses

soldats pour se calmer, et un peu plus encore pour terminer la cérémonie. Quand Tremane s'excusa de devoir les loger dans une caserne, ils s'empressèrent de la rassurer, affirmant qu'ils auraient campé dans la neige, si nécessaire. Le roi demanda à son intendant — qui portait maintenant le titre de Conseiller à l'Approvisionnement — de donner à ses nouveaux vassaux les « cadeaux d'usage ». Ils protestèrent pour la forme. Ces cadeaux étaient des surplus militaires qui, s'ils inondaient les marchés de la ville, risquaient de faire s'écrouler les prix. Il s'agissait de vêtements, d'outils et d'armes. Certains Impériaux avaient émis des objections, arguant qu'il armait leurs anciens ennemis. Mais Tremane pensait, et Ventnoir était d'accord, qu'en leur donnant tout cela, il leur prouvait sa confiance.

De plus, ses nouveaux vassaux avaient besoin d'armes pour remplacer celles que leur avaient coûté leur lutte contre les forces de l'Empire. Sinon comment se débarrasseraient-ils des monstres ? Ce n'était pas seulement un geste altruiste. Tremane préférait leur fournir des moyens de régler eux-mêmes leurs problèmes au lieu de demander à ses hommes de s'en charger. Les autochtones connaissaient bien mieux le terrain.

À la fin de la cérémonie, Peregryn et ses soldats étaient transportés de joie. À tel point que pas un seul ne s'avisa que Tremane avait pâli et serrait les accoudoirs de son trône, le front couvert de sueur.

Il ne se lève pas parce qu'il en est incapable, dit Elspeth, alarmée. *Il n'est pas seulement désorienté, cette fois. On dirait qu'il a pris un coup.*

Qu'est-ce qui ne va pas ? demanda Ventnoir, espérant qu'elle connaissait la réponse.

Je l'ignore et Gwena aussi. Tout ce que je peux dire, c'est qu'il est quasiment dans le même état que lors du rituel de connexion. Ça a quelque chose à voir avec son sens de la terre et avec cette nouvelle région.

Ni l'un ni l'autre n'osèrent aller aider le roi en présence du baron et de ses hommes. Tremane tentait de leur dissimuler sa faiblesse et ils devaient respecter sa volonté. Ventnoir tendit la main pour prendre celle d'Elspeth. Ils restèrent ainsi pendant les dernières politesses d'usage.

Finalement, Peregryn et son escorte sortirent pour gagner leur cantonnement. Au matin, Tremane les verrait de nouveau et leur donnerait les instructions relatives à ce que tout le monde appelait désormais l'Ultime Tempête. Quand leur départ aurait été organisé, ils rentreraient chez eux avec une petite caravane chargée de matériel et de vivres.

La porte à peine refermée sur eux, Tremane s'affaissa, la tête sur les genoux. Ses assistants accoururent, mais il les renvoya.

— Tout va bien, dit-il.

Ventnoir relâcha enfin sa respiration, soulagé, car il avait une voix normale.

— Ce n'est pas physique, alors inutile de s'inquiéter. Mais une chose inattendue s'est produite. Laissez-moi souffler ici quelques instants. (Il leva les yeux vers Ventnoir et eut un pâle sourire.) Pour être franc, j'ai l'impression qu'on m'a jeté d'une falaise et que je me suis arrêté à un doigt du sol.

Elspeth s'agenouilla près de lui, imitée par son compagnon.

— C'est cette nouvelle baronnie, n'est-ce pas ? demanda-t-elle. Il y a quelque chose, là-bas ? Les tempêtes y ont-elles recommencé ?

Comme si ses questions l'avaient aidé à se reprendre, Tremane répondit :

— Oui. Non. Oui, c'est Adair, et non, ce ne sont pas les tempêtes. J'ignore de quoi… Non, attendez ! C'est la frontière nord. Adair y est située et il s'y est passé quelque chose. Un événement important. Qui change tout.

— En quoi ? demanda un des conseillers.

Mais Tremane secoua la tête.

— Je l'ignore, répéta-t-il. Je sais seulement… que c'est une chose entièrement nouvelle.

— Qu'y a-t-il, au nord d'Adair ? demanda quelqu'un en regardant Elspeth.

Elle connaissait la réponse… et avait pâli autant que Tremane.

— Iftel, souffla-t-elle, sa main serrant celle de Ventnoir. Iftel. Le seul royaume de cette partie du monde dont personne ne sait rien.

— Alors, c'est le message ? demanda Tremane. Il n'y a rien de plus ?

Ayant récupéré, il avait pu reprendre sa conversation avec Elspeth et Ventnoir. Mais ils avaient très vite oublié le sujet d'origine, car un message était arrivé, transmis par les tours. Il confirmait qu'il s'était bien passé quelque chose à la frontière nord, mais sans beaucoup plus de précision.

— Oui, messi… pardon, Majesté. Il dit seulement que la frontière d'Iftel s'est ouverte, et qu'une délégation de créatures amicales est en chemin pour vous rencontrer. Je crains que les signaux ne soient pas très précis.

— Mais il dit bien que cette délégation est amicale ? Vous êtes sûr d'avoir compris cela ?

La voix de Tremane vibrait d'inquiétude, et Ventnoir ne pouvait pas l'en blâmer.

— Oui, Majesté, ça au moins c'est très clair. Le vieil homme qui a pris le message a dit que le mot utilisé était très rare mais qu'il n'a qu'une seule signification. Et c'est « amical ».

— Les dieux soient loués, murmura Tremane. Eh bien, maintenant, je sais ce que ça fait quand la frontière d'Iftel s'ouvre. Une information utile. Mais j'ignore comment cette délégation peut avancer avec toute cette neige.

— Peregryn et ses hommes l'ont fait, rappela Ventnoir. Alors pourquoi pas ces gens ? Mais ça leur prendra des semaines s'ils sont à pied, et au moins dix jours à cheval…

— D'ici là, j'aurai un trône digne de ce nom, sans avoir à m'inquiéter de tomber sur mon royal séant, soupira Tremane. (Il sourit.) Écoutez-moi me plaindre ! On dirait que je n'ai pas d'autre problème !

— Une délégation d'Iftel…, fit Elspeth, pensive. Ces gens n'ont toujours toléré qu'un seul ambassadeur valdemarien à la fois, et il devait appartenir à la Guilde des Marchands — surtout pas à celle des Mercenaires. Quant aux Hérauts, ils n'ont jamais pu franchir la frontière. (Elle secoua la tête.) À leur retour, les ambassadeurs n'avaient rien à dire, sinon que le peuple d'Iftel « aimait la paix » et n'était pas intéressé par des échanges commerciaux.

— Ces gens sont entièrement coupés du monde, commenta Ventnoir, conscient de s'engager sur un terrain glissant, car son propre peuple n'était pas connu pour son ouverture aux autres.

— Ils ont peut-être de bonnes raisons, dit Tremane. Quand les premiers Valdemariens les ont-ils rencontrés ?

— Pas mal de temps après la Fondation, répondit Elspeth. Leur Barrière était déjà en place, si on en croit les Chroniques. Le premier qui fut autorisé à la passer était un marchand. Depuis, quasiment tous ceux qui sont allés de l'autre côté l'étaient aussi. (Elle sourit avec une certaine condescendance.) Ils vivent coupés du reste du monde, mais comme tout le monde, ils aiment acheter des choses.

Ventnoir dissimula un sourire derrière sa main. En disant « tout le monde », elle pensait à elle. Elspeth n'avait pas résisté à la tentation de s'offrir certains articles que les Impériaux avaient ramenés de l'entrepôt.

— Ils pourraient avoir rencontré quelqu'un ou quelque chose d'extrêmement dangereux avant d'avoir des contacts avec votre pays, dit Tremane.

Il essayait sûrement d'imaginer ce qui avait pu pousser un royaume à ériger une barrière magique contre tous les étrangers. C'était d'autant plus étonnant que cette protection avait résisté au temps et aux pouvoirs d'Ancar, de Fléaufaucon et de l'Empire.

— C'est probable, reconnut Ventnoir. À cette époque, il y avait des choses terribles. Une Vallée tayledras était située à l'extrême nord, et *nos* Chroniques rapportent qu'elle a dû affronter et vaincre un mage noir du genre de Fléaufaucon, le serviteur d'Ancar, mais avec plus de fidèles.

Il n'ajouta pas que ce mage noir était probablement une des incarnations précédentes de Fléaufaucon. Tremane n'avait jamais entendu parler de celui-ci et c'était aussi bien ainsi. La seule personne encore concernée par le mage et ses prédécesseurs était An'desha. Et uniquement parce qu'il gardait tous leurs souvenirs.

Fléaufaucon est mort, et le passé aussi... Pour de bon, cette fois. Il était temps ! Nous avons des problèmes plus urgents à résoudre.

Le regard que lui jeta Elspeth le lui confirma. La situation était assez grave pour qu'Iftel leur ait envoyé des représentants. Ce n'était pas le moment de s'appesantir sur le passé.

— J'ignore ce que ces émissaires d'Iftel ont à vous offrir, continua Ventnoir. S'ils ont quelque chose à proposer...

— Peut-être accepteront-ils de nous faire profiter du secret de leur Barrière ? Jusque-là, elle les a protégés des pires effets des tempêtes.

— À condition qu'ils arrivent avant l'Ultime tempête, rappela Gordun, le chef des mages de Tremane. La route est longue depuis la frontière.

— Oui, concéda le roi, mais un instant, l'idée m'a plu. Ce qui nous amène à la décision suivante : qu'allons-nous dire à notre baron au sujet de l'Ultime Tempête ?

— Cachez-vous et finissez vite votre partie de cartes ? avança un plaisantin.

Sa remarque fut saluée par des rires tendus.

Ils reprirent aussitôt leur sérieux pour parler de l'avenir immédiat. Finalement, ils convinrent de ce qu'il fallait raconter au baron pour l'inviter à la prudence sans l'affoler. La panique était un luxe que Peregryn et les siens ne pouvaient pas se permettre.

Au cours des deux jours suivant, le baron reçut du matériel et des vivres et fut prié d'emmener avec lui quelques soldats impatients de s'installer dans le nord.

Quand Tremane eut fini de leur donner ses instructions au sujet de l'Ultime Tempête, ces braves se montrèrent philosophes. Ils ne pouvaient rien faire pour l'empêcher, il leur restait donc à espérer que les effets physiques se limiteraient à des zones non peuplées. Durant les premières tempêtes, pris entre les vagues originelles et celles que la frontière d'Iftel avait renvoyées, ils avaient déjà beaucoup souffert.

— Six ou sept personnes ont été coincées dans ce que nous appelons des cercles de transformation, dit Peregryn. Les plus chanceuses sont mortes.

— Les plus malchanceuses ont survécu, ajouta un de ses conseillers. Mais pas très longtemps, quand elles commettaient l'erreur de venir chercher de l'aide. Ce n'était pas toujours leur apparence qui se modifiait le plus atrocement…

Tremane échangea un regard avec Ventnoir. Ses hommes et lui avaient pensé à cette possibilité au moment où l'Alliance s'en inquiétait. À Valdemar, on avait cherché à prévoir l'emplacement des cercles, afin d'en tenir éloignés les hommes et les bêtes. À Shonar, les Impériaux et les autochtones s'étaient penchés sur la manière de se débarrasser des humains transformés en monstres.

Jusqu'à présent, tout ça était resté virtuel. Maintenant, ils savaient qu'il y avait des humains transformés dans le nord, et il était temps de mettre leurs plans à exécution au cas où l'un d'eux se déplacerait vers le sud. Tremane griffonna quelques mots sur un parchemin, qu'il confia à un page, lui demandant de l'apporter à ses clercs. Les ordres avaient déjà été rédigés. Il suffirait de les ajouter au bulletin quotidien destiné aux troupes.

Des humains ont été pris dans les tempêtes et transformés. Si un monstre semble intelligent et n'est pas agressif, soyez prudents... Mais essayez de ne pas l'abattre avant de connaître ses intentions.

Le sujet avait été longuement discuté. Une minorité refusait de laisser une chance à un monstre d'attaquer le premier. Une autre voulait essayer de communiquer avec *tous* les monstres qui feraient mine d'hésiter avant de charger. Finalement, Tremane avait usé de ses prérogatives royales et formulé un ordre qui ne satisfaisait personne, pas même lui.

Ventnoir avait noté que le roi gardait un comportement assez impérial pour faire fi des insatisfaits — y compris quand il était du nombre —, aussi longtemps que son décret avait le résultat voulu.

Personne n'aurait pu imaginer qu'il servirait si vite. Deux jours après le départ du baron et de son escorte, tandis que se déroulait une autre cérémonie de seisin — au bénéfice d'un vieil écuyer qui n'avait pas pu se déplacer jusqu'à présent du fait de la rigueur de l'hiver —, ils apprirent pourquoi le message disait que des *créatures* avaient franchi la frontière d'Iftel.

Tremane venait d'ajouter son sang à la terre apportée par l'écuyer Mariwell quand une clameur monta des murailles. Ventnoir sursauta et releva automatiquement la tête, même s'il ne pouvait pas voir à travers les murs et le plafond. Faisant preuve d'une grande présence d'esprit, Racky prit le coffret, mélangea son contenu, le divisa, en préleva une partie pour la mettre dans une boîte et le rendit au vieil homme. Avant que Tremane n'ait pu demander qu'on aille s'enquérir de la cause de ce vacarme, un garde blafard fit irruption dans le Grand Hall.

— Des monstres au-dessus du château ! cria-t-il. Oh, par tous les dieux ! Des monstres immenses, avec des ailes ! Ils sont si nombreux qu'ils obscurcissent le ciel ! Oh, dieux, aidez-nous…

Elspeth mit une main en visière pour regarder les formes noires qui tournaient au-dessus de la cour. Il était encore trop tôt pour dire à quoi ces « monstres » ressemblaient, mais leur façon de voler lui était étrangement familière…

Ils me rappellent Treyvan et Hydona, mais ils ne battent pas des ailes de la même manière. Des griffons ? Voilà des siècles que les voyageurs rapportent qu'il y en aurait dans le nord…

— Rappelez-vous les ordres, soldats ! dit Tremane aux sentinelles. Ne tirez pas à moins d'avoir été provoqués !

Prions pour qu'ils ne prennent pas ces manœuvres aériennes pour une attaque.

— Ils sont vingt et un, dit Ventnoir, les yeux levés vers le ciel.

Il se mordilla la lèvre, pensif. Puis il plissa le front, et Elspeth comprit qu'il avait pris une décision. Il tendit sa main gantée à Vree, qui s'y transféra, son regard intense indiquant qu'il recevait des instructions silencieuses de son maître.

Une seconde plus tard, Ventnoir lui donna une impulsion et Vree prit son envol.

— Je serai fixé dans un instant…, dit Ventnoir, les yeux mi-clos.

Puis il éclata d'un rire qui résonna dans la cour silencieuse et fit sursauter tout le monde. Tremane et ses gardes du corps le regardèrent comme s'il avait perdu l'esprit. Il écarta ses longs cheveux blancs de son front et désigna les « monstres », et enfin Vree, qui redescendait en prenant tout son temps.

— Dites à vos hommes de baisser leurs armes, roi Tremane, déclara Ventnoir en tendant son poing ganté pour que le faucon vienne s'y poser. Voilà la délégation d'Iftel. Et si ces griffons voient aussi bien que mes amis Treyvan et Hydona, ils n'atterriront pas tant qu'ils risqueront d'être transformés en pelotes d'épingles.

Ce sont donc bien des griffons ? demanda Elspeth. *D'autres « compagnies perdues » à l'époque des Guerres Magiques ?*

Possible… Même en tenant compte de la distorsion de la vision de Vree, on dirait que ces griffons sont différents de ceux que nous connaissons. (Ventnoir continua de regarder en l'air tandis que les gardes posaient leurs armes à contrecœur.) *Ou alors, un Adepte a su reproduire les griffons que nous connaissons, ce que je ne crois pas possible*.

Possible ou non, il avait raison sur l'acuité visuelle des griffons. Dès que le dernier arc se fut baissé, les points virevoltants commencèrent à descendre à une vitesse très supérieure à celle de Vree.

Elspeth se rappela les paroles du fauconnier de sa mère :

— *Si vous voulez savoir quel est l'oiseau le plus rapide du monde, demandez au fauconnier qui vient de se faire enlever son faucon pèlerin par un aigle*.

Ces griffons descendaient à une vitesse ahurissante…

et avec style. Ils piquèrent, puis enchaînèrent sur une spirale serrée qui les amena à l'aplomb de la cour, où ils se posèrent l'un après l'autre. Quand le premier les eut copieusement arrosés de poussière et de cailloux, les curieux qui n'avaient aucune idée de la quantité d'air brassée par de telles ailes se mirent à l'abri. Elspeth fut tentée d'applaudir, car les énormes créatures avaient atterri sur les pavés avec une légèreté comparable à celle de Vree.

Posant d'abord une patte de derrière, puis les autres, les griffons se figèrent telles des statues.

Bientôt, vingt « créatures » furent en formation derrière leur chef.

Comme Ventnoir l'avait dit, ces griffons ne ressemblaient pas à ceux de k'leshya. Le bec, le cou et la poitrine larges, ils évoquaient davantage des aigles que des faucons. Les griffons de k'leshya étaient tous différents les uns des autres. Ceux-là étaient tous brun foncé avec quelques motifs plus clairs. Aucun n'arborait le masque facial des griffons falconiformes, ni le bec et les serres jaunes. L'effet était impressionnant, quand on n'avait jamais vu deux griffons semblables. On eût dit que quelqu'un s'était amusé à rassembler un vol de griffons parfaitement identiques.

Ils paraissaient aussi intelligents que Treyvan et Hydona et leurs yeux jaunes suivaient tous les gestes des humains. Au début, avec leurs gros becs, Elspeth trouva leurs têtes disproportionnées. Puis elle s'y fit.

Chacun portait un harnais et un sac semblables à ceux des griffons kaled'a'in — en cuir rougeâtre avec des attaches en laiton. Le chef arborait également un pectoral, qui devait avoir fait partie d'une armure dans un lointain passé. Aujourd'hui, il était orné de trois épées, pointes vers le haut, un soleil héraldique brillant au-dessus de celle du milieu.

Elspeth regarda Ventnoir, qui secoua la tête. Il ignorait ce que signifiait ce symbole.

Les griffons attendaient, immobiles, qu'un des humains se décide à avancer. Mais les Impériaux et les Hardorniens semblaient pétrifiés.

Se souvenant de sa première rencontre avec des griffons, Elspeth ne pouvait pas les en blâmer. Et là, il y en avait vingt et un, avec des serres gainées de métal et des becs deux fois plus gros qu'une tête humaine…

Elle n'eut aucun mal à se retenir de leur sauter au coup au nom de la fraternité.

— Je suppose que c'est à nous de prendre les choses en main, dit Ventnoir.

Elspeth et Gwena sur les talons, il avança jusqu'à être à une distance raisonnable pour parler avec le chef.

— Au nom de l'Alliance, bienvenue à Shonar, capitale du chef Tremane d'Hardorn, dit-il en kaled'a'in. Je suis Ventnoir k'Sheyna, représentant des Clans des Tayledras des Pelagirs, des Shin'a'in des Plaines de Dhorisha et des Kaled'a'in de la Vallée k'Leshya et de Griffon Blanc.

« Voilà Elspeth, fille de Selenay, dirigeante de Valdemar, et son Compagnon Gwena. Elles représentent les peuples de Valdemar, de Rethwellan et de Karse.

« Derrière moi se tiennent le chef Tremane, d'Hardorn, et ses conseillers.

Elspeth ne comprenait pas assez bien le kaled'a'in pour suivre tout ce que disait Ventnoir, mais elle savait que cette langue n'avait pas de mot pour « roi ». Les plus proches, « chef » et « dirigeant », ne donnaient aucune indication de la taille du territoire. Les trois peuples de Ventnoir empruntaient généralement le terme local. Mais il n'avait pas osé, dans ce cas précis, car les griffons ignoraient sans doute tout des titres hardorniens.

Le chef écouta attentivement. Il attendit un instant,

après que Ventnoir eut fini son discours, au cas où il aurait souhaité ajouter quelque chose.

Ventnoir s'inclinant, il ouvrit le bec et répondit en prononçant soigneusement chaque mot. Mais ils appartenaient à une forme de kaled'a'in si différente de celle qu'Elspeth connaissait qu'elle ne comprit rien.

Ce fut au tour de Ventnoir d'écouter attentivement.

Elle ne voulut pas le déranger en lui parlant par la pensée.

Je suppose que tu ne reçois rien ? demanda-t-elle à Gwena, alors que Ventnoir se lançait dans une réponse dont elle ne comprit pas la moitié des mots — et encore, pas en séquence. Elle supposa qu'il affinait son premier discours pour indiquer au griffon à qui il devait s'adresser.

Rien. Ils sont protégés par de puissants boucliers, répondit le Compagnon. *Un Empathe nous serait utile, même si je doute qu'ils émettent quoi que ce soit, à part une certaine anxiété.*

Dans la réponse du griffon, Elspeth entendit le mot « hardorniens », et vit Ventnoir s'éclairer.

— Ce serait effectivement plus simple si vous parliez l'hardornien, dit-il dans cette langue. Je crains que le temps n'ait séparé le langage que vous pratiquez de celui qu'on m'a appris.

— Un temps très long, jeune Frère du Faucon, répondit le griffon, amusé. Je m'appelle Tashiketh pral Skylshaen, ambassadeur d'Iftel à la cour du roi Tremane, qui a été choisi par la terre selon l'ancienne coutume. (Il désigna ses compagnons.) Voici mon groupe. Ce sont les représentants des vingt *hrradurr* d'Iftel, courageux et dignes de cet honneur, qui ont gagné le droit de voler avec moi aux *bahathyrrr*.

Les *hrradurr* devaient être les régions d'Iftel, mais Elspeth ignorait ce qu'étaient les *bahathyrrr*. Elle fit un geste dans son dos, espérant que Tremane comprendrait et viendrait se présenter. Mais il avançait déjà, ayant entendu le griffon parler hardornien.

Il marchait avec la grâce acquise dès l'enfance par les personnes de haute naissance. Dès qu'il eut rejoint Ventnoir, il salua Tashiketh de la tête. Le griffon s'inclina, puis sortit de son sac des documents soigneusement pliés et les tendit à Ventnoir, qui les donna à Tremane.

— Iftel envoie ses salutations au nouveau roi d'Hardorn, Tremane, autrefois de la Maison Impériale, dit le griffon dans son hardornien à l'accent étrange. Nous avons été envoyés par l'Assemblée des Peuples de Celui Qui A Érigé La Barrière afin de vous présenter ses salutations et pour vous offrir notre aide. Nous sommes autorisés à vous assister de toutes les manières nécessaires.

Elspeth devina ce qui traversa la tête de Tremane, même s'il n'en laissa rien paraître quand il remercia gravement l'ambassadeur de son offre.

Il ne peut pas prendre ce discours au sérieux. À Iftel, c'est sans doute une formule de politesse.

C'était logique. Aussi bienvenue que puisse être une troupe de griffons, comment pouvait-on attendre d'une délégation diplomatique qu'elle agisse en un sens qui ne profiterait pas à son pays ?

Il n'y avait pas de raison de penser que Tremane avait reçu une proposition d'assistance illimitée. Évidemment, il pourrait leur demander de remplir une mission trop dangereuse pour ses hommes, mais s'il leur arrivait malheur, il devrait en affronter les conséquences. Il était illogique de croire qu'Iftel exposerait volontairement ses ambassadeurs au danger.

Notre escorte, Ventnoir et moi sommes prêts à risquer nos vies — et nous le faisons. Parce que nous sommes plus que de simples ambassadeurs : nous représentons l'Alliance et agissons comme des alliés d'Hardorn. En un sens, nous sommes une petite unité militaire…

La seconde idée qui dut traverser l'esprit de Tremane, alors qu'il étudiait le demi-cercle de vingt et un *énormes* griffons fut sûrement : où les loger ?

Pas dans les écuries, ni dans une caserne, c'était évident. Les écuries n'étaient pas dignes d'ambassadeurs, même si Gwena et Brytha s'en accommodaient, et les casernes, dépourvues de fenêtres, rendraient claustrophobes ces créatures du ciel.

Elspeth étudia les griffons, estima leur taille et leurs besoins, et conclut qu'ils seraient très bien dans le Grand Hall — à condition que cette immense salle puisse être rendue habitable. Il y avait bien les plus hautes pièces des tours du manoir qui accueilleraient aisément quatre ou cinq griffons, mais consentiraient-ils à être séparés ? Si oui, ils pourraient circuler librement par les trappes du plafond. Heureusement, grâce aux départs de beaucoup de soldats — certains employés impériaux logeant désormais en ville — le problème de place était résolu. Il y en aurait donc pour les griffons, au moins temporairement. Mais d'après le discours de Tashiketh, ils composaient une délégation permanente. Du coup, il faudrait les loger décemment.

Tremane leur fit un discours de bienvenue tout en réfléchissant à la question.

Il reste des bâtiments à l'abandon dans Shonar. Les griffons accepteraient-ils d'avoir leur « ambassade » en ville ?

Dans ce cas, qui emploieraient-ils pour les servir ? Seuls, beaucoup de choses leur étaient impossibles. Allumer un feu, par exemple, car avoir des serres ne facilitait pas l'utilisation des tisons et leurs plumes étaient hautement inflammables. Les griffons de k'leshya avaient des soigneurs, les *trondi'irn*, pour s'occuper de leur confort et de leur santé. Officiellement, Treyvan et Hydona s'étaient passés de leur assistance pendant des années, mais les hertasis de k'Sheyna les avaient servis *officieusement*. Comment feraient ces griffons-là ? Se doutaient-ils que les Hardorniens n'étaient pas prêts à les recevoir ?

Finalement, Tremane fut à court de politesse et Tashiketh aussi. Ils restèrent debout l'un en face de l'autre et se regardèrent longuement.

Puis le roi brisa le silence.

— Je vous avoue que mon peuple et moi ne sommes pas préparés à recevoir une délégation non-humaine, dit-il, cédant à un de ses accès de franchise « non impériale » — de plus en plus fréquents. Nous avons été pris de court quand l'Alliance nous a envoyé deux ambassadeurs non humains, le Compagnon Gwena, qui se tient devant vous, et le dyheli Brytha, qui espère vous rencontrer un peu plus tard. Nous n'étions pas préparés à les accueillir, mais ils ont été assez généreux pour accepter de loger dans une écurie.

Gwena baissa la tête, acceptant gracieusement le compliment. Tashiketh la regarda, non sans curiosité, puis son attention se riva de nouveau sur Tremane.

— Pour être honnête, ambassadeur Tashiketh, j'ignore ce que nous allons pouvoir faire pour votre confort et celui de votre escorte. Je vois trois possibilités, et aucune n'est idéale. En haut de chaque tour se trouve une salle. Alors, si vous acceptez de vous répartir par groupe de quatre ou cinq… (Voyant le griffon secouer la tête, Tremane continua :) Je peux aussi vous proposer le Grand Hall, ou de loger dans la cité…

— Ayant toujours eu l'intention d'installer une ambassade permanente, coupa Tashiketh, nous avons de quoi louer un bâtiment et engager du personnel. Nous savons que vous n'avez pas beaucoup de ressources. Par conséquent, si vous pouviez nous loger le temps que nous ayons trouvé et aménagé notre ambassade, ce serait parfait.

Pour autant que Tremane fût soulagé, il était trop bien élevé pour le montrer.

— Nous serons heureux de vous loger dans le Grand Hall aussi longtemps que nécessaire, répondit-il.

Du coin de l'œil, Elspeth vit le sénéchal sortir des rangs et courir vers l'entrée la plus proche pour faire préparer le Grand Hall. Elle réprima un sourire. Un des avantages d'avoir d'anciens militaires comme assistants : au lieu de prétendre qu'une chose était infaisable, ils s'empressaient de la réaliser.

— Vous seriez très aimable d'envoyer un message à un des responsables de la cité, afin que nous puissions nous installer aussi vite que possible, demanda Tashiketh. (Elspeth surprit une lueur amusée dans son regard quand il ajouta :) En attendant, connaissez-vous quelqu'un qui nous ferait faire un petit tour des lieux ? C'est la première fois que je vois une cité entièrement humaine, et les différences sont repérables de loin.

Elspeth faillit s'étrangler de surprise. C'était un geste de pure courtoisie destiné à laisser le temps aux serviteurs de Tremane de préparer le Grand Hall ! Tashiketh et ses compagnons devaient être épuisés et affamés. Pour demander à jouer les touristes dans ces conditions, il devait être un diplomate né.

Porte-toi volontaire pour lui faire visiter le manoir, dit-elle à Ventnoir. *Pendant ce temps, je conseillerai les hommes de Tremane sur les besoins et les habitudes alimentaires des griffons*.

Ventnoir obéit. Très vite, la délégation d'Iftel et le comité d'accueil se séparèrent en trois groupes, l'un composé d'humains, l'autre d'humains et de griffons et le troisième de griffons. Ventnoir et Tashiketh, plus une escorte composée de gardes valdemariens amusés et de deux griffons solennels, partirent faire le tour du propriétaire. Les autres griffons s'installèrent dans la cour pour attendre le retour de leur chef.

Gwena retourna seule dans son écurie.

Elspeth accompagna Tremane et ses hommes, afin de les aider.

Peu après, le Grand Hall fut débarrassé de tous les ornements du pouvoir hardornien et transformé en quartiers temporaires pour vingt et un griffons. Cela s'avéra plus facile que prévu. Se rappelant ce que Treyvan et Hydona avaient fait, Elspeth étudia les listes de matériel avec l'intendant, jusqu'à ce qu'ils trouvent le nécessaire pour assurer le confort des ambassadeurs. Elle enrôla une escouade de combattants musclés pour sortir le mobilier. Quand ce fut fait, ils accrochèrent des tentures pour isoler les murs et étalèrent des tapis colorés sur le sol. Puis ils rassemblèrent des matelas, des couvertures et des oreillers pour obtenir des « nids » satisfaisants. Vingt couches furent alignées le long des murs, la vingt et unième étant posée sur l'estrade. Ils l'entourèrent de rideaux, pour donner l'impression qu'il s'agissait d'une chambre individuelle. Si Tashiketh le voulait, il pourrait les laisser ouverts.

On apporta de grosses marmites remplies d'eau claire, et Elspeth fit ajouter des bols profonds, au cas où les griffons préféreraient ne pas plonger leurs becs dans les gros récipients. Puis elle conseilla le cuisinier sur les viandes et les poissons que consommaient leurs invités.

Quand ils eurent terminé, la pièce avait un aspect étrange, mais pas miteux. Les tentures, les tapis et même les nids formaient une étrange harmonie. On se serait cru à l'intérieur d'une tente luxueuse.

Nous sommes prêts, annonça Elspeth à Ventnoir alors que les derniers charpentiers sortaient avec leurs échelles, les aides cuisiniers entrant avec des quartiers de bœuf et des paniers de poissons.

Parfait, parce que je suis à court de choses à leur montrer, et je doute qu'ils manifestent de l'intérêt pour les latrines, répondit-il, amusé.

Elspeth comprit que Tashiketh était de bonne compagnie. Elle sortit pour aller expliquer au roi les ordres qu'elle avait si cavalièrement donnés en son absence. Mais quelqu'un avait déjà prévenu Tremane, car il la retrouva devant la porte, son escorte et celle de la jeune femme sur les talons.

Le roi étudia les transformations apportées au Grand Hall, un peu surpris et immensément soulagé.

— Soyez bénie, Héraut Elspeth ! dit-il. J'aurais sans doute demandé à mes charpentiers de construire d'immenses cages ou des perchoirs. Ça n'aurait pas été un drame, mais nous aurions perdu du temps pendant que Tashiketh nous aurait expliqué de quoi ils avaient vraiment besoin. Auront-ils assez chaud ? Cette salle est réputée pour ses courants d'air.

— Leurs plumes les protègent du froid, sinon des températures extrêmes. Les tentures devraient empêcher les courants d'air de passer, et ils peuvent s'enrouler dans des couvertures. Faites apporter des braseros et ce sera parfait. Ils auront besoin d'un de vos Guérisseurs — un homme bon et courageux, qui les considérera comme un défi — et de quatre serviteurs pour s'occuper des feux et des courses.

— Un Guérisseur ? s'étonna le roi. Pourquoi ? Ils m'ont l'air en parfaite santé.

— Les griffons ont des forces et des faiblesses particulières, expliqua Elspeth. Ceux que je connais sont assistés par des spécialistes. La personne qui s'en approche le plus est un Guérisseur et je pense que Tashiketh pourra lui dire de quoi ils ont besoin. (Elle toussota, dissimulant son expression derrière sa main.) Le plus difficile sera de trouver un Guérisseur et des serviteurs qui accepteront de s'occuper de « monstres ».

Ce fut au tour de Tremane d'avoir un sourire entendu.

— Pas si difficile que vous pourriez le penser, Elspeth de Valdemar, dit-il. Les Impériaux sont moins timorés que ça !

Et il avait raison. Tremane ne trouva pas un mais *deux* Guérisseurs désireux de s'occuper des griffons, et il n'eut aucun mal à obtenir des volontaires parmi les serviteurs. Dès que Tashiketh et ses compagnons se furent installés et eurent dîné, un de leurs Guérisseurs et les serviteurs arrivèrent.

Tashiketh n'avait pas caché sa surprise en voyant leurs quartiers — idéaux aux yeux de personnes averties —, et en manifesta davantage devant la qualité de l'hospitalité. Il renvoya le « trondi'irn » et trois serviteurs. Pour le moment, expliqua-t-il, les griffons rêvaient simplement d'une bonne nuit de sommeil. Au quatrième domestique, il demanda de s'occuper des feux, ce qu'il fit aussitôt. Ses trois camarades s'installèrent dans une alcôve du couloir et se mirent à jouer aux dés.

— Vont-ils vraiment dormir ? demanda Tremane à Ventnoir, alors que le roi et son entourage sortaient pour laisser les griffons tranquilles.

— Probablement, répondit le Tayledras. N'oubliez pas qu'ils sont venus par la voie des airs, et qu'ils ont dû voler vite. À en juger par ce qu'ils ont mangé, ils dormiront jusqu'à demain matin.

Tremane passa la main sur son crâne dégarni. À cet instant, il n'avait vraiment pas l'air d'un roi.

— Après l'éveil de mon sens de la terre, je croyais que plus rien ne pourrait me surprendre, dit-il. Mais ça… Ils sont énormes et ils ne ressemblent à rien que je connaisse. Que dois-je faire ? Comment les traiter ?

— Vous continuerez de dîner avec Elspeth et moi, et vous les traiterez comme n'importe quels ambassadeurs, conseilla Ventnoir. Oui, il s'agit d'un grand honneur. C'est la première fois qu'Iftel envoie des représentants non humains. Et ce n'est sans doute pas plus facile pour eux que pour vous. Vous n'êtes pas habitué à voir des griffons jouer les ambassadeurs, et *ils* n'ont pas l'habitude d'en être.

Tremane le regarda bizarrement, puis éclata de rire.

Et si son rire était un peu hystérique, qui pouvait lui en vouloir ?

Les soldats de Tremane allaient et venaient dans la neige, traînant des paquets, préparant les traîneaux et les attelages ou portant des armes et des sacs. Ventnoir guidait Tashiketh et ses gardes du corps à travers la foule, s'arrêtant parfois pour laisser passer un homme plus pressé que lui.

— Pourquoi cette excitation ? demanda le griffon.

— J'allais vous l'expliquer, répondit Ventnoir avant de contourner adroitement un soldat chargé d'une brassée de lances. Hier soir, nous avons reçu un message inattendu et déplaisant.

— Ah ! Voilà que je regrette d'avoir si vite quitté le manoir, fit Tashiketh.

Deux jours après leur arrivée, les griffons avaient emménagé dans une ancienne auberge, non loin du manoir. À la vue des pièces d'or octogonales que le trésorier du roi lui avait offertes de la part des ambassadeurs d'Iftel, le propriétaire la leur avait vendue avec joie. Ils avaient choisi ce bâtiment parce qu'il comportait de grandes chambres, au premier, toutes pourvues d'un balcon. Plusieurs employés avaient accepté de rester pour servir ces maîtres peu exigeants.

Désormais, Tashiketh et ses deux gardes faisaient quotidiennement le trajet entre leur ambassade et le manoir, afin de prendre part au Conseil et à la cour. Ils montraient un grand intérêt pour tout ce que faisait Tremane, mais n'intervenaient pas dans les affaires d'Hardorn et ne se permettaient pas de donner leur avis sans y être invités. Selon Ventnoir, ils agissaient exactement comme Treyvan et Hydona quand ils étaient arrivés dans la Vallée k'sheyna.

L'agitation avait commencé aux alentours de minuit, alors que les griffons s'étaient déjà retirés. Ceux que connaissait Ventnoir n'étaient pas nécessairement des créatures diurnes, mais Tashiketh et son groupe n'avaient pas été formés depuis l'enfance à être des explorateurs. Dépaysés et soucieux de bien faire leur devoir, ils préféraient rentrer dès la nuit tombée plutôt que de veiller tard.

Quand un messager était venu tambouriner à la porte du manoir pour annoncer à Tremane qu'un de ses vassaux était attaqué par son voisin, les griffons dormaient déjà. Dans l'excitation du moment, personne n'avait pensé à les prévenir. Quand Tremane s'était souvenu d'eux, il était l'heure pour Ventnoir d'aller retrouver Tashiketh à la porte et de l'escorter.

Des humains en ayant simplement attaqué d'autres, le sens de la terre n'avait pas alerté Tremane. Ils avaient passé une partie de la nuit à organiser une défense. À l'aube, les soldats s'apprêtaient à partir.

Ventnoir, qui retrouvait le griffon au même endroit tous les matins lui expliqua la situation. Tashiketh s'arrêta net et le regarda, perplexe.

— Mais il sera difficile de combattre en cette saison, non ? demanda-t-il. Et les tempêtes magiques pourraient reprendre d'un jour à l'autre, ajoutant à la difficulté…

Le Frère du Faucon acquiesça.

— Oui, mais si le roi Tremane ne vient pas en aide à son vassal, tous les bandits qui se croient plus forts que lui penseront pouvoir agir en toute impunité.

— Pourquoi Tremane ne nous a-t-il pas chargés de cette mission ? demanda Tashiketh, à la fois surpris et blessé. Ne lui avons-nous pas offert notre assistance ? Ses ennemis seraient terrorisés en voyant un vol de griffons fondre sur eux. Ses hommes l'étaient quand nous sommes arrivés — alors imaginez la réaction de ses ennemis ?

Ce fut au tour de Ventnoir de s'arrêter et de regarder Tashiketh avec des yeux ronds.

— Mais vous êtes des ambassadeurs !

— Nous sommes des *alliés*, répondit le griffon. Tout comme vous… Je ne suis pas seulement un diplomate, mais le chef d'une force dont les membres se sont entraînés ensemble. Ne serait-il pas préférable de régler le problème avec une petite unité, plutôt qu'attendre et l'affronter avec une armée ? De plus, nous nous ennuyons. Prouver notre valeur de guerriers serait une bonne chose. C'est pour ça que nous avons été créés, que nous sommes nés et que nous nous entraînons.

— Je croyais qu'il n'y avait pas de combat à Iftel ! s'écria Ventnoir. Que votre Barrière empêchait les conflits !

— Nous ne faisons pas la guerre aux autres nations — et nous ne leur permettons pas de nous attaquer — mais nous sommes pourtant prêts à combattre. Je ne peux pas vous dire depuis combien de temps nous nous préparons… (Il secoua la tête.) Toute ma vie. Et celle de mon père. Et celle de son père avant lui. Et ainsi de suite… Nous nous sommes toujours entraînés et mesurés les uns aux autres. Et nous continuerons ainsi jusqu'à ce que nous devions combattre.

Soudain, ses plumes se hérissèrent et il démarra si vite qu'il laissa Ventnoir sur place.

— Venez ! cria-t-il. Allons voir le roi pour lui expliquer ça !

Comme Ventnoir le savait déjà, les griffons pouvaient se déplacer très rapidement sur la terre ferme. Laissé en plan par Tashiketh et ses deux compagnons, qui couraient s'offrir en sacrifice sur l'autel de Tremane, il eut très peur que celui-ci saute sur l'occasion.

Quand il atteignit la Salle du Conseil, il découvrit que Tremane, s'il avait accepté l'offre, avait émis certaines conditions… et des réserves.

— Dites aux hommes d'attendre, ordonnait-il, alors que le Frère du Faucon entrait. Je vais essayer le plan de Tashiketh. (Il se tourna vers le griffon.) Mais vous obéirez aux ordres de votre commandant, autrement dit aux miens. Vous vous préparerez comme je vous le dirai et ne discuterez pas mes conditions.

Ventnoir n'en croyait pas ses yeux. Tashiketh et son escorte étaient si excités qu'ils sortaient et rétractaient leurs serres, laissant de profonds sillons dans le plancher — les serviteurs de Tremane en auraient une crise d'apoplexie ! Où étaient donc passés les étranges ambassadeurs d'une culture encore plus étrange ? Ces griffons étaient des guerriers et il se demanda comment ils avaient pu dissimuler leur vraie nature sous une façade sereine.

— Si vous êtes déterminés à effectuer un vol punitif contre ces gens, nous devrons prendre les précautions nécessaires, ajouta sévèrement Tremane.

Ventnoir s'étonna également des changements survenus chez le roi. Sans la moindre hésitation ni incertitude. Tremane était redevenu un commandant impérial pour qui la guerre n'avait pas de secret. L'homme de la conquête d'Hardorn…

— Vous avez le temps de consulter les cartes de la région et de parler avec les citoyens de Shonar qui ont de la famille là-bas. Vous verrez également mon armurier, afin qu'il vous équipe d'un plastron et d'un casque. (Tashiketh ouvrit le bec pour protester, mais le roi ne lui en laissa pas l'occasion.) Pas un mot ! *Je* suis votre commandant et *j'*ai affronté ces gens. Pas vous ! C'est donc *moi* qui décide les conditions du combat. Je ne vous dicterai pas votre tactique, mais je m'assurerai de votre sécurité !

Tremane semblait si sévère que Ventnoir redouta un instant de voir Tashiketh en prendre ombrage. Mais un des griffons de l'escorte marmonna quelque chose, et son chef éclata de rire.

— Qu'a-t-il dit ? demanda Tremane.

— « Comme il est surprenant de trouver, après tous ces siècles, un commandant plus désireux d'économiser notre sang que de le verser ». Il a raison. (Tashiketh baissa la tête.) Nous suivrons les ordres d'un chef qui protège ses troupes. Je vais envoyer Shyrestral chercher les autres. Nous étudierons vos cartes et vos plans au lieu d'improviser sur place.

Peu après — si peu que Ventnoir en fut étonné — les griffons se rassemblèrent dans la cour pour mettre au point un plan. On trouva un homme qui connaissait un peu la région et qui la décrivit aux combattants. Très vite, ceux-ci le bombardèrent de questions précises.

Quand les « ambassadeurs » se préparèrent à prendre leur envol, Ventnoir et les autres les regardèrent avec un mélange de peur et d'espoir. Les griffons étaient confiants et d'excellente humeur : on les aurait crus partis pour un vol de routine.

Mais leur comportement avait appris à Ventnoir que leurs instincts de chasseurs et de prédateurs étaient redoutables. Même immobiles, ils avaient tous les sens en alerte, la tête droite et le regard perçant. Et quand ils bougeaient, c'était avec une rapidité et une assurance aussi gracieuse et mortelle que la danse du guerrier et de l'épée. Ils ne sentaient pas la neige sous leurs serres, et pas davantage la bise. Leurs yeux tournés vers le ciel bleu, ils étaient impatients de se mettre en route. Quand ils s'élancèrent, ils saisirent le vent frémissant entre leurs serres et le domptèrent.

— Vous êtes sûr qu'ils ont une chance ? demanda Tremane, alors que le ciel les engloutissait. Je n'arrête pas de me dire que je les envoie à la mort.

— À l'origine, les griffons ont été créés pour combattre, répondit Ventnoir. C'est dans leur sang, et deux millénaires n'y ont rien changé.

— Ce sont peut-être des combattants nés, mais sont-ils bien entraînés ? Je sais ce que valent mes hommes… mais ces griffons ? C'est vrai, leurs adversaires ne sont pas aussi bien armés qu'eux, mais il suffit d'une flèche bien placée pour tuer. Et vous m'avez dit qu'Iftel n'a jamais connu la guerre de mémoire de Valdemariens. Comment peuvent-ils être prêts ? Sûrement…

— Pardonnez-moi de vous interrompre, mais Tashiketh vous a-t-il dit comment ses compagnons et lui ont été choisis ?

Le roi secoua la tête.

— C'est bien ce que je pensais. Rentrons, il fait plus chaud à l'intérieur, proposa Ventnoir, qui frissonna et tapa des pieds sur le sol pour se réchauffer. Je crois pouvoir vous surprendre.

Ils se retirèrent dans le bureau de Tremane, avec plusieurs de ses conseillers qui avaient entendu les propos du Frère du Faucon. Les griffons avaient éveillé l'intérêt de nombreux Impériaux et Hardorniens. Ventnoir accepta de bonne grâce de satisfaire leur curiosité. Ils étaient un peu serrés, mais le roi ne demanda à personne de sortir.

— J'ai réussi à apprendre certaines choses sur Iftel, en tout cas sur les griffons. Ce n'est pas le paradis paisible que nous avons imaginé.

— Vraiment ? fit Elspeth. Pourtant, les Ifteliens ont refusé que la Guilde des Mercenaires s'installe chez eux !

— Je ne sais rien de leurs origines, mais d'après histoire des Tayledras et certaines informations kaled'a'in, je crois pouvoir faire quelques suppositions. Soit Tashiketh ignore la réponse, soit il a ordre de prétendre ne pas la connaître. Donc, tout ça est une pure spéculation…

Tremane eut une petite toux dédaigneuse.

— Parfois, Ventnoir, cette propension à vous couvrir de tous côtés est prodigieusement agaçante. *Parlez !* Et cessez de dire que c'est seulement votre opinion.

Ventnoir sourit, pas le moins du monde offensé.

— Certainement. Je crois que les habitants d'Iftel descendent d'une partie des forces du Mage du Silence, coupées du reste de l'armée au moment de la débâcle. La plupart des bataillons avaient des groupes de griffons. Puisque les femelles combattaient au côté des mâles — le plus souvent leurs compagnons — ils se reproduisirent sans problème.

— Vous voulez di-dire que certains de ces griffons sont des femelles ? bredouilla un des conseillers.

— Vous n'avez pas regardé entre leurs pattes de derrière, hein ? Oui, certains sont des femelles. Probablement la moitié. Les mâles s'occupent autant des petits qu'elles, puisqu'ils les nourrissent à la manière des bébés faucons. (Il leva un sourcil devant l'expression surprise du conseiller.) Oh, je vous en prie... vous ne pensiez pas, avec de tels becs qu'ils tétaient du lait ? Je ne voudrais pas voir ça...

Le conseiller tressaillit et Tremane grimaça.

— Quant à l'idée préconçue que les femmes font de piètres combattantes, si j'étais vous, je ne dirais jamais ça devant le Héraut Kerowyn, capitaine des Éclairs, ajouta Elspeth. Elle serait capable de vous inviter à affronter quelques-unes de ses guerrières — ou pire, *elle-même*.

Le conseiller regarda Elspeth et s'avisa soudain qu'elle était très musclée et avait des cals sur les mains. Voilà qui ne collait pas avec l'image d'une princesse choyée et surprotégée.

— Assez parlé de biologie ! lâcha Ventnoir. Je présume qu'ils faisaient partie des forces d'Urtho, parce que les griffons étaient ses créations. L'histoire des

Kaled'a'in nous apprend que certains de ses combattants furent coupés des autres — ils savaient ce qui se passerait quand l'ennemi envahirait la dernière place forte. Je suppose qu'ils ouvrirent des Portails et essayèrent de fuir le plus loin possible. Ils réussirent, et se retrouvèrent en territoire hostile. Puis il y eut le Cataclysme, et les tempêtes commencèrent.

« À un moment, quelqu'un ou quelque chose érigea la barrière. Tashiketh n'est pas très bavard à ce sujet-là non plus. Le problème, quand on construit un mur autour de soi, c'est qu'il vous emprisonne autant qu'il empêche les intrus d'entrer. Alors, pour ne pas perdre leurs aptitudes, les Peuples d'Iftel organisèrent leurs propres combats.

— Ils les organisèrent ? Comment ?

Ventnoir soupira, car ses sentiments étaient mitigés au sujet de ce qu'il avait appris. Il comprenait la raison et sympathisait avec les Peuples d'Iftel, mais il n'était pas ravi de ce qu'ils avaient choisi de faire.

— Des jeux… Mais où le sang coule. Si Tashiketh dit vrai, personne n'est contraint d'y participer. Cela précisé, aux niveaux les plus élevés de la compétition, il est courant d'être gravement blessé, voire tué. Des jeux de guerre, en somme. Selon Tashiketh, dans sa région il y a toujours plusieurs morts au cours des tournois. C'est comme ça que son groupe a été créé. Avec des armes émoussées mais pas inoffensives, chacun de ces griffons a vaincu les adversaires qui l'attaquaient.

Tremane cligna des yeux.

— Oh, fit-il, pensif. Intéressant. Ils ne sont donc pas inexpérimentés.

— Ce n'est pas tout, continua Ventnoir. Chacun de ces « gagnants » a dû participer à des tournois intellectuels. J'ignore en quoi ils consistent. Mais je suppose qu'il s'agit de tests de mémoire et de questions de logique. Tashiketh en est sorti vainqueur. Si la délégation est entièrement composée de griffons, c'est parce qu'ils étaient les seuls à pouvoir arriver à destination avant le début des tempêtes. Voilà, vous savez désormais ce que j'ai appris et ce que j'en ai pensé.

Tremane et les autres semblèrent étonnés que les postes d'ambassadeur soient attribués au terme d'une série de tournois mortels. Ventnoir estimait que c'était une manière plus juste que certaines méthodes employées par des pays dits « civilisés ». Choisir quelqu'un parce qu'on lui doit une faveur, ou préférer un membre d'une famille influente, ou pire encore, nommer la personne capable de payer le plus…

Tout ça conduisait au désastre.

Et si la plupart des ambassadeurs n'avaient pas à participer à des jeux de guerre, ils n'étaient pas non plus autorisés à se mêler aux conflits de leurs alliés. Ventnoir aurait simplement souhaité que les tournois soient moins durs.

— Êtes-vous confiant en leurs capacités ? demanda Tremane.

— Je connais *mes* griffons, et je sais que ceux-là sont bien entraînés. Je sais aussi qu'ils ne sont pas stupides. Ils ne se seraient pas empressés de se porter volontaires s'ils avaient pensé que vos adversaires maîtrisaient la magie.

— Ah ! s'exclama le roi. Je vois… Ils ne comptent pas se mettre à portée d'une arme ordinaire.

— Probablement pas. Ils peuvent rester hors d'atteinte des flèches et lâcher des objets sur l'ennemi. (Un autre conseiller rit doucement.) Ou des lances, ou des pots de feu…

— Ou d'autres choses qui posent un problème quand elles passent à travers un toit, coupa Elspeth. Mais s'ils vous avaient révélé leurs intentions, ils n'auraient pas paru si héroïques.

— Alors, nous leur laisserons penser que nous les

croyons partis à la bataille serres contre épées, décida Tremane. S'ils choisissent de nous dévoiler leur tactique, nous louerons leur ruse. Sinon, nous les féliciterons de leur bravoure. Dans un cas comme dans l'autre, ils réussiront à prouver aux fauteurs de troubles que nous avons de formidables alliés. Ils accompliront leur mission, et c'est tout ce dont nous avons besoin. Une victoire sans effusion de sang me satisferait pleinement.

— J'ai pris la liberté de faire préparer un festin à base de gibier pour leur retour, Sire, dit le sénéchal. Je craignais, si nous attendions trop, que la viande n'ait pas le temps de se décongeler.

Tremane acquiesça distraitement. Craignant toujours d'avoir pris une décision aux répercussions catastrophiques, le pauvre garçon soupira de soulagement. Dans ce cas précis, un festin risquait de provoquer plus tard une pénurie. Ayant visité les entrepôts de viandes, Ventnoir en doutait, mais c'était une possibilité. Ou peut-être un peu plus, si ce que Treyvan et Hydona pouvaient engloutir était une indication.

Maintenant que Tremane avait approuvé son initiative, le jeune sénéchal avait l'esprit tranquille.

Treyvan, Hydona et leurs deux petits combattants emplumés me manquent. J'aimerais jouer avec les petits, sentir Hydona ébouriffer mes cheveux avec son bec et voir Vree fondre sur la crête de Treyvan. Leurs voix graves, leur affection et leurs conseils me seraient si précieux.

— Maintenant, messires, et mes dames, dit Tremane, réfléchissons à ce que nous ferons si nos alliés échouent.

— C'est peu probable, affirma Ventnoir. Un seul griffon, à moitié assoupi, peut vaincre une escouade humaine sans plus d'effort qu'il ne lui en faut pour se lisser les plumes. Et nous parlons d'une troupe de vingt et un guerriers. (Plusieurs personnes sourirent, convaincues des aptitudes des griffons.) Mais vous avez raison. Nous devons nous préparer, en cas de victoire partielle.

Ils y passèrent le reste de la journée.

Alors que le soleil empourprait le ciel, à l'ouest, les vainqueurs revinrent à tire-d'aile, sans une égratignure. Entre ses serres de devant, Tashiketh portait la bannière du vaincu.

Des acclamations s'élevèrent quand les griffons se posèrent gracieusement dans la cour. Des cris de joie, mais aussi de soulagement — ce que les émissaires n'avaient pas besoin de savoir.

Ventnoir assurant qu'un griffon fatigué était un griffon affamé, les héros furent immédiatement conduits devant leur banquet. Tashiketh choisit cet instant pour présenter la reddition du chef des rebelles, qui avait promis de venir jurer allégeance au roi Tremane. Puis il révéla modestement le secret de leur victoire.

— Nous avons commencé par jeter des pierres à travers leurs toits, dit-il avec un rire cruel. Puis un seul pot de feu sur un bâtiment couvert de chaumes, avant de nous séparer en trois formations de sept et de décrire des cercles au-dessus d'eux. Après six passages, nous les avons menacés de continuer le bombardement. Ça a retenu leur attention, nous laissant le temps de leur dire que nous étions une simple avant-garde de l'armée ailée du roi Tremane. Et j'ai sous-entendu que nous n'étions pas du genre à attendre la caravane de ravitaillement. L'idée de centaines de griffons descendant du ciel pour faire de gros trous dans leurs toits, mettre le feu à leurs maisons et dévorer Dieu sait quoi les a paniqués. Si l'idiot qui les commandait ne s'était pas immédiatement rendu, ils l'auraient tué et nous l'auraient servi sur un plateau.

Plusieurs conseillers rirent de bon cœur. Tremane lui-même sourit.

Ventnoir crut bon d'intervenir.

— Mieux vaut ne pas leur laisser croire que vous pourriez emporter leurs enfants pour les manger, dit-il à Tashiketh. Comment pourraient-ils se fier à un roi capable de laisser ses « monstres » se nourrir de leurs petits ?

— Ne vous inquiétez pas. Nous lorgnions seulement leurs troupeaux quand j'ai dit ça. Et j'ai ajouté que le mouton frais était un régal. N'ayant pas grand-chose à se mettre sous la dent, ils se sont rendus.

« Nous avons une règle : ne jamais laisser croire que nous mangeons des êtres pensants. Nous n'avions peut-être encore jamais fait ça pour de bon, mais nous avons de l'entraînement et des règles

— Bien. (Ventnoir se détendit assez pour rire tout bas.) J'aurais aimé voir leurs têtes quand vous leur avez dit que vous étiez l'avant-garde. Ils ne sauront jamais que vous bluffiez.

— Ce n'était pas seulement du bluff, fit Tashiketh.

Il s'intéressa à sa nourriture, réalisant qu'il en avait trop dit.

Eh bien, eh bien ! pensa Ventnoir en continuant son repas, comme s'il n'avait rien remarqué. *Iftel s'intéresse plus à Tremane que je ne l'avais pensé. Suffisamment pour lui offrir une aide militaire massive ? Il semblerait…*

S'ils étaient prêts à lui fournir une armée, jusqu'où iraient-ils ? Lui livreraient-ils le secret de leur Barrière ?

Des deux, qu'est-ce qui serait le plus utile contre l'Ultime Tempête ?

— Vous n'auriez pas pu trouver mieux pour devenir les meilleurs amis de l'armée, dit Elspeth, alors qu'un rugissement montait de la foule.

Cinq subordonnés de Tashiketh grimpaient, rampaient, volaient, sautaient et se contorsionnaient sur un parcours d'obstacles. Il faisait si froid que la jeune femme avait les pieds gelés, bien qu'elle portât plusieurs paires de chaussettes. Mais ça n'empêchait pas les spectateurs d'être venus en nombre. Les anciens soldats impériaux avaient commencé par regarder, puis ils avaient acclamé les participants… Aujourd'hui ils pariaient sur eux. Sans doute le divertissement le plus excitant de tout le pays.

Il n'y en avait pas beaucoup à Shonar, malgré la présence du roi. Chaque fois que l'unique barde de la ville composait une nouvelle chanson, la taverne où il jouait faisait salle comble pendant des jours. Les soldats tentaient de s'occuper avec plus ou moins de succès. Un jeu de cartes était un véritable trésor…

Aujourd'hui, ils avaient une nouvelle distraction. Tashiketh, le meilleur de tous, n'y participait jamais, se contentant de faire parfois le parcours seul. Ainsi, le résultat des courses restait ouvert. Une situation parfaite pour prendre des paris — et entretenir l'intérêt des spectateurs.

— Baisserais-je dans votre estime si je vous avouais que nous faire apprécier était le but recherché ? demanda Tashiketh.

— Pas du tout, répondit Elspeth. Au contraire, je vous féliciterais de votre intelligence. J'ai une question, cependant : pourquoi ces courses d'obstacles ? Vous avez sans doute d'autres méthodes d'entraînement ?

— Parce que nous devons nous affronter… Notre hiérarchie se modifie en fonction des résultats, tout comme notre grade, et le rang de la région que nous représentons. À la fin de l'année, celle du gagnant se voit attribuer le plus de fonds publics.

Tremane arriva au moment où le griffon faisait cette surprenante confidence. Le roi était vêtu d'un manteau de soldat, le capuchon rabattu sur la tête pour se protéger du froid.

Le griffon ne parut pas remarquer sa présence, pourtant, au bout d'un moment, il s'adressa à lui.

— Roi d'Hardorn, je crois comprendre que vous êtes curieux au sujet de mon peuple. Je suis enfin autorisé à répondre à vos questions, car vous avez prouvé que vous êtes un allié digne d'entendre l'histoire de notre pays. (Tashiketh se tourna vers Tremane, qui eut l'air surpris.) Demandez-moi ce que vous voulez. Le temps des secrets est révolu.

Tremane avait des défauts, mais sûrement pas celui d'être lent à la détente.

— Ventnoir k'Sheyna pense que votre peuple descend d'une des armées d'un mage que servaient aussi les siens. Celui qu'on appelle Urtho. Est-ce vrai ?

Tashiketh éclata de rire — un grondement sourd qui venait du plus profond de sa poitrine.

— Oui. Tous nos peuples combattaient dans la Troisième Armée. Urtho avait pour habitude de laisser les gens d'une même région ensemble, au lieu de les éparpiller dans ses armées. Les humains de la Troisième vénéraient un dieu qui exigeait que tout individu doté de pouvoirs magiques entre à son service Du coup, ils n'avaient pas de mages avec eux. Mais ils acceptaient de travailler avec ceux d'autres religions. Alors, un groupe de mages leur fut affecté. Et bien sûr, une aile de griffons, avec leur *trondi'irn*, une meute de kyrees, un clan de rathas, une bande de tyrills et un troupeau de dyhelis…

Des tyrills ? Des rathas ? Comment sont-ils arrivés dans cette histoire ?

— Ce sont les Peuples d'Iftel ? demanda Tremane.

— Qu'est-ce qu'un ratha ? demanda Ventnoir.

Tashiketh ne fut pas perturbé par ce feu de questions.

— Oui, ce sont nos Peuples. Les rathas viennent du grand nord. Ils sont aux chats ce que les kyrees sont aux loups. Je crois que vous connaissez déjà les tyrills…

— Seulement à travers les légendes, souffla Ventnoir. Une des toutes dernières créations d'Urtho… Une race de hertasis plus grands. Selon ce que j'en sais, ils n'étaient pas nombreux.

— Mais ils se reproduisent avec un grand enthousiasme ! s'écria Tashiketh. (Derrière lui, des acclamations — et des grognements dépités — retentirent car un des participants avait réussi une cascade spectaculaire.) Ils ont appris en regardant les griffons, et maintenant ils sont très nombreux !

« Pour en revenir à nos affaires, la Troisième Armée, dont je porte aujourd'hui l'emblème, fut coupée de Ka'venusho au moment de la retraite. Ses soldats choisirent de gagner, par Portail, l'endroit le plus éloigné qu'ils connaissaient, espérant se mettre hors de portée des forces de Ma'ar et des destructions que provoquerait l'explosion de la Tour d'Urtho. Mais il y eut un problème.

— Pas assez de puissance ? avança Tremane.

— Aucun endroit n'était sûr ? demanda Elspeth.

— Pas d'Adepte ? hasarda Ventnoir.

— Un peu des trois, répondit l'ambassadeur. Leurs prêtres — des humains — étaient restés près de leurs fidèles pour les protéger. Le seul Adepte qu'ils avaient avec eux était considéré, à l'époque, comme un chamane barbare du grand nord. Ils durent donc aller à l'endroit le plus éloigné qu'*il* connaissait — les terres de ses ancêtres, et pas celles des griffons ou des autres, humains ou non humains. N'ayant pas le choix, ils se retrouvèrent au nord de ce qui est aujourd'hui Iftel. Ils avaient prévu d'attendre la fin des destructions, puis de retrouver les autres. Mais dès qu'ils furent de l'autre côté, une chose terrible arriva, bien pire que tout ce qu'ils avaient imaginé.

— Le Cataclysme, dit Ventnoir. La Tour d'Urtho et la forteresse de Ma'ar furent détruites en même temps, et cette double explosion libéra des forces terribles.

— Bien sûr, ils apprirent ce qui s'était passé beaucoup plus tard. Sur le coup, ils comprirent seulement qu'ils ne retrouveraient pas leurs amis, et que les humains de la Troisième ne rentreraient jamais chez eux. Pour couronner le tout, ils rencontrèrent les troupes de Ma'ar. (Tashiketh secoua la tête.) Ils durent penser que c'était la fin du monde : le mal avait gagné et s'apprêtait à les anéantir. Malmenés par les tempêtes magiques, prêts à succomber sous les coups d'une force supérieure à la leur, car ils avaient avec eux trop de blessés pour fuir, ils firent la seule chose possible. Les humains prièrent leur dieu, Vykaendys…

Ce nom fit à Ventnoir l'effet d'un coup de poing dans l'estomac.

— Qui ? s'étrangla-t-il, alors qu'Elspeth écarquillait les yeux.

— Vykaendys, répéta le griffon, le Soleil Sacré, de qui découle toute vie…

— Ambassadeur Tashiketh, coupa Elspeth, les humains de votre pays parlent-ils une autre langue que les griffons ?

— Leur langue sacrée est différente… Notre langage commun est un mélange de plusieurs idiomes. Le griffon ancien ressemble beaucoup au dialecte que vous avez utilisé le premier jour. Voulez-vous entendre quelque chose dans la Langue Sacrée de Vykaendys ?

— S'il vous plaît ! répondirent en chœur Elspeth et Ventnoir.

Tashiketh prononça quelques phrases.

Ventnoir se tourna vers Elspeth, plus experte que lui, et la vit écarquiller les yeux.

— Je ne suis pas une linguiste, reconnut-elle, mais

je dirais que c'est au karsite ce que la langue des griffons d'Iftel est au kaled'a'in.

Pas étonnant qu'Altra ait affirmé que la Barrière reconnaîtrait seulement Ulrich, Solaris, Karal ou lui-même ! Le dieu d'Iftel et celui de Karse ne font qu'un ! Une nouvelle qui qui va faire l'effet d'un Chat de Feu lâché au milieu de pigeons !

Gwena choisit cet instant pour faire un commentaire.

Comme c'est intéressant... Solaris l'ignore, mais Altra le savait. Je me demande pourquoi il ne lui a rien dit.

— Ils ont prié pour avoir sa protection, n'est-ce pas, demanda Elspeth. Et leur dieu a érigé la Frontière afin de tenir leurs ennemis à distance.

— Oui, c'est bien ce que fit Vykaendys en réponse à leurs prières. C'est lui qui a ordonné que nous passions la Frontière pour vous aider à résoudre la crise actuelle. Quand il a su qu'Hardorn avait de nouveau un roi lié à la terre, le dieu a préféré nous envoyer auprès de lui. Sinon, nous serions allés à Valdemar. Toutes les créatures doivent s'entraider pour survivre à l'Ultime Tempête. Mais Vykaendys est heureux de s'allier au royaume situé entre ceux qu'il gouverne.

— Bien sûr..., souffla Elspeth.

Je me demande ce que Solaris pensera de tout ça quand elle l'apprendra, ajouta-t-elle à l'intention de Ventnoir. *Rétrospectivement, il est fascinant de voir comment les dieux ont répondu aux prières de leurs fidèles. La Déesse créa les Plaines de Dhorisha pour les Shin'a'in qui avaient décidé de renoncer à la magie, et accorda aux Tayledras le pouvoir de se protéger grâce à la leur pendant qu'ils guérissaient la terre. Le Dieu du Soleil créa une Barrière autour d'Iftel...*

Ventnoir se demanda si le dieu avaient fait quelque chose de similaire pour protéger Karse du Cataclysme et de ses effets secondaires. Étant assez près de la source, les Karsites avaient dû avoir besoin de son aide.

Non, attends ! Les Prêtres du Soleil sont des mages. Peut-être l'équivalent des Tayledras. Vkandis leur a donné accès à un grand pouvoir pour se protéger, comme la Déesse l'a fait pour les Tayledras.

Le plus grand danger, après le Cataclysme, avait été les monstres créés par les tempêtes. Était-ce pour ça que les Prêtres du Soleil pouvaient invoquer des démons et les contrôler ? Une idée intrigante…

Ils n'avaient aucun moyen de le savoir avec certitude, et il ne pouvait pas poser la question à Karal. D'ailleurs, ce n'était peut-être pas une information autorisée. Mais Altra semblait connaître beaucoup de vérités non autorisées, et s'il était décidé à les partager avec des « infidèles »…

Nous pourrions en apprendre bien plus que nous ne l'avons jamais rêvé.

Elspeth avait poussé sa réflexion encore plus loin que Ventnoir. Pendant que Tremane demandait plus de détails à Tashiketh, elle conféra par la pensée avec Ventnoir et Gwena.

Quelles sont les chances de pouvoir impliquer un dieu dans cette situation ? demanda-t-elle. *Vkandis, Kal'enel, ou les deux ? Leur pouvoir pourrait nous sauver…*

Ou nous valoir plus d'ennuis qu'une tempête magique, même la plus puissante, l'avertit Ventnoir. *Nous n'avons aucun moyen de le savoir.*

Je peux demander à Florian de poser la question à Altra, proposa Gwena. *Et peut-être aussi à An'desha.*

Ventnoir secoua la tête.

Ne comptez pas trop sur l'aide d'un dieu. La Déesse n'aime pas se mêler des affaires des vivants, et Vkandis a sans doute les mêmes principes. Ils pourront peut-être nous aider quand le désastre aura frappé. Aujourd'hui, ils sont impuissants, parce que nous sommes en mesure de régler le problème, à condition de faire les bons choix, et qu'ils ne le feront pas pour nous.

Gwena approuva, mais la voix mentale d'Elspeth bouillait de frustration.

Comment faire les bons choix quand nous ignorons nos options ?

Si nous le savions, ce ne seraient plus des choix, mais des plans.

Ventnoir n'en voulut pas à sa compagne de réagir ainsi et il préféra ne pas lui dire que le « bon » choix, du point de vue d'un dieu, n'était peut-être pas d'empêcher un second Cataclysme. Les dieux avaient plus de « perspective » que les simples mortels. Ce qu'ils tenaient pour une bonne chose à long terme pouvait être terrible pour ceux qui la vivaient.

Je suis sûr que les fidèles du bon baron Valdemar, pendant leur premier hiver dans la nature, auraient souhaité qu'il pourrisse au fond de la Mer Salée, pensa Ventnoir. *Et il devait être terrible pour les Hérauts Mages de l'époque de Vanyel de savoir qu'ils étaient les derniers. Pourtant, ces deux épreuves ont profité à Valdemar, à long terme.*

Mais ce n'était pas le moment de le faire remarquer à Elspeth.

La seule option est de faire de notre mieux. Alors, même si les choses tournent mal, nous saurons que ce n'est pas faute d'avoir essayé.

Elspeth soupira.

Si tu n'avais pas toujours raison ! *J'apprécie de pouvoir accuser le Destin et la Grande Injustice !* (Elle se redressa un peu.) *Quoiqu'il arrive nous survivrons, et nous rebâtirons sur les ruines. Tous nos peuples semblent être doués pour ça.*

Et nous le ferons ensemble, ashke.

Ventnoir ne put s'empêcher de penser au petit

groupe perdu au milieu des Plaines de Dhorisha, dans les ruines de la Tour d'Urtho, et il frissonna. Quoi qu'il arrive, Elspeth, lui et tous ceux qui étaient ici survivraient sans doute.

Mais qu'en serait-il de ses amis ?

Alors qu'il recommençait à s'intéresser à la conversation, son estomac sembla lui remonter dans la gorge, ses yeux se voilèrent et il eut l'impression que le sol s'ouvrait sous ses pieds. Puis le monde redevint normal…

Les tempêtes magiques ! Leur puissance augmentait, commençant à submerger la contretempête. Elles n'étaient pas encore assez fortes pour causer de réels problèmes, mais c'était une question de temps.

Ventnoir venait de sentir les premiers signes de l'Ultime Tempête. Le délai qui les en séparait pouvait se mesurer en semaines. Leur survie était en jeu, et même s'ils s'en sortaient, une question demeurait : prospéreraient-ils ensuite ? Il y avait des centaines de variables à maîtriser et tout autant de décisions majeures à prendre. Ils devraient utiliser à bon escient leur pouvoir, résoudre des problèmes et comprendre en profondeur des connexions. Comme les fils d'une toile d'araignée, l'échec d'un seul pouvait faire écrouler l'ensemble…

Alors, tout serait perdu.

CHAPITRE IX

— Ton ami Flammechant a un problème ? demanda Lyam à Karal, alors que l'Adepte se retirait dans un coin pour broyer du noir — ou « méditer », comme il disait — pour la seconde fois de la journée. Les autres sont penchés sur les notes concernant l'arme que nous appelons le cube-labyrinthe, mais pas lui. Est-il dans ses habitudes d'agir ainsi ? Est-il malade ? Ou frustré, peut-être ?

— Je ne suis pas sûr, répondit Karal.

Pour lui, ce genre de comportement n'était pas nouveau.

Ils vivaient tellement les uns sur les autres que personne ne pouvait avoir une saute d'humeur sans que tous s'en aperçoivent. Et en effet, Flammechant agissait bizarrement — mais pas dangereusement, cette fois.

Plusieurs indices prouvaient que ses réflexions solitaires étaient différentes de la crise précédente. Tout d'abord, Aya était sans cesse avec lui, l'Adepte le tenant dans ses bras et le caressant. La dernière fois, c'était l'oiseau de feu, en fuyant son maître, qui avait signalé que ses pensées prenaient un tour dangereux.

Flammechant ne jouait pas non plus avec la magie noire. Il se contentait de fixer le vide, assis seul, comme s'il trouvait ainsi l'intimité qui leur faisait cruellement défaut. Mais, il concluait chacune de ses méditations par un coup d'œil incisif vers Karal. Étant donné leur relation passée, le prêtre n'était pas rassuré.

— Hum, fit Lyam en se grattant la tête du bout d'une griffe tachée d'encre. Eh bien, il me flanque la chair de poule à rester assis comme ça, immobile, le regard dans le vague. S'il sombre dans une dépression, un de vous aurait intérêt à le secouer.

— Je ne suis pas sûr que quiconque ait envie de *secouer* Flammechant, mais je suppose que je peux aller lui parler. S'il y a un problème, Renardargent nous aidera sans doute à le résoudre. Mais s'il ne veut pas mêler Renardargent à ça, il me laissera peut-être l'aider. Après tout, je suis censé être un prêtre, et c'est le genre de choses qui entre dans mes attributions.

Ayant dit ça, Karal comprit qu'il s'était engagé à essayer de régler la situation. Lyam l'encouragea d'un signe de la tête. Avant de trouver une raison de remettre cette épreuve à plus tard, le Karsite partit à la recherche de Flammechant.

Il le trouva dans la salle qui abritait un des mystérieux assemblages — des fils, des plaques étranges, des pierres et un matériau étincelant — qui semblaient trop délicats pour être appelés des « armes ». Aya était avec lui, blotti dans sa veste. La queue de l'oiseau dépassait de l'ourlet, donnant l'impression que les plumes appartenaient à l'Adepte.

Flammechant regardait fixement les gemmes luisantes. Il tourna la tête en entendant un bruit de pas, mais ne sembla pas surpris de voir le Karsite.

Karal avança lentement. Pourtant, rien, dans le petit sourire de Flammechant, n'indiquait qu'il n'était pas le bienvenu. Alors qu'il contournait l'assemblage, il essaya de trouver une approche indirecte, et échoua lamentablement. Il décida donc d'aller droit au but.

— Depuis deux jours, tu restes dans ton coin, et nous sommes inquiets pour toi, dit-il. Je n'avais pas envie d'aller voir Renardargent derrière ton dos, alors j'ai décidé de te poser la question : quelque chose ne va pas ?

— Tu veux dire : autre chose qu'absolument tout ? demanda Flammechant. Nous sommes dans une situation extrêmement précaire, tu sais.

— Eh bien, oui, mais… Je veux dire…

— Non, ça va… Enfin, *je* vais bien, Karal. (L'Adepte sourit en voyant Aya sortir la tête pour voir à qui il parlait, puis la rentrer aussitôt.) Mais je suis content que tu sois venu me voir, parce que j'ai quelques questions à te poser. Assieds-toi.

Il tapota le sol à côté de lui. Karal s'exécuta, non sans un peu d'appréhension.

— Karal, Karse et Valdemar se sont livré une très longue guerre, alors je comprends que les Karsites aient un point de vue négatif sur certains personnages de l'histoire valdemarienne. Mais tu es intelligent et cela m'étonnerait que tu prennes les rumeurs pour argent comptant. Voilà pourquoi j'aimerais te poser une question : que sais-tu et que penses-tu du Héraut-Mage Vanyel Ashkevron ?

Karal fut surpris par ce changement radical de sujet, car sa question initiale n'avait rien à voir avec l'histoire de Vanyel Ashkevron.

Mais le sujet abordé par l'Adepte était intéressant, en regard de tous les changements survenus dans la vie de Karal et de ses récentes réflexions. En surface, il semblait que ce thème n'avait rien à voir avec ce qui se passait dans la Tour, mais il connaissait Flammechant mieux que ça. Il devait avoir une bonne raison pour poser cette question.

— Je vais réfléchir à haute voix, alors sois patient, prévint Karal. Comme tu dois t'en douter, de notre point de vue, Vanyel Chevauche-Démon était l'incarnation de tout ce qu'il y avait de plus terrible à Valdemar. On disait aux enfants karsites que Vanyel viendrait les chercher s'ils n'étaient pas sages. Ce Héraut qui chevauchait un cheval-démon était l'ennemi ultime de Karse. Il maîtrisait la magie et avait l'audace d'être capable de bannir les démons invoqués par les meilleurs Prêtres du Soleil. Ce dernier point en faisait un être encore plus maléfique. Comme si ça ne suffisait pas, les chroniqueurs ont écrit qu'il pouvait briser le sort de contrôle que les prêtres jetaient sur les démons et les retourner contre eux. Aux yeux de mon peuple, cela faisait de lui le Roi des Démons.

— Tout ça, c'est ce que votre histoire en a retenu, répondit Flammechant. Quel est ton sentiment ?

— J'y arrive. (Karal se massa la nuque, essayant de mettre de l'ordre dans ses pensées et de se détendre.) Selon moi, il est incroyablement ironique que les pires accusations portées contre Vanyel aient été de chevaucher un cheval-démon et d'être un mage, alors que nos propres prêtres invoquaient et contrôlaient des démons.

Le sourire ironique de Flammechant devint approbateur.

— Personne n'a jamais prétendu que les causes de la guerre et les sources des préjugés étaient rationnelles. (Il gratta Aya sous le menton et l'oiseau le remercia d'un gazouillis.) La ferveur religieuse sert souvent d'excuse à des comportements socialement inacceptables.

— La religion comme excuse… Parfois, dès que la ferveur religieuse envahit l'esprit, l'intelligence s'enfuit par les oreilles. Le pire, c'est quand des gens puissants et sans scrupules utilisent la foi des autres pour satisfaire leur rapacité.

Aya ressortit la tête de la veste de l'Adepte, comme s'il trouvait intéressant le discours du jeune prêtre.

Altra vint s'installer à ses pieds. Rien, dans son comportement, n'indiquait qu'il était mécontent de son protégé.

— L'expérience m'a appris la même chose, dit Flammechant. Bien que je ne sois pas beaucoup plus âgé que toi. Alors, comment crois-*tu* qu'était Vanyel ?

— Je suis sûr que c'est un héros aux yeux des Valdemariens — une conclusion facile, puisque mon peuple le tenait pour un de ses pires ennemis. Étant donné qu'il a combattu des hommes qui étaient avides de pouvoir et amoraux, et tout particulièrement un des plus mauvais Fils du Soleil de notre histoire, tout me porte à croire qu'il a simplement fait son devoir. Il a protégé son peuple de la rapacité du mien. Je ne peux pas dire que j'aime cette idée. Pour être honnête, elle me remplit de honte.

Karal marqua une pause.

— Même ses pires ennemis n'ont jamais osé prétendre qu'il avait conduit une armée contre nous, de notre côté de la frontière, alors qu'on ne peut pas en dire autant des généraux karsites. J'ignore qui avait raison au tout début du conflit. Mais je peux affirmer que les Valdemariens n'ont jamais envahi Karse, alors que le contraire s'est produit.

— Très impartial, répondit Flammechant, approbateur. Aucun camp n'a jamais entièrement raison. Mais changeons de sujet. J'ai besoin de ton opinion religieuse. Que pensent les Prêtres du Soleil des fantômes ?

— Quel genre de fantômes ? Des morts qui ne trouvent pas le repos ? Des esprits revenus pour servir de guides ?

— Tous. Certaines religions prétendent que les fantômes n'existent pas, et d'autres tournent autour de l'adoration des ancêtres. Que dit le Livre de Vkandis ?

— Peu de chose… (Karal fronça les sourcils, essayant de se rappeler.) Maintenant que j'y pense, ce qu'on y trouve est plutôt intéressant. D'après les textes, aucune personne appartenant à la Foi, que son âme soit pure ou noire, ne peut devenir un fantôme. Tous ceux qui sont nés dans la Foi, ou qui s'y sont convertis, seront amenés devant Vkandis pour être jugés — le terme exact est « triés ».

« *Et les bons seront triés des méchants — aucune âme n'y échappera. Les méchants seront abandonnés à l'obscurité, au désespoir, à la peur et à la douleur, afin de répéter leurs erreurs jusqu'à ce qu'ils aient appris à aimer et à servir la Lumière de Vkandis. Et les bons seront rassemblés dans les prairies verdoyantes des Cieux pour chanter ses louanges, boire l'eau douce et baigner à jamais dans la Gloire du Soleil.*

« Il y a tout un passage consacré à la hiérarchie des bons et aux divers moyens d'y faire son chemin, mais je crains que ce soit une pure invention du clergé. J'ai une version très ancienne du Livre et on n'y trouve nulle part ce texte.

— Certaines personnes ont besoin que tout soit organisé et hiérarchisé, fit Flammechant. Je déteste devoir dire ça, mais être parqué dans une prairie et passer mon temps à chanter sous le soleil n'est pas ma conception d'une vie après la mort satisfaisante. Je hurlerais d'ennui en moins d'une journée.

Karal éclata de rire.

— Toi, peut-être… Mais pense aux pauvres bergers, les premiers Prophètes, qui vivaient sur les pentes des collines de Karse, où il pleut sans cesse et où l'herbe est rare ?

— Pour eux, des prairies ensoleillées seraient un paradis, non ? (L'Adepte fronça les sourcils.) Très bien, donc les Karsites ne peuvent pas être des fantômes… mais les autres peuples ?

— Eh bien, ce n'est pas dans le Livre. Mais selon la tradition, les morts en colère deviennent des fantômes affamés et vengeurs qui hantent la nuit. C'est pour ça que la plupart des Karsites ne sortent jamais après le coucher du soleil sans un prêtre pour assurer leur sécurité.

Cela dit, la question de Flammechant ne portait pas seulement sur la tradition karsite — mais sur ce que *Karal* croyait.

— En tant que prêtre, je *peux* en théorie exorciser des fantômes et envoyer tout esprit qui le désirerait devant Vkandis pour qu'il soit jugé, même s'il n'est pas dans la Foi. Le Livre est assez vague au sujet de ce qui arrive aux âmes qui n'appartiennent pas à la Foi. La plupart des gens pensent qu'elles sont condamnées à la damnation éternelle, même si elles sont pures. Mais ce n'est pas ce qui est écrit dans le Livre. Lui dit qu'elles seront triées et envoyées à « leur place ». Pour autant que je sache, ça pourrait être parmi nous.

Tre'valen et Aubefeu sont des fantômes, en quelque sorte. Et si Lo'isha et An'desha m'ont dit la vérité, certains Kal'enedral en sont aussi. En tout cas, ils ne sont pas physiquement vivants, comme Florian et Altra. Il semble que Kal'enel les ait triés, décidant que leur « place » était ici.

— Et les Avatars ? demanda Flammechant. Les considères-tu comme des fantômes ?

— Pour être franc, j'ignore quel autre nom leur donner, admit Karal. Même s'ils ne sont pas « bénis » au sens karsite du terme, ils sont tout sauf mauvais et affamés. Et pas davantage vengeurs. Donc, je n'ai aucune raison d'intervenir. (Il réfléchit, puis continua :) En fait, il existe deux types d'exorcisme. Le premier consiste à bannir le fantôme du lieu qu'il hante — il peut donc aller ailleurs. Le second le bénit, lui ouvre la voie vers l'endroit où il est censé aller et l'aide à briser les derniers liens qui le rattachent à ce monde. Pour ça, il faut que l'esprit soit *prêt*. La plupart des prêtres combinent les deux types d'exorcisme, espérant, une fois l'esprit banni, qu'il verra la Lumière et comprendra qu'il n'a rien à faire ici. Mais j'ai lu des rapports sur des esprits tellement perturbés d'être morts que le prêtre doit simplement les aider à partir.

— Tout ça, c'est parfait, mais suppose que tu voies un fantôme — pas un Avatar ni rien d'autre qui ait été envoyé par un dieu — que ferais-tu ? Te sentirais-tu *obligé* d'agir ?

Une bonne question… Selon certains prêtres, il fallait exorciser tout ce qui ressemblait à un fantôme. Mais cela incluait les Avatars et certains Kal'enedral. Et Karal ne voulait même pas *murmurer* le mot « exorcisme » devant eux.

— J'essaierais d'exorciser un fantôme s'il était mauvais. Sinon, je lui ficherais la paix.

Le Karsite ne voyait toujours pas où cette conversation les menait, mais Flammechant semblait le savoir.

— Karal, je t'ai posé toutes ces questions parce que j'ai besoin de ton aide — enfin, de la tienne et de celle d'Altra — et cela pose certains problèmes religieux. J'ai fait… la connaissance… de vrais fantômes — impossible de se méprendre sur leur nature. L'un d'eux est un de mes ancêtres. Physiquement, ils sont liés à un lieu situé à la frontière nord de Valdemar.

Oh, non... il doit avoir peur que l'Ultime Tempête détruise ou blesse ces fantômes.

— Flammechant, coupa Karal, j'espère que tu n'as pas l'intention de me demander de les exorciser. Je suis navré qu'un de tes ancêtres soit enchaîné à ce monde. Si je le pouvais, je serais heureux de l'aider, mais je doute que ce soit possible. Je te l'ai dit, tout ce que je peux faire, quand un esprit n'est pas prêt, c'est le forcer à quitter l'endroit qu'il hante. Et je ne crois pas possible de le faire à distance.

— Non, Karal, ce n'est pas ce que j'ai à l'esprit ! s'écria Flammechant, apparemment plus amusé qu'ennuyé par la conclusion erronée du Karsite. Écoute-moi.

An'desha, Sejanes et moi pensons qu'il n'y a pas assez de mages puissants à la Tour, et nous n'avons aucun moyen d'en faire venir. Tous les Adeptes des environs sont indispensables là où ils sont, et nous ne pouvons pas créer de Portail. Quant à Altra, il ne peut plus sauter avec un mortel… Mais qu'en est-il des fantômes ?

Des fantômes. Un des ancêtres de Flammechant. Au nord de Valdemar. Un Adepte…

Soudain, les diverses questions formèrent un tout, et Karal regarda le mage avec un mélange de fascination et d'horreur.

— Ce fantôme — cet ancêtre — ce ne serait pas Vanyel Ashkevron, par hasard ? demanda-t-il d'une voix tremblante.

Parler de Vanyel était une chose. Envisager de le faire venir ici en était une autre !

Karal aurait voulu supplier Flammechant de lui dire que ça n'était pas de Vanyel Ashkevron qu'il s'agissait, mais un seul regard lui confirma ses craintes.

C'est une excellente idée, Karal, dit Florian. *Vanyel est un Adepte. Si c'est possible, je crois qu'il faut le faire venir ici*.

— Je ne te demanderai pas comment tu as découvert que Vanyel Chevauche-Démon est toujours… de ce monde. (Il ferma les yeux et secoua la tête.) Je ne peux pas croire ce que j'entends.

Petit, si tu veux un autre vote en faveur de ce projet, tu as le mien, dit Besoin. *J'ai rencontré Vanyel, même si je doute qu'il se souvienne de moi. Stefen et lui seraient un atout de taille pour notre groupe. Ils pourraient même nous donner le tranchant nécessaire pour vaincre les tempêtes*.

— Une épée qui parle de tranchant, ricana Flammechant. Comme c'est approprié ! En tout cas, ce sont les Avatars qui ont fait cette suggestion. D'après les notes du cube-labyrinthe, nous aurons besoin de davantage de mages que la dernière fois. Et le seul moyen de ramener des esprits ici, c'est d'envoyer Altra les chercher. Nous pensons que Vanyel, son Compagnon et son ami pourront se lier à un objet relativement petit, afin qu'il n'ait pas de mal à les transporter.

— Nous ? demanda faiblement Karal. Qui ça, *nous* ?

— Tous les mages, répondit l'Adepte. Ce qui inclut les Avatars et Besoin. Et nous sommes tous d'accord. Nous pensons trouver dans le cube la réponse que nous cherchons — c'était notre premier choix, mais nous n'étions pas assez nombreux pour le faire fonctionner.

Karal baissa les yeux et Altra lui renvoya son regard.

— Qu'en dis-tu ?

Sérieusement ? Je crois que ça peut marcher, mais je ne peux pas l'affirmer. Je ne suis pas un mage dans le sens où les autres l'entendent, mais ils semblent convaincus. Il n'y a qu'un problème et c'est pour ça qu'ils voulaient te parler.

— J'aurais dû me douter que tu étais dans le coup, soupira Karal. Quel problème ?

Eh bien, ça frise l'interférence. Si je le faisais à ta seule demande, j'outrepasserais mon autorité. Donc, nous devons avoir la permission d'une plus haute instance, et ce n'est pas à moi de formuler la requête.

— Pourquoi ai-je le sentiment que tu ne parles pas de Solaris quand tu dis « haute instance » ?

Tu as raison, et tu es le seul Prêtre du Soleil présent, répondit Altra. *Donc, à toi de présenter la requête ! Je ne peux pas m'en charger, ni faire une chose pareille sans permission. Je peux conseiller, guider, jouer les messagers, mais pas* ça. *Je déteste parler comme un clerc et insister sur les détails techniques... Si ces esprits étaient karsites au lieu d'être valdemariens, ça n'aurait pas été un problème.*

— À cause de notre vieille inimitié ? demanda

Karal, surpris. Mais, c'est le Dieu du Soleil lui-même qui nous a ordonné de faire la paix avec Valdemar !

Non, c'est parce que ces esprits sont là pour une raison, et j'ignore si elle est toujours valide. Peut-être ne le savent-ils pas eux-mêmes. Si leur mission n'est pas remplie, ils peuvent choisir de venir ici, au risque de désobéir à la divinité qui la leur a confiée. Mais sans la permission de Vkandis, impossible de décider de les aider sans prendre le risque de désobéir, et je m'y refuse.

— Je ne te le demanderais pas. Je suppose que ça signifie que je n'ai pas le choix.

À en juger par la manière dont tes amis te regardent, on dirait bien, en effet.

Se sentant déjà coupable, Karal releva la tête et vit trois paires d'yeux rivées sur lui.

Enfin, Besoin n'en avait pas, mais il sentait son regard à travers celui de Flammechant. Et Florian, sur le seuil, braquait sur lui ses grands yeux bleus implorants.

— Je dois sortir…, souffla Karal.

Il réussit à passer malgré Florian et pensa même à prendre un manteau, des gants, et à mettre ses bottes avant de sortir. La traversée du tunnel fut un grand blanc dans son esprit. Il savait ce qu'il fallait faire, ayant assisté à beaucoup de requêtes présentées à Vkandis par Solaris ou d'autres prêtres. De plus, il avait étudié la manière de s'y prendre pendant son noviciat.

Une requête au dieu devait être présentée à la lumière du jour. Dans le Grand Temple, les rayons du soleil entraient par les fenêtres. Ici, Karal devait sortir. Comme il seyait à une religion fondée par de pauvres bergers, il n'existait ni tenue ni réceptacle spéciaux. Le seul réceptacle était le prêtre, et la seule « tenue », l'espoir que sa prière serait entendue. Même si elle ne recevait pas la réponse voulue, elle arriverait jusqu'aux oreilles du dieu.

Karal avait toutes les raisons de le croire. Il savait que Vkandis l'écouterait — n'avait-il pas Altra à ses côtés pour le lui prouver ? Une seule question se posait : était-il digne de recevoir une réponse ?

Il s'éloigna dans la neige, mit une haute congère entre le camp shin'a'in et lui et s'arrêta lorsqu'il ne vit plus aucun signe d'activité humaine, à part ses traces de pas, derrière lui.

La Tour se dressait à côté de lui, et il était entouré par un champ de neige, qui lui montait à certains endroits jusqu'aux genoux. Il n'avait jamais vu ça…

Les Shin'a'in non plus. C'était un hiver terrible, et il pouvait encore s'aggraver — à condition que les Plaines elles-mêmes survivent à l'Ultime Tempête.

Même si je ne suis pas digne, ma cause l'est, décida enfin Karal.

Il leva le visage vers le soleil et écarta les bras.

Certains prêtres choisissaient soigneusement leurs mots quand ils priaient, mais Ulrich et Karal n'avaient jamais trouvé ça logique.

— On croirait des courtisans qui essaient de trouver la phrase la plus onctueuse avec l'espoir que le roi leur fera l'aumône, avait dit Ulrich, dégoûté. Rien dans le Livre ne laisse penser qu'il faut débiter de beaux discours à Vkandis. Il nous comprend même si nos mots sont insuffisants.

Karal se tint debout sous le soleil, dont la clarté représentait la Lumière supérieure.

Cette Lumière l'envahit jusqu'à n'être plus qu'un avec lui.

Il limita sa requête aux faits.

Voilà où nous en sommes et ce que nous avons accompli. Et voilà ce que nous devons encore accomplir. Nous savons que cela ne garantira pas notre succès, mais nous pensons que c'est nécessaire. Permettrez-vous à vos serviteurs d'agir ?

C'était la première fois qu'il faisait seul cette prière, et son audace le terrorisait.

Blême, il attendit la réponse.

Le soleil brillait dans l'immensité du ciel alors que Karal s'efforçait de se perdre dans la Lumière. Quand il y parvint enfin, Vkandis se montra.

Le soleil doubla puis tripla de volume. Karal sentit la lumière lui brûler les joues, mais il ne cilla pas.

Tu peux supporter la Lumière, mais peux-tu supporter un endroit où il n'y a pas d'ombre ?

Le soleil se divisa. Une douzaine d'astres formèrent un cercle autour de lui, créant effectivement un endroit où l'ombre n'existait pas et où il n'y avait nulle part où se cacher. Les soleils se posèrent sur la terre, autour de lui, dansant à la surface de la neige sans la faire fondre ni la consumer.

Karal continua d'attendre, sans peur, vide de tout sauf de sa foi.

Tu peux supporter qu'il n'y ait pas d'ombre, mais peux-tu supporter d'être exposé à la Lumière ?

Les soleils commencèrent à tourner autour de lui, de plus en plus vite, jusqu'à n'être plus qu'un anneau de lumière. Soudain, celui-ci émit une vive lueur, et Karal dut se protéger les yeux. Quand il regarda de nouveau, il n'était plus dans les Plaines, mais au cœur du soleil.

Au cœur de la Lumière, devenue une partie de lui.

Le jeune prêtre s'avisa que ça n'était pas une expérience nouvelle. Bien qu'il ne s'en soit pas souvenu jusqu'à cet instant, la même chose s'était produite quand il avait joué les Conduits, le jour où ils avaient lancé la contretempête. La Lumière avait emporté ses peurs, et elle le faisait de nouveau, illuminant son cœur.

Oui, ce cœur n'était pas parfait. Il portait des multitudes de blessures mal cicatrisées, et il y restait encore quelques zones d'ombre. Karal les vit et renouvela sa promesse de s'en occuper.

Mais je ne suis pas en cause. Ce que je suis n'a pas d'importance. Ce que je demande n'est pas pour moi, ni pour mes compagnons. C'est pour tous nos peuples, et ceux dont nous ignorons l'existence.

La lumière lui répondit par une question : *Est-ce aussi pour les Impériaux* ?

Oui.

N'était-il pas acquis que la majorité des Impériaux n'avaient rien à voir avec les méfaits de leurs chefs ? Alors pourquoi n'auraient-ils pas été protégés ?

Même tes ennemis ? insista la voix.

La réponse fut identique : Oui.

Si protéger ses ennemis était le prix à payer pour sauver les innocents, qu'il en soit ainsi. Les fanatiques disaient : « Tuez-les tous, Dieu les jugera ». Karal préférait déclarer : « Sauvez-les tous, Dieu les jugera, car ce n'est pas à nous de le faire. »

Il y eut un moment d'attente, puis la Lumière le submergea amicalement.

Alors, voici ma réponse : oui.

La Lumière disparut.

Karal se retrouva debout dans la neige, les pieds gelés, les yeux larmoyants et le cœur rempli de la réponse qu'il était venu chercher.

Devenu le réceptacle du « oui » divin, il le rapporta à la Tour avec autant de précaution qu'un novice chargé de transporter un bol d'eau sacrée.

— Tu ne te souviens de rien ? demanda Lyam, dévoré par la curiosité, alors qu'il aidait Karal à remonter des archives.

Le Karsite secoua tristement la tête tout en regardant où il mettait les pieds, car les dernières marches de l'escalier de l'atelier étaient traîtres.

— Mon seul souvenir, c'est d'être sorti dans la neige. Après, un blanc total, jusqu'à ce que je me réveille avec la réponse. Désolé, je sais que tu aurais adoré consigner cette expérience, et il ne s'agit pas d'un secret... Je ne me rappelle simplement rien.

Le hertasi agita la queue, peut-être en signe d'impatience.

— Tu aurais pu sortir, puis revenir en prétendant que tu avais reçu une réponse positive. D'accord, ça n'est pas ton genre, mais...

— Ç'aurait été plus difficile que ça. J'aurais pu abuser tout le monde, sauf Altra et Florian. Et Besoin ne se serait pas laissée tromper non plus. Avant de devenir une épée, elle était une sorte de prêtresse. Quand quelqu'un met des paroles dans la bouche d'un dieu, tu peux parier qu'elle s'en aperçoit.

— Si tu le dis, fit Lyam, qui semblait en douter.

— Et je n'aurais pas trompé les Avatars non plus, continua le jeune homme. Comment peut-on croire avoir une chance de le faire ?

Lyam capitula. Il n'était peut-être pas convaincu au sujet de Florian, Altra et Besoin, mais il croyait dur comme fer que les Avatars appartenaient à un univers inaccessible à son entendement. Du coup, il les regardait avec un mélange de curiosité, d'émerveillement et d'incertitude. Karal trouvait cela plutôt amusant. Selon lui, avant de rencontrer les Avatars, Lyam avait été une sorte d'agnostique : il voulait bien admettre l'existence de choses qui le dépassaient, mais pas que cela influait sur son quotidien. Comme beaucoup de ses collègues avant lui, le hertasi se fiait exclusivement aux faits. Cela faisait de lui un bon historien, plutôt qu'un colporteur de ragots.

Lyam et son mentor, Tarrn, croyaient passionnément à la vérité, et ils feraient n'importe quoi pour la défendre. Selon Karal, ils auraient sûrement trouvé une excuse à un ami coupable d'un vol. Mais si ce même ami falsifiait des documents ou dissimulait des informations…

Karal et Lyam rangèrent leurs notes et fermèrent la boîte, désormais pleine, qu'ils entreposèrent avec les précieuses chroniques de Tarrn.

— Si tu as un moment, peux-tu me donner un coup de main ? demanda Karal. Tu es plus doué que moi pour manipuler les pierres chaudes.

— C'est parce que les humains ont été mal conçus, répondit le hertasi avec un sourire. Vous devriez avoir une jolie peau épaisse sur les mains, de préférence couverte d'écailles, pour vous permettre de ramasser des objets brûlants sans vous faire mal.

— Rappelle-moi de demander cette option la prochaine fois que je commanderai un nouveau corps, fit le jeune homme en se dirigeant vers sa chambre. N'est-ce pas justement pour ça que tu as été créé ?

— Pour compenser vos défauts ? Eh bien, *oui* ! Il faut que quelqu'un le fasse. Demande donc à un Avatar ou à un fantôme de cuisiner ou de coudre ! Nous sommes indispensables !

Karal rit avec Lyam.

Vu l'état où était Altra après avoir livré le téléson à Haven, le jeune prêtre avait décidé de se préparer au pire. Quand le Chat de Feu réapparaîtrait, il trouverait à boire, à manger et un lit bien chaud. Tout le monde pensait le revoir environ deux jours après son départ, et Karal avait tout organisé selon cet emploi du temps. Voilà pourquoi il changeait régulièrement les pierres chaudes, dans le lit, et remplaçait le bol de ragoût dès qu'il commençait à refroidir.

Il trouvait toujours quelqu'un prêt à manger l'ancien…

Lyam ayant déjà profité de l'aubaine, il n'était pas opposé à donner un coup de main à son ami.

— Que penses-tu de tout ça ? demanda-t-il. Il ne te

semble pas étrange de faire venir des fantômes ? Je n'ai même encore jamais rencontré une personne qui en ait vu un !

— Ça ne me semble pas plus étrange que les Avatars, et ce sont aussi des fantômes, répondit Karal. Je n'avais jamais rencontré de spectres avant de venir ici, mais ça ne m'ennuie pas.

Lyam leva les yeux au ciel, incrédule.

— Comment peux-tu être si calme ? Flammechant compte inviter un esprit dans la Tour, et un ancien héros par-dessus le marché ! C'est comme si nous invoquions Skandranon… ou le baron Valdemar ou… le premier Fils du Soleil ! Tu n'es pas excité ? Ou effrayé ?

Karal savait qu'il aurait dû être les deux, et pourtant il n'y parvenait pas. Tout ça ne lui semblait pas vraiment réel. Ou si ça l'était, il avait fini par s'habituer à tant de bizarreries. Il n'était pas à proprement parler blasé, mais il avait depuis longtemps dépassé le stade de l'étonnement. Désormais tout n'était plus qu'une question de degré.

— Vanyel Ashkevron a vécu il y a très longtemps, Lyam, dit-il. Je sais que tu es un passionné d'histoire. Pour toi, les événements très anciens sont aussi vitaux que ceux de l'an passé. Mais pour être honnête, ça ne me fait pas grand-chose. Surtout après avoir rencontré des personnes vivantes tenues pour des ennemis mortels de Karse, avant l'Alliance, et avoir découvert qu'elles étaient comme moi. Bref, je croirai à ces esprits quand ils seront là. En attendant, je ne vois pas l'intérêt de m'exciter.

— Tu as vraiment découvert que des ennemis de Karse étaient comme toi ? demanda le hertasi en jonglant avec trois pierres chaudes.

Elles tombèrent l'une après l'autre, et il dut courir après la plus grosse, qui roulait comme un ballon.

— Je *connais* des gens qui ont perdu des membres de leur famille en combattant les mercenaires du Héraut Kerowyn. Quand je suis arrivé à Haven, elle est devenue mon professeur. J'ai appris qu'elle ne mangeait pas de bébés au petit déjeuner et n'était pas plus un monstre que tout bon chef militaire. Un autre de mes professeurs, nommé Alberich, avait fui Karse et sa position de capitaine au sein de l'armée parce qu'il avait été élu par un Compagnon ! Les miens l'appelaient le Grand Traître, et j'ai découvert qu'il avait joué un rôle important dans la formation de l'Alliance. Selon la rumeur, il était un sorcier démoniaque capable de toutes les atrocités. Finalement, il n'est pas différent de Kerowyn, à part que son sens de l'humour est plus noir.

— Intéressant, commenta Lyam. Ça t'ennuierait de me raconter ton histoire ?

Il sortit un crayon et du papier de la sacoche qui ne le quittait jamais. Karal n'eut pas le cœur de refuser. Il lui décrivit son voyage vers Haven, qui semblait appartenir à une autre époque, et être arrivée à une autre personne. Puis il répondit aux questions de Lyam honnêtement, y compris quand ses réponses le faisaient paraître stupide. Le hertasi étant intéressé par son évolution, il se montra aussi ouvert que possible.

Pendant qu'il les révélait à Lyam, il fut un peu surpris par les changements survenus en lui.

Cela les occupa un bon moment et calma l'anxiété de Karal. Rien que pour ça, il fut reconnaissant au hertasi.

Car il se pouvait qu'ils aient fait tout cela en vain… Altra était parti chercher de l'aide et présenter la requête de Flammechant à son ancêtre, mais rien ne leur garantissait que les esprits coopéreraient. *Primo*, ils n'étaient peut-être pas ceux qu'ils prétendaient être. *Secundo*, ils n'avaient sans doute pas envie d'aider de vieux ennemis. Après tout, Altra était le représentant de l'ancienne Némésis de Vanyel. Ce qui était de l'histoire ancienne aux yeux de Karal restait *pour lui* un souvenir. Tout ça aurait pu être un piège pour les éloigner de la frontière qu'ils étaient censés garder.

Les esprits risquaient également de ne pas être en mesure de quitter leur forêt. Ils ne l'avaient pas fait au fil des siècles, alors pourquoi aujourd'hui ? Et s'ils n'étaient pas capables de les aider, pourquoi entreprendre un dangereux voyage jusqu'à la Tour histoire se tourner les pouces ?

Et s'ils ne voulaient pas prendre le risque d'être éliminés par Karal ? Après tout, une fois qu'ils seraient là, en son pouvoir, il aurait tout loisir de pratiquer un exorcisme…

Peu après l'aube, le troisième jour, Altra revint, et tous les doutes fondirent comme neige au soleil.

Karal dormait et Lyam dut le secouer pour le réveiller. Il lui fallut un moment pour comprendre ce que lui disait le hertasi.

Le jeune prêtre se leva et enfila ses vêtements de la veille. Alors, son esprit embrumé enregistra enfin qu'Altra était de retour. Il remplit un bol avec la soupe épaisse qu'il avait laissée sur un petit brasero et suivit Lyam dans la pièce centrale.

Tous les autres entouraient déjà le Chat de Feu — ainsi qu'un bon nombre de Kal'enedral. Si Altra lui avait semblé vidé après avoir fait voyager maître Levy et Sejanes, il allait encore plus mal aujourd'hui. Il haletait, le poil hérissé. Sans faire attention aux autres, qui parlaient tous à la fois, Karal se fraya un chemin jusqu'à lui et posa le bol de soupe devant son museau. Altra lui jeta un regard plein de gratitude et l'avala en quelques lampées.

Ils ont besoin d'un lien physique avec le monde réel,

dit-il, continuant une conversation qui avait commencé avant l'arrivée du Karsite.

Karal songea que posséder le don de parole par la pensée était un avantage à l'heure des repas. Il trouvait fascinant qu'Altra, Florian, Tarrn et Besoin puissent se faire entendre de gens qui ne le possédaient pas, comme maître Levy et Sejanes.

Alors, voilà ce lien... Si seulement il y avait eu un autre moyen d'apporter ici ce morceau de bois... Il faudra aux esprits un peu de temps pour l'utiliser afin d'arriver, alors soyez patients. Si j'avais dû les transporter en même temps que cet objet, j'aurais risqué de les perdre dans le Vide. Vanyel n'aime pas trop les Portails et sauter, ces temps-ci, ressemble beaucoup à en franchir un.

— Un Adepte qui n'aime pas les Portails ? s'étonna Sejanes.

— *Disons que j'ai eu quelques expériences déplaisantes avec les Portails, par le passé*, lança une voix plaisante et musicale.

Elle semblait monter du fond d'un puits, comme celles de certains Kal'enedral.

Karal suivit la direction des regards de ses compagnons, mais il ne vit personne, à part un vieil instrument de musique. À une époque, il avait dû s'agir d'un luth, mais ses cordes et ses chevilles avaient disparu. À l'évidence, personne n'en avait plus joué depuis un siècle. Si c'était le lien physique qu'avait rapporté Altra, ça paraissait un choix plutôt bizarre.

— *En général, je préfère éviter les Portails, si j'ai le choix*, continua la voix, alors que l'air ondulait au-dessus de l'instrument. *Comme mon nouvel ami Altra vous l'a dit, il nous faudra un peu de temps. Nous n'avons plus l'habitude d'utiliser les lignes et les nodes, et nous sommes un peu rouillés.*

— Nous ne sommes pas pressés, Ancêtre, répondit

Flammechant. Je me rappelle avoir fait avec toi une expérience intéressante qui incluait un Portail.

Karal sentit ses cheveux se hérisser sur sa nuque. Certes, il avait dit à Lyam qu'il n'était ni excité ni effrayé… Mais alors, l'arrivée des esprits restait un concept abstrait. Maintenant…

Maintenant, un frisson lui parcourait la colonne vertébrale, il avait une boule glacée dans l'estomac et il aurait voulu être n'importe où ailleurs que dans la Tour.

Trois silhouettes apparurent. Deux d'entre elles étaient vaguement humaines. La troisième, plus grosse, semblait être celle d'un cheval. Elles devinrent de plus en plus nettes, mais sans jamais atteindre la solidité des Kal'enedral ou l'apparence flamboyante des Avatars.

C'était peut-être pour ça que Karal avait peur. Les *leshy'a* kal'enedral n'étaient pas différents de leurs confrères vivants. Quant aux Avatars, ils semblaient si exotiques que le Karsite les classait dans la même catégorie que les Chats de Feu et les autres manifestations des dieux.

Ces trois-là n'avaient rien de solide et ils n'étaient pas assez divins pour qu'on puisse les prendre pour autre chose que ce qu'ils étaient.

La première apparition était un homme à la beauté saisissante. S'il s'agissait de Vanyel, l'ancêtre de Flammechant, Karal n'aurait plus jamais à se demander de qui tenait l'Adepte Guérisseur. Les esprits étant privés de couleurs, le jeune prêtre n'aurait pas su dire si ce qu'il « portait » était une version ancienne de l'uniforme blanc des Hérauts, car la coupe ne ressemblait à rien de ce qu'il connaissait. L'esprit avait les cheveux longs, mais pas autant que ceux de Flammechant ou de Renardargent, et il n'arborait pas de bijoux.

Il balaya le groupe du regard, puis ses yeux se posèrent sur Karal. Malgré le sourire du fantôme, le jeune homme ne fut pas rassuré.

— Ah, voilà notre jeune Prêtre du Soleil, dit-il. Si nous en avons le temps, rappelez-moi de vous parler d'un autre jeune serviteur de Vkandis… Celui-là m'a prouvé que tous ceux qui invoquaient le nom du Dieu du Soleil ne devaient pas être mis dans le même panier.

Le sourire de l'esprit s'élargit — un sourire aussi charmant que celui de Flammechant — et un peu de la terreur qui avait envahi Karal se dissipa. Mais un peu, seulement. Sans doute parce que ces êtres avaient l'air de ce qu'ils étaient et se comportaient comme tels, il trouvait Vanyel parfaitement perturbant.

Quand le deuxième esprit eut fini de se manifester, Karal fut encore plus surpris. Il ressemblait tantôt à un jeune homme musclé à la mâchoire carrée et un peu plus grand que Vanyel, tantôt à un garçon mince au visage triangulaire… et un peu plus petit que le Héraut-Mage.

Le regarder donna le vertige à Karal. Le troisième spectre n'arrangea rien, car il prenait alternativement la forme d'un Compagnon et celle d'une femme au menton carré et aux allures de chasseuse.

Si vous voulez bien m'excuser, je vais utiliser le lit que Karal a tenu au chaud pour moi, dit Altra.

Le jeune homme baissa les yeux et vit que le Chat de Feu avait nettoyé le bol de soupe.

— *Je t'en prie, mon ami*, répondit Vanyel. *Nous devons consulter les mages. Si trop de personnes essayaient d'expliquer les choses, nous ne nous en sortirions pas. Pour ne pas troubler ton sommeil, nous essaierons de ne pas faire de bruit.*

Comme Altra chancelait un peu, Karal le prit dans ses bras. Florian lui offrit une épaule sur laquelle s'appuyer, et Lyam écarta la foule devant eux — il savait se montrer très autoritaire, malgré sa petite taille. Altra était si épuisé que Karal caressa l'idée de lui interdire de recommencer ce genre d'expédition.

Mais en avait-il le droit ?

C'est la dernière fois, dit faiblement le Chat de feu. *Je sais que vous ne voyez aucune manifestation physique des tempêtes pour le moment, mais crois-moi, là où je dois aller, il y en a. J'avais l'impression de devoir nager dans une rivière en crue, et personne n'ignore que les chats ne sont pas de bons nageurs. Je refuse de recommencer.*

— C'est bien, parce que j'allais justement te demander de ne plus le faire, répondit Karal. Je ne pourrais pas supporter de te perdre.

Oh, tu ne me perdras pas. C'est l'avantage d'avoir un Chat de Feu comme partenaire au lieu d'un cheval. Nous ne courons pas nous sacrifier au premier coup de clairon. Les félins sont trop sensés pour ça. Et pour le moment, mon côté sensé réclame du sommeil.

Eh bien, dors, répondit Florian, feignant l'indignation. *Ne fais pas attention à nous. Nous allons simplement nous rassembler autour de toi pour t'idolâtrer et vanter ta bravoure et ta vertu.*

Oui, faites donc ça, répondit le Chat de Feu sur le même ton. *Ce n'est pas trop tôt. Mais prenez soin de ne pas me déranger.*

Sur ces mots, il ferma les yeux. Sa respiration lente et régulière leur apprit qu'il s'était endormi instantanément.

— Alors, qu'en penses-tu ? demanda Karal au Compagnon, certain de recevoir en guise de réponse une litanie de louanges à peine déguisée en leçon d'histoire valdemarienne.

Je crois que je préférerais que nos derniers visiteurs restent le plus possible invisibles, répondit Florian, d'un ton qui trahissait sa nervosité. *Yfandes me flanque — comment dit Lyam, encore ? — ah, oui, les chocottes. Ces trois-là sont sacrément intimidants !*

— Vraiment ? (Karal leva un sourcil.) Je croyais que rien ne pouvait t'intimider !

Eh bien, elle *peut le faire*, répondit Florian. *Même un Compagnon Né du Bosquet ne me donne pas l'envie irrésistible de m'agenouiller et de me taper le front sur le sol.*

— Je te déconseille de le faire. *Primo*, tu aurais mal à la tête. *Secundo*, je suis sûr que tu n'as aucune raison de te sentir inférieur.

Mais Karal savait ce qu'éprouvait Florian et il compatissait. Avec de la chance, les nouveaux venus resteraient le plus souvent invisibles. S'il ne pouvait pas les voir, il résisterait peut-être à l'envie de leur faire des courbettes.

— Fantômes, épée-esprit, Avatars et *leshy'a* Kal'enedral… Il y a plus d'êtres non mortels par ici que de mortels ! Quand on y ajoute les oiseaux-liges, les hertasis, les kyrees et les Compagnons, les humains sont en minorité !

Ça pourrait être pire, fit remarquer Florian. *Imagine que tu sois dans une Vallée… Ou dans la Vallée des k'Leshya ! Tu serais entouré de dyhelis, de griffons, de tervardis et de je ne sais quoi d'autre. Les dieux seuls savent ce que les k'Leshya ont rapporté du sud.*

Karal se contenta de soupirer et se laissa tomber près d'Altra, le menton dans le creux de sa main.

— Le *pire*, c'est qu'un cheval qui parle par la pensée est encore la chose la plus normale, par ici !

Florian rit mentalement — très faiblement.

Heureusement pour la tranquillité d'esprit de Karal et le sentiment d'infériorité de Florian, les trois nouveaux venus ne se manifestèrent pas souvent afin d'économiser leur énergie. Ils se contentaient de donner des conseils à Flammechant par le biais de la parole par la pensée.

Karal avait le sentiment que Vanyel était blessé par sa nervosité, mais il n'y pouvait rien. Le jeune homme ne savait pas lui-même pourquoi l'esprit le rendait si nerveux. Sûrement parce que le Héraut-Mage était tout ce qu'il n'était pas — mais sans l'amour-propre excessif qui caractérisait son descendant. Ou à cause de toutes les histoires qu'il avait entendues dans son enfance. Ou parce que Vanyel était tout ce que craignait un Karsite à la nuit tombée. Même s'il avait travaillé avec des êtres plus étranges, la présence du Héraut-Mage était la goutte d'eau qui faisait déborder le vase.

Karal avait le même problème que Florian : étant parfaitement ordinaire, il se révélait inutile. Il n'était pas brillant, à l'inverse de maître Levy, et n'avait aucun pouvoir, contrairement à Flammechant, An'desha et Sejanes. De plus, il ne pouvait pas traduire les textes anciens, comme Tarn et Lyam, ni distraire les autres et les aider à trouver la solution à leurs problèmes, comme Renardargent.

Heureusement, le *kestra'chern* lui fit comprendre que cette « banalité » était précieuse pour ceux de leur groupe qui sortaient de l'ordinaire…

— Je suis content que tu sois là, Karal, dit Renardargent le lendemain.

Ils partageaient le ragoût auquel Altra n'avait pas touché, faute d'avoir rouvert l'œil.

— Moi ? s'étonna le jeune prêtre. Pourquoi ?

— Parce que ta force est de savoir accepter des événements et des êtres extraordinaires sans jamais te plaindre. Tu nous donnes l'exemple. Si tu le peux, *nous* devons nous en montrer capables.

— Je suis condamné aux louanges à double tranchant, fit Karal, ironique.

— Ça n'en est pas une, le détrompa le *kestra'chern*. Ce que je veux dire, c'est que tu trouves une grande force en toi, nous prouvant ainsi que nous devrions en être capables aussi. (Il plongea son regard dans celui du jeune homme.) Tu nous permets de rester concentrés et tu nous rappelles qu'il existe un monde en dehors de ces murs. Bref, tu nous aides à rester sains d'esprit. À ta façon, mon jeune ami, tu nous rappelles tout ce qu'il y a de normal et de bon dans le monde que nous essayons de sauver.

Karal rougit.

Il a raison, tu sais, renchérit Altra, qui venait de se réveiller. *Ce n'est pas le saint qui aide les gens à garder la foi, mais le prêtre ordinaire — l'homme bon qui le reste quoi qu'il arrive. Les gens savent dans leur cœur qu'ils ne pourraient jamais affronter les épreuves qui jalonnent la vie d'un saint. Mais s'ils voient une personne comme eux y parvenir, ils comprennent qu'ils réussiront également. Quant aux personnes extraordinaires, quand elles voient un homme ordinaire porter un fardeau hors du commun, ça les incite à se surpasser.*

— Nous allons affronter une crise, continua Renardargent, soudain très sérieux. Elle fond sur nous comme un faucon. Flammechant m'a demandé de te dire que nous utiliserons le cube-labyrinthe…

Cela refroidit instantanément Karal. Renardargent lui releva gentiment le menton, plongea son regard dans le sien, puis le lâcha en hochant la tête, visiblement satisfait.

— Tu sais que c'est le meilleur choix. Selon Flammechant, parmi toutes les armes, c'est celle qui nous donnera le plus d'avantages.

Il ne parla pas des risques — c'était inutile. Karal savait que recourir à n'importe laquelle des armes était dangereux, et qu'ils ne découvriraient pas à quel point avant d'avoir essayé.

— Je me doutais qu'il faudrait encore jouer les

Conduits Magiques… C'est bon. Je n'ai pas peur, cette fois.

Étrangement, c'était vrai.

— Flammechant voulait que je te l'annonce, pour que tu comprennes qu'il n'a pas l'intention de te faire contribuer plus que les autres.

L'expression ironique de Renardargent remplit les blancs laissés par les choses qu'il valait mieux ne pas dire. Mais Karal savait que Flammechant ne pouvait pas mentir au *kestra'chern*, lequel ne le laisserait pas mettre la vie du prêtre plus en danger que celles des autres mages. En un sens, Renardargent se portait garant pour l'Adepte.

Karal haussa maladroitement les épaules.

— Le cube-labyrinthe a toujours été leur premier choix, mais ils n'ont pas pu le faire fonctionner, faute d'informations suffisantes. Je préfère *canaliser* pour leur premier choix que pour le troisième.

Il ne prétendait pas comprendre la moitié de ce que disaient les mages. Mais le « cube-labyrinthe », qui ressemblait à un assemblage de tubes en métal posés au hasard les uns sur les autres, était censé avoir un cœur non-vivant pour conduire l'énergie. Alors, ou Urtho n'avait pas réussi à le faire fonctionner correctement, ou ce cœur n'était plus en état de marche. Dans un cas comme dans l'autre, personne ne savait comment créer un objet apte à servir de Conduit. Autrement dit, Karal était leur seul espoir. L'arme fonctionnerait peut-être mieux avec un Conduit vivant, capable de prendre des décisions, contrairement à un objet.

Comme tous les autres assemblages entreposés dans la Tour, le cube n'avait pas l'air d'une arme. À vrai dire, il était même assez joli à regarder, avec sa surface bleu métallisé veinée de toutes les couleurs de l'arc-en-ciel.

Le plus étrange avec ces armes ? Eh bien, il n'y en

avait pas deux semblables ! Difficile d'imaginer qu'elles étaient toutes le fruit d'un seul et même esprit…

— Karal ! appela maître Levy dans la pièce centrale. Le téléson est libre et Natoli attend !

Renardargent coupa court aux excuses du Karsite.

— Tu peux me parler à n'importe quel moment, et je ne suis pas moitié aussi beau que Natoli.

Ce dernier commentaire fit rougir Karal. Mais cette fois il s'en fichait. Sa romance « longue distance » enchantait tout le monde. Ses compagnons se tenaient à l'écart chaque fois qu'il parlait à sa belle, et ils s'arrangeaient pour qu'il puisse le faire relativement souvent.

Altra lui emboîta le pas. Bizarrement, le Chat de Feu ne le taquinait pas au sujet de ce qui se passait entre Natoli et lui. Il semblait estimer que ça regardait les deux jeunes gens et ne s'était jamais permis le moindre commentaire, pendant ou après. Du coup, Karal oubliait le plus souvent sa présence.

Mais les tristes nouvelles que Natoli lui apprit n'avaient aucun rapport avec leur relation.

— Elspeth et Ventnoir rapportent que les tempêtes ont recommencé en Hardorn. Elles ne sont pas encore dangereuses, mais ce n'est plus qu'une question de temps. Nous avons commencé à nous préparer à ce qui risque d'arriver.

— C'est sans doute pour ça que les mages ont pris une décision. Je suppose que maître Levy a approuvé leur choix, puisqu'il se charge de la modélisation mathématique. (Karal hésita un instant, baissant les yeux sur ses mains, puis il les releva.) Je vais encore devoir être le Conduit…

Natoli pâlit et se mordit les lèvres.

— Bien, dit-elle finalement, c'est pour ça que tu es avec eux. Tu dois faire ton travail et moi le mien. (Elle sembla se reprendre.) En parlant de ça, j'ai été chargée d'une partie du plan d'évacuation. Nous allons quitter

Haven, au cas où le node situé sous le palais deviendrait instable. Les nobles sont tous rentrés chez eux. Aujourd'hui, nous avons renvoyé les élèves des Collegia. Même les Guérisseurs se sont dispersés. Les élèves Bardes qui n'ont pas de maisons ont suivi leurs maîtres. Les élèves Guérisseurs ont été envoyés dans un des Halls de Guérison. Et les aspirants Hérauts partiront tous en Circuit avec un Héraut confirmé. En ce moment, autant te dire que c'est la folie. Il y a tellement de choses à faire ! Il paraît que les griffons resteront jusqu'au dernier moment et jetteront des sorts pour éloigner les pillards. Quel soulagement quand tout le monde sera parti !

Karal n'eut pas besoin de lui demander pourquoi elle était toujours à Haven. Comme lui, Natoli n'aurait pas pu se défiler pendant que d'autres prenaient des risques. Elle resterait sans doute jusqu'à l'ultime minute, comme l'aurait fait son père. Le Héraut Rubrik étant à Karse, elle avait sans doute le sentiment de remplir un devoir familial.

— Bien, répondit-il. Tu fais ce que tu dois faire, non ? Si c'est ton devoir de rester…

Des paroles maladroites, mais il espéra qu'elle avait compris ce qu'il voulait dire — à savoir qu'il ne lui demanderait jamais d'abandonner son poste pour se mettre en sécurité. À condition évidemment qu'il reste un endroit « sûr ».

— Ne pense surtout pas que l'un de nous, ici, sera en plus grand danger que les autres… En fait, je crains davantage pour mes amis que pour moi. Après la dernière fois, ils risquent de vouloir me protéger.

Natoli eut un sourire tremblant.

— Tu aurais redouté ça, quelles que soient les circonstances. Promets-moi que tu les laisseras faire. Oh, pas au détriment de votre mission… Mais laisse-les te protéger autant que possible.

— Si tu me fais la même promesse ! Avant de te précipiter pour éteindre une chaudière sur le point d'exploser, vérifie qu'il n'y a personne de plus qualifié que toi ! Je sais que tu es compétente, mais il se peut que quelqu'un le soit encore plus !

— Un marché difficile… Très bien. Je te le promets.

— Moi aussi.

Avant qu'ils se séparent, Karal se réchauffa un long moment au sourire de Natoli.

Un vent violent hurlait derrière les vitres et des courants d'air glacés s'infiltraient dans la pièce malgré les tentures. Mais l'Héritier s'en fichait. Vêtu d'une lourde tunique en laine, devenue à la mode par nécessité, et d'une autre en soie, il réfléchissait aux rapports de ses espions. Tous disaient la même chose : le sentiment des nobles à son égard avait changé.

Leur réaction le réjouissait. Ils le haïssaient et ils l'enviaient… Parfois, ils l'admiraient. Mais tous le craignaient. Et ils redoutaient de donner l'impression de s'opposer à lui.

Melles replaça ses pieds sur la bassinoire, sous son bureau. La leçon avait été plus efficace que prévu, car la Maison et les amis de sa victime n'étaient pas les seuls à en avoir profité. Apparemment, il était plus avantageux de prouver que les enfants de ses ennemis étaient vulnérables que de menacer leurs parents. Quant à ceux qui n'avaient pas de descendance… Melles ne connaissait aucun noble qui ne tienne absolument à personne. Un homme capable de menacer un enfant n'aurait aucun scrupule à s'attaquer à un père invalide, un frère, une sœur ou une amante. Même Tremane avait des amis — le vieux mage Sejanes, par exemple.

Une situation ironique, car il aurait été si simple pour ces gens de se rendre invulnérables. Mais personne d'autre que lui n'avait compris la leçon de Charliss : *Ne fais confiance à personne, n'aime personne et ne dépends de personne.*

Ces idiots, malgré les désavantages, avaient continué à tomber amoureux et à avoir des amis plutôt que des alliés de circonstance. Bref, à se permettre des failles dans leurs armures.

Tremane n'a jamais su qu'il m'a forgé le caractère en faisant de moi son ennemi, à l'époque où nous étions cadets. Il m'a dénoncé au colonel, ruinant ma carrière dans l'armée. Et pourquoi ? Parce que je faisais ce que les autres auraient voulu faire, s'ils avaient eu l'intelligence et l'audace nécessaires. Je me fiais à lui parce qu'il était mon ami et il m'a trahi. Sinon, je serais resté dans l'armée, comme lui, et je n'aurais pas profité de l'exemple donné par Charliss.

Ce jour-là, il avait cessé d'être un mouton pour devenir un loup. À cause de la stupidité de ses ennemis, aujourd'hui c'était lui l'Héritier de l'empereur, pas l'un d'eux.

Même le souvenir de cette ancienne humiliation ne pouvait gâter son triomphe. Il avait enfin atteint l'objectif qu'il s'était fixé ce jour-là : faire en sorte que toutes les personnes influentes aient peur de lui.

Il reçut donc Thayer de charmante humeur…

Mais cela ne dura pas.

Bors fit entrer le général, qui portait un manteau, un uniforme et des mitaines. Melles l'accueillit avec chaleur, mais sans se lever.

Mais Thayer ne lui rendait pas une visite de courtoisie.

— Melles, nous avons un problème, dit-il.

Comme toujours, le général allait droit au but.

— Comment ça ? L'ordre est rétabli dans les petites cités et il revient dans les grandes. La nourriture ne manque plus sur les étals et nous faisons même un peu de bénéfice. Il n'y a plus d'émeute, car la population tient les fauteurs de troubles pour des fous. Nous avons perdu quelques-unes des provinces amenées par Charliss sous la bannière impériale, mais…

— L'armée ne veut pas de vous, coupa Thayer sans prendre de gants. Votre dernier mauvais coup était de trop. Les hommes refusent de rétablir l'ordre pour placer un tueur d'enfants sur le Trône de Fer. La nouvelle a voyagé plus vite et plus loin que nous le pensions. J'ignore comment, mais tous ceux que j'ai contactés savent que vous avez déposé le corps dans le berceau. (Il fronça les sourcils.) Un acte stupide, Melles. Le soldat moyen est sans pitié, mais il ne supporte pas qu'on menace les enfants.

— Rien ne me lie à cette histoire !

Thayer lâcha un grognement dédaigneux.

— Pitié, ne jouez pas à ça ! La stupidité n'est pas la norme, surtout dans l'armée. Vous êtes un assassin, même si vous prétendez le contraire. Tout le monde sait que vous êtes le seul à pouvoir faire une chose pareille. Je vous le répète, l'armée ne soutiendra pas un tueur d'enfants.

— Des sentiments touchants pour des hommes qui massacrent pour vivre… Je suis sûr qu'ils interrogent sur sa famille chaque porteur de fourche qui les affronte dans un champ, avant de le passer au fil de l'épée. Et qu'ils fichent la paix aux villages insurgés de peur de faire mal à un enfant.

Thayer rougit de colère, mais il se maîtrisa.

— Je pourrais vous rappeler que l'armée suit des règles strictes. Quand un soldat tue, il le fait au grand jour, et en laissant des chances égales à son adversaire. Mais cet argument a un caractère spécieux, nous le savons tous les deux — et ce n'est pas le problème.

— Oh ? fit Melles, sardonique. Alors quel est-il ?

— Le problème, c'est que le soldat moyen *croit* qu'il en va ainsi, dit Thayer en tapant du poing sur le bureau. Que ce soit vrai ou non. La vérité n'a rien à voir là-dedans et vous le savez bien. Le soldat pense défendre l'honneur de l'Empire contre des ennemis adultes. Ça lui donne le sentiment d'être supérieur à un assassin. Et infiniment supérieur à un homme qui menace un enfant de son propre peuple…

— Peu importe que ce même soldat puisse couper la gorge aux gosses d'un village rebelle…, grommela Melles.

Mais il comprenait la logique de l'argument de Thayer. La vérité n'avait pas d'importance dans cette histoire. Étant si habile à manipuler les autres, il aurait dû le savoir.

— Très bien. Que dois-je faire ?

Thayer soupira et s'assit enfin dans le fauteuil que lui avait offert son hôte.

— Je l'ignore… Il ne s'agit pas seulement des chefs : des généraux aux simples soldats, tous se sont donné le mot. Et vous ne pouvez pas les manipuler comme les courtisans. À moins de trouver très vite une solution, à l'instant où Charliss deviendra un Petit Dieu, ils mettront le candidat de leur choix sur le Trône de Fer et ils nous écraseront, vous et moi.

Melles serra les dents de frustration, car Thayer avait raison. Même s'il n'avait jamais servi dans l'armée impériale, il la connaissait bien. Les généraux étaient des fils de militaires. Ils employaient d'anciens soldats pour s'occuper de leurs maisons et leurs épouses étaient filles d'officiers. En limoger un mettait tous les autres sur des charbons ardents.

Thayer pouvait être éliminé, car il était un noble, comme le grand duc Tremane. Mais impossible de se débarrasser des généraux !

On eût dit une meute de loups… Pas moyen de trouver une victime isolée, et si on en menaçait un, tous attaquaient. Puis chacun retournait dans son coin pour asseoir son pouvoir.

— Ils sont intouchables, Melles, dit Thayer. Essayez et ils vous détruiront. Ces hommes ne se laisseront pas intimider. Alors, n'allez pas trop loin. Vos gardes du corps ne pourraient rien contre une compagnie entière décidée à vous tuer.

— Vous dites que la nouvelle s'est répandue parmi les simples soldats ?

Thayer acquiesça.

Melles maudit tous ces chiens ! Plus question de réunir les généraux dans la capitale, de fermer les portes et de les massacrer. S'il osait faire ça, l'armée se soulèverait. On pouvait se permettre ce genre de tactique uniquement quand les chefs étaient haïs par leurs hommes.

— Nous avons un problème, mais nous ne sommes pas encore vaincus, dit-il enfin. Ils ont peut-être un bon réseau de communication mais le mien est encore meilleur. J'ai encore quelques atouts dans ma manche, et c'est à mon tour de jouer.

Un sourire flotta sur ses lèvres, car il venait de trouver la solution du problème.

Thayer le regarda avec une certaine admiration.

— Un atout que vous m'auriez caché ?

— Je ne vais pas perdre mon temps à démentir la rumeur, mais je leur donnerai matière à réflexion. On ne devrait jamais sous-estimer le pouvoir de la plume.

— Ce qu'on ne peut pas trouver, on le fabrique ? avança le général. Qu'avez-vous l'intention de faire ? Leur fournir un autre ennemi ?

Melles se contenta de sourire.

— Je n'aurai rien à fabriquer. Avec suffisamment d'archives sous la main, je trouverai tout ce que je veux… Et l'Empire est bâti sur la paperasse, ne l'oubliez pas. Donnez-moi quelques jours et j'aurai trouvé toutes les preuves nécessaires pour convaincre les hommes qu'ils ont intérêt à me soutenir. Et pour leur démontrer qu'avoir un « tueur d'enfants » sur le trône est le cadet de leurs soucis. En attendant, je vais les courtiser…

— Les courtiser ? Comme des donzelles récalcitrantes ?

Thayer émit un bruit grossier, mais Melles ne s'en offensa pas, maintenant qu'il savait quoi faire.

— Attendez, et vous verrez, répondit-il, sachant que ses plans ne manqueraient pas d'étonner le vieil homme. Oui, attendez et vous verrez !

Le général, pas vraiment convaincu, était pourtant assez sûr des compétences de Melles pour accepter de l'aider à gagner un peu de temps.

Il se leva.

— Je ne pourrai pas vous fournir un long répit. Or, il vous en faudra un pour leur faire oublier l'histoire du bébé. Je ne suis pas sûr que vous preniez cette affaire assez au sérieux.

— Rappelez-vous ce que je vous ai dit au sujet de l'homme moyen, de ses besoins et de ses désirs. Puis souvenez-vous que l'armée est composée d'hommes de ce genre — simplement un peu mieux entraînés et plus disciplinés.

— Mouais…

Quand Thayer fut parti, Melles appela ses cinq secrétaires personnels.

Comme son valet, c'étaient des hommes aux talents divers, si quelconques que personne ne les aurait remarqués dans la foule. Et chacun pouvait entrer dans n'importe quel endroit, même bien gardé, simplement en se faisant passer pour un employé de l'Empire. Quand un clerc arrivait avec les documents lui donnant accès à un lieu, personne ne pouvait l'arrêter.

— Vous… dit Melles en désignant le premier homme

de la rangée. Je veux que vous épluchiez les registres de solde de l'armée. Trouvez les unités qui n'ont pas été payées, et qui en est responsable. Vous et vous... dénichez les registres des unités envoyées en Hardorn. Je veux comparer les demandes de ravitaillement et de renfort aux ordres donnés pour les satisfaire. Il me faut aussi les rapports sur toutes les requêtes qui ont été refusées. Et je veux savoir par qui. Enfin, vous deux, accédez aux archives personnelles de l'empereur Charliss et ramenez-moi la correspondance qu'il a échangée avec Tremane depuis son départ pour Hardorn.

Les cinq hommes sortirent sans un mot. Ils n'avaient pas besoin qu'il leur dise comment procéder. Ces types n'étaient plus fonctionnaires parce qu'ils savaient faire preuve d'initiative. Les gratte-papier impériaux en étaient notoirement incapables...

Ensuite, Melles fit venir son trésorier.

— Allez voir le Ministre des Finances Impériales. Je veux savoir combien il est possible d'économiser sur le budget de l'armée. Dites à cet homme que je soupçonne un détournement de fonds et ajoutez qu'il ferait bien de vérifier avant que nous ayons un grave problème sur les bras. (Il réfléchit un instant, puis ajouta :) S'il refuse de vous répondre, parlez-lui du budget des routes. Peu importe ce que vous lui direz, mais introduisez-le dans la conversation.

L'homme sourit. Les Ministres des Finances avaient toujours truqué les comptes. Tout allait bien tant qu'ils ne se faisaient pas prendre. Sinon, les peines étaient sévères. Melles savait où le ministre actuel se servait — il s'était renseigné, au cas où il aurait besoin de cette information. Il n'aurait sans doute pas de meilleure occasion de jouer cette carte. Et une bonne carte qu'on n'abattait pas devenait aussi inutile qu'une mauvaise.

Le trésorier sortit et Melles fit venir un de ses autres employés. Son poète et dramaturge personnel, plutôt médiocre, mais doué d'un réel talent pour la propagande. Melles ne faisait pas très souvent appel à lui. Comme son valet, il était le « scalpel » approprié pour certaines interventions.

L'homme aimait autant écrire de la propagande que de la poésie. Un de ses rêves était de signer une pièce où les mots manipuleraient les acteurs, pas l'inverse. Bref, il adorait qu'on joue ses « œuvres » dans le monde réel.

En récompense, Melles finançait ses séances de lectures dans des quartiers riches. Et il veillait à flatter, engraisser et soûler les critiques, pour que le pire salmigondis leur semble génial.

— J'espère que vous n'êtes pas en pleine création, dit-il, car il ne pouvait pas contraindre cet individu, seulement le persuader.

Ce triste sire avait un ego surdimensionné, et personne, à part Melles, ne savait qu'il était autre chose qu'un écrivain médiocre. Une personne du rang de l'Héritier devait jouer les mécènes. Et un poète comptait parmi les artistes les moins ruineux et enquiquinants.

— J'ai un travail pour vous. Donc, j'espère que vous n'êtes pas occupé.

L'homme sourit et croisa les jambes avec une élégance appuyée. Ce dandy imaginait être le chéri de ces dames. Et les gages que lui versait Melles lui permettaient de mener un train de vie supérieur à celui de ses pairs.

— Pourquoi avez-vous besoin de moi ? Pour rétablir votre réputation ? J'ai commencé à échafauder un plan dès que j'ai entendu la rumeur. (L'écrivaillon secoua la tête et agita un index désapprobateur.) Mon cher protecteur, vous vous êtes montré imprudent. Cette affaire pourrait vous coûter cher, si elle n'est pas traitée avec doigté.

Melles ravala la réplique acerbe qui lui montait aux

lèvres. Cet homme valait son pesant d'or et il le savait, d'où son arrogance.

— Je ne suis pas inquiet au sujet des courtisans. Comme des moutons, ils suivent celui qui porte une cloche autour du cou. Non, c'est l'armée qui me pose des problèmes. Les militaires ne veulent pas d'un tueur d'enfants sur le trône.

Le poète pinça les lèvres.

— C'est ennuyeux. J'ignore comment manipuler l'armée… mais vous avez peut-être une idée ?

— Croyez-le ou non, je veux que vous disiez la vérité. (Melles sourit de la surprise du poète.) Nous allons nous concentrer sur le sort de mon ancien rival, Tremane. J'attends que vous racontiez comment ses hommes et lui ont été abandonnés loin de l'Empire. Soyez inventif. Faites-en des tonnes sur l'horreur d'avoir été envoyé mourir en terre étrangère. Trouvez les mots justes pour convaincre les gens que je n'ai rien à voir avec ça. Et que j'ignorais être le choix suivant de Charliss. Ajoutez que je sais que les temps ont changé et que j'ai changé avec eux. Et soulignez cela : je suis tellement occupé à préserver l'Empire que je ne cherche pas à me venger de Tremane.

Cette dernière partie pouvait lui valoir des difficultés avec l'empereur, s'il en avait vent, mais c'était un risque à courir.

— Une approche nouvelle qui pourrait distraire les soldats des histoires de cadavre dans un berceau. Après tout, vous n'avez pas tué le bébé, vous vous êtes contenté de le remplacer par la dépouille d'un assassin.

« Alors que Tremane et ses hommes ont bien été abandonnés en Hardorn. C'est un fait, et il n'y avait aucune raison de les laisser là-bas.

— Voilà exactement ce que je veux que les militaires comprennent. Les soldats ont plus en commun avec leurs frères d'armes qu'avec les marmots. Ils auront de la sympathie pour les hommes de Tremane. Pourquoi n'ont-ils pas été rappelés quand les Portails étaient praticables, entre deux tempêtes ? Ne blâmez personne — pas encore — mais suscitez autant de questions que vous le pourrez. Je veux que nos braves soldats réfléchissent.

— Aucun problème, répondit l'homme. Je suis très doué pour les questions. Mais les réponses ?

— Je vous les donnerai quand je les aurai, promit Melles. Pour l'instant, ça devrait suffire. Je veux que les gens parlent. Qu'ils soient préoccupés par autre chose que mon « mauvais tour ».

Melles congédia le poète.

— Les rumeurs et les bavardages, ces soporifiques des esprits faibles, sont un engrais fertile pour les intelligences supérieures, dit-il en guise de conclusion.

Il se leva gracieusement, un sourire aux lèvres.

— À *mes* rêves, lâcha-t-il en regardant sortir son maître en manipulation.

L'homme avait une démarche élégante, mais pas efféminée. On eût dit un loup en chasse, et ça convenait parfaitement à la situation.

Le premier chargé de mission revint au bout de quelques heures avec un rapport détaillé sur la paye de l'armée. Comme Melles le soupçonnait, il y avait eu des retards — parfois significatifs — dans certaines régions. Car si l'argent venait du budget alloué à l'armée, les gouverneurs locaux le distribuaient. Pendant que Melles étudiait les chiffres avec son comptable, le secrétaire qui devait interroger le ministre des finances rentra au bercail.

Cela permit à l'Héritier de jouer son premier coup dans cette nouvelle partie.

Il attendit le lendemain, puis fondit sur les principaux fonctionnaires impériaux, suivi par une ribambelle de clercs armés de documents. En fanfare, et grâce à un savoureux discours écrit par son poète personnel, il « révéla » la terrible injustice faite aux loyaux soldats de l'Empire.

— Mais ce n'est pas votre faute, continua-t-il, avant que quiconque ait pu protester. Vous faites de votre mieux, étant donné les circonstances.

Il continua, félicitant les fonctionnaires d'accomplir si bien leur travail alors qu'ils devaient braver le blizzard pour gagner leur bureau et rentrer chez eux, où ils trouvaient de chiches rations pour les récompenser.

— Je vous ai amené de l'aide afin de régler au plus vite cette crise, conclut-il, alors que ses hommes s'asseyaient aux bureaux vides ou s'installaient à même le sol. Je suis certain que vous ne voulez pas que nos braves soldats souffrent, mais je refuse que vous souffriez aussi.

Sur ces mots, il ordonna aux fonctionnaires de remettre à plus tard leurs occupations actuelles. Certains soldats seraient payés avec des marchandises plutôt qu'en espèces, mais il veilla à ce qu'on leur donne de quoi en tirer un bénéfice substantiel au marché noir. L'opération fut terminée en une matinée — après tout, Melles avait plus que doublé les effectifs, et tous s'étaient concentrés sur la même tâche.

Ensuite, l'Héritier alla voir les commandants et leur promit de s'assurer que ce genre de problèmes ne se reproduirait pas. Il feignit d'être embarrassé, comme s'il venait de découvrir tout ça.

Ces hommes le crurent-ils ? Il l'ignorait. Mais il plaça ses agents là où il fallait pour résoudre les problèmes et lui rapporter ceux qui lui avaient échappé, afin qu'il puisse agir.

Comme il l'avait espéré, bien que certains le soupçonnent de vouloir acheter les faveurs de l'armée, il commença à recevoir des témoignages — encore hésitants — d'acceptation. En particulier quand une rumeur affirma qu'il avait découvert ces problèmes en personne.

Puis son poète entra en jeu avec ses petites histoires et ses questions, invitant le soldat impérial ordinaire à se demander quelle « erreur » était responsable de l'abandon de Tremane et de ses hommes. L'astuce dépassa tous les espoirs, car les soldats allèrent plus loin, et se posèrent des questions que Melles n'avait pas prévues. Par exemple : le retard de la solde était-il dû à une erreur bureaucratique, ou « certains responsables » avaient-ils ordonné de retenir les salaires ? Après tout, si le grand duc Tremane et ses hommes avaient été abandonnés, qu'était un simple retard de paye ?

Melles apporta la touche finale à son plan quand son secrétaire lui communiqua enfin la correspondance entre Charliss et Tremane. Il n'aurait pas pu fabriquer une meilleure lettre que celle reçue pas l'empereur juste avant que les Portails ne s'écroulent.

Il était déjà terrible que Tremane ait dû supplier qu'on lui envoie des vivres et du matériel — qui ne lui avaient jamais été livrés — des renforts, et surtout des mages. Mais cette dernière lettre... Melles était aux anges : elle montrait que son vieil ennemi était au tapis et lui donnait un sérieux avantage.

Dans sa lettre, accompagnée de différentes cartes stratégiques, Tremane suppliait l'empereur de permettre à ses soldats de rentrer. Il promettait aussi de rester en Hardorn avec un corps de volontaires pour essayer de tenir la position. Enfin, il implorait Charliss de ne pas punir ses hommes, qui ne le méritaient pas, et de leur permettre de fuir pendant qu'il était encore possible de tenir un Portail ouvert.

Melles n'était pas un stratège, mais il lui parut évident que la position de Tremane avait été intenable.

Personne, même un génie militaire, n'aurait pu sauver la situation.

Dans une directive écrite de sa main, l'empereur ordonnait à ses secrétaires de ne pas répondre à ce courrier. Selon lui, Tremane devait s'en sortir tout seul pour prouver qu'il était digne de lui succéder. Une décision qui condamnait les hommes de Tremane en même temps que lui.

Melles apporta cette lettre et la note à Thayer, qui se chargea de laisser filtrer l'information parmi ses généraux. Ils la répétèrent à leurs subordonnés, et ainsi de suite… L'Héritier réussit à dissimuler sa jubilation sous un désarroi qui dupa Thayer lui-même.

L'armée était outragée. Charliss avait fait fi du lien sacré censé unir l'empereur et les hommes qui le servaient.

Ainsi, on oublia la rumeur qui faisait de Melles un « tueur d'enfants », et on se souvint que c'était lui qui avait réglé le problème de la solde en retard.

Melles, pas l'empereur. Dès cet instant, la partie était gagnée.

L'Héritier reçut alors du général Thayer une étrange invitation à dîner. Pas au palais, mais dans une auberge renommée fréquentée par les vieux garçons fortunés qui ne prenaient pas la peine d'engager un cuisinier.

Certaines choses clochaient au sujet de cette invitation. *Primo*, Melles n'avait jamais fait partie des habitués de ce genre d'endroits. Et aujourd'hui, l'auberge souffrait des mauvaises conditions générales. La nourriture y était moins bonne que par le passé — en réalité, très inférieure à ce qu'on trouvait sur les tables du Château À-Pic. *Secundo*, elle était à l'autre bout de la cité, et les tempêtes magiques frappaient désormais deux fois par jour, rendant le temps imprévisible. Sans parler des animaux et même des humains transformés en monstres par les tempêtes qui arpentaient les rues.

Si les rats métamorphosés étaient déjà terribles, les autres créatures se révélaient pires. Bref, il était impossible de sortir sans une escorte armée.

Melles tourna et retourna l'invitation entre ses mains. Ce pouvait être un piège, histoire de le tuer sans coup férir. Mais il en doutait. Ce rendez-vous suggérait plutôt un complot. Les salons privés de ces grosses auberges ayant chacun un accès privé, les invités pouvaient entrer et sortir sans être vus. Ça sentait la conspiration à plein nez.

Je dois y aller. S'ils veulent éliminer l'empereur — car il doit s'agir de ça — je ferais mieux de les conseiller.

Ce n'était pas un plan idéal, mais l'Héritier ne devait pas laisser se développer une tentative vouée à l'échec qui alerterait Charliss. L'empereur était déjà instable, et il ne faudrait pas grand-chose pour le pousser à ordonner une purge de la cour.

Si nécessaire, je dénoncerai les conspirateurs pour lui prouver ma loyauté…

En dernier recours, s'il ne parvenait pas à les convaincre d'attendre qu'il soit prêt pour agir… Car s'il les trahissait, le début de son règne serait semé d'embûches.

Cette invitation pouvait être une tentative d'assassinat contre lui, mais il ne jugeait pas ses adversaires stupides à ce point. S'ils s'y mettaient à plusieurs, ces gens pourraient réussir malgré ses compétences de tueur. Mais il en abattrait et en mutilerait assez pour que l'affaire fasse du bruit. Alors, ses meurtriers devraient faire taire les témoins — dont ses propres hommes, qui avaient tous des familles et des supérieurs. L'affaire se transformerait en une succession d'assassinats impossibles à couvrir.

Trop compliqué et trop risqué…

À contrecœur, Melles appela son valet, lui ordonna de lui sortir une tenue chaude, de rassembler une escorte, de prévenir ses gardes du corps et de commander un attelage.

On ne descendait plus dans la rue, on y *montait*, car la neige s'y entassait. Et elle ne fondrait pas avant le printemps.

L'héritier se félicita d'avoir consacré tout son pouvoir à ériger des boucliers. Les mages qui avaient négligé cette précaution étaient au bord de la rupture face aux deux tempêtes quotidiennes. Lui, il les sentait à peine. Il avait mal à la tête avant, se sentait un peu désorienté pendant et nauséeux après. Rien d'assez grave pour perturber son travail.

Une tempête était prévue pendant qu'il irait à l'auberge. Moins précautionneux, Melles aurait pu être en danger. Une personne qui s'aventurait seule dans les rues risquait de s'effondrer et de mourir gelée — ou d'être dévalisée. Et même en circulant en coche, on pouvait aussi geler sans que l'escorte s'en aperçoive.

Melles se demanda combien de mages avaient été blessés ou tués ainsi.

Quelle importance ! Ça réduit le nombre d'idiots plus ou moins doués pour la magie, pensa-t-il en enfilant une seconde paire de gants et en mettant ses bottes fourrées.

Comme il était difficile d'être à la fois élégant et chaudement vêtu, il avait opté pour l'efficacité en choisissant ses vêtements.

Le trajet fut déplaisant et Melles s'étonna du nombre de personnes qui sortaient encore pour aller travailler ou faire leurs courses. Le temps était épouvantable. Le blizzard faisait voler les flocons de neige et rendait difficile le travail des hommes qui tenaient les torches pour indiquer la route au cocher. Il suffisait qu'ils s'éloignent un peu trop pour qu'il ne les voie plus. Pourtant, il y avait des gens dans les rues, y compris — au grand étonnement de Melles — des femmes.

Au tiers du chemin, une meute de monstres les attaqua — des créatures poilues qui déboulèrent à quatre pattes en bavant et en hurlant, leurs côtes très visibles malgré leur épaisse fourrure. Cette fois, il s'agissait de chiens modifiés et pas d'enfants, ce qui simplifia la tâche à ses hommes. Car il était difficile de tuer un monstre qui pleurait comme un bébé et levait vers vous un visage et des yeux humains.

Il resta très vite un tas de carcasses ensanglantées… Jusque-là, les créatures transformées étaient moins intelligentes qu'avant leur métamorphose. Les chiens ne faisaient pas exception à la règle. Ils fonçaient tête baissée, même si cette tactique les condamnait. Mais les rats, rusés et vicieux, se rassemblaient pour attaquer.

L'Empire avait promulgué des lois sur les personnes et les animaux transformés. Si un animal de compagnie était touché, il fallait le montrer à un expert impérial, qui déterminait s'il représentait un danger pour les gens ou le bétail. Peu de Modifiés humains bénéficiaient de la protection de leurs proches. La plupart étaient tués par leurs familles, car les histoires de bains de sang commis par d'autres changés n'encourageaient pas la compassion. Quelques Modifiés s'étaient suicidés en découvrant ce qu'ils étaient devenus. La majorité des jeunes Modifiés qui traînaient dans les rues y vivaient déjà avant — des mendiants, des voleurs et des gamins sans parents…

Ils passèrent le reste du trajet à guetter une nouvelle attaque, mais rien ne se produisit. La nuit était tombée quand ils arrivèrent à l'auberge. Melles distribua à ses gardes une bourse bien pleine pour qu'ils se taisent et qu'ils puissent se distraire convenablement dans la grande salle pendant qu'il rencontrerait Thayer et ses hôtes dans le salon privé.

Ils pénétrèrent dans la salle commune par l'entrée latérale, et il emprunta la grande porte. Quand elle fut refermée sur les mugissements du vent, il se retrouva dans un vestibule chauffé, devant un valet remarquablement discret.

Des instruments à cordes et à vent jouaient non loin de là. Le serviteur le précéda dans l'escalier et le laissa avec un des hommes de Thayer, qui prit son manteau couvert de neige et lui ouvrit la porte.

Melles ne fut pas surpris de voir Thayer et tous les chefs militaires de la capitale. Ils l'attendaient pour commencer un excellent souper.

Tous les regards se tournèrent vers lui et les conversations moururent.

Melles prit place à côté de Thayer, qui le présenta à ceux qu'il ne connaissait pas pendant que des hommes à lui faisaient le service. L'héritier les observa discrètement et remarqua qu'ils s'efforçaient de lui montrer qu'ils ne mettaient rien de plus dans son assiette que dans celles des autres.

Ainsi, ses hôtes n'avaient pas l'intention de l'empoisonner. Melles garda pour lui son sourire approbateur et feignit de ne s'être aperçu de rien.

Les conversations tournaient autour de meutes de Modifiés et des divers moyens de les éliminer. Pour le moment, il n'était pas question de politique.

Les serviteurs de Thayer n'utilisaient pas de couteaux — c'était leur maître qui coupait la viande. Quant à ses invités, ils n'étaient *ostensiblement* pas armés. Ces gens avaient décidément tout fait pour le rassurer.

Ils n'avaient pas l'intention de l'assassiner. Donc, il s'agissait d'une conspiration.

Quand le repas fut fini, la table débarrassée et le vin servi, les serviteurs sortirent et les conspirateurs révélèrent enfin leur intention.

Ils voulaient neutraliser Charliss avant qu'il n'ait fait plus de mal. Pour ça, ils étaient prêts à faire de lui un Petit Dieu plus tôt que prévu.

Melles les écouta patiemment, sans émettre de commentaire, et acquiesça chaque fois que c'était nécessaire. Ses révélations sur Tremane ayant été le déclencheur, ces hommes ne réprimaient plus leur colère et leur frustration. Ils étaient résolus à éliminer l'empereur eux-mêmes et ils avaient un plan solide. Melles les félicita d'avoir imaginé une stratégie qui tenait compte de presque tous les aspects de la situation.

— *Presque*, répéta-t-il. Je serai criminel de ne pas souligner son principal défaut. Et je ne vous reproche pas, messires, de n'avoir pas envisagé le point que j'ai à l'esprit.

— Lequel ? demanda Thayer.

— La magie. (Melles leva une main pour prévenir les objections.) Je sais que la manière dont réagissent vos mages, avec l'augmentation de la force des tempêtes magiques, vous porte à croire que c'est un thème insignifiant. Mais croyez-moi, ce n'est pas le cas. Vous partez du principe que les sorts qui lient les Gardes Impériaux à Charliss sont rompus et n'ont pas été remplacés. Mais ce n'est pas la seule magie dont vous devriez vous méfier. Charliss lui-même est un mage puissant. Son pouvoir est renforcé par le corps de mages moins bons que lui qu'il contrôle depuis des années. Ils s'usent pour assurer sa longévité. Vous les avez sans doute déjà vus : il s'agit du groupe d'individus au regard terne qui le suivent partout, telles des vierges sans cervelle dans le sillage d'un guerrier beau comme un dieu.

L'Héritier regarda ses interlocuteurs et fut satisfait de constater qu'ils semblaient d'accord avec lui.

— Pour le moment, Charliss est fort peu incommodé par les tempêtes, contrairement à la majorité des mages, qu'elles mettent à genoux. (Il pesa soigneusement ses mots.) Étant moi-même un Adepte, laissez-moi vous expliquer leurs effets — car nous devons en tenir compte avant d'agir. Pour l'instant, le choix d'un mage est simple : préserver sa puissance avec ses boucliers ou utiliser la magie et rester alité après chaque nouvelle tempête.

Voyant ses interlocuteurs acquiescer, Melles comprit qu'ils connaissaient déjà le sujet.

— Charliss se servant du pouvoir de son corps de mages, il peut se protéger derrière des boucliers *et* pratiquer la magie sans souffrir. C'est pour ça qu'il est toujours dangereux. Vous pourriez réussir à percer les défenses de ses gardes du corps et de ses mages, mais il serait alerté, et vous ne parviendriez pas à faire franchir ses défenses personnelles à un assassin.

Quelques-uns des généraux n'étaient toujours pas convaincus. Melles le devina à leur expression fermée.

— Il reste un facteur à ne pas négliger : ce qui se passerait après. Charliss a encore des loyaux sujets — dont certains mages parmi les plus puissants de l'Empire —, et ils me tiennent pour un parvenu. La plupart soutenaient Tremane. J'ignore si la vérité au sujet du grand duc suffira à les retourner contre l'empereur. Mais si vous le tuez maintenant, vous ne la laisserez pas faire son travail insidieux dans leurs esprits.

Voilà, il les tenait tous ! Le scepticisme avait disparu de leurs regards, remplacé par de la résignation.

— Attendez, s'il vous plaît, implora Melles de son ton le plus convaincant. L'empereur n'a rien fait pour nier qu'il a maltraité Tremane. À mon avis, c'est parce qu'il vit désormais dans un monde bien à lui. Il veut se venger de Tremane parce qu'il a « trahi » l'Empire. Et il pense sans doute que les gens gobent qu'il a lâché le duc après sa « trahison », pas avant. Par les Cent Petits Dieux, il est même possible qu'il soit parvenu à s'en convaincre lui-même !

Les plus vieux généraux pincèrent les lèvres. Les

autres prirent un air méprisant. Mais tous pensaient la même chose : *l'empereur est tombé bien bas* !

Les plus âgés savaient que la décrépitude mentale de Charliss était un sort qu'ils connaîtraient un jour, s'ils n'avaient pas de chance. Les plus jeunes jugeaient terrifiant qu'un vieillard cacochyme soit toujours au pouvoir.

Melles continua, veillant à amener en douceur les généraux au raisonnement qu'il voulait les voir adopter.

— Charliss est de plus en plus faible. Il pourrait mourir bientôt… La magie le maintient en vie, mais quoi qu'il fasse, il a déjà perdu la bataille. Laissons les choses suivre leur cours naturel. Après tout, *je* tiens les rênes, désormais. Charliss est trop occupé à survivre. Attendre ne nous coûtera rien à long terme. Avec le temps, j'arriverai peut-être à persuader ses mages qu'il les exploite honteusement sans tenir compte du véritable ennemi qui nous guette… Les tempêtes !

Thayer interrogea tous ses collègues du regard.

— Très bien, dit-il enfin. Nous retiendrons nos coups. Seigneur Héritier, nous sommes d'accord avec vous : le véritable danger, pour l'Empire, ce sont les tempêtes magiques et le refus de l'empereur d'agir à leur sujet. *Vous* devez faire votre possible pour convaincre les mages de Charliss qu'il n'est plus capable de voir les priorités.

Melles se cala dans son siège et acquiesça. C'était exactement ce qu'il avait espéré et il savourait cet instant. Afin que son destin s'accomplisse, l'Empire devait survivre et prospérer. Mais pour ça, il fallait que tous concentrent leur attention et leur énergie sur les tempêtes magiques et leurs effets. Jusque-là, un vieillard égoïste qui avait cessé d'être utile interdisait qu'on s'occupe des vrais problèmes. Ce serait donc Charliss ou l'Empire, car un seul pourrait survivre aux tempêtes magiques.

— Je m'occupe des mages, et croyez-moi, nous devons les persuader. Rappelez-vous : Tremane est la clé. L'armée a compris que Charliss avait abandonné et trahi un des siens. Avec le temps, je peux en persuader les mages.

— Parfait, dit Thayer. Les périodes étranges génèrent de drôles d'alliances, mais ce sont parfois les meilleures. L'armée est avec vous.

— Et je suis avec elle, jura Melles, sans aucune ironie. Dommage que le pauvre Tremane n'ait pas eu de tels alliés.

Elspeth venait de faire le point sur les derniers résultats obtenus par le groupe de la Tour, relayés par Rolan et Gwena, quand Tremane blêmit.

— Dieux, dit-il entre ses dents. En voilà une autre.

Une nouvelle tempête magique. Il les sentait venir, alors qu'elles balayaient Hardorn. Elles le faisaient trembler, lui retournaient l'estomac et lui embrouillaient l'esprit.

Son avertissement permit à Elspeth, à Ventnoir et à Tashiketh de se préparer. Pour le moment, les effets n'étaient pas encore terribles, même si chaque mage souffrait de symptômes physiques proportionnels à ses pouvoirs. Mais les cercles de terre transportés ou modifiés recommençaient à apparaître. Dans peu de temps, les blizzards se déchaîneraient de nouveau et d'autres monstres seraient créés par la magie sauvage.

Heureusement, le roi avait les moyens de prédire l'emplacement de ces cercles.

Elspeth s'agrippa aux accoudoirs de son fauteuil et serra les dents. Ça ne l'aidait pas, mais elle avait au moins le sentiment de lutter pendant que la tempête la malmenait.

Le père Janas les observait avec un mélange d'inquiétude et de perplexité. N'étant pas un mage, il ne sentait pas les tempêtes.

Celle-là fut courte mais intense. Quand elle fut passée, Elspeth, qui avait retenu son souffle, expira lentement et lâcha les accoudoirs de son siège.

— Oh, je n'aime pas ça, soupira Tashiketh. J'ignore comment vous pouvez le supporter.

— Nous sommes bien obligés, répondit Ventnoir, philosophe. Et il y a des choses pires que d'avoir envie de restituer son déjeuner.

— Ce qui nous ramène à notre conversation, dit Tremane en desserrant les poings. (Son visage avait repris des couleurs.) Je ne veux pas nier l'efficacité de vos amis, dame Elspeth, mais nous devons supposer qu'ils ne trouveront pas de solution à l'Ultime Tempête. Je suis inquiet pour ce pays et ses habitants. Comment les protéger ? Pouvons-nous faire en sorte que je sois le seul à pâtir de ce qui arrivera, et pas Hardorn ? Puis-je utiliser la magie de la terre et ma connexion avec elle pour lui apprendre comment se guérir et empêcher que les créatures qu'elle nourrit soient modifiées ? Avez-vous une solution à me proposer ?

Le père Janas secoua la tête.

— Vous pourriez prendre sur vous les maux de ce pays, mon fils, mais ça vous tuerait. Un homme ne supporterait pas ce que la terre peut encaisser.

— Pas pour le moment, dit Elspeth, répondant à la dernière question du roi. Mais nous pouvons combiner plusieurs types de magies. Tremane, je ne pense pas que la terre souffre. Mais je crains que les nodes deviennent incontrôlables. J'ai peur que l'Ultime Tempête ne les rende aussi instables que la Pierre-Cœur des k'Sheyna. Celle que Ventnoir et moi avons aidée à guérir…

— Je m'inquiète aussi à ce sujet, admit Tashiketh.

Un pareil phénomène équivaudrait à avoir une tempête perpétuelle à un endroit. Une zone qui s'étendrait à mesure que l'énergie s'y déverserait. Ce serait une très mauvaise chose…

— Des abris, des boucliers…, marmonna Ventnoir, les sourcils froncés. Le problème avec eux, c'est qu'ils céderont. J'ignore comment nous pourrions les rendre assez résistants pour survivre à ce qui fond sur nous.

Elspeth se leva et fit les cent pas devant les fenêtres. Le temps s'était de nouveau détérioré, mais sans être aussi mauvais qu'avant le lancement de la contre-mesure. Entre deux tempêtes de neige, le soleil brillait sur le paysage d'une blancheur aveuglante. Elspeth n'était pas impatiente de voir recommencer les blizzards, mais le mauvais temps avait au moins endigué le flot de curieux. Tous ceux qui avaient pu venir prêter serment à Tremane l'avaient fait. Quelques jours plus tôt, leur vieil ami, le père Janas, était arrivé avec un coffre rempli de terre offerte par les vassaux qui n'avaient pas été en mesure de se déplacer. Désormais, Tremane « sentait » l'ensemble de son royaume — à la fois un avantage et un inconvénient. Il savait où étaient les points sensibles et captait les tempêtes dès leur début.

Elspeth se félicitait de ne pas être à sa place.

Mais les tours de signalisation étaient opérationnelles. Chaque fois qu'un problème se profilait, elles pouvaient avertir les personnes concernées. C'était le cas pour les cercles altérés : dès que les guetteurs connaissaient leurs emplacements, ils prévenaient les populations. Si les choses n'étaient pas entièrement sous contrôle, il y avait de nouveau une autorité en Hardorn, et les maigres ressources du pays n'étaient plus dilapidées pour la guerre. Les griffons avaient participé à quelques escarmouches, mettant un terme à des soulèvements mineurs.

Il restait un problème urgent : comment protéger les

nodes et les Pierres-Cœurs des Tayledras ? Elspeth avait une conscience aiguë de la présence de la Pierre-Cœur sous le palais de Haven. Si elle devenait instable, elle détruirait la capitale valdemarienne. Une catastrophe d'une ampleur sans précédent. Le palais avait été évacué, mais dans une certaine confusion. La jeune femme avait vu assez de destructions magiques en Hardorn pour imaginer la même chose chez elle.

Elle trembla rien qu'en y pensant, et se tourna vers la fenêtre, pour que personne ne voie son expression. Comme cela arrivait souvent, ces jours-ci, son minutage fut parfait.

Elle fut la première à repérer les visiteurs.

La colonne entra dans la cour au moment où elle se retournait et les reflets du soleil sur du métal poli et de l'or retinrent son regard. Puis elle vit l'étendard — et qui chevauchait à côté — et poussa un cri étouffé qui attira l'attention des autres.

— Oh, dieux… souffla-t-elle, aussi sonnée que si elle avait pris un coup sur la tête, mais sans la douleur correspondante. (Un instant, elle se demanda si elle n'avait pas une hallucination.) Ce n'est pas possible. C'est trop bizarre, même pour moi.

— Elspeth ? demanda Ventnoir, que son ton avait inquiété. *Ashke*, que se passe-t-il ?

Il se leva si vite que les pieds de sa chaise raclèrent le sol. Incapable de parler, la jeune femme désigna ce qu'elle voyait.

Le Frère du Faucon écarquilla les yeux et les mots s'étranglèrent dans sa gorge.

— Majesté, réussit à dire Elspeth, voyant son compagnon frappé de mutisme, je crois que vous feriez bien de descendre dans la cour. Maintenant !

— Pourquoi ? grogna Tremane, qui commençait à se lasser d'aller accueillir des délégations dans le froid.

— Vous devriez… Faites ce qu'elle vous a dit, croassa Ventnoir.

— Qui est là ? L'empereur ?

— Non, répondit Elspeth. Solaris, Grande Prêtresse de Vkandis et Fils du Soleil, et son escorte. (Elle baissa de nouveau les yeux.) Et le Chat de Feu Hansa.

Elle entendit un juron étouffé. Une chaise repoussée trop hâtivement se renversa.

Quand Elspeth se retourna, Tremane était déjà parti.

— Allons-y, dit Ventnoir.

Elspeth acquiesça et fit signe au griffon de les suivre.

Lorsqu'ils sortirent dans la cour, Tremane avait accueilli Solaris avec tout le respect dû au Fils du Soleil et à la Voix de Vkandis, bien qu'elle soit arrivée sans prévenir.

Elle lui avait retourné courtoisement ses salutations, tout ce qu'Elspeth pouvait espérer dans ces circonstances…

— J'ai voyagé des jours à la demande du Dieu du Soleil Vkandis, déclara Solaris au moment où ils arrivaient à portée de voix. Je crois que c'était à l'instant même où vous étiez connecté à la terre d'Hardorn…

Alors, Elspeth aperçut Tashiketh, dressé sur ses pattes de derrière pour saluer avec celles de devant. Incrédule et troublée, Solaris le lui rendit.

Bizarre, elle a déjà vu des griffons. Alors, pourquoi regarde-t-elle Tashiketh comme s'il appartenait à une nouvelle race de créatures ?

Tashiketh dit quelques mots dans la langue qu'Elspeth pensait être de l'ancien karsite. Apparemment, c'était bien ça, car Solaris cligna des yeux et répondit en balbutiant. La première fois que la jeune femme la voyait prise de court !

Apparemment, Vkandis a un certain sens de l'humour, dit Ventnoir avec une pointe d'amusement. *Sinon, Il l'aurait avertie.*

Il a peut-être voulu lui donner une leçon. Ce n'est pas parce qu'elle est la Voix de Vkandis qu'elle sait nécessairement tout sur lui.

Tashiketh répondit, puis Solaris… et ainsi de suite. Sans doute une sorte de rituel de salutations. Quand il eut fini, le griffon se remit à quatre pattes pour s'incliner devant la prêtresse.

Qui regarda Tremane, puis Tashiketh, puis de nouveau Tremane.

— Depuis combien de temps ce gentilhomme réside-t-il à votre cour ? demanda-t-elle.

— Il est arrivé quelques jours après le rituel de connexion à la terre. Tashiketh nous a informés que ses compagnons et lui ont été envoyés à cause de cet événement.

— Tout comme moi, murmura Solaris. Et maintenant je sais pourquoi j'ai été priée de faire ce voyage…

J'ai le sentiment que ça n'était pas seulement pour parler avec Tremane, dit Ventnoir. *Maintenant, elle sait que son dieu s'est toujours partagé entre deux peuples. Ça devrait être amusant…*

Le Chat de Feu Hansa, assis à l'avant de la selle de Solaris, lui posa une patte sur l'épaule.

Nous allons subir un blizzard, Née du Soleil, dit-il poliment. *Nous serions mieux à l'intérieur, si vous n'y voyez pas d'inconvénient.*

Comme son collègue Altra, Hansa pouvait se faire entendre de tous, y compris de ceux qui n'avaient pas le don de parole par la pensée. Elspeth vit s'afficher de la surprise sur les visages des gardes de Tremane, qui n'avaient jamais entendu de voix dans leurs têtes.

— Mes excuses, messire Hansa, répondit Tremane avec un certain aplomb. Permettez-moi de vous conduire moi-même jusqu'à des quartiers dignes de vous.

À cet instant, confirmant la prédiction du Chat de

Feu, un cor annonça du mauvais temps venant de l'ouest.

Tremane escorta ses invités en remerciant vivement les Cent Petits Dieux d'avoir fait aménager une tour pour ses invités de marque. Les derniers étant partis depuis quelques jours, les suites avaient été nettoyées, et il lui suffisait d'y conduire Solaris et son escorte.

Ventnoir s'éclipsa, mais Elspeth les accompagna, afin de représenter Selenay — et parce qu'elle désirait parler à la prêtresse si l'occasion se présentait. L'escorte du Fils du Soleil était composée de gardes *très* professionnels et de prêtres. Alors que les derniers bagages arrivaient, le blizzard annoncé par Hansa secoua les vitres et Tremane dut aller voir si toutes les précautions d'usage avaient été prises.

Dès qu'il fut sorti, Solaris oublia ses manières officielles. Regardant Elspeth et Tashiketh, elle leva un sourcil interrogateur.

— Voulez-vous me tenir compagnie pendant que mes gens nous installent ? Le voyage fut éprouvant.

— Nous en serions ravis, Sainteté, répondit Elspeth.

Solaris éclata de rire et retira son manteau et sa lourde écharpe.

— « Solaris », petite sœur… Peu de personnes peuvent m'appeler ainsi, et vous êtes l'une d'entre elles. (Elle se débarrassa encore de quelques éléments de son costume officiel, puis se laissa tomber sur un fauteuil près du feu. Hansa bondit sur ses genoux.) Asseyez-vous, Elspeth. Né du Soleil Tashiketh, je ne sais que vous offrir…

— Le sol fera l'affaire, Sainteté, répondit le griffon avec une grande courtoisie. (Il s'installa pendant qu'Elspeth prenait un siège.) J'espère que vous voudrez bien me pardonner, mais comment se fait-il que vous ignoriez que Vykaendys…

— Veillait sur nos deux pays ? Je pense que cette

information est tombée dans l'oubli lorsque des prêtres corrompus montèrent sur le Trône du Soleil. Quant à savoir pourquoi Vkandis a choisi de ne pas me la révéler avant aujourd'hui… Ses voies sont impénétrables. Je suppose qu'il avait une bonne raison de m'envoyer ici prendre un bon coup sur la tête.

— Je suis sûr qu'il ne vous a pas fait venir ici uniquement pour ça, Sainteté, répondit respectueusement le griffon.

— Puisque vous êtes là, qui siège sur le Trône du Soleil ? demanda Elspeth, incapable de maîtriser sa curiosité. Je croyais que vous ne pouviez pas partir très longtemps, faute de faire confiance à toute votre congrégation.

— C'est une longue histoire… Un jour, je vous la raconterai en détail. Pour faire court, pendant que je suis ici, Vkandis lui-même occupe le Trône du Soleil. (Voyant la jeune femme sursauter, Solaris sourit.) Littéralement. C'est le deuxième miracle de mon règne. La grande statue de Vkandis s'est animée pendant un Service. Le dieu nous a ordonné de le suivre, et il a gagné la salle du trône, rapetissant à mesure qu'il avançait.

Le ton de Solaris n'était pas plus exalté que si elle parlait de la pluie et du beau temps, pas d'un miracle. Autant fascinée par son attitude que par son récit, Elspeth ne vit aucune raison de mettre en doute la parole de la prêtresse. Car elle n'aurait pas quitté Karse sans une bonne raison et l'assurance de retrouver un trône à son retour.

— Une fois assis, le dieu nous annonça que je devais aller en Hardorn. En mon absence, il garderait mon trône, car je suis sa Fille. Il a juré de protéger Karse des tempêtes. Sur ces mots, il est redevenu une statue… Mais de la taille d'un homme et scellée au Trône du Soleil.

« Ce n'était pas une illusion : la grande statue n'est plus dans le temple et une version plus petite occupe le trône. De plus, Karse est entouré d'une étrange barrière. Les gens peuvent la franchir dans un sens et dans l'autre, mais elle est *visible* et ressemble beaucoup à la Frontière d'Iftel telle que Karal me l'a décrite. (Elle eut un sourire ironique.) Je sais pourquoi, maintenant… Le Dieu du Soleil avait eu de l'entraînement.

Solaris gardait un ton neutre, mais Elspeth comprit qu'elle était émue et émerveillée. Et elle trouvait ça normal : comment ne pas être bouleversée par un tel événement ?

— Je doute que quiconque ait la témérité de réclamer votre trône, dit Tashiketh. Donc, Vykaendys vous a envoyée ici ?

— Oui, et j'ai déjà fait des voyages plus plaisants — mais aussi des pires. Nos robes nous ont valu le respect de la population, même si elle ignorait que nous étions des Prêtres du Soleil. J'admets avoir eu un choc en apprenant que Tremane avait été connecté à Hardorn. Cela le met sur un pied d'égalité avec moi, et je n'avais jamais pensé à cette éventualité. Mais c'est sans doute bon pour le royaume.

Solaris rit tout bas.

— J'ai une confession à vous faire… Je tire un certain plaisir sadique de sa situation. Tremane ne va pas s'amuser tous les jours ! Entre ça et la malédiction que j'ai lancée sur lui, il devrait parvenir à racheter sa conduite passée.

— Il m'a parlé en privé de l'assassin qu'il a envoyé à Valdemar, dit le griffon. Je crois qu'il le regrette un peu plus chaque jour.

— Tant mieux ! Il a fait beaucoup de mal à tous ceux qui connaissaient ses victimes. Même si je ne suis pas prête à lui pardonner, je veux bien travailler avec lui. Je suis une Adepte d'un genre particulier, ce que vous avez sûrement deviné. Nous devrions trouver des moyens de nous protéger.

— Je l'espère, dit Elspeth.

— Avec l'aide de Vykaendys, nous réussirons, affirma Tashiketh.

CHAPITRE X

Les Chats de Feu avaient la faculté typiquement féline de donner aux gens l'impression d'être stupides, et Hansa n'était pas connu pour sa patience.

La protection de Vkandis est temporaire, fit-il. (On eût dit la Statue du Chat aux pieds de Henricht, le premier Fils du Soleil. Même en marbre, le pauvre Henricht ne ressemblait à rien, alors que le Chat semblait taillé pour exercer le pouvoir.) *Elle ne résistera pas à l'Ultime Tempête. Les nodes de Karse sont aussi vulnérables que les autres. La protection sert seulement à empêcher les gens et les bêtes d'être modifiés et à éviter aux prêtres de tomber malades deux ou trois fois par jour*. (Il baissa la tête pour se lécher une patte.) *Vos prêtres et vous devrez faire votre part du travail, comme les autres. Si les nodes deviennent instables, vous en subirez les conséquences*.

Solaris soupira, mais pas de déception. Plutôt le soupir d'une personne qui vient d'apprendre des mauvaises nouvelles qui ne l'étonnent pas vraiment.

— Des boucliers, marmonna Ventnoir en faisant les cent pas sous le regard de Vree, installé sur sa perche. Ce doit être la clé. Mais *comment* créer un bouclier capable de résister ne serait-ce qu'aux tempêtes que nous avons maintenant ?

Elspeth fouilla dans sa mémoire. Où avait-elle entendu ça — dans les Chroniques ? Non, dans une histoire que lui avait racontée Kerowyn sur un des élèves de sa grand-mère.

— Pourquoi *un seul* bouclier ? demanda-t-elle. Pourquoi pas des boucliers à l'intérieur des boucliers ? Kerowyn m'a parlé d'un dispositif de ce genre. Le mage superposait des boucliers par strates et les remplaçait de l'intérieur à mesure qu'ils étaient érodés de l'extérieur. S'il était possible de reproduire ça…

— Intéressant… Oui, ça a déjà été fait, et avec succès, répondit Ventnoir. Plusieurs boucliers valent mieux qu'un seul, même très épais. Mais nous ne pouvons pas placer un mage à côté de chaque node. Donc, il serait impossible de remplacer les boucliers à mesure qu'ils tomberaient. On ne peut pas créer un bouclier de l'*extérieur*, une fois que celui de base est érigé, et, sans mage, comment le faire de l'*intérieur* ? C'est le problème. Pour le résoudre, il faudrait inventer un sort — ou une série de sorts.

— Il n'est pas évident que nous y parvenions, dit Tremane. De plus, comment continuerions-nous à fournir l'énergie nécessaire à la création des boucliers ?

— En scellant une source parfaite d'énergie à l'intérieur du bouclier, répondit Solaris, un peu méprisante. Et si toute l'énergie s'épuisait, les boucliers cédant jusqu'au dernier, un node vidé n'est plus dangereux. C'est l'énergie qui peut devenir instable : sans elle, pas d'instabilité.

— Mes excuses, dit Tremane, mais les choses fonctionnent différemment là d'où je viens, et nous ne traitons pas ainsi les puits d'énergie. (Il ne s'offensait pas des manières de Solaris, sans doute parce qu'elle avait accepté de participer aux séances de réflexion, preuve qu'elle n'avait pas l'intention de reporter sur Hardorn l'animosité qu'elle avait envers lui.) Si nous trouvions le moyen de forcer un node à ériger ses propres boucliers, et ce jusqu'à ce qu'il soit entièrement vide…

— C'est parfait en théorie, dit Elspeth. Mais même si nous savions comment procéder, nous n'aurions pas le temps de courir la campagne pour jeter un sort de production de bouclier à tous les nodes !

— Nous n'aurions pas besoin de faire ça. En tout cas, pas ici…, dit Tremane.

— Il y a assez de prêtres à Karse pour couvrir chaque node, ajouta Solaris.

— Tant mieux pour Karse et Hardorn, grogna Elspeth. Mais que faites-vous de Valdemar ? Des Pelagirs ? Et des autres nations ?

— Excusez-moi, fit Tashiketh, regardant tour à tour Solaris et Tremane, mais nous avons la réponse à cette question.

Solaris et Tremane échangèrent un étrange regard.

Il se passait quelque chose de bizarre. Elspeth n'avait pas idée de ce que c'était, mais la tension, entre Tremane et Solaris, avait monté de plusieurs crans.

— Je ne vous aime pas ! fit Solaris en foudroyant le roi du regard. Depuis votre arrivée ici, vous avez accompli tout ce que je déteste : placer l'opportunisme au-dessus de l'honneur, l'ingéniosité au-dessus de la sagesse, la duplicité au-dessus de la vérité et l'autonomie au-dessus de la foi ! Je ne vous aime pas !

Sur ces mots, elle se leva et quitta la pièce, Hansa sur les talons.

— Quelle mouche l'a piquée ? demanda Elspeth, qui n'avait jamais vu Solaris perdre son sang-froid.

Tremane fixait la porte que la prêtresse avait fermée — pas claquée — derrière elle.

— Je ne suis pas sûr, répondit-il, mais il est possible que ce soit lié à une solution qui impliquerait un compromis de sa part. (Il se leva, ayant visiblement pris une décision.) Pendant que vous réfléchissez à un sort générateur de boucliers à renouvellement autonome et qui s'alimenterait à un node-source sans l'intervention d'un Adepte, je vais parler à Solaris.

Il salua et sortit.

— Un sort générateur de boucliers à renouvellement autonome et qui s'alimenterait à un node-source sans l'intervention d'un Adepte, marmonna Ventnoir. Rien que ça ! Au moins, il nous demande seulement l'impossible.

Elspeth n'en était pas si certaine…

— Les Pierres-Cœurs des Tayledras ne jettent-elles pas des sorts à renouvellement autonome, comme celui des Voiles ? Ils n'ont pas besoin de l'intervention d'un Adepte, n'est-ce pas ?

Ventnoir voulut protester, mais il se ravisa.

Tashiketh posa le bec sur ses pattes de devant, plein d'espoir.

— Oui, admit Ventnoir. Et j'allais dire que les nodes ne sont pas des Pierres-Cœurs… Une ânerie, puisque les Pierres-Cœurs sont une sorte de node. Laissez-moi réfléchir un instant…

Le père Janas se contenta de hausser les épaules.

— Je ne comprends rien à vos discours ! dit-il gaiement. Tremane m'a demandé d'assister à ces réunions parce que je sais comment fonctionne la magie de la terre. En dehors de ça, mes amis, je suis incompétent… Pourtant, il me semble que vous pourriez *utiliser* les énergies de la terre comme vecteur de contrôle. Ces énergies subtiles et lentes dont se servent les sorciers de la terre ne sont pas fondamentalement affectées par les tempêtes.

Tashiketh hocha frénétiquement la tête. Ventnoir regarda le père Janas comme s'il avait involontairement dit quelque chose de très profond.

Venue tard à la magie, Elspeth avait dû subir un

« développement accéléré », un peu comme une plante en serre. Elle n'avait jamais travaillé avec des énergies aussi primitives que celles dont parlait le père Janas. Mais la théorie lui sembla raisonnable. Apparemment, Tashiketh et l'Hardornien savaient comment cette forme de magie fonctionnait.

— Eh bien, pourquoi ne pas pister ce lièvre jusqu'à ce que nous l'ayons attrapé ou qu'il se mette à l'abri ? dit-elle.

— C'est avec ces énergies que Vykaendys créa la Frontière d'Iftel, fit le griffon, songeur. À cause de ça, on en trouve moins chez nous qu'ailleurs. Elles alimentent la Barrière. Si notre plan fonctionne, elles seront quasiment inexistantes partout après le passage de l'Ultime Tempête.

— Mais quand on connaît l'autre possibilité…, répondit Elspeth. Nous avons réussi à nous passer de la magie depuis le début des tempêtes, alors nous nous en sortirons.

— Nous, mais pas les Vallées, soupira Ventnoir. Mais si tu as raison, l'autre éventualité serait encore plus déplaisante. (Il les regarda avec une expression si mélancolique qu'Elspeth faillit sourire.) Je vais vous demander de me poser des questions très bêtes, car j'ai besoin de votre aide pour *défaire* le processus grâce auquel les Tayledras créent les Pierres-Cœurs et les relient à des sorts tel que celui du Voile. Je suis tellement habitué à réaliser ce genre de choses que je ne peux pas vous dire comment on s'y prend. Tout ça, conclut-il d'un ton résigné, me demandera de gros efforts de concentration.

Il avait vu juste. Ce fut difficile. Ils en étaient encore au premier stade quand Solaris et Tremane revinrent.

Aucun n'étant blessé, leur conversation avait dû bien se passer.

Les deux souverains ne firent aucun commentaire.

Ce jour-là, ils ne réussirent pas à comprendre davantage que les principes de base. Les suivants, ce fut pareil, même s'ils travaillèrent comme des fous.

Tremane fut le seul qui ne passa pas tout son temps à chercher et à expérimenter. Selon Solaris, il n'en avait pas besoin car sa présence serait uniquement nécessaire quand ils auraient trouvé une solution prête à être testée.

Quoi que ces deux-là aient pu se dire, l'atmosphère était plus détendue, car la prêtresse avait cessé de lancer sans cesse des commentaires acerbes. Il lui arrivait même de se montrer amicale avec le roi.

Comble de l'ironie, ce fut sans doute la discipline et la méthode que maître Levy et les ingénieurs leur avaient enseignées qui leur permirent d'analyser logiquement la magie, d'appliquer les lois qu'ils avaient apprises et de trouver les principes essentiels qui la faisaient fonctionner.

Enfin, ils réunirent toutes les pièces de la solution. Grâce à Ventnoir, ils apprirent comment transformer un node en une Pierre-Cœur relativement faible et à le relier à un sort autonome. Contrairement aux Pierres-Cœurs tayledras, les nodes pouvaient alimenter un seul sort de cette nature, mais c'était suffisant. Ils apprirent aussi à utiliser les énergies de la terre pour alimenter le sort de contrôle, déclenchant la formation d'un bouclier dès que le premier de la « strate » cédait.

Il ne leur restait plus qu'une question sans réponse, à moins que Solaris et Tremane ne la connaissent déjà : comment atteindre tous les nodes à la fois.

À ce moment-là, le roi se joignit à eux.

— La connexion à la terre, lâcha-t-il. Chaque Vallée tayledras contrôlera les nodes de son territoire. Solaris se chargera de ceux de Karse, le roi du Rethwellan de ceux de son royaume, et ainsi de suite… Tous les dirigeants devront être liés à leurs terres. Quand ce sera fait, ils pourront protéger leurs nodes.

— Je le savais, dit le père Janas, l'air satisfait. C'est une des rares occasions où le roi peut influer sur son royaume, plutôt que l'inverse…

— Je n'ai pas vraiment hâte de m'y mettre, avoua Tremane. Quand nous passerons au niveau supérieur, autrement dit le royaume entier, ça risque d'être très déplaisant pour moi. Mais je n'en mourrai pas et je préfère passer une semaine à récupérer que voir mon peuple souffrir à cause d'un node devenu instable. Mettons notre théorie à l'épreuve sur le node le plus proche de Shonar. Si ça marche, Hardorn sera notre deuxième test…

Quelque chose, dans son ton, fit comprendre à Elspeth que le niveau supérieur serait sans doute bien plus que « très déplaisant ». Tremane aurait besoin de tout son courage. Mais la jeune femme ne pouvait rien y faire. Et elle savait que sa mère se sacrifierait de plein gré pour la même cause, tout comme Solaris et les autres souverains…

Le test fut moins difficile qu'Elspeth ne l'avait imaginé. Ils commencèrent par mettre en place le sort de contrôle, puis altérèrent le node afin d'y introduire un sort générateur de boucliers. Cette dernière étape devait être réalisée par un Adepte. Étant le plus expérimenté, Ventnoir eut cet honneur et Solaris l'observa avec une concentration presque palpable.

Quand tout fut prêt, Ventnoir activa le sort.

Juste avant que la prochaine tempête ne frappe.

Si Elspeth n'avait pas « regardé » à cet instant, elle n'aurait jamais cru que ce fût possible. En un clin d'œil, le node disparut. À sa place, il resta un point protégé par un bouclier que des lignes d'énergie alimentaient. Mais dont rien ne sortait.

La tempête passa et ils attendirent le résultat.

Quand ils furent remis et purent à nouveau « jeter un coup d'œil », le node était dans le même état qu'avant la tempête : protégé et sûr.

Tremane afficha l'expression mitigée d'un homme qui vient de recevoir en même temps de bonnes et de mauvaises nouvelles.

— Bien, fit-il. Nous savons que ça fonctionne.

— Quand voulez-vous essayer de protéger tout Hardorn ? demanda le père Janas.

— Maintenant, répondit le roi. La prochaine tempête nous frappera tard dans la soirée, et je ne veux pas avoir l'occasion de réfléchir à tout ça.

Solaris se redressa et le regarda dans les yeux.

— Tremane Gyfarr Pendleson de Lynnai, je vous interdis de jouer les martyrs ! Ce que vous allez subir, j'aurai à le faire aussi, comme le prince Daren de Valdemar, Faramentha de Rethwellan, le dirigeant d'Iftel…

— Le Premier de Vykaendys Bryron Hess, précisa Tashiketh.

— Le Fils du Soleil d'Iftel, une demi-douzaine de Tayledras et au moins un Shin'a'in, conclut Solaris.

Et tous les dirigeants dont les terres sont menacées que nous réussirons à contacter, ajouta Hansa. *Beaucoup de monarques souffriront d'une terrible migraine avant que tout ne soit fini*.

— Exactement ! Tremane, vous n'êtes pas seul dans cette galère. Même si vous avez toutes les raisons d'avoir peur à cause de vos actes passés, je peux vous assurer que la terre ne vous laissera pas mourir ! (Solaris se leva, pleine de colère et d'une autre émotion qu'Elspeth ne réussit pas à identifier.) Si vous avez peur, admettez-le et laissez-nous vous aider à traverser cette épreuve ! Vous devriez savoir que la terre, dans ce cas, nous opposera une résistance. Et nous pourrions ne pas arriver à la convaincre, parce que c'est vous qui lui donnerez le ton.

C'est Solaris qui parle... et autre chose, dit Ventnoir à Elspeth. *Je me demande si Tremane le comprend.*

Vkandis ?

Au moment où elle avança cette hypothèse, la jeune femme sut qu'elle avait tort.

Depuis quand un mâle emploie-t-il tous les noms d'une personne pour l'enguirlander ? demanda Ventnoir, sentant la tension se dissiper un peu. *Non, cette fois Solaris est la Voix d'un pouvoir différent. D'après moi, si nous posions la question au père Janas, il le trouverait très familier. Son agacement face à Tremane et son habitude d'être une Voix ont dû la transformer contre son gré en « conduit » de ce pouvoir.*

Elspeth acquiesça après avoir jeté un coup d'œil au prêtre, qui observait la scène avec un petit sourire. Ventnoir avait raison. Seule une femme — une mère — grondait quelqu'un en se servant de tous ses noms. Et ne faisait-on pas référence à la terre en l'appelant « mère » ? À la lumière de cette constatation, certains changements subtils survenus chez Solaris semblaient encore plus éloquents. Pour commencer, elle paraissait beaucoup plus... féminine.

La réprimande eut l'effet escompté : bien qu'irrité, Tremane admit sa faiblesse. En un sens, Elspeth était désolée pour lui, car il n'avait rien demandé et il supportait tout sans broncher. Il se raidit, croisa le regard de Solaris et déclara avec beaucoup de dignité :

— Vous avez raison, la peur me paralyse. Je suis habitué à me servir du pouvoir, pas à le laisser se servir de moi, et l'idée de lui abandonner les rênes me révolte. Devoir agir ainsi en sachant qu'il y a des milliers de vies dans la balance est si terrible que je n'ai pas de mot pour le décrire.

La force qui s'était emparée du Fils du Soleil lâcha prise et sa colère s'évanouit. Elle se rassit.

— Être utilisé par ce genre de pouvoir n'est pas si affreux. Vous serez épuisé quand ce sera fini, c'est sûr… Mais il vous manipulera en douceur, si vous ne lui résistez pas. Parfois, renoncer à son propre contrôle pour une juste cause est une des actions les plus nobles qu'un individu puisse faire.

Solaris hésita un instant. Puis il sembla qu'un mur s'écroulait en elle, et son expression changea du tout au tout.

— Vous avez sûrement raison de craindre que ceux d'entre nous qui ont un compte à régler avec vous ne vous protègent pas comme ils le devraient. C'est vrai, il n'y a pas si longtemps, je n'aurais pas bougé le petit doigt si vous aviez été en danger. Mais ce n'est plus le cas. Je vous pardonne, Tremane d'Hardorn, et si ça peut vous consoler, Karal, qui avait encore plus de raisons que moi de vous haïr, vous a pardonné il y a longtemps. L'homme qui a envoyé un tueur frapper Ulrich était un commandant impérial qui devait obéir aux ordres de son empereur. Et vous n'êtes plus cet homme-là…

Solaris eut l'air franchement embarrassée.

— Le Dieu du Soleil lui-même m'a dit que je devais vous pardonner si nous voulions réussir. Mais jusqu'à maintenant, je ne le pouvais pas.

Tremane la regarda, étonné, puis lui tendit la main.

Solaris la prit, un geste qui en disait plus long que tous les mots.

— Merci. Je sais qu'il vous en coûte. (Il lui lâcha la main et regarda les autres.) Eh bien ? Nous commençons ?

Elspeth n'avait pas grand-chose à faire, à part fournir de l'énergie magique à Ventnoir, qui l'utilisait pour réaliser des choses qu'elle ne voyait pas et ne pouvait pas suivre. Même si, en théorie, elle savait ce qu'il faisait. Elle était l'« ancre ». Autrement dit, elle s'emparait de l'énergie, la dirigeait et la raffinait. Tremane cherchait les nodes et y « conduisait » ses compagnons. Le père Janas s'occupait du sort de contrôle qui déclenchait le charme principal en utilisant la perte d'un bouclier pour commande d'activation. Solaris jetait le sortilège principal, créant ainsi les neuf boucliers superposés qui tiraient leur puissance du node. Et Ventnoir les liait à ce node.

Quand celui-ci « disparaissait », désormais protégé, Tremane les guidait vers le suivant.

À la fin, il était si épuisé qu'il n'aurait pas pu bouger un cil. Mais comme Solaris l'avait affirmé, il n'était pas malade et ne souffrait pas.

Ils avaient travaillé à travers lui pour atteindre tous les nodes d'Hardorn et reproduire ce qu'ils avaient fait au premier. Le seul moyen de les sécuriser tous sans aller sur place. En un sens, Tremane étant connecté à Hardorn d'une manière très physique, à cause du sang et de la terre qu'il avait ingérés, ils y « étaient » quand même.

Ils finirent un peu avant la tempête suivante, et eurent la satisfaction de constater que leur travail tenait. Tremane eut même une petite récompense : les nodes n'étant plus agressés, il ne souffrait plus autant pendant les perturbations magiques.

— En soi, ça vaut la peine que nous nous sommes donnée, dit-il d'une voix faible, mais avec un sourire.

Ses compagnons l'envoyèrent se coucher.

— Il pense avoir besoin d'une semaine de repos pour récupérer, dit le père Janas, mais il sera sur pieds dans un jour ou deux. Comment allez-vous alerter vos peuples ?

— J'enverrai mes deux griffons les plus rapides, qui sont également des mages, avec les instructions nécessaires, répondit Tashiketh, ravi de leur succès. Et si vous le permettez, Sainteté, d'autres griffons vous ramèneront à Sunhame, Hansa et vous. Cela vous fera gagner beaucoup de temps. Votre escorte pourra rester ici ou vous suivre à son rythme.

— Je vous en serais reconnaissante, mais comment procéder ? Vous m'invitez à voler avec eux… Par quel moyen ?

— Une nacelle suspendue entre deux griffons. C'est parfaitement sûr. Des sorts mineurs rendent la nacelle et son contenu légers comme des plumes. La seule précaution requise est de se poser avant chaque tempête.

— Nos griffons utilisent le même procédé, précisa Ventnoir. Vous pourrez retourner chez vous en quelques jours, même si vous devez atterrir souvent.

— Alors, merci infiniment. Car je vais devoir sceller le Temple au même titre que nos nodes. Que Tremane m'ait cru ou non, ma tâche sera plus difficile que la sienne.

Son ton était encore un peu sardonique, mais elle souriait. Elspeth comprit que Solaris ne pourrait plus affirmer qu'elle haïssait Tremane d'Hardorn.

— Et vous ? demanda le père Janas à Elspeth et à ses compagnons.

— C'est déjà réglé, répondit Ventnoir d'une voix où perçaient la fatigue, mais aussi la satisfaction. Gwena a transmis ce que nous avons fait à Rolan, qui l'a relayé à Cymry, le compagnon de Skif, qui réside à k'Leshya. Ils s'assureront que les Tayledras et les Shin'a'in auront les informations nécessaires. Ainsi nos nodes et nos Pierres-Cœurs seront protégés.

« Des messages partiront de Haven vers les écoles des Vents Blancs installées un peu partout. De là… la nouvelle se répandra…

— Vos Compagnons sont très utiles, fit le père Janas. Peut-être y aura-t-il un jour de la place pour eux en Hardorn. (Il regarda timidement Solaris.) Et pour des temples dédiés au Dieu du Soleil. En définitive, ce qu'on fait pour la cause du bien est accompli au nom de tous les Pouvoirs de la Lumière.

Solaris sourit — son premier *vrai* sourire depuis qu'elle était en Hardorn.

— Sur cette note optimiste, je vous remercie et je vous prie de m'excuser, dit-elle en se levant. Je dois me reposer. Hansa et moi avons un long voyage devant nous.

— De la place pour tout le monde…, dit Ventnoir alors qu'Elspeth et lui gagnaient leur suite. Ce n'est pas une mauvaise façon de diriger un pays.

— Je sais ! C'est sur ce principe qu'est fondé Valdemar.

Maintenant, au moins, nous avons l'assurance que ça continuera ainsi, pensa-t-elle. *Et nous devons prier pour Flammechant et les autres. Puissent tous nos dieux les aider, car ça nous est impossible.*

L'empereur Charliss, assis sur le trône en bois, dans ses quartiers privés, mettait au point sa vengeance. La seule chose qui le maintenait en vie…

Son esprit restait clair malgré les drogues que lui administraient ses apothicaires afin d'atténuer la douleur et de soutenir son corps défaillant. Mais c'était uniquement parce que la potion contenait une substance qui l'empêchait de s'embrumer. Dehors, le blizzard soufflait depuis trois semaines. Les tempêtes passaient sur le Château À-Pic plusieurs fois par jour, épuisant les mages. L'empereur, en revanche, ne ressentait aucun des effets secondaires — peut-être parce qu'ils étaient insignifiants comparés à la dégénérescence de son corps.

Même s'il semblait ne pas avoir conscience de ce

qui se passait hors de sa suite, ce n'était pas le cas. Il savait pertinemment ce que tramait Melles.

L'Héritier le discréditait auprès de l'armée, répandant des vérités, des demi-vérités et des mensonges histoire de faire croire à tout le monde qu'il avait à cœur le bien de l'Empire. En même temps, il réussissait admirablement à le garder en un seul morceau, même si ses méthodes étaient discutables. Charliss savait que Melles utilisait la manière peu morale dont il avait traité Tremane pour rassembler sous son contrôle les diverses factions politiques. Il n'aurait pas pensé à ce stratagème. Mais Melles était haï et craint par une bonne moitié des nobles. Le seul moyen de les rallier à sa cause ? Leur trouver un ennemi pire que lui !

Tout ça n'avait pas d'importance. Charliss se fichait de ce que Melles faisait ! Ses priorités étaient différentes… et bien plus personnelles.

Les sorts qui renforçaient son corps usé et faisaient fonctionner ses organes défaillants le lâchaient. Il en perdait plusieurs à chaque nouvelle tempête et n'était plus en mesure de les remplacer.

Charliss n'avait pas les moyens de se sauver lui-même. Il agonisait et il le savait. Désormais, ses serviteurs devaient le déplacer de son lit à son trône, et inversement, car il ne pouvait plus bouger tout seul. Le long déclin qu'il avait prévu s'était considérablement accéléré.

Il n'avait pas peur, mais il était rongé par une colère bouillonnante *et* calculatrice que seul un homme de deux cents ans pouvait éprouver. On lui avait volé les dernières années de sa vie et il savait qui blâmer.

Valdemar.

Il avait demandé à ses érudits de se pencher sur les origines de ce maudit royaume. Ce qu'il avait appris lui donnait davantage de raisons de croire que Valdemar avait produit les tempêtes.

Ce royaume avait été fondé des siècles plus tôt par des sujets dissidents de l'Empire perdus dans les terres sauvages. Mais le temps et la distance n'étaient pas des obstacles à la vengeance — il le savait mieux que personne. Les dirigeants de Valdemar devaient préparer cette attaque depuis la Fondation. Un plan pareil demandait des siècles pour arriver à maturité et réunir l'énergie nécessaire. Seuls les plus puissants Adeptes du monde avaient pu créer les tempêtes en travaillant en chœur. Une arme diaboliquement compliquée et bien pensée…

Avait-il précipité la vengeance de Valdemar en envoyant ses troupes conquérir Hardorn ? Il aurait dû interpréter correctement le « retour » de son ambassadeur à la cour d'Hardorn : l'homme était mort, un couteau appartenant à la princesse Elspeth entre les omoplates.

Vous approchez trop. Nous allons vous anéantir.

Tel était le message.

Mais peu importait la cause de tout ça. Et inutile d'avoir des regrets sur ce qu'il aurait dû faire…

Les tempêtes frappaient, *il* était en train de mourir, c'était la faute de Valdemar et il veillerait à ce que ce royaume ne lui survive pas — en tout cas, pas tel que les Valdemariens l'avaient connu. Comme un ours chargeant une dernière fois, au moment de sa mort, il anéantirait ses assassins.

Il avait tout ce qu'il lui fallait — la magie des nodes locaux, de son corps de mage et celle qu'il avait enfermée dans des artefacts soigneusement protégés par des boucliers. Tous les empereurs en avaient créé et il pouvait les vider tous.

Les mages avec qui il travaillait, qu'ils appartiennent à sa cour ou non, avaient en eux un « crochet » qui les reliait à Charliss. Ainsi, il pouvait utiliser leur pouvoir quand bon lui semblait. Les plus intelligents avaient découvert ce crochet et l'avaient éliminé. Mais la plupart ne s'étaient aperçus de rien, et voler leur énergie serait un jeu d'enfant.

Son heure approchait. Les boucliers qui protégeaient les artefacts ne résisteraient plus à beaucoup de tempêtes. Idem pour les ressources de ses mages. S'il devait utiliser ce pouvoir, ce serait bientôt…

Soutenu par le dossier et les accoudoirs, Charliss recensa les moyens d'assouvir sa vengeance. Comment détruire ces parvenus de Valdemariens ? Quelle forme prendrait son attaque ? Il voulait qu'elle soit soudaine… et fasse autant de dégâts que possible.

Comment devait-il utiliser ses ressources ?

C'est évident. Il faut libérer toute la puissance d'un coup, devant la vague, pour augmenter celle de la tempête. Ce sera la pire que le monde ait connue !

Le résultat serait très divertissant. Puisqu'il déchaînerait cette énergie sur le passage d'une tempête — d'est en ouest — la majorité de l'Empire serait épargnée.

Valdemar n'aurait pas la moindre idée de ce qui lui tombait dessus. La libération d'une force pareille serait dévastatrice — et amusante, s'il vivait assez longtemps pour le voir.

D'Hardorn à Valdemar, des montagnes du nord au sud de Karse, la nature deviendrait folle. Le temps, déjà désastreux, serait incroyablement pire. Il y aurait des tremblements de terre dans des régions qui n'avaient jamais connu une secousse, la pression montant dans la terre jusqu'au point de rupture. Des volcans jailliraient du sol, déversant des rivières de lave. Des orages éclateraient, produisant des éclairs qui allumeraient des feux de forêt et de plaine. Les blizzards enterreraient des villages sous la neige et les inondations en noieraient d'autres, emportant des collines fertiles dans des torrents de boue. La terre se fissurerait. Toutes ces catastrophes, qui se produisaient d'habitude sur des millénaires, arriveraient en un jour — peut-être moins. Il n'y aurait plus un endroit sûr. Et quand la colère de la nature serait apaisée, les Modifiés fondraient sur les survivants démoralisés et désorganisés.

Oui, voilà de quoi il rêvait ! Et il espérait vivre assez longtemps pour s'en réjouir. Car à l'instant où il libérerait l'énergie, il ne resterait plus une étincelle de magie pour le maintenir en vie et il mourrait. Mais la plupart de ses ennemis le suivraient dans la tombe. Et les survivants souhaiteraient sans doute avoir péri avec les autres.

Tremane serait pris dans la tourmente. Ainsi il se vengerait en même temps de ce traître — une mission que Melles était trop lâche ou trop fainéant pour exécuter. Trop fainéant, sans doute. Melles n'avait jamais traqué une cible qui soit hors de sa portée immédiate — il avait toujours une bonne excuse.

Eh bien, Charliss prendrait les choses en main…

Il restait possible que la décharge d'énergie n'efface pas seulement Valdemar de la face du monde, mais balaie également l'Empire et ses alliés. Le chaos final aurait peut-être des répercussions inattendues.

Charliss s'en fichait ! Voilà bien longtemps qu'il ne se souciait plus que de son bien-être personnel.

Pourquoi mon Empire me survivrait-il ? se demanda Charliss, rongé de ressentiment à l'idée que l'univers ne soit pas prêt à se sacrifier pour lui. *J'ai donné à ces chiens ma vie et mon attention... Ma vie entière. Ai-je été apprécié ? Aimé pour avoir été justement sévère avec eux ? Non. Ils ont pris et pris encore ! Et maintenant ils payeront pour leur cupidité. Oui, ils auraient dû réfléchir et m'apaiser…*

Il n'avait aucune raison de faciliter la vie à Melles. Qu'il règne sur le peu qu'il lui resterait — s'il lui restait quelque chose ! Ce salaud devrait se contenter des miettes. Bien fait pour lui !

Charliss sourit en pensant à la réaction de Melles. Le baron avait si bien su rétablir l'ordre ! Il devait être fier de lui et certain de tout contrôler. Il serait grisant de le regarder se décomposer parce que tout ce qu'il avait construit tombait en ruines sous ses yeux.

La vengeance sur Valdemar, sur Tremane et sur Melles, qui avait osé réussir. Voilà tout ce qui restait à Charliss. Quand il en aurait fini, le monde n'existerait plus. Les survivants devraient retourner à une vie de chasseurs et habiter dans des grottes. Si Melles gardait un empire, il ne serait pas plus grand que cette cité.

Je les détruirai tous.

Charliss serra les accoudoirs et sourit, sentant se craqueler ses lèvres sèches. En libérant l'ultime cataclysme, en embrasant les nations pour former son bûcher funéraire, il prouverait qu'il était le plus grand et le plus puissant empereur de l'histoire.

Il brûlerait le monde pour éclairer le chemin qui menait à sa tombe. L'obscurité qui suivrait l'apocalypse serait un linceul digne de lui.

Pour l'instant, Karal se sentait inutile, même s'il savait qu'il en serait bientôt autrement. Regardant les autres se charger des préparatifs de dernière minute, il regrettait de ne pas pouvoir utiliser le téléson pour parler à Natoli — cela aurait pu l'aider à le détendre. On lui avait dit où s'asseoir, et il avait sombré dans un mélange de terreur, de résignation et d'anticipation. Il savait pouvoir faire ce qu'ils allaient lui demander, mais n'arrivait pas à voir plus loin que sa prochaine Mission. Même en essayant très fort, il ne pouvait pas imaginer un *après*. Était-ce parce qu'il était effrayé… ou parce qu'il n'y aurait pas d'avenir pour eux ?

Karal jouerait de nouveau les Conduits Magiques, mais il ne serait pas placé au centre physique du groupe. Cette fois, les principaux participants, autrement dit

Flammechant, An'desha, Sejanes et lui, se tiendraient en formation autour de l'« arme » — pas aux points cardinaux, car cela ne semblait pas avoir d'importance —, à égale distance les uns des autres.

À noter une autre différence : les participants « mortels » seraient protégés par les autres. Karal par Florian et Altra, An'desha par les Avatars, Flammechant par Besoin et Yfandes et Sejanes par Vanyel et Stefen. Yfandes s'était attachée à Flammechant sans préciser pourquoi. Sans doute parce que chaque participant aurait ainsi deux protecteurs. Aya resterait avec Renardargent. Comme tous ceux qui ne prendraient pas part à l'activation de l'arme, le *kestra'chern* serait enfermé dans l'atelier. Flammechant et Sejanes avaient déterminé que les boucliers de la salle étaient magiques *et* physiques, car la pierre avait des propriétés isolantes. Ils en avaient sorti tout ce qui était magique, y entassant des outils, des vivres et de l'eau. Si le pire se produisait, les survivants pourraient s'en sortir en creusant un tunnel.

Le cube-labyrinthe était l'exact opposé de l'arme responsable du Cataclysme. Les Adeptes pensaient qu'il avait été créé à cet effet. D'après leurs informations, la magie d'Urtho avait été libérée d'un coup quand il avait brisé les sceaux des sorts, à l'intérieur de la zone protégée de la Tour. Au même instant, une arme similaire avait fait la même chose dans la place forte de Ma'ar. Ainsi avait été créé le Cataclysme, les deux explosions simultanées et leurs ondes de chocs ayant des interactions catastrophiques.

Ils avaient reproduit ce phénomène en lançant la contretempête.

Cette fois, si leurs recherches et leur plan étaient payants, ils inverseraient le processus.

Ils provoqueraient une ouverture qui avalerait les énergies convergeant vers la Tour et les expédierait dans le Vide — en tout cas, c'était leur intention. Ils ignoraient ce qui arriverait à l'autre endroit où s'était produite la détonation originale. Mais contrairement à Urtho, Ma'ar n'était pas un touche-à-tout et il n'avait pas d'atelier de travail. Autrement dit, il était peu probable qu'une de ses créations ait subsisté. Et même s'ils se trompaient, elle était maintenant au fond du lac Evendim…

Nul ne savait ce qui se passerait quand ils refermeraient l'ouverture, une fois les dernières énergies englouties, mais tous avaient une théorie. Selon maître Levy, aucune énergie ne pouvant être détruite, elle irait ailleurs. D'après lui, elle formerait au cœur de Vide un réservoir où tous les mages pourraient puiser. Il les avertit aussi d'un danger : la résistance à un flot d'énergie se manifestant par une chaleur intense, il était possible qu'ils soient tous carbonisés. Cela lui valut quelques regards noirs auxquels il répondit par un sourire d'excuse. Lo'isha et Flammechant pensaient que l'énergie absorbée reviendrait dans le monde « réel », comme une inondation qui s'évapore et redescend du ciel sous forme de pluie, ou comme l'eau d'une fontaine en circuit fermé.

Quoi qu'il arrive, une seule chose était sûre : ils pourraient oublier les anciennes règles de la magie. Personne ne savait si toute cette énergie serait de nouveau accessible. Ils se retrouveraient peut-être dans un monde dépourvu de magie — mais c'était improbable.

Comme Urtho l'avait écrit, utiliser cet engin à des fins militaires aurait été suicidaire, car il avait été conçu pour avaler toute l'énergie magique présente autour de lui. De fait, il était même possible qu'il draine les armes. Et sans doute aurait-il également englouti les mages chargés de le faire fonctionner. Mais dans le cas présent, il devrait être saturé par l'énergie de l'Ultime Tempête.

Leur plan consistait à baisser les boucliers de la Tour

et à ouvrir l'arme à l'Ultime Tempête afin qu'elle se nourrisse de son énergie jusqu'à ce qu'elle fonde ou qu'elle ne puisse pas en absorber davantage.

Les tempêtes se succédaient à un rythme effrayant. Même si les boucliers de la Tour tenaient toujours, ils avaient dû évacuer le camp shin'a'in quelques jours plus tôt, à cause d'un blizzard plus puissant que leurs hôtes n'en avaient jamais connu. Le même temps régnait à Valdemar, Karse, Hardorn, Rethwellan, dans les Vallées…

Et probablement partout ailleurs, pensa Karal. *Et dire que c'est le printemps !*

S'il se concentrait et ignorait les bruits qui venaient de l'intérieur de la Tour, il entendait les mugissements du vent, d'une telle violence qu'il aurait renversé un homme en une fraction de seconde. Une bonne chose que les Plaines aient été évacuées, car pas un cheval ou un mouton n'aurait pu survivre à une tempête pareille…

Quant aux Vallées… Selon Flammechant, les Tayledras étaient en train de mêler la magie destinée à protéger les nodes avec celle des Voiles qui recouvraient chaque vallée. Avec de la chance, ceux-ci tiendraient. Sinon, les Frères du Faucon apprendraient à vivre comme leurs éclaireurs. Autrement dit, à la merci des éléments, sans leur petit paradis, où c'était toujours l'été.

Karal aurait aimé connaître la situation à Karse. Altra se contentait de lui répondre que Solaris avait la situation en main et qu'on s'occupait de la population. Il espérait que sa famille allait bien. C'était sans doute le cas, puisqu'elle vivait dans un village prospère. Mais les habitants des fermes isolées et les bergers, seuls dans les collines et les montagnes, risquaient gros, car personne n'avait pu les avertir à temps.

Il n'avait pas pensé à sa famille depuis longtemps. Le Karal qui aidait son père à l'écurie de l'auberge n'avait plus rien en commun avec le jeune homme qu'il était devenu. Si ses parents l'avaient croisé dans la rue, ils ne l'auraient pas reconnu. Tout le monde changeait en grandissant, mais pas aussi radicalement.

Karal pensa à tout ce qu'il avait laissé derrière lui — et à tout ce qu'il abandonnerait si leur tentative échouait. Pour être franc, seule une poignée de personnes le pleureraient et la plupart se remettraient vite de sa disparition. Peut-être pas Natoli, mais elle s'en sortirait et ferait quelque chose de bien de sa vie.

Et lui aurait fait quelque chose de bien de la sienne — peu de gens pouvaient en dire autant.

Cette idée libéra enfin Karal.

Il avait fait ses adieux à tout le monde, sauf à ses amis de la Tour. Il lui restait le temps de descendre à l'atelier pour réparer cet oubli.

Il se leva, espérant trouver Tarrn et Lyam seuls. Par bonheur, ce fut le cas. Lo'isha, maître Levy, Renardargent et les Shin'a'in étaient encore en haut avec les mages, occupés à caler les portes des pièces pour qu'elles restent ouvertes et à amener le cube-labyrinthe dans la salle centrale. Quoi qu'il arrive, ils allaient au moins réussir une chose qu'Urtho n'avait pas pu faire : rendre les autres armes inutilisables.

L'atelier était presque vide. Aya s'agitait sur sa perche pendant que Tarrn et Lyam finissaient de ranger. Karal s'arrêta en bas de l'escalier.

Le kyree s'avisa le premier de sa présence.

Eh bien, jeune ami, c'est presque l'heure, dit-il d'un ton solennel.

— Je sais, répondit le Karsite en s'asseyant sur la dernière marche. Je suis venu vous dire que vous connaître fut un honneur. Et que j'ai beaucoup appris à votre contact…

Ils arrêtèrent de travailler et rejoignirent le Karsite.

— Je suis content d'être ton ami, Karal, dit Lyam en

lui prenant la main. J'espère que nous le resterons quand Tarrn et moi retournerons à k'Leshya.

Tu figures dans mes Chroniques, jeune érudit, annonça gravement Tarrn en inclinant sa tête grisonnante.

Sans doute les deux plus beaux compliments qu'un kyree pouvait faire : intégrer une personne dans ses Chroniques et lui donner le titre d'« érudit ».

Bien sûr, nos jeunes seront étonnés quand je leur dirai que j'ai eu le privilège d'être ton ami.

Un silence embarrassé aurait sans doute suivi si Renardargent n'était pas descendu au trot, suivi par les autres.

— C'est l'heure, Karal ! annonça-t-il. Ils t'attendent.

Le *kestra'chern* étreignit le Karsite.

— Bonne chance, mon garçon, dit maître Levy avec un sourire. Ne déçois pas Natoli — elle compte sur toi pour connaître les détails de ce qui se passera.

Lo'isha lui serra la main et le regarda longuement dans les yeux. Les autres Shin'a'in s'arrêtèrent à tour de rôle devant lui pour le saluer de la tête avec le respect qu'ils réservaient d'ordinaire à Lo'isha.

Chacun à leur manière, ils lui firent leurs adieux, sans rien faire qui le rende nerveux ou mine sa confiance en lui.

Karal savait qu'il aurait dû avoir peur. Mais étrangement, son angoisse s'était évaporée pendant cette étrange « cérémonie ». Comme si chacun de ses interlocuteurs en avait emporté un fragment avec lui, afin qu'il ait l'esprit libre.

Karal remonta à la hâte. Flammechant et An'desha attendaient en haut de l'escalier, pour fermer la trappe et sceller l'atelier protégé par des boucliers physiques et magiques.

Le jeune Karsite vit le cube-labyrinthe, qui paraissait singulièrement petit au milieu de l'immense salle.

On eût dit une œuvre d'art abstraite iridescente sous la lumière. Sejanes était déjà en place, flanqué par les deux silhouettes blanches de Vanyel et Stefen. Aubefeu et Tre'valen, d'une apparence bien plus solide, attendaient de part et d'autre de la future position d'An'desha. Une autre forme spectrale se tenait dans le troisième coin. Flammechant alla la rejoindre et tira Besoin du fourreau accroché dans son dos.

An'desha prit place entre les deux Avatars, l'air fermé, comme s'il se concentrait déjà sur la tâche qui les attendait. Sejanes, les yeux clos, avait les mains en coupe, tendues devant lui. Alors que Karal rejoignait Altra et Florian, Flammechant attira son attention et lui fit un sourire ironique et un petit geste d'encouragement.

Bizarrement, cela aida le jeune homme à se sentir mieux.

Quand les terribles énergies se déchaîneraient au-dessus d'eux, Flammechant ouvrirait l'engin et l'empêcherait de se refermer. Après celle du Conduit, c'était la mission la plus dangereuse. An'desha et Sejanes joueraient les « entonnoirs », contrôlant l'énergie pour que le flux qui arriverait à Karal reste constant. Une surcharge pouvait se révéler dramatique : si le Conduit était submergé, il risquait de bloquer le flux. Si ça se produisait, il se déverserait sur tous les participants. Sejanes et An'desha devraient également « homogénéiser » les énergies, car un flux insuffisamment composite pouvait provoquer le même résultat. Karal, lui, les transmuterait avant de les canaliser vers l'engin.

— Prêts ? demanda Flammechant, les regardant à tour de rôle.

L'un après l'autre, ils acquiescèrent, et Karal vit sur leurs visages le reflet de la résignation qu'il éprouvait.

Ils pensent qu'ils vont mourir et font bonne figure pour les autres.

Karal agissait de même. En dépit de leur préparation minutieuse, les choses pouvaient mal tourner. Dans ce cas, ils le paieraient tous.

La voilà ! avertit Altra.

Alors, ils n'eurent plus le temps de penser.

Charliss attendait, tendu comme il ne l'avait plus été depuis des décennies. Ce serait sans doute le sort le plus puissant lancé depuis le Cataclysme. Pourtant, il était très simple, car il consistait à libérer d'un coup toute l'énergie magique contenue dans les objets et les êtres vivants du Château À-Pic dont il avait le contrôle. Cela tuerait probablement ses mages. Sinon, ils devraient rester alités des semaines. Cette perspective le ravissait. Le sort le détruirait et il adorerait être accompagné dans la mort par autant de gens que possible.

Sa seule émotion, désormais, était la rage. Comme elle ne laissait de place à aucune autre, il ne pensait plus qu'à se venger.

Il aurait sans doute été le dernier empereur et cette idée le ravissait. D'autant plus que personne ne découvrirait jamais le coupable. Tous ceux qui savaient qu'il s'apprêtait à lancer un sort pensaient que c'était pour rallonger sa vie. Ils rendraient Melles responsable du désastre, puisque tous les mages de Charliss périraient avec lui. Cette pensée était décidément bien douce. Melles deviendrait l'homme qui avait détruit l'Empire. En comparaison, Charliss serait paré de toutes les vertus dont il était dépourvu. Melles le méchant… Charliss le saint qu'il avait assassiné.

Quelle revanche subtile !

Emporter Tremane avec lui aurait été la cerise sur le gâteau. Mais on ne pouvait pas tout avoir. Et si le traître ne mourait pas dans la catastrophe provoquée par Charliss, il regretterait vite d'avoir survécu.

Charliss rassembla son pouvoir et attendit que la tempête éclate.

C'était sans doute la plus étrange assemblée qu'ait connue le Grand Hall du manoir de Tremane… Tashiketh, quatre griffons de son aile, les Prêtres du Soleil de l'escorte de Solaris, Elspeth, Gwena, Ventnoir, Vree, Brytha le dyheli, tous les mages de Tremane, les deux sorciers spécialistes du climat de Shonar et le père Janas entouraient Tremane, formant plusieurs cercles concentriques. Tous ceux qui possédaient une once de pouvoir magique étaient présents. Ensemble, ils allaient générer et maintenir un bouclier. Si possible, au-dessus de Shonar. Sinon, au-dessus du château… ou au moins d'eux-mêmes.

Elspeth faisait de son mieux pour bloquer la peur qui menaçait de la submerger. Pour une fois, le danger qui planait au-dessus d'elle était invisible, implacable et sans visage. Il n'y avait pas de méchant. Aucun Ancar ou Fléaufaucon. Simplement une force terrible libérée des millénaires plus tôt, ancienne, impersonnelle, puissante et bien assez réelle pour provoquer un sentiment de terreur.

Le danger *était* réel et ce serait encore pire si le groupe de la Tour échouait. Voilà trois jours que le blizzard soufflait sur Hardorn — sûrement le plus bizarre qu'on ait jamais vu. Des éclairs verdâtres déchiraient le ciel et le paysage disparaissait sous la neige. Des rapports parlaient de cyclones, d'esprits qui chevauchaient les bourrasques ou qui les précédaient.

Ils n'avaient pas pu vérifier ces dires, mais Elspeth ne les écartait pas d'emblée.

La situation s'aggravait à chaque nouvelle tempête. Mais jusqu'à présent, les boucliers des nodes tenaient. Hélas, la tempête à venir serait la pire de toutes : la réplique exacte de l'explosion initiale qui avait provoqué le Cataclysme, à l'époque des Guerres Magiques.

Si le groupe de la Tour échouait, personne ne pouvait prédire ce qui arriverait, sinon que ce serait terrible. La nature était déjà sens dessus dessous — pourraient-ils survivre à des *années* de ce régime ?

Peu importait. Cela ne dépendait pas d'Elspeth — c'était sûrement pour ça qu'elle se sentait mal à l'aise. Elle n'avait jamais été impuissante devant un danger et elle détestait ça. Ce sentiment la démoralisait.

Ventnoir lui serra la main et Gwena lui frotta son museau contre l'épaule. Au moins, elle n'affrontait pas ce drame toute seule. Et si elle ne contrôlait rien, les autres non plus…

— C'est l'heure, croassa Tremane. Elle arrive !

Il était trop tard pour réfléchir.

Elspeth unit son esprit, son cœur et son pouvoir à ceux des autres avec une détermination résignée.

— *Maintenant*, dit Flammechant entre ses dents serrées, alors que la tempête éclatait.

Autour d'eux, la pierre de la Tour gémit comme du métal froissé. Puis retentit un rugissement accompagné d'une augmentation de la pression de l'air. Brandissant Besoin entre le cube et lui, Flammechant dit quelques mots à l'épée et fit à la magie une chose que Karal sentit plus qu'il ne la vit…

Soudain, des points lumineux s'éparpillèrent à la surface de l'arme, convergeant vers l'apex du cube. Puis un cercle apparut autour et grandit en s'élargissant en direction des bords.

Tout ce qui était à l'intérieur de la salle disparut. Très vite, il resta seulement une obscurité insondable : le Vide.

Karal le sentit l'attirer et se laissa faire. Puisque

Altra et Florian l'ancraient à leur univers, une partie de lui pouvait fusionner avec cette immonde noirceur.

Puis il n'y eut plus rien d'autre que la Lumière et l'Obscurité. Au centre, le Gouffre, et autour, un jeu de lumières scintillantes aux couleurs de l'arc-en-ciel : l'énergie magique.

Karal se sentit devenir le Conduit qui la canalisait vers le Gouffre. Malgré son intense concentration, il sentit des explosions d'énergie, dans son dos et sur tous les côtés.

Il essaya de contenir ces flux puis de les précipiter dans la gueule béante, mais le Gouffre avait atteint sa capacité maximale.

Le Karsite entendit des cris — la voix d'An'desha, mais il ne comprenait pas ce que le Shin'a'in disait. Sur sa droite, une forme lumineuse émergea du vortex de lumière tourbillonnante. Parcourue d'éclairs, elle devint de plus en plus aveuglante.

C'était Flammechant, qui brandissait Besoin, chauffée au rouge. Tremblant de douleur, il refusait pourtant de lâcher prise.

Melles marqua une pause devant les portes de l'empereur. Pour une fois, elles n'étaient pas surveillées — grâce à la complicité des Gardes Impériaux. Les sorts qui les reliaient à Charliss ayant été brisés, ils étaient de nouveau aptes à penser par eux-mêmes, y compris le commandant Ethen, qui avait récemment remplacé Peleun, dont les nerfs avaient craqué. Ces dernières semaines, ils en avaient assez vu et entendu, non pour prendre les choses en main, mais pour accepter de quitter leur poste au moment opportun.

À part les mugissements du vent, aucun son ne retentissait dans le couloir de marbre gris. Malgré les verres qui les protégeaient, les flammes des chandelles, qui avaient remplacé les lumières magiques, vacillaient à cause de courants d'air assez violents pour être qualifiés de « coups de vent ». Mais il ne s'agissait pas de zéphyrs, et le blizzard qui soufflait dehors était deux fois moins puissant que celui qu'engendrerait la tempête magique.

L'empereur serait concentré sur ses sorts… Depuis des jours, sous un prétexte ou un autre, Melles entrait et sortait des appartements de Charliss et de la Salle du Trône pendant les tempêtes. Il savait que l'empereur n'avait plus conscience de rien quand il pratiquait la magie.

Si Charliss avait consacré à la protection de l'Empire la moitié des efforts qu'il fournissait pour retaper son corps décrépit, Melles ne se serait pas senti obligé d'agir.

D'ailleurs, il n'aurait pas eu le quart des alliés qui le soutenaient aujourd'hui.

Il entra dans les appartements impériaux comme il l'avait souvent fait ces derniers jours, ignorant les mages gisant sur le sol ou affalés dans leurs sièges, victimes de la tempête en cours ou des exigences de plus en plus déraisonnables de l'empereur.

Charliss n'était pas là, et pas davantage dans sa chambre — Melles savait déjà qu'il avait demandé à ses serviteurs de le transporter dans la Salle du Trône. Il fit un signe discret de la main aux gardes postés devant la porte — des hommes de son entourage qu'il avait pu placer là avec la complicité d'Ethen. Ils répondirent d'un hochement de tête, puis s'écartèrent pour le laisser passer.

Melles ouvrit la porte lentement. Il sentit la tempête atteindre des sommets de fureur… Un sort qu'il ne connaissait pas augmentait de puissance à l'unisson.

Il ignorait pourquoi Charliss avait tenu à incanter sur le Trône de Fer, avec la Couronne du Loup sur la tête, mais ça lui faciliterait la tâche. Pas de témoin et une dizaine de portes par où l'assassin aurait pu s'échapper — à condition qu'on croie à un meurtre. Il doutait que ce soit le cas. Avec des Gardes Impériaux devant chaque issue, les gens pencheraient plutôt pour un suicide.

Malgré les feux qui brûlaient dans les cheminées et la demi-douzaine de braseros disposés autour de Charliss, la salle était glaciale. Les yeux fermés, les phalanges de ses doigts saillant sous sa peau parcheminée, l'empereur aurait pu être un cadavre desséché. Seuls les yeux jaunes des loups de la Couronne regardaient Melles, curieux de voir ce qu'il allait faire. Car ces animaux protégeaient leurs petits et leur territoire, sûrement pas les individus dont le comportement était désastreux pour la meute. Ils ne feraient rien pour empêcher l'Héritier de mener à bien sa mission.

Un sort tourbillonnant montait autour de l'empereur. D'une manière ou d'une autre, il était lié à la tempête. Charliss voulait-il puiser dans son énergie pour soutenir sa magie défaillante ?

Dans ce cas, il *était* fou.

Le sort allait atteindre son apogée. Après des années à voir l'empereur pratiquer la magie, Melles connaissait son rythme. S'il devait frapper, c'était maintenant. De sous sa tunique, il tira une dague au pommeau orné du Sceau Impérial — il l'avait volée dans les appartements de l'empereur deux jours plus tôt. L'arme préférée de Charliss. Tout le monde serait capable de l'identifier.

Maintenant ! Avant que le vieillard ne sorte de sa transe, ne mesure le danger et ne retourne cette terrible énergie contre son agresseur.

Comme seul un tueur professionnel en était capable, Melles fit tourner la dague dans sa main jusqu'à ne plus la tenir que par la pointe, entre le pouce et l'index.

Puis il visa et lança.

La dague trouva sa cible sans coup férir. Avec un

bruit humide, elle s'enfonça jusqu'à la garde dans l'œil gauche de l'empereur. La mort fut instantanée. La mâchoire du vieillard s'affaissa. À part ça, rien ne changea, ni sa pose ni son expression.

Mais le sort qu'il était sur le point de lancer ne mourut pas avec lui.

Un instant, Melles sentit la main glacée de la peur se refermer sur sa gorge, et cela ne lui était pas arrivé depuis des décennies. D'un instant à l'autre, il allait être écrasé par le sort instable...

N'étant plus ni dirigées ni contrôlées, les énergies formèrent un vortex de lumière autour du cadavre de l'empereur. Des rayons jaillirent et laissèrent des traces carbonisées au plafond. Des gerbes d'étincelles crépitèrent autour du Trône de Fer, puis moururent en grésillant. Soudain, le vortex mourut et l'énergie s'engouffra dans le Trône de Fer, qui brilla intensément puis reprit — en apparence — son aspect normal.

Melles relâcha sa respiration d'un coup, approcha prudemment de Charliss et toucha la Couronne du Loup. Un instant, il lui sembla que le chef de meute lui souriait.

Puis il retira la dague de l'œil du défunt. Un filet de sang coula, mais il lui fut moins difficile que prévu de dégager l'arme. Le cadavre de l'ancien empereur tombait déjà en pièces. Melles examina la plaie : il serait relativement facile de la maquiller. Il lacéra le visage de Charliss, comme si le vieil homme avait eu une crise de folie, puis lui plaça la dague entre les mains, appuya la lame contre la poitrine et l'enfonça.

Melles vérifia qu'il n'avait pas de sang sur lui — plus par réflexe qu'autre chose. Il était bien trop professionnel pour faire ce genre d'erreur.

Enfin, il sortit de la Salle du Trône et salua les gardes au passage. Dans quelques instants, ils entreraient, trouveraient le cadavre et raconteraient que l'empereur, déprimé par la défaillance de sa magie et la dégradation de sa santé, s'était suicidé.

Longue vie au nouvel empereur. Puisse-t-il régner un siècle.

Karal était à genoux, Altra près de lui, image lumineuse à la forme encore féline.

Silhouette de flammes, Florian s'arc-boutait entre le Karsite et le Gouffre.

Sur la droite de Karal, Flammechant luttait toujours au cœur des énergies fluctuantes, l'épée brandie, telle la statue d'un guerrier de légende.

Un son aigu montait de Besoin, qui semblait avoir de nouveau une voix.

Sur la gauche du Karsite, il n'y avait aucune trace d'An'desha, mais deux formes mi-humaines mi-aviennes aux plumages de feu tissaient un filet autour d'un cœur obscur.

Karal ne voyait pas Sejanes et ses protecteurs, de l'autre côté du Gouffre.

Les énergies l'emportaient.

Ils ne pouvaient pas les canaliser assez vite vers le Vide et leurs protecteurs en payaient le prix.

Pourtant, le Karsite n'avait plus peur. Même s'ils ne survivaient pas, ils auraient fait passer assez d'énergie dans le Gouffre pour qu'il n'y ait pas de second Cataclysme. Alors que le jeune prêtre regardait l'image embrasée de Florian, une étrange quiétude s'empara de lui et il affronta sans ciller le feu terrible, glorieux et mystique.

Plongeant une fois de plus au cœur du Soleil, il y était le bienvenu.

Il s'y immergea, parvenu au-delà de la peur, de la douleur et de tout ce qui n'était pas la Lumière.

Puis il perdit conscience de sa propre existence.

La lumière était éteinte.

La lumière était éteinte…

Il n'y avait plus que l'obscurité. Pourtant l'image de Florian continuait de brûler en surimpression sur ses iris.

Karal était allongé sur le dos. Ses mains descendirent le long des couvertures, puis découvrirent une fourrure tiède.

— Je crois qu'il est réveillé, murmura Lo'isha.

Karal toussa, s'éclaircit la gorge et répondit :

— Je suis réveillé. Comment vont les autres ? La lumière s'est éteinte ?

Un lourd silence lui répondit. Celui qui survient quand une personne pose sans le vouloir une question dont la réponse la rendra profondément malheureuse.

— Flammechant a été… blessé, répondit Renardargent. An'desha et Sejanes vont bien. Ils sont très fatigués, c'est tout.

Karal essaya de s'asseoir mais des mains l'en empêchèrent.

— C'est grave ? La blessure de Flammechant, je veux dire. Puis-je le voir ? Où est Florian ? Pourquoi n'avez-vous allumé aucune lumière ?

De nouveau, ce silence embarrassé…

Karal trouva tout seul la réponse à sa dernière question à l'instant où Lo'isha lui demanda :

— Que vois-tu ?

— Rien. À part Florian…

— Ceux dont les protecteurs étaient de purs esprits s'en sont apparemment mieux sortis que les autres, dit Lyam.

La fourrure qui couvrait les jambes du Karsite remua.

Florian est parti, Karal, dit Altra de la voix la plus douce que le jeune homme lui avait jamais entendue. *Je suis le seul protecteur survivant. Désolé…*

Karal bougea la tête, mais ne vit toujours que du noir

et la silhouette de Florian — incandescente et en surimpression. Il déglutit, comprit enfin, et sentit des larmes couler sur ses joues. Florian… mort ? En le protégeant !

Il battit des paupières, mais cela ne modifia pas ce qu'il voyait… Ou plutôt, ne voyait pas.

— Tu ne vois rien, Karal ? insista Lo'isha.

Le Karsite secoua la tête.

— Et Flammechant ? demanda-t-il malgré la boule qu'il avait dans la gorge. Est-il… comme moi ?

— Non, mais… l'épée, Besoin… a explosé. Les mains et le visage de Flammechant sont gravement brûlés. (C'était la voix de Lyam.) Je viens d'envoyer Renardargent près de lui.

Pleurant toujours, Karal hocha la tête.

— Bien, réussit-il à articuler. Je n'ai pas vraiment besoin d'un Guérisseur, pas vrai ?

— Non, Karal, répondit Lo'isha en lui posant une main sur l'épaule. J'ai peur qu'un Guérisseur ne puisse rien pour toi.

— Alors, s'il vous plaît, laissez-moi un moment seul avec Altra…

Karal les entendit s'éloigner et sentit le Chat de Feu s'étendre sur son ventre et ses jambes.

Il le gratta derrière les oreilles. Altra lécha doucement les larmes qui continuaient de couler sur ses joues.

Karal ? demanda-t-il après un long silence.

Pour toute réponse, le jeune homme l'étreignit farouchement.

— Ne me quitte pas, d'accord ?

Jamais, Karal, promit Altra. *Je resterai avec toi tout au long de ta vie…*

Flammechant se souvenait de l'instant où Besoin avait perdu la bataille. Une fraction de seconde après que Yfandes se fut désintégrée en particules d'énergie.

L'épée avait hurlé — un avertissement, pensait-il. Alors, il l'avait jetée, se protégeant les yeux avec un bras.

Après, son seul souvenir, c'était la douleur.

Il n'avait jamais perdu conscience, ce qui pourtant aurait été une bénédiction. Renardargent lui avait donné une potion qui rendait sa situation supportable, mais il souffrait toujours.

Flammechant savait de quoi il avait l'air. Pire encore, il savait de quoi il *aurait* l'air à l'avenir. Aucun Guérisseur ne serait capable d'empêcher le tissu cicatriciel de se former et son visage…

Il lutta pour refouler ses larmes. Oui, il avait été vaniteux, et pourquoi pas ? Sa beauté lui avait gagné tous les amants qu'il voulait… Maintenant, plus personne ne lui accorderait un regard.

Quand on lui effleura le bras, il sursauta et ouvrit les yeux.

— *Ashke*, je suis là, dit Renardargent. Tu as mal ?

— Demande-moi plutôt *où* je n'ai pas mal ! Je fais de gros efforts pour ne pas hurler. Ce serait très impoli, et ça ferait peur à An'desha.

— Nous avons envoyé les Kal'enedral chercher des analgésiques plus forts, dit tendrement le *kestra'chern*. Ils devraient revenir bientôt. Le blizzard s'est arrêté et la neige fond. Bientôt, des griffons ou des chevaux viendront pour t'emmener à k'Leshya. Les Guérisseurs kaled'a'in sont excellents. Dommage qu'ils ne puissent rien faire pour Karal.

Cette remarque tira Flammechant de son auto-apitoiement.

— Quoi, Karal ? demanda-t-il.

— Je crois… qu'il a perdu la vue.

Renardargent détourna la tête.

Perdu la vue ?

Un instant, le Tayledras envia le sort du jeune prêtre. Mieux valait être aveugle qu'éveiller la pitié et voir les gens détourner les yeux parce qu'ils ne supportaient pas de vous regarder…

Mais alors que cette pensée se formait dans son esprit, il la rejeta, furieux contre lui-même.

Imbécile arrogant et vaniteux ! Tu es vivant, tu as encore tous tes sens, et Aya restera toujours près de toi.

Comme pour le lui confirmer, l'oiseau de feu trilla du haut de sa perche, près du lit.

Pauvre Karal…

— Pauvre garçon. Florian, puis ça…

L'Adepte sentit des larmes lui monter aux yeux et imbiber ses bandages.

Renardargent lui posa ses doigts sur les tempes et plongea son regard dans le sien. Aussitôt, la douleur reflua un peu.

Flammechant faillit pleurer — de soulagement, cette fois.

— Je serai content…, haleta-t-il, quand les analgésiques arriveront.

— Ce ne sera jamais assez tôt pour moi aussi, dit Renardargent. Tu es bien plus courageux que je le serais à ta place. Je ne supporte pas la douleur.

— Ce n'est pas si terrible, sauf quand je suis seul, répondit Flammechant.

Le regard du beau *kestra'chern* s'adoucit encore.

— Dans ce cas, je ne te quitterai pas. Enfin, si tu crois pouvoir me supporter.

Un moment, Flammechant oublia sa souffrance.

An'desha était allongé sur son lit, le visage tourné vers le mur. Ses épaules tressautant, Karal comprit qu'il pleurait.

Voir par les yeux d'Altra était déconcertant, car la tête du Chat de Feu lui arrivait aux genoux, et il devait la lever pour regarder les gens. Mais au moins, Karal ne se cognait plus et ne se prenait plus les pieds dans tous les obstacles.

Il s'agenouilla près de son ami et lui posa une main sur l'épaule.

— Si tu continues, dit-il, essayant de ne pas fondre en larmes — ce qui n'aurait pas arrangé les choses — tu te rendras malade.

An'desha se contenta de secouer la tête. Karal essaya de se souvenir des paroles exactes de Lo'isha.

— *An'desha se croit responsable de la perte des autres, surtout des Avatars*, lui avait dit le Shin'a'in. *Tu dois le persuader d'aller sur les Sentiers de Lune ou ce sera très mauvais pour son âme et son cœur. Je n'ai pas réussi à le convaincre.*

Il n'avait rien ajouté, mais Karal n'avait pas oublié comment An'desha l'avait aidé à traverser sa propre crise de conscience.

Altra avait soutenu la requête du Shin'a'in dès qu'ils s'étaient retrouvés seuls. Après ça, comment le jeune homme aurait-il pu refuser d'agir ?

— Tu n'as rien à te reprocher, insista Karal. Nous avons essayé de faire mieux qu'Urtho et le résultat est plutôt meilleur que ce que nous avions espéré.

— J'aurais dû savoir, pour les autres armes, gémit An'desha. Prévoir ce qu'elles feraient quand elles commenceraient à flancher.

— Comment ? demanda le jeune prêtre. C'était les armes d'*Urtho*, pas celles de Ma'ar ! Comment aurais-tu pu le savoir ? Grâce à une prémonition ? Même ceux qui ont ce don n'ont pas su nous conseiller !

An'desha tourna à demi la tête.

— Mais…

— Mais rien ! Tu n'as pas le don de prémonition. Ni les souvenirs d'Urtho, mais ceux de Ma'ar. Si tu allais sur les Sentiers de Lune, les *leshy'a* te confirmeraient que j'ai raison.

An'desha tressaillit et pâlit — une image intéressante à travers les yeux d'Altra.

— Je ne peux pas…

Karal riva sur son ami ce qu'il espérait être un regard sévère.

— Des bêtises ! Que fait-on quand on a été désarçonné ?

— On remonte en selle, répondit le Shin'a'in. Mais…

— Tu as dépassé ton quota de « mais ». (Karal lui tapota le coude). Essaie « d'accord » à la place.

— D'accord, répondit An'desha, obéissant.

Puis il s'avisa qu'il s'était fait piéger.

Karal ne le laisserait pas s'en tirer comme ça.

— Allez, dit-il en se levant maladroitement. (Au lieu de baisser la tête, comme il l'aurait fait normalement, il tendit le cou pour imiter le mouvement d'Altra.) Va sur les Sentiers de Lune. Je le veux et Lo'isha aussi. Ça devrait te rassurer.

Ayant dit tout ce qu'il avait à dire, et réussi à convaincre — plus ou moins — An'desha, Karal tourna les talons et alla s'allonger sur son lit. Épuisé d'avoir trop refoulé ses émotions, il s'endormit en pleurant.

— *Karal.*

Karal regarda autour de lui, surpris. Il n'était plus dans son lit mais debout au milieu de…

Il ne savait pas de quoi ! Autour de lui, une brume opalescente tourbillonnait. Sous ses pieds, un sentier de sable argenté luisait doucement.

Mais ce n'était pas le plus étonnant : il voyait avec ses yeux, pas ceux d'Altra.

Où était-il ? Cela ne ressemblait pas à un rêve. Il aurait juré être sur les Sentiers de Lune tels qu'An'desha les lui avait décrits. Mais seuls les Shin'a'in pouvaient y aller.

Non ?

Bien sûr que non, répondit une voix étrangement familière. *N'importe qui peut visiter cet endroit, même si chacun le voit à sa façon. Après ce que tu as traversé, Altra a pensé que tu n'aurais pas envie de visiter le Cœur du Soleil avant longtemps.*

Cette fois, quand il se retourna, il y avait quelqu'un… ou plutôt quatre personnes : deux hommes et deux femmes. Le couple qui se tenait par la main étant entouré par un halo en forme de rapace, il le reconnut aussitôt.

— Tre'valen ! s'écria-t-il. Aubefeu ! Mais…

— *Tu n'as pas cru que nous nous étions consumés, ou une bêtise dans ce genre, n'est-ce pas ?* lança Aubefeu. *Il faut plus qu'une tempête d'énergie pour détruire un esprit ! Nous avons simplement perdu la partie de nous-mêmes qui nous rattachait à ton monde.*

— Vraiment ? demanda une voix à côté de Karal, qui ne fut pas surpris de découvrir An'desha. Mais alors, pourquoi n'êtes-vous pas venus quand je vous ai appelés ?

— *Eh bien, parce que nous… ne le pouvions pas*, répondit Tre'valen, gêné. *Je crains que nous ayons dépassé les limites de ce qu'il nous est permis de faire pour vous aider. La Dame Aux Yeux Étoilés n'était pas vraiment fâchée, mais…*

— *À l'avenir, coupa Aubefeu, si tu veux nous voir, tu devras te déplacer jusqu'ici. Mais si tu deviens un chamane, tu auras tout l'entraînement nécessaire pour parcourir les Sentiers de Lune.*

— Je suis tellement content de n'avoir pas… commença An'desha.

Cette fois, ce fut le jeune homme debout près du couple qui l'interrompit. Il semblait familier à Karal, mais il ignorait pourquoi. Mince, une silhouette suggérant une grande agilité, des cheveux châtains tombant devant ses yeux bleus, il avait des manières ouvertes et amicales.

— *Tu n'aurais rien pu faire pour nous éviter ce qui est arrivé, An'desha*, dit-il. *Mais nous avons eu de la chance, parce que nous nous sommes attelés à une tâche titanesque… et nous avons réussi à la mener à bien. Nous avons osé. Pas vrai, Karal ?*

Soudain, le Karsite eut une idée très précise de l'identité du mystérieux jeune homme.

— Oui… Florian, répondit-il. (Il fut récompensé par un clin d'œil, un sourire et un hochement de tête.) Mais si c'est ici que vous vous êtes tous retrouvés… après… où sont Vanyel, Stefen et Yfandes ?

— *Ils ont enfin été libérés de leur forêt, et il était grand temps, si tu veux mon avis !* fit Florian. *Ils te diraient sûrement la même chose s'ils étaient là. À l'époque, y rester leur avait paru une bonne idée, mais ils y ont été coincés beaucoup plus longtemps que prévu.*

Karal n'avait pas la moindre idée de ce que son ami voulait dire. Sa perplexité dut se lire sur son visage, car Florian gloussa.

— *Peu importe ! Pour résumer, ils ont choisi très vite leur destination et ils sont déjà partis. Je ne peux pas te dire ce qu'ils ont décidé, mais tout va très bien se passer. Quant à moi, j'ai également pris ma décision — mais je ne me suis pas montré aussi difficile. Si tu réfléchis, elle devrait te paraître évidente… Mais ne dis rien aux Hérauts, d'accord ?*

Karal acquiesça solennellement. Oui, la décision de Florian semblait évidente. Hélas, il doutait que son ami ressemble au jeune homme qu'il avait devant lui quand il reviendrait.

Il grava pourtant le visage de Florian dans sa mémoire. Dans quinze ou vingt ans, s'ils rencontraient un Héraut qui ressemblait à ce jeune homme, Altra et lui sauraient de qui il s'agissait.

Il faudra me rappeler qu'il ne se souviendra de rien, avant de me précipiter sur lui pour l'accueillir comme un vieil ami.

Pourtant, c'était exactement ce qu'il serait.

— Florian… Je n'avais jamais eu d'ami comme toi…

— *Tu en auras un autre très bientôt*, coupa joyeusement Florian.

Apparemment, il n'était pas d'humeur à supporter des adieux larmoyants.

Il coupa court à la tirade de Karal en le serrant dans ses bras.

— *Maintenant, retourne à Valdemar et fais autant de bêtises que possible avec Natoli. Pendant ce temps, je m'occuperai de mes affaires. Et un jour, nous nous retrouverons. Alors, je ne te dis pas « adieu », Karal, mais « à plus tard ». D'accord ?*

Que faire d'autre ? Karal acquiesça et retourna son étreinte au jeune homme.

Puis Florian recula. Sur un dernier signe de la main, il disparut dans la brume, laissant Karal avec les larmes aux yeux et un sourire aux lèvres.

Le Karsite se tourna vers la vieille femme qui parlait à An'desha.

Ce doit être Besoin, conclut-il en l'écoutant donner des conseils aussi intelligents qu'acerbes au jeune Shin'a'in.

— *Quant à toi, jeune homme*, dit-elle en pivotant vers Karal, *je suis entièrement d'accord avec Florian. Tu es bien trop sage pour ton âge. Et même si tu as désormais besoin des yeux d'Altra, ce n'est pas une raison pour retourner te terrer dans ton pays. Amuse-toi avec ta jeune amie. J'ai eu beaucoup d'apprenties comme elle, et je sais qu'elle ne te laissera pas t'apitoyer sur ton sort.*

— Probablement pas, ma dame, répondit Karal,

conscient que ce portrait de Natoli était étrangement précis pour quelqu'un qui ne la connaissait pas.

— *Puisque tu as posé la question, pour ma part, je compte prendre un repos bien mérité. Peut-être me reverras-tu, et peut-être pas... Mais que je sois damnée s'il me reprenait l'envie de me fourrer de nouveau dans un morceau de métal !* (La femme les serra tour à tour dans ses bras.) *Maintenant, cessez pleurnichez et recommencez à vivre !*

Sur ces mots, elle tourna les talons et s'éloigna. La brume l'avala, laissant seuls An'desha et Karal. Aubefeu et Tre'valen avaient profité de la tirade de Besoin pour s'éclipser.

— Et maintenant ? demanda Karal.

Il regarda son ami, qui haussa les épaules — mais avec un peu plus d'animation.

— Je suppose qu'il vaut mieux lui obéir, sinon elle risque de faire demi-tour pour nous botter les fesses. Tu la connais. Je suis content que tu m'aies forcé à venir ici...

— Et moi, ravi que tu te sois laissé faire, répondit Karal. (Il avait l'esprit en paix, ce qu'il n'espérait plus vraiment.) Viens, rentrons...

Karal regarda derrière lui avec les yeux d'Altra, par-dessus la croupe de son cheval shin'a'in. Il lui semblait étrange de ne pas monter Florian et il aurait sûrement longtemps cette impression.

Flammechant chevauchait derrière lui, soutenu par une selle spéciale que les Shin'a'in utilisaient pour les cavaliers malades ou handicapés. Les yeux de l'Adepte brillaient derrière les trous du masque qui couvrait son visage à moitié guéri.

Ce masque était une petite merveille, et pas seulement parce qu'il était aussi coloré et élaboré qu'un des costumes de l'Adepte. Lyam et Karal l'avaient fabriqué à partir de pièces trouvées dans la Tour, tout au long des quinze jours qui avaient précédé leur départ. Façonné dans du cuir, il était orné de cristaux, de fils et de plumes qu'Aya avait lui-même arrachées à sa queue pour les offrir à son maître. Un collectionneur en aurait donné une petite fortune. Mais Flammechant n'en était pas entièrement satisfait et il imaginait déjà de nouveaux modèles.

Autour d'eux, les Plaines étaient en fleur. Les Shin'a'in ne les avaient jamais vues ainsi depuis que la Déesse y avait marché. L'herbe disparaissait sous les taches de couleurs. En deux semaines, la terre était passée du cœur de l'hiver au printemps. À travers les yeux d'Altra, Karal admirait cette incroyable beauté avec un étonnement admiratif. D'après les messages d'Elspeth, de Ventnoir et de Solaris qu'Altra avait rapportés de Karse et d'Hardorn, le phénomène ne se limitait pas aux Plaines de Dhorisha. Le monde s'était épanoui, comme pour effacer les ravages des tempêtes magiques.

Sejanes et An'desha avaient travaillé de concert pour déterminer comment fonctionnait désormais la magie. Dès qu'il en avait été capable, Flammechant s'était joint à eux. Il ne leur avait pas fallu longtemps pour découvrir qu'il n'y avait plus ni ligne de force ni node. L'énergie s'était répartie dans toute la terre. Du coup, aucune magie d'envergure ne serait possible avant un certain temps. Autrement dit, plus de Portail pour un moment !

Mais chevaucher sous le soleil, au son du chant des oiseaux, entourés par le parfum des fleurs, n'était pas une punition.

Dès que les Kaled'a'in auraient trouvé le moyen d'alléger leurs nacelles avec le peu de magie disponible, ils continueraient leurs voyages par la voie des airs.

Karal avait eu le choix : rentrer à Karse — ce qui

aurait considérablement raccourci son voyage — ou retourner à Valdemar. Une décision facile. Dans un de ses premiers messages, Solaris lui avait demandé, comme un service personnel, de reprendre son poste d'ambassadeur et de devenir le chef du Temple de Valdemar.

Après ton sacrifice, avait-elle écrit, *personne ne mettra en doute ton autorité. En plus, tu seras souvent amené à rencontrer les représentants d'Iftel — des créatures que je trouve troublantes. Le Dieu du Soleil a fait des choses étranges là-bas. Pour être franche, parmi nos prêtres, tu seras le seul qui ne les jugera pas hérétiques. Je ne veux pas offenser ces nouveaux frères et sœurs, mais si je devais nommer un autre ambassadeur que toi à Valdemar et Iftel, le sang coulerait avant longtemps. Cela dit, si tu désirais rentrer à la maison, je comprendrais et je trouverais une solution...*

Le message était arrivé le jour où tous avaient dû choisir entre rentrer chez eux ou retourner à Haven.

Tarrn et Lyam iraient à k'Leshya, ce qui n'avait surpris personne. Renardargent et Flammechant avaient décidé de les suivre. Karal était certain que Flammechant voudrait rallier sa Vallée, mais l'Adepte avait souri derrière son masque et secoué la tête, faisant tinter les cristaux et les bouts de métal qui en pendaient.

— À k'Leshya, personne ne se souvient de moi tel que j'étais avant. Et puis ? Renardargent veut y retourner, et c'est une Vallée familière.

Lèvres brûlées ou pas, sa voix l'avait trahi : il désirait suivre le beau *kestra'chern*.

An'desha chevauchait avec eux, mais il ne quitterait pas les Plaines. Il avait choisi de rester et d'étudier avec Lo'isha pour devenir chamane. Karal avait également été surpris par cette décision. An'desha n'avait-il pas pratiqué la magie avec Sejanes et Flammechant pendant que leurs hôtes préparaient le voyage ?

— Désormais, la magie n'est plus interdite par les Shin'a'in, avait expliqué An'desha en riant. Pourquoi le serait-elle ? Lo'isha veut sans doute que je forme les mages qui apparaîtront bientôt parmi nous. Je crois que ce serait une bonne chose. Dans toutes ses vies, Ma'ar n'a jamais rien *donné*. Peut-être pourrai-je rétablir un peu l'équilibre.

Lo'isha et An'desha les quitteraient à la lisière des Plaines. Renardargent, Flammechant, Tarrn et Lyam à celle de la Vallée k'leshya. Maître Levy et Sejanes continueraient et seraient rejoints par les Hérauts qui avaient délivré les messages de Haven aux quatre coins du monde pour expliquer comment protéger les nodes.

Karal les accompagnerait. Après les conseils que lui avaient donnés les esprits, sur les Sentiers de Lune, il n'avait pas été vraiment surpris de recevoir un message de Natoli lui demandant de rentrer à Valdemar.

Moi aussi, je serai tes yeux, avait-elle écrit. *En échange, tu deviendras mon bon sens — j'en manque cruellement. Je crois que j'ai besoin de toi…*

En dépit de l'assurance des autres, Karal avait redouté qu'elle ne veuille plus de lui, le jugeant diminué. Mais il avait eu tort de la sous-estimer ainsi.

Il rentrait donc avec maître Levy et Sejanes. Par devoir et par amour, il retournait à Valdemar, où il se sentait désormais chez lui.

Altra resterait à ses côtés pour lui prêter ses yeux.

L'amour de ses amis, une nouvelle conscience de lui-même et un espoir fou en l'avenir étaient là pour lui donner un bien plus précieux que tout pour un être vivant. Une « vision » de la vie.

Sans la vue, peut-être, mais aussi claire et fiable que celle de n'importe qui…

Achevé d'imprimer sur les presses de

BUSSIÈRE
GROUPE CPI

à Saint-Amand-Montrond (Cher)
en février 2004

POCKET - 12, avenue d'Italie - 75627 Paris Cedex 13
Tél. : 01-44-16-05-00

— N° d'imp. : 41043. —
Dépôt légal : mars 2004.

Imprimé en France

